KB262616

韓國의「和陶辭」研究

韓國의「和陶辭」研究

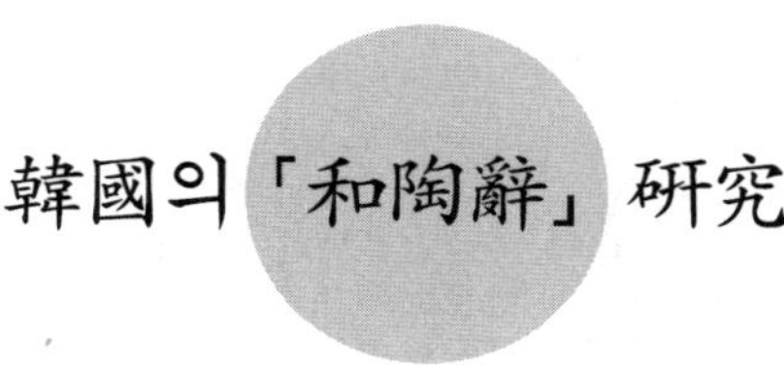

韓國의 「和陶辭」 研究

南潤秀 著

도서출판 역락

남윤수(南潤秀)

1941년생
강원대학교 한문교육과 교수

■ 《學歷》
· 서울대학교 문리과대학 중어중문학과 졸업(문학사)
· 고려대학교 교육대학원 한문교육과 졸업(교육학석사)
· 고려대학교 대학원 국어국문학과 졸업(문학박사)

■ 《經歷》
· 청주대학교 사범대학 한문교육과 固定講師로 부임(1980년 3월)
· 강원대학교 사범대학 한문교육과 專任으로 부임(1981년 3월)
· 한림대, 단국대, 인천대 강사 역임
· 강원대학교 출판부장·중등교육연수원장 역임
· 강원대학교 한문교육과 교수로 재임(2004년)

■ 《著書》
· 『漢文 講讀』, 이우출판사, 1984.
· 『양백화 문집』(全 三卷), 강원대학교 출판부, 1995.
· 『新漢文科 敎育論』, 전통문화연구소, 2000.
· 『韓國의 「和陶辭」 硏究』, 도서출판 역락, 2004.
  外 論文·隨筆·解題 다수

韓國의 「和陶辭」 硏究

인 쇄　2004년 6월 8일
발 행　2004년 6월 14일
지은이　남윤수(南潤秀)
펴낸이　이 대 현
편 집　이태곤·안현진·박윤정·권분옥
펴낸곳　도서출판 역락 / 서울 성동구 성수2가 3동 301-80
　　　　(주)지시코별관 3층(우 133-835)
Tel 대표·영업 3409-2058 편집부 3409-2060 FAX 3409-2059
E-mail　yk3888@kornet.net /
　　　　youkrack@hanmail.net
등 록　1999년 4월 19일 제2-2803호

정가 23,000
ISBN 89-5556-124-5-93810
*잘못된 책은 교환해 드립니다.

賀序

이번 南潤秀교수의 力著 『韓國의 「和陶辭」 硏究』가 亦樂출판사에서 출간하게 되었다. 전공자의 한 사람으로서 여간 반가운 일이 아니다.

이번 出刊되는 『韓國의 「和陶辭」 硏究』는 근 10년의 심혈을 기울여 엮어낸 博士 學位論文에다 내용을 더 보완하여 이루어진 것이니 만큼, 본 저서는 南潤秀교수의 평생업의 하나가 될 것으로 믿는다.

게다가 본 저서의 주제가 된 陶淵明은 중국문학사상 최고의 시인으로 추앙되는데 비해, 한국에서는 陶淵明 자체에 대한 연구가 없었던 차, 본 연구 저서가 上梓하게 되었으니 참으로 본 專書의 출간이야말로 한국에서는 靖節 先生에 대한 연구사적으로 무게를 더 해 준다고 할 것이다. 慶賀해 마지않는다.

본 저서의 내용은 陶淵明 文學의 기본인 「歸去來辭」가 위주로 되되, 한국에서 「歸去來辭」에 和韻한 고려시대 李仁老의 「和歸去來辭」로부터 최근 金昌淑의 「反歸去來辭」 등 150종의 「和陶辭」를 한 자리에 모아놓고 조직화하기에 앞서, 하나 하나의 「和陶辭」가 찾아질 적마다 이미 철저하게 분석과정이 거쳐졌기 때문에, 분석과 종합이 모두 수렴된 力著라는 것이다.

나는 저자인 南潤秀교수의 지도교수로서 본 저서를 철저하게 읽은 경험이 있거니와, 본 저서가 학위논문으로 심사 당시 斯界의 전공교수들의 동의가 만족스레 이루어졌으니만큼, 본 저서에 제시된 자료와 방법도 비교적 튼튼하다고 사료된다.

　나도 정년 퇴임 후엔 韓中比較文學硏究에 시간을 할애하고 있는 중, 「和陶辭」文學에도 관심을 가져왔기에, 南교수와 전공을 함께 하게 된 것을 스스로 즐겁게 생각한다.

　이런 처지에서 본 저서의 저자 南교수에게 권유하고 싶은 것은 본 저서 TOPOS의 하나로 제시된 'a configuration of motifs'(주제·수사의 틀)가 앞으로는 한국뿐만 아니라, 중국·일본 등 東아시아의 시각으로까지 확대되기를 바란다. 더구나 본 저서에서 주제로 삼은 「和陶辭」의 명료한 풀이는 같은 東아시아 문화권에 있는 중국과 일본 문화를 통해 보다 확적하게 풀리리라 기대되기 때문이다.

　이 문제는 어찌보면 「和陶辭」의 비교문학적 문제에 손을 댄 南교수의 평생업에 해당되리라고 여기며 앞으로의 연찬에 기대해 본다.

韓國의 「和陶辭」 研究

韓國의 「和陶辭」 研究

韓國의 「和陶辭」 硏究

韓國의 「和陶辭」 硏究

I. 서 론

Ⅰ. 서 론

1. 研究의 目的과 意義

한국은 중국과 지리적으로 陸接하고 있는 관계로 수 천년 이래로 중국의 문화를 향수하여 왔다.

중세적 보편주의 속에서 東아시아의 共通文語인 漢字는 같은 文化圈인 이 땅의 사대부들에게 眞書로 대접받아, 한글이 제정된 세종 25년(1443) 이후에도 한자의 진가는 소멸되지 않고, '天下同文'이라는 중세의 질서는 오랫동안 지속되었다.

아무리 천하동문의 한중관계라 하더라도 그 傳受는 상당히 늦어, 중국에서 衰晚된 다음에야 이 땅에서는 비로소 유행되는 문화의 차이는 어쩔 수 없는 것이었다. 李德懋(1741~1793)는 『靑莊館全書』에서 이와 같이 문화적 격차를 다음과 같이 비유를 들어 설명하였다.

「대저 東國의 文敎를 中國에 비교해 보면 매양 뒤져서 수 백년을 지난 다음에야 비로소 얼마간 진전되니, 東國에서 처음으로 좋아하는 것이, 즉 중국에서는 衰晩하여 염증내기 시작하는 것이니, 마치 岱峰에서 해를 본 닭이 첫울음을 터트려 해가 이미 중천에 높이 떴는데도, 下界之人은 아직도 꿈속에 들어 있는 것 같으며, 또 蛾眉山 눈이 五月에야 녹는 것과도 같다.[1]」

또한 받아들이는 자세가 마냥 일방적이었다고 할 수 있다. 다시 말하면 발신자(Émetteur)와 수신자(Récepteur)가 너무나 公律化[2]되어 있어, 그 영향 관계가 상호 동등한 위치에서가 아닌 그냥 그대로의 답습만 일삼아 왔기에, 한국의 고전문학은 중국문학의 亞流(Epigonen)라는 혹평을 면하기 어려움도 사실이다.

한국이 자기의 위치를 정립함도 없이 중국문학을 맹목적이리만큼 받아 온 것은, 자아의식이 薄弱하다는 것보다는 선진문화에 대한 동경심에서 중국문학을 받아들여 自己化 하기에는, 그 쪽의 것이 너무도 고도의 上位에 있었기 때문이 아닌가 한다.[3]

그러나 아무리 中世의 普遍主義에 젖어 있던 歲月의 韓國漢文學이라 하더라도—그 源泉(Sources)은 中國文學에 있더라도—나름대로의 自己化 過程은 있었다고 여겨진다.

本 著述은 魏晋南北朝로 불리는 그 於中間에, 晋宋 交替期라는 亂世와 革命時期[4]를 맞아 價値와 秩序가 正常을 逸脫하는 어려운 時代를 살아온 東方의 一士 陶淵明(365~427)이, 精神이 肉身의 奴隷가 될(以心爲形役) 수는 없다면서, 80餘日 만에 彭澤縣令의 印綬를 버리고 振衣落鄕하면서 쓴 「歸去來辭」에, 역대로 和韻한 國內人들의 작품에 關한 연구이다.

---

1) 金台俊, 『朝鮮漢文學史』(漢城圖書, 昭和 6年), 大抵 東國文敎較中國 每退計數百年後 始少進 東國始初之所嗜 卽中國衰晩之始厭也. 如岱峰觀日鷄初鳴 日輪已騰躍而下界之人 尙在夢中 又如蛾眉山雪 五月始消. 5쪽.
2) 丁奎福, 『韓國文學과 中國文學』(국학자료원, 2001), 10쪽.
3) 상게서 4쪽.
4) 大矢根文次郎 : 『陶淵明 研究』(早稻田大學 出版部, 昭和 44年, 再版), 45~57쪽.

「和陶辭」는 陶淵明의 '歸去來辭에 和韻한 作品'이란 뜻이며, 이 「和陶辭」란 用語는 本人이 任意로 定한 것이 아니고, 다음과 같은 여러 典據가 있기 때문이다.

 ○ … 果有**和陶辭**之作…(蒼石 李埈)

 ○ … 首揆夢窩公 以**和陶辭**投贈 疎齋次其韻…(芝村 李喜朝)

 ○ … 癸丑 先人偶有**和陶辭**一篇 尤庵先生跋之曰…(玉吾齋 宋相琦)

 ○ … 坐此 削職歸田 **和陶辭** 以見己志(和隱 李時恒)

 ○ … **和陶辭** 書晚歸亭屛(凝窩 李源祚)

[和陶辭 Gothic體 : 筆者]

「和陶辭」라고 縮約하여 쓴 例는 더 있지만 後述하기로 한다. 本人이 調査한 「和陶辭」는 모두 150여 篇이다. 原題는 6가지로 쓰였음을 볼 수 있는데, 「和歸去來辭 · 次歸去來辭 · 擬歸去來辭 · 步歸去來辭 · 倣歸去來辭 · 反歸去來辭」이다.

『詩體明辨』[5]의 和韻詩條를 찾아보면 다음과 같은 三體가 있다.

 一曰 依韻 謂同在一韻中 而不必用其字也.
 二曰 次韻 謂和其原韻 而先後次第 皆因之也.
 三曰 用韻 謂有其韻 而先後不必次也.

즉, 「依韻 · 次韻 · 用韻」은 「和韻」이 包括하는 下位概念으로 三體 모두를 和韻이라 한다는 내용이다. 「和韻」의 下位概念인 「次韻」은 原韻을 맞추고 그 先後次例까지도 모두 原韻을 따라야 한다는 것이다. 그리고 '擬'는 '擬模'의 뜻이며, '步'는 '踏襲'의 뜻이고, '倣'은 '模倣'의 뜻이니, 「和 · 次 · 擬 · 步 · 倣歸去來辭」의 의미는 결국 陶淵明 「歸去

---

5) 徐師曾撰 : 『詩體明辨』(서울, 旿晟社 影印, 1985), 520쪽.

來辭」의 原韻을 充實히 따라 지은 「和陶辭」라는 말로, 큰 차이가 없다.

다음 「反歸去來辭」는 原韻을 따라 和韻은 했지만, 그 內容인 歸去來의 意志에는 '反對'하겠다는 것으로, 일단 形式要件인 和韻을 했으므로 이런 類의 作品도 「和陶辭」로 包含시키는 데에 無理는 없다고 하겠다.

따라서 本人은 上記 6가지의 原題인 「和(次·擬·步·倣·反)歸去來辭」를 「和陶辭」라는 用語로 묶어 부르기로 한다.

두어 篇의 「盍歸去來辭」가 보이는 바, '何不'의 切音이 '盍'이니 '어찌 돌아가지않겠는가?'의 뜻이다. 그 또한 和韻한 것은 매 한 가지이다.

陶淵明은 中·韓·日로 代表되는 漢字文化圈의 精神史에 2가지의 토포스(TOPOS)를 남겼다. 文學에서의 토포스(TOPOS)란 'A configuration of motifs'로 '主題上 또는 修辭上의 한 形式'을 指稱한다. 그 2가지의 토포스란 '歸去來'와 '桃花源'[6]이다.

本 硏究의 原辭인 「歸去來辭」의 첫 句節 '歸去來兮 田園將蕪胡不歸'에서 由來되는 이 말은 落鄕 또는 歸鄕時에 依例 나오는 套語가 되어버렸을 정도이다. 그것이 萬若 不遇落拓하여 辭職하고 떠날 때에는 더욱 더 實感있게 읊어졌던 것이다.

'桃花源'은 勿論 秦始皇의 亂世를 避하여 武陵桃源에서 마치 老子道德經의 '小國寡民'같은 理想的인 마을을 이루고 살고 있었다는, 陶淵明의 「桃花源記」에 나오는 假想의 世界에서 由來된 토포스이다. 이 '桃花源'을 西洋의 유토피아(Utopia)·가나안(Canaan)·아케이디어(Arcadia)·상그리라(Shangrila)에 該當되는 것이며, 佛家에서 말하는 極樂淨土의 뜻인 安養(安心養身)의 世界이다. 그래서 우리들은 지금도 어려운 時代·혼란한 社會일수록 武陵桃源을 꿈꾸게 되는 것이 一般的인 傾向이다.

'歸去來'와 '桃花源'이라는 토포스는 國文歌辭(詞)와 時調에 자주 登場하는 主題요, 修辭임은 周知된 事實로 굳이 例를 들 必要가 없으리

---

6) 芳賀徹 : 『陶淵明의 「桃花源」과 日本의 古典詩』(第三回 東洋學術會議論文集 －東아시아 三國古典文學의 特徵과 交流－, 成大 大東文化硏究院, 1985), 245〜248쪽.

라고 생각한다.

　本 著述의 目的과 意義는 歌辭와 時調에 나오는 '말뿐인 歸去來'가 아니고, 陶淵明의 冲澹蕭散한 眞善眞味의 世界를 그린 名篇 「歸去來辭」 韻에 맞추어, 이 땅에서 꾸준히 製作되어 온 「和陶辭」를 探討하여 그들 士大夫들의 精神世界에 끼친 영향을 살펴 韓國漢文學上에 一助가 되려는 데에 있다.

2. 硏究의 現況과 課題

陶淵明의 詩文이 한국한문학상에, 또한 국문학상에 끼친 영향은 지대하다고 하겠다. 고려무신집정기의 암울한 시대에 쓰여진 李仁老(1152~1220)의 「和歸去來辭」[1]로부터, 근 800년 후인 舊자유당 정권의 부정부패를 통분한 나머지 歸去來할 것이 아니라, 정면 대결 의지를 펴 맞서야 함을 역설한 心山 金昌淑(1879~1962)翁이 1956년 10월에 쓴 「反歸去來辭」[2]까지, 본인이 조사한 150餘篇의 「和陶辭」만을 놓고 보아도, 그의 영향력이 큼은 분명하다.

그것은 우리 선인들의 문집을 살펴보면 더욱 알게 되는 바, 陶淵明의 시에 和韻한 「和陶詩」 몇 편이라도 없는 문집은 거의 없었다는 사실이다. 陶詩가 충분히 자기 것이 되었기에 그 시에 和韻하게 되는 것은 더 이상의 췌언이 필요 없을 것이다.

그것은 실제로 조선시대에 간행된 중국문학 관계 서적으로 가장 발간 빈도수가 높은 문집은 『陶靖節集』이었다는 사실이 金學主교수의 논문[3]을 통하여 밝혀졌다.

現傳되는 도연명의 시는 전부 합하여 125수라고 한다.(四言詩 9首·五言詩 116首) 거기에 辭賦·疏·記 등의 다른 장르를 합쳐도 150편이 되지 않는다. 이 점이 문집 발간을 용이하게 했던 것도 간과할 수는 없겠지만, 더 중요한 것은 그의 詩世界에 있었다고 하겠다.

陶詩는 彫琢하여 꾸민 것이 아니고, 자기의 진실한 생활의 모습을 담박진솔하게 표현한 데 있다. 「歸去來辭」에서도 바로 이 점은 더욱 두드러지게 나타나 있다.

---

1) 『東文選』, 권1 辭.
2) 『心山遺稿』(國編委, 韓國史料叢書, 제18輯).
3) 金學主, 「朝鮮時代刊行 中國文學關係書 槪況」 『東亞文化 25輯』(서울대 東亞文化研究所, 1987.12) 19쪽.

막상 「和陶辭」를 연구하면서 도연명의 영향관계를 다룬 논문은 다음
에 열거하는 몇 편이었다. 한국에서의 비교문학의 역사가 日淺한 관계도
있었으리라고 생각된다.

  ○ 趙載億 : 韓國詩歌에 미친 陶淵明의 影響(文湖, 第5輯, 1969)[4]
  ○ 李昌龍 : 高麗詩人과 陶淵明—比較文學的 觀點에서—
            (建大 學術誌 第16輯, 1973)[5]
  ○ 李昌龍 : 李朝文學과 陶淵明—比較文學的 觀點에서의 考察—
            (建大 學術誌 第18輯, 1974)[6]
  ○ 車柱環 : 詩歌를 통해 본 韓中文學思想(韓國思想大系 Ⅰ, 文學·藝術
            思想編, 成大, 大東文化研究院, 1973)[7]
  ○ 宋政憲 : 陶淵明과 麗末 三隱詩의 比較研究(轉移와 受容, 1986)[8]
  ○ 朴魯春 : 逃避·隱遁歌詞와 「歸去來辭」(韓國文學雜稿, 1987)[9]

趙載億의 「韓國詩歌에 미친 陶淵明의 影響」은 비록 詩歌에 局限시
켜 영향관계를 살핀 것이지만, 한국 문학에 반영된 도연명의 영향을 찾
는 것으로는 최초의 논문으로 先鞭의 역할을 하였다.

조재억의 논문을 좀 더 살필 필요가 있다. 서두에 도연명의 생애와 문
학의 특색을 거론하고, 이어 李鼎輔·金光煜·尹善道·鄭澈·李滉 等
의 시조에 반영된 도연명의 영향과, 丁克仁의 「賞春曲」·退溪의 「還山
別曲」·車五山의 「江村別曲」 等 歌辭에 반영된 도연명의 영향을 통계

---

4) 趙載億 : 「韓國詩歌에 미친 陶淵明의 影響」 『文湖, 第5輯』(建大 韓國固有文化研
   究所, 1969) 188~222쪽.
5) 李昌龍 : 「高麗詩人과 陶淵明」 『建大 學術誌 第16輯』, 같은 제목으로 좀 더 보완된
   내용이, 국어국문학 총서 ⑦ 『漢文學研究』(정음문화사), 128~152쪽에 실려있음.
6) 李昌龍 : 「李朝文學과 陶淵明」 『建大 學術誌 第18輯』 61~82쪽.
7) 車柱環 : 「詩歌를 통해 본 韓中文學思想」 『韓國思想大系 Ⅰ』(成大, 大東文化研究
   院, 1973), 571~608쪽.
8) 宋政憲 : 「陶淵明과 麗末 三隱詩의 比較研究」 『轉移와 受容』(東方比較文學會,
   1986) 134~186쪽.
9) 朴魯春 : 「逃避·隱遁歌詞와 歸去來辭」 『韓國文學雜稿』(시인사, 1987), 226~269쪽.

상의 자료를 통하여 결론을 내렸다.

다음 李昌龍 교수에 의하여 쓰여진 2편의 논문은, 고려시인과 조선문학에 끼친 도연명의 영향관계를 상당한 수준에까지, 끌어올린 업적이 있다. 먼저 「고려시인과 도연명」은 副題가 명시하듯이 '比較文學的 觀點에서 財源(Resources) 硏究'를 다룬 논문이다.

李昌龍 교수는 이 논문에서 먼저 發動者로서의 도연명을 언급하여 그의 생애와 문학을 비교적 체계있게 다루었다. 이어 李仁老의 「和歸去來辭」를 蘇東坡의 「和歸去來辭」와도 대비시켜 가면서 세 작품의 형식상 비교표까지 만들어 도표를 작성한 괄목한만한 논문이었다. 계속하여 도연명의 작품세계를 '孤獨과 愛酒·五柳와 愛菊·Fiction과 桃花源記'라는 세 부분으로 나누어 설명하고, 그러한 소재나 제재를 사용했던 고려시인들의 작품을 『東文選』과 『破·補閑集』을 통하여 찾아 제시하였다.

高麗時期의 영향을 집필했던 다음해인 1974년에 발표된 「李朝文學과 陶淵明」도 먼저의 논문과 집필 방법은 대동소이하다. 한 학자에 의하여 계속되었던 한국문학에 끼친 영향을 考究하신 노고에 대하여 후학으로써 감사한다. 이 논문을 통하여 仙石 辛啓榮(1577∼1669 : 1616年 文科)의 「續歸去來辭」라는, 도연명 「歸去來辭」의 속편을 지었으며 原韻과도 다른 새로운 작품을 그가 남겼음을 알게 되었다.

다만, 判中樞를 지낸 그의 문집을 꼼꼼히 보았더라면, 仙石의 은거지가 충남 禮山이었으며, 국문시가인 「仙石歌辭」[10]와도 밀접한 관계가 있었음을 밝힐 수 있었을 것이라는 아쉬움을 남기고 있으며, 외교관으로도 뛰어난 솜씨를 보여, 仁祖 2년 임란 때 포로로 일본에 붙잡혀 간 146名의 동포를 데려오기도 했으며, 병란 때의 포로 600명도 귀환 시켰다.

仁祖 17년 볼모로 잡혀갔던 世子를 모시려 瀋陽에 갔으며, 孝宗 3년에는 사은사로 三次 行淸하기도 하였다. 晩年은 閑雲野鶴과 더불어 보

---

10) 李相寶 : 「仙石의 詩歌」 『國語國文學 第2輯』(서울文理師大, 1962), 231∼234쪽.
朴魯春 : 「辛啓榮과 그의 '仙石歌辭'」 『現代文學 88號』(1962), 102∼107쪽.

냈다고 한다.

諡 靖憲인 그의 5代孫 辛命喆(1716~?:歷兩司)이 英祖 26年(1750) 溫陽온천 行幸時 실시된 別試에 급제함도 족보를 통하여 찾아질 수 있었을 것이다.

車柱環 교수의 「詩歌를 통해 본 韓中文學思想」은 文學思想을 다룬 유일한 논문이었다. 먼저 '우리 先賢들과 詩經·楚辭'에 대하여 언급한 끝에, 도연명의 「歸去來辭」·蘇軾의 「前·後赤壁賦」 등은 屈原의 「離騷」에 못지 않게, 우리 구시대의 지식인들에 의해 널리 애송되었다는 것도 밝혔다. 이어 '이 땅에서의 樂府詩의 收容'·'李齊賢 등과 詞曲'·'우리 詩人들과 唐宋詩'에 대해 언급하여 중국문학의 거의 모든 장르에 걸쳐 해박한 고증을 펴 나갔다.

본인의 연구와 밀접한 부분은 '五. 退溪 등과 陶淵明의 詩'로 먼저 도연명의 詩格을 자세히 기술한 뒤에 北宋의 蘇軾(1036~1101)같은 영향력 있는 詩文大家가 淵明과 그의 시문을 좋아해서 그 시를 평론하기도 하고, 陶詩 전체에 和作하기도 하고, 「歸去來辭」를 隱括해서 장편의 詞(哨遍)로 써내어 愛陶의 기풍을 고취했던 것이 이 땅의 詩文家들에게 적지 않은 영향을 미쳤을 것이라는 면으로 설명하였다.

또 하나의 영향력 있는 중요한 인물은 南宋의 朱熹로, 理學을 집대성한 학자이면서도 以前의 시인 가운데 특히 淵明의 인간과 문학을 좋아하였다 한다. 朱子의 이러한 태도는 淵明愛好熱을 돋구는데 박차를 가하게 했다는 것이다.

退溪 이황은 자신 '愛淵明詩 慕其爲人'11)이라 언급한 대로 연명의 시와 사람됨을 애모하여, 「移居詩 二首」와 「飮酒詩 二十首」12)에 和作했다고 밝혔다.

결국 우리나라 사대부들에게 영향력이 강한 朱子·退溪 같은 분들이

---

11) 丁奎福 : 『韓中文學 比較의 硏究』(高大出版部, 1987), 273쪽.
12) 張基槿 : 「和陶 飮酒 二十首에 나타난 東坡와 退溪의 정취」『葛雲 文璇奎박사 화갑기념논문집』(동간행위, 1985) 37~56쪽.

한결같이 淵明의 시와 위인을 경모했던 사실이 크게 주효하여 계속 淵
明愛好熱은 식지 않았다고 언급하였다. 물론 그러한 면도 작용했겠지만
平淡自然하고 沖澹蕭散한 陶詩 그 자체가 꾸준히 지속되어온 愛讀의
淵源이 아닐까 한다.

宋政憲 교수의 「陶淵明과 麗末三隱詩의 比較研究」는 麗末 난세에
以隱自號한 圃隱 鄭夢周(1337~1392)・陶隱 李崇仁(1347~1392)・牧隱 李
穡(1328~1396)의 詩句 중에서, '收容典故・直用其語・變用其句・受容
其志'의 네 가지 양상으로 陶詩를 받아들인 것을 찾는 작업이었다. 고려
조와 함께 擊殺・杖殺된 圃隱・陶隱보다, 선초까지 살면서 退隱의 생
활을 수년 더 보낸 牧隱의 시에 도연명의 영향이 절대적이었음을 陶詩
관계 詩語를 낱낱이 찾아 제시한 논문이었다. 다만 유사 시구의 나열만
이 아닌 좀더 깊이 있는 천착이 아쉽다 하겠다.

朴魯春 교수의 「逃避・隱遁歌詞와 歸去來辭」는 1956년에 발표된 짧
은 글로,「四時風景歌・還山別曲・江村別曲・樂貧歌・星山別曲・陋巷
詞」 等에서 도연명 「歸去來辭」 語詞를 受容其句한 것을 뽑아 보여주고
있는 자료 소개 정도로 정식 논문은 아니다.

特記해 둘 것은 金周淳의 「陶淵明詩對朝鮮詩歌影響之研究」[13]라는
台灣에서의 학위논문이 있다. 그의 碩論도 「陶淵明文學與韓國時調之比
較研究」(대만 사범대)로, 한국의 시조와 가사에 반영된 陶詩를 추적하여
본 논문으로 자료집으로의 가치는 있다. 그러나 「和陶辭」에 대한 언급은
한 마디도 없는 아쉬움이 있었다.

최근에 와서 韓中 比較文學의 歷史를 全6期로 나누어 고찰하고, 그
問題點을 지적한 丁奎福 敎授의 論著[14]에 자세히 기술되어 있다.

지금까지의 연구사를 살펴보았을 때, 주로 詩歌에 미친 도연명의 典故

---

13) 金周淳 : 『陶淵明詩對朝鮮詩歌影響之研究』(中華民國 國立臺灣師範大學 國文
　　研究所 博士論文, 民國 73年)
14) 丁奎福 : 『韓國文學과 中國文學』,(「韓中 漢文學 比較의 歷史와 問題點」, 국학자
　　료원, 2001), pp. 71~86.

나 語詞가 사용되고 있는 구절구절들을 찾아 나열한 것에 불과하며, 「和陶辭」에 대한 연구는 몇몇 작품이 어느 문집 속에 들어 있다는 것으로 그쳐 더 이상의 진전이 없었다.

「和陶辭」에 관한 본격적이고 종합적인 연구는 본인에 의하여 비로소 시도되었다. 그 간의 수년 사이에 여러 편의 논문을 발표하였다. 논문의 발표지와 「和陶辭」 작가 및 발표 연도를 밝히면 다음과 같다.

1. 「和陶辭」研究(其一) : 「歸去來」原辭・李仁老・成俔・鄭經世
   (한국한문학연구, 第8輯, 1985)[15]
2. 「和陶辭」研究(其二) : 申欽・李安訥・許筠・申最
   (淵民 李家源先生 七秩 頌壽記念論叢, 1987)[16]
3. 「和陶辭」研究(其三) : 兪棨・洪奭周・洪直弼・金昌淑
   (石軒 丁奎福博士 還曆記念論叢, 1987)[17]
4. 「和陶辭」研究(其四) : 金昌集・金昌翕・李頤命・李喜朝・宋相琦
   ・宋奎濂(檀大 漢文學論集, 第六輯, 1988)[18]
5. 「和陶辭」研究(其五) : 崔演・李之菡・裵應褧, 李汝馪・尹拯
   (江原大 人文學研究, 第26輯, 1988)[19]
6. 「和陶辭」研究(其六) : 宋廷植・彭尺木・李相龍・李圭憲・金喆熙
   ・鄭寅尙・金嚳 (衝擊과 調和, 第二輯, 1989)[20]
7. 「和陶辭」研究(其七) : 任埅・李沃・鄭吾道・奇挺龍・申聖夏

---

15) 南潤秀 : 「陶淵明 '歸去來辭' 國內人 和韻作 考釋(其一)」(『韓國漢文學研究 第8輯』, 韓國漢文學研究會, 1985), 253~281쪽.
16) 南潤秀 : 「陶淵明 '歸去來辭' 國內人 和韻作 考釋(其二)」『淵民 李家源先生 七秩頌壽記念論叢』(同刊行委, 1987), 37~68쪽.
17) 南潤秀 : 「陶淵明 '歸去來辭' 國內人 和韻作 考釋(其三)」『石軒 丁奎福博士 還曆記念論叢』(同刊行委, 1987), 63~86쪽.
18) 南潤秀 : 「夢窩・三淵・疎齋・芝村・玉吾齋 諸公의 五友 連作 '和陶辭' 考釋(其四)−1721年의 年代記(chronicle)−『漢文學論集 第六輯』(檀大 漢文學會, 1988)」, 121~149쪽.
19) 南潤秀 : 「和陶辭의 受容과 轉移(其五)」『人文學研究 第26輯』(江原大 人文科學研究所, 1988), 1~28쪽.
20) 南潤秀 : 「和陶辭 研究(其六)−日帝 强占期 7篇−」『衝擊과 調和 第二輯』(東方文學比較研究會, 1989), 643~680쪽

(우리문학연구, 第9輯, 1992)[21]
8. 「和陶辭」研究(補 其一) : 崔挺・朴弘中・申敏一・李敏敍
(中國의 文學과 言語 Ⅰ, 1999)[22]

상기 8편의 논문을 통하여 언급된 「和陶辭」는 37편에 지나지 않았다. 또한 연구 「其三」까지는 모아지는 대로 언급하였기에 계통성이 없었으며, 「其四」는 1721년의 연대기라는 부제를 달아 景宗 年間인 辛丑・壬寅 두 해에 걸친 노・소론의 당쟁인 辛壬士禍 때, 해를 입은 老論 대신들의 和陶辭를 연구 대상으로 삼았다.

본 논저는 지금까지 써왔던 부분적이고 계통성 없이 모아지는 자료에 따라 집필하던 것을 떠나, 시대와 주제와 押韻으로 갈라 종합적으로 고찰하여, 「和陶辭」가 꾸준히 쓰여져 왔던 의미가 무엇이었던가를 규명해 보려는 것으로, 이는 본인에 의하여 처음으로 시도되는 것이다.

앞으로의 課題는 많다. 각 지역 특히 영・호남에 사장되고 있는 문집도 많고, 개인적으로 소장하고 있어 볼 수 없었던 것도 많을 것이다. 본인이 조사하여 모은 150여 편은 오히려 그 일부분일 수도 있다고 여겨, 계속 찾아 모을 것이다.

「和陶辭」를 찾으면서 동시에 모아둔 도연명 관계 자료도 상당량이 된다. 도연명의 「感士不遇賦」에 和韻하여 자기의 坎軻不遇한 所懷를 읊은 「和(次)感士不遇賦」도 12편이 된다. 또 도연명의 「飮酒詩 二十首」에 和韻한 작품도 30편이 넘으며, 그밖에 「歸園田居 五首」・「移居 二首」・「雜詩 十二首」・「詠貧士 七首」・「時運」・「形影神」에 和韻한 시들은 枚擧하기에도 어려울 정도이다.

이와 같은 자료 중 얼마간은 「和陶辭」 연구에 보조자료로 활용하였지

---

21) 南潤秀 :「韓國의 ‘和陶辭’ 研究(其七)」, 『우리문학연구 第9輯』(우리문학연구회 刊, 1992), 63〜94쪽.
22) 南潤秀 :「韓國의 ‘和陶辭’ 研究(補 其一)」, 『二不 金學主敎授 停年紀念論文集』 신아사, 1999, 339〜359쪽.

만, 그 외의 것도 한 편의 논문[23)]으로의 가치가 있는 것들이다. 앞으로 계속 蒐集할 것이며, 도연명 연구가 평생의 과제 중 중요한 한 부분이 될 것이다.

23) 南潤秀 :「和陶辭 研究 落穗錄」『古書研究 5輯』(韓國古書同友會, 1988), 43~80쪽.

3. 硏究의 方法과 主資料

「和陶辭」의 주체가 되는 發信者(Émetteur)는 陶淵明이다. 그리고 비교문학의 대상이 되는 작품의 원천(Sources)은, 그의 유일한 辭인 名篇「歸去來辭」이기에, 그 原辭를 충분히 검토해 볼 필요를 안게 된다. 그래야만 受信者(Récepteur)인 이 땅의 「和陶辭」 작가들의 작품들에 그 원천이 어떻게 受容되었으며, 如何히 轉移되었는가를 살필 수 있게 될 것이다.

먼저 「歸去來辭」를 꼼꼼하게 분석할 것이다. 段落도 지어 보고, 韻도 살펴 볼 것이다. 작품이 쓰여진 시대적 배경과 지리적 배경도 알아볼 것이다. 작품 속에 녹아들은 사상적 연원과 아울러 그의 沖澹蕭散의 미의식도 천착할 것이다.

다음, 본인이 探索하여 찾아 모은 「和陶辭」 150여 편을 주자료로 하여 한국 「和陶辭」의 역사적 전개를 고려 후기, 조선조 第一期(成宗까지)·第二期(宣祖까지)·第三期(英祖까지 五分)·第四期(丙子修護條約直前)·第五期(庚戌國恥까지)·日帝强占期, 光復以後로 八大分하여 살펴나갈 것이다. 그 가운데 習作으로 여겨 和韻해 보았거나 또는 文臣들이 月課提出用으로 집필된 「和陶辭」들은 과감히 끊어내고, 그 시대·그 세기에 개인적이거나 사회적 상황에 따라 쓰여질 수밖에 없었던 「和陶辭」만을 골라 주대상으로 삼으려 한다.

대체로 도연명이 「歸去來辭」를 쓰게 된 동기를 밝힌 것은 '並序'이다. 이 땅의 「和陶辭」 작가들도 집필동기를 밝혀 쓴 '並序'를 앞세운 작품이 많다. 이 '並序'가 있는 「和陶辭」는 물론 탐색의 대상에서 버릴 수가 없다. 그리고 여성의 「和陶辭」[1]·閭巷 또는 委巷文學이라 일컬어지는

---

1) 令壽閣 徐氏 :「徐泂修之女. 足睡堂 參判 洪仁謨(1755~1812)之夫人. 淵泉 洪奭周(1774~1842)之母. 英祖 癸酉生. 純祖 癸未卒(1753~1823)」「次歸去來辭」『豊山世稿 卷6』

中人이 쓴 「和陶辭」[2], 그리고 佛道에 정진하는 것으로 귀거래의 의미를 찾겠다는 승려의 「和陶辭」[3]도 검토의 대상으로 삼으려 한다.

고려로부터 광복 후까지 連綿히 쓰여져 온 「和陶辭」를 몇 시기로 나누어 대표작·문제작만을 골라 검토할 것이다. 논의되는 여러 작품을 통하여 귀거래는 단순한 귀고향만이 아니었음이 판별될 것이다. 성리학의 세계로 자기 자신을 沈潛시키기로 다짐할 때에도 귀거래라 불렀으니, 육신이 고향으로 돌아가는 것만이 아니라, 정신이 지향하는 어떤 세계로 몰입될 때에도 쓰여졌음을 알게 될 것이다.

그 정신의 지향점은 다양하다. 지금까지의 詞章之學을 버리고 李滉의 『朱子書節要』를 討究할 것을 목표로 삼는 귀거래도 있으며, 爲人之學을 버리고 爲己之學을 하여야겠다는 학문상의 방향전환을 가져올 때에도, 周易의 세계를 깊이 파고들어야겠다고 다짐할 때에도 귀거래라고 하였다. 따라서 귀거래의 주제는 다양하게 달라졌던 것이다. 다만 '돌아가야 겠다'는 뜻의 '歸去來'에는 다름이 없었다.

다음으로 押韻에 대한 고찰이 필요하게 된다. 이 部分은 대체적인 것만 대강 밝혀둔다. 和(次)韻이란 原韻은 물론 선후차제까지 그대로 밟아 써야 하는 것이나, 꼭 그렇게만은 쓰여지지 않았다. 이인로의 「和陶辭」는 '寬'字를 하나 더 추가하여 三十一韻으로 썼으며, 餘他의 作品에서 第四段의 첫 韻字인 '時'字는 대단한 변조를 보이고 있다.

歸來亭 蔣八國(1562~1633)의 「歸去來辭」[4]와 仙石 辛啓榮의 「續歸去來辭」[5]는 원제로 보아 짐작되듯이, 「和(次·擬·步·敬·倣·反)歸去來辭」가 아닌 자기 나름의 창작이거나 속편임을 자처하여, 「歸去來辭」니 「續歸去來辭」라 하였다. 따라서 두 작품은 原題을 그대로 쓰지 않았음은

---

2) 鄭來僑 : 『浣巖集』, 권1 辭와 朴英錫 : 「續次歸去來辭」, 『晩翠亭遺稿』
3) 逸素居士選, 『彭尺木集外文』, 「和陶淵明歸去來辭」(佛敎振興會月報, 7號, 1915) 583쪽.
4) 蔣八國 : 『歸來亭遺集』 권1 辭. 그는 귀향하여 운둔생활로 인생을 마감하였다.
5) 辛啓榮 : 『仙石遺稿』 권1 辭.

물론이다. 다만 30韻 중 첫 字인 '歸'字와 끝 字인 '疑'字를 넣어 도연명의 「歸去來辭」와 有關함을 보이고 있다.

끝으로 韓國漢文學上의 「和陶辭」의 특질과 위상을 찾아보고, 이상의 논의를 통하여 도출된 바를 종합하여 결론으로 삼으려 한다. 그리고 본인이 지금까지 찾은 한국 「和陶辭」의 목록을 각 시대별로 갈라 一覽表를 작성하여, 부록으로 붙여 이후의 연구자에게도 자료적 가치를 주고자 한다.

4. 陶淵明의 「歸去來」原辭

中國 역사상 東晉(317~420)시대의 말엽은 내란의 연속이었다. 특히 孫恩의 난에 시달리던 중, 桓玄의 晉室 찬탈이 일어났으며, 이어 420년 南燕과 後秦을 멸하고 위세가 당당해진 軍閥 劉裕(宋武帝: 356~422)가 東晉 最後의 天子인 恭帝에게서 왕위를 빼앗아 宋朝를 성립시켰다. 이를 劉宋이라 하며, 그 후 華北에서 통일한 北魏와 더불어 南北朝를 형성하게 된다.

祖國 東晉에 먹장구름(停雲)[1]이 잔뜩 끼어 凶兆를 보이고 있음을, 鎭軍參軍으로 있으면서 桓玄의 幕僚였기에 그들의 生理와 屬性을 豫斷推測할 수도 있었을 것이다. 그는 마지막 官職이었던 彭澤縣令을 八十餘日 만에 그만두고 名篇「歸去來辭」를 남기고, 자기의 고향인 江西 廬山之麓인 潯陽 柴桑村(今江西九江 西南)으로 귀향했던 것이다.

후대에 '隱逸詩人의 宗'[2]으로 불리우는, 이 東方의 一士는 別鶴孤鸞[3]의 일생을 마감할 때까지 남긴 작품의 가치와 사람됨이 후세인들에게 지대한 영향을 미쳤다. 그 영향은 중국뿐만이 아니라, 天下同文으로 불리워지는 東아시아 共同文語를 사용하는 한자문화권인 한국과 일본[4]에까지 상륙하여 模作과 和(次)韻作들을 무수히 쓰게 하였다.

도연명은 韓·中·日로 대표되는 한자문화권의 정신사에 불후의 토포

---

1) 車柱環 : 『韓譯 陶淵明集』, 詩 四言, 먹장구름(停雲), 「靄靄停雲 濛濛時雨 八表同昏 平路伊阻……」(回歸, 第三輯, 범양사, 1986), 122~123쪽
2) 鍾嶸 : 『詩品·中』: 「宋徵士陶潛 其原出於應璩 … 風華淸靡 豈直爲田家語耶 古今隱逸詩人之宗也」(臺灣開明書店, 민국 47년) 25쪽.
3) 陶澍 : 『陶靖節集』 卷四, 詩 五言, 擬古九首中 第五首, 「東方有一士 被服常不完 三旬九遇食 十年著一冠 … 知我故來意 取琴爲我彈 上弦驚別鶴 下絃操孤鸞 願留就君住 從今至歲寒」(上海, 商務印書館, 민국 26년, 5판) 54~55쪽.
4) 大矢根文次郞 : 『陶淵明硏究』, 「第四篇 日本文學と陶淵明」(早稻田大學 出版部, 昭和 44年, 再版), 365~420쪽 參照.

스(TOPOS)를 만들어 주었다. 문학에서 토포스(TOPOS = A configuration of motifs)란 '주제상 또는 수사상의 한 틀(鑄型)'로 辭榮避位하여 강호에 은거할 때나, 七十에 致仕하여 낙향할 경우에도, 자기가 좋아하는 泉石膏肓을 어쩌지 못하여 拂衣歸鄕하여 田野의 逸民이 되어 固窮節하는 입장에서도 한결같이 외워 읊는 말이 '歸去來'·'胡不歸'인 것이다.

또 하나의 TOPOS는 '武陵桃源' 또는 '桃花源'[5]·'桃源鄕'이라는 漁父가 찾아갔던, 秦時의 난세를 피하여 한 마을이 어느 산 속에 숨어들어 마련한 이상향으로, 그러나 다시는 찾아가 볼 수 없는 假想의 세계를 설정한 것이다.

이 어디에도 없고, 갈 수도 없다는(No where, No place) 뜻인 유토피아(Utopia)의 세계를 보인 작품이 바로 도연명의 「桃花源記」이다. 성경에서 말하는 젖과 꿀이 흐르는 약속의 땅(The promised land)이라는 '가나안(Canaan)'이나, 옛 그리스 산 속의 이상향으로 天眞과 소박한 생활이 영위되는 아케이디어(Arcadia), 그리고 James Hilton의 소설 『Lost horizon(잃어버린 地平線)』 속의 가공적 理想鄕인 샹그리라(Shangrila)에 해당하는 것이며, 佛家에서 말하는 極樂淨土인 安養(安心養身)의 世界가 바로 이 桃花源인 것이다.

筆者는 도연명의 작품이 한국 한문학상에 끼친 영향을 고구해가는 과정에서, 그의 「歸去來辭」에 화운한 작품인 「和陶辭」는 고려조 무신정권하에서 쓴 李仁老(1152~1220)의 「和歸去來辭」로부터, 최근 舊自由黨 정권의 부패와 부정이 난무하는 시국을 분개하면서, 陶辭의 '樂夫天命 復奚疑'라는 超然主義보다는 현실과의 철저한 대결 의지가 필요함을 역설하면서 귀거래에 반대한다는 「反歸去來辭」를, 1956년에 쓴 心山 金昌淑翁(1879~1962)의 작품까지 근 800여 년에 걸쳐 언급될 것이다.

한국사의 흐름에 따라 연면히 쓰여온 「和陶辭」 150여 편을 중심으로

---

5) 芳賀徹 : 『陶淵明 「桃花源」と日本の古典詩』(第三回 東洋學國際學術會議論文集— 東아시아 三國 古典文學의 特徵과 交流—, 成大 大東文化研究院, 1985), 245~248 쪽.

이 글을 써 나갈 것이며, 기타의 「和陶辭」는 보조자료로 활용할 것이다. 글의 전개상 우선 陶淵明의 「歸去來」 原辭를 충분히 검토할 필요가 있다.

東晉 義熙 원년인 乙巳年(405) 11월에, 도연명(365~427)은 彭澤令의 관직을 스스로 80여 일만에 떠나, 다시는 官界에 나가지 않았기에 徵士라 한다. 이 때 그의 나이는 41세로, 63세로 죽을 때까지 20여 년 간을 은거 생활로 마쳤다.

「귀거래사」는 그의 마지막 관직 생활을 청산하면서 지은 것으로, 전원으로 돌아가 拙性[6]을 지켜 隱棲하려는 심경을 토로한 辭 작품이다. 그는 은퇴를 결심하게 된 경위를 「並序」에 자세히 기술하였다.

家貧 耕植不足以自給. 幼稚盈室 餠無儲粟 生生所資 未見其術 親故 多勸余爲長吏 脫然有懷 求之靡途 會有四方之事 諸侯 以惠愛爲德 家叔以余貧苦 遂見用於小邑 于時風波未靜 心憚遠役. 彭澤去家百里 公田之利 足以爲酒 故便求之 少日 眷然有歸與之情 何則 質性自然 非矯勵所得 飢凍雖切 違己交病 嘗從人事 皆口腹自役 於是悵然慷慨 深媿平生之志 猶望一稔 當斂裳宵逝 尋程氏妹 喪於武昌 情在駿奔 自免去職 仲秋至冬 在官八十餘日 因事順心 命篇曰 歸去來兮

乙巳歲 十一月也.

　　내 집은 가세가 빈한하여 농사만으로는 자급자족하기에도 충분하지 못했다. 어린 것[7]들은 집안에 가득하고, 독에는 저축된 양식이 없었다. 살아갈 방법을 마련할 길이 없었다. 친척과 친구들은 내게 여러 번 長吏[8]라도 하라고 권하여, 문득 그렇게

---

6) 陶澍 :『陶靖節集』(상게서), 「歸園田居」 五首中 第一首,「少無適俗韻 性本愛丘山 誤落塵網中 一去三十年 羈鳥戀舊林 池魚思故淵 開荒南野際 守拙歸園田 方宅十餘畝 草屋八九間 楡柳蔭後簷 桃李羅堂前 曖曖遠人村 依依墟里煙 狗吠深巷中 鷄鳴桑樹巓 戶庭無塵雜 虛室有餘閑 久在樊籠裏 復得返自然」

7) 도연명의 「責子詩」에 의하면, 다섯 아들이 있었으니, 乳名이 阿舒인 陶儼, 阿宣인 陶俟, 雍인 份, 端인 佚과 막내로 通인 佟인데, '雍端年十三 不識六與七'이라 하였으니, 옹과 단은 쌍둥이였을 것이다. 또 한 명의 딸이 있었다고도 한다.

할 생각이 들었으나 길이 없었다. 때마침 천하는 어지러워 전쟁이 빈번하였으니, 각 제후는 자애를 베푸는 것을 덕으로 삼았고(개인적으로도 建威將軍 劉敬宣의 막료가 되어, 대표로 수도에 갔다가 은혜를 입은 일이 있었음9)) 家叔이신 陶弘10)께서도 내가 빈곤하였기 때문에 추천해 주서 소읍의 현령으로 등용되었다. 당시는 桓玄의 모반·安帝의 선위·稱帝, 劉裕의 起兵·討平 等事로 세상의 풍파가 평온하지 못하여 遠地로 부임하는 것을 내심 꺼렸다. 펑쩌현(彭澤縣)은 집에서 백리 쯤 되는 거리에 있었고, 公田의 소출(봉록)은 생활을 윤택하게 하기에 족하리라 여겨졌다. 따라서 펑쩌현에 가게 되었다. 얼마 지나지 않아 불현듯 전원으로 돌아가고 싶은 懷鄕之感11)에 사로잡혔으니, 왠고하면 천성이 자연을 좋아했기 때문이다. 矯情과 勵節이란 감정을 누르고 행동을 가다듬는 것은 억지로 되는 것이 아니며, 굶주림과 추위가 비록 절실하더라도 原初的인 自我를 어긴다는 것은 더욱 못 견딜 것이었다. 지난날 남을 따라 일을 한 것은12) 모두가 생활 때문에 한 것이었다. 지금에 와서 생각해보니 슬프고도 비분강개하여 평소에 뜻하던 바를 생각하니 몹시도 부끄러웠다. 이래저래 딱 일년만 하고서 행장을 꾸려 밤에라도 돌아가리라고 생각했다. 그러던 차 얼마 안 있어 程氏家로 시집간 세 살 아래(妹少淵明三歲)인 누이가 우창(武昌)에서 죽어, 同氣의 정의로 다급히 가고자 하여 印綬를 풀고 사직하였다. 중추부터 겨울까지 관직에 있은 지 80여 일 만이었다. 이와 같은 사실에 기인하여 내심의 흐름을 쫓아 편명을 「歸去來兮」라 하였다.

을사년(405년, 〔陶淵明 是年 四十一歲 : 필자 주〕 11월에)

상기 並序는 그가 「귀거래사」를 집필하게 된 경위와 동기를 밝힌 것이다. 그가 벼슬길에 나아가 공적인 생활을 한 것은 社會的 自我를 실현하기 위한 것만은 결코 아니고, 오직 가장으로서의 책무였을 뿐이었다. 귀거래의 이유는 陶詩 도처에서 얼마든지 摘示할 수 있는 것으로, 일상

---

8) 梁容若·方祖燊外二人 : 『古今文選』 제3집(國語日報社, 民國 48년) 「귀거래사」 주해에 '吏六百石以上 皆長吏也' 라고 하여, 長吏란 600석 이상을 받는 관리를 말한다 하였다. 1214쪽.

9) 陶淵明 : 「乙巳歲三月 爲建威參軍 使都經錢溪」 詩 참조.

10) 『古今文選』(상게서), 「淵明爲彭澤令 係由其叔長沙公(侃卒 長子夏以罪廢 次子瞻之子弘襲爵陶弘所薦」

11) 『論語 公冶長』, 「子在陳曰 歸與 歸與 孔子在陳有懷鄕之感 與同歟 語末助詞 表感歎」

12) 「淵明曾於孝武帝太元十八年(393) 做過江州祭酒 安帝隆安元年(397) 入劉牢之幕 爲鎭君參軍 元興三年(404) 爲建威參軍劉敬宣參軍 皆爲生活驅迫」

적인 자아에 만족할 수 없는 그의 타고난 바탕이 자연을 동경함에 있다. 그는 그 속에서만 원초적이며 본래적인 자아를 陷沒 시킬 수 있는 것이다. 이것은 그의 絶頂體驗(Peak experience)이다.

매슬로우(A.H.Maslow: 1908∼1970)의 심리학설에 따르면, 인생의 일생을 지배하는 것은 어려서의 交感인 절정 체험이라고 하는데, 陶詩를 살펴보면 그는 타고난 자연 애호인으로 물외한정의 기질적 인물이었음을 발견하게 된다. 이 같은 생각은 또한 저간의 정치적인 암흑으로 환관과 군벌들의 옳지 못한 행태가 국가를 위기로 몰아넣어, 자연 지식인들의 사고의 틀을 각자 타고난 본성을 지켜 무위자연으로 돌아가려는 경향을 띠게 하였으니, 이 점이 바로 魏晋南北朝 시대의 老莊思想13)과도 연맥되어 있는 것이다.

타고난 성정 이외에 그가 귀거래의 이유로 밝혀 놓은 것은, 세 살 아래인 우창(武昌)에 사는 여동생의 사망에 따른 問喪이다. 程氏 가문으로 출가한 程氏妹를 제사 지내는 글인 「祭程氏妹文」을 보면, 도연명의 부친이 재취하여 얻은 딸이 程氏妹이다. 계모의 유일한 소생인 바, 연명은 12살 되던 해에 계모가 일찍 죽어 정씨매는 불쌍하게 자라났다. 異腹間14)이기는 하나 연명과 程氏妹는 우애가 깊었다. 다른 형제가 없는 연명에게는 오누이의 정분이 대단하였기에 빨리 달려가 오빠로서, 長子로서의 애끊는 슬픔을 다하고자 하는 인간적인 면을 들어내고 있음을 알 수 있다.

그의 따뜻한 마음은 奴僕을 대하는 태도에도 드러나고 있으니, 彭澤令이었을 때 一僕을 아들에게 보내면서 報書하기를 '이 또한 사람의 아들이다(此亦人子也)'라고 하면서 인간적인 대우를 부탁하고 있음이 『十八史略』에 보인다. 귀거래의 직접 동기로 흔히 일컬어지는 '五斗米折腰'에 얽힌 고사는 全譯된 앞의 並序 속에는 언급되어 있지 않고, 『宋書』에

---

13) 傅樂成 : 『中國通史 上』, 辛勝夏譯(宇鍾社, 1982. 재판) 390쪽.
14) 車柱環 : 「도연명의 생애」(『문리대학보』 제4권 제1호, 서울대학교 문리과대학 학예부, 1956. 3) 132쪽.

기록되어 있다. 도연명의 전기 가운데 가장 빠른 『宋書』의 「隱逸傳」의
기록을 보면, 팽택령을 그만두게 된 이유를 다음과 같이 말하고 있다.

> 郡遣督郵至 縣吏白 ‘應束帶見之’ 潛歎曰 ‘我不能爲五斗米 折腰鄕里
> 小兒’ 卽日 解印綬去職賦歸去來

> 상급 기관인 郡에서 관리의 성적을 考課하는 督郵를 파견하여 팽택현에 왔다.
> 縣의 吏房이 ‘마땅히 의관속대하고 뵈어야 합니다.’라고 말하자, 도잠이 탄식하면서
> ‘나는 다섯 말의 쌀(俸祿) 때문에 촌뜨기 아이한테 허리를 굽힐 수는 없다.’ 하면서
> 그날로 관직의 도장을 풀어주고 사직하여 버리고 귀거래사를 지었다.

並序와 『宋書』의 기록은 관직을 그만두게 된 동기를 달리 설명하고
있음을 보여주고 있다. 並序는 도연명이 직접 쓴 글이기 때문에 『宋書』
의 기록보다 더욱 신빙성이 있기는 하지만, 진실을 거리낌없이 쓸 수 없
는 경우도 많으므로, 『宋書』의 기술이 전혀 근거 없다고는 말할 수 없
다. 도연명 사후에 가장 먼저 쓰여진 史書의 기록이기에 연명의 사적을
후대보다도 더 소상하게 알 수 있었던 것이라 하겠다.

‘我不能爲五斗米 折腰向鄕里小兒’라는 『宋書』의 기록이 도연명 隱棲
의 경위를 더욱 극적으로 나타내고 있기 때문에 일반적으로 널리 알려져
있으며, 曾先之의 『十八史略』에도 같은 내용이 실려 있다. 이 땅에서
和韻된 「和陶辭」에서도 ‘五斗米折腰’를 계속 제재로 삼고 있음이 확인
되는 바, 이 점은 차차 後述되어 질 것이다.

본인의 생각으로는 ‘五斗米折腰’의 사실이 있었을 것으로 본다. 그러
나 一級의 작가가 낙향을 하면서 집필한 동기를 밝히는 서문에서 그 사
실만을 표면에 드러낼 수는 없었을 것이다. 사실은 사실대로 흘려두고
‘質性自然’ ‘眷然有歸與之情’ ‘非矯勵所得’ ‘違己交病’으로 자기의 本
情을 서술하고, 또 배다른 누이 정씨매의 죽음에 ‘情在駿奔’을 내세워
‘自免去職’하였다고 하여, 자기의 자연을 좋아하는 바탕을 어기면 병이
된다는 내면적인 이유와 정씨매의 사망을 외면적인 이유만으로 들었다.

그것은 오히려 흘려둔 사실은 자연히 유전되어 傳記로 쓰여질 것이며, 鄕里小兒의 外皮的인 사실을 표면적으로 들어내지 않는 작가의 깊은 뜻이라 하겠다.

도연명의 公生活에 대하여 일찍이 車柱環 교수[15]도 管見을 앞세워 二者가 모두 '自免去職'하게 된 동기였다고 함이 타당하다고 본다면서, 짐작컨대 당시 郡에서 파견한 督郵는 연명이 參軍으로 있을 적에 말직을 차지하고 있었던 小吏로, 그 후에 혼란기의 常例인 아부·贈賄 등 비열한 수단을 빌어 일약 督郵로 승격된 자였을 것이라고 유추하였다. 이 督郵에 대한 설명은 아마도 淵明 고향의 젊은이[16]일 듯하다는 推斷보다는 훨씬 近理하다고 여겨진다.

剛直한 성격의 소유자였던 淵明에게는 이러한 徒輩가 안중에 없었을 것은 족히 추측할 수 있고, 더욱 이런 자에게 五斗米 까닭으로 허리를 굽힌다는 것은 거의 불가능했을 것이다. 淵明의 '飢凍雖切이나 違己交病'하는 성질로는 饑寒을 모면할 수 없을지언정 차라리 속 편한 생활을 택하여 선선히 전원으로 돌아와 버렸을 것이다. 그러나 연명은 이러한 사유를 노골적으로 표명하지 않고, 공교롭게 당시에 死去한 程氏妹에 기탁하여 전원으로 돌아가는 자기의 심정을 피력한 것으로 본다고 함에 깊이 동의하면서, 수준 높은 문인들은 그들의 내면 세계를 웅숭깊이 천착하여야 함을 알게 해준다.

그러나 그의 은퇴에는 여러 가지 잠재적 요인이 있었다. 도연명의 증조부는 東晉 초창기의 공신 陶侃이다. 淵明은 그의 가문에 긍지를 가지고 있었으나, 그가 성년이 되었을 때는 삼류 귀족쯤으로 영락되었다. 그가 아무리 뛰어난 재질을 갖고 노력을 해도 출세하기가 쉽지 않았다. 淵明은 29살 때에 겨우 주의 祭酒[17]가 되었다. 당시 좨주의 직책은 분명치 않다. 대개 刺史 문하의 會賓·式典 등 제행사를 주관하였던 것으로만

---

15) 車柱環 : 「도연명의 생애」(상게논문) 131~132쪽.
16) 金學主·李東鄕 공저 : 『중국문학사 1』(방통대 출판부, 1987, 재판), 292쪽.
17) 『宋書本傳』 : 「家貧親老 起爲州祭酒」

추측되는데, 別駕・治中 등과 더불어 州의 外職에 속했었다. 州祭酒 재
직 기간이 몇 년이나 되는 지는 알 길이 없다.

일차의 州좨주를 사한 후에 다시 主簿로 邀請되었으나, 나아가지 않
았다. 주부는 刺史 직속의 門下吏였고, 특히 자사의 趣意를 諸外職에
周知시키는 현재의 비서직과 恰似한 것으로 비교적 요직에 속했다. 연명
이 主簿職 不就의 이유는 明文으로 드러난 것은 없으나, 대개 그 직책
의 번잡함을 꺼렸기 때문이라고 짐작된다.

州祭酒를 사한 후의 수년간은 桓玄 幕下[18]에 參하였으나, 전술한 대
로 그들의 속성과 생리를 알아채고, 江西 九江의 柴桑・上京으로 돌아
와 秉未躬耕했을 것으로 관견을 앞세워 車柱環 교수[19]도 언급한 바 있
다.

元興 원년 壬寅(402) 과연 桓玄이 반역하여 建康(지금의 南京)에 들어가
익년 廢帝自立하고 安帝에게 西上하기를 강요했다. 안제는 환현에 쫓기
어 潯陽에 이르렀으니, 이 때에 나중의 宋武帝인 劉裕가 帝駕를 영접하
여 의병을 일으키고 진군장군에 推任되었다. 연명은 이 때에 찬탈자(後)
인 劉裕의 막하에 진군참군으로 參劃했던 것이다.

진군참군이라 함은 鎭軍將軍 參軍의 약칭이다. 晉代의 參軍 중에는
諮議參軍(又稱 諷議參軍)・錄事參軍・記室參軍・工曹參軍・戶曹參軍・
禁防參軍 등이 있었고, 이 외에 署曹가 없는 참군은 다만 參軍事 혹은
行參軍事라 하여, 한산하고 별로 뚜렷한 직책이 없이 일정한 祿도 없었
다. 연명이 진군참군으로 있을 때의 서조는 알아볼 길이 없으나, 연명이
동서로 왕래했던 사실에 비추어 참군사는 아니었을 것으로 추측된다.

義熙 원년 乙巳(405) 연초에 연명은 劉裕의 막하에서 劉敬宣의 막하로
옮겨가 建威將軍參軍이 되었다. 연명이 이처럼 2次의 참군을 하게 된
것은 劉裕 및 유경선이 심양인 그의 고향 땅에 진군하게 된 것이 機緣

---

18) 도연명 시 : 「始作鎭軍參軍經曲阿作」 시 중에 「…投策命晨裝 暫與園田疎…」
19) 車柱環 : 「도연명의 생애」, 상게 논문, 130쪽.

이 되었을 것이고, 또 당시 양인이 모두 반역자를 토벌한다는 대의명분을 표방한 것이, 연명으로 하여금 편지로 소식을 듣고 새벽에 행장을 꾸려 잠시나마 전원을 떠나게 한 이유였을 것이다.

그러나 2次의 참군을 지나고 나서 얻은 연명의 결론은 혼란한 판국에도 政爭과 세력 각축의 추태가 여전히 계속되고 있어서, 이들 군벌간에 끼어서 동분서주함이 무의미하고 무가치하다는 것을 알았기에, 이 기간에 쓰여진 詩인 「始作鎭軍參軍詩」[20]나 「爲建威參軍詩」(三月)[21]에서도 모두 전원의 安詳한 분위기를 동경하는 심정을 토로했던 것이다. 그는 날마다 전원의 꿈을 꾸었던 것이다.

淵明의 귀거래서 並序에 '嘗從人事 皆口腹自役'이라 기술한 것은, 바로 2次에 걸친 참군 시절을 말한 것으로 짐작된다. 그리고는 마지막 관직인 彭澤현령을 '幼稚는 盈室하고 缾無儲粟하고 生生所資에 未見其術'하기에 다시 한번 벼슬길에 나섰다가, 상술한 바의 여러 가지 이유가 동기가 되어 명편 「귀거래사」를 남기고 귀향했던 것이다. 그리고는 직접 농사를 지었다. 부인 翟氏도 뜻을 같이하여, 남편이 앞에서 갈면 妻는 뒤에서 호미로 흙을 잘게 부수는(夫耕於前 妻鋤於後) 合作營豊이었다고 『十八史略』에 기록되어 있다. 義熙 말년에 저작좌랑으로 徵召가 있었으나 물론 불응하였다. 그리하여 陶徵士라는 별칭이 붙었으니, 징사란 학문과 덕행이 높아 나라에서 불렀으나 벼슬길에 나아가지 않은 사람을 일컬음이다.

晉代 潯陽 땅에 三隱이 있었으니 『宋書』에 의하면, 한가롭게 살면서 老子와 周易을 읽으며 廬山에 들어가 沙門인 釋慧遠을 師事한 周續之와 廬山으로 종적을 감춘 彭城의 劉遺民 그리고 徵命에 不應한 陶淵明을 合稱하며 潯陽三隱이라고 적고 있다.

---

20) 「…眇眇孤舟逝 緜緜歸思紆 我行豈不遙 登陟千里餘 目倦川塗異 心念山澤居 望雲慚高鳥 臨水愧游魚 眞想初在襟 誰謂形跡拘 聊且憑化遷 終返班生廬」
21) 「我不踐斯境 歲月好已積 晨夕看山川 事事悉如昔 微雨洗高林 淸飇矯雲翮 眷彼品物存 義風都未隔 伊余何爲者 勉勵從玆役…… 終懷在歸舟 諒哉宜霜柏」

竝序를 인용하면서 상술한 내용이 좀 장황하였으나, 자세한 관직 생활과 가정사 등을 밝혀야 本辭인 「귀거래사」를 온당하게 읽는 독법이라 여겼기 때문이다. 또한 이 글의 내용이 도연명의 「귀거래사」에 화운한 작품인 한국의 「和陶辭」를 연구하는 입장이기에 깊이 있게 천착해 보았던 것이다. 이 땅에서 쓰여진 「和陶辭」 중 많은 작품들도 竝序를 가지고 있어, 작자의 집필 제작한 동기가 밝혀져 있음도 아울러 밝히면서, 개개의 「和陶辭」를 언급하는 자리에서 후술될 것이다.

또한 竝序의 말미에 '因事順心 命篇曰歸去來兮'라고 하여 원제는 「귀거래혜」였으나, 梁나라 昭明太子인 蕭統이 『文選』과 「도연명전」에 이 작품과 작품명을 수록할 때에 어조사인 '兮자'를 떼어버리고 「귀거래」라고만 하였다가, 후세에 문체의 명칭 중 하나인 '辭'자를 보태어 「歸去來辭」라고 합칭하여 일컫게 되었음도 밝히면서, 이제 本辭인 「귀거래」 原辭를 살피려고 한다.

연구방법상 「귀거래사」를 文段으로 나누어 고찰할 필요성이 있다. 전편이 微·元·刪·尤·支字順으로 五段 換韻되었으나, 근체시가 아닌 이상 元·刪字韻은 通押될 수 있으므로 같이 묶기로 하였다. 徐首生 교수의 『고려조 한문학연구』(93쪽)에는 四韻四段으로 나누어, 奔·門·存·樽을 元字韻이 아닌 寒字韻으로 처리하여 顔·安·關·觀·還·寬·桓字들과 같은 韻目에 넣었으니 혹 착오가 아닌가 한다. 『古今文選』과 『古文觀止』도 「귀거래사」의 문단을 4문단으로 나누었으며, 元자운과 刪자운이 通韻[22]이 되는 이상 굳이 5문단으로 가르지 않았으니, 기승전결의 詩文작법인 사분법에도 합당된다고 하겠다.

同一韻과 통운을 한 단락으로 잡고, 二句를 一聯으로 묶어, 一連번호를 매겨 나가니 30聯이 되었다. 각 문단의 聯數와 大意 및 韻目을 미리 밝혀 本辭의 이해를 돕기로 한다.

---

22) 古詩에서 通押되는 詩韻을, 平聲韻 30운을 가르면 11개로 묶여진다. 一, 一東 二冬 三江 二, 四支 五微 八齊 九佳 十灰…五, 十三元 十四寒 十五刪 一先 …

제1단(1~6聯) 微字韻 : 그의 辭官과 귀향의 이유 설명.
제2단(7~16聯) 元·刪·寒通韻 : 回家詩에 보고들은 바의 묘사.
제3단(17~24聯) 尤字韻 : 回家後의 일상생활과 심경을 吐說.
제4단(25~30聯) 支字韻 : 그의 願望과 志向을 개진.

微·元·寒·刪·尤·支韻字는 '哀而安'한 성조를 지닌 平聲에 속해 있어 險韻도 强韻도 아닌 일반성이 있는 韻임을 보여주고 있다. 이제 본사를 위와 같은 4단락으로 나누어 분석해 나가기로 한다. 韻은 歸·悲·追·非·衣·微에 押韻되었으며 上平聲 微字韻이다.

1 歸去來兮!   돌아가리라!
   田園將蕪胡不歸?   전원이 황폐해 가거늘 어찌 돌아가지 않으랴?
2 旣自以心爲形役   이미 내 스스로 정신을 육신의 노예로 만들었으니,
   奚惆悵而獨悲?   어찌 괴로워하고 홀로 슬퍼만 하랴?
3 悟已往之不諫   이미 지나간 일은 어찌할 수 없음을 깨달았고,
   知來者之可追   장래의 일은 올바르게 할 수 있음을 알았네.
4 實迷塗其未遠   참으로 길을 잘못 든 것이 멀지 않은 때에,
   覺今是而昨非   지금이 옳고 지난날이 틀렸음을 깨달았네.
5 舟搖搖以輕颺   고향으로 가는 배는 흔들흔들 가볍게 나아가고,
   風飄飄而吹衣   바람은 살랑살랑 옷자락에 나부끼네.
6 問征夫以前路   (뭍에 올라) 행인에게 앞길을 물어서 가노라니,
   ①恨晨光之熹微   (빨리 가려는데 오히려) 새벽빛의 희미함이 원망스럽네.

이상이 제1단으로 은일을 결심하고 고향으로 돌아가는 이유를 밝혔다. 그것은 '以心爲形役'으로 정신적인 마음(Spirituality)이 물질적인 몸인 육신(Physicality)의 심부름꾼이 될 수 없다는 것이다. 佛家語로는 '能轉所轉'이라고 한다. 자유로워야 할 정신 세계가 육체의 노예가 될 수 없다는 원초적이며 본래적인 자아를 찾자는 선언이다. 난세와 혁명시에 차라리 땅 파는 농사꾼이 되어 자신의 원형질을 찾으려고 귀향하는 것이다. 과거는 어쩔 수 없는 것이며, 미래나마 나의 세계를 올곧게 지키며 생을 마치겠

다는 값진 양심 선언인 것이다. '昨非今是'는 새로운 출발인 것이다.

憲·哲·高宗 연간에 살았으며, 和陶辭를 집필한 鼓山 任憲晦(1811~1876)와도 交遊하였던 嶠堂 李象秀(1820~1882)는 도연명의 「귀거래사」 구절구절에 대한 해설인 「歸去來辭句解」23)를 남겼는데, 「귀거래」 원사를 각구로 나누어 大文으로 삼고 바로 그 하단에 2행으로 자세하고 깊은 뜻풀이나 해석을 가하였으니,

제1聯인 '歸去來兮 田園將蕪胡不歸'의 해설은 다음과 같다.

先生之歸 本不欲心爲形役 起句却不説 輕輕諉之於園田之蕪 乃妙處也

선생의 귀거래는 정신이 육신의 노예가 될 수 없음을 본지로 삼은 것인데, 기구에서는 도리어 말하지 아니하고 가볍게 이것을 '전원장무'에 핑계를 돌렸으니, 이것이 바로 작품의 묘처이다.

본 장에서는 嶠堂 李象秀가 「귀거래사 구해」를 써놓아 깊이 있는 해설에 도움을 받았음을 밝히면서, 제5聯인 '舟搖搖以輕颺 風飄飄而吹衣'에 대한 깊이 있는 천착이 있었음을 다음에 기술하려 한다.

선조시의 명현이며 청백리에 녹선된 休庵 白仁傑(1496~1579)의 문집인 『隋城世稿』24)에 「論陶淵明歸去來辭並讚」이라 題한 논변류의 長文중에 다음과 같은 구절이 있다.

… 芥千金而雲富貴 與世之碌碌庸夫 掀虎鬚探龍珠者 霄壤矣 故有舟輕揚之句 是可謂遺以淸白也 …

천금을 초개와 같이 여기고, 부귀를 자기와 무관한 뜬구름같이 생각하기에, 세상에 흔해 빠진 용렬한 자가 호랑이 수염을 들어올리고, 용의 여의주를 찾는 자들과는 하늘과 땅만큼의 차이가 있다. 그러기에 '배가 가볍게 달린다.'라고 한 대목은 청

---

23) 李象秀 : 『嶠堂集』 권22 雜著
24) 白仁傑 : 『隋城世稿 附 東隱私稿』(수원 백씨 종친회간, '1986.)

렴결백을 교훈으로 남겼다고 말할 수 있는 것이다.

즉 '舟搖搖以輕颺'의 이유는 관직을 떠나 낙향의 길을 떠나면서 백성의 재물을 탐하지 않아 배에 실은 것이 없으니 '배는 흔들린다'는 언표이며, '風飄飄而吹衣'는 역시 가렴주구를 일삼지 않았으니 입은 것이 변변치 않아 '바람은 살랑살랑 옷자락을 나부낄' 수밖에 없다는 속뜻이라는 것이다. 이것이 바로 청백리로서의 표백이라고 본 것이다.

李丙疇 교수의 수필집 『歲寒圖』 중 「詩話三則 第二話 舟搖」[25]에도 '배가 까불거림(舟搖)은 원체 배에 실은 것이 없어서이고, 옷자락이 나부낌(吹衣)은 실상 입은 것이 부실해서다.'라고 쓴 적이 있는데, 과시 깊은 해석이라 생각한다. 아울러 옛 과거 시험에도 '舟搖搖'라는 科題로 시부를 짓게 하여 取才하였던 사실도 있었다.

다음은 제2단으로 운을 바꾸어 奔·門·存·樽으로 「抽引上穿」과 「聯引」의 의미를 지닌 元운자와 顔·安·關·觀·還·桓은 刪·寒韻字로 元·刪·寒韻 通韻으로 압운하였다.

7	乃瞻衡宇	이윽고 사립문과 지붕 바라보고는,
	載欣載奔	기쁜 마음에 가슴은 설레고 발걸음은 한달음.
8	僮僕歡迎	머슴들은 반갑게 마중 나오고,
	稚子候門	어린 자식들은 문에서 기다리네.
9	三逕就荒	꽃심어 가꾸던 세 갈레 좁은 길은 황폐해졌으나,
	松菊猶存	소나무와 국화는 아직도 있네.
10	攜幼入室	어린 자식 손잡고 방으로 들어가니,
	有酒盈樽	(內子인 翟氏가) 담근 술이 술통에 가득차 있네.
11	引壺觴以自酌	술병과 잔을 들어 자작하면서,
	眄庭柯以怡顔	정원의 나뭇가지 바라보며 기쁜 표정을 짓노라.
12	倚南窓以寄傲	南窓에 기대어 거리낌없이 만족함을 즐기고,
	審容膝之易安	좁은 방일망정 안락의 쉬움을 깨닫네.

---

25) 李丙疇 : 『세한도』 「詩話三則 舟搖」(서울, 탐구당, 1974), 266~268쪽.

13	園日涉以成趣	뜨락을 거니는 것으로 하루의 취미를 이루고,
	門雖設而常關	대문은 있으나 찾는 이 없어 늘 잠겨 있노라.
14	策扶老以流憩	지팡이에 의지하여 내키는대로 거닐다가 쉬며,
	時矯首而退觀	때로는 머리들어 멀리 香山을 바라보노라.
15	雲無心以出岫	구름은 무심히 산골짜기에서 피어오르고
	鳥倦飛而知還	새는 날기에 지치면 제 둥지로 돌아옴을 아네.
16	景翳翳以將入	해는 뉘엿뉘엿 서산에 지려하고,
②	撫孤松而盤桓	홀로 서있는 소나무 어루만지며 머뭇머뭇 배회하네.

이상이 제2단으로 앞의 8구 4연은 4자구로 되어 있어, 운율의 변화(元자운)와 함께 집에 당도한 기쁜 마음을 부각시켰다. 뒤의 12句 6聯은 刪자운으로 換韻하면서 전원을 소요하며 느끼는 한적함과 자족감을 유장하게 노래했다. 풍경 묘사는 작자의 은일하는 심경을 상징적으로 잘 나타내고 있어, 전편 중 정채있는 부분으로 평가되고 있다.

즉 '自酌・怡顔・寄傲・容膝・易安・成趣・常關・流憩・退觀' 등의 隱棲의 뜻을 내포한 어휘를 알맞게 포치했으니, '누구와 함께 마시는 대작이 아닌 自酌・얼굴의 주름살이 펴지는 怡顔・三公과도 바꿀 수 없는 傲然함・무릎이나 용납할 좁은 방・마음의 편안함을 쉽게 찾아낼 수 있는 단순성・취미 또는 운취를 찾음・문은 있으나마나 찾아오는 이 없고[26]・내키는 대로 걷다가 쉬고・느긋하게 멀리 香山을 바라본다.'에서 言盡意不盡의 無我之境을 읽어낼 수 있는 것이다.

또한 자기의 還鄕을 새도 날기에 지치면 보금자리로 찾아든다고 하면서 모든 생명체의 落木歸根함에 연결시키는 친화의 세계를 엿볼 수 있으며, 햇빛이 뉘엿뉘엿 서산에 지는 것으로 비유되고 있음은 인생의 초로기에 접어들었음을 암시하고 있으며, 老醜・老欲에 사로잡히거나 물들지 않는 晩節의 중요성을 獨也靑靑으로 상징되는 한 그루 소나무를 어루만지면서 서성이는 모습이 躍如하다 하겠다. 여기의 孤松은 결국 晩年

---

26) 도연명,「飮酒 20수」, 제5수,「結廬在人境 而無車馬喧 問君何能爾 心遠地自偏」

의 절개를 지켜 갈(竟抱固窮節 : 飮酒 其十六) 도연명 자신의 모습이라고 보여진다.

그리고 14연인 '策扶老以流憩 時矯首而遐觀'에서 '遐觀'을 香山이라고 한 것은 그의 고향인 심양 柴桑村 栗里가 江西의 명산인 盧山의 산자락에 있기 때문인데, 李白의 오언배율과 칠언절구인 「望廬山瀑布 二首」와 七絶인 「望廬山五老峰」의 지리적 배경이 바로 이곳이다. 陶詩中 「飮酒 第五首」의 '採菊東籬下 悠然見南山'의 남산이 바로 香山인 것이다.

다음으로 제3단을 살피겠다. 감개가 最深한 音響이라는 下平聲 尤韻字인 遊·求·憂·舟·丘·流·休字에 압운하였다.

17	歸去來兮!	돌아왔음이여!
	請息交以絶游	교제를 그만두고 교유도 끊으리라.
18	世與我而相違	세상은 나와 어긋나 있으니,
	復駕言兮焉求?	다시 수레를 타고나선다 한들 무엇을 구할 것인가?
19	悅親戚之情話	친척들과의 정겨운 대화에 희열을 느끼고,
	樂琴書以消憂	素琴과 서적을 즐기니 근심 걱정 사라지네.
20	農人告余以春及	농부가 나에게 '봄이 되었다'고 알려주니,
	將有事于西疇	장차 서쪽 밭이랑에서 봄갈이 하리라.
21	或命巾車	때로는 포장을 씌운 수레를 타기도 하고,
	或棹孤舟	더러는 작은 배를 노 저어가며,
22	旣窈窕以尋壑	깊고 멀리 배 띄워 골짜기 찾고,
	亦崎嶇而經丘	수레 타고 험한 언덕도 넘어.
23	木欣欣以向榮	나무는 싱싱하게 물올라 잘도 자라고,
	泉涓涓而始流	샘물은 끊임없이 졸졸거리며 흐르기 시작했네.
24	羨萬物之得時	만물이 때를 얻어 피어오름을 부러워하면서,
③	感吾生之行休	내 生이 휴식(終末)에 다가감을 느끼노라.

이상이 제3단으로 귀향후의 일상생활과 내면세계를 읊었는데, 겨울의 음침함을 지나 만물이 소생하는 기쁨에 자기의 가슴에도 비로소 피가 흐

르고 있음을 감득하면서, 생사를 초월하리라 다짐하고 있음을 엿볼 수 있다.

처음 4句 2聯은 다시금 은퇴의 결심을 확인하고 있다. 봄철이 되어 농삿일을 준비하면서, 만물이 생명력에 넘쳐있는 것을 보면서, 한편으로는 자신이 늙어가고 있는 것을 깨닫고 있다. 자연은 끊임이 없는 순환을 되풀이하여, 봄이 되면 꽃이 피고, 시냇물은 얼음이 녹아 흐르기 시작한다. 그러나 인간의 생명은 유한하여 멈춤이 있는 것이다. 그러나 인간 또한 자연의 일부로서, 육체를 우주 안에 맡기고 있는 것에까지 생각이 미치고 있음을 보여주고 있다.

陶詩 4언시 중에 '세월은 흘러만 가는데(日月推遷), 머리는 희끗희끗 이루어 놓은 것은 아무것도 없이(白首無成) 늙어짐을 염려하는(念將老)'「榮木(無窮花)」시 末章인 4장에 보면, 21연의 사언구 '或命巾車 或棹孤舟'로 산천 유람을 즐기는 대목27)이 보인다. 또한 「榮木」시에 보면 그가 왜 만 40세에 귀거래하게 되었는지에 대한 중요한 일면이 보인다.

즉 『論語』의 공자 말씀에 '四十五十而無聞焉이면 斯亦不足畏也已인저'(子路)로 '40줄, 50줄의 나이에 들어서도 훌륭한 인물 소리를 들을 수 없다면 끝난 인생이라는 것'이다. 그는 「榮木」시 말장의 첫 구절에 '先師遺訓 余豈云墜 四十無聞 斯不足畏'이라고 하여 '조용히 깊이 생각하면서 마음 속으로 슬퍼하네(靜言孔念 中心悵而)'(「榮木」 1장), '나의 회의감은 怛然히 속으로 앓노라(我之懷矣 怛焉內疚)'고 하면서 자기의 심중을 보이고 있는 것이다.

도연명의 4언시를 연구한 허성도28)는 楊家駱의 『陶淵明詩文彙評』 중 「榮木」 시의 각장의 성격을 말한 黃文煥의 비평을 인용하여 동의하고 있다. 다음에 그 대목만을 적시하면 다음과 같다.

---

27) 『陶詩 榮木 末章』, 「… 脂我名車 策我名驥 千里雖遙 孰敢不至」
28) 許成道 : 『陶淵明 四言詩考－評釋方法의 설정을 위한 一試圖－』(서울대 대학원 석사학위논문, 1973. 11.), 40~41쪽.

… 卒章 痛自猛厲 脂車策驥 贖罪無聞 何疚之有

　　4장인 졸장에서는 스스로 반성하고 자신을 격려하며 수레에 기름칠하고, 준마에 채찍하며 떠나 지금까지의 나태한 생활로 틀림이 없었음을 속죄한다. 이제 그에게 무슨 떠름함이 있겠는가?

　　「榮木」시에서 쓴 先師의 遺訓인 『論語』에는 「子罕」편에 "知者는 不惑"이라 하셨으며, 「爲政」편에서는 "三十而立 四十而不惑"이라 하셨는데, 나이 마흔에 미혹됨이 없다 하심에서 만 40세의 귀거래에 의미를 두려고 한다. 李辰冬도 『陶淵明評傳』[29]에서 "사람이 40세가 되면 대체로 과거를 반성하고 미래를 생각하게 된다. 40이 되면 杜甫「曲江」詩句인 人生七十古來稀로 본다면 인생의 반 이상이 흘렀다. 따라서 감정상으로도 앞뒤를 문득문득 돌아보게 된다. 게다가 공자의 四十而不惑을 숙독한 사람으로는…"라는 생각이 油然히 일어나면서 자기 자신을 깊이 돌아보고는, 마침내 찾아가는 길이라고 보았음에 깊이 동의하게 된다.

　　실제로 陶詩 중 「飮酒」 제16수에 "行行向不惑 淹留遂無成"이라 하여, 나이는 40줄에 들어가는데 이루어 놓은 것은 없다고 자탄하고 있다.

　　마지막 제4단은 '由此施彼'·'平陳'의 의미를 지닌, 支韻字인 時·之·期·耔·詩·疑字에 압운하였으며, 자기의 남은 인생 동안의 바람과 지향할 세계를 그리고 있다.

25 已矣乎!	끝났음이여!
寓形宇內復幾時?	천지간에 이 몸이 맡겨 있는 동안이 그 얼마나 되랴?
26 曷不委心任去留?	어찌 본심을 따라가고 머물음을 자연에 맡기지 않으리?
胡爲乎遑遑欲何之?	무엇을 위하여 황황급급히 어디로 가겠다는 건가?
27 富貴非吾願	부귀는 나의 소원이 아니고,
帝鄕不可期	仙界는 기약할 수 없네.

---

29) 李長植 :『陶淵明評傳』(牧童文庫 35, 1978, 중화민국 67년), 66쪽.

```
28 懷良辰以孤往        좋은 날이라 생각되면 혼자 나서서,
   或植杖而耘耔        때로는 지팡이 꽂고 잡초도 베고 북돋기도 하리라.
29 登東皐以舒嘯        동쪽 언덕에 올라 휘파람 불기도 하고,
   臨淸流而賦詩        맑은 물을 내려다보면서 시를 읊으리라.
30 聊乘化以歸盡        애오라지 천지자연의 변화를 따라 목숨을 다할 뿐이
                      니,
 ④ 樂夫天命復奚疑      저 천명을 즐길 것이니 다시 무엇을 의심하리오?
```

이상이 大尾의 제4단으로, 자연의 질서를 체득하고, 인생은 자연의 도리에 따라 살아야 한다는 超然·達觀的인 태도를 보이고 있다. 세속적인 욕망은 다 없어지고 평정하고 투명한 마음만이 남았다.

도연명의 「귀거래사」 이전에, 전원 생활이나 한가롭게 사는 생활을 노래한 작품으로는 漢代 張衡의 「歸田賦」·西晉 張華의 「歸田賦」·潘岳의 「閑居賦」 등이 있어서 「귀거래사」의 원류를 이루고 있다. 그러나 「귀거래사」는 이들 선행의 작품과는 다른 깊은 뜻과 맛이 담겨 있고, 문학적 수준도 비교가 안될 정도로 높다.

宋代의 歐陽脩는 "晉代에는 문장이 없다. 오직 「귀거래혜사」 한 편만이 있을 뿐이다(晉無文章 惟陶淵明歸去來兮辭一篇而已)."라고 극찬했다. 문학 작품은 고민을 통해서 산출되는 것이다. 20대까지 도연명은 국가 사회를 위해 일하겠다는 큰 포부30)를 가지고 있었으나, 30대에 와서 그의 희망은 실현될 수 없음을 알았다.31) 그의 사회 생활은 갈등과 고민에 차 있었다.

다시금 세상과 자신을 응시하면서 결단을 내리지 않을 수 없었다. 물질적인 생활과 정신적인 생활은 양립할 수 없었다. 그는 인생의 진실한 삶·자신에 충실한 삶을 간절히 바랐다. 때문에 생리적 욕구를 위한 삶·정신이 육체의 부림을 받던(以心爲形役) 생활을 청산하고, 진실과 선의로 가

---

30) 『陶詩 雜詩 其五』, 「憶我少壯時　無樂自欣豫　猛志逸四海　騫翮思遠翥　荏苒歲
　　月頹　此心稍已去 …』
31) 『陶詩 雜詩 其二』, 「… 日月擲人去　有志不獲騁　念此懷悲悽　終曉不能靜」

득 찬 전원으로 돌아가기로 마음먹었던 것이다.

　수사법상으로는 비교적 난삽한 어구를 구사함이 없이 그의 심회를 기술하여 나갔다. '搖搖(흔들흔들)'·翳翳(뉘엿뉘엿)·欣欣(싱싱하고 죽죽)·涓涓(줄줄 또는 철철)·遑遑(급한 모양) 등의 의태어인 「以聲摹境」의 疊字들과, '熹微·盤桓·窈窕'의 疊韻과 '崎嶇' 등의 雙聲을 효과적으로 활용하고 있다.

　또한 간과해서 안될 것은 4번에 걸친 '歸'자의 용법이다. 두 번 반복되는 '歸去來兮'는 제1단에서는 '돌아가리라!'의 뜻으로 '가겠다.'는 의지적인 면이 드러나고 있으며, 제3단에서는 '돌아왔음이여!'의 뜻으로 진정코 잘 돌아왔다는 안도감에서 나오는 확인과 환희의 심정이 나타나 있다. '胡不歸'의 歸는 '돌아가야 한다.'의 반어적 표현이고, 마지막 단락의 '乘化歸盡'의 歸는 落木歸根과 같은, 한 생명의 유기체로서의 종언을 표현한 것이다.

　다시 말하면, '胡不歸'는 高節을 지켜 온전히 하자는 의도이니, 자기를 굽히고(枉己) 本性을 어기면서(違性), 봉록이나 쫓다가(徇祿) 돌아감을 망각(忘歸)한다면, 이러한 난세와 易姓혁명의 시대에 晚節을 온전히 할 수 없다는 淸風高節之士의 강직한 기개[32]인 것이며, '乘化歸盡'의 歸는 一草一木과 같이 썩어 문드러질 육신이지만, 이 허무감에서 초탈하는 우주관(세계관)은 生死一如觀임을 보여주는 것이다. 따라서 첫 단락과 끝 단락의 兩歸字는 이 작품의 眼目字[33]로 이 점을 소홀하게 볼 수 없는 것이다.

　「귀거래사」는 산수자연미와 농사의 기쁨과 소박한 정신 생활로 돌아가는 기쁨을 단 340字[34]로 노래한 것이다. 대자연 속에서 자신을 몰입·융

---

32) 『陶淵明, 與子儼等疏』, 「吾年過五十 少而窮苦 每以家弊 東西游走 性剛才拙 與物多忤 …」
33) 『詳說 古文眞寶大全』(서울, 보경문화사 영인, 1983). 「始末兩歸字 爲一篇之眼目 讀者其毋忽略於此」, 103쪽.
34) 吉川幸次郎, 『陶淵明傳』(吉川幸次郎全集 7, 筑摩書房, 昭和 49년), 390쪽.

화시켜 자연의 변화와 함께 살아가며, 순수한 감정을 난해하지 않은 시어로 담박하게 노래한 도연명의 시 세계는 중국의 자연시 또는 전원시에 막대한 영향을 주었을 뿐만 아니라, 이 땅의 사대부들에게도 지대한 영향을 끼쳤다.

청나라 乾隆 3년(1738)에 이르러, 綿羊山 기슭에 있는 그의 묘에 石碑를 세웠는데, 碑身에는 '晉徵士 陶公靖節之墓'라 새겼고, 碑額은 '淸風高節', 석비의 左側에는 墓誌와 「五柳先生傳」이 刻文, 우측에는 바로 이 「귀거래사」가 刻文[35]되어 있어, 그가 세상에 남긴 名篇임을 보여주고 있다.

세상에 전해지는 故事로 虎溪三笑가 도연명과 연관된 것이라고 하는데, 아마도 후세의 好事家가 만들어 낸 이야기인 듯 하다. 盧山의 惠遠法師에게 栗里山에 사는 도연명과 道士로 山南에 사는 陸修靜이 찾아와서, 전송길에 두 사람과 더불어 뜻이 맞아 이야기를 나누다가 그만 虎溪를 넘어가는 바람에 호랑이가 으르렁거리는 소리를 듣고 서로 박장대소하였다는 내용이다.

惠遠 法師는 萬日(三十年) 修道를 위하여 이곳에 들어왔는데, 그때 호랑이가 안내하였기에 虎溪라고 하며, 다시는 俗世로 나가지 않기로 작심하였었다고 한다. 그런데 그만 좋은 친구 때문에 이 규칙을 어겼다는 것인데, 이들의 나이 차이가 있어 신빙성이 없는 것이다. 惠遠이 죽을 무렵 육수정은 고작 열 살 안팎의 어린애였으며, 도연명은 이미 50세였다.

---

35) 松枝茂夫·和田武司 著 :『隱逸詩人 陶淵明』(中國の詩人 2, 集英社, 昭和 58년, 제1쇄), 9쪽.

5. 「和陶辭」의 概念

도연명의 「귀거래사」에 심취하고 매료되어 온 이 땅의 사대부들은, 문학상 하나의 토포스(TOPOS)가 되어버린 귀거래를 모티프로 하여, 고려 무신정권하에서 竹高七賢의 一人으로 『破閑集』의 저자인 李仁老(1152~1220)의 「和歸去來辭」를 비롯하여, 최근 舊自由黨 정권의 부패와 부정이 난무하는 시국을 분개하면서, 오히려 현실과의 철저한 대결 의지가 필요함을 역설하고, 귀거래를 반대하고 싸우리라던 心山 金昌淑(1879~1962)의 「反歸去來辭」까지 근 800여 년에 걸쳐 수많은 작품을 남겼다.

수많은 작품이 쓰여졌을 것이라는 추정은 물론, 본인이 찾아볼 수 있었던 자료의 한계를 두고 하는 말이다. 여기 저기 소장되어 있는 문집과 筆寫本들을 총망라하여 찾아 볼 수는 없었기에, 아직 미처 보지 못한 귀거래의 TOPOS를 주제로 한 작품이 얼마든지 더 있을 것이라는 충분한 가능성이 있기 때문이다.

본 논문은 지금까지 본인이 찾아 모은 「和陶辭」 150여 편을 주 대상으로 삼을 수밖에 없는 연구의 제한점은 있었다. 그러나 일단은 이 땅의 사대부들·여항 문인으로 불리우는 中人層·승려와 여성들로 이루어진 두터운 작가층에 의하여 끊임없이 쓰여진 和韻作에 어떤 의미를 부여하는 작업은 충분하리라 여겨진다.

대부분의 和韻作들은 도연명의 「귀거래사」운에 화운하였다는 뜻에서, 「和陶淵明歸去來辭」·「和歸去來辭」 또는 같은 의미인 「次陶淵明歸去來辭」·「次歸去來辭」로 제목을 삼고 있다. 더러는 「謹步陶靖節歸去來韻」이니 「步靖節歸去來辭」라고 제목을 단 것도 보인다.

화운시의 정의를 徐師曾이 찬한 『詩體明辨』[36]에서 찾아보면 다음과 같은 三體가 있음을 알 수 있다.

---

36) 徐師曾 撰 : 『詩體明辨』(서울, 오성사, 1985), 520쪽.

按 和韻詩 有三體
一曰 依韻 謂同在一韻中 而不必用其字也
二曰 次韻 謂和其原韻 而先後次第 皆因之也
三曰 用韻 謂有其韻 而先後不必次也

첫째는 依韻으로, 동일운목에 속하면서도, 반드시 화운하려는 작품이 사용한 운자를 쓰는 것을 필수 조건으로 삼지 않는 것이며, 둘째는 次韻으로, 원운에 和하고, 그 선후차제가 한결같이 원운에 말미암는 것이며, 셋째는 用韻으로, 그 운은 있되, 선후가 반드시 차례를 따르지 않는 것이다.

즉 화운시에는 依韻·次韻·用韻의 三體가 있으며, 各體에 대하여 자세한 해설을 기준으로 하여 살펴보면, 거의 대부분의 이 땅에서 쓰여진 「和陶辭」는 화운시의 하위 개념인 '차운'으로 「귀거래사」의 원운에 맞추어 先後次第에 따른 것을 알 수 있다. 따라서 '차운'이 가장 마땅한 용어이지만, 차운을 포괄하는 상위 개념인 '和韻'이라도 무방함을 알게 된다. 또한 '步韻'이란 뜻을 "운을 밟아 나간다."는 뜻이니, 原韻에 충실히 따랐음을 말하는 것으로, '차운'과 개념상 차이가 없다고 하겠다.

다만, 자세한 것은 후술할 것이지만, 도연명 「귀거래사」 제4단의 첫聯인 '已矣乎! 寓形宇內復幾時?'의 '때 時字'韻은 같은 '支韻字'조차도 쓰지 않은 다양한 변조를 보이고 있으니, '地·懼·何·及·留·回·火·情·心·像·彊·雲·空·强·陰' 등자로 메꾸었음을 보여주는 바, 화운작이란 원작자의 수준 이상을 넘지 않으면 쉽지 않다는 評說을 확인하게 된다.

또한 歸來亭 蔣八國(1562~1633)의 「귀거래사」와 仙石 辛啓榮(1577~1669)의 「續歸去來辭」는, 제목에서도 알 수 있듯이 和(次)韻을 하지 않았음을 보여주는 독특한 작품으로, 제1단 첫련의 끝구인 '胡不歸'의 '돌아갈 歸字'(微韻字)와 제4단 끝 聯 마지막 句인 '(復)奚疑'의 '의심할 疑字'(支韻字)의 두 운자만을 首尾로 화운했으며, 聯數도 장팔국의 「귀거래사」는 31聯이고, 선석 신계영의 「속귀거래사」는 40聯으로, 퍽 자유롭게 자신의 귀거래 입장을 밝혔다.

東國인 우리나라의 文選인 徐居正 등찬의 『東文選』 권1 辭의 첫 작품으로 기록되어, 이 땅 최초의 「和陶辭」인 이인로의 「화귀거래사」도 31련으로 제2단에 '너그러울 寬字'(寒韻字) 韻을 하나 더 첨가되어 31운으로 하였으며, 제3단 말미의 운자인 '流와 休'字(尤韻字)가 '休와 流'로 끝맺어 약간의 선후차제는 바뀌었음을 밝혀둔다.

이제 본 저술에 계속 사용하고 있는 「和陶辭」의 개념을 확실히 해둘 필요를 느낀다. 도연명이 405년, 그가 만 40세 되던 해에 彭澤令을 80여 일만에 사직귀향하면서 쓴 「귀거래사」는 그의 자화상이요, 그 이듬해 쓴 것으로 알려진 전원으로 돌아와서의 담박한 생활을 읊은 오언시 '歸田園居」는 그의 사진[37]이라 할 수 있다.

전장에서 「귀거래」 원사의 해설과 전역을 통하여 도연명의 유일한 辭 작품의 가치와 인품의 고매함을 살펴보았다. 이 땅의 많은 분들이 이와 같은 「귀거래사」를 선호하여 「和(次・擬・步・敬・倣・反)歸去來辭」라는 화운작을 썼다. 본인은 이와 같은 일군의 작품군을 묶어 「和陶辭」라는 용어로 하나의 標題語를 삼으려 한다. 이 「和陶辭」라는 용어는 물론 다음과 같은 용례가 있기 때문이다.

1. … 其年冬 景任 焚魚而來 果有**和陶辭**之作 於是 …

(蒼石 李埈의 「和歸去來辭」 幷序[38])

… 그 해(1601) 겨울 愚伏 鄭經世(1563~1633)는 벼슬을 버리고 귀향하여 과연 「和陶辭」를 지었다. 이에 … (蒼石 李埈(1560~1635))

2. 疎齋相之沂漢入峽也 首揆夢窩公 以**和陶辭**投贈 疎齋次其韻 並三淵子作而示余 …(芝村 李喜朝의 「次歸去來辭」 幷序[39])

---

37) 徐首生 : 『高麗朝 漢文學硏究』(형설출판사, 1971), 66쪽.
38) 李埈 : 『蒼石集』 권1 賦
39) 李喜朝 : 『芝村集』 권32 雜著

소재 李頤命(1658~1722)께서 한강을 거슬러 올라 골짜기에 들어가 은거하셨다. 처음 몽와상공인 金昌集(1648~1722)께서 도연명 「귀거래사」에 화운한 **「和陶辭」**를 投贈하시니, 소재 이이명이 이어 차운했고, 아울러 삼연 金昌翕(1653~1722)도 화작하여 나에게 보임에 … (芝村 李喜朝(1655~1724))

3. … 因記昔年 癸丑 先人偶有 **和陶辭**一篇 尤菴先生跋之曰 …

(玉吾齋 宋相琦의 「和歸去來辭」 跋文40))

… 인하여 옛날 현종 14년 계축년(1673)에 선인이신 霽月堂 宋奎濂(1630~1709)께서 우연한 기회에 **「和陶辭」** 한 편을 지으신 일이 기억되는데, 우암 송시열(1607 ~1689) 선생께서 이에 발문을 적어 말씀하시기를 …

(玉吾齋 宋相琦(1657~1723))

4. 余罹讒去國 將泝漢入峽 夢窩相公 寄示所**次陶辭**及三淵翁所次者 命余和之 … (소재 이이명의 「次夢窩相公所次歸去來辭」 幷序41))

내 참소를 입어 도성을 떠나 한강을 거슬러 올라 은거하려 한다. 몽와상공 金昌集(1648~1722)께서 지으신 **「次陶辭」**와 舍弟이신 삼연공 金昌翕(1653~1722)이 伯氏 吹壎함에 仲氏 吹箎한 **「和陶辭」**를 보여 주시면서 나에게 唱和하기를 명하셨다. … (疎齋 李頤命(1658~1722))

5. 歲甲午 關西被繡衣 誣余倡辨論 翌年坐此 削職歸田 **和陶辭** 以見己志 (和隱 李時恒의 「次歸去來辭」 序文42))

숙종 40년(1714), 국경경비에 관심이 있어 평안도 각진의 형편을 시찰했던 것이, 암행어사의 무고를 입어 이듬해인 1715년에 이 일로 연좌되어, 삭직되어 전원으로 돌아와 **「和陶辭」**를 지어 자신의 뜻을 나타내었다. (화은 이시항(1672~1736))

---

40) 宋相琦 : 『玉吾齋集』 권1 辭
41) 李頤命 : 『疎齋集』 권1 辭
42) 李時恒 : 『和隱集』 권1 辭賦

6. 歸去來賦 **和陶辭** 書晚歸亭屛
(凝窩 李源祚의 「歸去來賦」 副題[43])

귀거래부, 도연명의 「귀거래사」에 화운하여 만귀정 병풍에 씀.
응와 이원조(1792~1971) **(和(次)陶辭 Gothic體** : 필자)

위에 인용한 용어 사용例에서 5例는 「和陶辭」로, 1例는 「次陶辭」로 축약하여 쓰고 있다. 화운과 차운이 같은 개념임은 이미 앞에서 진술한 바와 같다. 그렇다면 「和(次)陶辭」의 두 용어를 단일화하려면 「和陶辭」 편이 좀더 일반성을 가졌다고 판단되어, 도연명의 「귀거래사」에 화운한 一群의 작품들을 「和陶辭」라는 標題語로 삼는 것이 바람직하다고 여겨 계속 그렇게 불러갈 것임을 밝혀 둔다.

또한 차제에 한국(한)문학상, 「和陶辭」라는 하나의 개념을 가진 학술어로 인정되어 쓰일 수 있기를 희망한다.

다음 장은 본 논문의 본론 부분으로, 시대를 크게 고려 후기, 조선조 제1기, 조선조 제2기, 조선조 제3기, 조선조 제4기, 조선조 제5기, 일제강점기, 광복 이후로 8大分하며, 한국 「和陶辭」의 전개 양상을 기술해 나가기로 하겠다.

---

43) 李源祚 : 『凝窩全集』 권4 賦

Ⅱ. 韓國「和陶辭」의 歷史的 展開

Ⅱ. 한국 「和陶辭」의
역사적 전개

陶淵明의 沖澹蕭散한 인품이 빚어낸 명편 「歸去來辭」를 부족하나마 探討해 보았다. 靖節先生이 난세에 晩節을 지키려고 辭官歸鄕하실 때에 쓰신 이 작품을 크게 흠모했던 이 땅의 많은 사대부들은 그 운을 밟아 「和(次・擬・步・倣・反)歸去來辭」를 상당량 문집에 남겨 주셨다. 본인은 이를 「和陶辭」라는 용어로 축약하여 부르고자 하며, 이와 같은 「和陶辭」의 용례는 여러 문헌에 다수 보임을 밝히고, 「和陶辭」의 개념을 앞에서 분명히 해두었다.

이제 본 저술의 본론인 「和陶辭」의 작품론을 시도하려고 한다. 대상이 된 작품은 지금까지 150여 편의 「和陶辭」로, 이 중의 일부는 필사본으로 전해지는 것이기에 작자에 따라서 그 生平도 알 수 없는, 다만 작품만을 찾은 것도 여러 편 있다. 이 경우 「和陶辭」에 쓰여진 내용만 가지고 작품론을 전개하는 한계를 지니게 되지만, 계속되어질 연찬을 통해 극복되어질 것을 기대하며, 아울러 연구과제로 기약해 두고자 한다.

「和陶辭」 작품론의 전개 방식을 우선 시대별로 나누어 고찰하고자 한다. 고려조를 위시하여, 조선조 개창기부터 각 시대・각 세기에 걸쳐 있으며, 한말·일제강점기·광복 이후까지 계속 쓰여져 왔음으로, 일차적으로는 각 시대의 사상적 주류·역사적 흐름에 따라, 1. 고려조 후기, 2. 조선조 제1기 3. 조선조 제2기 4. 조선조 제3기 5. 조선조 제4기 6. 조선조 제5기 7. 일제강점기 8. 광복 이후로 나누어 대표적인 여러 작품들을 살펴보려고 한다.

또한 논의의 진전에 따라 다른 部面의 천착도 있을 것이다.

1. 高麗朝 後期

한국 한문학사상 가장 처음으로 기록된 「和陶辭」는 『東文選』에 수록된 李仁老(1152~1220)의 「和歸去來辭」이다. 이 「和陶辭」를 크게 인정한 李家源 교수는 이를 '晉辭의 遺音'[1]이라면서 원문과 함께 소개하였다.

李仁老의 「和陶辭」는 앞으로 探討하여 나가겠지만, 用事論者로 지목되는 眉叟文學의 정수이며, 총화라고도 할 수 있는 그의 대표작 중의 한 편이다. 이 「和陶辭」는 우리 동국 시문의 정수를 보여주는, 성종 9년(1478) 왕명을 받아 徐居正 등에 의하여 편찬된 『동문선』 154권 중 첫 권인 '辭'의 첫 작품으로 수록되어 널리 알려진 연유가 있기도 하여, 나중에 쓰여진 「和陶辭」에 큰 영향을 後人들에게 끼쳤다.

다시 말하면, 이인로가 「和陶辭」에 활용한 用事들이 그 후에 쓰여진 「和陶辭」에 자주 등장하고 있는 것이다. 즉 '垓字의 사슴(隍鹿)'·'塞翁之馬(塞馬)'·'세월의 빠름(駒過隙)'·'無何有之鄕(何有)'·'魯隱公이 은거한 곳(菟裘)'·'자기 興에 살았던 王徽之의 고사(訪戴安道 造門直返)'·'장자의 鷦鷯巢林不過一枝·庖丁解牛·古人糟魄·鳧脛雖短續之則憂·運斤成風·散木樗櫟'들은 후인들의 「和陶辭」에 그 활용 빈도가 대단히 높은 것으로 계속 쓰여 왔으며, 심지어는 제2단 9연의 '臧穀俱亡 荊凡孰存(출전은 『장자』)' 兩句는 『동문선』이 간행된 얼마 뒤의 인물인 艮齋 崔演(1503~1549)의 「和陶辭」[2]에 고스란히 그것도 바로 같은 위치에 쓰여지고 있다.

이인로는 동시대인인 文順公 李奎報(1168~1241)와 함께 한국 한문학사상 그 비중이 높다. 이인로는 방대한 분량의 詩稿가 있었다고는 하나[3]

---

1) 李家源 :『韓國漢文學史』(민중서관, 1971), 117쪽.
2) 崔演 :『艮齋先生文集』권1 辭.
3) 李仁老 :『臥陶軒記』(『東文選』 65권) 「僕呻吟至數千篇」.
　李世黃 :『破閑集』 跋,「平生所著 古賦五首 古律詩 一千五百餘首 手自撰爲銀臺

현전되는 것은 『파한집』 뿐이며, 『동문선』·崔滋의 『補閑集』·『東國興地勝覽』 등에 收載되어 전해지는 시와 문을 합쳐도 작품이 150편도 못 되는 아쉬움이 있다.

『樂章歌詞』에 고려 고종시(1214~1259) 諸儒의 소작이라는 景幾體歌인 8장 構成의 「翰林別曲」이 실려 있다. 그 첫 章은 당시 제일의 문인을 장르별로 한 사람씩 들어 '元淳文 仁老詩 公老四六'이라고 하였으니, 시로는 이인로를 제일급으로 추앙되었음을 알게 한다.

張德順은 「한림별곡」 제작 연대를 고종 2년 혹은 3년에 지은 것[4]으로 보는데, 그것은 첫 聯에 나오는 인물들의 벼슬로 추단한 것으로, '李正言'은 이규보로 당시의 벼슬이 正言이고, '陳翰林'은 陳澕로 당시에 한림 벼슬을 할 때이며, 더욱 이정언과 진한림이 당대의 집권자인 崔忠獻 앞에서 琴儀의 考閱을 받으며(「한림별곡」에서는 琴學士의 玉笋門生) 詩賦를 경쟁한 해가 고종 2년이기 때문이라는 것이다. 이 가설을 인정한다면 '仁老詩'로 거명되던 때의 이인로는 還辰甲이 지난 63세나 64세가 된 만년이다.

고려조 무신집권기의 반항적 문인집단[5]인 「竹林高會」의 중요 핵심 猛主였던 李仁老의 생애와 문학에 대한 논고로는 徐首生[6]과 南潤秀[7] 및 金鎭英[8] 등의 논문이 있으므로, 본 논문에서는 깊이 다루지 않기로 한다.

이인로의 庶子인 李世黃에 의하여, 1260년에 『파한집』이 上梓되었으며, 그 발문에 몽고의 침입이라는 난리 속에 생명조차 부지하기 어려운

集 又 撰著老會中雜著 爲雙明齋集 …… 遺稿皆散亡 ……」
4) 張德順 : 『한국고전문학의 이해』, (일지사, 1976, 삼판), 93~96쪽.
5) 李東歡 : 『高麗竹林高會硏究』, (고려대 대학원 석사논문, 1968).
6) 徐首生 : 『고려조 한문학 연구』 중 「竹高七賢의 영수 미수문학」, 전게서, 11~108쪽.
7) 南潤秀 : 『이인로 연구』(고려대 교육대학원 석사논문, 1979.).
　 南潤秀 : 「이인로 作品에 투영된 중국시인들의 영향고」, 『聞堂車柱環博士頌壽論文集』(1981), 155~170쪽.
8) 김진영 : 「이인로의 세계관과 문학사상」, 『관악어문논집 4』, (1979)

판국에 『파한집』 이외의 유고는 모두 흩어지고 잃었다고(遺稿皆散亡)9), 안타까워하고 있는 기록으로 보아, 아주 烏有로 돌아가고 말았음을 알 수 있다.

全集이 갖추어져 있지 않기에 이인로에 대한 연구는 항상 그가 시의 大手임을 알면서도 맴돌 수밖에 없었음이 사실이다. 그러나 그의 거작의 하나로 꼽을 수 있는 二十韻 詠史詩인 「石鼓歌」10)의 말미구인 "染指雖知九鼎味(아홉 개의 큰 솥에 끓인 국의 맛을 食指로 찍어 안다고는 하지만)"라고 읊으신 것처럼, 九鼎인 全集이 없는 이상 식지로 찍어 국맛의 싱겁고 짜고 맵고의 어느 편인가를 嘗味할 수밖에 없는데, 바로 이 「和陶辭」가 食指로 찍어낸 국맛에 해당된다고 생각한다.

다음에 이인로의 「和陶辭」를 살펴 나가겠다. 원제는 「和歸去來辭」로 전술한 바와 같이 '寬字'(寒韻字)를 제2단에 하나 더 첨가하여 31운으로 쓰신, 이 땅 최초의 「和陶辭」로 기록되고 있는 辭作品이다.

1	歸去來兮!	돌아가리라!
	陶潛昔歸吾亦歸	도연명이 옛날에 돌아갔던 것처럼, 나 또한 돌아가리라!
2	得隍鹿1)而何喜	해자의 사슴을 얻은들 무엇이 기쁘며,
	失塞馬2)而奚悲	새옹이 말을 잃은들 무엇이 슬프랴?
3	蛾赴燭而不悟	불나비 불에 덤벼들면서도 저 죽을 줄은 깨닫지 못

---

9) 이세황 : 『파한집』 발, 앞의 주3) 참조.
10) 李仁老 : 「石鼓歌」, 『破閑集 下』, 「…我今吟哦欲補之　毛錐已鈍難緝綴　染指雖知九鼎味　飛鳥豈補一字脫」
1) 『列子·周穆王』 : 「鄭人有薪於野者遇駭鹿　御而擊斃之　恐人見之也　遽而藏諸隍中覆之以蕉　不勝其喜　俄而遺其所藏之處　遂以爲夢焉」
2) 『淮南子·人間訓』 : 「夫禍福之轉相生　其變難見也　近塞上之人有善術者　馬無故而入胡　人皆弔之　其父曰　此何知乃不爲福乎? 居數月其馬將胡駿馬而歸　人皆賀之　其父曰　此何知乃不爲禍也? 家富良馬　其子好騎　墮而折其髀　人皆弔之　其父曰　此何知乃不爲福乎? 居一年胡人大入塞　丁壯者引弦而戰　近塞之人　死者十九　此獨以跛之故　父子相保　故福之爲禍　禍之爲福　化不可極　深不可測也」

하고,

駒過隙3)而莫追　　　망아지 문틈을 지나가듯 빨리 흐르는 세월은 따라잡
　　　　　　　　　　을 수 없네.

4 纔握手而相誓　　　가까스로 손잡고 친해보자고 맹세하더니,

未轉頭而皆非　　　머리를 채 돌리기도 전에 모두들 비방하누나.

5 摘殘菊而爲飡　　　시들은 국화를 따서 밥을 짓고,

緝破荷而爲衣　　　찢어진 연꽃을 모아 옷을 삼으리라.

6 旣得反於何有4)　　　이미 무하유지향에 돌아왔으니,

□ 誰復動於玄微5)　　玄之又玄의 道門 속에서 뉘 다시 움직이리.

7 蝸舍雖窄　　　　　달팽이 집이 비록 좁을망정,

蟻陣爭奔　　　　　개미떼는 다투어 달려오네.

8 蛛絲網扇　　　　　(오는 이 없어) 거미줄이 문짝을 얽으며,

雀羅設門　　　　　(찾는 이 없어) 참새 그물을 문에 칠만 하구나.!

9 臧穀俱亡6)　　　　臧과 穀 두 사람 모두 양을 잃기는 마찬가지요,

荊凡孰存7)　　　　진정한 존재는 나의 존재임을.

10 以神爲馬　　　　　정신으로 말을 삼고,

破瓠爲樽　　　　　큰 박을 쪼개어 紅桃井의 띄움막을 삼으려네.

11 身將老於菟裘8)　　이 몸은 장차 은거지에서 늙으리니,

樂不減於商顔　　　즐거움이 商山四皓 못지 않으리라.

12 遊於物而無忤　　　사물을 초월하여 거스림이 없으니,

---

3) 『史記·留侯世家』:「人生一世間 如白駒過隙」

　　『書言故事·天文類』:「謂人生易老 如白駒過隙」

4) 『莊子·逍遙遊』:「今子有大樹 患其無用 何不樹之於無何有之鄕 廣莫之野 彷徨
　　乎 無爲其側 逍遙乎 寢臥其下」

5) 『老子·第一章』:「… 故常無欲以觀其妙 常有欲以觀其徼 此兩者 同出而異名 同
　　謂之玄 玄之又玄 衆妙之門」

6) 『莊子 … 駢拇』:「臧與穀 二人相與牧羊而俱亡其羊 問臧奚事 則挾莢讀書 問穀奚
　　事 則博塞以遊 二人者 事業不同 其於亡羊 均也…奚必伯夷之是 而盜跖之非乎?」

7) 『莊子·田子方』:「楚王與凡君坐 少焉 楚王左右曰 凡亡者三 凡君曰 '凡之亡也
　　不足以 喪吾存 夫凡之亡 不足以喪吾存 則楚之存 不足以存存 由是觀之 則凡未
　　始亡 而楚未始存也'」

8) 『左氏·隱 11』:「隱公曰 使營菟裘 吾將老焉 (注)菟裘 在泰山梁父縣南 魯邑也 (服虔注)
　　菟裘 魯邑也 營菟裘以作宮室 欲居之以終老也」

在所寓以皆安	몸 붙이는 곳마다 편안하기만 하구나!
13 鱗固潛於尺澤	물고기는 못물에 자맥질하여야 마땅한 것,
翅豈折於天關	새가 하늘 높이 나른 들 어찌 날개가 꺾이랴?
14 肯逐情而外獲	왜 外情을 따라 밖에서 얻으려 하였던고,
方收視以內觀	이제야 눈감고 內心을 보고 있네.
15 途皆觸而無礙	길은 이르는 곳마다 걸리는 장애가 없고,
興苟盡則方還[9]	興이 다하면 이내 돌아가리라(訪戴安道 造門直返).
16 鵬萬里以奚適	大鵬은 만리를 무얼하러 가는가?
② 鷦一枝[10]而尚寬	뱁새는 나무 한 가지라도 넉넉한 것을(鷦鷯巢林不過 一枝).
17 信解牛之悟惠[11]	소 가르는 백정이 文惠君을 깨우쳤고(庖丁解牛),
知斲輪之對桓[12]	바퀴 깎는 대목이 제환공에게 '서적은 옛 사람의 찌 꺼기(古人糟魄)'라고 일깨웠었지.
18 歸去來兮!	돌아왔음이여!
問老聃之所遊	노자가 노닌 데를 물어 보자.
19 用必期於無用[13]	「쓰임은 반드시 無用을 期함이며,
求不過於無求	구함은 구함 없음에 지나지 않는 것」이라고.
20 化蝶翅而猶悅	우화등선이 됨사 기쁠 것이로되,
續鳧足則可憂[14]	오리 다리 이은 것은 걱정거리(鳧脛雖短續之則憂)로

---

9) 『晋書 · 王徽之傳』:「晋王徽之嘗居山陰 初雪初霽 月色淸朗 四望皓然 獨酌酒詠 左思招隱詩 忽憶戴逵 逵時在剡 使夜乘小船詣之 經宿方至 造門不前而反 人問 其故 徽之曰 '本乘興而來 興盡反 何必見安道耶?'」

10) 『莊子 · 逍遙遊』:「鷦鷯巢於深林 不過一枝 偃鼠飮河 不過滿腹」

11) 『莊子 · 養生主』:「庖丁爲文惠君解牛 … 庖丁釋刀 對曰 '臣之所好者 道也 進 乎技也' … 文惠君對曰 '善哉! 吾聞庖丁之言 得養生焉'」

12) 『莊子 … 天道』:「世之所貴道者 書也 書不過語 語有貴也 語之所貴者 意也 意有 所隨 意之所隨者 不可以言傳也… 桓公讀書於堂中 輪扁斲輪於堂下 釋椎鑿而上 問桓公曰 敢問公之所讀爲何言耶? 公曰 聖人之言也 曰 聖人在乎 公曰 已死矣 曰 然則 君之所讀者 古人糟魄已夫!」

13) 『老子 · 제11장』:「三十輻共一轂 當其無 有車之用 埏埴以爲器 當其無 有器之 用 鑿戶牖以爲室 當其無 有室之用 故有之以爲利 無之以爲用」

14) 『莊子 · 騈拇』:「長者不爲有餘 短者不爲不足 是故鳧脛雖短 續之則憂 鶴脛雖長 斷之則悲 故性長非所斷 性短非所續 無所去憂也」

	다.
21 閱虛白於幽室	깊숙하고 그윽한 蘭室에서 仙家之書를 읽고,
種靈丹於良疇	기름진 밭에는 神靈之丹을 심으리라.
22 幻知捕影	그림자를 잡음은 환영이며,
癡謝刻舟[15]	刻舟求劍은 어리석은 일.
23 保不材於櫟社[16]	散木인 樗櫟이어야 목숨을 부지하고,
安深穴於神丘	신령스러운 언덕 깊은 굴 속에 몸을 편히 할 것이로다.
24 功名須待命	공명은 천명을 기다릴지요,
遲暮宜歸休	늙마엔 돌아가 쉬어야 하리.
25 任浮雲之無迹	뜬 구름 자취없이 가는 데로 맡기듯이,
③ 若枯槎之泛流	마른 등걸이 물에 둥실 떠 흐르듯이.
26 已矣乎!	끝났도다!
天地盈虛自有時	천지간 차고 빔이 스스로 때가 있네.
27 行身甘作賈胡[17]留	아름다운 진주를 몸속에 꼭꼭 지니는 서역 상인의 行身을 닮으리라.
遑遑接淅[18]欲安之?	일던 쌀을 건져가지고 가듯이 어디를 급히 가려 하는가?
28 風斤思郢質[19]	운근성풍하려해도 영 땅의 좋은 상대(친구)도 없고,

---

15) 『呂氏春秋』: 「楚人有涉江者 其劍自舟中墜于水 遽刻其舟曰 '是 吾劍所從墜也 舟止 從其所刻處 入水求之 舟已行矣 而劍不行 求劍若此 不亦惑乎?'」

16) 『莊子・人間世』: 「匠石之齊 至乎曲轅 見櫟社樹 其大蔽牛 絜之百圍 其高臨山 十仞 而後有枝 其可以爲舟者旁十數 觀者如市 匠伯不顧 遂行不輟 弟子厭觀之 走及匠石曰 自吾執斧斤以隨夫子 未嘗見材如此其美也 先生不肯視 行不輟何耶? 曰 '已矣 勿言之矣 散木也 以爲舟則沈 以爲棺槨則速腐 以爲器則速毀 以爲門戶則液㳧 以爲柱則蠹 是不材之木也 無所可用 故能若是之壽' 云云 幾死之散人 又惡知散木」

17) 『資治通鑑・唐紀』: 「太宗 貞觀元年 吾聞西域賈胡得美珠 剖身以藏之」

18) 『孟子・萬章下』: 「孔子去齊 接淅而行 (疏) 言孔子之去齊急速 但漬米 不及炊而卽行 以其避惡 故如是也」

19) 『莊子・徐無鬼』: 「莊子送葬 過惠子之墓 顧謂從者曰 郢人堊漫其鼻端 若蠅翼 使匠石斲之 匠石運斤成風 聽而斲之 盡堊而鼻不傷 郢人立不失容 宋元君聞之 召匠石曰 嘗試爲寡人爲之 匠石曰 臣則嘗能斲之 雖然臣之質死久矣 自夫子之

流水憶鍾期[20]	백아의 流水曲은 종자기를 그리워함이네.
29 尿死灰兮奚暖	식은 재에 오줌 눈들 더워질 리가 없고,
播蕉穀兮何籽	태운 곡식을 뿌린들 싹 돋아날 것인가?
30 第寬心於飮酒	다만지 술마심으로 마음을 느꾸고,
聊遣興於作詩	애오라지 作詩로 興을 도꾸리.
31 望紅塵而縮頭	풍진 세상 바라보면 고개가 움츠러들고,
④ 人心對面眞九疑[21]	얼굴 맞대고 사는 사람들의 마음이 꼭 九疑山 같이 종잡을 수 없구나!

李仁老는 흔히 용사론자로 지목되듯이 이 「和陶辭」에도 典故의 활용이 많으며, 거의가 對仗으로 맞추어져 있다. 글이란 文脈(Context)이 있기 때문에 用事만 정확히 이해하면 오히려 작품을 깊이 볼 수가 있다. 이 「和陶辭」도 한 구절 한 구절씩을 천착하여 가는 가운데, 그가 살았던 당시의 시대적 상황과 정신적 정황을 감득할 수 있다.

이 작품의 제작 연대는 명기된 바 없어 정확히 알 수 없다. 다만 작품 중에 '身將老於菟裘' '遲暮宜歸休' 등의 句로 미루어 보아 그의 晩年所作임을 알 수 있을 뿐이다.

그는 만년에 특히 도연명을 흠모하여 자신의 거처를 '도연명이 누워 있는 마루'라는 뜻으로 臥陶軒[22]이라 명명한 것으로도 窺知되듯이, 실의의 宦路·坎軻不遇한 인생여정의 말년에 이르러서의 회고와 전망은 도연명의 달관과 초연이었을 것이다. 이 「和陶辭」가 바로 그같은 내면세계를 표출한 것이다. 『莊子』에서 인용한 전고가 가장 많기도 하지만, 문장

死也 吾無以爲質也 吾無與言之矣」
20) 『蒙求·伯牙絶絃』:「列子曰 伯牙 善鼓琴 鍾子期 善聽 伯牙鼓琴 … 志在流水 子期曰 善哉! 洋洋江河 伯牙所念 子期必得之」
21) 『水經 … 湘水注』:「九疑山 羅巖九擧 各導一溪 岫壑負岨 異嶺同勢 遊者疑焉 故曰九疑山 山南有舜廟」
22) 李仁老 :「臥陶軒記」, 『동문선』 권65, 記
南潤秀 :「이인로 작품에 투영된 중국시인들의 영향고」, 『閒堂車柱環博士頌壽論文集』 (1981), 165~169쪽.

의 흐름과 전체의 대의를 통해 莊子의 ‘齊物觀’이 이 작품의 사상적 배경이 되고 있음을 알 수 있다.

이동환 교수의 연구[23]를 참조하여 각 문단의 요점을 추리면 다음과 같다.

제1단은 서장으로서 ‘得隍鹿而何喜 失塞馬而奚悲’에서 달관에의 노력을 표백하고, ‘纔握手而相誓 未轉頭而皆非’에서는 杜甫의 「貧交行」 첫 대목인 ‘飜手作雲覆手雨’처럼 손바닥을 쉽게 뒤짚는 세태에 실망을 토로하고 있다.

제2단은 여러 욕망을 초월하고 난 뒤에 찾아오는 심경의 평안을 읊고 있다. 그것을 그는 莊子『南華經』의 저 허무의 이상향인 ‘무하유지향’에의 귀환으로 표현하고 있으며, ‘信解牛之悟惠 知斲輪之對桓’이라고 하여 포정해우와 고인조박은 혼자서만 터득할 수 있는 오묘한 경지이기 때문에, 그 누구에게도 전할 수 없음을 암시하고 있다.

제3단은 생의 일체를 天然에 부쳐 살아가리라는 다시금의 다짐을 ‘無用之大用’ 등의 언사로 표백하고 있다.

제4단은 귀거래의 이유를 현실과 자신과의 괴리감에 기인함을 열거하면서, ‘風斤思郢質 流水憶鍾期’로 자기를 진심으로 이해해 줄 지우를 열망하고 있는 심정을 나타냈는데, 아마도 이 「和陶辭」가 쓰여진 때에는 그의 「贈四友」시[24]에서 밝힌 詩友인 林耆之(林椿)·山水友 趙亦樂(趙通)·酒友 李湛之·空門友 宗聆들도 이미 모두 타계하고 없는 시점인 듯 싶다.

그리고 모든 질서가 정상적인 궤도를 일탈한 무인 집정 시대이기에 『고려사』 최충헌 열전에 보이듯이 ‘附己者는 進하고 異己者는 斥하는’ 판세 속이라, ‘尿死灰兮奚暖 播蕉穀兮何籽’라는 꼭 한번의 ‘兮字聯(29句)’을 구사하면서, 도저히 가망없음을 감동적이며 辛辣한 諷喩(Allegory)적

---

23) 李東歡 : 『高麗竹林高會 研究』(상게서), 108~110쪽.
24) 『동문선』 권4 오언고시 「贈四友」
　　南潤秀 : 『李仁老 研究』(상게서), 63~66쪽.

수법으로 知己者에의 열망과 仕宦을 단념하는 것이다. 그리고 그는 '人心對面眞九疑'라고 끝맺으면서, 단 한 사람의 믿을 만한 자 없는 외로움을 느끼면서, '紅塵'으로 표현된 풍진 세상을 다시 한번 돌아보고선 과감하게 귀거래를 다짐하는 것이다.

李仁老가 學詩의 준적으로 삼은 분은 두보와 소동파·황산곡(황견)과 도연명이었음은 『파한집』을 통하여 알 수 있거니와, 도연명과 유관한 것을 찾아보면, 첫째 '도연명의 전기를 읽다가 戱作하여 이룬 것을 雙明太尉 崔讜(1135~1211: 靖安公. 明宗 27年 文科, 惟淸의 아들)에게 올린다(讀陶潛傳戱成呈崔太尉).'라는 5언고시가 『동문선』[25]에 수록되어 있으며, 그 落句는 「和陶辭」에도 이상향으로 기술한 無何有之鄕이 나타나 있다.

또한 『파한집 상』 14則에는 도연명의 「五柳先生傳」을 읽다가 새삼 「桃花源記」를 다시금 반복 음미하였다고 피력하고 있으며, 그에 대한 私淑이 지대하였음을 확연히 해주는 자료로는 전술한 바 있는 「臥陶軒記」이다.

『동문선』에 수록된 「臥陶軒記」[26]는 '은일시인 도연명이 누워있는 마룻방'이란 뜻인데, 이의 출처는 『黃山谷集』에 들어 있어 자신의 거처명으로 삼는다는 내용이다. 도연명에 심취한 흔적이 확연함으로 본 논문의 보조 자료로 삼아 그 일부를 譯載한다. 그 冒頭에 쓰기를,

> 讀其書考其世 想見其爲人 怳然如目擊 相與遊於語默之表 此孟軻所謂尙友也 誠不以古今爲阻

그가 지은 서적을 읽으며, 그의 시대를 稽考하며, 그의 인품을 상상하여 보면 환하게 눈으로 본 듯하여, 말을 주고받는 것에 관계없이 정신적으로 서로 교유할 수 있는 것이다. 이것은 맹자의 이른바 '옛 사람과 사귀는 것'이니, 정말 과거와 현재라는 시간은 간격이 되지 않는다.

---

25) 『동문선』 권4 오언고시, 「讀陶潛傳戱成呈崔太尉」, 「酒中有何好 此語近眞趣 可笑陶淵明 無錢尙嗜酒 我性淡無欲 於物不見圉 不醉亦不醒 徑到無何有」

26) 『동문선』 권65 記

고 하며, 그가 도연명을 정신적인 친구로 삼고 있음을 밝히고, 이어서 顔子는 堯舜을 사모했고, 사마장경은 인상여를 意慕하여 사마상여라고 이름을 바꾸었다고 부연하면서 계속하여,

… 夫陶潛晉人也 僕生於相去千有餘歲之後 語音不相聞 形容不相接 但於黃卷間時時相對 頗熟其爲人 然潛作詩不尚藻飾 自有天然奇趣 似 枯而實腴 似疎而實密 詩家仰之若孔門之視伯夷也 而僕呻吟數千篇 語 多滯澁 動有痕類 一不及也 潛在郡八十日 卽賦歸去來 乃曰 我不能爲 五斗米 折腰向鄉里小兒 解印便去 而僕從宦三十年 低徊郞署 鬚髮盡白 尚爲齷齪樊籠中物 二不及也 潛高風逸迹 爲一世所仰戴 以刺史王弘之 威名 親邀半道 廬山遠公之道韻 尚呼蓮社 而僕親交皆棄 孑然獨處 常 終日無與語者 三不及也 至若少好閑靜 懶於參尋 高臥北窓 淸風自至 此則可以拍陶潛之肩矣 是以闢所居北廡 以爲棲遲之所 因取山谷集中臥 陶軒以名之

저 도잠은 진대 사람이요, 나는 천여 년이나 뒤에 난 사람으로, 말소리도 서로 듣지 못하였고, 얼굴도 대하지 못하였다. 다만 책을 통하여 때때로 서로 대하게 되어 그의 인품에 상당히 익숙하게 되었다. 그러나 도잠은 시를 짓는데 수식을 숭상하지 않으면서도 저절로 자연스러운 특별한 운취가 있다. 메마른 듯하나 사실은 살져 있고, 엉성한 듯하나 사실은 치밀하다. 시인들이 그를 숭앙하기를 마치 유문에서 백이숙제를 높이듯 하였다. 그런데 나는 어렵사리 작시한 것이 천여 편에 달하나, 말이 어색하고 떫은 것이 많고, 자칫 무리로 끌어낸 흔적이 있다. 이것이 내가 첫째로 미칠 수 없는 것이다.

도잠은 팽택령으로 있은 지 80여 일만에 「귀거래사」를 읊으며 말하기를 '내가 닷말 쌀을 위하여 시골 촌뜨기에게 허리를 굽힐 수는 없다' 하고, 관인을 풀어놓고 향리로 떠나 버렸는데, 나는 벼슬살이 30년에 하찮은 벼슬에 떠돌면서, 수염과 머리칼이 온통 허옇게 되었는데도, 오히려 악착스럽게 올가미 속을 벗어나지 못하고 있으니, 이것이 둘째로 내가 못 미치는 것이다.

도잠은 고상한 풍격과 뛰어난 행적이 일세의 숭모 추대하는 바 되어, 자사인 王弘같이 위엄과 명망이 있는 이도 몸소 중간 지점까지 마중 나오게 했으며, 廬山의 慧遠같은 고승운석도 오히려 白蓮寺로 불러 들였다. 그런데 나는 친구들에게 모두 버림받고, 외롭게 홀로 있으면서 언제나 진종일 같이 이야기할 상대도 없으니, 이것이 내가 세 번째 따를 수 없는 것이다.

다만 어려서부터 한가하고 조용함을 좋아했으며, 사람을 방문하는 데에는 게으르고, 북으로 난 들창 앞에 높이 누워서 저절로 불어오는 바람을 좋아하였으니, 이것은 곧 도잠과 어깨를 나란히 할 수 있는 것이다. 그러므로 살고 있는 집(紅桃井里 : 필자주)의 북쪽 행랑을 넓혀서 거처하는 곳으로 만들고, 黃山谷의 문집에 나오는 '臥陶軒'이란 말을 취하여 당호로 삼는다.

或者疑之曰 子與陶潛 而所同者無幾 而所不可及者多矣 猶自以比之宜歟? 僕應之曰 夫騏驥之足 一日千里 駑馬十駕亦至 溪澗之水萬折而東流 終至於海 僕雖不及陶潛高趣之一毫 苟慕之不已 則亦陶潛也 不猶愈於以意慕舜 以氣慕藺者乎 李太白有詩云 陶令日日醉 不知五柳春 淸風北窓下 因謂羲皇人 雖於我亦云可也 記

혹자가 이에 대하여 의심하여 말하기를, '그대와 도잠을 비교하면 서로 같은 것이 거의 없고, 따르지 못하는 것이 많은데도, 오히려 스스로 그에게 견주는 것이 타당하다고 할 수 있는가?' 나는 그에게 말하기를 '천리마는 하루에 천리를 달리는데, 노둔한 말이라도 열 배를 달리면 따를 수 있고, 개천의 물이라도 萬折必東하여 마침내 바다에 이르게 되는 것이다. 내가 비록 도잠의 높은 뜻을 조금도 따르지 못하나, 만일 그를 사모하여 그치지 아니하면 곧 또한 도잠이 될 수 있을 것이다. 이것이 오히려 마음으로 舜을 사모하며, 정신적으로 藺相如를 그리워하는 것보다 낫지 않겠는가?' 하였다.

李太白의 詩27)에 이르기를,

'도잠은 매일처럼 술에 취하여, 오류에 봄이 온 줄을 미쳐 모르네.
맑은 바람 북쪽으로 열린 창에서, 태고쩍 사람이라 자칭한다지.'

라 하였으니, 이것은 나에게 해당시켜도 좋다고 생각한다. 그리하여 이 記를 쓴다.

이 글을 보면 그가 얼마나 도잠을 경모했나를 알 수 있음은 물론이다. 도연명에게 세 가지 미칠 수 없다는 三不及論은 그의 자아 비판이며 자성록이라고도 할 수 있으니, 자기의 문학과 현실과 인간성에 대하여 준

---

27) 李太白 :「戱贈鄭溧陽」정확하게는 위의 인용시에 이어 한 聯이 더 있다.「何時到
   栗里 一見平生親(어느 때 밤 마을에 가, 한번이라도 평소에 가깝던 분을 뵐꼬?)」

엄하리만큼, 자책·자탄·自悟·自慰한 지상 고백록이라 하겠다. 이「와도헌기」는 그의 참회록이며 고백록이기 때문에 좀더 세밀하게 분석할 필요를 느낀다.

첫째는 용사론자인 이인로의 문학적 고백록으로, 자기의 작품에 풍부한 내용과 치밀한 구사와 정치한 구상이 부족하여 말라빠지고(枯), 성글어(疎) 詩라 하기에도 부끄럽고, 무리한 典故를 끌어다 썼던 관계로 鑿斧之痕을 보이고 있음을 안타깝게 여기고 있는 자기 작품에 대한 반성으로 一不及인 것이다.

둘째는 時代苦가 반영한 현실적 고백록으로, 숭문주의자인 李仁老가 무인정권시에 얼마나 통분을 느끼면서 살아왔는가를 窺知할 수 있으니, 결국 尸位素餐에 지나지 않는 벼슬살이는 애시당초 버렸어야 할 것을, 뒤늦게 깨닫게 되어 이제는 후회막급이며 往事는 不諫이라 어쩔 수 없다는 환로에 대한 반성으로 二不及인 것이다.

셋째는 자기 자신의 인간적 고백록으로, 촉바른 성격 탓28)으로 친구들도 잃어버리고, 추종자는 별반 없고 비평자만 늘게 되어 정신적으로 무척 외롭게 지내고 있음을 자성하는 三不及인 것이다.

그리하여 이인로는 만년에 접어들면서, 더욱 도연명의 문학·처신·인격을 흠모하여「和陶辭」를 지어 그의 세계를 동경하였으며, 臥陶軒이라 명명한 三峴29) 속의 홍도정리 그의 집에서 인생을 반추하면서,「紅桃井賦」를 지어 自悟·자위로 마음을 달래면서 '더러워진 갓끈(塵纓)30)을 홍도정 맑은 물에 씻어내는 것이다.

그리고 차제에 다시 언급하여 둘 것은 '쌍명재'가 이인로의 호인 듯 알려진 것은 잘못된 것이라는 점이다. 이미 본인의 碩論31)에서 밝혔듯이 '雙明'이란 '늙어서도 밝은 두 눈'을 지녔다고 하여, 같은 기로회 회원이

---

28)『高麗史』권102 열전, 李仁老條,「卒年六十九 以詩名於時 性偏急忤當世 不爲大用」
29) 崔滋 :『補閑集…下』1則 :「世稱松京五宅 皆學士家 在三峴中」
30) 李仁老 :「홍도정부」(동문선 권2 賦)「… 亦復塵纓之已濯 徐嘯歸來 … 然後濯吾足」
31) 南潤秀 :「李仁老 研究」(상게서), 69~75쪽.

었던 張自牧이 雙明太尉 崔讜(1135~1211)에게 바친 당호임을 명백히 해 두고자 한다.

지금까지의 論議를 槪觀하면 다음과 같다.

槪 觀

먼저 『도연명전집』과 「귀거래사」의 국내수입 관계를 살펴 볼 필요를 느낀다.

도연명의 사망 연대가 서기 427년, 劉宋 文帝 4년이며, 고구려 장수왕 15년, 신라는 눌지왕 11년에 해당하는데, 그의 생존시에는 문집이 간행된 일이 없었다고 한다. 그의 사후 100년 정도 경과한 후, 梁의 소명태자 蕭統(501~531)이 『도연명전집』을 출간하였다. 소통은 이밖에도 대사업으로서 『文選』30권을 주제별로 집대성하였다. 그 『문선』에 다수의 도연명의 시들과 본 논문의 재원이 되는 「귀거래사」가 실려 있다.

이 두 문집은 중국을 왕래하던 사신들, 견당유학생들을 통하여 수입되었을 것이다. 특히 『文選』은 시부·문장 등의 선집으로 후세 과거 응시 과목중의 하나이니, 신라 원성왕 4년(788)에 독서삼품과를 설치하고, 上品의 고시 과목은 「좌전·예기·문선·논어·효경」으로, 『文選』이 문장 제술로서 가치를 인정한 것이라 할 수 있다. 후세에 이르도록 『고문진보』는 중국에서보다도 우리나라에서 문장 공부의 필독서라 할 수 있는데, 그 「후집 권1」에 「귀거래사」는 자세한 주와 더불어 收載되어 있다. 이렇게 麗朝·조선을 거쳐 많은 사대부들이 「귀거래사」를 읽어 왔을 것이며, 그 내용상·수사상으로 천고의 명편임을 인정하면서 은연중 독자의 마음 속에 자리 잡았을 것으로 사료된다.

이와 같이 깊은 영향을 받고 있던 「귀거래사」가 외부적인 갈등이 齎來했을 때, 또는 벼슬을 떠난 사람의 物外閒人的 생활을 누리면서 한

생을 마칠 때, 동양인의 심성을 사로잡는 도연명의 인생관·세계관이 알알이 박혀 있는 본 작품에 화운하고 싶은 심리는 자연 발생에 가까웠을 것으로 판단된다.

麗朝 때 많은 화운작이 있었을 것이지만 조사된 것은 『동문선』 첫권 첫 작품으로 수재되어 있는 이인로(1152~1220)의 「귀거래사」뿐이다. 이인로는 『파한집』의 저자이며 무신 집정기의 반항적 문인 집단인 竹林高會32)의 중요 인물 중의 一人이다.

이인로의 만년작인 본 「和陶辭」는 기술한 바와 같이 실망스러운 벼슬 길과 어려웠던 인생 역정을 돌아보면서, 莊子의 齊物觀을 사상적 배경으로 깔고 쓴 작품이다. 그가 도연명에 심취 경도되었음도 여러 예문을 통하여 확인할 수 있으며, 고려 후기 무신 정권하의 尙古주의적 文臣의 정신세계를 엿볼 수 있다.

고려조 후기는 어려운 시기였음은 알려진 사실에 속한다. 이러한 시절일수록 歸去來의 의지를 보인 「和陶辭」는 충분히 쓰여질 소지가 있건만, 잦은 전쟁에 따른 문화재 및 전적의 약탈·鏤板의 어려움·보관에 대한 인식 부족 등으로 전해지지 않고 있는 것이 아닌가 한다.

고려조 475년 간을 통하여 쓰여진 「和陶辭」는 이인로의 「화귀거래사」 이외에는 찾을 수가 없었다. 『동문선』을 통하여 도연명과 관계가 있는 시를 찾아보면 梅湖 陳澕(神宗 3年 文科. 兵部尙書 光脩의 아들)의 「桃源歌」(『동문선』 권6, 7언고시)가 수재되어 있는데, 避秦地인 도원의 신선같은 삶을 稱揚하고, 우리의 江南村도 도원 못지 않은 낙원이건만, 한스러운 것은 居民들의 산업이 날로 영락해 가는데도 縣吏들은 稅米 받아내는 핍박과 문 두드리는 소리만 없다면 산촌은 처처가 모두 도원일 것이라는 내용이다. 그에게는 七絶로 된 도연명이 頭巾으로 술을 거르고는 다시

---

32) 李昌龍 : 「高麗詩人과 陶淵明」 『漢文學研究』 국어국문학회편(정음문화사, 1983) 129쪽.

머리에 썼다는 전고가 있는 「陶潛漉酒」가 『동문선』 권20에 수록되어 있기도 하다.

達全이란 韻釋은 「次韻諸賢賦菊」(동문선 권6, 칠언고시)에서, 깊은 가을 국화가 핀 것을 보고 국화주를 만들어 마시던 도연명을 생각나게 한다는 내용이며, 雪谷 鄭誧(1309~1345) 작 「結廬」(『동문선』 권4, 오언고시)는 陶詩 句인 "結廬在人境"·"而無車馬喧"의 효빈이라 하겠다. 특기할 수 있는 것은 여말선초에 '以隱自號'하신 포은 정몽주(1337~1392)·도은 이숭인 (1347~1392)·목은 이색(1328~1396)의 여말 三隱이시다.

이 방면을 연구한 송정헌은 시문의 수용양상을 '受容典故·直用其 語·變容其句·受用其志'의 네 가지 면에서 고찰하였다. 수용전고는 '도연명의 성·호·자·관명' 등이 사용된 것들이다. 직접 靖節 선생의 청풍고절을 주제로 한 시가 있는가 하면, 그의 시 소재로 많이 쓰였던 '菊·酒' 등과 「귀거래사」나 「雜詩」·「飮酒詩」·「五柳先生傳」 등에 나오는 語詞를 수용하여 자신의 감회를 읊은 詠懷詩들이다. 직용기어는 직접 연명의 한 구에 해당하는 시어를 전부 차용한 경우이고, 그의 시구 를 변용한 것과 그의 뜻을 縮用하여 수용한 것이, 변용기구와 수용기지 인 것이다. 즉 모방이거나 번안의 기법이라 할 수 있다.

자세한 것은 「도연명과 여말삼은의 비교연구」[33]를 통하여 살필 수 있을 것이다. 다음 장부터 조선조 5백년의 「和陶辭」를 탐토하여 나가기로 하겠다.

---

33) 宋政憲 : 『陶淵明과 麗末三隱詩의 비교 연구』, 『受用과 轉移』(동방문학비교연구총 서 1, 1986) 133~184쪽.

2. 朝鮮朝 第一期(太祖~成宗)

조선조 5백년사를 시대 구분 방법1)은 여러 유형이 있을 수 있다. 본인은 서술의 편의상 李相伯 교수2)의 5시기법에 따라, 다음과 같이 갈라 본 저술을 진행하려 한다.

1. 제1기 : 태조 초(1392)~성종 말(1494) 약 100년간
2. 제2기 : 연산군 초(1495)~선조 말(1608) 약 110년간
3. 제3기 : 광해군 초(1609)~영조 말(1776) 약 160년간
4. 제4기 : 정조 초(1777)~고종 12년(1875) 약 100년간
5. 제5기 : 병자수호조약(1876)~경술 국치(1910) 약 35년간

조선왕조는 고려 말기에 누적된 사회 모순, 특히 경제적 불평등과 신분적 갈등을 완화하고, 외민족의 침략으로부터 국가를 보호하고 나아가 부국강병의 실력을 키우려는 의지를 지닌 문인과 무인의 합력으로 개창되었으며, 하층민의 지지를 얻어 역성혁명을 수행하였다. 특히 서출의 사대부가 역성혁명에 적극적이었으며, 이는 경제적 불만과 더불어 신분적 고통이 왕조 창립의 중요한 동인이었음을 의미한다.

건국 후, 권력 구조의 개편을 둘러싸고 왕권과 신권이 마찰을 일으키고, 혁명파와 절의파 간에 갈등이 있었으나, 15세기 말 成宗代에 이르러 왕권과 신권이 조화를 이루고, 혁명파를 계승한 勳臣과 의절파와 연결된 사림이 사로 합류하는 가운데 조선왕조의 통치 질서가 확립되었다. 또한 조선 초기에는 영토가 넓어지고 대외적 위신이 높아졌으며, 고려 사회와 다른 유교 국가로서의 새로운 모습을 갖추게 되었다.

이상은 조선왕조 開創과 안정 기조를 구축할 때로, 太祖 초부터 成宗

---

1) 한국경제사학회 편 : 『한국사 시대 구분론』(을유문화사, 1984, 6판).
2) 李相伯 : 『한국사』(진단학회), 근세조선편(을유문화사, 1981, 18판), 19~24쪽.

末까지(1392~1494)의 약 100년 간의 개관이다.

이 기간에 쓰여진 「和陶辭」로는 成宗시 대사헌을 지낸 勿齋 孫舜孝 (1427~1497: 고려 進士壯元이며 공민왕시에 文科한 孫永의 曾孫임)의 「화귀거래 사」를 살펴 보겠다.

조선조 9대 왕인 成宗은 율령제도를 완성하였다는 뜻으로 받은 廟號 인 成宗답게, 조선왕조를 일단은 반석 위에 올렸었다. 조선 사회를 지켜 온 법전인 『경국대전』의 완비·『국조오례의』의 완성·서거정의 『동인시 화』와 『동국병감』, 그리고 『동문선』의 간행·『두시언해』의 초간·『삼국 사절요』의 찬진·『동국여지승람』·『악학궤범』·『신찬구급간이방』 그리 고 「和陶辭」를 쓰신 손순효가 찬진한 『食療撰要』 등, 실로 정치·경 제·사회·문화·의학 등 모든 분야에 걸친 전적의 간행으로 조선조의 기초를 다진 임금이라 하겠다.

端宗 즉위년인 1453年에 成俔의 兄인 成侃과 함께 登文科하며, 江· 京·慶監을 거치면서 成宗의 優渥한 신임을 받은 勿齋는 이 「和陶辭」 를 통하여 修道律身함이 자신의 생활 신조이며, 치사 후에는 그의 고향 인 충북 忠州로 내려가 은거할 것을 다짐하고 있는 내용이다.

본 「和陶辭」의 제작 연대를 필자는 成宗 9년(1478)으로 추정하는데, 그 이유는 蘧伯玉이 '나이 오십에 지금까지 살아왔던 49년이 잘못이었다(五 十知四十九年之非).'라고 한 말이 있는데, 그의 「和陶辭」 제1단 4련에 "緬 懷伯玉之不可及兮 吾亦知四十九年之非"라고 하여 '나도 지나온 49년이 잘못되었음을 깨달았다'고 했으니, 그런 유추가 가능하다는 것이다.

또 하나의 이유는 당시의 문학 담당자로 중추적 지위에 있던, 서거 정·양성지·노사신·강희맹 등에 의하여 편찬된 『동문선』이 완성된 해 가 바로 성종 9년인 1478년이다. 이인로의 「和陶辭」가 『동문선』 첫 권 의 첫 작품으로 수록되었음은 이미 전술한 바와 같다. 한 질의 內閣版 『동문선』을 하사받은 勿齋가 이인로의 「화귀거래사」를 보았음은 물론이었을 것이다. 그리하여 자기도 한 편의 「和陶辭」를 써 만년의 은거 생활을 마음 속으로 동경하였을 것이다.

原題도 「和歸去來辭」이며, 『勿齋集』 卷1(辭賦)에 收載되어 있다.

1 歸去來兮!	돌아감이여!
歲云暮吾何歸?	한 해가 저문다 하는데 내 어디로 돌아갈 것인가?
2 本無喪而無得兮	워낙 잃을 것도 얻을 것도 없음이여,
又焉喜而焉悲?	또한 무엇을 기뻐하고 슬퍼할 것인가?
3 念迷復兮有眚	갈 길에 미혹됨을 생각하면서,
慨旣往之莫追	지난 세월 추섭할 수 없음을 생각하노라.
4 緬懷伯玉之不可及兮	거백옥에 미칠 수 없음을 생각하면서,
吾亦知四十九年之非	나 역시 오십에 지난 49년이 잘못됐음을 알았네.
5 惟君子所守者身兮	군자가 지킬 것은 오직 자기 한 몸이니,
故尙絅於錦衣3)	비단 옷을 입고도 밖에 홑 겉옷을 걸치는 법.
6 夫何怨而何尤兮	대저 하늘을 원망하지 아니하고 남을 탓하지 않고,
☐ 但知遠而知微4)	먼 것은 가까움으로부터이며, 미세한 것이 더욱 뚜렷해짐을 알기만 하면 되는 것.
7 非厥幸之可徼5)兮	위험을 행하여 요행을 바라지 않는다면,
亦何險之能奔也	어떠한 어려움이라도 동분서주하리라.
8 彼操瑟而務干進兮6)	저 거문고를 타며 벼슬길 오르려 애씀이여,
諒不得入於齊之門也	진실로 제나라 문엔 들어갈 수 없도다.
9 驚吾王一以惶惶兮	아아! 나는 惟精惟一을 법삼아 심히 두려워함이여,
庶幾成性而存存也	본연지성을 찾아 항상 갖고 있기를 바라노라.
10 斧斤戒夫牛山兮7)	맹자께서는 牛山之木이 도끼와 자귀를 만나 잘림

---

3) 『中庸·朱子章句 33장』:「詩曰 衣錦尙絅 惡其文之著也 故君子之道 闇然而日章 小人之道 的然而日亡」

4) 『中庸』:「君子之道 淡而不厭 簡而文 溫而理 知遠之近 知風之自 知微之顯 可與入德矣」

5) 『中庸·朱子章句 14장』:「在上位 不陵下 在下位 不援上 正己而不求於人 則無怨 上不怨天 下不尤人 故君子 居易以俟命 小人行險以徼幸」

6) 『楚辭·離騷』:「旣干進而務入兮 又何芳之能祇」

을 경계하였음이여,

盈虛感兮攲樽　　　　　술통에 기대어 天地盈虛를 느끼겠노라.

11 仰長揖兮愛疏[8]　　　　漢代 疏廣의 遠識을 길게 우러러 절하고,

樂一瓢兮希顔　　　　　즐거움은 一簞食一瓢飮의 顔子를 따르리라.

12 知止則不殆[9]兮　　　　멈출 줄을 알면 위태함이 없을 것이리니,

隨遇而自安　　　　　　어떤 경우에도 스스로 편하리라.

13 黔婁被不掩[10]　　　　　검루는 시신 가릴 이불조차 변변치 않았으며,

袁安門常關[11]　　　　　동한의 원안은 배가 고파도 꼼짝조차 않았다네.

14 蓋內重者外輕　　　　무릇 속이 들어찬 사람은, 외면은 경시하나니,

宜省身而返觀　　　　마땅히 一日三省吾身하여 되돌아 보리라.

15 于嗟! 孔蹠之丘墟兮　아하! 공자님도 도척도 죽음의 길은 같음이여,

何用七返與九還兮　　어찌하여 칠반과 구환을 생각하는가?

16 吾寧誦詩書而慕古人兮　내 차라리 시서를 읽으며 도잠을 意慕하면서,

② 撫素瑟以盤桓也　　무현금 타면서 바장이노라.

17 歸去來兮!　　　　　　돌아감이여!

請從困明以遨遊　　　진퇴의 困明을 따라 오유하겠노라.

18 問津夫何往兮　　　　나루터를 물으며 어디로 갈 것인가?

載贄又焉求　　　　　　예폐를 싣고서 무엇을 찾으려고,

19 唯不及古之人兮　　　오직 옛 사람에 미칠 수 없음이여.!

寔終身之所憂　　　　이것만이 진실로 죽을 때까지의 근심이어라.

20 縱□□之終枯兮　　　비록 말라죽을 지언정,

---

7) 『孟子·告子 上』:「孟子曰 牛山之木 嘗美矣 以其郊於大國也 斧斤伐之 可以爲
美乎 …雖存乎人者 豈無仁義之心哉 其所以放其良心者 亦猶斧斤之於木也 旦旦
而伐之 可以爲美乎?」

8) (疏廣):「漢 蘭陵人 字仲翁 明春秋 宣帝時 徵爲博士 爲太子太傅 居五歲以老辭
帝與太子 贈遺甚厚 而廣盡散諸故舊 不治田産 或勸爲子孫計 廣曰 賢而多財 則
損其志 愚而多財 則益其過 人服其遠識」(辭海) 3066쪽.

9) 『老子·44장』:「… 知足不辱 知止不殆 可以長久」

10) 『高士傳·黔婁妻』:「黔婁先生卒 覆以布被 覆頭則足見 覆足則頭見 曾西曰 斜
其被則斂矣 妻曰 斜之有餘 不若正之不足」

11) (袁安):「東漢汝陽人 字邵公 爲人嚴重有威 未達時 洛陽大雪 人多出乞食 安獨
僵臥不起 洛陽令按行至安門 見而賢之 擧爲孝廉 除陰平長任城令」

當一選於吾之疇	마땅히 일단은 내 고향 땅을 택할 것이요,
21 道乾坤之仰俯兮	하늘을 쳐다보고 땅을 굽어보면서 길을 떠남이여,
行淺深其方舟	깊고 얕은 물을 따라 方舟하여 가리라.
22 漉余酒兮葛巾12)	갈건으로 술을 거르고,
馳余馬兮椒丘	가파른 언덕으로 내 말을 몰리라.
23 發孤嘯兮仰明月	혼자 휘파람 불며 밝은 달을 우러러 보며,
歌濯纓13)兮俯淸流	맑은 물을 굽어보며 갓끈 씻는 노래(滄浪歌)를 부르리라.
24 知貧賤之肆志14)兮	빈천하다고 하여 뜻을 함부로 해서는 안됨을 아나니,
③ 故自號以七休	그러므로 '七休居士'라 자호하였네!
25 已矣乎!	끝났음이여!
分不可踰兮信辜負 於良時	분수는 뛰어넘을 수 없는 것, 진실로 태평성대를 저버릴 수 없음이여.
26 獨寐寤言兮 又何之	자나깨나 혼자하는 말이여, 또 어디로 가려 하는가?
27 逐杞狗15)而共飛兮	구기의 赤犬을 몰아 함께 나르며,
對床龜而同期	床의 거북을 대하고 함께 기약하리라.
28 曳屨兮長歌	짚신을 끌면서도 언제나 노랫가락,
荷鋤16)兮力耔	호미를 둘러매고 농사에 진력하리라.
29 與孟光17)而樂貧兮	荊妻와 더불어 안빈낙도함이여!
携鍾期以詠詩	거문고를 타면서 시를 읊으리라.

---

12) 『宋書·陶潛傳』: 「潛不解音聲 而畜無絃琴一張 每酒適 輒撫弄以寄其意 貴賤造之者 有酒輒設 潛若先醉便語客 我醉欲眠卿可去 其眞率如此 郡將常候潛 値其釀熟 取頭上葛巾漉酒 漉畢還復著之」

13) 『屈原·漁父辭』: 「滄浪之水淸兮 可以濯吾纓 滄浪之水濁兮 可以濯吾足」

14) 『史記·魯仲連傳』: 「寧貧賤而輕世肆志焉 (注)素隱曰 肆 放縱也」

15) 『蘇軾·和桃花源詩』: 「菩龜亦晨吸 杞狗或夜吠」 전설상의 개로 羅浮山의 麻姑壇에 있는 枸杞의 아래에 있는 赤犬(大漢和辭典 5879쪽)

16) 『陶潛·歸田園居詩·其三』: 「… 晨興理荒穢 帶月荷鋤歸 …」

17) 『後漢書·逸民傳』: 「梁鴻 字伯鸞 扶風平陵人也 家貧而尙節介 同縣孟氏有女 肥醜而黑 力擧石臼 擇對不嫁曰 欲得賢如梁伯鸞者 鴻聞而聘之 字之曰德曜 名孟光 至吳爲人賃舂 每歸 妻爲具食不敢於鴻前仰視 擧案齊眉」

30 上下與天地而同流兮　　上下天地와 함께 흘러갈지니,
④ 是非得失吾何疑　　　　시비득실을 내 어찌 의심하리오?

勿齋 孫舜孝는 귀거래를 분명 동경하면서도, 이 좋은 태평성대(본문에서는 良時)를 과감히 떨쳐버리고 떠날 수 없음을 밝히면서, 70 致仕후에 낙향하리라는 뜻으로 '七休(七十退休)居士'라 自號함을 피력하고 있다.

勿齋의 「和陶辭」를 통하여 우리는 조선 사대부들의 사고의 틀을 엿볼 수 있으니, 그것은 '出仕'와 '隱求'라는 두 상반된 마음이다. 이 말은 『論語』에서 공자가 군자다운 蘧伯玉을 칭찬하는 의미로 하신 '邦有道則仕하고 邦無道則可卷而懷之'18)와 『論語』의 '隱居以求其志하며 行義以達其道'19)에 연유한다고 생각된다.

나라에 도가 있으면 출사하고 나라에 도가 시행되지 않으면 은거하여 자기의 뜻을 찾는다는, '은구'와 '출사'는 계속 이 나라 사대부들의 생리가 되다시피 잦았다. 政事가 成宗 다음인 燕山君이나 光海君 같은 난정으로 흐를 때는 이 '은구'와 '출사'는 뚜렷한 명분을 찾는 것이다. 즉 '방무도'와 '방유도'라는 정치 현실에 따라 '用捨行藏'을 결정하는 것이다.

勿齋 손순효가 살았던 성종대는 외면적으로 태평성대라고 할 수는 없다. 그러나 폐비윤씨 사사·훈구파와 절의파 간의 내면의 갈등 등은 이미 다음에 올 事端의 온상이 되는 것이다. 성종과 孫舜孝 간에는 몇 가지 일화가 전해져 오는데, 연산군이 임금 재목이 아니라고 하면서 용상을 어루만지며 '이 자리가 아깝다'고 勿齋가 말하자, 성종은 '나도 알기는 한다.'고 대답했다는 것20)이며, 또한 廢尹妃를 반대하기도 하였다.

---

18) 『論語·衛靈公』:「子曰 直哉 史魚 邦有道如矢 邦無道如矢 君子哉 蘧伯玉 邦有道則仕 邦無道則可卷而懷之」
19) 『論語·季氏』:「孔子曰 見善如不及 見不善如探湯 吾見其人矣 吾聞其語矣 隱居以求其志 行義以達其道 吾聞其語矣 未見其人也」
20) 安鍾和 :『國朝人物志 一』(隆熙 3년 3월) 孫舜孝條,「上置酒 酒半 舜孝 告曰 有親啓事 上命陞榻 舜孝知燕山君不克負荷 撫床曰 此座可惜 上曰 吾亦知之」169쪽.

또 한 가지는 그의 「和陶辭」에도 '盈虛感兮欹樽'·'漉余酒兮葛巾'과 같은 표현에서 보이는 술과 얽힌 일화이다. 술을 좋아하는 勿齋에게 成宗이 하루에 三杯 이상은 마시지 못하게 타이르셨다. 그런데 하루는 대취하였기에 엄히 따지니 三杯는 지켰으나, 큰 주발로 세 잔을 마셨다는 사연[21]이다. 또한 손님이 집에 오면 막걸리를 대접하는데, 오직 탱자 싹과 볶은 콩 뿐이므로 成宗이 가끔 內侍를 시켜 御饌을 보냈다고도 한다.

勿齋 손순효의 「和陶辭」인 「화귀거래사」의 전고는 그 이후의 「和陶辭」에 영향을 주었다고 여겨지는 바, 거백옥의 '五十知四十九年之非'라든가, 안연이 누항에 살면서 不改其樂하면서 一簞食 一瓢飮으로 安貧樂道했다는 전고라든가, 漢의 疎廣이 太子太傅라는 직에 있다가 見幾微歸鄕하여 퇴직금을 자손을 위하여 치산하지 않고, 친척과 친구들에게 아낌없이 쓰면서 만년을 보냈다든가 하는 고사는 계속 후인들의 「和陶辭」에도 등장하는 표현법이기 때문이다.

또한 이 작품에서 간과할 수 없는 勿齋의 신념 체계는 바로 중용 사상이다. 제1단의 끝 부분과 제2단의 첫 부분이 모두 『中庸』에서 인용된 것으로 無偏無黨·過猶不及·費而隱을 君子之道로 삼고 있음을 알 수 있다. 그의 문집에 「讀中庸有感」[22] 시가 있어 그가 中庸을 자신의 길잡이로 삼고 있음을 더욱 알게 해 준며, 易에도 밝았으며 畵竹에 능했다 한다.

七休居士라는 자호했다 함은 「和陶辭」에 적혀 있었다. 그는 과연 70에 致仕하여 궤장을 하사받았으며, 나이 71세에 卒하자 文貞이란 시호를 받았다 한다. 그는 칠언절구인 「感興 八首」를 문집에 남겼는데, 치사후의 생활이 이와 같지 않았을까 여겨진다. 그 소제목은 「對梅讀易」·「開樽愛月」·「帶月治圃」·「乘月泛舟」·「亭中高臥」·「江上春遊」·「開渠引水」·「登樓望鷹」이다. 그 중 「江上春遊」의 江언저리는 그가 귀향한

---

21) 전게서 : 舜孝嗜酒 上每戒曰 自後無過三盃 … 上御便殿召舜孝薄暮 乃至 露髮 不斂 酒氣滿面 … 上怒曰 … 上曰 卿酌以何器 對曰 飮以三鉢
22) 孫舜孝 : 『勿齋集』 권1 詩

中原郡 山尺面 院月里 鷹坪 부락을 흐르는 달래江이다.

칠언절구 「登樓望鷹」를 譯載하면 다음과 같으며, 여기의 '한마리 매'를 自況이라고 본다면, 그의 心中을 읽을 수 있을 것이다.

獨坐危樓望四郊	홀로 높다란 다락에 앉아 사방을 바라보니,
浮雲捲盡一鷹高	구름 걷힌 하늘에 치솟는 매 한 마리.
翩翩直上千層碧	훨훨 날아 곧바로 천층만층 벽공을 오르니,
那箇飛塵點羽毛	그 어떤 티끌이 있어 저 날개를 더럽히리.

槪 觀

조선조 후기에 간행된 여러 문헌과 전적을 통하여, 여말선초의 어려운 시국에 歸去來하면서 「和陶辭」를 지으신 선조들이 있었다는 자료만은 몇 건 찾아졌다. 그러나 작품 자체를 볼 수 없었음은 크게 유감이었다. 조선조 제1기의 창업을 지나 守成을 가져오신 성종의 優渥한 신임을 받았던 勿齋(1427~1497)의 「和陶辭」만을, 이 기간의 작품으로 살펴보았다.

조선조 창업 당시는 고려의 제도를 그대로 답습했으나, 점차 독자적인 체계를 정리 완성하여 成宗 5년(1474년) 『經國大典』 반포로써 신왕조의 기틀을 다졌다. 한편 특히 세종대를 중심으로 하여, 밖으로 압록·두만강을 경계로 하는 영토를 확정하고, 안으로 28년(1446년) 訓民正音을 반포, 國字를 제정·보급함으로써, 오늘날 韓민족의 지역적·문화적인 공동의 기초를 뚜렷이 하였던 것이다.

守成의 왕이신 9대 成宗은 『경국대전』뿐만 아니라 徐居正 등에 명하여, 이 나라 文選의 正編인 『東文選』을 1478년(성종 9년)에 펴내신 업적도 간과할 수 없는 것이다.

勿齋 손순효의 「和陶辭」는 바로 이 해인 1478년에 쓰여졌을 것이라고 추론한 것은, 아마도 近理할 것이다. 勿齋는 본 「和陶辭」를 통하여 당시

成宗 치하를 '良時(태평성대)'로 읊었으며, 자신의 신념은 中庸 사상임을 뚜렷이 하고 있다. 당시의 군자라 할 것이다.

이 작품을 살펴보면 조선 사대부들의 사고의 틀을 발견하게 된다. 즉 '出仕'와 '隱求'인 것이다. 邦有道하면 출사하고, 邦無道하면 은구한다는 孔子의 말씀은 거의 생리화 되었다고 할 수 있으나, 정치 현실에 따라 '용사행장'을 결정하겠다는 것이다.

勿齋는 본 「和陶辭」에서 읊은 바와 같이, 이 聖世에 동경하는 귀거래이지만, 지금 당장 拂衣歸田할 수는 없는 것이며, 七十 致仕후에야 귀향하리라던 내용과 같이 忠州로 七十退休하였다.

3. 朝鮮朝 第二期(燕山君〜宣祖)

이 시기는 1495년부터 1608년까지의 약 110년 간에 걸친, 연산군 초에
서 임진왜란의 칠년전쟁을 겪은, 「黨爭」과 「士禍」가 연달아 일어났던
시기이다. 사상적으로는 士類들이 중앙 정계에 혐오를 느껴, 지방에 숨어
程朱學에 경주하여 退栗같은 명현들이 배출되던 시기였다.

이 시기에 먼저 探討할 「和陶辭」는 虛白堂 成俔(1439〜1504)의 「次歸
去來辭」[1]이다. 그는 四佳 徐居正(1420〜1488)에 이르러서 확립된 보수적
인 문학관을 이은 분으로, 집현전이 없어진 이후의 홍문관에서 詞章의
소재폭을 마음껏 발휘한, 훈구파의 통치 질서를 옹호하는 데 적극 참여
한 인물이며, 虛白堂이란 號는 『莊子』「人間世」의 '瞻彼闃者 虛室生
白'에서 유래한 것이다.

萬物은 대등하지 않으니 함부로 합치면 분별이 없어진다는 요지의 「物
不可以苟合論」이 그의 세계관이라 할 수 있으며, 그의 호를 딴 『慵齋叢
話』는 잡다한 내용들이 각각의 다양한 소재로 쓰여져 있는데, 그의 세계
관인 「物不可以苟合論」으로 본다면 그것은 그것 나름의 일정한 의의를
지니고 있다고 여겨진다. 또 성종의 명을 받들어 柳子光・辛末平 등과
함께 찬진한 『樂學軌範』도 禮樂에 의하여, 상하만물의 질서를 다지기
위하여 기술하였음을 알 수 있으며, 音律에 정통하여 掌樂院 提調를 겸
임하였다.

성현에 관한 개인적 연구는 오춘택・김태안 등의 논문[2]에 맡기기로
하고, 그의 문학 세계를 일반적으로 말하면 감추어진 문제를 찾아 고민

---

1) 成俔 : 『허백당문집』(이조명현집 2, 성대 대동문화연구원, 1977), 874쪽.
2) 吳春澤 : 「허백당 성현 연구」(고대 석론, 1980)
　　金泰雁 : 「성현의 문학론과 시세계」(성대 석론, 1982)

하는 입장을 떠나, 삶을 즐기자는 자세가 비교적 두드러지게 드러나 있음을 보여준다. 이제 慵齋·虛白堂의 「次歸去來辭」를 살펴 보겠다.

1	歸去來兮!	돌아가리라!
	桑梓故鄕何日歸	담장 밑의 뽕나무 가래나무, 고향집 어느 날에나 돌아갈거나!
2	狼跋尾[3]而自苦	이러지도 저러지도 못하는 혼자만의 고민,
	鳧短脛而自悲	비본래적이며 작위적인 것에의 自存의 비극.
3	貝錦成[4]而莫遏	비방을 일삼는 자들의 교묘한 언사는 막을 길 없고,
	駟舌吐[5]而難追	한 번 빗나간 발언은 駟馬로도 거두어들일 수 없네,
4	武耄年而悔過	武는 여든 살이 되어서야 허물을 뉘우쳤고,
	蘧五十而知非	거백옥은 쉰 살에 마흔 아홉 해의 잘못을 알았네.
5	褫駿礒之朝冠	금관조복을 벗어버리고,
	襲薜荔之秋衣	벽려로 지은 은거자의 옷을 입으리.
6	將誅茅而卜築	풀을 베고 집을 지으리라,
①	構一宇於翠微	산 허리에 一室을 얽으리라.
7	如鳥斯擧	새처럼 날아가고,
	如鹿斯奔	사슴처럼 뛰어가리.
8	言策余馬	내 말을 채찍질하여,
	言歸衡門	고향집에 돌아가리라.
9	山川猶昨	산천은 의구하건만,
	故老無存	고향 어른들과 옛 친구들은 이승에 없어라.
10	爰取芳醪	좋은 막걸리 걸러서,
	乃酌匏樽	바가지 잔으로 잔질하리라.
11	詠考槃而在澗[6]	석간수 바라보며 고반시를 읊조리면서,

---

3) 『詩經·豳風 狼跋』:「狼跋其胡 載疐其尾 … 浪疐其尾 載跋其胡」
4) 『詩經·小雅·卷伯』:「萋兮斐兮 成是貝錦 (箋)錦文者 文如餘泉餘蚔之貝文也」
5) 『說苑·說叢』:「口者 關也 舌者 機也 出舌不當 駟馬不能追也 (注)過言一出 駟馬追之 不及」
6) 『詩經·衛風·考槃』:「考槃在澗 碩人之寬 (集傳)考 成也 槃 盤桓之意 言成其隱處之室也」

居陋巷而希顔	오죽잖은 마을에 살아도 顔淵의 安分知足을 바랄 것이네.
12 蝸守殼而自衛	달팽이가 껍질을 지킴은 자위의 수단이요,
蚊棲睫而常安	모기의 눈썹에 서식하는 焦螟은 항상 편안하리라.
13 納淸風於篳戶	맑은 바람을 篳門蓬戶로 받아들이고,
邀素月於松關	하얀 달을 松關에서 맞이하려네.
14 激冲襟而宇宙	열린 가슴과 넓은 도량으로 시공을 바라보며,
慕達士之大觀	달관한 훌륭한 인사들을 숭모하노라.
15 嘯烟雲而歙吸	피어오르는 아지랑이 바라보며 음영하면서,
追魚鳥而往還	물고기와 물새를 追躡하면서 가고 오리.
16 躬內省而自得	내면의 성찰을 통하여 직접 터득한 것은,
② 寓至靜於鯢桓7)	지극히 고요한 강호자연에 기탁하는 것.
17 歸去來兮!	돌아가리라!
意浩蕩而遠遊	호호탕탕한 뜻을 품고 원유하리라.
18 展鯤鵬之壯圖	곤새 붕새의 장도를 펼 것이로되,
何蜩鶯之足求	어찌 쓰르라미와 꾀꼬리 따위를 구하랴.!
19 聞天籟之夜動	자연의 소리가 한밤중에 울려 퍼짐을 들으리라,
據枯梧8)而忘憂	마른 오동나무에 의지하여 근심을 잊으리라.
20 鳴鳩催我以夙駕	비둘기는 구구거리며 나를 '빨리 돌아가라'고 재촉하는 듯,
問春光於綠疇	봄빛을 녹색의 들판에서 물어보리라.
21 山乘蠟屐	산은 밀랍 바른 나막신을 신고 타며,
水弄扁舟	물에 일엽편주 띄우고 소일하리라.
22 謝逋客之俗駕	은둔자로의 속된 방문은 사양할 것이며,
甘死狐之首丘	죽어가는 여우의 수구초심을 달게 여기리라.
23 醉踞石於林麓	취하여 林間이나 산록의 돌에 걸터앉고,
淸濯纓於溪流	계류의 청수에 갓끈을 씻으리라.
24 知天命而自樂	천명을 알고서 스스로 즐김이여,

---

7) 『莊子・應帝王』:「鯢桓之審爲淵 止水之審爲淵 流水之審爲淵」
8) 『列子・說符』:「人有枯梧樹者 其隣父言 '枯梧之樹不祥' 其隣人 遽而伐之 隣人
父因請以爲薪 其人乃不悅曰 '隣人之父徒欲爲薪' 而敎吾伐之也」

③ 葆吾身之眞休   내 일신의 진정한 휴식을 지켜 나가리라.

25 已矣乎!   끝났도다!
   少壯榮華非昔時   젊은 시절의 영화는 흘러간 것.
26 不如隨意而遲留   느긋하게 오래오래 머물음만 같지 못하여라.
   胡爲乎亡羊無所之   어찌하여 多岐亡羊의 탄식을 하나?
27 勳名儻來寄   훈공과 명망이 혹시라도 닥쳐오면 잡을 것이로되,
   雲路邈難期   顯官의 길은 아득하여라, 기약이 없네.
28 依菟裘而偃仰   은거지에 파묻혀 마음대로 눕거나 일어나면서,
   循隴畝而耕耔   밭이랑을 돌면서 밭 갈고 북주리라.
29 學農圃之老術   농사와 채소 가꾸기의 노숙한 기술을 익히고,
   論甫田之雅詩9)   『시경』의 甫田 시를 외우리로다.
30 利肥遁而永終   욕심없이 느긋이 숨어 지내며, 永眠의 終章을 맞이
                   함이 이로울 것이니,
④ 何必從唐生而決疑   하필이면 唐生과 한가지로 의아심을 가질 것인가?

成俔에게 은거의 흔적은 보이지 않는다. 그의 이력10)을 보면 직제학·대사간·평안감사·대사헌·경상도관찰사·한성판윤·兩館提學을 역임하고, 공조판서가 되면서 대제학을 겸하여 文衡을 잡는다. 그러나 그는 관리로서의 재간(吏幹)이 없고, 사정에 오활하여 어디서나 큰 공적은 없었다고 王朝實錄은 적고 있다. 가위 화려한 경력이라 하겠으며, 그에게는 寧日이 없었다. 따라서 成俔의 「和陶辭」는 그의 내면세계가 귀거래의 의향을 가졌을 뿐 실현되지는 않았다. 각 단락의 요지를 가려 적으면 다음과 같다.

제1단은 말조심·입조심·사람조심을 하여야 할 당시의 세태를 한탄하면서, 掛冠하고 산허리에 一室을 卜築하리라 다짐하는 것이다. 거백옥의 「五十知四十九年之非」句를 인용한 것을 보면, 그는 年齒 50세 이후의 작품일 것이니, 연산군 시대에 해당된다고 봄이 옳을 것이다. 성종 연

---

9) 『詩經·小雅·甫田』: 「倬彼甫田 歲取十千 …」
10) 李家源: 『李朝名人列傳』(을유문화사, 1965), 142~143쪽.

간의 당시와는 다른 어떤 분위기가 제1단에 어둡게 깔려 있다.

제2단은 考槃詩를 읊으며 하루 빨리 귀거래하여 청풍명월의 주인이 되어 달관의 경지를 지녀, 내면 세계에 충실하고자 함이 엿보인다.

제3단은 주변 산천을 왕래하면서 '창랑지수가 맑으면 내 갓끈을 씻고, 창랑지수가 흐리면 발을 씻고 숨으리라.'는 屈原의 「漁父辭」를 인용하여 用行舍藏의 양면성을 보이고 있다.

제4단은 영화롭던 소장 시절이 지나고, 이제는 귀거래할 때가 도래했음을 知悉하면서도, 奉需守官의 勳名과 탄탄한 雲路를 못내 아쉬워하고 있다. 그러면서도 歸鄕後의 隱居之樂도 또한 버릴 수 없음을 말하고 있다.

조선조 사대부들의 입장은 바로 이 '은구'와 '출사'라는 양면성을 가지고 있음을 앞에서도 언급한 바 있지만 成俔도 같은 경우라고 하겠다. 또한 '은구'의 가능성으로는 땅을 가지고 있다는 在地性이니, 科田과 收租權的인 군신 관계가 조선조 지배구조의 골간이 된다 함도 일반적인 상식에 속한다. 科田은 地主와 佃戶라는 小作制인 것이니 이 작품에서 그 점이 확연히 보이는데, 제4단 29연의 '論甫田之雅詩'가 바로 그것이다.

이와 같은 점은 직접 땀흘려 일하는 노동의 즐거움과 성스러움은 아닌 것이며, 조선조 한문소설에 가끔 등장하는 監農이나 하면서 느긋하게 바라보기만 하는 전원 생활은, 몸소 땅을 파면서 準農에서 純農[11]의 참 생활인이 되어, 자연을 읊은 도연명과는 일정한 거리를 느끼게 한다.

成俔의 文集인 『虛白堂文集』 卷之二에는 지금까지 살펴온 「次歸去來辭」와 夷齊·比干·申生·介子推·伍子胥·荊軻·賈誼·黨錮·張巡·李白 等을 弔問하는 「悲弔辭」, 老儒·老將·老宦·老商·老妓·老馬의 늙음에 처한 서러움과 서글픔을 읊은 「六老辭」, 湖南使 曹大虛에게 부친 「瑞鳳辭」, 구름과 꽃이 主題인 「瞻雲辭」와 「採芳辭」의 6篇의 辭 作品이 收載되어 있으며, 託傳인 「浮虛子談論」은 그를 이해하는 데 好資가 된다.

---

11) 大矢根文次郎 : 『陶淵明研究』(早稻田大學出版部, 昭和 44年, 再版) 272~275쪽.

다음으로 忘軒 李胄(1468~1504)의 「和陶辭」를 探討하겠다. 李胄는 고려의 문신이며 서화가로 유명한 李嵒(1297~1364: 忠宣王 5년 文科)의 손자인 좌의정 李原(1368~1430: 고려 우왕 11년 文科. 圃隱門人)의 증손이 된다. 固城人으로, 삼점 畢齋門人이며 成宗 19年(1488) 文科 급제하였고, 1498년(연산군 4년) 戊午士禍 때 진도로 유배되었다가, 寒暄堂 金宏弼(1454~1504)과 함께 軍器寺 앞에서 효수된 인물이다.

忘軒은 원제 「화귀거래사」인 본 「和陶辭」를 통하여 귀거래를 갈망하고 있다. 그 이유를 작품을 통하여 살피면, 제1단에서 '세인들이 남의 허점을 파헤치는 꼴이 싫다'라 했으며, 제2단에서는 '요순이 아니기에 나에게는 부끄러운 일'이라 하며, 상감인 연산군을 桀紂에 比擬하는 底意에서 窺知할 수 있다.

이제 직접 「和陶辭」를 살펴 나가겠다.

1	歸去來兮!	돌아가리라!
	性不可矯陶所歸	도잠의 귀거래는 本性을 고칠 수 없었기에 떠나신 것처럼.
2	余惡夫世人之鑿虛兮	세인들이 남의 허점을 파헤치는 꼴을 싫어함이며,
	或出樂而生悲	더러 출입하여 즐거웁다가도 슬픔이 생기네.
3	周憤世而過激兮	온통 세상을 분개하는 아우성이여,
	徒索隱其奚追	그저 은미한 것만 들쳐 쫓아다님이며.
4	惠三黜而無慍兮	柳下惠는 세 번 쫓겨났으나 성내지 않았으며,
	較夷行則反非	較는 떳떳한 행실이 도리어 비난을 받았네.
5	惟仕止與久速兮	오직 出仕와 隱求가 시기적 문제일 뿐이니,
	仰宣尼吾攬衣	나는 문선왕 尼父를 숭앙하여 따를 것이네.
6	懷古人之俁俁兮	옛 사람 크신 뜻을 생각함이여,
□	有肆志而托微	뜻을 함부로 하여 托微했던 일이 있었던가?
7	抱關不辭兮	문지기 노릇도 사양하지 않음이여!
	日月其奔	세월은 어찌 그리도 빨리 가는가?
8	豈無歸思	왜 귀거래 할 생각이 없으랴만,

	鬱于衡門	은거의 柴門이 막혀 있어라.
9	仕或爲祿	출사는 더러 봉록 때문이라지만,
	從義之存	의를 쫓을 따름이어야 되나니.
10	如匏斯剖	바가지가 빠개지는 것처럼,
	如木爲尊	나무로 祭器를 만드는 이치와 같이.
11	吁! 所遇之異於是兮	아아! 만나는 것마다 이것과는 다름이여!
	逢聖主而承和顏	성주를 만나 和樂하신 용안을 뵘이여,
12	非堯舜爲己恥兮	요순이 아니기에 나에게는 치욕이어라.
	居隆寵而靡安	두터운 총애도 편안하지 못하여라.
13	嗟才疎而術益迂兮	슬프다! 재주는 성글고 술수는 더욱 우활하니,
	余進退其何關?	나의 진퇴가 그 무슨 관계랴?
14	愧河濱之伐檀兮[1]	하는 일 없이 밥이나 축냄을 부끄러워하면서,
	時內訟而反觀	때때로 內自省하고 있네.
15	計桑楡之日迫兮	뽕나무 가래나무 끝에 햇빛이 비침을 생각하고,
	黃河流而不還	황하물도 일도창해하면 돌아오지 않나니,
16	況群賢之步武兮	하물며 뭇 현자들의 걸음걸이여,
②	夫孰道文而稱桓也?	누구를 진문공이니 제환공이니 일컬었던가?
17	歸去來兮!	돌아가리라!
	吾有田園其可遊也?	나에게는 전원이 있나니 어찌 유람하지 않으랴?
18	娶何爲乎姜思	娶妻에 꼭 제나라 姜氏만 생각할 것인가?
	食何爲乎魴求[2]	求食에 꼭 황하의 魴魚라야만 하는가?
19	投塵簪予反眞兮	먼지 긴 동곳을 던져버리고 천진으로 돌아가,
	有至樂而無憂	지극한 즐거움만 있으니 아무 근심없어라.
20	桑柘儼其成蹊兮	산뽕나무 우거진 그곳에 지름길이 생길 것이며,
	禾黍亂以盈疇	벼와 기장이 어지러이 밭두둑을 채우리라.
21	登山有屐兮	나막신 신고 산에 오르며,
	涉水有舟	배를 타고 물을 건너리라.

---

1) 『詩經·魏風·伐檀』:「坎坎伐檀兮 寘之河之干兮 河水淸且漣猗 不稼不穡 胡取
　禾三百廛兮 不狩不獵 胡瞻爾庭有縣貆兮 彼君子兮 不素餐兮」
2) 『詩經·陳風·衡門』:「衡門之下 可以棲遲 泌之洋洋 可之樂飢 豈其食魚 必河之
　魴? 豈其取妻 必齊之姜? 豈其食魚 必河之鯉? 豈其取妻 必宋之子?」

22 扶家僮兮倩野老　　머슴놈의 부축받고 農軍을 고용하며,
　　步逍遙兮園邱　　느긋하게 동산과 언덕을 걸으리라.
23 或舒嘯於雲林　　혹간 운림에서 휘파람도 불고,
　　亦濯足於澗流　　또한 석간수 흐름에 발도 씻으리라.
24 匪僥倖其咄世　　바라는 것이 없으니 어찌 세상을 원망하랴?
③ 要余生以終休　　요컨대 나의 일생을 그곳에서 맞추리라.

25 已矣乎!　　끝났음이여!
　　由父尙能遯堯時　　소부 허유도 오히려 堯시절에 숨어 살았나니.
26 匹夫去志難奪留3)　　필부의 뜻을 꺾을 수는 없는 법.
　　箕山潁水姿所之　　기산 영수만이 갈 곳이로다.
27 吹笙學王喬　　생황을 불면서 선인 王子喬를 배우고,
　　騎鶴問安期　　백학을 타고서 千歲翁 安期生 간 곳 물으리라.
28 辟五穀而飡玉英　　오곡을 피하여 이슬을 마시고,
　　欲無事於耘耔　　농사는 짓지 않으려 하노라.
29 又何登高而臨流　　또한 어찌 높은 곳에 올라 흐름을 내려다보면서,
　　費精神於賦詩　　시 짓기에 정신을 허비할 것인가?
30 然神仙杳茫而難托　　그러나 신선세계는 아득하여 기탁하기 어렵나니,
④ 從子歸來不復疑　　그대 도잠을 따라 귀거래함에 다시 무엇을 의심하랴?

　　도도한 一文으로 出仕에 뜻이 없어져 隱求할 것을 갈망하고 있음이
약여하다. 그의 賦인「放白鷴賦」를 보면 '塵網十年'에 '對俗狀以白眼'
이라 하여, '벼슬살이 10년에 속된 모습을 대하노라면 흰자위로 흘겨보게
된다'고 하여 당시의 세태를 못마땅하게 여겼다.
　　여기에 나오는 새장 속의 白鷴은 결국 자기의 모습인 것이니, '我哀爾
之拘攣 固物我之無間(나는 너의 부자유스럽게 메여 있음을 슬퍼하나니, 진실로
物이나 我나 다름이 없도다.)'句에서 확인된다. 그리하여 그는 白鷴을 풀어주
어 날려보낸다. 어느 곳이라도 나를 수 있는 백한은 吳땅의 山・越나라
물을 건너 도연명을 찾아가니, '旣無人於彭澤'(이미 팽택에는 아무도 없었다.)

---

3)『論語・子罕』:「子曰 三軍可奪帥 匹夫不可奪志」

이라 하여 만날 수 없었음을 안타까워하고 있다.

　자기의 성격을 ‘僕本不羈　傲視泡幻　雲月其趣　烟霞其情　嘯傲溪山之勝　泥塗軒冕之榮’이라 하여, ‘泉石을 좋아하는 취미가 있으며, 軒冕의 영광을 진흙처럼 여긴다’고 기술하고 있다. 이 글의 말미는 퍽 상징적으로, 塵土 속에서 괴로워하고 있는 자기 자신을 보여주고 있다. 즉 꿈속의 道士와 헤어지고 놀라 깨어보니 새장 속의 백한은 보이지 않고, 다만 이 몸만이 털썩 진토에 누워있는 것이 보였다고 쓰고 있다.4)

　그는 金馹孫・韓訓과 함께 諫院에 있으면서, 慨然히 말하는 것을 자기의 책임으로 삼아, 알면 말하지 않는 것이 없이 지탄 공격하되 피하는 일이 없었다. 결국 戊午・甲子 兩士禍에 유배・賜死된 분이다. 하루도 寧日이 없던 燕山朝下에 一團의 無道한 姦智의 무리들, 그들의 모함으로 필경 遠竄된 血盟의 친구들을 만날 수 없는 기막힘을 「題忠州自警堂」의 結句인 ‘竹嶺橫天不見君’에서 ‘하늘을 가로지르고 있는 橫天’, 곧 하늘을 橫奪하고 있는 陰怪한 勢力을 暗喩하고 있다고 하겠다.

　忘軒 李冑는 盛唐의 품격을 갖춘 시인으로 알려져 있는데, 허경진5)의 논문에 따르면, 한국한문학사상 三唐詩人으로 불리는 蓀谷 李達・孤竹 崔慶昌・玉峰 白光勳의 唐詩 風貌가 그에게 연원이 있음을 알게 된다.

　한국 한시 연구에 일조가 되기에 學唐派圖를 소개하면 다음과 같다.

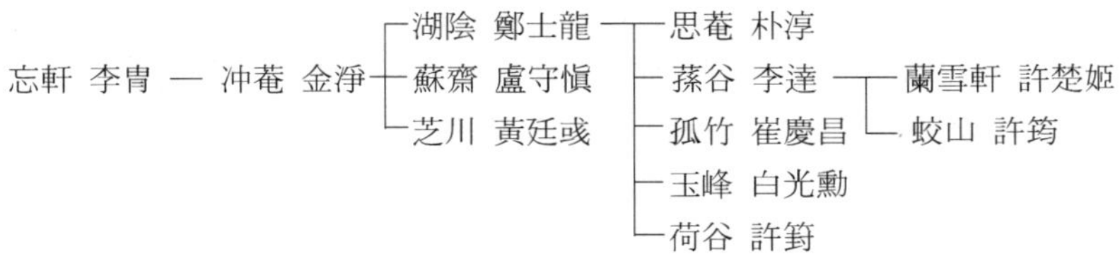

　다음으로 16세기 조선조의 「和陶辭」로는, 한문 창작 소설인 「企齋記

---

4) 李冑 :『鐵城聯芳集』 권3(人) 32~33쪽.
5) 허경진 :「허균의 序에 나타난 다섯 시인에 대하여」,『인문과학』 44집(연대, 1980) 41~55쪽.

異」가 발굴[1]되어 새롭게 조명을 받았던 企齋 申光漢(1484~1555)의 원제 「和歸去來辭」부터 살펴보려고 한다. 그는 高靈人으로 保閑齋 申叔舟 (1417~1475)의 손자이기도 한다.

본 「和陶辭」는 제1단 4련에 보이는 '三十九之行年兮 覺已往之都悲' 로 미루어 보아, 1523년(중종 18) 전후인 것은 확실하다. 1520년 그의 중년에 해당하는 시기의 행장을 살펴보면, 靜庵 趙光祖(1482~1519) 등과 함에 해당하는 시기의 行狀을 살펴보면, 趙光祖와 함께 신진 사류로서 1518년 대사성에 특진되었으나, 이듬해 己卯士禍에 연좌 削職되었다. 「和陶辭」의 제작 시기가 바로 이 때일 것이다. 이어 1537년(중종 32)에야 재등용되어 이조판서가 되고 홍문관제학을 겸하게 된다.

1553년 七十致仕로 궤장을 하사받고 耆老所에 들어가는 영광을 안았다. 바로 작품으로 들어가겠다.

1	歸去來兮!	돌아가리라!
	言告言歸吾欲歸	말뿐인 귀거래가 아니고 진정코 돌아가리라.
2	羲農旣去我云邈兮	복희씨 신농씨 이미 안 계시니, 나는 막막하여져,
	子獨立而潛悲	혈혈단신 우뚝 서서 슬픔에 잠기노라.
3	托栗里之遺篇兮	도연명의 「귀거래사」에 기탁하여
	跡前脩以高追	靖節선생의 淸風高節을 높이 추앙하노라.
4	三十九之行年兮	서른 아홉 살이 넘은 나이여,
	覺已往之都非	과거사가 온통 잘못되었음을 깨닫겠구나!
5	將回轅以改路兮	굴원처럼 끌채를 돌려 길을 바꿔봄이여,
	集衆芳以爲衣	뭇 아름다움을 모아 옷을 지어 입으리라.
6	雖信姱而好脩兮	비록 아름다움을 믿으며 수양을 조히 하더라도
□	智已昧於燭微	슬기는 이미 어두운 촛불처럼 까무룩거리는구나!
7	踐足之外	발 딛고 가는 저 外方은,
	風駭浪奔	바람도 이상하게 불고 물결은 사나워라.

1) 蘇在英 : 「신광한의 기재기이」『숭실어문』, 3집(숭전대 국어국문학회, 1986), 231~316쪽.
   소재영 : 「신광한의 崔生遇眞記攷」『숭실어문』, 5집(상동, 1988), 5~16쪽.

  8 紛紜倚仗 어지러운 인과의 얽힘이며,
　禍福無門2) 화복은 일정한 문도 없나니.

  9 惡不可爲 악행을 해서는 안 되는 것,
　善奚足存 선행을 어찌 있다고 하랴!

 10 靑黃災木兮 春夏秋冬 四時도 뒤죽박죽 됨이여,
　視彼義樽 저 義樽을 보라!

 11 然富歸之可懷兮 그러면서도 부귀영화를 생각함이여,
　故汗背而强顔 등에서 땀이 나고 얼굴 붉힐 일이로다.

 12 人居薪以待燃 사람이 섶 속에 살면서 불똥을 기다리며,
　燕巢幕以相安 제비가 천막에 집을 짓고는 편하다 함이여.

 13 宜先哲之獨智兮 맹자의 獨智가 마땅함이여,
　或肆志於抱關3) 문지기나 야경꾼이 되어 버릴 것인가?

 14 哀狂簡4)之無裁兮 뜻은 크나 조잡하여 재량 없음을 슬피 여김이여!
　味超世之高觀 超世의 高觀을 맛볼 것인가?

 15 思重華而不再兮 요순시대를 그리워하나 다시 올 수 없음이여,
　挽淳古其莫還 순박하던 고대가 돌아올 수 없음을 통곡하노라.

 16 獨蝸蝸於聖門兮 홀로 聖門에 외로움을 느끼나니,
　② 亦羞稱夫齊桓 또한 저 제환공을 외치기도 부끄럽구나.!

 17 歸去來兮! 돌아왔음이여!
　盍高擧以遠遊? 어찌 높이 떠 원유하지 않으리오?

 18 夢元亨之田園 춘하추동 꿈꾸던 전원이여,
　今十年而始求 이제 10년 만에 비로소 찾으리라.

 19 悟天命之已然兮 천명이 이미 그러함을 깨달음이여,
　將不樂而奚憂 장차 즐거워하지 않고 무엇을 근심하리.

 20 僕夫戒余之行謀兮 나는 내가 저지른 行謀를 계율로 삼을지니,
　及種豆5)於南疇 남쪽 밭두둑에 콩을 심게 될 것이다.

---

2) 『陶詩・榮木』:「… 貞脆由人 禍福無門 匪道曷依 匪善奚敦 …」
3) 『孟子・萬章 下』:「孟子曰 仕非爲貧也 而有時乎爲貧 娶妻 非爲養也 而有時乎
　爲養 爲貧者 辭尊居卑 辭富居貧 惡乎宜乎 抱關擊柝」
4) 『論語・公冶長』:「子在陳曰 歸與 歸與 吾黨之小子狂簡 斐然成章 不知所以裁之」
5) 『陶詩・歸園田居』 5수중 其三 :「種豆南山下 草盛豆苗稀 晨興理荒穢 帶月荷鋤
　歸 道狹草木長 夕露霑我衣 衣霑不足惜 但使願無違」

21 藏書萬卷 　家傳之物인 장서 일만 권,

　　可載方舟 　나란히 배를 연이어 실어 나르리라.

22 尋陋巷之顔回 　누항에 계신 안연을 찾아 뵙고,

　　學東家之孔丘 　동가의 孔니보께 나아가 배우리라.

23 非簞瓢之可慕兮 　一簞食一瓢飮을 경모함이 아니라,

　　樂一理之同流 　같은 이치를 즐기며 함께 흘러가리라.

24 保不材之無用兮 　재목이 못 되어야 쓰이지 않음을 지켜,

③ 辦百年之長休 　일생동안 길이길이 退休함에 힘쓰리라.

25 已矣乎! 　끝났음이여!

　　孤臣有罪負明時 　반열에서 밀려난 신하 明時를 저바려 죄를 얻었나니,

26 欲去遲遲爲少留 　떠나려 하면서도 그럭저럭 잠깐 머물렀었지,

　　行藏在天一聽之 　用捨行藏은 하늘에 있는 것이라는 그 말씀 들었지.

27 時命旣大謬 　時命은 하마 크게 잘못되어 갔고,

　　世事胡可期 　세사를 어찌 기약할 수 있는가?

28 嘗關心於沮溺[6] 　일찍이 長沮와 桀溺에 마음을 두었나니,

　　寄餘生於耘耔 　남은 인생 농사 짓기에 붙이리라.

29 歌考槃於衛風[7] 　시경 위풍의 '은거시'를 노래하며,

　　詠美人乎邶詩[8] 　패풍의 '고운 님'을 읊으리라.

30 列往則以自靖兮 　지난날의 철칙을 염두에 두고 自靖하면서,

④ 淵明在前勿復疑 　연명 선생께서 이전에 귀거래하셨으니, 다시는 의심할 것이 없네.

本 「和陶辭」를 보면, 제4단의 끝 聯에 귀거래의 전범이 되시는 도연

---

6)『論語·微子』:「長沮桀溺 耦而耕 孔子過之 使子路問津焉 長沮曰夫執輿者 爲誰 子路曰爲孔丘 曰是魯孔丘與 曰是也 曰是知津矣 問於桀溺 桀溺曰子爲誰 曰爲 仲由 曰是魯孔丘之徒與 對曰然 曰滔滔者 天下皆是也 而誰以易之 且而與其從 辟人之士也 其若從辟世之士哉 耦而不輟 子路行以告 夫子憮然曰 鳥獸不可與同 群 吾非斯人之徒與而誰與 天下有道 丘不與易也」

7)『詩經·衛風·考槃』:「考槃在澗 碩人之寬 獨寐寤言 永矢弗諼 考槃在阿 碩人之 薖 獨寐寤歌 永矢弗過 考槃在陸 碩人之軸 獨寐寤言 永矢弗告」

8)『詩經·邶風·簡兮』:「山有榛 隰有苓 云誰之思 西方美人 彼美人兮 西方之人兮」

명을 앞세워 자기의 귀거래에 대한 선례가 있음을 반가워 하였는데, 이는 '禍福無門'이니 '種豆' 등 도연명의 시구를 그대로 가져다 쓰는 「直用其句」의 방법으로, 그의 시에 심취되어 있었음을 보여주고 있다.

다음 굴원의 「離騷」에 나오는 '回輬以改路' '衆芳以爲衣' '信姱而好脩' 등의 어사를 직용기구하였음을 보면, 孤臣寃淚로 점철된 이 「和陶辭」를 통하여, 기재 신광한의 출사 10년 후인 1520년대의 정황을 읽을 수 있다고 본다. 또한 『기재집』 권1의 첫 작품인 굴원의 『離騷經』에 和韻한 작품은 중국인으로도 아주 드문 例라고 여겨진다. 終章을 나타내는 「離騷」의 '亂曰'이 「和離騷經」에는 '諄曰'로 되어, '諄曰 已矣哉'! '世旣莫吾知兮 吾誰與兮' 등의 구절로 보면 '끝났도다, 세상에는 이미 나를 알아줄 사람이 없다.'는 뜻으로 절망에 차 있음을 알 수 있다. 이 작품도 1520년대의 기록으로 생각된다.

6편의 화운한 辭와 9편의 創作賦를 통하여 종합적으로 추출할 수 있는 것은, 그가 어느 깊은 산속에 結廬하고는 幽居하면서, 그저 서책을 넘기고 병든 몸으로 만감이 서려, 현재를 비탄하고 있는 모습이 보인다는 것이다. 이러한 辭賦 계열의 작품들은 1520년대에서 1530년대 초반 · 1537년 재등용 될 때까지 쓰여졌을 것으로 짐작된다. 바로 이곳이 「企齋八詠」의 무대인 것이다.

끝으로 도연명의 시를 읽고 쓴 「讀陶詩」[9]를 전재하여 두겠다.

首夏天氣佳	園廬絶塵事	桑麻夾疎籬	麥浪門前起
欣然酌我醪	撫卷良自喜	陶公古時人	氣味那得似
高詠止酒篇	讀止千萬祀	淸風此時來	北窓有眞意

다음으로 艮齋 崔演(1503~1549)의 「和陶辭」를 살펴 보겠다. 최연은 강릉이 본이며, 현감 世楗의 아들로 자를 演之라 한다. 1525년(중종 20) 문과에 급제하여 이판 · 한성부좌윤 등을 역임하고, 1548년(인종 4)에는 형판

---

9) 申光漢 : 『企齋集』 권3, 31쪽.

겸 홍문관제학으로, 명나라 북경에 동지사로 가서 嘉靖皇帝로부터 食
服·酒藥을 상으로 받았다고 그의 행장에 기술되어 있다. 이듬해인 1549
년(명종 4) 정월에 돌아오다가 평양에서 병사하니, 이 때 나이 49세였으며,
시호는 文襄으로 諡法은 '多見博聞曰文 因事有功曰襄'이다.

그의 문집은 12권 6책으로, 辭(和歸去來辭)와 賦 12편이 첫 권을 이루
고, 9권이 모두 한시로 1,200여 수에 달하며, 11권의 雜著 중 「逐詩魔」
를 보면, 詩魂의 악마에 시달리는 모습을 기술하면서 詩魔에서 벗어나려
는 한 人間의 끈질긴 驅魔 노력을 드러내 보이고 있다.

그는 귀거래의 뜻을 짐짓 '反其意'하여 태평성대에 더욱더 進德修業
하여 보필에 힘써 바람직한 앞날을 기약하고자 함에 있다고 하였다. 먼
저 그 집필동기인 幷序부터 살피기로 한다.

歸去來者 乃晉徵士陶淵明作也 嘗令彭澤 恥折腰作此辭以見志返田
園 千載之下 想見其爲人 辭意雋永 至今膾炙 然陶之此辭 乃因不遇時
而發也 我則異於是 遭遇聖明 不當如徵士之歸去 故反其意 以吾心之復
初會 賦而和之

「귀거래사」는 동진시 징사인 도연명의 작품이다. 일찍이 팽택령이었을 적에 五
斗米에 折腰함을 수치로 여겨 「귀거래사」를 읊어, 志氣를 드러내 보이고 전원으로
돌아갔다. 천년 뒤에도 그의 사람됨을 생각해보면 辭의 의미가 심장하여 지금에 이
르도록 인구에 회자되고 있다. 그러나 도연명의 「귀거래사」는 불우한 시절을 만나
발현된 것이다. 나는 이와는 달리 聖明의 때를 만나 징도사처럼 귀거래하는 것이
마땅하지 않으므로, 짐짓 그 뜻을 뒤집어(故反其意)서, 내 마음속 애초의 본성으로
돌아가려는 것이다. 賦而和之하노라.

1 歸去來兮!   돌아가리라!
  微聖賢吾誰與歸?   성현이 아니라면 내 뉘와 더불어 돌아갈 것인가?
2 天生物各因其材   하늘이 만물을 냄에 각각 그 適材를 주었나니,
  續鳧脛則可悲   물오리의 다리를 길게 이어대면 슬픈 것이니라.
3 始余學而觀古   처음 학문을 시작하면서 옛 성현들을 살펴,
  遵義迹而高追   正道의 자취를 遵奉하여 높이 나아가려 하였네.

4　蹈大方而植內　　　　현인군자를 이어받아 내면을 가꾸어,
　期從善而革非　　　　從善如流할 것을 기약하고 잘못을 고치리라 다짐하
　　　　　　　　　　　였네.

5　在顔巷而安貧　　　　안연이 누항에 살면서도 안빈낙도하시면서,
　樂蔬食與惡衣　　　　나물밥과 거친 옷에도 不改其樂하였네.

6　嗟! 衆慾之投罅　　　아아! 뭇사람의 욕심이 틈새를 들어내나,
□ 道心晦而愈微1)　　　도덕적 양심은 어두워질수록 더욱 은미한 것이네.

7　情瀾盪激　　　　　　감정의 물결이 跳盪해지며 거세어지네,
　意馬橫奔　　　　　　마음이 날뛰는 말처럼 걷잡을 수 없네.

8　身拖紫綬　　　　　　신상에 紫色의 印綬를 끌면서,
　足踵朱門　　　　　　발길은 권문세족의 문턱에 이르네.

9　臧穀俱亡　　　　　　장과 곡 두 사람 모두 양을 잃기는 마찬가지요,
　荊凡孰存　　　　　　진정한 존재는 나라는 존재임을 알라.

10　目鉢蛾眉2)　　　　　눈으로 미인을 바라보며,
　心醉芳樽　　　　　　마음은 향기로운 술에 취하네.

11　舍靈龜而朶頤3)　　　신령스러운 거북 고기를 버리고 남의 것에 침을 흘
　　　　　　　　　　　린다면,

　常怗耳而低顔　　　　항상 귀를 막고 얼굴을 숙이리라.

12　雕太素而喪眞　　　물질의 근본을 새기면 참됨을 잃나니,
　甘鴆毒4)而宴安　　　편안한 삶은 사람을 해치는 짐새의 깃털 술.

13　御長轅於九折　　　긴 끌채를 九折羊腸으로 몰아,
　身重負於翹關　　　몸으로 무겁게 잠긴 빗장을 들어올리리라.

14　顧初心猶未可　　　당초의 마음을 돌아보니 아직도 오히려 마땅치않아,
　忽冥思而反觀　　　문득 깊이 생각에 잠겨 反求諸己하노라.

15　爰收放5)而合離　　　이에 放心을 수습하고 떠났던 것을 함께 모아,

---

1) 『中庸章句序』:「二者(人心道心)雜於方寸之間 而不知所以治之 微者愈微 而天理
　之公 卒無以勝夫人欲之私矣 … 從事於斯 無所間斷 必使道心 常爲一身之主 而
　人心每聽命焉 則危者安 微者著 而動靜云爲 自無過不及之差矣」
2) 『詩經·衛風·碩人』:「… 蝤首蛾眉 巧笑倩兮 美目盼兮」
3) 『易經·頤·初九』:「舍爾靈龜 觀我朶頤 凶 (疏)靈龜 謂神靈明鑑之龜兆 以喻己
　之明德也」
4) 『左傳·閔公·元年』:「諸夏親暱 不可棄也 宴安酖毒 不可懷也」

付物我於八還	八還에 物我一體를 붙이리라.
16 築性郭而克敵	성품 다지기를 外城을 쌓고 적군을 막듯이,
② 揚我武之桓桓	自我를 高揚하는 武裝으로 다져 굳세게 하리라.
17 歸去來兮!	돌아가기라!
閉六鑿6)而天遊	六根의 정욕을 막고 자연에 자적하리라.
18 睍而視兮有道	흘깃 봄에도 도가 있음이여,
吾舍此又何求	내 이것을 버리고 또 무엇을 구하리?
19 徜內省而不疚7)	만약 속으로 반성하여 허물이 없다면,
體可胖8)而無憂	마음이 넓고 몸이 편안해져서 걱정이 없느니라.
20 庶致不遠而知復	그리 멀리 이탈하지 않았기에 돌아올 줄을 알게 되었나니,
養嘉禾於良疇	좋은 땅에 아름다운 벼를 키우리라.
21 磨我明鏡	나는 환한 거울을 더욱 갈고 닦아,
泛我虛舟	나 자신을 마음의 배에 띄우리라.
22 絶紛華而反本兮	紛華스러움을 끊고 근본으로 돌아감이여,
體仁類之首丘	仁類의 본분을 체득하리라.
23 欣余志之有獲	나의 뜻에 얻어짐이 있음을 기뻐하노라.
遏欲浪於橫流	모로 흐르는 욕망의 물결을 막았네.
24 尋樂地於名教	명분의 가르침 속에 자연히 행복이 있음을 찾으며,
③ 復何事乎歸休?	다시 무슨 사연으로 돌아가 쉴 것인가?
25 已矣乎!	끝났음이여!
進德修業欲及時	진덕수업은 때가 있는 것.
26 存此歲月挽不留	세월은 만류하더라도 그래도 흐르는 것이거니,
吁嗟乎! 役役將安之?	아아! 애를 쓰면서 어디로 가려는가?
27 往者雖不及	과거는 따라잡을 수 없지만,

---

5) 『孟子·告子 上』:「孟子曰 仁 人心也 義 人路也 舍路而弗由 放其心而不知求 哀哉 人有鷄犬放則知求之 有放心而不知求 學問之道 無他 求其放心而已矣」
6) 『莊子·外物』:「心無天遊 則六鑿相攘 (釋文) 司馬云 謂六情攘奪」
7) 『論語·顔淵』:「司馬牛問君子 子曰君子 不憂不懼 曰不憂不懼 斯謂之君子矣乎 子曰內省不疚 夫何憂何懼」
8) 『大學·誠意章』:「富潤屋 德潤身 心廣體胖 故君子 必誠其意」

來今猶可期	미래는 오히려 기약할 수 있는 것.
28 培萌孼於牛山	민둥산이 된 牛山에 싹돋아 오르게 북주고(孟子),
去稂莠而耘籽	가라지 따위의 잡초를 쳐버리고 或耘或籽하리라.
29 考古人而尙友	옛 사람을 살펴 마음의 벗을 삼으리라.
豈徒事於誦詩	어찌 그저 誦詩만을 일삼을 것인가?
30 不及泉則棄井	샘물이 나지 않으면 우물을 버리는 법,
④ 此言至切君勿疑	이 언사는 至極懇切한 것이니 그대들은 의심말지라.

「歸去來辭」의 30韻을 고스란히 밟아 썼으나, 내용만은 「反其意」하여 明時의 文臣으로서의 자세는 귀거래하는 낙향이 아니고, 수양을 쌓고 학업을 닦는 '進德修業'의 길이 참된 것으로, 艮齋 崔演은 귀거래의 방향을 진덕수업에 두었음을 보여 준다. 第2段의 아홉째 聯은 李仁老의 것과 똑같다. 아마도 『東文選』 卷一에 실려진 「和歸去來辭」를 참고하였을 것이다.

崔演은 중종 25년(1530) 4월에 대제학인 容齋 李荇(1478~1534)의 選에 뽑힌 15인 중 한 사람으로, 임백령·송순·민제인·송린수·주세붕·홍서주·윤풍형·허항·엄흔·홍춘경·나세찬 등과 같이 湖堂에 들어 賜暇讀書하였으며, 十省堂 엄흔·楸坡 송린수·松齋 나세찬·菊磵 윤현·竹崖 任說·芝山 이황(퇴계)·錦湖 임형수·寓菴 김주·尙德齋 정유길·汲古齋 이홍남·好學齋 민기·湛齋 金麟厚 등과 湖堂修契를 맺었다.

公이 賜暇湖堂할 때부터 명성이 자심해지고 문장이 華贍해져서, 바로 앞에서 언급한 企齋 申光漢(1484~1555)이 稱美하기를 마지 않으며, 항시 말하기를 '내 대신 文柄을 잡을 자는 최연을 내놓고 누구에게 의발을 전하랴?(代吾而執文柄者 非演而誰欲傳衣鉢?)'라고 하여 앞날을 크게 기대했다고 한다.

柳夢寅(1559~1623)의 『於于野談』의 기록으로는 김시습이 설악산에 은거했다 함을 듣고는 뜻을 함께 하는 年少五六人과 더불어 從遊講學함에, 매월당은 다 사양하고 유독 崔演만을 가르쳐 반년간 사제의 의리를 극진히 했다고 한다.

『政院日記』에는 중종이 丰儀(容貌)로 상을 삼을 적에, 內官들이 연일 모모들을 품의함에 상감께서는 '朕은 艮齋 崔演의 모습이 보고 싶다.'고 하셨다 하며, 인종이 을사년(1545)에 上候가 大漸해지자 도승지였던 崔演은 좌상인 松庵 柳灌(1484~1545)과 함께 遺詔를 받들었다고 『國朝寶鑑』에 기록되어 있다.

지금까지의 여러 일화들은 그의 문집을 간행할 때에 후손들이 모아 부록으로 묶은 「行錄」에서 발췌한 것이다. 아무튼 위의 기록들을 살펴보면 艮齋 최연은 中·仁·明 삼대의 임금들로부터 優渥한 예우를 받았던 명신이었음을 알 수 있다.

그와 같은 崔演이었기에 귀거래의 의미를 반전시켜, 항상 벼슬길에 나아갈 때의 初心을 일깨우며, 진덕수업하여 두보의 '임금을 요과 순의 위로 추켜올려, 다시금 풍속을 순박하게 하고 지고(致君堯舜上 再使風俗淳)'를 일념으로 삼았음을 알 수 있다.

그의 문집인 『간재집』 卷11 잡저에 실려 있는 「猫捕鼠說」을 보면, 국가를 위하여 일하는 사람의 자세를 극명하게 진술했으니, 고양이의 직분은 쥐를 잡는 것으로, 쥐가 날뛰게 나두거나 쥐와 노는 고양이가 되어서는 안된다고 한 말은, 인간으로서 명예를 훔쳐 의리를 좀먹고 이익을 탐하여 남을 해치기를 쥐새끼보다 심하게 하는 자들이 많으니, 이들은 마땅히 芟除하지 않으면 안된다고, 고양이를 빌어 바른 신하의 모습을 보여주는 명문이라고 하겠다.

다음으로 특이한 일생을 보낸 분으로 알려진 土亭先生 李之菡(1517~1578)의 원제 「次陶靖節歸去來辭」를 살펴보려고 한다.

1 歸去來兮!   돌아가리라!
 安宅恢恢胡不歸? 안택이 넓고 넓은데 어찌 돌아가지 않으리?

2 初不是心爲形役　　　　애초부터 마음은 육신의 노예가 아닌 것이니,
　復何喜而何悲　　　　　다시 무엇을 기뻐하며 무엇을 슬퍼하랴.
3 南余斾兮孰拒　　　　　내 수레의 깃대를 남으로 향한들 그 누가 막으며,
　北余轅兮誰追　　　　　내 수레의 끌채를 북으로 향한들 그 누가 쫓으랴?
4 耳不聞其毁譽　　　　　귀로는 그들의 毁譽를 듣지 않으며,
　口不言其是非　　　　　입으로는 그들의 시비를 말하지 않으리.
5 知蘊袍[1]之且煖　　　거친 옷을 입어도 오히려 따사로움을 아나니,
　又何羨乎錦衣　　　　　비단 옷을 어찌 부러워하리오.
6 遵大路之蕩蕩　　　　　탄탄대로의 넓게 뻗친 길을 따라,
① 曜此日之不微　　　　태양은 환하게 비치는구나.!

7 瞻彼中郊　　　　　　　저 중부 지방의 교외를 바라보니,
　鳥飛獸奔　　　　　　　새는 나르고 짐승은 달리네.
8 深山爲屋　　　　　　　깊은 산은 집이요,
　溪谷爲門　　　　　　　골짜기는 문이라.
9 出入閑閑　　　　　　　드나듦이 자유자재요,
　所性猶存　　　　　　　타고난 천성에 들어맞아라.
10 飢食木實　　　　　　　배고프면 나무 열매를 따먹고,
　渴飮汚樽　　　　　　　목마르면 탁배기를 마시리라.
11 田有禽兮不與　　　　　밭에 날짐승이 있어 함께 하지 못함이여,
　鳥獸中之原顔[2]　　　새나 길짐승 중에 가난뱅이로세.
12 何最靈之反昧　　　　　어찌 가장 신령스러운 것이 도리어 어두운가?
　入鼎鑊而自安　　　　　가마솥에 들어가더라도 편안하리라.
13 我不欺乎我身　　　　　나는 내 자신을 속이지 않나니,
　誰速我乎鬼關　　　　　누가 나를 죽음의 길로 인도하리.
14 有百體而快適　　　　　옷을 벗어 부치니 온몸에 넘치는 쾌적감.
　愧女子之窺觀　　　　　여자들이 엿봄을 부끄러워 하노라.

---

1) 『論語・子罕』：「衣敝縕袍 與衣狐貉者 立而不恥者 其由也與」
2) 『莊子・讓王』：「原憲居魯 環堵之室 茨以生草 蓬戶不完 桑以爲樞 而甕牖二室
　褐以爲塞 上漏下漏 匡坐而弦 子貢乘大馬 中紺而表素 軒車不容巷 往見原憲 原
　憲華冠縱履 杖藜而應門 子貢曰 噫 先生何病 原憲應之曰 憲聞之 無財謂之貧
　學而不能行 謂之病 今憲 貧也 非病也 子貢逡巡 而有愧色」

15	瞰天地之闊遠	천지의 광활하고 원대함을 俯瞰하면서,
	笑白雲之往還	흰 구름 두둥실 떠감에 미소짓노라.
16	巢何爲乎避堯	巢父는 어찌하여 堯帝를 피했으며,
②	管何爲乎事桓	관중은 어찌하여 제환공을 섬겼나?
17	歸去來兮!	돌아가리라!
	履中途而優遊	가는 도중에 우유도일하리라.
18	貧不屑乎仲子	仲由(子路)는 가난을 달갑게 여기지 않았고
	富不屑乎冉求	冉求(子由)는 부를 탐탁하게 여기지 않았네.
19	無旨酒與佳肴	맛있는 술과 좋은 안주가 없더라도,
	可娛樂而忘憂	근심을 잊고 즐길 수 있나니.
20	視不分於五穀	오곡을 분간 못하는 이 몸이니,
	難從事乎西疇	서주에서 농사짓기는 어려운 일.
21	茫茫滄海	망망한 푸른 바다,
	渺渺孤舟	아득하게 떠있는 외딴 배 하나.
22	指雲間之華夏	구름 사이로 중국 본토를 가늠해 보고,
	望日下之靑丘	해뜨는 푸른 언덕 이 땅을 바라보노라.
23	從吾心之所好3)	내 마음이 좋아함을 따라,
	樂天放而周流	천연으로 내맡긴 周遊天下를 즐기노라.
24	見風濤之將起	바람이 파도를 일으키는 것을 보면서,
③	返故園而時休	고향에 돌아가 잠시잠간 쉬리라.
25	已矣乎!	끝났음이여!
	泰和4)雍熙問何時	태평성대 康衢煙月이 어느 시대였던가 묻노라.
26	隙駒其過不我留	세월은 문틈으로 달리는 말, 나를 기다려 주지는 않는 법,
	不知不慍孰能之	알아주지 않아도 성내지 않는 것, 그 누가 가능한가?
27	陶琴本無絃5)	陶선생의 거문고는 원래 줄이 없다던데,

---

3) 『論語・述而』:「子曰 富而可求也 雖執鞭之士 吾亦爲之 如不可求 從吾所好」
4) 『法言・孝至』:「或問泰和曰 其在唐虞成周乎 觀書及詩 溫溫乎其和可知也」
5) 『宋書・陶潛傳』:「陶不解音聲 而畜無絃琴一張 每酒適 輒撫弄以寄其意」

　　　誰爲鍾子期　　　　　　누가 종자기처럼 지음하여 주었겠는가?
28　藝丹田之黍稷　　　　　단전에 기장과 피를 심어(丹田呼吸),
　　　茲不怠乎耘耔　　　　　김매고 북주기에 게으르지 않으리라.
29　書窮姚姒[6]之書　　　　순제·우왕의 서책(尙書)을 읽으며,
　　　詩詠子姬[7]之詩　　　　상송·주송(詩經)을 읽으리라.
30　心此心而不疚　　　　　이같은 마음으로 心悟神解함에 아무 꺼림이 없음을,
④　質諸鬼神而無疑[8]　　　귀신에게 물어보아도 아무 의심 없노라.

　　土亭 李之菡(1517~1578)은 韓山人 稼牧(稼亭 李穀과 牧隱 李穡 父子)之 後로 초명은 之芸, 字는 馨仲이다. 세종조의 명신이며, 判中樞 存養齋 李季甸(1404~1459)의 孫子이며 사헌부감찰 李穉의 막내아들(之英·之蕃·之茂·之菡)로 태어나, 일찍이 父亡함에 仁宗이 만나보고 白衣宰相이라 일컬었던 형 李之蕃(?~1575)에게 수학하고, 나중에는 花潭 徐敬德(1485~1546)에게 사사하였기에, 主敬窮理가 학문의 방법이고, 實學思想에 투철하였다고 한다.

　　1573년(선조 6) 卓行으로 추천되어 6품직에 올라 抱川현감을 거쳐 牙山현감(乞人廳의 일화를 남김)으로 생을 마쳤다. 산소는 保寧郡 주포면 고정리 國手峰 기슭에 서해를 바라보고 누워 있으며, 제향은 보령군 청라면 장산리 花巖書院에서 춘추로 올리고 있다.

　　그는 일생을 통하여 諸家雜術에 通透하여 괴상한 거동이 심하여, 奇智·예언·술수에 관한 일화가 많으며, 栗谷 李珥(1536~1584)와 친하여 성리학을 배우라는 권고를 받았으나 욕심이 많아 배울 수 없다고 대답했다고 전하며, 當代 曺植이 마포로 찾아와 그를 陶淵明에 비유하였다는 이야기도 유명하다.

　　黃岡 金繼輝(1526~1582: 明宗 4년 文科. 沙溪 金長生의 부친)가 李珥에게

---

6)『謝莊·爲八座江夏王請封禪表』:「蓋陶唐·姚姒商姬之主 莫不由斯道也」
7)『梁·昭明太子·七契』:「因以德苞子姬 道邁唐虞」
8)『中庸章句·29장』:「君子之道 本諸身 徵諸庶民 考諸三王而不謬 建諸天地而不悖 質諸鬼神而無疑 知天也 百世以俟聖人而不惑 知人也」

土亭을 제갈공명에 비하여 인물됨을 물으니, '土亭은 쓰기에 적합한 재주는 아니다. 물건에 비유하면 奇花異草와 珍禽怪石과 같고 布帛·菽粟은 아니다'고 하니, 李之菡이 이 말을 듣고 웃어 말하기를 '내가 콩과 좁쌀은 아니지만 상수리와 밤의 종류는 되니 어찌 전혀 쓸 곳이 없겠는가?'[9]라는 기사가 율곡의 「石潭日記」에 전해 온다. 1713년(숙종 39) 이조판서에 증직되고 시호는 文康을 받았다. 京江가에 흙벽을 수십 척 쌓아서 土室을 만들고, 밤에는 토실 안에서 자고 낮에는 토실 위에서 놀아, 유래된 호가 土亭[10]이라 한다.

土亭의 조카(伯氏 之蕃의 아들)인 鵝溪 李山海(1539~1609)가 쓴 묘비명에 보면 '무릇 국내의 산천으로 멀어도 가지 않는 곳이 없으며, 험하다고 건너가지 않은 곳이 없다. 혹 한 해가 지나도 간 곳을 알지 못하는 적도 여러 번이었다.'[11]라고 한 것을 보면 방랑벽이 있음을 알 수 있는데, 본 「和陶辭」에서도 "南余旆兮孰拒·北余轅兮誰追", "遵大路之蕩蕩 曜此日之不微", "瞻彼中郊·鳥飛獸奔", "瞰天地之闊遠 笑白雲之往還", "茫茫滄海 渺渺孤舟" 등의 聯을 보면, 동서남북 山野江海를 아무 매임없이 전혀 꺼림없이 떠나는 방랑자의 진면목을 보여주는 면이 약여하다. 그의 삶에는 汪洋한 자유가 있어 그것이 바로 귀거래의 지향점이요, 구가의 대상이었음을 알 수 있다.

다음으로 임진란의 참상을 겪고 쓴 安村 裵應褧의 「次歸去來辭」를 살펴 나가겠다. 쓰여진 해는 1592년 임란이 발발한 그 이듬해인 1593년(선조 28)으로 짐작된다.

---

9) 安鍾和 : 『國朝人物志·中』 이지함條 : 「金繼輝問李珥曰 馨仲比諸葛亮如何 珥曰 土亭非適用之才 比於物則是奇花異草珍禽怪石 非布帛菽粟也 之菡聞之笑曰 我非菽粟亦是橡栗之類 豈是專無用處乎」, 78쪽.
10) 安鍾和 : 전게서, 「至京江 積土坊塗高數十尺 築土室 夜宿室中 晝遊室上 名曰土亭」
11) 官撰 : 『國朝人物考 中』(서울대도서관 영인, 1978), 「凡國內山川 無遠不適 無險不涉 或累閱寒暑不知所之也 善操舟 履大洋如平地」, 738~739쪽.

1	歸去來兮!	돌아가리라!
	鄕心日催胡不歸	귀향의 심정이 날로 최촉하니 어찌 아니 돌아가리오.
2	我生之逢此不淑兮	내 생애에 이같은 꼴을 당하니 평소의 失德함인가?
	國破家亡兮可堪悲	나라가 깨지고 집안이 망했으니 어찌 슬픔을 참을 수 있으리.
3	守孤城不能背戰	孤立無援의 성을 지키다가 전사하지 못하고,
	區區苟活兮悔何追	구구한 목숨 구차히 살아 後悔莫及이로세.
4	痛戎馬之盈郊	島夷들의 군마가 교외에 가득 차 있음에 가슴이 터질 듯하여라.
	愧山河之已非	조국산하가 이미 글렀음을 부끄럽게 여기노라.
5	擁孤單而誓日	孤立無援의 아군을 부여잡고 해를 두고 맹세하였지,
	躬自服於戎衣	몸소 戎衣를 떨쳐 입고 從事하였지.
6	冒白刃兮決死生	흰 칼날을 무릅쓰고 死生決斷하였네.
1	奈兵單而力微	병기는 부족하고 힘은 딸리니 어쩌면 좋은가?
7	哀天禍之荐臻	슬프다! 하늘의 재앙이 거듭 닥침이여,
	失所恃而哭奔	믿을 바를 잃고 통곡하여 도주하네.
8	忠旣失於敵愾	忠은 이미 적개심을 잃었고,
	孝亦缺於倚門	孝 역시 倚門之望을 빠뜨렸나니.
9	兩得罪於國家	나라에도 집안에도 양쪽으로 죄를 얻어
	愧頑命之偸存	완악한 목숨, 삶을 도적질하는 꼴 부끄러워라.
10	嗟! 生理之板蕩	아아! 生生之理의 板蕩이여,
	家四壁兮空樽	집안에는 네 벽뿐, 텅빈 술통.
11	挈妻孥而東渡	처자식을 이끌고 東渡하여,
	客江左兮强顔	강좌에 객이 되어 厚顔無恥하였네.
12	朝虀暮鹽¹⁾兮	동서로 동냥다녀 아침엔 나물 저녁엔 소금이라,
	呼乞於東西	
	心怊悇兮不安	내심 부끄러워 편안하지 못하였네.
13	人誰與於底處	사람이 어찌 이런 처지가 될 줄이야!
	怒常遭於守關	문앞에선 언제나 수모를 당하네.
14	已矣! 世變之至此	萬事休矣! 世變이 이 지경에 이르다니,

---

1)『韓愈·送窮文』:「朝虀暮鹽 惟我保汝」

儘人情之熟觀	인간의 감정이 어디까지 가는지를 충분히 보았네.
15 狐舊邱之首死	여우도 저 살던 언덕을 바라보고 죽는다는데,
鳥故林之知還	새들도 옛 숲으로 돌아갈 줄을 안다던데.
16 物之性尙不忘其舊兮	物性이 오히려 옛 동산을 잊을 수 없음이여,
② 吾何鬱鬱久此盤桓?	내 어찌 울울답답하기를 오랫동안 이토록 방황하나?
17 歸去來兮!	돌아왔음이여!
某水某邱兮心想神遊	어느 물 어느 언덕이나 고향은 마음이 뛰노는 곳.
18 衡門之下足以棲遲兮	오막살이일망정 깃들기에 넉넉하니,
復何求	다시 무엇을 구하리.
19 泌水洋洋兮2)	샘물이 넘쳐흐름이여,
足以樂飢兮忘我憂	주림을 면할 수 있고, 나의 근심도 잊으리라.
20 況三陽之已迫	하물며 三陽之節이 이미 임박했으니,
雪應消於南疇	눈은 응당 南疇에서 녹으리라.
21 可以治我之犂鋤	나는 쟁기와 호미를 손질하고,
可以理我之釣舟	고깃배도 손질하리라.
22 盍言旋而言歸	어찌하여 바로 돌아오지 못했던고?
返初服於林丘	숲과 언덕에 出仕하기 전의 옷으로 돌아가리라.
23 憶病弟與稚子	병든 아우와 어린 자식을 생각하면서,
幾涉望而涕流	몇 번이고 높이 올라 눈물 흘렸네.
24 魂耿耿3)兮夜又夜	근심에 떠는 넋 밤이면 밤마다,
③ 心懸懸兮何日休	마음에 걸린 뎟 어느 날인들 쉴소냐?
25 已矣乎!	끝났음이여!
人生百歲之光陰	인생 백년이란 시간은 歲不我延이며,
26 駒過隙兮不我留	문틈으로 달리는 망아지처럼 빨리 흘러가나니.
胡爲乎離鄕欲何之	어찌하여 고향을 떠나 어디로 가려하는가?
27 擧國盡含瘡痍	온 나라는 滿身瘡痍가 되었고,
樂土知不可期	행복의 땅은 기약할 수 없음을 알겠노라.
28 百所思兮不如我所之	여러 모로 생각해도 고향으로 돌아감만 못하나니,

---

2)『詩經・陳風・衡門』:「衡門之下 可以棲遲 泌之洋洋 可以樂飢」
3)『詩經・邶風・柏舟』:「耿耿不寐 如有隱憂」

好向家山兮或耘或耔　　조히 고향산천을 향하리라. 가서는 혹운혹자하리라.
29 向南風而開襟　　　　남풍을 맞아 옷깃을 열어재치고,
　　寄雅趣於古詩　　　　古詩로 雅趣를 기탁하리라.
30 此外他無所求　　　　이것 이외에 달리 구할 바 없으니,
④ 不知我者莫我笑　　　내 사정을 모르는 이는 나를 비웃지도 의심하지도
　　而我疑　　　　　　　말게.

선조 25년(1592) 4월 임진왜란이 발발함에, 당시 淸道군수였던 安村 裵應褧(1544~1602)은 의병을 일으켜 왜병과 대항하여 싸웠다. 그러나 고군분투의 결과는 참혹하여 勢窮力盡 후퇴할 수밖에 없었다. 전사하지 못한 安村은 처자식과 病弟를 이끌고 피란 길에 올라, 유리걸식하면서 갖은 세상의 인정을 맛보고는, 만신창이가 된 조국을 걱정하면서, 그래도 찾아갈 곳은 고향일 뿐이라고 吐說하고 있다.

그의 문집인 『安村集』에 실린 행장을 살피면, 그의 평생과 당시의 전황을 자세히 살필 수 있다. 자는 汝顯, 改字하여 晦甫로 고쳤다. 본관은 경주로 星州 남산리 安村으로 이거한 연고로 安村이라 自號하였다 한다. 後에 榮川 望東家로 옮겼다.

9세에 부친을 잃고, 모부인 이씨의 교훈을 입어, 寒岡 鄭逑(1543~1620)와 동문수학하였으며, 1573년(선조 6) 中司馬, 1576년 登文科, 1586년(선조 19) 겨울에 黃海都事 겸 記注官, 1588년 공조좌랑, 1589년에 한성서윤 재직 중 '爲親求出'을 원하여 舒川군수로 나갔고, 1591년(선조 24) 겨울에 淸道군수로 나갔다가 이듬해 임란을 맞는다. 이 때 공의 나이 49세였다.

海寇가 長驅하여 列邑이 차례로 함락되자, 공은 歎曰 '守一邑有一邑之責 何敢不效死'라 하고, 편모와 처자를 두 아우에게 부탁하고는 募卒·峙糧·繕城堞에 힘쓰며, 절도사를 만나 捕亡將을 임명받고 밀양 無屹驛으로 달려가 도망병을 참하고 徇行하였다. 얼마 안 있어 밀양이 패함에 任地로 돌아오니 지키던 군졸들은 이미 흩어지고, 器機는 蕩失되어 다만 남은 것은 텅빈 성뿐이었다.

巡使에게 보고하고 隣邑의 援兵을 요청하니, 巡使가 空城難守를 염

려하여 급히 인읍의 계속적인 지원을 하게 하였다. 公은 성외에 結陣하게 하여 隨時應變計를 썼다. 未幾하여 왜적이 이르자 공은 서문밖에 결진하고 代將으로 하여금 적의 선봉을 사살하게 하니 적이 조금 퇴각하였다. 이윽고 아군이 孤弱하고 外援이 없는 것을 알고는 叫噪而進함에 아군 대부분이 사망하고, 퇴각하여 向仁村에 주둔하고는 또 巡使에게 보고하고 원병을 청하니, 순사가 일의 급함을 알고 정병을 끌고 와서 '效死勿去之義'를 강조함을 보고, 다시 임소로 돌아와 수천 명을 모병하여, 그 중 勇力者를 뽑아 가려 별도의 일대를 조직하여 '夜擊軍'이라 불렀다.

일변 순사와 安集使에게 알려 화약과 총통을 받고, 또 盈德과 寧海 등읍에서 箭竹을 베어오고, 일변 兵使의 분부에 의지하여 많은 稜杖을 만들고, 창검같은 것은 적진에서 얻은 것을 수습하여 사용하였다.

공은 그 중에서 뛰어난 인물인 悌友堂 朴慶傳(1553~1623)를 뽑아 代將을 삼고, 안집사가 또 군관 朴慶新(1560~1626: 宣祖 15年 文科, 有詩文名)을 助戰將으로 삼아 각기 요해지에 주둔시켜 적의 형세를 탐지하다가 그 게으름을 틈타 공격하였다. 즉 유격전이었다. 적군 속에는 더러 꿈에서 놀라 깨어, '야격군이 내침한다'고 외치는 자가 있을 정도였다.

왜장이 率兵하여 慈仁 땅으로 향했다는 말을 듣고, 공은 '慈仁은 우리와 순망치한의 관계이다. 지금 慈仁의 창고 속에는 積粟이 많으니 구원하지 않을 수 없다.' 하고 都將 崔文炳을 보내어 共力방어하게 했으나, 도주함에 다시 領將 鄭光弼을 보내어 力戰 삼일만에 적이 퇴각하였다. 이로부터 軍聲이 더욱 떨쳐, 전후 합하여 捕斬者가 2백여級이었다.

이 때에 대구·밀양 등 6~7읍은 모두 적중에 실함되었으나 오직 본군만이 무사하였다. 다시 성을 수축하고 군의 동쪽에 의지하여 보전하니 피난갔던 사민들이 모두 來歸하였다. 공은 設局하여 기민을 진휼하고, 그들로 하여금 耕種하게 하니 백성들이 한결같이 부모로 일컬었다. 전승에 따른 논공은 반드시 휘하에 돌릴 뿐 관여하지 않는 까닭에, 대장인 박경부가 공보다 먼저 승질하여 밀양부사가 되었고, 공은 다만 軍器正資

를 받았을 뿐이다.

1593년 丁內艱, 1595년 脫喪服闋하고 호조정랑을 제수받았다가 조금 뒤에 충청도사로 옮겼다. 이 때 올린 장계에 "… 臣於辛卯冬 除淸道郡守 壬辰遭海寇之變 二年豹虎之窟 十生九死 庶幾馨竭心 力圖報君讐 而癸巳奔母喪 今年七月 已盡二十七月之服…"라고 적혀 있음을 보아 작품 창작 연도를 살필 수 있다.

즉 제2단 8연에 '孝亦缺於倚門'이라 함을 보아, 효자였다는 安村이 昏定晨省 못함을 안타까워하고 있음으로 보아 아직 內艱을 당하지 않고 있음을 알 수 있다. 모친상은 1593년에 당했고, 장계를 올린 때가 1595년 7월이니, 모상을 당한 그 때로부터 27개월이 흘렀음을 말하고 있으니, 역산해보면 1593년 4월임이 확실해진다. 다음으로 제3단 20연에 '況三陽之已迫 雪應消於南疇'라 하였으니 때는 겨울을 지나 봄철로 접어드는 때이니, 1593년 봄임을 알 수 있다.

그의 행장을 굳이 장황하게 인용했음은 바로 이 「和陶辭」를 정확히 이해하기 위해서였다. 壬癸로 합칭되는 1592년의 임진년과 그 다음해인 계사년이 가장 어려운 시기였다. 이 시기에 그가 처했던 상황이 어떠했으며, 어떤 어려움을 당해야 했는지가 이 작품에 소상히 들어 있다.

고성낙일을 바라보는 의병장의 괴로움·散華하지 못한 悔悟感·國破家亡한 이 땅의 현실·어려운 피난살이·유리걸식의 신산과 고초 등의 사단이 촘촘히 배면에 깔려 있다. 만신창이의 조국에 낙토는 없었을 것이다. 죽든살든 고향만이 그래도 살 곳으로 여겨졌던 것이다. 그 때 安村 裵應褧은 50의 나이로 「귀거래사」운을 밟아 눈물과 희열감에 범벅이 되어 「和陶辭」를 썼을 것으로 사료된다.

그 후는 임진토적의 공으로 通政에 오르고, 儒將에 피선되어, 1595년 순천부사, 1597년 정유재란 때 영의정 西厓 유성룡의 천거로 나주목사가 되어 금산을 수비하다가, 충무공 이순신과 합세하여 후퇴하는 적의 퇴로를 막아 분쇄하려 했으나, 관찰사 黃愼(1560~1617)의 무고(黃誣)로 被拿,

곧 一松 沈喜壽(1548~1622)와 藥峯 徐渚의 아들인 달성위 徐景霌(1579~
1643)의 상소로 석방되어 榮川 望東家로 옮겨 한가롭게 6년을 보냈다.

그 사이 1600년에 『퇴계선생문집』의 刊役에 종사하여 끝마치고, 「和
陶辭」를 지은 바 있는 栢巖 金玏(1540~1616)과 함께 도산에서의 告成祭
를 참예하고, 이어 백암과 같이 청량산4)을 深歷했으며, 1601년 대구부사,
1602년 管押使를 배수하여 부궐하였으나 患痢久不瘳하니, 판서 黃璡의
권고로 病免할 것을 요구하는 글을 올림에 '국록을 먹는 자로 국사에 죽
는 것은 마땅하다. 내 비록 崇禮門 밖에서 죽을지라도 유감은 없다.'라
하였다.

병이 더욱 심해져서 1602년 8월 16일 紙廛의 邸舍에서 향년 59세로
돌아가셨다. 아들 尙益(1581~1631: 仁祖 2년 文科)이 奉櫬하여 영주로 돌아
가 12월 2일 군 동면 15리허 丘村之坤向山에 返葬되었다. 1606년(선조
39) 선무원종공 1등에 추록되었고, 가선대부 예조판서에 증직되었다.

行狀은 이어서 寒岡 鄭逑가 언급한 것을 인용하였는데, 그에게는 '出
塵之想'이 있었다는 것이다. 그리하여 '棲遲於郡縣 終乃屛退於林泉'하
고 遞職에는 개의치 않았다. 舒川 시절에는 날마다 東岡 金宇顒(1540~
1603) 등 제공과 더불어 '婆娑林塹間·討論心經等書'로 閑日月하였으며,
羅州 시절에는 백암 김륵 제공들과 '倘佯於佳山美水之間'하고, 或設文
會하였다고 기술하고 있다.

16세기 「和陶辭」는 炊沙 李汝馩의 「次歸去來辭」를 끝으로 매듭짓고
자 한다. 1594년(선조 28, 당시 40세)에 쓴 작품으로 먼저 집필 동기인 並序
를 살펴보기로 한다.

　　余於乙未歲　始讀朱子書節要　乃退溪李先生所刪定也　其書無非一時
　知舊門人問答之語　雖其人稟各異　問辯不同　其所以抑揚導救　莫不期於

---

4) 裵應褧:『安村集』권3 雜錄,「淸凉山遊賞錄」

大中至正之歸 則實學者 用工本領之地頭 規模廣大 心法嚴密 讀之令人
有如嚴師畏友 對越於前 雖以余之昏惰 不能無警發於心矣 於是 始知聖
賢爲學之意 而悼前日迷路於記誦詞章之習 輒效藍田擬招之意 次靖節歸
去來之作

　　내가 을미년(1595년, 당시 炊沙 40세)에 처음으로 『주자서절요』를 읽었다. 이
책은 퇴계 이황(1501~1570) 선생이 산정하신 바의 저술이다. 그 책은 한 때의
친구·친지·문인들의 문답한 말씀 아님이 없다. 그들의 인품은 각기 다르고 問辯
의 내용이 제각각 다르더라도 抑揚頓挫로 인도하여 구출하는 바가 大中至正에 귀
착되어짐에 이르지 않은 것이 없은 즉 실제의 학문을 하는 이, 부지런히 힘써 공
부하는 본령의 핵심이다. 규모가 광대하고 心法이 엄밀하여 이 책을 읽으면 마치
엄격한 스승과 외경하는 친구를 만난 듯하여, 앞에 대하여 펼쳐들면 나같이 昏暗
하고 나태한 사람으로 하여금 마음속에 警發의 느낌이 일어나게 한다. 이에 비로
소 성현의 爲己之學의 뜻을 알게 되어, 前日 記誦이나 하고, 詞章이나 짓던 폐
습에 젖어 미로를 헤매던 것에 조종을 고하면서 문득 藍田擬招의 뜻을 효빈하여
도정절의 「귀거래사」 韻에 맞추노라.

1 歸去來兮!	돌아가리라!
安宅久曠胡不歸	편안한 집이 오래 비었나니 어찌 돌아가지 않으랴?
2 路多岐[1]兮何泣	길이 여러 갈래라고 어찌 울 것이며,
絲失素[2]兮奚悲	실이 흰 바탕을 잃었다고 어찌 슬퍼할 것인가?
3 正道坦其在前	正道가 탁 트여 앞에 있나니,
斯擧足而可追	이에 발을 옮겨 따라가리라.
4 復雖晚於不遠	비록 늦었으나 멀리 떨어지지 않았음을 아나니,
豈終迷於前非	어찌 前非에 끝까지 미혹되리.
5 曩旣昧於爲學	이전에 이미 爲己之學의 방법에 어두워,
幾走食而奔衣	그 얼마나 동분서주하였던가?
6 謾墮落於科臼	부질없이 記誦이나 詞章의 미로에 빠져,
⑦ 哀道心之愈微	道心이 더욱 희미해졌음을 슬퍼하노라.

---

1) 『列子·說符』:「大道以多岐亡羊 學者以多方喪生 學非本不同 非本不一 而末異
　若是 唯歸同反一爲亡得喪」
2) 『顏氏家訓·慕賢』:「是以與善人居 如入芝蘭之室 久而自芳也 與惡人居 入鮑魚
　之肆 久而自臭也 墨翟悲於染絲 是之謂也」

7	情車四馳	감정의 수레는 사방으로 치닫고,
	意馬橫奔	마음은 야생마처럼 함부로 달렸지.
8	末學拘拘	末學膚受에 매달려,
	詞說多門	이 말 저 말 門도 많았지.
9	寸許一心	얼마간 마음을 두었으되,
	若亡若存	없는 듯 있는 듯 가물가물.
10	正性見飾	바른 성정이 假飾을 당하여,
	杞柳犧樽	갯버들 祭器에 비취로 장식한 술 단지.
11	惕余心而自諫	내 마음 두려워 스스로 간하며,
	愧古人而汗顔	옛분들에게 부끄러워 얼굴에 땀이 흐르네.
12	披陳篇而三復	묵은 책을 펴 세 번씩 반복해 읽으며,
	尋昔賢之所安	옛 성인들이 大安하던 바를 찾아보네.
13	言必取於踐履	言顧行 行顧言의 언행일치를 취하고,
	德必造於誠關	덕은 반드시 誠意의 관문에서 만들어지네.
14	恒勉勉而循循3)	항상 근면하고 차근차근 순차적으로,
	作後學之監觀4)	후학으로서의 살펴봄을 삼나니.
15	何余生之踐愚	천박하고 우둔한 이 몸은 어찌하여,
	空櫝買而珠還	허망하게도 상자만 남기고 장식 구슬은 반환했던고.!
16	路已迷於燕越5)	길은 이미 잘못 들어 미로를 헤매나니,
②	辨豈明於文桓	어찌 진문공과 제환공을 明辨할 수 있으리.
17	歸去來兮!	돌아왔음이여!
	友千古而神遊	천고를 벗하면서 정신적 유람을 하리로다.
18	志嘐嘐兮自樂	뜻이 크고 큼이여 이에 자락할 것이니,
	復慼慼兮焉求	다시 근심에 잠겨 무엇을 구하랴?
19	味聖賢之旨訣	성현의 旨意와 요결을 맛보아,
	俛孜孜焉忘憂	부지런히 힘써 근심을 잊으리라.

---

3) 『論語·子罕』:「顔淵 喟然歎曰 仰之彌高 鑽之彌堅 瞻之在前 忽焉在後 夫子 循循然善誘人 博我以文 約我以禮 欲罷不能 旣竭吾才 如有所立 卓爾 雖欲從之 末由也已」

4) 『詩經·大雅·皇矣』:「皇矣上帝 臨下有赫 監觀四方 求民之莫 維此二國 其政不獲 維彼四國 爰究爰度 上帝耆之 憎我式廓 乃眷西顧 此維與宅」

5) 『晉書·慕容廆戴記』:「王塗險 隔以燕越」

20	占消長於羲易	복희씨의 역으로 消長을 점치고,
	驗禍福於箕疇	기자의 홍범구주로 화복을 징험하리라.
21	淨我智水	내 슬기의 물로 깨끗이 하여,
	掉我情舟	내 마음의 배를 저어가리라.
22	豈六馬之難調	어찌 임금의 수레가 難調를 부릴 것인가?
	有綿蠻之止邱6)	조그만 누룩제비가 움푹한 언덕에 앉아 있네.
23	搜濂洛7)之緒餘	염락관민지학의 실마리를 찾아,
	泝洙泗8)之涓流	공맹 유학의 세류까지도 소급하리라.
24	冀一覓乎眞源	진리의 본원을 한 번 찾아보기를 기원하노니,
③	豈杜撰而便求	어찌 두찬이 심한 서책에서 구하리오.
25	已矣乎!	끝났음이여!
	進德修業欲及時	進德修業은 때가 있음이여.
26	豈將此心任滯留	어찌 이 마음을 머뭇거림에 내맡기리오.
	胡爲乎惑惑迷所之	어찌하여 미혹되어 갈 바를 모르는고?
27	放曠非端士	放達함은 단정한 선비의 길이 아니며,
	高遠不可期	高飛遠走는 기약할 수 없는 것.
28	理山逕之茅塞	좁은 산길처럼 막힌 私心을 다스려,
	闢丹田兮耘耔	丹田을 개간하여 갈고 김매리라.
29	閉吾兌而進趨	나의 구멍을 막고 달려나가서(塞其兌 閉其門),
	庶立禮而興詩	立於禮 興於詩를 기대하노라.
30	苟一返乎廣居	진실로 넓은 거처인 仁으로 돌아갈 수만 있다면,
④	千蹊萬徑復何疑	그 어떤 좁은 길 좁은 門이라도 다시 의심 없으리라.

炊沙 李汝馦(1556～1631)의 「和陶辭」에서의 귀거래 지향점은, 퇴계 이황이 주자서의 요점을 추려 모은 『朱子書節要』의 핵심을 통하여, 濂洛關閩之學과 洙泗之學의 眞源을 찾자는 데 있다. 지금까지의 爲人之學

---

6) 『詩經・小雅・綿蠻』:「綿蠻黃鳥 止于丘阿 道之云遠 我勞如何 飮之食之 敎之誨之…」
7) 『支那通史・中世史・下・學藝・南宋儒案』:「周出於濂溪 二程居洛 張居關中 而熹於閩 故世稱濂洛關閩云」
8) 『史記・孔子世家』:「孔子設敎洙泗之上 修詩書禮樂 弟子彌至」

이었던 글귀나 외고 쓰는 口誦과 詞章之學을 과감히 벗어나, 爲己之學
성인 리학의 세계를 찾아보겠다는 것이 요지이다.

이 作品부터 三段의 20句韻인 '疇'字가 箕疇로 나오기 시작한다. '箕
子의 洪範九疇'의 뜻으로 쓰였으며, 그 이전까지는 '발두둑'의 의미로만
나온다. 性理學者였던 炊沙에 의하여 쓰여진 '箕子의 範疇(category)'는 더
이상 가를 수 없는 類槪念인 部門의 뜻이다.

그의 생평을 같은 집안이며, 「和陶辭」 작가이기도 한 訥隱 李光庭
(1674~1756)이 1733년(영조 9) 계축 仲秋之夕에 쓴 행장을 통하여 살펴보
면 本 羽溪(江陵) 자 德薰, 참봉 李孝信의 아들로 母堂은 효령대군 5세
손이며, 翰佑의 門人이다. 1591년(선조 24, 당 36세)에 中馴馬하여 始擧進
士, 이듬해 亂定後 과업에 전념, 1602년 부친 사망, 50세인 1605년에 遲
川 崔鳴吉(1586~1647)과 함께 비로소 釋褐登第, 1609년(선조 39)에 碧沙
道察訪, 부임 1년 만에 定省이 쉽지 않은 먼 곳이라 棄官하고 家居하였다.

광해 즉위 후 杜門養親・無求進意, 1610년(광해 2) 성균관전적에 陞差
됐으나 亦不起謝, 이이첨 등이 국사를 마음대로 하면서 引進黨類하고
擯斥外人함에 드디어 鑑谷에 퇴거하였다. 이듬해 가을에 모친상으로 여
막 3년, 1613년에 廢大妃殺大君으로 이어지는 어려운 시기에 모두 두려
워 감히 한 마디 말도 못하는 판국에, 공은 초야에 있으면서 不勝慷慨하
여 수천어의 상소를 올린다. 그리고는 世路에 무심, 林下에 소요하며 書
史로 자오하고 處貧에 晏如하였다.

1623년 癸亥 仁祖反正 후 흩어졌던 사람들이 모두 복직하였으나, 村
巷에서 固窮하였으되 不復出世하였다. 그리고는 수목에 싸인 정자(因樹
亭)를 얽고, 夕陽窩를 마련하고는 좌우로 도서, 樂道安分 몸소 紅桃 일
주를 뒤안에 심고, 그 아래에서 읊조리며 유연자득한 생활을 보냈다. 처
음 鑑谷이라 자호하였으나 나중에 炊沙로 고쳤다. 바로 이 곳 夕陽窩
正寢에서 76세를 일기로 臥席終身하였다.

『炊沙文集』 권6에 선생의 현손인 진사 李鎭萬이 기록한 연보가 있는

데, 선생 40세 되던 을미년에 '次陶靖節歸去來辭'라 명기하고, '是歲 讀
朱子書節要 終日危坐對案 仍次歸去來辭一篇 以寓遂初 反求之意'라고
자세히 쓰고 있다. '反求之意'는 '反求諸己의 뜻'임은 말할 것도 없다.

　爲己之學에 마음을 두어 그 곳이 귀거래의 지향처로 삼았던 炊沙 이
여빈은, 온당치 못한 光海 시절에 결국 退隱하여 심성 수양에 힘썼던 인
물이었다.

　17세기 조선조에 접어든 첫 해인 1601년(선조 34)에 당시 寧海부사로
재직하던, 명신 愚伏 鄭經世(1563~1633)는 39세의 나이로 尙州 愚伏山中
으로 귀거래하고, 4月에 여러 친구(諸益)들과 愚伏山의 泉石을 遊賞하시
며, 「次歸去來辭」1)를 썼다.

1	歸去來兮!	돌아가리라!
	宦遊雖樂不如歸	벼슬살이 즐겁다지만 돌아감만 못하리라!
2	孰有縶余於岐路	무엇이 나를 기로에서 헤매게 했던 것인가?
	獨彷徨而憂悲	홀로 방황하며 근심 겨워 하노라.
3	矧余齒之遲暮	하물며 내 나이 하마 늙은 축에 들고,
	復雖悔其曷追	나중에 후회한들 그 어찌 늦지 않으리.
4	諒行迷之已遠	미혹의 길에 든지 이미 오래됨을 알았고,
	余不忍乎遂非	내 차마 잘못 저지를까 저어하노라.
5	謝簪笏於海上	簪도 笏도 바다에 던져 버리고,
	製薜蘿以爲衣	薜荔와 女蘿를 마름질하여 옷을 만들리라.
6	全純愚而旋返	깨끗한 우직성을 온전히 지켜 귀거래하여,
①	甘伏深而潛微	즐거운 마음으로 꽁꽁 숨어 玄微의 세계에 잠기리라.
7	睠彼聲利	저 명성과 이욕을 돌아다보니,
	衆人之奔	뭇사람들의 치열한 경쟁.
8	窮通有命	窮達은 命이 있는 것이요,

---

1) 鄭經世 : 『愚伏先生文集』 권1, 辭

	禍福無門	앙화와 복록은 일정한 문이 없는 법.
9	樂在丘園	즐거움은 전원에 있으며,
	我思攸存	나의 사념이 뛰노는 곳이어라.
10	飢有瓦釜	배고프면 가마솥에 밥짓고,
	渴有匏樽	목마르면 표주박으로 떠마시리.
11	不改樂於陋巷	一簞食一瓢飮을 바꾸지 않을 것이지만,
	非敢庶乎睎顏	감히 안연을 바랄 수야 없지.
12	夙不養乎甘毳	어려서부터 고량진미에 젖지 않았고,
	日貧窶其爲安	가난한 나날의 生活에 安分知足 하리라.
13	白雲飛而成帷	흰 구름은 날아서 장막이 되고,
	靑嶂環而爲關	푸른 산은 둘러서 문이 되도다.
14	澗泉鳴兮靜聆	澗泉이 졸졸 흐름을 고요히 듣고,
	巖花發兮幽觀	바위 위에 꽃이 핌을 그윽히 바라보노라.
15	或披草於松逕	때로는 소나무 오솔길로 풀을 헤치고 들며,
	共麋鹿以往還	고라니 사슴이랑 함께 오고 가노라.
16	獨寤言而弗告	홀로만의 꿈속의 말 알리지 않고,
②	專一壑而盤桓	오로지 一丘一壑을 오며가며 지내리라.

17	歸去來兮!	돌아왔음이여!
	聊卒歲以優遊	애오라지 優遊度日로 생을 마추리로다.
18	苟所存焉是從	진실로 내 마음 속의 세계는 쫓을 것이로되,
	寧富貴之可求	어찌 뜬 구름같은 富貴를 구하랴.
19	惟醉生而夢死	오직 취한 듯 살다가 꿈꾸듯 가는 것이,
	寔余心之所憂	참으로 내가 마음 속으로 우려하는 것이다.
20	先民指余以周行	옛 성현께서 나에게 떳떳한 행동을 가르치셨거늘,
	余舍此而依疇	내 이것을 버리고 어디에 의지할 것인가?
21	曰心如虎	일컬어 호랑이 같은 심뽀요,
	而情如舟	정이란 배처럼 두둥실 떠 흘러가는 것이라고.
22	伊志道而逐外	도에 뜻을 두고 外情에 쏠리는 마음을 쫓아 버리고,
	同植藕於崇丘	높은 언덕에 부용꽃을 함께 심으리라.
23	幸旣返乎初服[2]	다행히 이미 처음 관직에 나아가던 마음을 되돌아

---

2)『屈原·離騷』:「進不入以離尤兮 退將復脩吾初服」

　　　　　　　　　　　　볼 수 있으니,
願終免乎下流　　　　바라건대 마침내 형편없는 존재로 타락함을 면할 것
　　　　　　　　　　　　일세.
24 絶芬華而恬養　　　분화함을 떨쳐버리고 恬淡虛靜을 키우리라.
③ 矢蓋棺而後休　　　맹세코 이 생명이 끝나고야 그만 둘 것이로다.

25 已矣乎!　　　　　　끝났음이여!
　人生在世能幾何　　인간의 일생은 허무한 것이요.
26 歲月如流不我留　　살 같은 세월은 나를 위하여 멈춰주지 않는 것,
　胡爲乎侇侇昧所之　어찌하여 어리석게 갈팡질팡하랴!
27 往者已無及　　　　과거는 이미 미칠 수 없지만,
　來者猶可期　　　　미래는 아직 바랄 수 있는 것.
28 孰無爲而有獲　　　그 누가 無爲 속에서 얻음이 있다 하는가?
　盈困在乎耘籽　　　곳집이 그들먹함은 농업에서 오는 것인데.
29 勤夙夜以無忝　　　夙興夜寐로 부지런히 일하며 욕됨이 없으리라.
　遵明訓於雅詩　　　시경 小雅 甫田章의 분명한 교훈을 따르리라.
30 固至樂之在是　　　진실로 지극한 즐거움은 여기에 있는 것,
④ 朝聞夕死又何疑　　진리를 알았으니 朝聞夕死한들 또 무엇을 의심하리
　　　　　　　　　　　　오.

　愚伏 鄭經世(1563.1.4~1633.6.6)는 명종 18년 尙州 땅에서 태어나, 인조
11년에 사거하신 晋州人이다. 선생의 사람됨에 대하여는 많은 분들의 숭
모지념을 열거할 수는 있으나, 사관의 기록인 『인조실록』에 「爲人謹厚
博通經術 且工文詞」의 표현으로 代言할 수 있으며, 선생의 시호인 文莊
公의 解意인 「道德博通曰文 履正志和曰莊」이, 간요하게 그의 존재를
설명한다 하겠다.

　선생은 국토가 島夷의 難作으로 참담한 곤경에 처하였던 임진왜란을
겪고, 난세인 광해군 시대와 인조반정을 목격하면서 꿋꿋하게 自彊不息
의 자세를 견지하신 분이다. 그의 사후 3년 뒤에는 병자호란(1636년)을 불
러 왔으니, 그의 생존시에 병란의 불씨는 자라고 있었다고 하겠다.

鄭經世는 사장에서 희학・허무・방일을 경계하셨는데, 본「和陶辭」에서도 이 점은 명백하게 드러난다. 꼿꼿한 사대부의 길 그것이다. 天人合一이 선생 문학관의 입장이며, 성정의 醇正을 이루기 위해서는 溫柔敦厚 즉 樸實을 위주하였다. 따라서 선생의 작품에는 險棘・黼黻이나 摘藻摛華하여 사람의 눈을 즐겁게하는 말은 전혀 없다.

귀거래적인 내용의 작품으로 본「和陶辭」와「愚巖」・「愚巖說」 등이 있다. 그가 귀거래한 사실을 연보와 해제3)에서 추려 살펴보면 다음과 같다.

선조 33년(1600, 당 38세) 寧海부사가 되어, 이 고을 풍습이 싸움 잘 하고, 남을 모략하는 투서가 심함을 근절시켜 민풍을 일신시키고, 그 해 겨울 관직을 버리고 돌아와 버렸으므로 파직을 당하였다가, 다음해 特敍를 받았으며, 또 다음해에는 좌승지・예조참의에 임명되었으나 다 나아가지 아니하다가, 그 해 겨울에 校正廳 堂上으로 소명을 받아 잠시 상경하였다가 다시 귀향하였다.

당시는 당쟁의 풍랑으로 정계가 자못 시끄러웠다. 선생은 돌아와 愚伏山중에 산장을 지어 학문 연구에 몰두하였으며, 동지들과 더불어 마을에 存愛院(存心愛物에서 取意)을 설치하여 백성의 병을 무료로 치료해 주었으며, 고향인 尙州는 영남의 上部로 一大書院이 없음을 개탄하며, 유생들을 창도하여 道南書院을 열었다. 이 곳에 圃隱・退溪・寒暄堂・一蠹・晦齋 五賢을 合祠하여, 도학의 정통이 여기에 있음을 알게 하였다.

그는 이렇게 몇 년 동안의 은거생활을 통해 학문과 厚生, 그리고 후진들의 교육에 힘써 오다가, 선조 40년(1607, 당 45세)에 대구부사로 나아가 치적을 올렸다. 愚伏 나이 51세 되던 때로부터 2년반 江陵부사로 재임하여 치적을 올리기도 하였다.

광해 7년(1615, 당 53세) 9월에 沈憬(1556~1616)의 옥사에 무고를 입어 하옥되었다가, 그 해 10월에 保放令이 내렸다. 그는 전후 세 번이나 無

---

3) 鄭經世 :『우복선생문집』(전게서)(성대, 대동문화연구원 영인, 1977) 15~24쪽.

홏한 재변을 당하여 그 禍機가 예측할 수 없는 지경이었으나, 한결같이 운명에 붙이고 태연자약하여 眠食이 평소와 다름이 없었고, 다만 성현의 책을 읽어 더욱 討究에 힘쓰며, 긴요한 대목의 말이 나오면 문득 손수 箚錄하여 警省의 資에 붙이며, 조금도 옥중에 감금되어 있음을 모르는 듯하였다. 혹 자제들에게 訟冤을 권하는 이가 있으면, 그는 '死生禍福은 명아닌 것이 없으니 어찌 인력을 그 사이에 용납하겠는가?'[4]하면서 극력 말렸다. 이 말은 「和陶辭」 제2단 8련의 '窮達有命 禍福無門'과 다름이 없는 것이다.

다음해인 광해 8년 10월에 削職放送의 令이 내려서, 혼탁한 정계를 떠나 고향으로 돌아와 인조반정 때까지 6년 반 동안을 학문 연마에 전념하면서, 때로는 산수를 즐기며 친구들과 시회를 자주 열었다고 한다.

그의 깨끗한 선비로서의 일생과 문사적 면을 謚狀과 行狀에서 뽑아 보면 다음과 같다. 우암 송시열의 시장과 同春堂 宋浚吉(1606~1672: 愚伏의 女婿임)이 쓴 행장의 일부이다.

爲宰相四十年 無宅於京 無田於野 唯有山水之癖 一遇會心處 輒樂而 忘歸[5]

재상 사십년에 서울에는 집이 없으며, 고향에는 밭이 없고 오직 산수를 즐기는 성벽이 있어, 일단 마음에 드는 곳을 만나면 반드시 즐기며 돌아갈 줄을 몰랐다.

先生文章 出於六經 根乎性理 絶不使險語奇字[6]

장인 어른의 문장은 육경에서 나왔으며 성리학에 근거하여 險奇한 말이나 문자를 결코 사용하지 않았다.

---

4) 전게서 : 「死生禍福無非天也 豈容人力於其間耶」
5) 전게서 : 권11 謚狀 668쪽.
6) 전게서 : 권10 行狀 656쪽.

　지금까지 좀 길게 귀거래의 사실과 옥중의 생활, 학문의 연원을 살펴 본 것은, 본「和陶辭」를 이해하기 위한 기초적인 好資이기 때문이다. 이 작품을 읽으면서 꼿꼿하고 꿋꿋한 愚伏 선생의 선비 정신을 충분히 감득할 수가 있다.

　도연명의「귀거래사」를 화운한 작품인데도, 작가에 따라서는 이렇게도 다른 느낌과 세계관을 보여주니 참으로 놀라움을 갖게 한다.

　다음은 愚伏 선생의「和陶辭」를 읽고 느낀 바가 남달랐던 蒼石 李埈 (1560~1635)이, 같은 해인 1601년에 쓴「和陶辭」를 살펴 보겠다.

　먼저 장문의 並序를 살피겠다.

　　昔 陶淵明爲彭澤令 不肯向鄕里折腰 解龜而去作歸去來辭以見志 嗟呼! 淵明在郡八十日而去 余今八百日而不去 淵明四十一歲而休官 余今四十二歲而在職 五斗功名有何優好之戀 而尙齪齪爲籠巢中物耶 人心易溺世網 難解山林 千載高義寂寞 有能急流勇退 閑臥北窓 全其耿介之節 繼賦歸來之篇 則其淸風逸迹 豈非元亮後一人也 往年秋 鄭景任 在海上 有詩曰 緬懷陶彭澤 遺辭今可續 寄聲謝山友 行當返初服 謂是詞人 偶爾遣興之作 未必實有其事也 其年冬 景任 焚魚而來 果有和陶辭之作 於是始知其言之爲不欺 而大悔我之期景任之淺也 觀其氣韻高古 襟懷沖漠 有委化從容之味 吾知此一篇 必與彭澤之賦儷美於後世 而其名之永流於高士傳 無疑矣 簿書之暇 吟詠反覆 令人有蕭散之情 嗚呼! 世味甘苦 吾已嘗之矣 從此拂袖笑謝塵世 吾亦豈不可爲魚鳥群耶 竊念古人有所自期於心者 則事雖未然而先自敍迷有若身 旣踐履者然 今亦倣此 和其辭 一以自省爲警發之地 一以寄示景任 以質此翁 非全汩沒於膠漆 盆中者 異日華山一半之請 不有擧臂之辭耶 東坡云 以朝市眷戀之徒 而發山林獨往之語 幸謝故人 勿以此而嘲我也 辭曰

　예전 도연명이 팽택령이 되어 향리 소아에게 오두미 때문에 절요할 수 없었기에, 인수를 풀고 고향으로 돌아가면서「귀거래사」를 지어 志節을 보였다. 슬프다! 연명은 在郡 80일만에 따났건만 나는 지금 800일인데도 떠나지 못하고, 연명은 41세에 벼슬을 그만두었는데 나는 지금 42세인데도 재직 중에 있다. 五斗功名이 무어 그리

대단하고 좋아, 아직도 악착스레 조롱에 갇힌 새가 되어 연연해하는가? 사람의 마음이란 세망에 빠지기 쉽고 산림을 이해하지 못하는 경향이 있다. 천년전의 도연명의 높은 의리가 적막하였는데, 그의 淸風逸迹은 어찌 陶淵明後 一人이 아니겠는가? 鄭經世(1563~1633)는 「海上」시에서 다음과 같이 읊었다. "팽택령을 깊이 생각하면서, 지금 「귀거래사」에 화운하였네. 山友가 되려기 보다는, 마땅히 벼슬하기 전의 마음으로 돌아감이려네."라고 했으니, 어쩌다가 이는 遣興 때문이었을까? 사실은 그렇지 않아 그 해 겨울 정경세는 벼슬을 버리고 과연 「和陶辭」를 지었다. 이에 비로소 그의 말은 자기를 속이지 않는다는 것을 알았고, 愚伏선생을 얕잡아 보았던 것을 크게 뉘우쳤다. 그의 「和陶辭」를 보니 氣韻이 高古하고 흥회가 충막하여 委化從容의 맛이 있어, 나는 이 일편이 반드시 도연명 「귀거래사」와 함께 후세에 나란히 찬미될 것으로 알며, 또한 우복 정경세의 이름도 영원히 『고사전』에 들어갈 것을 의심하지 않는다. 행정사무의 틈틈에 음영반복하니 사람으로 하여금 蕭散한 감정이 일게 한다. 아아! 세상의 쓰고 단 맛을 나는 이미 맛보았다. 지금부터 옷깃을 떨쳐 웃으며 티끌 세상을 하직하고, 나 또한 어찌 물고기와 새무리가 될 수 없을 것인가? 남몰래 옛사람이 스스로의 마음속에 기약함이 있었음을 생각하게 되는 것은, 비록 그렇게 되지는 않더라도 먼저 미망에 들어 있는 자기 자신을 나타낼 수는 있는 것이다. 이미 歸去來한 자는 그렇거니와, 비록 그렇게 되지는 않더라도 지금 나는 우복의 「和陶辭」를 본받아 「화귀거래사」 한 편을 지었으니, 하나는 자성하여 경발하려는 입장이고, 하나는 愚伏에게 보이기 위함이다. 蘇東坡가 이르기를 '名利에 戀戀하는 무리(朝市 眷戀之徒)가 산림으로 혼자 들어가겠다는 말을 한다.'고 하였으니. 이것 때문에 나를 조롱하지는 말기 바란다. 辭에 曰

1	歸去來兮!	돌아가리라!
	昔有歸田今亦歸	예전에도 귀전원한 분이 있었거니 내 이제 돌아가리라.
2	惟彼得鹿與亡羊	저 사슴을 얻었다고 또 양을 잃었다 하여,
	夫誰樂而誰悲	그 누가 기뻐하고 누가 슬퍼했던가?
3	苟推身之不早	진실로 일찍 몸을 빼지 못한 것이,
	雖噬臍而曷追	비록 배꼽을 물어뜯으려 해도 입이 닿지 못하는 꼴.
4	豈無意於陳力	어찌 『論語』의 陳力就列에 뜻이 없으랴만,
	奈夙計之日非	일찍 계획 세웠던 것이 날로 틀어짐을 어쩔 수 없었지,
5	政未效於黑綬	政事는 長相의 黑綬에 들어 나지 않고,
	人誰賦乎緇衣	사람은 누구나 緇衣(平常服)에 붙이리.

6 念往跡之倏忽　　지난 자취가 순간이었음을 생각하니,
① 如一寐之依微　　마치 희미한 꿈과 같네.

7 今者不去　　　　지금 돌아가지 못하면,
　日月如奔　　　　세월은 奔流와 같은 것.
8 夢回槐國　　　　南柯一夢임이,
　淚濺雍門　　　　맹상군을 감탄시킨 雍門鼓琴이어라.
9 朝花夕頹　　　　화사한 아침 꽃도 저녁에는 시드나니,
　物孰長存　　　　물건 처놓고 어느 것이 영원하랴!
10 恒焉疚懷　　　　슬프다, 꺼림한 회포여!
　斟彼匏尊　　　　저 포준을 잔질하리라.
11 開淸淨以自娛　　청정을 열어 스스로 즐김이여,
　古之人兮有顔　　옛사람으로 顔回가 있도다.
12 苟自足於性分　　진실로 性分에 스스로 만족하며,
　處鷦籬而猶安　　협소한 곳에 있더라도 오히려 편안하네.
13 斷子平之家事　　嚴子平이 家事를 끊고,
　期不復以相關　　다시는 상관않기로 다짐하였지.
14 謝膏火之交煞　　기름불이 지글지글 타는 곳을 떠나,
　泝馮翼而退觀　　馮馮翼翼(無形之貌)을 거슬러 올라 멀리 바라보노라.
15 講玄虛於一室　　一室에 들어 玄虛를 강하며,
　試丹術於九還　　九還으로 丹術을 시험하리.
16 旣斲鼻之亡質　　이미 運斤成風할 대상을 잃었나니,
② 奚叩角之要桓　　어찌 뿔을 두드리며 제환공에게 나아가리.

17 歸去來兮!　　　돌아가리라!
　追邴生之薄遊　　養志自修 하던 漢나라 邴丹의 薄祿의 吏隱을 따
　　　　　　　　　르리라.
18 物何隱而不賾　　사물이 아무리 은미한들 깊은 이치가 있으며,
　理何深以不求　　이치가 아무리 깊다 한들 어찌 찾지 않으리.
19 諒何盈之非沖　　진실로 어떤 가득참도 沖이 아니며,
　又何樂之非憂　　또한 어떤 즐거움도 근심할 것이 아니다.
20 與其不義而富貴　　차라리 의롭지 못한 부귀보다는,

	寧食力於田疇	밭에서 힘껏 밭갈이 하는 것이 나으리라.
21	禍福塞馬	화복은 塞翁之馬,
	身世壑舟	신세는 골짜기의 배에 붙이리라.
22	總黃金之柱屋	온통 황금으로 기둥을 삼은 집도,
	已白骨之成丘	이미 백골로 언덕을 이루었네.
23	悔宜趨於混世	마땅히 혼탁한 세상을 쫓아 다녔음을 후회하면서,
	濯煩襟於淸流	번뇌에 찌든 가슴을 청류에 씻으리라.
24	喜群妄之漸寂	뭇 망념이 점점 고요해 짐을 기뻐하면서,
③	驗此身之日休	이 몸이 매일매일 쉬고 있음을 경험하리라.

25	已矣乎!	끝났음이여!
	詘信消長有鑪錘時	屈伸도 消長도 때가 있는 법.
26	來難推去難留	온다고 밀어낼 수도 없고 간다고 잡을 수도 없네.
	徘徊歲暮兮將安之	세모에 배회하면서 어디로 가려는가?
27	弊袍慕仲由	弊袍로 仲由를 사모하고,
	縈索思啓期	얽힌 줄이기에 隱士인 榮啓期를 생각하네.
28	邀朋友而歌詠	붕우를 맞이하여 歌詠하며,
	課子弟以耘籽	자제들에게 밭갈이를 시키려네.
29	仰絶軌於希夷	깊은 이치 궁구함을 절대적인 궤적으로 우러르면서,
	嘛餘馥於書詩	詩書의 餘香을 삼키려네.
30	尙胡爲乎岐路	아직도 어찌하여 기로를 헤매는가?
④	贈君一言決狐疑	愚伏에게 한 말씀 올려 여우같은 의심을 決할 것이다.

나중에 副提學까지 오른 蒼石 李埈(1560~1635)은 西厓 유성룡의 문인으로, 興陽人이며 1591년 李适亂을 진압한 張晩(1566~1629)과 함께 文科에 올랐다. 1592년 임진왜란이 일어나자, 본 「和陶辭」를 지어 올린 愚伏 정경세와 같이 의병을 모집 姑姆潭에서 싸웠으나 패한 사실도 있어, 두 분은 전선에서 생사고락을 같이했던 각별한 사이였다.

光海時에 사직하였다가 반정후 歷三司하였으며 丁卯胡亂때에도 起義하였다. 蒼石의 시호는 文簡公으로 解意는 ‘道德博聞曰文 一德不懈曰

簡'이라고, 그의 연보 말미에 적혀 있다.

다음으로 앞에서 살펴본 蒼石 李埈의 「和陶辭」를 읽고 그 詞韻이 雅麗淡泊함을 흠모하여, 自省하는 의미로 續和한 敬亭 李民宬(1570~1629)의 원제 「和歸去來辭」를 살펴보려 한다. 이 작품은 그 제작 동기인 並序가 붙어 있어 저간의 사정을 알 수 있기에 먼저 보기로 한다.

陶淵明 歸去來辭 千古絶唱 無擬作者 惟東坡和之 南遷時所作 以今觀之 用事太工 去陶遠甚 然豈易言哉 近有鄕士 爲余誦李叔平氏所和之作 愛其詞韻雅淡 有足以起余者 續以和之 蓋將自省 不必寄叔平 云

도연명의 「귀거래사」는 천고의 절창이라 본떠 짓는 자가 없었다. 동파거사 소식만이 이에 화운하였으니, 유배되어 南遷[1](海南)했을 때 지은 것이다. 이제 와서 소동파의 「화귀거래사」를 살펴보니 용사가 매우 공교로워, 도연명과의 상거가 아주 멀다고 하겠으나 어찌 쉽사리 말할 수 있으랴? 가까운 곳에 시골 선비가 있어 나에게 叔平 이준(蒼石 이준의 字)의 「和陶辭」를 암송해 주었다. 蒼石의 사운이 아려하고 담박함이 마음에 들어 넉넉히 나를 일으키는 힘이 있어, 이어서 「和陶辭」를 지었다. 대체로 자신을 반성하려 함이요, 꼭 이준에게 보내려 함은 아니로다. 이르되 …

1	歸去來兮!	돌아가리라!
	我已歸田將安歸	내 이미 歸田하였으니, 어디로 가리!
2	仰前脩之高蹈	전대 현인들의 높으신 자취(隱居)를 仰慕하니,
	心慷慷而自悲	내심 찐덥지 않으나 적이 슬퍼하노라.
3	夸父愚於競步[2]	역량도 없이 追日影하던 夸父의 어리석음이여!
	景逾遠而猶追	기를 쓰고 따라잡으려 했음이여!
4	終顚仆而莫哀	종당에는 넘어지고 자빠졌으나 슬퍼하지 않으리라.
	今與昨其俱非	지금도 예전도 온통 잘못했음이여!
5	幸皇天之降鑑	皇天無親 惟德是輔로 굽어보심을 믿으며,

---

1) 『蘇東坡·和歸去來辭』:「吾方南遷安得歸 … 均海南與漠北 …」
2) 『列子·湯問』:「夸父不量力 欲追日影 逐之於隅谷之際 渴欲得飮 赴飮河渭 河渭不足 將走北飮大澤 未至 道渴而死」

寬城旦3)之赭衣　　　붉은 옷 입은 죄인의 서글픔을 느껴보노라.
6 不終朝而三褫4)　　한나절도 안 되어 세 번 옷을 빼겼으면서도,
□ 昧禍幾之危微　　재앙의 기미가 위험하고 은미함에 어두웠나니.

7 出都南邁　　　　　도성을 떠나 남쪽으로 달리노라.
　水浮陸奔　　　　　물은 떠 보이고 땅도 달리는 듯.
8 僮稚驚歡　　　　　僮僕과 稚子는 놀라고 기뻐하네.
　我行在門　　　　　나의 행보는 문 앞에 닿았네.
9 松竹交翳　　　　　솔과 대 엇갈려 그늘 드리우고,
　琴書俱存　　　　　거문고도 서책도 갖추었노라.
10 芳醴盎盎　　　　　꽃다운 술은 동이마다 넘치고,
　注玆窪樽　　　　　우묵한 술잔으로 술을 뜨리라.
11 引壺觴而强酌　　　술잔을 당겨 强酌하면서,
　緬古人而厚顔　　　고인을 생각하며 얼굴을 붉히네.
12 擬遁迹於鹿門5)　　자취를 鹿門山에 감출까 생각하면서,
　爲妻孥而遺安　　　처자를 위하여 편안함을 남겨둘까 하노라.
13 將抱甕而灌園6)　　옹기를 안고 채마밭에 물을 주면서,
　謝桔橰之機關7)　　문명의 이기 따위는 사양하리라.
14 掃胸中之勃磎　　　흉중에 서리는 兩價性을 떨쳐버리고,
　洞物我以一觀　　　物我一體를 꿰뚫으리라.
15 從大海之魚躍　　　큰 바다에 뛰노는 고기를 따르고,
　任長空之鳥還　　　끝없는 창공을 나르는 새가 되리라.

---

3) 『易・訟・上九』:「或錫之鞶帶　終朝三褫之」
4) 『漢書・惠帝紀』:「(注)應邵曰　城旦者　旦起行治城 … 皆四歲刑」
5) (龐德公):「後漢襄陽人　居峴山南　未嘗入城市　劉表在荊州　延請不屈　乃就候之　德公耕隴上　妻耘於前　相敬如賓　表問曰　先生不肯受官祿　將何以遺子孫乎　德公曰　人皆遺之以危　我獨遺之以安 … 諸葛亮每造之　獨拜床下　德公初不令止　建安中携妻子隱鹿門山　因採藥不返」(中國人名大辭典 : 대만상무인서관 민국 68년, 증보 臺2판) 1764쪽.
6) 『莊子・天地』:「子貢南遊於楚　反於晋　過漢陰　見一丈人　方將爲圃畦　鑿隧而入井　抱甕而出灌　搰搰然用力甚多　而見功寡」
7) 『莊子・天運』:「子獨不見夫桔橰者乎　引之則俯　舍之則仰　(注)桔橰機汲水也　用力少而見功多者」

16 希玄風8)於柱下9)	老子에게 심원한 도를 희구하며,
② 樂眞常於祇桓	祇桓에게서 眞實常住의 열반을 즐기리라.
17 歸去來兮!	돌아가리라!
請從此於遠遊	이제부터는 遠遊하리라.
18 然吾聞之異是	그러나 나는 이것이 틀렸음을 들었나니,
盍捨彼而反求	어찌 저것을 버리고 반대로 구하리오?
19 惟君子之坦蕩10)	오직 君子만이 坦蕩蕩할 수 있나니,
豈貧窶之爲憂	어찌 가난함이 근심이 되랴?
20 有先人之遺書	선인께서 남기신 말씀이 있나니,
是舌耕之良疇	학문만이 진정한 삶의 길이라고,
21 虛往實歸	헛되이 갔다가 진실의 세계로 돌아오나니,
匪車匪舟	수레를 타고 배를 저어 옮은 아니로다.
22 樂此而終吾身	이처럼 즐기면서 나의 일신을 마추리니,
奚必周流乎九丘	어찌 꼭 온 세상을 두루 다닐까 보냐?
23 付行止於彼蒼11)	出處進退는 저 푸른 하늘에 맡기리라.
信遇坎與乘流	진실로 坎軻不遇하여 죽음에 이르더라도,
24 聊俛仰於宇宙	애오라지 우주를 俯仰하면서,
③ 悟身世之浮休	이 몸의 생사를 깨달으리라.
25 已矣乎!	끝났음이여!
生也有涯歸有時	생명은 유한한 것이요, 귀거래에는 때가 있는 법,
26 其來不拒去不留	오는 것을 막지 않으며, 가는 것을 마다하지 않으리라.
知命不憂聽所之	천명을 알아 근심하지 않나니 가는 바에 맡기리라.
27 軒冕非所圖	높은 벼슬을 바라는 바가 아니요,

---

8) 沈約 :『宋書 · 謝靈運傳論』:「在晋中興 玄風獨扇 爲學窮於柱下 博物止乎七篇
(注)銑曰 玄, 道」
9)『史記 · 老子傳』:「周守藏室之史也 (注)索隱曰 張蒼傳 老子爲柱下史 蓋卽藏室之
柱下 因以爲官名」
10)『論語 · 述而』:「子曰 君子坦蕩蕩 小人長戚戚」
11)『詩 · 秦風 · 黃鳥』:「彼蒼者天 殲我良人 (箋)言彼蒼者天 訴之 (疏)彼蒼蒼者 是
在上之天」

	道德以爲期	도와 덕으로 기약하리로다.
28	如農夫之望歲12)	농부가 時和年豊을 바라는 것처럼,
	須竭力於耘籽	모름지기 농사에 힘쓰리라.
29	則明哲以保身	明哲保身을 效則으로 삼고,
	仰大雅之有詩	大雅 시들을 우러러 읊으리라.
30	惟修身以俟命	오직 일신을 수양하면서 천명을 기다릴 것이니,
④	聖有訓兮汝勿疑	성현께서 가르침이 있었음이여, 너는 의심하지 말지라.

　그가 「和陶辭」를 쓸 무렵에 자신의 입장을 밝혀 쓴 「事修謗興」이라는 賦體가 있는데, 비슷한 문구가 여러 군데 보인다. 雖顚沛其何傷(4구), 出都而依遲(7구), 聊周之廣達兮 貴處世之若昏(16구), ‘決行止於彼蒼(23구), 仰古訓之孔昭兮(30구)’들로 주내용은 世道가 갈수록 純厚해지지 않음을 한탄하면서, 비방 때문에 자기는 退谷하게 되었으며, 인생의 길이 막히게 되었음을 말하며, 이럴 경우에 자기 수양이 요체이며, 결코 절조를 굽힐 수 없음을 周公이 成王을 섭정함에 여러 유언비어가 퍼지고 어려움에 처했으나, 赤鳥几几하시고 德音不瑕하셨던 고사와, 仁義를 말한 맹자께서도 종당에는 臧氏에게 저지됐음을 가슴에 새기면서, 이 같은 뜻이 흐지부지 될까봐 스스로 반성하면서 글을 이룬다 라고 끝맺고 있다.

　성인이 나와 태평성대일 때 봉황이 와서 춤춘다는 賦體인, 「鳳凰來儀」에는 나라에 도가 있어 봉황이 궁중에 나타나기를 바란다는 ‘國有道兮 恒出佇一儀於形墀’로 끝맺고 있으며, 훌륭한 牧民官이었던 汲黯과 黃霸의 업적을 기리면서 대현을 기다리는 부체인 「賜車彰有德」이 병서와 함께 收載되어 있어, 敬亭 李民宬이 살았던 시대의 어려움을 간접적으로 드러내 보여주고 있다.

　賦體인 「泣玉」은 韓非子 卞和篇의 和氏之璧에 대한 것으로 玉石을 가리지 못하는 厲王·武王의 어리석음을 말하면서, 世態가 非正常으로

---

12) 『左傳·昭·32』：「閔閔焉如農夫之望歲 (注)王憂亂 常閔閔冀望安定 如農夫之憂飢 冀望來歲之將熟 (會箋)望歲之歲 歲 年穀也 猶有年之年 謂豊熟也」

돌아감을 '惜壅君之不昭兮 好蔽美而稱惡'이라고 光海의 亂政을 暗喩하고 있으며, 奇寶가 버려짐을 당하고 庸目에는 寶玉이 보이지 않는 群盲들의 流俗을 한탄하면서 '今彼韞櫝而待價兮 固今世之所稀/不蔽寶而獻君兮 諒如子者幾希/事有類放相感兮 爲卞氏而一欷'로 끝맺고 있다.

직언 잘 하기로 알려진 敬亭은 아우 紫巖 李民寏(1573~1649: 張旅軒 顯光 門人 1600年 大科. 忠簡公)과 함께 永川 이씨로, 강원도 관찰사 李光俊(1531~1609)의 아들이며, 宜寧 南門인 南在·南智의 직손으로 直谷 南以信(1562~1635)과 雪蓑 南以恭(1565~1640)의 兄인 南以仁이 장인이 된다. 1617년(광해군 9) 폐모론을 반대하여 삭직 廢錮되는데, 이 때 이이첨의 모략이 지대하였다고 한다. 1623년 인조반정 때 복직하여 서장관으로 明나라를 다녀와 승지에 임명되었으며, 이 때의 기록이 『朝天錄』 상하로 속집에 실려 있다. 1627년(인조 5) 정묘호란 때 경상좌도 의병장이 되어 활약하였으며, 이조참의에 이르렀다.

『영남인물지』 권7 義城편 이민성조에, 樊巖 蔡濟恭이 찬한 묘갈명의 일부가 수록되어 있는데, '공이 두 번째 명을 받들어 중국에 들어가니 中朝 學士 大夫들 사이에 서로 화창한 시가 많아 그들이 모두 경애하기를 심히 하여 심지어 李謫仙이라 일컬었다.'고 하였으며, 의성의 藏待書院에 제향되었다.

시문과 翰墨에 아주 능했다 하는데, 문집 서문에서 東溟 鄭斗卿(1597~1673: 1629년 壯元)은 '그의 문장은 六經에 근본을 두고, 先秦에서부터 明에 이르기까지 많은 서적을 모조리 섭렵했으며, 따라서 그의 문장 솜씨는 唐의 杜甫를 닮은 것도 있고, 韓愈와 흡사한 것도 있어, 문장의 거벽이라고 들은 말이 헛소문이 아니다.'고 극찬하였다.

다음으로 1604년(선조 37년)에 쓰여진 東岳 李安訥(1571~1637)의 원제 「次歸去來辭」를 살펴 보겠다.

이 「和陶辭」는 함경도 端川군수 재직시인 34歲에 辭病南還 拂衣歸

田[1]하여, 현재 서울 남산 동쪽 기슭 뒷동산이 넓직한 東園으로 돌아오게
된 내용을 쓴 것이다. 이 곳이 그의 호인 東岳의 터전이다.

1	歸去來兮!	돌아가리라!
	昔何來思今何歸	옛날 도잠은 왜 돌아갈 생각을 했으며, 이제 나는 어찌하여 돌아가려는가?
2	惟生民與我同胞	민초들은 나와 한 동포요,
	念窮人其可悲	궁박한 生民이 안타까워라.
3	仰周任之格言[2]	옛 현인인 周任의 격언을 앙모하노니,
	願陳力而相追	陳力就列 不能者止라는 말을……
4	荷蕢[3]果於忘世	莫己知也 斯已而已矣는 과연 옳은 말이요,
	諒前聖之所非	果哉 末之難矣의 前聖의 잘못이어라.
5	故王曾之雅志	그러므로 王曾之의 雅麗한 뜻은,
	匪飽食而煖衣	결코 포식난의가 아니어라.
6	冀司樴而畜蕃	말뚝을 쳐 목축에 힘쓰며,
	① 不量德之纖微	德의 조매로움을 헤아리지 않으리라.
7	越茲端州	함경남도 端川 땅을 떠나,
	受命駿奔	下命을 받들어 질풍처럼 가리라.
8	歲丁大侵	올해는 대흉년을 당하여,
	漁奪多門	대부분의 집들이 漁奪을 당하였나니.
9	哀彼流氓	슬프다! 저 流氓의 무리들,
	十戶一存	열 집이면 한 집이나 남아 있는 꼴……
10	非無柔瑟	(이 판국에) 유연한 금슬이 있고,
	亦有淸樽	또한 맑은 술도 있다는 것이.
11	慘顣頗而疾首	근심으로 이마를 나오게 하고 괴로움에 얼굴을 찡그

---

1) 李安訥 : 『동악집』(여강출판사 영인, 1984) 권6, 端川錄 「辭病南還 書示邑中父老」,
   90쪽.
2) 『論語 · 季氏』: 「… 孔子曰 求 周任有言曰 陳力就列 不能者止 危而不持 顚而不
   扶 則將焉用彼相矣 且爾言過矣 虎兕出於柙 龜玉毁於櫝中 是誰之過與」
3) 『論語 · 憲問』: 「子擊磬於衛 有荷蕢而過孔氏之門者曰 有心哉 擊磬乎 旣而曰 鄙
   哉 硜硜乎 莫己知也 斯已而已矣 深則厲 淺則揭 子曰果哉 末之難矣」

리게 하나니,

覥忸怩其厚顔　　　부끄러움으로 두꺼운 낯가죽이 붉어지노라.

12 啖民脂以自飫　　백성의 고혈로 내 자신은 배부르다만,

豈余心之忍安　　어찌 차마 내 마음이 편안하리오.

13 顧百里之分符　　端川 군수의 한쪽 符節을 훑어보다가,

異晨門之抱關　　새벽녘에 관문지기를 멀리 하였네.

14 彼外本而內末　　저 본말이 전도된 세상에,

曷遠抱而大觀　　어찌 원대한 포부와 위대한 觀照인들……

15 謂割剝以爲賢　　탐관오리의 苛斂을 일러 賢吏가 되니,

孰遁逃之復還　　누가 은둔 도피하여 다시 돌아오리?

16 膰不至而去魯[4]　　공자께서는 膰肉이 이르지 않음에 노나라를 떠났으며,

② 乃見幾於季桓[5]　　季氏가 팔일무를 춤추게 하는 것으로 싹수를 아셨음이여.

17 歸去來兮!　　돌아왔음이여!

且卒歲而優遊　　잠시 한 해를 마무리하면서 우유도일하노라.

18 伊磁石之引鍼　　저 자석이 바늘을 끌어당기듯이,

固同氣其相求　　진실로 同氣로 서로 부름이로다.

19 鑿旣圓而柄方　　'모난 구멍에 둥근 장부'는 이미 기정 사실.

寧括囊以違憂　　차라리 입을 다물고 근심을 멀리하리라.

20 瞻江漢之一曲　　木覓山에서 한강 굽이를 내려다보리라.

有先人之遺疇　　선인이 남기신 밭뙈기도 있어라.

21 惟山可屐　　나막신으로 산을 오르고,

惟水可舟　　馬上伊로 물에 나아가리라.

22 振鷺飛[6]而遵渚　　떼지어 나르는 해오라비 따라 물가를 거닐고,

嘉木蔚其蔽丘　　남산 언덕을 덮고 있는 울창한 저 소나무 숲,

---

4) 『孟子·告子·下』：「孔子爲魯司寇 不用 從而祭 膰肉不至 不稅冕而行 不知者
以爲爲肉也 其知者 以爲爲無禮也 乃孔子則欲以微罪行 不欲爲苟去 君子之所爲
衆人 固不識也」
5) 『論語·八佾』：「孔子謂季氏 八佾舞於庭 是可忍也 孰不可忍也」
6) 『詩經·魯頌·有駜章』：「振振鷺 鷺于下 鼓咽咽 醉言舞 于胥樂兮」

23 陟雲巖而高步　　　　　구름 바위 올라 높다랗게 거닐기도 하고,
　　時容與而遡流　　　　때로는 한적하게 한강수를 거슬러 오르리라.
24 聊厲深而揭淺　　　　　애오라지 深則厲 淺則揭 식으로 살면서,
③ 信生浮而死休　　　　　인생은 덧없고 죽음은 쉬는 것이라고 믿으면서.

25 已矣乎!　　　　　　　끝났음이여!
　　俟何之淸果何時　　　황하의 맑음을 기다린들 과연 어느 때랴?
26 日月逝矣歲不留　　　　시간은 흘러가는 것, 나를 기다려주지 않는 것,
　　于嗟乎 捨此其安之　　아아! 이곳 東岳을 버리고 어디로 가려는가?
27 貧賤不足恥　　　　　　빈천은 치욕일 수 없고,
　　聖賢以爲期　　　　　성현군자를 기약하리라.
28 爰左圖而右書　　　　　이에 左圖右書 책 속에 잠기며,
　　式春耕而夏耔　　　　봄엔 씨 뿌리고, 여름엔 김 매리라.
29 契幽於羲易　　　　　　易理의 깊은 맛에 契闊하면서,
　　詠碩邁於衛詩　　　　시경 위풍 「考槃章」을 외우리라.
30 得所歸以勇往　　　　　돌아갈 바를 얻음에 용왕매진하리라.
④ 固守吾志有何疑　　　　진정코 내 뜻을 지킴에 무슨 의심이 있으리오.

　　본 「和陶辭」엔 並序가 없다. 그러나 並序에 해당하는 것이 그의 문집
에 실려 있으므로, 東岳이 처한 당시의 입장을 알 수 있게 한다.

　　　余性懶散　與世闊疎　志專捧檄　仕異彈冠　投閑是分　素食非心　曾添端
川之命　竊慕武城之敎　才不適用　事多違意　黽勉歲餘　疵釁日起　不能則
止　自知爲明　爰念古人　閑居養拙　遂慨然有感　解綬向歸田　次陶靖節先
生　歸去來辭韻　又用歸去來辭　作雜體詩　四十六首　以歌事迹懷云

　　　　　時 萬曆三十二年 甲辰之歲 八月初吉
　　　　德水後人 東岳晩隱 李子敏 書于端川衙舍

　　나는 천성이 나태하고 산만하여 세상살이에 우활하고 소루하다. 뜻은 오로지 부모
가 계신 고향에서 벼슬함에 있었으나, 벼슬이 틀어져 갓의 먼지나 터는 한직에 떨어
졌다. 尸位素餐은 본심이 아니온데, 마침 함경도 端川에 명을 받자와 남몰래 武城의

가르침을 경모하였다. 적재적소가 아니기에 일이 대부분 뜻을 어기게 되었다. 부지런히 힘쓰기 한 해 남짓 하자와 과실이 날마다 일어나, 능력이 없으면 그만두어야 한다는 사실이 명명백백해짐을 나 자신이 잘 알게 되었다. 이에 고인이 한가롭게 살면서 拙性을 키워, 드디어 개연히 느낀 바 있어 인수를 풀어버리고, 귀거래한 일이 생각되어 도연명의 「귀거래사」에 차운하였으며, 또 「귀거래사」 문자를 원용하여 잡체시 46수를 지어 노래로써 사실을 술회하노라.

만력 32년(1604년) 갑진년 8월 1일
德水後人 晩隱 이자민(子敏은 이안눌의 자임)은 端川 관아에서 쓰노라.

윗 글에 쓴 바와 같이 같은 시기에 「귀거래사」의 문자를 集字하여 잡체시 46수(五古 36수, 오언근체 4수, 칠언근체 6수)를 썼는데, 동악 이안눌의 귀거래 당시의 심정을 더욱 확실히 알 수가 있어 그 일부를 역재한다.

〈集歸去來辭字 五言古詩 三十六首中 錄其第一首〉

歸去復歸去!	돌아가자! 돌아가자꾸나!
不去欲奚何	돌아가지 않고 어쩔거나?
樂天非傲物	천명을 즐김은 세상을 업수이 여김이 아니며,
涉世貴知時	세상살이는 때를 아는 것이 귀한 것.
我尋歸田賦[1]	내 張衡의 「歸田賦」를 찾아보며,
我觀歸田詩	내 陶潛의 「歸田詩」를 살펴보노라.
東園有松菊	목멱산의 東園에는 송국이 남아 있을 것이니,
行及西風期	서늘 바람 기약하고 떠나가리라.

〈錄其第九首〉

有室容我膝	누실이 있으니 내 무릎을 용납할 것이고,
有田我自耘	田地가 있으니 내 스스로 씨뿌리고 밭 갈리라.
萬事委時命	세상만사 시대의 운명에 맡길 것,
何悲亦何欣	무엇을 기뻐하고 무엇을 슬퍼하리.!

---

1) 『歸田賦』 : 「文章名. 後漢 張衡撰 文選 권15 所載(張衡 歸田賦注) 翰曰 衡遊京師 四十不仕 順帝時 閹官用事 欲歸田里 故作是賦」

登皐臨遠岫　　　　　언덕에 올라 먼 산을 굽어 보면서 보며,
倚仗眄歸雲　　　　　지팡이 짚고서 예는 구름 바라보리라.
是時心自得　　　　　이 같은 마음은 스스로만이 얻어지는 것,
曷可與人言　　　　　어찌 제삼자에게 말할 수 있으리.

〈集歸去來辭字　五言近體　四首中　錄其第二首〉

有琴還有書　　　　　素琴도 있고 書卷도 있고,
有酒復盈壺　　　　　술도 있어 술통에 그들먹 하네.
丘園時獨往　　　　　丘壑과 東園을 때때로 홀로 나서며,
僮僕自相扶　　　　　동복들의 부축도 받노라.
天淸雲去遠　　　　　하늘은 맑게 개어 한 점 구름은 까마득히 떠가
　　　　　　　　　　고,
日入鳥飛孤　　　　　해가 지자 새는 자물가물 날아가누나.
流憩聊觀物　　　　　거닐다 쉬며 쉬다 거닐며 만물을 보노라니,
焉知我是吾　　　　　내가 나인줄을 까마득히 모르겠네.

〈集歸去來辭　七字言近體　六首中　錄其第二首〉

吾生賦命任崎嶇　　　生을 받은 이래 줄곧 기구한 인생살이,
萬事無成已老夫　　　한 가지도 이루지 못하고 이미 늙었구나!
歸去田園非傲世　　　귀거래 田園함은 傲世 때문이 아니요,
向來行役獨迷途　　　지금껏의 떠돌이 外職은 다만 길을 잘못든 것.
詩書遊息消春日　　　독서에 침잠하여 봄날을 소일하며,
丘壑風流倚酒壺　　　산천 경개 풍류에 술잔을 기울이노라.
時與農人相就語　　　시시때때로 농부들과 이야기를 나누나니,
親交雖絶未爲孤　　　친교는 비록 끊겼으나 아직 외롭지 않아라.

　귀거래 集字 잡체시 46수 중 4수만을 예시하였지만 전체의 흐름은 이
해되리라 생각한다.

東岳 이안눌은 德水文脈의 宗이자, 조선 초기 한시 문학의 굴지적 존재인 容齋 李荇(1478~1534: 芑之弟·芄之兄)의 증손이며, 月象谿澤 4대가의 한 분이신 澤堂의 재당숙이 되며, 큰 스승이였다. 그는 또 石洲 權韠(1569~1612)과 함께 松江 鄭澈의 문인이기도 했다. 그래서 당쟁의 영향을 짙게 받았음직하나, 그의 강단은 역시 천성이었을 것이다. 스승인 鄭澈이 江界로 위리안치되었을 때, 권석주와 함께 찾아뵈니 반가워서 '二謫仙'에 비유했다고 한다.

작시에 있어서는 容齋 이래의 家學을 입어 매양 껄끄럽지 않고 붓을 눅지면서 홍청거리는 나위가 있다.[2] 陶潛을 본받고 蘇軾을 배우며 杜甫를 瞻仰하여, 동악 이안눌이 적거에서 '重讀杜律有至萬三千遍者(거듭거듭 「杜律」을 읽어 13,000번이나 되었다. 「행장」)'고 했으니, 대단한 學杜熱이라 하겠다.

그는 임란직후인 1599년에 大科하여 출사하였다가, 광해군 때에는 물러났고, 인조반정이 일어나자 다시 등용되어 예조판서에까지 이르렀으나, 대제학은 하지 못했다. 文에는 힘쓰지 않고 詩에 전념하여(4,300餘首) 전술한 바와 같이, 자기 호를 딴 東岳詩壇을 형성하여 그 중심 인물이 되었었다. 그 멤버는 동년배인 권필과 선배인 尹根壽·李好閔 등이었다.

그의 詩는 고답적인 표현은 오히려 멀리 하고, 절실하고도 기발한 시상을 갖춘 점에서 石洲 권필과 함께 평가된다고 하겠다. 그의 문학사적 평가는 재야 비판 세력의 문학과 고위 집권층의 문학 사이의 간격을 메워주는 구실을 했다[3]는 데서 찾을 수 있을 것이며, 東萊府使 시절의 五古 「四月 十五日」은 당시 人口에 膾炙되었다고 한다.

---

2) 李丙疇 : 『영인 동악집 해제』 4쪽.
3) 조동일 : 『한국문학통사』 3(지식산업사, 1984, 재판), 58쪽.

槪 觀

　조선조 제2기인 연산군에서 선조에 이르는 약 110년 간을 간략하게 서술하기는 쉽지 않다. 그러나 대체로 조선조의 기초가 확립된 뒤를 이어 이미 난숙과 퇴폐의 경향이 보이기 시작하는 중에, 궁정과 지배층에서 黨爭은 더욱 파벌이 세분되어 권력 투쟁이 격심해지고, 士禍라 하는 黨獄이 연달아 일어나는 시대로서, 이로써 민생은 돌보아지지 않아 피폐에 빠지기 시작하는 가운데, 일본은 倭亂(1592～1598)을 일으켜 국토는 거의 폐허로 화하는 참극이 일어났다.

　이 임란은 조선 왕조의 역사를 굵게 二分한다고 하여도 좋을 만큼, 거의 모든 분야에서 변모와 변혁을 일으키는 계기가 되는 것이다. 또 사상상으로는 조선 초기 이래의 崇儒抑佛 정책이 계속 추진되었을 뿐 아니라, 중앙 정계에 혐오를 일으킨 사류들이 지방으로 숨어 학문에 정력을 기울임으로써, 그 주류인 정주학의 연구는 이황·이이 등의 명현을 배출하여 그 절정에 이르렀다. 다만 그 문하, 교우들은 또다시 파벌이 되어 당쟁을 격화시키는 요인이 된다.

　위와 같은 시대 상황이 조선조 제2기의 「和陶辭」 11편을 통하여 보아도 상당히 근접된 면을 보이고 있다. 즉 청백리로 녹선된 虛白堂 成俔 (1439～1504)의 「和陶辭」는 일생을 仕宦의 길에 寧日이 없었던 그인지라, 오히려 더욱 귀거래를 동경하고 있음을 보여주고 있다.

　그러면서도 成俔은 행로가 진퇴유곡에 빠져 있음을 은연중 비추고 있어 연산군 시대의 험난함을 간접적으로 시사하고 있다. 그러나 忘軒 李胄(1468～1504)의 「和陶辭」에서는 '상감이 요순이 아니기에 나에게는 부끄러운 일이라'고 읊고 있음을 보여주고 있으며, 자신이 차라리 許由巢父가 되고 싶음을 말하고 있다.

　成俔과 李胄의 「和陶辭」를 통하여 공통된 점은 조선조 사대부들의

사고의 틀이 '出仕'와 '隱求'라고 전술한 바와 같은 면이 보이고 있다
는 것이다. 出仕와 休止(仕止), 朝冠과 薜蘿(은자의 복식)라는 표현들이 바
로 그것이다. 또한 '誦甫田之雅詩', '扶家僮倩野老' 등구에서 地主와 佃
戶라는 科田法을 충분히 인지할 수 있다. 대체로 조선조 사대부들이 귀
거래와 정치 참여를 함께 할 수 있었음은 '在地性'에 있었다 함은 이미
밝혀진 연구 결과인 것이다. 재지사족들이라 용사행장에 신축성이 자재
하였던 것이다.

중종 연간인 1523년에 쓰여진 企齋 申光漢(1484~1555)의 「和陶辭」는
대사성 재직중 기묘사화(1519년)에 연좌되어 삭직된 후 산간에 은거중의
작품이다. 企齋는 본 「和陶辭」를 통하여 '時命은 하마 크게 그르쳤고,
세사를 어찌 기약하리오?'하면서 장저와 걸익이 되어 여생을 耘耔하리라
읊으면서 앞서 귀거래한 도연명을 경모하고 있다.

艮齋 崔演(1503~1549)은 中·仁·明 삼대에 걸쳐 優渥한 예우를 받은
신하였다. 그러기에 귀거래의 의미를 반전시켜(故反其意), 항상 벼슬길에
나아갈 때의 초심을 일깨우며, 진덕수업하여 杜甫의 시구인 '致君堯舜上
再使風俗淳'의 일념을, 본지로 삼고 있는 것이 그의 「和陶辭」이다.

土亭 李之菡(1517~1578)의 「和陶辭」는 애초부터 '以心爲形役'이 될
수 없는 자신의 성정을 드러내면서, 어디에고 매이지 않겠다는 汪洋自由
가 그의 귀거래 지향처임을 밝히고 있으며, 安村 裵應褧(1544~1602)은 임
란의 실상을 생생하게 묘파한 「和陶辭」이다. 安村은 작품을 통하여, 고
성낙일을 바라보는 의병장의 괴로움·산화하지 못한 悔悟感·어려운 피
난살이·유리걸식의 신산과 고초 등을 읊고, 죽든 살든 고향만이 그래도
살 곳이라고 귀고향을 다짐하는 내용이다.

炊沙 李汝馪(1556~1631)의 「和陶辭」는 退溪 李滉이 刪定하신 『주자
서절요』를 학문의 본령으로 삼아, 전일까지의 記誦이나 하고 詞章이나
짓던 폐습을 버리고 성현의 爲己之學에 전념하겠다는 내용이다. 본 「和
陶辭」는 1595년(선조 28)에 쓴 것으로, 당시 사상의 주축이었던 성리학이

심화되어가는 一貌를 보게 한다. 炊沙는 결국 光海 시절에 退隱하여 심성 수양에 매진하였다.

　愚伏 鄭經世(1563~1633)의 「和陶辭」는 1601년(선조 34) 작품이다. 본 「和陶辭」는 蒼石 李埈(1560~1635)의 「和陶辭」와 관련이 있으니, 蒼石이 愚伏의 「和陶辭」를 아주 높이 평가했으며, 陶辭와 함께 찬미될 것을 확언하고 있다. 본인도 150여 편의 「和陶辭」중에 愚伏의 「和陶辭」가 지닌 고고한 기운과 委化從容의 맛이 각별함을 느낀다. 강호가도를 꾸준히 연구해 온 최진원 교수도 「愚伏 文學과 實」4)이라는 논문에서 道學과 詞章이 만나 天人合一의 문학이라고 밝힌 바 있다.

　또한 敬亭 李民宬의 「和陶辭」는 蒼石의 아려담박한 詞韻이 깃든 「和陶辭」를 읽고 續和한 작품이다. 역시 自省의 의미에서 짓는다고 並序에 밝혔다. 당쟁하의 명철보신을 신조로 삼으며, 出處進退는 하늘에 맡기고, 道와 德을 지표로 삼겠다고 하였다.

　1604년(선조 37)에 쓰여진 東岳 李安訥(1571~1636)의 「和陶辭」를 함경도 端川군수 재직중 辭官하고 拂衣歸田한 내용을 담은 것으로, 그곳은 바로 서울 南山의 동쪽 기슭이다. 임란 후 生民들의 어려운 생활상과 유민이 되어 十戶에 一存하는 형편도 기술되어 있다.

---

4) 崔珍源 :「愚伏 文學과 實」『한국고전시가의 形象性』(대동문화연구총서 8, 성대 대동문화 연구원, 1988) 63~76쪽.

4. 朝鮮朝 第三期(光海君~英祖)

4.1. 光海君~仁祖

조선조 제3기는 1609년부터 1776년까지로 광해군-영조간의 약 160년 간을 지칭한다. 편의상 이 시기는 다시 五分(4.1. 光海君~仁祖 / 4.2. 孝宗~顯宗 / 4.3. 肅宗 / 4.4. 景宗 / 4.5. 英祖)하여 고찰하려 한다.

이 시기는 먼저 象村 申欽의 「和陶辭」부터 살피려 한다. 조선조의 藝苑에서 文章正宗을 말하는 자 반드시 손가락에 꼽아 月象谿澤(月沙 李廷龜·象村 申欽·谿谷 張維·澤堂 李植)[1]의 四大家를 말한다. 宣·仁間의 문장사대가의 한 분인 象村 申欽(1566~1628)에게는 1623년 계축옥사 때 5월에 경기 김포로 방축귀전될 때, 陶辭에 화운한 「和歸去來辭」와 1617년 春川으로 再逐되어 쓴 102편의 「화도사」중 「귀거래사」로, 2편이 문집에 실려 있는 바,[2] 和韻한 것은 「화귀거래사」와 다름이 없으므로, 「和陶辭」에 포함시키려 한다.

2편의 작품 중 먼저 쓰여진 「화귀거래사」부터 살피기로 한다. 象村 申欽의 「和陶辭」는 自然에의 歸依와 親和의 세계가 탁월한 작품으로 생각된다.

1	歸去來兮!	돌아가리라!
	今也不歸何日歸	지금 돌아가지 않는다면 언제 돌아갈 것인가?
2	任化機之推遷	변화하는 기미의 옮겨 바뀌는 힘에 내맡겨야지,
	胡戚戚而空悲	어찌 근심하고 두려워하면서 허턱 슬퍼만 하랴?
3	懷余齒之將暮	내 나이도 차츰 늙어감을 비통하게 여기면서,

---

1) 金台俊 : 『조선한문학사』(전게서) 154쪽.
2) 申欽 : 『象村集』(경문사 영인, 1981) 권1 辭

懼歲月之難追	흐르는 세월, 따라잡을 수 없음을 두렵게 여기노라.
4 伊浮榮之易謝	저 덧없는 영화는 뒤바뀜의 명수,
覺轉頭而已非	고개를 돌리면 이미 달라짐을 알았네.
5 卜幽貞而得吉	蓍草占은 大吉卦를 얻었으니,
騫蕙佩兮荷衣	아! 혜초로 띠하고 연꽃으로 옷 지으리라.
6 緬前脩之逸軌	옛 훌륭한 어른들의 飄逸한 궤적을 깊이 생각하면서,
① 貴知彰而知微	易의 彰과 微를 귀중히 여기리라.
7 瞻彼交衢	저 넓은 거리를 바라보니,
車馳馬奔	수레와 말이 분주히 다니누나.
8 迺稅余駕	이에 말을 수레에서 풀 때 쉬게 하여,
衆妙之門	衆妙의 문으로 들어가리라.
9 道非遠人	道는 사람을 멀리하지 않는 것, 사람이 도를 멀리하는 법.
目擊而存	눈으로 본 것만이 존재의 本有.
10 不材者全	재목이 못되는 것만이 온전할 것이며,
不願犧樽	희생의 술잔을 원치 않노라.
11 守三田而毓靈	三田을 지키어 靈氣를 기르며,
鍊丸丹而悅顔	환단을 만들면서 얼굴에 즐거운 빛.
12 時曳履而商歌[3]	때로는 짚신을 끌며 영척의 「牛角歌」도 부르고,
雖終窶而亦安	가난 속에 생을 마칠지라도 또한 安分知足하리라.
13 攀叢桂而相伴	계수나무 숲에 올라 바장이며,
挹白雲而爲關	흰 구름을 당기어 빗장을 삼으리라.
14 爰淸淨而恬漠	이에 깨끗하고 맑고 恬淡함을 찾으리니,
異夸毗之童觀	비굴하게 아첨하는 見識과는 차원이 다르다네.
15 惟正路之在茲	오직 정당한 길은 귀거래에 있으니,
詎中途而告還	어찌 중도에서 되돌아 설 리 있으랴?

---

3) 『淮南子·道應訓』:「甯戚欲干齊桓公 困窮無以自達 於是爲商旅 將任車以商於
齊 暮宿於郭門之外 桓公郊迎客 夜開門辟任車 爝火甚盛 從者甚衆 甯戚飯牛車
下 望見桓公而悲 牛角而疾商歌 桓公聞之 撫其僕之手曰 異哉 歌者 非常人也 命
後車載之」

16 窅戚之飯牛兮[4]	晉의 영척이 제환공을 만나기 위하여 달구지 아래에서,
② 徒區區於齊桓	소를 기르며 부른 商歌는 째째할 뿐이다.
17 歸去來兮!	돌아왔음이여!
窃獨樂夫天遊	남모를 혼자만의 즐거움, 저 天上의 유람.
18 寧爲遲之學稼	차라리 늦었을망정 농사를 배우며,
恥作宰之冉求	冉求가 季氏의 邑宰됨을 부끄러워하노라.
19 苟內省而無咎	진실로 내면의 성찰로 허물없기를 바라노니,
那外患之足憂	어찌 外方世界가 근심 걱정거리가 되랴?
20 至人遺余以秘訣	옛 성현이 나에게 비결을 물려주었거니,
若農夫之易疇[5]	農夫가 그들의 밭을 다스리는 것.
21 驚濤縱險	사나운 물결 비록 험하더라도,
未覆虛舟	아직은 빈 배 엎어지지 않았다.
22 哀雕籠之綵禽	자유가 박탈된 아로새긴 조롱 속의 비단옷 입힌 새를 슬퍼하노니,
孰放爾於林丘	누가 너를 자연의 품속으로 놓아줄 것인가?
23 覽消息之同原	소멸과 생성은 동일 근원임을 아는 이상,
盍早退於急流	어찌하여 일찍 세상풍파에서 떠나지 않으리오?
24 物以久而必敝	만물은 오래 되면 기필코 變轉되는 것,
③ 人奚老而莫休	사람인들 늙마에 어찌 退休하지 않을 수 있으랴.!
25 已矣乎!	끝났음이여!
季世紛紛而稠濁知	어지러운 말세적 분위기, 분분하고 흐리기만 하구나.
26 止而止誰得留	그만두면 그만두는 것이니 뉘 능히 만류하랴?
胡爲乎 莽莽靡所之	왜 너를 세상에 갈 곳이 없으랴?
27 淸風兮明月	江上의 맑은 바람과 山間의 밝은 달이여,
與我有幽期	나와 더불어 그윽한 기약이 있거니.

---

4) 『蒙求·三齊略記』：「齊桓公夜出近舍 窅戚疾擊其牛角 高歌曰 南山矸 白石欄云云 桓公召與語 說之 以爲大夫」

5) 『孟子·盡心·上』：「孟子曰 易其田疇 薄其稅斂 民可使富也 食之以時 用之以禮 財不可勝用也」

28 況南陸6)之靑陽　　　하물며 남쪽 땅에 화사한 봄이 돌아오니,
　　藹宜耘而宜耔　　　부지런히 김매고 북돋우리라.
29 或陟巇而尋芳　　　때로는 산에 올라 綠陰芳草 찾아가고,
　　或提壺而詠詩　　　더러는 술단지 끼고 시를 읊으리라.
30 後元亮蓋千祀　　　陶淵明 가신 지 천년도 넘었지만,
④ 托神交而不疑　　　정신적 교분(尙友)에 기탁하여 아무 의심 없어라.

象村은 外祖이신 좌참찬 宋麟壽(1499~1547)의 문하생으로, 임란때 鄭澈의 종사관으로 활약하였고, 주청사 尹根壽(1537~1616)의 서장관으로 行明하기도 하였다.

象村의 행적을 살면 金浦에 放逐되어 낙향한 사실이 보인다. 즉 그가 선조에게서 永昌大君의 보필을 부탁받았던 遺敎七臣의 한 사람이었던 까닭에, 1613년(광해 5) 계축옥사가 일어나자 파직 당하고, 金浦 선영하에 돌아와 한 칸 초가에서 거처하며 집 이름을 劉禹錫의 「何陋軒記」에서 取意하여 '何陋庵'7)이라 붙였다고 한다. 작품중 金浦의 산수를 즐기며 은거생활을 읊은 「黔之山」이 文集 卷三에 들어 있다.

그 후 臺論이 다시 일어나 1617년 春川 소양강반에서 5년 동안이나 再逐 謫居하였으니, 이 때 放翁이라 하여 방축된 처지를 自嘲하기도 하였다. 대개 52세에서 56세까지의 5년 간(1617~1621)으로 알려져 있으며, 권신 이이첨과의 대립도 유관한 것으로 추측되고 있다. 이 때의 작품으로 「昭陽江客行」(권 19)을 보면 도잠을 본받고자 했음을 알 수 있다.

'세간이 하도 多事하니 올동말동하여라'라고 읊던 「江湖閑情歌」나, 그 序에서 '세상이 나를 버리니 내 또한 세상이 싫더라.'고 읊조리던 그의 시조들은 光海朝下의 혼탁한 政情을 唾棄했던 그의 舍怨이 서려 있다고 하겠다.

전술한 바와 같이 또 한 편의 「귀거래사」가 있다. 다음에 살펴보기로

---

6)『陶潛・述酒詩』:「重離照南陽 鳴鳥聲相聞 …」
7)『國譯 연려실기술』 제6권(民推, 1967) 404쪽.

한다.

1	歸去來兮!	돌아가리라!
	恭承嘉惠得放歸	아름다운 은혜 공손한 승복도 放歸田里되었었네.
2	指松楸而栖息	고향인 金浦에 깃들여 살려고 하니,
	瞻雨露而增悲	雨露之澤을 생각하니 슬픔만 더하여라.
3	何風樹之易搖	나무가 바람에 자꾸만 흔들림을 어이할 것이며,
	慨欲卷而難追	말고자 한들 따라잡을 수 없음을 슬퍼하노라.
4	況世運之將窮	하물며 世運이 장차 막바지 길에 들고,
	抑吾道之其非	아니면 나의 길이 잘못든 것일까?
5	曰余幼而修姱	말하노니, 내 어려서부터 아름다운 德을 닦으면서,
	初不志於食衣	애초부터 衣食住엔 뜻 두지 않았노라.
6	災固由於无妄	재앙은 진실로 意外之變에서 연유하는 것,
□	智豈慙於燭微	지혜는 어찌하여 희미한 촛불보다도 못한가?
7	我行其蓬	나는 저 쑥대 집으로 가리라,
	我馬其奔	내 말도 신이 나서 달린다.
8	迨余未暮	아직 더 늙기 전에,
	返我衡門	나의 오막살이로 돌아가리라.
9	舍之則藏	벼슬을 버리고 물러나 숨는 用捨行藏,
	性成而存	본성을 지켜 이룸이 존재의 법칙.
10	霜松雪竹	서리내린 솔, 눈 덮인 竹林,
	藥爐瓢樽	약 달이는 화로, 표주박 술통.
11	欣外滑之去體	외면치레가 체통을 버림을 흔쾌히 여기며,
	守內景而住顔	내면 충실이 안면 세움을 고수하리라.
12	彼鐘鼎兮何加	擊鐘鼎食이 그 무슨 도움이 되며,
	處環堵而猶安	環堵蕭然의 생활이 오히려 편안하네.
13	山逶迤而成峽	산은 굽이돌아 골짜기를 이루고,
	水汨　已繞關	물은 돌아 흘러 바깥문을 둘렀네.
14	蹇左圖而右書	左圖右書로 서재를 꾸미며,
	函萬象而靜觀	萬象을 포용하여 靜觀에 들리라.
15	逖三古之淳風	아득히 먼 三古의 순박했던 풍속을,

孰挽回而復還	그 누가 만회하여 되돌릴 것인가?
16 懷紆軫其未舒	울울답답함이 가득차 있어 아직 풀리지 않지만,
② 尙意氣之桓桓	오히려 의기는 굳세고 굳세도다.
17 歸去來兮!	돌아왔음이여!
亦奚慕乎遠遊	또한 어찌 굴원의 遠遊를 생각하랴?
18 閟一室而自娛	조그만 방에서 스스로 기뻐하노니,
我於世兮焉求	내 이 세상에서 무엇을 구하리.
19 矢樂天而無渝	맹세코 천명을 즐기며 변하지 않으리라.
曾不懼而不憂	거듭 말하거니와 조금도 두렵거나 근심하지 않어라.
20 文拘羑而演易	文王은 羑里에 갇혔어도 周易을 演繹하셨고,
箕爲奴而闡疇	箕子는 종이 되었어도 洪範九疇를 밝혔네.
21 爰命僕夫	이에 종자에게 명하여,
爰駕我舟	배를 대게 하리라.
22 値春和而景明	마침 화창한 봄날에 드맑은 풍광,
蔚卉木之賁丘	무성하게 피어오르는 꽃나무 언덕,
23 知物我之無間	物我一體를 깨달으며,
與天地而同流	천지와 더불어 함께 흐르리라.
24 嗟量己之已審	아아! 내 자신에 대한 성찰은 하마 끝났어라.
③ 分則甘於歸休	분수는 歸鄕 休息에 만족하여 달갑게 여기리라.
25 已矣乎!	끝났음이여!
百世在後寧可誣	역사의 평가를 어찌 속이랴?
26 古哲往矣那能留	古代 先哲께서도 죽음의 세계는 피할 수 없었던 것,
胡爲乎 捨此欲他之	어찌하여 고향을 버리고 달리 가려 하는가?
27 涉世乏良謨	인생 항로로 좋은 묘책 없으며,
藏身有素期	은거가 평소의 기대였어라.
28 唯芸善而種學	오직 선을 추구하며 학문을 캐면서,
冀日耘而日耔	매일 매일 김매고 북주는 일에 몸바치려네.
29 伊良貴之誰爭	天職의 德性 키움에 누가 시비하련가?
喜女績而男詩	딸년은 길쌈 아들놈은 시 읊음을 기뻐하려네.

30 庶大者之先立　　　　　바라건대, 이 큰 생각이 우뚝 서,
④ 免他岐之然疑　　　　　생각에 헷갈림 없기를 ……

象村은 자연에의 복귀와 親和의 세계를 잘 드러낸 2편의 「和陶辭」
이외에, 5편의 賦中「歸田賦」와「大覺賦」는 太和와 大方의 세계를 主
旨로 삼고 있다.

특기할 것은 1617년(광해 8), 52세 때에 쓴「和陶詩」102首가 그의 문
집 속에 오롯이 들어 있다. 그 내용은 4언시 4수, 5언시 98수로. 그 중
중요한 것으로는「歸園田居 6首・飮酒 20수・擬古 9수・잡시 11수・
詠貧士 7수・讀山海經 13수」 등으로, 강원도 춘천에 유배된 동안에는
완전히 도연명의 시세계에 심취 경도되어 있었음을 알려주고 있다.

이「和陶詩」만을 묶어 펴낸『玄軒和陶詩』가 전해져 오는데, 발문은
象村의 아들인 東陽尉 申翊聖(1558~1644)이 썼으며, 후손인 愚軒 申應
顯(1722~1798)에 의하여「和陶辭」를 비롯하여 102首 모두가 和韻되고
있다. 그의 후손인 申最와 申應善도「和陶辭」를 남겼음은 後述될 것이
다.

그는 왕실과 혼인을 맺고서도 청빈함을 그대로 지켰으며, 危亂을 겪으
면서도 名義를 조금도 손상시키지 않았다고 王朝實錄은 적고 있다.

다음으로 蛟山 許筠(1569~1618)의 원제「和陶元亮歸去來辭」[1]를 살펴
보려 한다. 並序의 뜻인 '並引'이 있으니 먼저 살피겠다.

　　余拙於周世 肉食[2]家食俱不能善謀 至今半生 顚毛已種種矣 唯喜讀
　書 掃一室 架萬卷 而嬉於其中 則累囚遷逐 皆是樂國 不然而俗子 與處
　應膠擾 不得展卷則雖峻宇曾楹 綺食華茵 猶械杻之在體 而身若入火宅
　焉 審若是則 攤帙挾策槃博 贏於茅店之下 是我之故鄉 而雖在流貶之中

---

1) 許筠 :『성소부부고』권3.
2)『左氏・莊 10』:「曹劌請見 其鄉人曰 肉食者謀之 又何聞焉 劌曰 肉食者鄙 未能
　遠謀 乃入見 (注)肉食者 在位者」

鬼門關之外　未嘗不歸云爾　詞曰

　나는 두루 두루 세상살이에 졸렬하여, 벼슬살이나 집안살림이 모두 지모 원려가
부족하다. 이제 반평생인데도, 머리털이 이미 짧게 모지라졌다. 오직 책 읽는 것만
이 기쁨이다. 一室을 청소하고 만권 서책을 꽂고는 그 속에서 즐거워한다. 여러 번
갇히고, 몇 번 방축된 것이 모두 즐거운 곳이었다. 그렇지 않다면 속된 내가 여러
곳에서 응당 시끄럽고 소란스러웠을 것이다. 어쩔 수 없이 책을 펼치면 비록 우람
한 기둥, 높고 훌륭한 집에 아름다운 음식, 화려한 자리일지라도 오히려 차꼬와 형
틀인 고랑이 몸에 씌인 듯하고, 일신이 마치 불타고 있는 집속에 갇힌 듯하다. 자
세히 살펴보면 이와 같은 즉 책질을 펼치고 서책을 끼고서 즐기기도 하고 서글퍼하
기도 한다. 시골의 조그만 주막에서 훌러덩 벗어 젖히니 이곳이 곧 나의 고향이다.
　비록 流貶된 몸일지라도 풍토가 좋지 않아 이곳으로 추방되면, 살아 돌아가지
못한다는 鬼門關3) 이외에는, 어디라도 돌아가지 못할 곳이 없으리라. 작사하여 다
음과 같이 읊노라.

1 歸去來兮!　　　　　　돌아가리라!
　吾挾吾書唯所歸　　　내 서책을 챙겨서 그저 돌아갈 뿐이로다.
2 旣居寵而非喜4)　　　이미 寵榮을 누렸으나 기쁨이 아니며,
　孰懼辱之可悲　　　　어찌 모욕을 받았다고 슬퍼할 것인가?
3 惟韋編之三絶　　　　오직 공자님이 만년에 주역을 韋編三絶 하셨듯,
　庶宣聖之攀追　　　　바라건대 大成至聖文宣王을 더위잡아 따르기를.
4 咀道義而覿德5)　　　도의를 씹어 맛보고 德을 살펴보면서,
　悟四十之蘧非　　　　나이 마흔에 거백옥의 四十九年之非를 깨달았도다.
5 考往軌而飭躬　　　　전현의 軌範을 상고하여 일신을 申飭하면서,
　佇懷寶以褐衣　　　　보옥을 품고서도 거친 베옷 입고 기다렸노라.
6 嗟用世之欠圖　　　　아아! 세상에 쓰임은 모순 덩어리.
⑦ 屢觸駭而昧微　　　　여러 번 해괴하고 迷昧하고 微茫함을 보아왔네.

---

3) 『唐書·地理志』:「容州北流縣南　有兩石相對　遷謫至此者　罕得生還　俗號鬼門關」
　　『書言故事·黜責類』:「交趾有鬼門關　其南多瘴癘　去者罕得生還　諺曰　十人去九
　　不還」
4) 『老子』:「寵辱若驚　貴大患若身　何謂寵辱若驚　寵爲下　得之若驚　失之若驚　是謂
　　寵辱若驚　何謂貴大患若身　吾所以有大患者　爲吾有身　及吾無身　吾有何患　故貴
　　以身爲天下　若可寄天下　愛以身爲天下　若可託天下」
5) 『揚子·法言』:「覿德則純　覿刑則亂」

7	譴罰亦恩	견책도 징벌도 역시 天恩,
	遂爾南奔	결국 남쪽으로 流貶되는 신세.
8	尼豈蠶室6)	이것이 어찌 宮刑에 처할 일이 되랴?
	途非鬼門	가는 길은 十人去 九不還의 鬼門關이 아닐 뿐이어라.
9	奚以隨身	귀양길 몸을 따르는 行李로는,
	萬卷尙存	만권 서적을 넣은 상자 더미.
10	挹其旨味	책 속의 志趣와 의미를 떠내는 맛은,
	如酌卮尊	마치 술잔으로 술통의 술을 잔질하는 것과도 같네.
11	敝茅宇以向暄兮	허술하고 누추한 모옥은 暄姸을 맞이하고,
	列牙軸而開顔	헤벌어진 이틀에 활짝 펴진 얼굴.
12	潛吾神以硏索兮	나만의 정신세계에 잠겨 연찬과 索隱의 생활,
	覺身心之便安	몸도 마음도 편안함을 느끼노라.
13	稽聖狂之所兮	성현과 광인이 갈리는 경계를 생각하며,
	想治忽之歸關	政事 治亂의 귀납법이 상정되누나.
14	百家紛其幷鶩	百家爭鳴으로 함께 달림이여,
	會衆致而一觀	多衆이 합치하여 동일한 관점이 되어야 하는데,
15	欣愉愉而忘寢	기쁨에 들떠 잠을 이루지 못하듯,
	如久客之得還	마치 오랜 나그네 드디어 귀향한 듯,
16	等亡羊之惑臧	羊 잃어가며 독서에 잠겼던 臧과 비등하고,
②	同斲輪之感桓	바퀴 깎는 대목이 제환공에게 '서적이란 찌꺼기'라고 일깨웠던 것도 알고 있노라.
17	歸去來兮!	돌아왔음이여!
	請畢命於玆遊	바라건대, 이번 遠遊에 일생을 마치리라.
18	是百年之安宅	이곳이 일생의 편안한 집이거니,
	奚捨此而他求	어찌 이곳을 버리고 다른 곳을 구하리.
19	唯關東與湖南	오직 關東 땅(고향은 江陵)과 湖南 땅(配所인 虐悅).
	挈來去而何憂	오가며 눈에 들어온 것 어인 근심.
20	傍人問我以胡範	사람이 나에게 묻기를 '무엇을 전범으로 삼는가?'

---

6) 『後漢書·光武帝紀』: 「詔死罪繫囚 皆一切幕下蠶室 (注)蠶室 宮刑獄名 有刑者 畏風順暖 作窨室蓄火 如蠶室 因以名焉」

云我遵乎箕疇	대답은 '기자의 홍범구주를 따르려 한다.'라고.
21 以思爲馬	사색으로 말을 삼고,
以識爲舟	인식으로 배를 삼으리라.
22 泛學海之絶港	학문의 바다인 절대의 항구에 떠서,
終稅駕乎九丘	끝까지 三墳五典 九丘八索을 궁구하리라.
23 剔藝苑之秘珍	예술 동산의 비밀경을 척결해 내어,
委朝宗於九流	자유자재로 九家者流를 總攝하리라.
24 羌不出於吾廬	아! 나의 여막에서 두문불출하면서,
③ 適其適而浮休	알맞은 시기에 세상을 떠나리라.
25 已矣乎!	끝났음이여!
吾有茲居自少時	나에게 이곳은 어려서부터의 터전.
26 本無其居矧更留	본시 떠난 적이 없는데, 하물며 다시 머물랴?
逍遙乎 去此安所之	소요하리라! 이곳을 버리고 어디로 갈 것인가?
27 廣廈豈我好	高臺廣室이 어찌 내가 좋아하던 바이랴!
靑瑣非素期	벼슬길은 애초에 기대하지 않던 것.
28 治居後之心田	집 뒤뜰에서 마음의 밭을 다스리고,
日繼夜而勤耔	밤을 낮 삼아 매일 매일 부지런히 김매리라.
29 服執中之虞訓	允執厥中 虞舜의 교훈을 服膺하고,
詠無邪之周詩	思無邪의 周南詩를 읊으리라.
30 居天下之廣居	대장부로서 천하의 큰집인 仁에서 살 것이니,
④ 子輿之論君莫疑	孟子의 논의임을 그대는 의심하지 말게.

　비록 도연명의 「귀거래사」에 화운한 작품이지만 도도한 문장이다. 대장부로서의 생활 태도를 떳떳이 내세웠다.

　大道는 가장 安泰한 길이며 義를 가리킨다. 의를 따라 걸어간다면 그처럼 확실한 길은 없는 것이다. 이럴 경우 어떠한 입장에 처해도 '匹夫不可奪志'일 것이다. 또한 공자께서 말씀하신 '知我者其唯春秋乎 罪我者其唯春秋乎'라고 하셨음을 깊이 생각하고 있는 蛟山임을 알 수 있다. 蛟山의 정치·학문·문학의 가치가 이제야 겨우 그 진면목을 조금 드러나고 있는 요즈음이다.

蛟山에 관한 연구는 단행본으로 나온 것도 여러 권 되며, 한국 최초의 국문소설인 「홍길동전」의 작가가 허균이라고 전제하고서도, 굵직한 논문만도 근 100여 편이나 됨직하다. 그러나 『惺所覆瓿藁』·『선조실록』·『광해군일기』·『어우야담』·『연려실기술』·『양천허씨 족보』 등을 근간으로, 허균 연보 작성자들인 김진세·조종업·이능우 제씨와 최근에 교산의 생각을 깊이 있게 천착한 이이화의 『허균의 생각』이라는 저술에서도, 본 논문의 대상인 「和陶辭」는 저작연대가 불확실한 것으로 기재되어 있다.

본 논문을 집필하면서 혹시 하나의 가능성이지만, 「和陶辭」의 저작 연대가 광해군 1년 신해년(1611년)~광해군 3년 계축년(1613년), 그의 연령 43~45세시가 아닌가 한다. 그 이유는 並引과 본문에 나오는 것처럼, ‘至今半生　顚毛已種種矣’·‘而雖在流貶之中　鬼門關之外　未嘗不歸’(이상 並引) ‘悟四十之蘧非’·‘譴罰亦恩　遂爾南奔’·‘唯關東與湖南　挈來去而何憂’ 등등의 문구가 보이기 때문이다.

그는 마흔 세 살부터 다섯 살까지 주로 전라도 땅인 함열·부안·태인 등지를 流謫者로서 전전하였으나, 그 후로는 유배의 흔적이 그의 연보에는 더 이상 나타나지 않는다. 1613년 七庶의 獄과 계축옥사가 繼起하여, 用事權臣인 이이첨과 팽팽한 줄다리기가 계속되었던 것은 주지의 사실로 알려진 것이다.

逆賊으로 몰려 結案도 없이, 西市에서 참형으로 죽기까지의 후기의 행적과 저술은 완전히 묻혀 버렸다. 다만 계축년의 남행 기록인 「癸丑南遊草」와 광해군 7~8년(1615~1616년)인 을묘·병진년 사이에 중국 천자를 뵙고 온 기록인 「乙丙朝天錄」은 이름만이 전해질 뿐 내용은 전해지지 않고 있다.

43세에서 45세까지의 어느 기간에 쓰여졌을 것이라는 또 하나의 가능성은 본문중에 나오는 ‘蠶室’이라는 어휘 때문이다. 이 ‘잠실’의 뜻은 ‘凶神의 해’[7]로 간지로 말하면 辛子丑이 든 해요, 방위로 말하면 西南

坤方이 된다고 한다. 신해·임자·계축년인 1611～1613년까지는 바로 그에게 凶神이 씌었던 세월이 아니었을까? 바로 이 3년 간 그는 西南方에 해당하는 咸悅 등지에서 전전하고 있었음이 분명하기 때문이다. 그러나 다만 하나의 추정일 뿐이다.

다음으로 광해군 4년(1612) 誣獄이 일어나 被疑拿命을 받고 삭탈관직 放歸田里되면서 쓰여졌을 것으로 여겨지는 栢巖 金玏(1540～1616)의 「次歸去來辭」를 살펴보기로 한다. 행장과 연보에는 「和陶辭」를 쓴 간지가 기록되어 있지 않으나, 溪巖 金坽(1577～1641: 1612 文科. 光海亂政으로 退官. 反正後에도 全不就.)의 만사에 '白髮垂肩雅志乖 菟裘烟月送生涯'나 雲川 金涌(1557～1620: 1590 文科. 壬亂起義, 不仕下鄕)의 '二品還鄕孰不欽 稀年致仕遂初心'과 여강서원 유생이 쓴 제문중 '出符臨瀛 年迫致政 夢尋鷗盟 歸來故園 高臥閑亭 鶴山巍峩 龜水淸泠 一室岑寂 萬事雲輕' 등의 文句를 통하여 살펴보면, 榮川郡(今屬順興)에 방귀전리 되었던 臨時(1613년경)의 作이라고 사료된다. 먼저 작품을 살펴보기로 하겠다.

<table>
<tr><td>1</td><td>歸去來兮!</td><td>돌아가리라!</td></tr>
<tr><td></td><td>千里鄕關今始歸</td><td>천리길 고향산천 이제사 돌아가네!</td></tr>
<tr><td>2</td><td>式瞻桑梓而敬止</td><td>桑梓之鄕을 바라보노니 마음 설레어,</td></tr>
<tr><td></td><td>心一喜而一悲</td><td>일변 기쁘면서도 일변 서러워라.</td></tr>
<tr><td>3</td><td>鴻冥冥兮遠擧</td><td>큰 기러기가 까마득히 높이 나르면,</td></tr>
<tr><td></td><td>弋人篡¹⁾兮何追</td><td>사냥꾼이 어찌 따라 잡으리.</td></tr>
<tr><td>4</td><td>脫人間之羈縶²⁾</td><td>인간의 굴레를 벗어나,</td></tr>
<tr><td></td><td>謝名場之是非</td><td>벼슬길의 시비를 떠나가리라.</td></tr>
<tr><td>5</td><td>安步³⁾足以當車</td><td>느긋한 발걸음이 수레에 해당하고,</td></tr>
</table>

---

7) 『大漢和辭典·蠶室條』:「堪輿經曰 蠶室者 歲之凶神也 主絲繭綿帛之事 所理之方 不可修動 犯之蠶絲不收」 10, 563쪽.

1) 『後漢書·逸民傳序』:「鴻飛冥冥 弋者何篡焉 (注)今人謂以計數取物爲篡 篡 亦取也」

2) 『莊子·馬蹄』:「連之以羈縶 編之以皁棧 (譯文)羈 廣雅云勒也 縶 絆也」

繡冕爭似荷衣	수놓은 軒冕 다툼을 隱者가 입는 荷衣蕙帶로 여기네.
6 愛琮琤之幽谷	깊은 산골짜기의 맑은 샘물소리를 사랑하여,
① 開一室於翠微	산허리에 一室을 열었네.
7 心甘燕息	內心 편안히 쉼을 달게 여기며,
念絶波奔	뛰어오르는 파도를 思念에서 끊으리라.
8 蒼松蔭砌	푸른 솔의 그늘진 섬돌에,
綠竹護門	녹색 대나무가 사립문을 두르고,
9 簞瓢雖空	一簞食一瓢飮이 비록 자주 비더라도,
至樂猶存	지극한 즐거움이 오히려 있나니.
10 時携園友	때때로 원우들과 더불어,
共對汚尊	함께 막걸리를 대작하리라.
11 敍夙昔之懷抱	오래 서렸던 회포를 풀고,
驚老少之異顔	늙은이도 젊은이도 달라진 얼굴에 놀라운 마음이어라.
12 擡醉眼於日邊	취한 눈을 들어 멀리 떨어진 도성을 생각하면서,
望彼美於長安[4]	대궐이 있는 漢陽城 아름다움을 그려보노라.
13 山蒼蒼而多木	산은 푸르러 나무들이 우거져 있음이여,
煙霧鎖於巖關	아지랑이에 巖關이 잠겼어라.
14 仰千古而長嘯	천고를 우러러 길게 휘파람을 붊이여,
閱萬象而流觀	만상을 살피면서 느긋이 바라보노라.
15 雲北去而有期	구름이 북쪽으로 흐르더라도 돌아올 기약 있건만,
水東流而不還	물은 한번 동으로 흘러가면 돌아올 수 없나니.
16 雖白髮之種種	머리가 세어 백발이 되었더라도,
② 尙丹心之桓桓	아직 一片丹心은 변함없이 꿋꿋하여라.
17 歸去來兮!	돌아왔음이여!
從所好而優游	내 좋아하는 바를 따라 優遊度日하리라.

---

3)『戰國策·齊策』:「晩食以當肉 安步以當車 無罪以當貴」
4)『晉書·明帝紀』:「幼而聰哲 爲元帝所寵異 年數歲 云云 屬長安使來 因問帝曰
汝謂日與長安孰遠 對曰 長安近 不聞人從日邊來 居然可知也 元帝異之 明日宴
群僚 又問之 對曰 擧目則見日 不見長安 由是益奇之」

18	臥北窓之天地	도연명처럼 別有天地인 北窓에 누워,
	羗不營而不求	아! 바라지도 구하지도 않으리라.
19	消甲子於閒中	閑靜한 세계에서 세월을 잊고,
	伴魚鳥而忘憂	물고기와 새들을 짝하여 기쁘게 살리라.
20	當春日之載陽5)	봄날 처음으로 햇살이 따뜻해지면,
	和氣藹乎綠疇	녹색의 밭두둑에는 아지랑이가 피어오르리라.
21	維山有屐	산을 오름에 나막신이 있고,
	維水有舟	물을 건넘에 배가 있나니.
22	朝搴6)手種之樹	아침엔 손수 심은 나무를 베어 나막신 만들고,
	夕登釣遊之丘	저녁엔 낚시질하며 노닐던 고향 언덕에 오르리.
23	日容與而自適	날마다 雍容하게 悠悠自適하면서,
	專象外之風流	형상 밖의 초연한 풍류에 젖으리라.
24	寄浮榮於泡幻	세속적인 영화는 물거품이나 환영일 뿐,
③	任身世於浮休	생애를 死生에 맡기리라.

25	吁嗟乎!	아! 아!
	東華擾擾少知己	이 땅은 어지럽고 시끄러워 知己之友가 적나니!
26	雖信美兮不可留	비록 신실하고 미쁘다 할지라도 머물 것이 없나니,
	百爾思不如我所之	여러 모로 생각하더라도 내가 떠나니만 못하여라.
27	溪山7)元自在	시내와 산은 워낙 저절로 존재하는 것.
	風月來如期	강 위의 맑은 바람과 산 속의 밝은 달은 기약할 수 있는 것.
28	聊沈光而晦彩	애오라지 광채를 숨겨 들어내지 아니하고,
	付一生於耘耔	일생을 농사에 부치리라.
29	誦肥遯8)於羲易	주역의 느긋한 은둔 생활을 외우며.
	歌考槃於衛詩	시경 衛風의 考槃詩를 노래하리라.
30	樂天放9)兮終天年	無爲自然을 즐기며 천수를 마치리니,
④	萬事聽天何更疑	만사는 천명을 들을 것이요, 다시 무엇을 의심하랴?

---

5) 『詩經·豳風·七月』:「春日載陽 有鳴倉庚 女執懿筐 遵彼微行 爰求柔桑」
6) 『韓愈·送楊少尹序』:「某樹 吾先人之所種也 某水某丘 吾童子時所釣遊也」
7) 『杜荀鶴·寄李隱居詩』:「溪山不必將錢買 贏得來來去去看」
8) 『易經·天山遯』:「遯 亨 (上九) 肥遯 无不利」
9) 『莊子·馬蹄』:「一而不黨 命曰天放」

金玏의 호인 柏巖은, 그가 중종 35년(1549) 3월 9일 寅時에 태어난 곳인 영천군 北 백암리제의 里名(백암리)에서 유래한다. 13세에 嘯皐 朴承任(1517~1586)·錦溪 黃俊良(1517~1563)의 문하에서, 18세가 되던 1557년에는 퇴계 이황의 문하에서 수학하였다. 21세에 漢城試에서 居魁, 25세에 생원복시 2등 제2인, 黑石寺·紹修書院 등지에서 독서, 이윽고 37세인 1576년(선조 9)에 문과 급제(安村 裵應褧 忠武公 李舜臣과 同榜), 승문원·예문관·사간원·홍문관·사헌부 등의 여러 청환직을 거쳐 1584년 영월군수, 3년 후 교리, 1592년 형조참의가 되었다.

이 해 임진왜란이 일어나자 安集使으로 영남으로 가 민심을 수습하였고, 1593년 경상우도 관찰사에 이어 대사헌이 되어 時務 16조를 상소했다. 뒤에 형조참판·충청도관찰사·안동부사 등을 역임하였고, 63세 되던 1602년 8월부터 이듬해 3월까지 僉知中樞事로 冬至上使가 되어 명나라에 다녀오면서 朝天詩 十首를 남기기도 하였다.

61세인 1600년(선조 33)에 일시 병으로 사직하고, 귀향하여 「和陶辭」의 작자이기도 한 安村 裵應褧(1544~1602)과 高麗 吳世文의 후손이며 壬亂時 郭再祐 揮下였던 竹牖 吳澐(1540~1617)과 더불어 伊山서원에 모여, 嘯皐(朴承任)선생문집 발간을 논의하였으며, 퇴계선생문집도 완성하였다. 이 때 선생은 연보를 작성했다고 한다. 65세 되던 1604년 五峰 李好閔(1553~1634)·黔澗 趙靖·蒼石 李埈(1560~1635) 등 38인이 한성에서 嶺南會를 열고, 그들의 화상을 그려, 각기 관작과 성명을 기록하여 기로회라 명명하였다 한다.

71세 되던 1610년(광해 2) 한성부좌윤에서 사헌부 대사헌이 된 6월에 奉慈殿 儀節을 논하다가, 광해의 逆鱗을 입어 강릉부사로 좌천되었다. 1611년 4월에 아들인 幾善·止善(1573~1622)과 女婿인 石亭 權來(1562~1617)가 따르는 가운데 금강산 유람의 길에 오르고, 12월에 파관 귀향한다. 거소의 편액을 歲寒軒이라 하고는 朝綱濁亂하고 世道大變하여, 선생께서 비록 벼슬을 그만두고 집에 와 있어도 政事之非와 擧措之失을 들을 때마다 탄식하시고 찡그리시며, 하루종일 기쁜 얼굴이 아니셨다. 간혹 한밤중에 일어 앉아 仰屋獻欷를 마지않으시니, 자제들이 감히 조정 득실을 아뢰지 못하였다 한다.

다음해인 1612년(광해 4) 坑理奸黨의 무리인 대북파가 소북파를 제거하기 위한 金直哉(1554~1612)의 誣獄이 일자, 선생은 被疑 나포되었다. 임자옥이라고도 불리는 이 옥사에서 선생의 庭辨은 '追崇時 臣在家 至品節 臣固爭之(所生母 김씨 추숭할 때 신은 집에 있었으며, 제사절차(奉慈殿)는 別廟라면서 의례는 종묘제례와 같을 수는 없다는 것)에 이르러는 물론 이를 논쟁하였다(訥隱 李光庭의 묘지명중)]'라고 하면서 조금도 꺾이지 않자, 화가 장차 어디까지 이를지 모를 판국에 白沙 이항복과 漢陰 이덕형·一松 심희수 등 제상공들이 극력 구원하여 삭탈관직 방귀전리로 귀착시켰다.

栢巖 金玏은 귀전한 이후 凡5年 湖山에 寓意하고 날마다 觴詠自適하며, 포의·필마·尺僮으로 龜臺·東浦·星巖 사이를 왕래하심에, 남들이 만나더라도 그가 일국의 재상이었음을 몰랐다고 한다. 성암정사는 棲碧亭이라고 하였으며, 이곳에 주로 계셨다 한다. 당시 풍기군수인 蒼石 李埈·본읍 현감인 玄洲 趙纘韓(1572~1631: 1606 文科. 光海君 때 外職 自願) 등 諸人들이 이곳을 왕래 종유하였다 한다. 「和陶辭」 작자인 蒼石 李埈이 이 때에 남긴 시가 있다.

曾投烏府飛霜簡 晚把龜臺釣月竿 百世大名留竹帛 半生清福管湖山

白沙 이항복의 啓請에 의하여 1614년 직첩을 환수받았으며, 77세인 1616년 11월 15일 卒于正寢, 榮川의 龜城精舍에 고조이신 文節公 金淡(1416~1464)과 嘯皐 박승임과 같이 제향되었고, 시호는 敏節이다.

光海 十年인 1618年 1月 큰 事件이 있었으니, 仁穆大妃의 號를 삭탈하여 西宮이라 칭한 것이다. 이보다 먼저 光海 即位初에 兄인 臨海君이 살해되고, 이어 廢庶人이 된 동생 永昌大君을 江華島에 圍籬安置中 殺

害하였고, 國舅 金悌男의 賜死, 그리고 廢母論은 끊임없이 擧論되어 왔었다.

도의와 강상이 무너지는 이같은 판국에 뜻있는 선비들이 다수 귀향 은거하였다. 그들 중 「和陶辭」를 남기고 落隱한 분이 玄谷 趙緯韓(1567～1649)과 東園 崔晛(1568～1639)이다. 筆寫本으로 전해지는 『東園集』을 보면 인목대비가 西宮(덕수궁)에 유폐된 1618년에 參奉을 그만두며 「次歸去來辭」를 짓고 영양으로 내려간 분이 최정이다. 玄谷의 「次歸去來辭」(1618年作)만 살펴 보겠다.

1	歸去來兮!	돌아가리라!
	世不我知可以歸	세상이 나를 알아주지 않으니 돌아가리라.
2	自古不遇者非一	자고로 불우했던 자 한 둘이 아니었나니,
	吾何爲乎傷悲	내 어이하여 아파하고 슬퍼할 것인가?
3	仰孤雲之高標	孤雲 崔致遠의 높은 푯대를 우러르면서,
	邈淸風之難追	淸風高節을 따라 미치기 어려움이여!
4	瞻頭流之幽邃	백두대간이 뻗어내린 幽玄深邃한 지리산을 바라보면서,
	絶人間之是非	인간계의 是非曲直을 끊어버리리라.
5	催潘岳之秋興[1]	반악의 「추흥부」가 나를 재촉하니,
	拂張翰之征衣[2]	張翰의 旅衣를 입어보리라.
6	涉漢水之浩漾	넌출거리는 한강수를 건너,
□	辭終南之翠微	푸르른 남산을 하직하였네.
7	浩然而歸	물이 흐르듯 간절한 歸心에,
	策馬南奔	말을 채찍질하여 남으로 달려가네.

---

1) 『潘岳・秋興賦序』：「晋十有四年 余春秋三十有二 始見二毛 以太尉掾 兼虎賁中郎將 寓直于散騎之省 珥蟬冕而襲紈綺之士 此焉游處 僕 野人也 偃息 不過茅屋茂林之下 談話不過農夫田父之客 攝官承乏 猥厠朝列 夙興晏寢 匪遑底寧 譬猶池魚籠鳥有江湖山藪之思 於是染翰操紙 慨然而賦 于時 秋也 故以秋興命篇」

2) 『晋書・張翰傳』：「齊王冏爲大司馬東曹掾 因秋風起 思吳中菰菜蓴羹鱸魚膾曰 人生貴得適意 何爲羈宦數千里 以要名爵乎 遂命駕歸」

8	朝發京華	아침에 한성을 떠나,
	夕至衡門	저녁에 오두막에 도착하였네.
9	玉堂金馬	玉堂과(弘文館)과 金馬(藝文館)는,
	匪我思存	나 아니라도 채워지는 법.
10	可以供老	老親을 봉양할 수 있으며,
	樂我瓢尊	빚은 막걸리를 사발로 즐기리라.
11	念誰昔之嬰禍	전날(癸丑獄事 때 파직 당함 : 1613년) 화를 입었음을 생각하면,
	羌魄悸而汗顔	아아! 가슴이 뛰고 땀이 흘러내리네.
12	食同魚而滅耳	魯나라 臧孫母의 故事처럼 同魚를 먹으면 滅할 뿐이니,
	豈人心之所安	어찌 人心이 편할 바이랴!
13	饕薄祿而營生	박록을 탐하여 생계를 세움이여,
	縱軀命之所關	비록 이 한 목숨이 관련된 바라 하더라도.
14	較得失於平生	득실을 평생에 따져본다면,
	盍退擧而大觀	어찌 멀리 떠나 대범하게 바라보지 않으랴?
15	矧年老而多病	하물며 나이들고 병이 잦으니,
	可卷懷而求還	은거하여 돌아가기를 원하노라.
16	世雖棄乎君平[3]	세상은 비록 嚴君平을 버렸어도,
②	道卽存於鯢桓	道는 강호자연에 현존하는 것.
17	歸去來兮!	돌아왔음이여!
	聊卒歲而優遊	애오라지 말년을 우유도일하리라.
18	臥一壑之煙霞	한 골짜기의 아지랑이에 누워,
	意何慕而何求	마침내 무엇을 그리워하고 무엇을 구하리.
19	當粱肉於晚食[4]	배고플 때 달게 먹고(晚食當肉),
	替榮華於無憂	영화는 아무 근심없음과 바꾸리라.
20	古人先我而實獲[5]	古人이 나보다 먼저 길을 트셨으니,

---

3) 『嚴君平』: 「漢 蜀人 名遵 以字行 卜筮於成都市 每依著龜 與人言利害 日閱數人 得百餞足自養 則閉肆下簾 讀老子 揚雄所從之學 年九十餘卒 所著老子指歸」

4) 『隱逸傳』: 「顔斶嘗言 有處窮方 其名有四 一曰無事以當貴 二曰早寢以當富 三曰安步以當車 四曰晚食以當肉」

	欽往迹而爲疇	가신 자취를 흠모하여 밭갈이 하려네.
21	顏闔鑿坏6)	안합은 뒷담을 뚫어 방을 들이고,
	管寧浮舟7)	관녕은 요동을 배타고 건넜네.
22	或潛身於滄海	혹자는 창해에 몸을 숨겼고,
	或絶響於林丘	더러는 숲속에 자취를 감추었네.
23	雖出處之異路	비록 出處가 다른 길이더라도,
	蓋明哲之同流	대체로 明哲保身은 한 흐름일세.
24	顧余志之異是	나의 뜻이 이와 다름을 돌아보며,
③	但有意於歸休	다만 歸休에만 뜻을 두었네.
25	已矣乎!	끝났음이여!
	人生榮貴在何時	인생의 榮貴가 몇 때런가?
26	歲月如流不可留	세월은 쉬임없이 흘러가는 것.
	吁嗟乎 舍此將安之	아아! 이것을 버리고 장차 어디로 가려는가?
27	唐虞不復見	陶唐有虞는 다시 볼 수 없고,
	巢許非所期	箕山潁水는 기약하는 바가 아니네.
28	甘終身而徜徉	조용히 살면서 즐겨 생을 마칠 것이니,
	趁春耕而夏耔	봄이 되면 밭 갈고 여름이 되면 김매리라.
29	遡長風8)而放歌	멀리 부는 바람을 타고 멋대로 노래하며,
	迎素月而哦詩	하얀 달을 맞이하여 시를 읊으리.
30	旣得所而定居	이미 정착할 곳을 마련했으니,

---

5) 『詩經·邶風·綠衣』:「絺兮綌兮 凄其以風 我思古人 實獲我心 (集傳)故思古人善
處此者 眞能先得我心之所求也」

6) 『顏闔』:「戰國魯人 守道不仕 魯君遣使致幣 闔曰 恐聽誤而遣使者 罪不若審之
使者還問復來 求之則不得矣」

7) 『管寧』:「三國魏人 朱虛人 字幼安 與平原華歆 同縣邴原相交 游學異國 並敬善
陳寔 嘗與歆同席讀書 有乘軒冕過門者 歆廢書觀之 寧與割席分坐 曰子非吾友也
黃巾之亂 至遼東 往見太牛公孫度 語惟經典 不及世事 乃因山爲廬 鑿坏爲室 越
海避難者 皆來就之 旬月而成邑 遂講詩書 陳俎豆 飾威儀 明禮讓 非學者無由見
由是度安其覽 民化其德 黃初中徵爲太中大夫 明帝時以爲光祿勳 並辭不受 正始
初卒」

8) 『南史·宗慤傳』:「叔父少文 高尙不仕 慤年少 問其所志 慤答曰 願乘長風 破萬
里浪 少文曰 汝若不富貴 必破我門戶」

④ 肯從詹尹決所疑　　　鄭詹尹의 占卦에 따라 의심을 버리리라.

尤庵 송시열이 쓴 「玄谷趙公神道碑銘」에9) 보면, 「國舅의 誣獄을 만나 公과 여러 名卿들이 함께 잡혀 廢錮를 당하였다. 이 때 廢母 논의가 한창 심히 일매, 무오년(1618)에 남원땅으로 은거하여 「和陶辭」를 지어 자신의 뜻을 드러냈다(值國舅誣獄 公與諸名卿 同被逮囚廢錮 時廢母議張甚 戊午大歸南原也 有和陶辭 以見志)고, 하였으니 「和陶辭」를 집필한 해가 광해 10년이며, 은거지는 지리산 서북쪽인 전북 南原 땅임을 알 수 있다.

玄谷 趙緯韓(1567~1649.1.21)은 한양 조씨로 그의 遠譜로는 靜庵 조광조와 같은 계보요, 참판 趙邦彦(1469~1532: 1506 希樂堂과 同榜)의 증손이다. 부친이신 揚庭은 不仕(贈判書), 예법으로 治家하였으며 모부인은 한씨이다. 辛丑(1601)년 中司馬試, 癸卯(1603) 除重林察訪, 이어 주부·감찰, 己酉(1609, 광해 1)년에 문과에 올라(甲科) 집의·호당을 지내고 참판에 이르렀다. 俊偉하고 雄豪(尤庵은 卓詭嵬岸이라 하였음)하여 눈이 높고 회해를 잘 하였다.

그는 젊어서 의병장 金德齡(1567~1596)을 쫓아서 군사 일을 시험하여 본 일이 있는데, 명나라 장수에 그를 기특하게 여긴 자가 있어, 그가 中朝에 따라 들어가 천하를 박람하려는 뜻을 가짐에, 조정 선배들이 그가 세상 일에 遺落하려는 뜻을 알고, 石洲 權韠(1569~1612)과 함께 벼슬을 제수하여 붙잡아 매었다. 불행한 시절인 1613년 癸丑獄事로 파직 당하고, 남원에 은거하여 「和陶辭」를 썼음은 이미 말한 바와 같다.

1623년 인조반정으로 司成에 등용, 이어서 장령·집의 등을 지내고 賜暇讀書하였다. 1624년 이괄의 난 토벌에 有功하여 품계가 오르고, 1627년 정묘호란 때는 官義兵을 거느리고 항전, 동부승지·직제학을 역임하였다. 1642년에 공조참판에 特陞되었으니, 아마도 상감께서 公이 耆老에 오래 머무르게 하기 위함이었을 것이다. 1646년 八秩에 資憲 지중

---

9) 『宋子大全』(권165) (斯文學會, 영인축쇄판, 1971) 575~577쪽.

추부사에 올랐다. 己丑년인 1649년 공은 '60년전 이 해에 아버님께서 돌아가셨다. 나도 아마 가려나 보다.' 하시더니 1월 21일 易簀하셨다. 상감께서 듣고 놀라워하시며, 朝市를 폐하시고 祭賻를 모두 예에 따라 하라 하셨다. 3월에 坡州 七井里에 모셨다.

玄谷의 작품으로 「流民歎」 1편이 당시에 크게 알려졌었다. 허나, 현재는 전해지지 않고 있다. 우암의 비명중에서 「유민탄」 전체의 대강을 알게 하는 대목이 있으니 人民의 愁苦와 전복상을 잘 표현하였다(…又作流民歎一篇 極道人民愁苦 邦家顚覆狀)는 것이다. 그리하여 광해가 보고는 그를 미워하였고 작품을 얻어보지 못하게 통제하였다. 나중 『광해실록』을 修撰할 때 史臣이 거두어 들여 신빙성 있는 역사라 하여 「信史」로 삼았다(主見而惡之 物色之不得 後修光海實錄時 史臣收入爲信史)고 한다.

玄默子 洪萬宗(1643~1725)의 『旬五志』 권하 「長歌評語條」에 「유민탄」에 대하여 언급한 것이 있으니, '流民歎 玄谷趙緯韓所製 備述昏朝政令之煩 列邑徵斂之酷 可與鄭俠流民圖 相表裏也'라는 대목이 있어, 現不傳의 「유민탄」에 대하여 좀더 소상히 알 수 있다.

즉 「유민탄」은 당시 어지러운 정국과 가렴주구의 현실을 노래한 것으로, 홍만종은 源流 비평의 방법으로 宋나라 鄭俠의 「유민도」와 표리를 이룬다 하여, 작품의 발상 동기가 동일함을 밝혔다. 「유민도」는 宋朝 神宗 때 실행된 왕안석의 新法은 세금 징수가 혹독한 법으로 더구나 가뭄까지 들어 유민이 길을 가득 메우니, 이 때 정협이 화공에게 이를 그리도록 하여 황제께 바쳤다는 그림[10]을 말한다. 따라서 '表'는 「유민도」이고, 내용이 되는 '裏'는 바로 趙緯韓이 지은 「유민탄」이 되는 것이다.

---

10) 『宋史·鄭俠傳』:「自熙寧六年七月不雨 至于七年之三月 人無生意 東北流民 每風沙霾曀 扶携塞道 羸瘠愁苦 身無完衣 並城民買麻籹麥麩 合米爲糜 或茹木實草根 至身被鎖械 而負瓦揭木 賣以償官 累累不絶 俠知安石不可諫 悉繪所見爲圖 奉疏詣閤門不納 乃假稱密急 發馬遞上之銀臺司云云 神宗反覆觀圖 長吁數四 袖以入 是夕寢 不能寐 翌日命開封體放免行錢 三司察市易 司農發常平倉云云 靑苗免役 權息追呼 方田保甲並罷 凡十有八事 民間讙叫相賀」

또한 壽谷 金柱臣(1661~1721)의 시문집 권11 「散言篇」에 玄谷 조위한
의 「유민탄」에 관한 사실을 기재하고 있다. 김주신은 숙종의 계비인 仁
元왕후의 아버지였기에 이런 저런 일화를 많이 들었던 것 같다. 기록된
분들은 玄谷을 위시하여 주세붕·서거정·이수광·김우옹·조식·서문
중·조희일 등이다.

문장 특히 詩賦로 유명한 玄洲 趙纘韓(1572~1631)은 玄谷의 아우요,
趙維韓(1558~?)은 친형이다. 조찬한 그의 문집『현주집』권13에 收載된
「採菊東籬下賦」는 傲霜孤節과 도정절의 인품을 함께 읊고 있다. 우암은
현곡의 비문 중에서 공은 範世·警俗했던 인물일뿐더러 문장지사로 일
세의 雄豪였으며, 天下奇男이라 하였고, 그의 文詞는 장자·굴원·한
유·두보의 영향이라 하였다.

10여 년 간에 걸친 광해의 난정기에 자의로 은거했거나 타의로 유배를
당하여 有爲之時를 기다렸다가, 1623년 인조반정 이후 관계로 다시 나아
감이 상례였으나, 退隱後 줄곧 조정에 나아가지 아니한 晚退軒·苟全
金中淸(1566~1629)의 원제 「次歸去來辭」(1621年作)를 살펴보기로 하겠다.
자세한 並序가 붙어 있어 먼저 고찰하기로 한다.

> 余忝厠薇垣 自知不稱 肅謝再翌而辭遞 爲養丙縣 得新安 卽古星州也
> 務煩政劇 事又有難處者 十常八九 不三年而歸思轉緊 殆不能自制 而猶
> 且遲回未決 淹過七考 豈非彭澤之罪人也 畢竟 憲府以濫用民役布爲蔘
> 自上有查命 方伯亦當被論 不卽覈啓 余乃呈告歸家因去職 是時 列守之
> 坐駁 或查者多在官待命 故士庶請留頗苦至 圍守城門不許開 十餘日未
> 免 乘夜折鎖 單行以出 其亦窘束也歟! 假寓桂塲洞 令阿豚柱宇 書歸去
> 來辭 付諸壁 誦玩朝夕 有不覺赧於面而感於心者 遂援筆題之
> 　歸在萬曆己未中秋 而辭成於天啓
> 　　　　　　　　　　　　　　　　　　　　　　　　　辛酉暮春云

내가 사간원의 곁다리로 끼어 있는 것이(선생 50세 정월 28일 拜司諫院 正言:

苟全선생연보), 스스로도 적합하지 않음을 알고, 사은숙배한 다음다음 날 遞職을 청하였다. 노친 봉양을 위하여 현감을 원하여 신안현을 얻었으니, 新安은 즉 옛 星州 땅이다. 사무가 번거롭고 정무가 바빠 처리하기 어려운 일이 십중팔구여서, 3년이 못되어 귀거래의 뜻이 더욱 긴절하여 거의 자제하지 못할 지경이면서도, 머뭇거리면서 결정하지 못하고 어언 7년 세월이 경과하였다. 이 어찌 80여 일만에 벼슬을 그만둔 팽택령이었던 도연명에게 죄인이 아니랴? 필경 사헌부가 백성의 役布를 남용했다고 하여 탄핵을 받았다. 상감으로부터 조사 명령이 있어 방백도 논박을 입어, 즉시 핵실하여 아뢰지 않았음이 문제가 되었다. 내 말미를 아뢰고 귀가하려고 사직하였다. 이 때 여러 수령들이 논박을 당하고 조사 대상자가 대부분 관직에 있으면서 명을 대기하는 까닭에, 士庶人들이 유임을 청하여 자못 간절하기 이를 데 없었다. 성문을 둘러싸 지키면서 열 수 없게 하니, 열흘이 지났으면서도 어쩔 수 없었다. 야음을 틈타 자물쇠를 젓히고 단독으로 出城하였으니, 그 또한 군색한 노릇이었다. 임시로 계장동(洞在故居北二里許 去縣近而洞麓遮斷 特爲幽絶 先生愛之 傲屋以居: 연보)에 거처를 잡고, 자식놈인 桂宇(1598~1644: 1624 庭試 壯元. 善書)를 시켜 도정절의 귀거래사를 쓰게 하여 벽에 걸어두고, 조석으로 읊고 완상하노라니 나도 모르게 얼굴이 벌개지며 가슴에 와 닿는 것이 있어, 드디어 붓을 들어 「和陶辭」를 지었다. 귀거래는 만력 기미(광해 11, 1619년) 9월이며, 「和陶辭」는 天啓 辛酉(광해 13, 1621년) 3월에 완성하였다.

「苟全선생 연보」에 56세시 '次靖節先生歸去來辭'라고 명시했는데, 은서지는 桂塲洞의 九未堂이라는 초당이었다. 九未의 뜻은 자신의 아홉 가지 미비함을 자책하는 의미로 '慈未・具配未・全交未・博書未・就道未・讀學未・修居未・定仕未・信謗未 謂之九未云'에서 유래되었다고 하였다. 이제 「和陶辭」를 살펴보려고 한다.

1	歸去來兮!	돌아가리라!
	欲歸未歸今始歸	말뿐인 歸去來 이제서야 돌아가네.
2	苦折腰於斗米	괴롭던 五斗米折腰,
	寔余心之所悲	진실로 내 마음이 슬퍼했던 것.
3	旣烏臺之有評	이미 사헌부의 臺評이 있었건만,
	胡黔首之我追	어찌하여 백성들은 나를 따르나?
4	苟彷徨而佇覼	진실로 머뭇거리며 핵실을 기다리나,
	奈未免夫遂非	어찌 잘못된 것이 그렇게 될 수밖에 없는 것을 면

	하리.
5 投手中之素版	간직했던 인수를 던져 버리고,
解身上之朱衣	몸 위에 걸쳤던 관복을 벗었네.
6 恨車回之坐晚	고향으로 수레 돌림이 너무 늦었음을 한하면서,
□ 愧智昧於見微	지혜가 기미 살핌에 어두웠음을 부끄러워 하노라.
7 豈仁侯遁	어찌 仁者가 숨어야 하는가?
乃敗將奔	이에 패장은 달아나는 수밖에…
8 角巾中宵	한밤중에 오각건 쓰고,
匹馬東門	필마 단기로 동문을 나서네.
9 去路云遮	가는 길이 막혔다 하여,
古道今存	고샅 길로 들어섰네.
10 未遑供帳1)	송별연 차릴 겨를도 없이,
尙與開樽	오히려 술통만 열었네.
11 慰白叟以重來	노인들이 들이닥쳐 慰撫하노니,
顧赤舌2)而無顔	참소자들의 붉은 입술 어이없어라.
12 舟東洛而利涉	낙동강을 배저어 건너니,
覺神心之漸安	마음도 정신도 차츰 안정이 되찾아지네.
13 固榮悴之俱虛	진정 영욕이란 모두 허망한 것,
況毁譽其何關	하물며 毁譽가 그 무슨 소용이랴?
14 挹旅老3)之高風	대지의 고풍에 젖으며,
憶川師4)之達觀	자연의 달관을 생각하리.
15 門倚老而望來	閭門에 기댄 노친께서 귀거래를 바라보며,
旌趁秋而告還	旌門에는 가을이 임박하여 돌아옴을 알리라.
16 居無室於喪裴5)	거처도 마련하지 못한채 裴中立을 잃었고,

---

1) 『後漢書·班固傳』 : 「乃盛禮樂供帳 (注)供帳 供設帷帳也」
2) 『太玄經·干』 : 「次八 赤舌燒城 吐水于餠 測曰 赤舌吐水 君子以解祟也」
3) 『周禮·地官·旅師』 : 「掌聚野之鋤粟 屋粟 閒粟 而用之」
4) 『周禮·夏官·川師』 : 「掌山澤之名 辨其物與其利害 而頌之于邦國 使致其珍異之物」
5) 『裴度』 : 「唐聞喜人 字中立 貞元進士 累遷司封員外郎 知制誥 田弘正獻魏博六州於朝 憲宗遣度宣諭 魏人懾服 淮蔡作亂 王師數不利 群臣爭請罷兵 度力請討賊 帝復倚之 卽拜門下侍郎平章事 督諸軍力戰 擒吳元濟 撫定其人 策勳封晋國

② 讀有書於傭桓　　　　제 환공에 고용살이하던 관중의 사연도 읽었노라.

17 歸去來兮!　　　　　　돌아왔음이여!
　　幾寒暑於宦游　　　　벼슬살이의 차고 더움 몇 번이던가?
18 賦遂初⁶⁾兮其徐　　　　劉歆의「遂初賦」지음이 늦었음이여!
　　學鳶魚⁷⁾之可求　　　鳶飛魚躍의 妙用을 배워 얻으리라.
19 開琴書之小窩　　　　　좁은 거실에서 거문고 타고 서책 읽으면서,
　　貧不憂而道憂　　　　가난을 걱정않고 도를 걱정하리라.
20 稽貞悔於義卦⁸⁾　　　　주역의 貞吉無悔를 상고하면서,
　　討舒繹於箕疇　　　　기자의 範疇를 차례차례 풀면서 검토하리라.
21 回首瞿塘　　　　　　구당峽을 바라보니,
　　出沒輕舟　　　　　가벼운 거룻배가 보일 듯 말듯.
22 庭歡極於晨夕　　　　정원의 기쁨은 새벽녘과 저녁이 극진하며,
　　國恩重於山邱　　　　국가의 은혜는 산과 언덕보다도 중한 것.
23 異梅福⁹⁾之仙去　　　　梅福이 처자를 버리고 신선이 되어 간 것과는 다르며,
　　非季眞之風琉　　　　賀知章의 풍류도 아니라.
24 惟望道而月征　　　　오직 도를 바라 다달이 달려가고,
③ 庶作德而日休¹⁰⁾　　　덕을 이루어 나날이 편히 쉬기를 바라네.

25 已矣乎!　　　　　　끝났음이여!
　　人生百歲五十强　　　인생 백년에 오십도 넘었네.

公…徙東部留守 時閹竪擅權 搢紳道喪 度不復有經濟意 乃治第東都 作別墅 曰綠野堂 與白居易 劉禹錫 觴詠其間 門成中拜中書令 卒諡文忠」
6)『古文苑』:「遂初賦者 劉歆所作 是時朝政已多失矣 歆以論議見排擯 志意不得 … 感今思古 遂作斯賦 以歎往事而寄其意」
7)『中庸·12장』:「君子之道 費而隱…詩云 鳶飛戾天 魚躍于淵 言其上下察也」
8)『易·巽卦』:「(九五) 貞 吉悔亡 无不利 无初有終」
9) (梅福)「前漢 壽春人 字子眞 少學長安 明尙書穀梁春秋 爲郡文學 補南昌尉 復棄官家居 成哀之世 數上書言事 元始中王莽顓政 福一朝棄妻子 去之九江 傳以爲仙 其後有見福於會稽者 變姓名爲吳市門卒云」
10)『書經·周官』:「作德心逸日休 作僞心勞日拙 (蔡傳)作德 則中外惟一 故心逸而日休休焉 (傳)爲德直道而行 於心逸豫 而名日美」

26 若流水光曾不留　　유수같은 세월 멈춘 적 있나?

　　胡爲乎 坎坎來與之　　어찌하여 괴로워하면서 더불어 가려는가?

27 江山久相待　　강산은 오랫동안 물리지 않는 것,

　　鷗鷺有前期　　백로와 갈매기와는 전부터 기약이 있었네(鷗鷺亡機).

28 雖䫡頷亦何傷　　비록 가난으로 浮黃이 들더라도 무슨 괴로움 있으

　　　　　　　　　　　랴?

　　聊及時而耕耔　　애오라지 때 맞추어 농사를 지으리라.

29 澆磊落於得酒　　술을 마시며 磊磊落落함을 끄고,

　　遣幽逸於哦詩　　시를 읊으며 幽逸을 사르리라.

30 謂我盜而無辨　　나를 도둑이라 함에 변명함이 없으리니,

　④ 窃比西京[11]直不疑　속으로 西京에 견주어 다만 의심하지 않으리라.

　군자가 난세에 살면서 일신을 지켜 목숨을 구차히 보전하겠다는 뜻에서 自號했을 것으로, 苟全의 호풀이를 한 분은 그의 행장을 쓴 外玄孫인 訥隱 李光庭(1674~1756)이다. 태백산하 소백산중에 은거하면서 「和陶辭」를 남기기도 한 李光庭은, 21편으로 구성된 한문야담인 「亡羊錄」의 작가이기도 하다. 訥隱의 「和陶辭」는 후술하게 될 것이다.

　苟全 金中淸(1567~1629)은 명종 20년 12월 20일 경북 奉化현 晩退里第에서 태어났다. 선생의 세거지는 안동부 풍산현이었으나 증조 敎授公 때부터 이곳에 정착하였다 한다. 외숙되는 嘯皐 朴承任(1517~1586)에게서 일찍 학문을 배우고, 그 후에 月川 趙穆(1524~1606)에게 나아가 晩悟 申達道(1576~1631: 1625 庭試 壯元.) 등과 같이 배웠다. 27세 되던 1592년 임란시 柳宗介(1558~1592: 1585 文科. 小川戰에 殉國함.)를 쫓아 의병을 일으켜, 참모·서기로 군무에 진력하였다.

　41세 되던 1606년 10월 月川 사후, 寒岡 鄭逑(1543~1620)에게 나아가 心經을 배웠다. 42세시 예안현 南陽里로 이거하였는데, 봉화현감인 任奕과의 불화였다고 하며, 이 때 苟全거사로 자호[12]하였다 한다. 44세 되던

---

11) 『張衡·西京賦·題注』:「善曰 後漢書 張衡 字平子 南陽西鄂人也 少善屬文 時天下泰平日久 自王侯以下莫不踰侈 乃擬班固兩都作二京賦 因以諷諫 十年乃成」

12) 蓋君子居亂世 能不失身而已 觀公以苟全自號 則其志可見也(上之十九年 癸亥

가을 풍기에서 東堂試, 이듬해 본 明經 覆試로 한성부참군이 되고, 46세 시 사헌부감찰로 나아갔으나, 당시 용사자의 깨물어 씹음을 입어 그만 두었다.

49세시 千秋兼謝恩의 서장관으로 명나라에 다녀오면서 蛟山 許筠과 「林居漫錄」 관계로 언짢은 사연이 있었다 한다. 50세인 1615년 시강원 문학에 제수되어 『선조실록』을 수찬하여 통훈대부에 가자되었고 弼善을 겸하였다. 이어 사간원정언이 되었으나 孽臣當路가 士類를 籠絡하려고, 먼저 月川의 문인인 선생을 시험하면서 梧里 李元翼(1547~1624)이 三辭로 막아내니, 그들의 미움을 받게 되자 노친봉양을 빌어 諫職을 떠났으나, 兼春秋는 여전히 갖고 있었다. 9월에 경상우도 試官으로 나아가면서, 寒岡 鄭逑·晦谷 權春蘭(1539~1617: 1573 文科.)·柏巖 金玏(1540~1616)·旅軒 張顯光(1554~1637) 諸公을 역방하였다. 고령 현감으로 복명하기 전에 다시 新安 즉 星州 현감에 제수되었다. 이 때의 전말이 본 「和陶辭」並序에 적혀 있다.

51세 되던 1616년 寒岡 정구를 여러 번 배알하였는데, 이 때 萊菴 鄭仁弘(1535~1623)이 寒岡을 역모로 얽어 해하려 함에, 선생이 중간에서 주선하여 무사하게 한 바도 있다. 1617年 가을 李信欽(1570~1631: 善傳寫人物 肖像)이 은거한 楊根 龍門山下의 斜川庄 모임에 참석하여 「八詠」을 남기기도 하였다.

이 임시하여 行釋菜禮·設壽酌·祭月川廟·歷訪張旅軒·草定月川年譜·往拜泗水(寒岡先生 時寓泗水)·呈覲設聞喜安·草嘯皐先生言行錄·跋聾巖李先生退休屛·六月旣望陪岡老浮江亭下 등등사로 보내다가, 54세 되는 1619년 8월 '以濫用民役布爲衆'이라는 臺評이 있자 즉각 解歸하였다.

사실 이 때 대소읍민들이 역포 남용으로 탄핵되었음을 알고는 巡營에 사실 심리를 의뢰하며 老婦는 衙門을 지키고 老翁은 外門을 지키며 떠

重陽後三日(1743년 9월 12일)外玄孫 平原 李光庭狀)(『苟全先生文集』 부록 六丁)

나지 못하게 하였다. 병서와 서문에 기록되었듯이 밤을 도와 단기출문함에, 鄕人들이 따라오며 들녘에서 追餞하면서 안타까움을 호소하였다 한다. 만퇴리 故居에 돌아왔다가 북녘으로 2리쯤 되는 幽絶한 계장동으로 옮겨 살았다. 다음해인 1620년 정월 15일 寒岡 선생의 부음을 받고 통곡하였다.

다음해인 1621년 봄 九未堂을 낙성하고 「和陶辭」를 쓰니, 때에 56세였다. 1623년 3월 이이첨을 논죄하는 상소를 各官陳弊와 함께 成冊했으나 올리지는 않았다. 인조반정(1623년) 후 이괄의 난(1624)이 일어 상감이 공주로 行幸하자, 선생은 의병을 일으켜 본현의 義將이 되어 행재소로 떠났다. 도착하기 이전에 반적이 토평됨에 인조는 환도하였음을 듣고 제장을 이끌고 예궐하여 진하하였다.

다음해인 1625년 부친 첨지공 金夢虎께서 돌아가심에 3년 상을 치룬 후, 1629년 6월 13일 乃城 우사에서 易簀하시니 향년 64세요, 9월 3일 奉化남면 太子山에 모셨으며, 奉化 槃泉서원에 제향되었다.

仙源 金尙容(1561～1637)의 만사사 있어 그의 생애와 학문의 연원을 밝혔기에 이에 譯載한다.

同宗何幸有公賢	같은 안동 김문에 다행히 공같은 현자가 있어,
私淑陶山學月川	陶山 李滉을 사숙하면서 월천 趙穆에게서 배웠도다.
半世藏修才可用	반생을 藏修游食하여 재주가 쓸만 하더니,
十年窮阨病還纏	십년 궁액에 병 또한 잦았도다.
經書滿腹貧猶樂	경서는 뱃속에 가득찼고, 安貧樂道하셨으며,
蘭玉盈庭福更全	芝蘭 玉樹가 집안에 가득차 복락은 더욱 온전하도다.
竟使斯人歸落拓	마침내 이 사람을 不遇落拓에 돌아가게 하였으니,
主張吾欲問蒼天	上帝여! 푸른 하늘에 묻고 싶어라.

仙源이 頷聯에서 말한 십년궁액의 이유는 李光庭의 행장에 의하면,

北人들이 올빼미가 날개를 편 것처럼 폭위를 떨치던 시절이었기 때문이
다. 이 惡鳥로 불릴 인물은 정인홍·이이첨들로 大北派인 것이다. 그들
간사한 존재(壬人)들의 搆捏 때문에 문장과 경술을 고루 갖추었으나 경제
의 뜻을 펴지 못했다 하겠다. 愚伏 鄭經世(1563~1633)와 沙溪 金長生
(1548~1631)도 그의 인물됨을 크게 인정했었다고 한다.

또한 光海君 때 이이첨·李偉卿(1586~1623) 등을 공박하고, 인목대비
가 西宮에 유폐된 뒤 沈礦·金振直과 함께 밤중에 경운궁에 양식을 비
쳐 遠島로 유배 되었던 節義의 人物이었던 秋山 朴弘中(1582~1646)이
47歲였던 1628년에 쓴 「和陶辭」와 1634년 江界로 流配되었던 化堂 申
敏一(1576~1650)의 「和陶辭」는 朴敏一교수의 華甲論文集13)에 실었다.

다음으로 松江 鄭澈(1536~1593)의 晩得子로 대제학이었던 畸庵 鄭弘
溟(1592~1650)의 원제 「次歸去來辭」를 살펴보려 한다. 並序가 아울러 적
혀 있어 제작 동기를 먼저 살펴 보겠다.

> 昔在晉時 陶徵君1)有不適於時 解官歸田里 賦歸去來辭 以見志 後來
> 慕效者類 多附託以各詠歌其所懷 顧予疲劣 少嘗有意學道 到今垂老 一
> 無所得 則慨然有反顧之嘆 且以心跡孤峭齟吾 恐終不能與世俯仰出入
> 方欲謝絶外交 居閑順適 以少償平素之願 依韻效體 略道終始 文詞荒劣
> 有不足計也

예전 동진 시절에 징사 도연명은 시대가 맞지 않아 벼슬을 그만 두고 시골로 돌
아가면서 「귀거래사」를 지어 자신의 뜻을 드러내었다. 그 이래로 「귀거래사」를 경
모하여 효빈한 사람들이 상당히 많아, 자기의 소회를 제각각 노래 불러 기탁하였다.
나의 疲鈍하고 용렬함을 돌아보노라니 젊어서 일찍이 도를 배움에 뜻을 두었으나,
지금 거의 늙어가는 이 마당에 하나도 얻은 것이 없으니, 개연히 반성하고 회고의

---

13) 『石牛 朴敏一 博士 華甲紀念 國語國文學論叢』(江原師大國語敎育科), 1997, 157~
    178쪽.
1) 『顏延之·陶徵士誅序』: 「有晋徵士 潯陽陶淵明 南嶽之幽居者也 (注)陶潛隱居 有
    詔禮 徵爲著作郞 不就 故謂徵士」

탄식을 갖게 된다. 또 마음과 행동이 마치 바위가 홀로 가파르게 우뚝 솟아 세상에
어울리지 못하고 트러져서, 끝내는 세상과는 俯仰出入할 수 없을까? 걱정이 된다.
대략 도를 읊어 보았으나 문사가 황렬하여 따져볼 거리가 못된다 하겠다.

1 歸去來兮!　　　　　　돌아가리라!
  唐虞已遠吾安歸　　　　堯舜時代가 이미 까마득히 머니 내 어디로 돌아갈
　　　　　　　　　　　　것인가?
2 固難隨俗而俯仰　　　　진실로 시속을 따라 俯仰出入하기 난감하나니,
  聊抗言而抒悲　　　　　애오라지 침묵하면서 슬픔을 펴노라.
3 曩余生之狂戀　　　　　예전 나의 인생은 도리에 어둡고 어리석어,
  指前武而高追　　　　　옛 성현을 지표로 삼아 높이 추구하였네,
4 惟誠求而道通　　　　　오직 誠과 道가 구해지고 통달되기를 생각하였고,
  昧古是而今非　　　　　옛 것이 옳고 지금 것이 틀리다고 착각하였네.
5 雜群芳以綴珮　　　　　뭇 芳草를 모아 패물로 하고,
  危余冠而褒衣2)　　　　 내 관을 높이 하고 褒衣博帶를 입고 띠고,
6 頤情志於載籍　　　　　정감과 의지를 서적에 몰입하여,
□ 慶賾玄而鉤微　　　　　깊고 오묘한 이치를 鉤索하였네.

7 守非物移　　　　　　　墨守하는 것은 물환성이에 맞지 않고,
  神不外奔　　　　　　　정신은 外情에 날뛰지 않노라.
8 睎賢齊軌3)　　　　　　 현인을 바라 궤도를 일탈하지 않았고,
  學聖入門　　　　　　　성인을 배워 문호에 들었네.
9 虛心忘物　　　　　　　마음을 비우고 사물을 잊고,
  道在師存　　　　　　　도가 있는 곳이 스승이 계신 곳.
10 自求善價4)　　　　　　스스로 좋은 값을 받으려 하면서,
  衆笑瓠樽　　　　　　　뭇사람들의 바가지 술잔을 비웃었노라.
11 雖多口5)而屢躓　　　　오직 말이 많았기에 자주 넘어졌는데도,

---

2) 『漢書・雋不疑傳』:「褒衣博帶 盛服至門上謁 (注)褒 大裾也 言著褒大之衣 廣博
   之帶也」
3) 『張衡・東京賦』:「憲先靈以齊軌 必三思以顧愆」
4) 『論語・子罕』:「子貢曰 有美玉於斯 韞匵而藏諸? 求善賈而沽諸? 子曰沽之哉! 沽
   之哉! 我待賈者也!」
5) 『孟子・盡心 下』:「貉稽曰 稽 大不理於口 孟子曰 無傷也 去憎玆多口 詩云 憂

豈疚心而靦顔	어이하여 꺼림하면서도 부끄러워하지 않았던가?
12 遵義路而勿失	의로운 길을 따르니 잃지 않을 것이며,
反仁宅而圖安	仁의 안택에 돌아왔으니 편안을 도모하리라.
13 不吾知其不慍	나를 알아주지 않더라도 성내지 않음이여,
恒下帷而掩關	항상 장막을 내리고 관문을 닫았도다.
14 悲年邁而力殫	세월은 흘러가고 능력은 쇠해감을 슬퍼하며,
每反照而靜觀	매양 返照하여 정관하노라.
15 旣白紛而無得	이미 백발이 성성한데도 얻음이 없음이여,
類弱喪6)而忘還	마치 길 잃은 어린아이와 같아서 돌아가지 못하네.
16 然初志之不悔	그러나 최초의 뜻에 후회없음이여.
② 徒延佇以盤桓	그저 멍청히 서서 바장이노라.
17 歸去來兮!	돌아가리라!
願辭謝乎朋遊7)	바라건대 친구들과의 교유를 사양하고 사절하리라.
18 顧省愆之不暇	허물 살핌에 겨를이 없었다고 생각함이여,
寧枉道8)而它求	어찌 도를 굽혀 달리 구하리오.
19 彼意氣之交換	저 意氣가 교대로 바뀜이여,
懼增累而重憂	累를 더하고 근심을 쌓을까 걱정이로다.
20 夫孰異道而相安	누가 行路를 달리 하면서 서로 편안하리오!
賈余趾乎田疇	나는 발꿈치를 밭두둑에 달릴 것이다.
21 葛巾藜杖	갈포 두건에 명아주 지팡이,
瓦缶玉舟	흙으로 만든 장군에 옥으로 만든 배.
22 樂栖情於閑曠9)	드넓고 조용한 곳에 마음 깃들어짐을 즐기며,
期畢命乎林丘	자연의 大地에 생을 마감하기로 기약하였네.
23 振春衣於高崗	높은 언덕에 봄나들이 옷을 떨치며,
濯塵纓於淸琉	맑은 흐름에 때묻은 갓끈을 씻으리라.
24 觀時物而察化	시시로 변하는 사물을 관찰하면서,

心悄悄 慍于群小 孔子也 肆不殄厥慍 亦不隕厥問 文王也」

6) 『莊子・齊物論』:「予惡乎知惡死之非弱喪而不知歸者也 (注)少而失其故居 名爲 弱喪 夫弱喪者 遂安於所在 而不知歸故鄕也」

7) 『後漢書・朱穆傳論』:「志抑朋游之私 遂著絶交之論」

8) 『論語・微子』:「枉道而事人 何必去父母之邦」

9) 『莊子・刻意』:「就藪澤 處閑曠 釣魚閒處」

③ 感生寄而死休[10]	생은 잠시의 寄寓요, 死는 본집으로 돌아감을 感得 하노라.
25 已矣乎!	끝났음이여!
學成業遂定何時	학업 이루어짐이 어느 때런가?
26 不管身後空名[11]留	사후의 空名 남김에 연연하지 않으면서도,
胡爲乎 半途欲廢之	어찌하여 중도에서 그만두려 하는가?
27 既往雖已矣	과거는 비록 끝난 것이로되,
將來猶可期	장래는 오히려 기약할 수 있는 것.
28 至寶成於彫琢	무상의 보배는 갈고 쪼아야 만들어지는 것,
嘉谷遂於耕耔	아름다운 골짜기는 갈고 김매야 이루어지는 법.
29 要溫故而知新	요컨대 옛 일을 익혀 새 것을 아는 것이니,
盍服禮而明詩[12]	어찌 禮記를 따르고 시경에 달통하려 않겠는가?
30 庶策勵以死已	채찍질하면서 면려하여 죽어서야 그만둘 것이니,
④ 無或猶豫以狐疑	或如라도 유예하거나 의심하지 말 것이로다.

『畸庵集』 권9에는 자기의 심회를 도에 의탁하여 읊은 「和陶辭」와 「續招」를 위시하여 賦 6篇이 수재되어 있으니, 屈原의 「招魂」과 「大招」를 효빈한 것이 「續招」이다.

권7의 오언고시 47수는 희유의 가편들이라 하겠다. 마치 도연명의 五古를 연상하게 된다. 특히 「感遇 14수 寄示持國」(持國은 谿谷 張維의 字)은 도연명 만년의 여러 작품들과 방불한 점이 많다. 노장의 초탈과 굴원의 울분이 뒤섞인 불우한 지식인의 심경이, 침착하면서도 熱腸을 감추지 못하는 가운데 表露되어 있다. 전고를 多用하고 있으나 苦澁하거나 지루하지는 않다.

---

10)『淮南子·精神訓』:「禹南省方濟于江 黃龍負舟 舟中之人 五色無主 寓乃熙笑而稱曰 我受命於天 竭力而勞萬民 生寄也 死歸也 何足以滑和 親龍猶蝘蜓 顏色不變」

11)『晋書·文苑·張翰傳』:「張翰任心自適 不求當世 或謂之曰 卿乃縱適一時 獨不爲身後名邪? 答曰 使我有身後名 不如卽時一杯酒」

12)『史岑·出師頌』:「允文允武 明詩悅禮」

　　도연명의　五古「責子」에　화운한「次陶靖節責子韻」을　보면,　자신의
심중을　표출하고　있는데　57세　작이다.　다음에　譯載하겠다.

衰病轉孤畸	늙고 병들고 더욱 외롭고 괴로워,
行世愧名實	행세함이 名實에 부끄러워라.
呻吟伏枕席	신음하면서 침석에 누워지내며,
久抛篋中筆	오래도록 집필을 버려두었네.
幽懷增鬱悒	깊은 회포에 우울증은 더 겹쳐,
顧影寡儔匹	그림자만 따를 뿐 친구도 적네.
簪纓本非願	고관대작은 본래 소원이 아니며,
棲遁苦無術	파묻혀 지내는 생활은 괴롭게도 재주가 없네.
委蛻能幾時	허물벗음이 그 몇 때이런가?
流年五十七	유수같은 光年 어느덧 쉰 일곱.
家業竟無託	가업은 마침내 기약이 없고,
念來祇憂栗	생각하면 그저 생활 걱정뿐.
棄置乘化去	버려진 이 몸이 죽어지면,
誰復記此物	누가 다시 이 사람을 기억하리오.

　　三癡이라는　자조적인　별호도　사용했던　畸庵　鄭弘溟은,　어려서　高陽의
龜峰山下에서　후진을　양성하였던　宋翼弼(1534～1599)에　從學하였고,　약관
에는　沙溪　金長生의　문에　나아가　易·近思錄　등을　배웠는데,　견해가　투
철하여　沙溪의　獎歎하는　바　되었다.　이　시기에　그는　經訓에　침잠하여
학업이　일진하였다.　또　月汀　尹根壽의　문에　출입하였는데,　月汀은　그를
애중하여　國士로　대접하였다.　愼獨齋　金集과　교유하여　언제나　그를　畏
友로　칭했다　한다.

　　1616년(광해 8)　문과에　급제하여　승문원에　예속되었으나,　奸黨의　모략
上啓로　削籍되었다.　鄭弘溟은　南歸(담양군 남면 지실[芝谷])하여　두문불출
하고　독서에　전심하였는데,　원근의　士子들이　많이　배우러　찾아　들었다.
이　시점이,　그의　30대　후반에서　40대　초반으로,　본「和陶辭」에　나오는
文面인 '悲年邁而力殫 旣白紛而無得' 등의　歎老의　구절로　보아,「和陶

辭」가 이 임시에 쓰여진 것은 아닐 것으로 사료된다.

인조반정(1623) 뒤에는 예문관 검열에 薦拜되어 그 해 수찬까지 올라갔다. 그 후 의정부사인·부제학(33년)·대사성·김제군수·참지대사성·수원부사·함양군수(43년)·대제학(46년)을 지냈다. 70 치사후 文貞으로 시호를 받았다. 사후 原從功으로 좌의정에 추증되었다.

畸庵은 天資가 고매하고 操履가 端確하였으며 두뇌가 淸晳하였다. 학문에 淵博과 정밀을 겸하여 제자백가를 淹貫하고 儒術에도 깊은 이해를 가지고 있었음은 본 「和陶辭」에서도 확연히 드러난다. 月汀 尹根壽의 誘掖을 받아 谿谷 張維와 더불어 고문에 힘써, 종래의 麗故를 답습하던 문장 풍격에 새 기풍을 끌어 들였다.

유학에 있어서는 牛溪 成渾과 沙溪 金長生의 학통을 계승하여, 張谿谷·月塘 姜碩期(1580~1643)와 더불어 先進高弟로 불리기까지 했으나, 일생을 불우하게 지냈다. 이 점은 이미 인조반정 때 양분된 西人가운데, 주로 집권층을 형성하였던 功西(勳西)는 집권과 동시에 다시 양분되었으니, 老壯을 중심으로 하는 老西(金瑬 등)와 少壯을 중심으로 한 少西이다. 少西는 畸庵 鄭弘溟을 위시한 李貴·羅萬甲·張維·李基祚·朴炡 등이다. 따라서 기암은 정이품직인 대제학에 승차되기도 했으나, 부침이 심했음을 알 수 있다.

그의 시에는 坎軻不遇의 되풀이 넋두리가 많은 것이 흠으로 지적되지만 일정한 수준을 지니고 있으며, 권10의 「漫述」은 72則에 달하는 漫錄으로 당시의 학술·문장·시사 등에 관한 견문과 소감을 잡록한 것이다.

다음으로 울진 현령·성균관 사예 등을 지닌 龍峰 黃益淸(1589.8.12~1659.6.20)의 원제 「次陶靖節歸去來辭」를 살펴 보겠다. 龍峰 황익청은 筮仕 30년에 비록 환도가 미달하여 下僚로 棲遲하였으나, 恬靜自持하며 隨俗俯仰을 수치로 여겼다. 黨議가 날로 격렬해짐을 보고 더욱 진취의 뜻을 끊고, 田廬에 樂居하였으며 만년에 謝事하고, 苗浦의 別墅로 歸隱

하여 愼獨齋라 편액을 걸고 自警의 뜻으로 삼았다고 文集 권3의 부록의
家狀에 적혀 있다.

1	歸去來兮!	돌아가리라!
	龍岑有家吾將歸	基川郡 南(경북 풍기(今入榮州)) 大龍山에 있는 고향 집으로.
2	歲云暯矣多風雪	한 해가 저무는 세밑이라 雪寒風이 몰아치는데,
	撫頹齡而心悲	노령을 헤아려보며 마음 슬퍼하노라.
3	嗟行己之不諒	아아! 처신이 미쁘지 못했음이여,
	悔前愆而曷追	이전의 허물을 뉘우치나 어찌 따라 잡으리오.
4	縱親懿1)之離合	비록 친족간이 이합집산 되더라도,
	奈吾道之將非	어찌 一以貫之의 吾道가 잘못될 수 있으랴?
5	瞻浮雲而起思	뜬 구름을 바라보며 생각을 일으켜,
	佇浩然2)而拂衣	간절한 마음으로 옷깃을 떨쳐 돌아가노라.
6	緬肥遯3)之高躅	욕심없이 세상을 피한 높은 자취를 그리워하면서,
①	倬見幾而識微	뚜렷하게 機微를 알음알이로 알아차렸네.
7	不俟終日	하루 종일 기다릴 것도 없이,
	脂轄4)迅奔	바퀴에 기름 치고 비녀장 질러 빨리 달리리라.
8	因樹芒碭5)	樹幹에 의지하여 은거지를 마련하고,
	築室鹿門	방덕공과 같이 녹문산에 방을 꾸미리라.
9	豹隱6)斑成	표범은 비올 때 몸을 숨겨야 무늬털을 보존하고,
	龍蟄身存	용은 칩거해야 일신을 보존하나니.

---

1) 『謝莊・月賦』:「親懿莫從 羇孤遞進 (注)善曰 親懿 懿親也 左傳 富辰曰 兄弟雖有小忿 不廢親懿 杜預曰 懿 美也 向曰 言親近懿戚皆不相從」
2) 『孟子・公孫丑 下』:「夫出晝 而王不予追也 予然後浩然有歸志 (集注)浩然 如水之流不可止也」
3) 『易經・天山遯・上九』:「肥遯 无不利」
4) 『詩經・邶風・泉水』:「載脂載舝 還車言邁」
5) 『史記・高祖紀』:「秦始皇帝常曰 東南有天子氣 於是 因東游以厭之 高祖卽自疑 亡匿隱於芒碭澤巖石之間 (注)應邵曰 二縣之界 有山澤之固 故隱於其間也」
6) 『資暇錄』:「豹性潔 雪雨霜霧 伏而不出 慮汚其身 列女傳云 南山有文豹 霧雨七日而不食者 欲以澤其毛衣而成文章 小謝詩云 雖無玄豹隱南山 姿終豹隱南山霧」

10 茗雪[7]烟月	茗溪・雪溪의 아지랑이 속의 달,
剡溪[8]琴樽	剡溪의 거문고와 술.
11 引薪歌之延瀨	蘇門선생이 延瀨에서 놀 때 樵夫의 노래를 튕기고,
唱芝曲之商顏[9]	상산사호가 상안에서 부르던 「採芝操」를 노래하리라.
12 被羊裘[10]而永貞	양피 갓옷을 입고 낚시질하면서 永貞하면 吉하리라.
御下澤[11]而終安	바퀴통이 짧은 수레를 몰고 종신토록 편안하리라.
13 宣挽鹿而返鄉	仲宣이 사슴을 끌고 고향으로 돌아가듯,
聃策牛而出關	老子가 소를 몰고 함곡관을 떠나듯이.
14 超群迷之胥溺	迷妄의 대중들이 모두 빠져 헤매는 것을 초월하여,
索衆妙於達觀	묘리의 근원을 달관에서 찾으리라.
15 紛捿谷而枕山	골짜기에 둥지 틀고 산을 배게 삼아,
遂長往而不還	영원히 떠나 돌아오지 않으리라.
16 勞招隱於小山[12]	淮南小山의 招隱士를 외우리라.
② 撫叢桂而盤桓	叢生한 계수를 어루만지며 서성이리라.

---

7) 『太平寰宇記』:「自浮玉山曰茗溪 自銅峴山曰前溪 自天目山 曰餘不溪 自德淸縣 前北流至州南興國寺 曰宵溪 凡四水合爲雪溪 東北流四十里入太湖」

8) 『孔雅珪・北山移文』:「聞鳳吹於洛浦 値薪歌於延瀨 (注)向曰 蘇門先生游於延瀨 見一人採薪 謂之曰 子以終此乎 採薪人曰 云云 遂爲歌二章而去」

9) 『樂府詩集・琴曲歌辭・採芝操』:「琴集曰 採芝操 四皓所作也 古今歌錄曰 商山 四皓隱居 高祖聘之 四皓不甘 仰天歎而作歌曰 皓天嗟嗟 深谷逶迤 樹木莫莫 高 山崔嵬 巖居冗處 以爲帳茵 曄曄紫芝 可以療飢 唐虞往矣 吾當安歸」

10) 『後漢書・嚴光傳』:「嚴光 字子陵 一名遵 會稽餘姚人也 少有高名 與光武同遊 學 及光武卽位 光乃變名姓 隱身不見 帝思其賢 乃令以物色訪之 後齊國上言 有一男子 披羊裘釣澤中 帝疑其光云云 後人名其釣處 爲嚴陵瀨焉」

11) 『後漢書・馬援傳』:「乘下澤車 御款段馬 鄉里稱善人 斯可矣 (注)周禮曰 車人爲 車 行澤者 欲短轂」『三才圖會・下澤車』:「下澤車 田間任載車也 云云 今俗謂 之板轂車」

12) 『楚辭・招隱士序』:「淮南小山之所作也 昔淮南王安 博雅好古 招懷天下俊偉之 士 自八公之徒 咸慕其德 而歸其仁 各竭才智 著作篇章 分造辭賦 以類相從 故 或稱小山 或稱大山 其義猶詩有小雅大雅也 小山之徒 閔傷屈原 又怪其文 昇天 乘雲 役使百神 似若仙者 雖身沈沒 名德顯聞 與隱處山澤無異 故作招隱士之賦 以章其志也」

17	歸去來兮!	돌아가리라!
	願與子而同遊	그대와 더불어 함께 놀기를 바라노라.
18	徵友道之伐木	友道를 징계하는 쩡쩡 나무 베는 소리,
	相彼鳥而猶求[13]	저 새들을 봐도 벗을 찾는 소리를 내거늘,
19	苟德隣之是依	진실로 德有隣에 의지하여,
	處窮僻而何憂	궁벽한 곳에 살더라도 무엇을 걱정하리.
20	固知耦耕之可樂	避世之士인 장저·걸익의 즐거움을 진실로 알기에,
	闢數頃之荒疇	몇 이랑의 묵정밭을 일구리라.
21	度陌越川	밭두둑을 넘고 내를 건너감에,
	乃杖乃舟	지팡이 짚고 馬上伊를 타리로다.
22	恒荷鋤而帶月	항상 호미메고 새벽에 나가 달빛 띄우고 돌아오리니,
	寧費錢而買邱[14]	차라리 돈을 들여 丘山을 사리로다.
23	篘薄醪而解渴	막걸리를 걸러 갈증을 풀고,
	或班坐而臨流	짐차를 타고 물가에도 가보리라.
24	烹鷄豚而聚懽	닭과 돼지를 잡아 모여 즐기고,
③	趁役車之其休[15]	일없는 농한기를 맞이하리라.
25	已矣乎!	끝났음이여!
	人生富貴須何時	인간의 일생에서 부귀할 때가 얼마라고.
26	泌水衡門可淹留	샘물 넘쳐 흐르는 오두막집은 오래 머무를 만하니,
	胡爲乎 營營何所之	어찌하여 바삐 서둘러 가는 곳이 어디냐?
27	藜藿[16]眞吾分	명아주잎과 콩잎이 진정코 나의 분수요,
	文繡[17]非素期	높은 벼슬은 평소부터의 바람이 아니었네.
28	緣南畝而畢命	南畝에 인연을 두고 생을 마칠 것이니,

---

13) 『詩經·小雅·伐木』：「伐木丁丁　鳥鳴嚶嚶　出自幽谷　遷于喬木　嚶其鳴矣　求其友聲　相彼鳥矣　猶求友聲　矧伊人矣　不求友生　神之聽之　終和且平」

14) 『雲溪友議』：「匡廬載符山人　遣三尺童子　齎數幅文書　乞買山錢百萬」

15) 『詩經·唐風·蟋蟀』：「蟋蟀在堂　役車其休　今我不樂　日月其慆」

16) 『韓非子·五蠹』：「堯之王天下也　茅茨不剪　采椽不斲　糲粢之食　藜藿之羹　冬日麑裘　夏日葛衣　雖監門之服養　不虧於此也　(注)藜藿　賤菜　布衣之所食」

17) 『孟子·告子·上·趙孟之所貴章』：「趙孟之所貴　趙孟能賤之　詩云　旣醉以酒　旣飽以德　言飽乎仁義也　所以不願人之膏粱之味也　令聞廣譽施於身　所以不願人之文繡也」

但春耕而夏籽	그저 봄에는 밭갈고 여름에는 김매리라.
29　遵家法之任公[18]	非田畜所生은 不衣食이라는 任公의 가법을 따르고,
鑑徵則於豳詩	빈풍 七月詩[19]의 農家月令歌를 거울 삼으리라.
30　永矢心而弗渝	길이 길이 마음에 맹세하여 변하지 않을 것이니,
④　焉用龜策以決疑	어찌 占卜으로 의심을 풀리오.

玄孫 黃錫中이 쓴 家狀에 따르면 公의 자는 應叔이며 昌原人이다. 9대조이신 黃石奇(?~1364)는 여말의 문하시랑동평장사로 檜山府院君에 봉해졌고, 시호는 恭僖이시다. 문장과 사업이 모두 國乘(高麗史)에 실려 있다. 대대로 知平州事, 大興縣監 등을 지내시다가, 副司正을 지내신 6대조 黃智軒의 형 安岳군수 義軒(?~1454: 世宗 24. 1442 文科.)에 이르러, 1453年(계유정난)에 안평대군 瑢의 일파로 몰려 사형되었다. 공의 집안이 坐廢되었다가, 網解됨에 踰嶺而南하여 榮川군 서쪽 可興里 梨峴에 卜居하였으니, 梨峴(배오개)은 漢城의 예전에 살던 坊名을 따서 지은 것이다.

그 후 隱不仕의 2대를 거쳐, 공의 증조이신 龜巖 黃孝恭(1496~1553)에 이르러, 書壯官으로 行明(1523) 奉列大夫 守사간원사간 겸춘추관편수관을 지내시고, 退陶 이황 선생과 道義交를 맺었으며 葛菴 李先生은 묘비명을 지으셨으며 榮州에 은거 하였다. 父親이신 黃彦柱(1553~1632)는 蔭補로 선무랑 전옥서주부로 있다가, 未幾하여「南歸曲」을 지어 見志하고 귀전리하여 호를 農皐라 하고, 基州군 남쪽 大龍山으로 이거하였다. 모친은 순흥인으로 文成公 安裕의 후손인 형조참의 安胤金의 따님이다.

公은 임란 3년 전인 1589년에 龍山里第에서 태어났다. 주부공인 부친에게 배우다가 교분이 있는 당시 풍기군수인 蒼石 李埈(1560~1635)에게

---

18)『史記·129』:「任公 漢宣曲人 其先爲督運倉吏 楚漢相距滎陽 豪傑金玉 盡歸任氏 任氏以此起富 折節爲力田 善富數世 然任公家約 非田畜所生不衣食 公事不畢 不得飮酒食肉 故富而主上重之」
19) 이 시는 豳나라 농민의 세시 생활의 모양과 田家의 정경을 노래한 것이다.

執經往從하였다. 蒼石은 1601년에「和陶辭」를 쓴 바 있음은 이미 언급한 바 있다. 1624년(인조 2, 36세)에 中進士, 1630년 登乙科一人及第, 是年秋 權知成均館學諭, 1640년(52세) 병조좌랑 겸승문원검교 秋移戶曹兼春秋館記事官, 1642년 除蔚珍縣令이었으나 以祿不及養으로 泫然流涕하였다 한다.

그의 관직 생활은 民事에 다음을 다하여 誠信으로 임했다 한다. 丁亥年(1647)에 因事罷歸. 1651년 전남도사, 1653년 예조정랑, 1654년 성균관사예, 1656년 授通禮院相禮를 끝으로 1659년 향년 71세로 타계하여 용산 남쪽 二里許인 儉巖에 묻혔다.

그는 仕宦 30년에 하료로 일관했으며, 당시 제학이었던 雪峰 姜栢年(1603~1681)은 '每稱公無競進意'라 하였다 하며, 洛中(서울)에서 입춘일에 쓴 詩中 '夜夜不禁猿鶴夢 靑雲人是白雲人'은 은거의 뜻이 반영된 것이라 하겠다.

공은 만년 辭歸했던 茁浦의 별서에 있는 신독재에 계시다가, 용산 舊里와는 상거가 5리나 되어 伯仲氏와 朝夕怡愉할 수 없음을 한하여, 드디어 小室을 축조하여 龍峰齋라 하고 만년을 즐겼다. 형제의 두터운 우애를 상징하는 산앵도나무가 華美하게 만발할 때는(棣萼[20]聯輝 一時艶焉) 眞率會의 고사[21]에 따라 伯仲氏들과 葛山諸老가 花鳥月夕에 文酒로 서로 만나 즐겼으니, 鶴沙 金應祖(1587~1667: 1623 文科,「山中錄」 저술.)도 그 중 일인이었다.

그런데 본「和陶辭」와 꼭 같다고 할 수밖에 없는 작품이 여항문인인 浣巖 鄭來僑(1681~1757)의「次歸去來辭」이다. 몇몇 句에 글자의 출입이 조금 있을 뿐이다. 우선 表로 작성하여 대조하려 한다.

---

20)『詩經・小雅・常棣』:「常棣之華 鄂不韡韡 凡今之人 莫如兄弟 (箋)承華者曰鄂 不 當作拊 拊 鄂足也 得華之光明 則韡韡然 興者 喩弟以敬事兄 兄以榮覆弟 恩義之顯」

21)『宋史・范純仁傳』:「提擧西京留守司御史臺時 耆賢多在洛 純仁及司馬光皆好客而家貧 相約爲眞率會 脫粟一飯 酒數行 洛中以爲勝事」

句	龍峰 黃益淸	浣巖 鄭來僑	備 考
1句	**龍岑**有家吾將歸	**江湖**有家吾將歸	龍岑은 '榮州의 大龍山', 江湖는 '自然'이란 汎稱
2句	歲云**暝矣**多風雪	歲云**暮矣**多風雪	暝와 暮는 同音同義
8句	**築室**鹿門	**盡室**鹿門	築室은 '집을 짓고', 盡室은 '家財全部를 가지고'
11句	引薪歌**之**延瀨	引薪歌**於**延瀨	之는 冠形格, 於는 處所格
11句	唱芝曲**之**商顔	唱芝曲**於**商顔	之는 冠形格, 於는 處所格
12句	**被**羊裘而永貞	**披**羊裘而永貞	被와 披는 '옷을 입는다'의 뜻으로 같음
14句	超群迷**之**胥溺	超群迷**於**胥溺	之는 冠形格, 於는 處所格
14句	**索**衆妙於達觀	**輸**衆妙於達觀	索은 '찾는다', 輸는 '다한다'는 뜻임
15句	紛**捷**谷而枕山	紛**棲**谷而枕山	捷와 棲는 同音同義
23句	篘薄醪而**解渴**	篘薄醪而**解劬**	解渴은 '渴症을 풀고', 解劬는 '피로를 풀고'
29句	遵**家法之**任公	遵**家約於**任公	家法之는 '家法은', 家約於는 '家法은 …를'
29句	**鑑**徽則於豳詩	**鏡**徽則於豳詩	鑑과 鏡은 '거울로 삼아'로 같은 뜻임

  上記表와 같이 12문구에 거의 의미상의 차이가 없는 다른 漢字로 바꿔놓았을 뿐, 나머지 문구는 완전히 동일하다. 따라서 두 작품은 不謀而同 또는 偶合은 아니고, 어느 쪽이 어느 「和陶辭」를 환골탈태가 아닌 표절하였다고 하겠다.

  그러나 본인은 龍峰이나 浣巖 자신이 직접 몇몇 글자를 대치하여 자신의 작품으로 변조하였다고 여겨지지는 않는다. 그 이유는 龍峰 黃益淸과 浣巖 鄭來僑는 近一世紀의 차가 있으면서도, 사후 즉시 문집발간이 이루어진 것이 아니고 필사본으로 전해져 오다가, 『완암집』은 영조 41년인 1765년 사도세자의 장인으로 유명한 영의정 洪鳳漢(1713~1778)의 주선으로, 전라감영에서 간행하였다고 서문에 기록되어 있다.

  鄭來僑는 원래 홍봉한의 서문에서 지적하였듯이, 출신은 비록 한미한 士人이었으나, 시문에 특히 뛰어난 재능이 있어 당대 사대부들의 추중을 받던 인물이엇다. 柳下 洪世泰(1653~1725)의 계통을 이은 浣巖은 金天澤의 「청구영언서」를 쓰기도 하면서, 『해동가요』의 金壽長 등과 함께 조선 후기 예원의 한 이채였으며, 시품 역시 비범한 데가 있었다.

李宜叔은 서문에서 그의 시는 疏宕하면서도 演漾한 특징이 있으며, 또 때로는 燕趙의 이른바 '悲憤慷慨之士'들의 기개도 엿보이며, 이같은 품격은 문에서도 마찬가지로, '詩與文 一出於天機'라고 평하고 있다. 官僚 지상 사회였던 당시에, 현관을 역임한 바도 없이, 또 문벌의 배경도 없이 이 정도의 찬사를 받기란 쉬운 일이 아니라고 여겨진다.

『완암집』 권4 文中의 6편의 傳은 최근 한문학계의 주목을 받고 있는데, 火災가 일자 神主를 구하다가 燒死한 효부의 전기인 「吳孝婦傳」, 옥중에 갇힌 부친을 구해낸 효녀 얘기인 「翠梅傳」, 名樂士였던 「金聖基傳」, 서울 북촌에 살던 豪俠漢 「林俊元傳」, 疔疽 치료의 명수였던 「白太醫傳」, 蓮潭 金鳴國에 관한 몇 가지 일화를 담은 「畵師 金鳴國傳」이다. 그 중 「임준원전」은 널리 소개된[22] 바 있다.

한편 黃益淸의 문집인 『용봉선생문집』은 10대손 永祖의 後識와 傍裔孫 永紹와 石人 丁泰鎭(1903~1952)의 跋文과 柳東濬의 謹序를 받아, 일제하인 을해년 1935년에 목판 3권 1책으로 간행된 것이다. 후손에 의한 유고 간행시 확인하지 못한 채 또는 타인의 작품을 선조의 것인 양 변조시켜 집어넣은 것인지, 본인으로서는 더 이상의 천착은 피하겠다. 아무튼 黃益淸의 「차도정절귀거래사」와 鄭來僑의 「차귀거래사」는 어느 한 쪽이 같은 뜻의 漢字 몇 개만 바꿔, 선대의 작품으로 한 표절임은 명백하다.

후손들의 발문을 통하여 龍峰의 遺稿 수습 경위를 보면, 여러 조각이 난 斷爛之餘者가 散在巾箱한 지 거의 3백 년이 지나, 塵煤蠹飾으로 거의 판독할 수 없을 정도였다 한다. 그리고 공이 三朝를 歷事하면서 고루 당화를 겪었으나, 정도를 걸었기에 결함이 없이 綽綽有餘하셨음은 이제

---

22) 朴熙秉 : 「조선후기 민간의 유협숭상과 유협전의 성립」(『한국한문학연구』 9・10합집, 1987) 301~352쪽.

귀거래 일편으로 알아 볼 수 있다[23]면서, 선조의 작품임을 강변하였다.

　다음으로, 2편의 「和陶辭」를 쓴 영의정　象村　申欽(1566~1628)을 살펴
본 바 있는데, 그의 아들인　東江　申翊全(1605~1660)도 「和陶辭」를 썼다.
後述할　東陽尉　東翊聖의　第四子인　申最(1619~1658)도 「和陶辭」를 남겼
는데, 春沼　申最는　象村의 손자가 되며　申翊全의 조카가 된다. 따라서
三代가 같은 주제로 「和陶辭」라는 패러다임을 쓴 특이한 사례임을 미리
밝혀둔다. 나아가　韓末에　承旨였던　心堂　申應善(1834~?)도 「和陶辭」를
남겼다. 心堂은　東江의　8代孫이며, 그의 스승이셨던　蘿隱　李章贊(1794~
1860)도 「和陶辭」를 남겼으니　淵源이 매우 깊다. 後述할 것이다.

　본 「和陶辭」는　1645년 겨울, 그의 나이　41세 때　光州 부사로 나가는
도상에서 「귀거래사」에　寓懷한 작품이다. 그가 우회한 것은　尋明排滿의
情과 붕당의　弊와　大局에 대한 몰인식으로 인한 국가의　艱難에 부친 개
탄이다. 역시 용납되지 않는 자신에 대한 울분의　表露라 하겠다. 제작의
동기가 되는　並序부터 살펴 보겠다.

　　乙酉仲冬　余有出宰光山之役　馬上忽憶淵明歸去來辭　感而和之　寔以
寓懷　匪關效響云爾

　　1645년 을유(仁祖 23, 당 41세)　11월, 나는　光山으로　出宰의 길에 올랐다.
마상에서 문득 도정절의 「귀거래사」가 떠올라 느낀 바 있어 이에 화운하게 되었다.
이것은 진실로 회포를 붙인 것인지 결코 본떠 지은 것은 아니라 하노라.

1	歸去來兮!		돌아가리라!
	乘茲五馬將焉歸		外職인 太守가 되어 장차 어디로 가려는고?
2	如摛埴[1]之無相		마치 장님이 지팡이로 길을 찾듯 어이없이,
	撫身名而堪悲		一身을 어루만지며 못내 슬퍼하노라.

---

23) 「公　歷事三朝　備經黨禍　而咸以正無缺　綽綽有裕　今於歸去來一篇　可見矣」
1) 『法言·修身』 : 「摛埴索途　冥行而已　(注)埴　土也　盲人以杖摛地而求道」

3	佪淳熙其旣逝	大明天地(남송 淳熙연간 : 1174~1189로 諱했음)는 까마득히 사라졌으나,
	佩訓謨猶可追	큰 가르침을 마음에 두고 오히려 追躡하노라.
4	憶稚齡之蛾術[2]	어릴 적 성현의 길을 배워 익혀 대성할 것을 기약할 것을 다짐하던 시절을 생각하면,
	矢寡過於知非	맹세코 잘못을 알았다기 보다는 허물이 적었다 여기네.
5	質菲薄其難化	바탕이 변변치 못하여 바꿔지기 어려움이여,
	慨未遂乎初衣	仕宦前의 이상을 이루지 못함이 안타까워라.
6	遵功令[3]而隨衆	場屋之文을 준봉하며 무리를 따라 다녔음이여,
□	奈所學之日微	배운 것이 날로 미미해짐을 어찌 하리오.
7	荏苒凉燠	추위와 더위가 갈마들어,
	星歲其奔	세월은 덧없이 흘러가나니,
8	云余奏策	나에게 奏文과 對策을,
	于彼金門	저 藝文館에 올리라고 하였었네.
9	紆靑拖紫[5]	조복으로 나서는 고위고관들은,
	榮利攸存	영광과 이록이 있는 곳.
10	璞[6]喪以制	璞玉은 切磋琢磨에 의하여 만들어지고,
	木災而樽	목재는 쇠붙이를 받어 술통이 되나니,
11	羌束帶而立朝[7]	아아, 관을 쓰고 띠를 맨 조복으로 입조함에,
	幾跼影而靦顔	거의 跼蹐된 그림자만으로 부끄러워 붉혔던 얼굴.

2) 『禮・學記』：「蛾子時術之 (孫希旦集解)術 學也 蚍蜉之子 時時學術蚍蜉之所爲 則能成大垤爲學之功 由始學以至於大成 雖非一蹴所能幾 然爲之以漸 而亦無不可至也」

3) 『漢書・儒林傳序』：「文學掌故 補郡屬備員 請著功令 (注)師古曰 新立此條 請以著於功令 功令篇名 若今選擧令」

4) 『潘岳・悼亡詩』：「荏苒冬春謝 寒暑忽流易 (注)善曰 荏苒 猶漸也 冉冉 歲月流貌也」

5) 『揚雄・解嘲』：「紆靑拖紫 朱丹其轂 (注)善曰 東觀漢記曰 印綬 漢制公侯紫綬 九卿靑綬 紆 帶也 拖 服也」

6) 『孟子・梁惠王 下』：「今有璞玉於此 雖萬鎰 必使玉人彫琢之 (集注)璞 玉之在石中者」

7) 『論語・公冶長』：「赤也何如 子曰 赤也 束帶立於朝 可使與賓客言也 不知其仁也」

12 際風塵之多警　　　때는 풍진이 계속 이는 시절,
　　痛邦家之殄安　　　나라의 안위가 걱정됨에 통곡하노라.
13 伊薛公8)之魁然　　　저 위대한 趙나라 薛公도,
　　尙被拘於函關　　　오히려 함곡관에서 잡혔었지,
14 矧事變之糾纏　　　하물며 事變이 서로 얽혀 있음에.
　　孰先幾而大觀　　　누가 기미가 일기 전에 대세를 볼 수 있을까?
15 嘻頹波之汨汨　　　아아! 꺼지는 물결이 힘없이 흐르더라도,
　　緊東注以不還　　　아아! 동쪽으로 흘러들면 다시 오지 않는 것을.
16 抱麟經9)而沈思　　　춘추좌씨전을 쓸어안고 깊이 생각하노니,
　　② 宜聖筆之襃桓　　　춘추필법으로 환공을 襃揚함은 마땅하도다.

17 歸去來兮!　　　　돌아감이여!
　　願輕擧而遠遊　　　가볍게 차리고 원유하기를 바라노라.
18 玄圃㳛10)以空闊　　　仙界의 세계는 넓고도 공활하니,
　　捨斯道而何求　　　儒道를 버리고 무엇을 구하리오.
19 期謇謇而匪躬11)　　　곧은 말로 충성을 기약함은 일신의 이해를 돌아봄이
　　　　　　　　　　아니며,

　　欲少紓乎主憂　　　군왕의 근심을 조금 덜어드리려 했었네.
20 衆皆競進而好朋　　　뭇사람 모두 앞을 다투어 파당짓기를 좋아하며,
　　昧道王於箕疇　　　홍범구주에는 어둡나니.
21 太行12)摧車　　　　태항산을 넘다가 수레를 부러뜨린 꼴,
　　瞿塘覆舟　　　　구당협을 건너다 배를 엎는 꼴.

---

8) (薛公)：「戰國趙人 隱於賣漿家 魏公子無忌客於趙 欲見之 匿不肯見 無忌聞所在 乃間步往從之游 與毛公俱爲無忌所重 秦以無忌在趙 日夜出兵伐魏 魏王使還無忌 無忌不可 薛公與毛公諫無忌 因歸魏爲上將軍 諸侯聞之 咸來救魏 因大敗秦軍」
9) 『故事成語考·文事』：「孔子作春秋 因獲麟而絶筆 故曰麟經」
10) 『水經·河水注』：「崑崙之山三級 下曰樊洞 一名 板洞 二曰玄圃 又懸圃 一名閬風 上曰層城 一名天庭」
11) 『易經·蹇』：「(六二)王臣蹇蹇 匪躬之故」『風俗通·正失』：「忠蹇匪躬 盡誠事國」
12) 『讀史方輿紀要·河南·名山』：「太行山 一名五行山 … 在懷慶府城北二十里 按 山西澤州南界 羊腸險道在焉 述征記 首始河內北至幽州 凡百嶺 連亘十三州之 界 有八陘」

22 見險止之稱智[13]　　위험한 것을 보고 멈추는 것이 智者라 일컫나니,
　　趾擬賁於林丘[14]　　발걸음을 林丘로 달릴 것이다.
23 時反顧而永懷　　때때로 돌아보며 영원히 은퇴할 것을 생각하니,
　　泫余涕之橫流　　나는 그만 눈물이 걷잡을 수 없이 흐르노라.
24 稽前修之逸迹　　옛 성현들의 뛰어난 자취를 상고하니,
③ 惟一行與一休　　한번 벼슬길에 나갔다가 한번은 歸休하는 법이었네.

25 已矣乎!　　끝났음이여!
　　太上避世次避地[15]　　가장 좋은 것은 난세를 피하는 것이고, 그 다음이 어려운 처지를 피하는 것.
26 軏躅[16]雖殊皆莫留　　멍에막이와 발자취는 비록 다르더라도 아무도 막지는 못하리라.!

　　胡爲乎 營營若失之　　어찌하여 무엇을 잃은 듯이 營營하는가?
27 其去固靡追　　과거는 진실로 어쩔 수 없는 것이요,
　　其來有如期　　미래는 기약할 수 있을 듯.
28 伊天植[17]之根我　　저 마음이란 나에게 뿌리를 두는 것이니,
　　宜日耘而日耔　　마땅히 날마다 밭갈고 김매리라.
29 旣允執之載書　　允執厥中은 서경에 적혀 있는 것이요,
　　亦母邪之詠詩　　또한 思無邪의 시경을 읊을 것이다.
30 寧不敏而可已　　어찌 불민한 내가 그만 둘 수 있으랴?
④ 庶致工於無疑　　바라건대 樂夫天命의 의미에 힘쓰리라.

東江 申翊全(1605.8.3~1660.2.27)은 宣祖의 사위이며, 斥和五臣의 일인으로 「糠慨有大節文章成一家」라던 樂全堂 申翊聖(1588~1644)의 아우가 되며, 한문사대가의 한 분인 象村 申欽의 아들로, 모친은 절도사 淸江

---

13) 『易經·蹇卦象辭』:「蹇 難也 險在前也 見險而能止 知矣哉 蹇利西南 往得中也」
14) 『易經·山火賁』:「賁 亨 小利有攸往 (初九)賁其趾 舍車而徒」
15) 『論語·憲問』:「子曰 賢者辟世 其次辟地 其次辟色 其次辟言 子曰 作者七人矣」
16) 『論語·爲政』:「大車無輗 小車無軏 其何以行之哉 (集解)包咸曰 軏者 轅端上曲 鉤衡」
17) 『管子·版法』:「凡將立事 正彼天植 (注)解云 天植者 心也 心者天之所以命人植 立萬事 故名曰天植」

李濟臣(1536~1584)의 따님이었다. 한성부 서부 養生坊에서 태어나 광해군의 계축무옥(1613) 때 文貞公도 被逮되어 放歸田里됨에 공이 따라가 侍側하였는데, 沙溪 김장생(1548~1631)이 마침 내방함에 出拜之하니, 이 때 공의 나이 겨우 열 살이었다. 대부인께서 몸소 소세시키고 훈계하기를 '김공은 일대의 사표시니 너는 마땅히 공경하여 섬김에 소홀함이 없도록 하라.'하심에 삼가 受敎함과 應對함이 성인과 같아 遠到있을 것을 알았다 한다. 이로부터 항상 반드시 整衣危坐하고 講讀不怠하여 文義가 大進하였다 한다.

1620년 인조의 장인이 되시는 國舅 漢原 부원군 悟隱 趙昌遠(1583~1646: 趙存性의 아들이며 趙啓遠의 형임)의 장녀에 장가들어, 안팎이 왕실과 긴밀한 연관을 맺었다. 이 때 이미 공은 군서를 博涉하고 예원에 游刃하였으나, 昏朝를 맞아 赴擧에 絶意하고, 오직 飾躬居業을 낙으로 삼았다. 인조반정 후 1626년 가을에 병과에 뽑혔으나, 文貞公이 文衡을 잡았던 시절이라 榜罷되었다.

1636년 찬성 竹泉 李德泂(1566~1645: 1596 文科. 申湜의 사위)이 學行人으로 추천하여 齋郎이 되고, 이 해 겨울에 별시 병과에 뽑혔고, 이듬해 槐院에 피선되고 이어 검열·대교·봉교로 승차되었다. 1638년 성균관전적·사간원정언·병조좌랑·사헌부지평·홍문관부수찬, 1639년 홍문관교리·지제교·사간원헌납·부교리로 재직중 서장관에 차출되어 使行하였다. 1641년 세자시강원문학으로 瀋陽에 들어가게 되어 있었으나, 훼방하는 자들이 있어 성사되지 않았고, 오히려 遠貶擯棄荒裔되었다. 공의 出塵之想은 이런 가운데 형성되어 갔다.

1642년 명나라와 밀무역을 하다가 청나나에 잡혀 용골대의 심문에 이어 처형을 받게 된 宣川부사 鳴皐 李烓(1603~1642: 1621 文科)가 구명책으로 공이 서장관으로 朝天하면서, 遲川 崔鳴吉(1586~1647)과 더불어 기자묘에 제사를 올린 것을 고발하여 목숨을 건지려고 한 사건이 있었으며, 1643년 선전관·부수찬·교리로 승차되고, 이듬해에 의정부사인·홍문관부응교·직강·사간원사간·부교리겸세자시강원필선·부응교가 되었다.

1645년 봄에 舍人을 除拜하고, 4월에 봉림대군(후의 孝宗)의 형인 소현세자(1612~1645)가 의문의 죽음을 하자, 春坊諸僚와 더불어 上章하여 朞服을 행하게 하고 墓所도감에 차출되었다. 竣事服命後 부교리가 되었다가, 겨울에 光州목사로 出宰하였다. 一州之任을 배수받고 나아가면서 쓴 작품이 바로 본고의 대당인 「和陶辭」인 것이다.

1648년 瓜滿으로 승정원동부승지로 체직, 형조참의·병조참지, 이듬해 좌부승지·우승지·도승지, 1651년 동지춘추관사로 『인조실록』 參修, 한성부우윤이 되고, 그 후로 예조참판·송도유수 좌윤을 지내다, 1660년 2월에 56세를 일기로 타계하였다.

그는 앞서 언급한 바와 같이 1639년 서장관으로 연행하였고, 이 사행 건으로 平丘로 유배되었다. 한 때 청의 미움을 받아 잡혀가기도 했으며, 후에 부사로 연경에 다녀오기도 했다. 관직 생활로 일생을 보냈다 하겠으며, 공무 이외에는 오직 독서에 몰두하였고, 특히 『주역』을 좋아하여 그것을 읽는 것을 인생의 지락으로 삼았다. 宮禁과의 連婚·소현태자의 홍서로 미묘한 입장에 놓여 위태로운 경우를 많이 당했으나, 그는 忠信으로 自守하여 끝내 超然自保할 수 있었다.

그는 시문에도 勤勵하였는데, 澤堂은 매우 높이 평가하였다. 五古 「述往」은 千字의 장편으로, 그의 유년시절부터 병자·정축호란 후 降胡受辱하는 시기에 이르는 동안의 경력을 감개를 붙여서 쓴 것이다.

「觀燕人幻戱效謝自然詩」는 그가 연행시에 구경했던 요술꾼이 피우는 여러 가지 기이한 재주를 쓴 연희시이다. 권2 五古로 「次陶令擬古作」이 收載되어 있는데, 陶詩 「擬古九首」 중 제8수에 화운한 것으로 그의 심중을 이해하기에 좋은 자료가 된다.

別錄 「密陽志」는 공이 1652년 밀양부사시 찬술한 것으로, 지방지 연구의 한 자료가 될 것이며, 형님인 東陽尉 申翊聖의 『樂全堂歸田錄』은

1637년 향리에 은퇴한 이후에 지은 것인데, 東江의 「古體百韻」에 대해
차운한 오언배율은 구절마다 주를 달아 이해를 돕고 있을 뿐아니라, 당
시 平山 門中을 알기에 족한 자료라 하겠다.

　다음으로 開谷 李爾松(1598.7.7~1665.9.7)의 원제 「次歸去來辭」를 살펴
보려 한다. 이 작품은 귀거래의 의지보다는 도연명의 사람됨에 심취하였
으며, 그의 시세계에 몰입되어 '樂夫天命'의 인생관을 자기의 것으로 삼
으려는 자세가 엿보인다.

1	余嘗窺古人之逸蹟	내 일찍이 고인들의 훌륭한 자취를 살펴보면서,
	深韙夫彭澤令之言歸	팽택령의 歸去來를 내심 옳다고 여겼네.
2	先生晉室之世臣	靖節선생은 진나라 왕실의 대대로 이어 내린 世臣으로,
	寄奴1)天地兮身世堪悲	劉裕의 천지가 됨에 이르러 슬프지 않았으랴!
3	柴桑之三逕欲荒	柴桑 마을의 삼경이 황폐된다 하면서,
	勇退一身兮誰能追	일신을 용감하게 빠져 나왔으니 뉘 능히 따르랴.
4	山妻稚子之飢不足	촌스런 아내와 어린 자식들이 굶주려 배고픔에,
	恤五斗折腰兮有是非	五斗米折腰를 긍휼히 여겨 시비가 있었도다.
5	思舊棲之悅目	옛 터전이 눈에 아물거려,
	慕新浴之振衣	新沐者 必彈冠 新浴者 必振衣를 사모하노라.
6	連白屋於白雲	초가집이 흰 구름 떠 흐르는 아래 연이어 있고,
□	接翠柳於翠微	푸른 버들이 산허리를 뻗어 이었네.
7	下有鷄犬之相將	산 아래로 닭과 개가 서로 잘 지내고,
	上有麋鹿之來奔	산 위로는 고라니와 사슴이 뛰놀고,
8	不相猜於平日	서로 평소에도 시기하지 않아,
	曾有契於衡門	일찍이 오막살이에 契合이 있었나니.
9	山有鳥兮目寓	산새가 우짖는 것을 눈여겨보며,
	架有書兮道存	시렁 위의 책을 보며 도를 지키련다.

---

1)『宋書·武帝紀』:「高祖武皇帝 諱裕 字德興 小名寄奴」

10 兒盈蝸室　　　　　　　아이들이 좁은 방에 그들먹하고,
　　酒溢匏樽　　　　　　　술은 바가지 술잔에 넘치네.
11 聊可慰心　　　　　　　그런대로 마음을 위무하니,
　　俱我歡顔　　　　　　　온통 나의 얼굴엔 기쁨이로다.
12 旣迷道之脫危　　　　　이미 사리에 미혹되어 길을 잘못들어 위험한 것을
　　　　　　　　　　　　　벗어나,
　　欣靜界之就安　　　　염정의 세계에서 안온을 이루어 기뻐하노라.
13 園成趣之可樂　　　　　정원 거닐음이 취미가 되니 즐거움이요,
　　瓢屢空之非關　　　　단표가 자주 비어도 관계하지 않으리라.
14 寄揖遜於退懷　　　　　揖遜을 退懷에 붙이고,
　　洞古今於冥觀　　　　博古通今을 冥觀으로 꿰뚫으리라.
15 時曖曖其將罷2)　　　　날이 어두어둑해지면,
　　結幽蘭而催還　　　　그윽한 난초를 묶어 바삐 돌아오리라.
16 雲烟3)輸於紙筆　　　　구름과 연기인양 지필을 휘두르고,
　② 松菊供於盤桓　　　　소나무와 국화 사이로 왔다갔다 하리라.

17 嗟有道世莫知之　　　　아아! 도가 있으나 세상에 알아줄 사람 없음이여!
　　疇可與乎同遊　　　　뉘와 더불어 함께 놀 수 있으리요?
18 環堵中自有至趣　　　　조그만 오막살이에서 자연 지극한 취미가 있으니,
　　鴻冥冥兮無所求　　　기러기가 먼 하늘로 날아가면 사냥꾼도 잡을 수 없
　　　　　　　　　　　　　느니라.
19 諒不忮而不求4)　　　　진실로 남을 해치지 않고 탐하지 않는 까닭에,
　　故無疚而無憂　　　　꺼림할 것도 없고 근심걱정도 없으리라.
20 窮亦樂於聞道　　　　　곤궁함에도 도를 듣는 것에 즐거워하며,
　　勞不憚於服疇　　　　노역이 힘들더라도 경작함에 꺼리지 않으리라.
21 三尺短筇　　　　　　　한 자 남짓한 짧은 지팡이 짚고,
　　一葉輕舟　　　　　　　일엽편주 가벼운 배를 띄우고,
22 犁鋤俶載5)　　　　　　쟁기질 호미질로 南畝에서 일을 시작하리라.

---

2) 『楚辭·離騷』:「時曖曖其將罷兮 結幽蘭而延佇 世混濁而不分兮 好蔽美而嫉妬」
3) 『杜甫·飮中八仙歌』:「張旭三盃草聖傳 脫帽露頂王公前 揮毫落地如雲烟」
4) 『詩經·邶風·雄雉』:「百爾君子 不知德行 不忮不求 何用不臧」
5) 『詩經·小雅·大田』:「大田多稼 旣種旣戒 旣備乃事 以我覃耜 俶載南畝 播厥百

某田某邱	某田 某邱에서.
23 歸去來兮誰爭子所	돌아왔음이여! 뉘 그대가 은거한 곳을 시비하리.
一般箕潁之淸流	온통 기산영수 같은 맑은 흐름이여.
24 東皐之白日彌光	동쪽 언덕의 태양은 더욱 빛나고,
③ 北窓之淸風不休	북창의 맑은 바람은 쉬임없이 불어오리라.

25 想高義於千秋	천추에 빛날 높으신 節義를 생각하면서,
恨不得乎同時	같은 때에 태어나지 못하였음을 한하노라.
26 寂白駒於空谷	흰 망아지가 저 깊은 골자기에서 조용하니,
誰縶之而維之6)	누가 이를 붙잡아 맬 것인가?
27 誠茲道之可樂	진실로 이 같은 道는 즐거운 것이니,
孰庶幾於心期	누군들 심중에 기약하여 바라지 않으리오?
28 紛紛叔世之儒林	어지러운 말세의 유림으로,
舍其田而耘且籽	대대로 내려온 밭에 살면서 밭갈고 김매리라.
29 縱九原之難作7)	비록 한 번 돌아가신 그 분을 다시 살릴 수는 없더라도,
曷不誦其辭而讀其詩	어찌 陶辭와 陶詩를 읽지 않으리오.
30 樂天命之一語	天命을 즐긴다는 그 한 마디 말씀은,
④ 質鬼神而無疑	귀신에게 물어보아도 의심할 것 없도다.

『西澗世稿』8)은 眞城(眞寶) 이씨 일문의 傳存 문집을 합집한 영인본인데, 첫 卷은 다섯 분의 文集이 실려 있으니, 鶴川 李逢春(1542~1625: 1576 文科), 鶴川의 從孫이며 본 「和陶辭」를 쓰신 開谷 李爾松, 개곡의 재종질인 景玉齋 李簹(1629~1710), 경옥재의 손자인 白雲齋 李廷藎(1685~1738), 백운재의 재종형제가 되는 近仁堂 李宜泰(1701~1779)로, 해제는 李東歡 교수가 집필하였다.

穀」
6)『詩經·小雅·白駒』:「皎皎白駒 在彼空谷 … 縶之維之 以永今朝 …」
7)『禮記·檀弓·下』:「趙文子與叔譽觀乎九原 文子曰 死者如可作也 吾誰與歸」
　『蘇軾·故李誠之侍制六丈挽詞』:「九原不可作 千古有餘悲」
8)『西澗世稿』(서간세고간행회, 서울 마포 연남동, 1982.12.20)

開谷 李爾松은 자 壽翁, 진성인으로 8대조되시는 부사 李楨은 퇴계 이황선생의 증조가 되신다. 이정공께서 아홉 자녀를 두셔 문호가 大昌하였는데, 遇陽·哲孫·壎으로 이어진 후 四傳하여 공의 고조이신 군자감 직장 李漢에 이르러, 안동의 周村(현 안동군 와룡면 주하동: 진성 이씨가 그 본관지 진보에서 여말에 밀직부사 李碩을 시조로 안동으로 옮겨와 정착한 곳)에서 갈려 나와, 西澗(현 와룡면 서지동)에 터를 잡아 일가를 일으켰다.

中시조인 李漢이 퇴계선생에게는 삼종질이 되는 분이다. 이 분의 후손들이 안동·의성 일대에 번연해 살면서 眞李의 한 파계로 성장해 왔는데, 이 파문에서 英·正代의 后山先生 諱 宗洙를 위시하여, 대대로 文士學人이 끊이지 않았다.

이와 같은 가문에서 開谷 李爾松은 1598년 7월 7일 奉列大夫 行종묘서직장 李義遵을 부친으로, 山陰현감으로 나중 이조참판에 증직된 悠然堂 金大賢(1553~1602: 牛溪門人, 아들 다섯이 모두 登科 함)의 따님을 모친으로 하여 태어났다. 공은 외삼촌인 鶴峰 金誠一(1538~1593)의 外甥이 되는 忘窩 金榮祖(1577~1648)와 鶴沙 金應祖(1587~1667) 형제분들에게 훈도를 받았다. 특히 鶴沙로부터 받은 바가 많았던 것으로 보인다.

공은 자질 기량이며 士子로서의 포부가 녹록치 않았으나, 공이 진출하던 인조반정 이후의 중앙 정국은 점차 영남 사림에게는 이롭지 않은 방향으로 추이되어 가던 시대라, 결국 仕路에서의 施行에는 所期를 이루지 못했다. 인조 13년(1635) 38세에 문과 별시에 장원으로 올랐으나 성균관의 전적·직강 등 말직, 예조와 병조의 낭관을 지내다가, 1639년 朝議로 장차 공을 兩司에 引入하려 했으나, 시기하는 자의 훼방으로 성사되지 않고, 1640년 佐湖南幕 兼帶春秋館記注官, 함평·풍기군수 등의 외직으로 저회하다가, 효종 4년 56세 때의 친상을 계기로 仕進을 단념하고, 낙동강 상류 靑城山下에 洛皋草堂을 짓고 終老之計로 삼았다.

그는 이 곳에 각종 화훼를 심고 좌우에 도서를 두고 佳辰勝節에 빈붕과 더불어 음시명주로 즐겼으니, 그 초연함이 簪組人이 아닌 듯 하였다 한다. 바로 이 시절인 1650년대에 「和陶辭」를 쓰신 듯하다. 棄官 귀향한 후 한가롭게 지낸지 거의 12년(處閒將一紀)이 되는 현종 6년(1655)에, 예빈시정에 임명되어 사은숙배차 서울에 올라 왔다가 그 해 9월 7일 京邸에서 病卒하였으니, 향년 68세였다. 의성군 일직현 서쪽 菊谷에 모셨다.

그의 재종질이 되는 景玉齋 이보가 쓴 행장에 보면 평생 勢利에 동하지 않고, 趨時에 졸렬하여 비록 낭서에 遭廻했으나 한번도 咽門에 投跡한 적이 없었으며, 문장은 平暢紆餘하여 깊이 韓愈와 歐陽脩의 門戶를 터득하여, 당시 대제학인 湖洲 蔡裕後(1599~1660: 1623 壯元)가 말하기를 '내가 문한을 잡았다는 것이 부끄럽다. 시 또한 충담전아하여 조탁을 가하지 않았으면서도 그 맛이 유연하고 그 법도가 삼연하다고 극찬하였다.' 한다.

아무튼 공의 경세의욕은 남달리 강했던 것 같다. 이런 점에서 장원급제 뒤 4년 42세 때 斑白 二毛之年을 맞아 감회를 읊은 「感二毛賦」(卷3)가 당신의 속내를 들어낸다. 병자호란을 겪은 뒤 公私 도탄에 빠진 나라 형편을 배경으로 자신의 포부를 다시 확인하면서, 불혹을 넘어서도 아직 하료의 열에 머뭇거리고 있는 자신의 관인으로서의 지위의 한계를 아파한 이 글에서 공은 '士子가 이 세상에 태어남이 어찌 우연이랴! 포부인 즉 크게 하여 그 뜻을 펴, 임금은 요순같은 임금, 백성은 요순 때의 백성으로 有爲함이 이와 같아야지'라고 하였다.

이밖에 詩什에서도 이런 생각을 피력한 작품이 여럿인데, 가령 「漫詠」(卷1)에서는 '조정에 중간 정도의 계책도 없음을 안 지가 오래나니, 누가 믿어주랴, 훌륭한 구도가 이 下流에 있음을'이라고 읊었다. 경세의 방향에 대해서는 따로 기술한 바가 없어 잘 알 수는 없으나, 위의 賦中 한 대목과 공이 평생토록 學庸을 정신적 의거처로 삼았다는 점에서 시사받는다면, 그것은 기본적으로 그 앞 시대에 확립된 士林派의 정치 사상을 계승한 것일 것이다.

공의 이러한 경세의식의 행동적 면모를 전해주는 단편들이 「請停構亭

楣於苑內疏」[9]와 詩「新燕識舊巢」와 같은 글들이다. 전자는 인조 21년에 內奴들만으로 궁원에 새로 정자를 지으려는 왕의 계획을 일개 낭관의 신분으로 감연히 저지했던 疏이고, 후자는 문신 月課로 쓴 시인데, 당시 서울에 호화저택이 늘어나고 있음을 풍자한 내용의 것이다. 이 시기에 특히 인조반정 훈척들의 호화주택이 늘어나고 있었음을 상기할 필요가 있다. 공은 가뭄에 민간의 궁핍을 걱정하여 심지어 그 사돈인 崇禎(大明) 處士 瓢隱 金是榲(1598~1669)에게까지 검약을 권고한 적이 있었다.

공의 경세의식은 그러나 당시의 정국 추이로는 좌절할 수밖에 없었다. 여기에서 仕路에의 회의와 산림에의 회귀의식이 진작에 깃들게 되어「和左太沖招隱」과「和郭京純遊山」과 같은 力作 長詩가 지어졌다. 전자에서 공은 '창피스럽다 풍진객이여, 몸이 관복 치장에 얽매여 있구나! / 벼슬 바다엔 풍파도 많고, 세상 길엔 가시나무도 많으니', 후자에서는 '우습다 塵世中의 아이여, 평생이 서글프구나! / 나래 들어 구름 위로 날을 것이요, 발길 떨쳐 멀리 노닐 것이로다.'라고 하였다.

그리하여「途中詠澗松」의 시로 '몇 년이나 외딴 골짝에 의지해 있었나? 너 쓰일 곳은 명당 짓기에 합당한데. / 可惜타 때가 옴이 늦어, 부질없이 길손으로 하여금 상심케 하는구나? / 天心은 작정해 놓은 바 있을 터, 늙도록 어찌 끝내 감춰질라고.'라고 자신을 계곡의 巨松에 自況하기도 했다가, 마침내 '開谷山人 머리 이미 희였구나, 어찌하여 塵世에서 부질없이 부침하고 있단 말인가?'라고 자조하기에 이르렀다.

끝부분인「知足吟」은 長詩로, 安分知足 여생을 산림에서 樂道로 優遊하리라고 하였다. 본「和陶辭」는 아마도 公의 晚年 정신의 경지를 대변한 것으로 생각된다.

---

9)『權瑎撰・墓碣銘並序』:「…其在南宮 上將於後苑 營別殿 重動民 命只役內奴 公上疏言 宮室寧不足 而必增構耶 內奴亦民也 不宜偏勞 辭甚切直 上嘉納之 朝議韙之』『開谷先生遺集』(권 5 附錄)

4.2. 孝宗~顯宗

　이 시기의 작품으로는 1653년에 쓰여진 市南 俞棨(1607~1664)의 원제 「次陶歸去來辭」를 살펴보려 한다. 俞棨의 생애는 安鍾和가 曾纂한 『國朝人物志』 3에 얼마간 기재[1]되어 있으며, 『시남집』을 해제한 朴性鳳 교수가 문집의 체재와 내용 및 생애에 대하여 자세히 해설[2]해 놓았다. 國末인 순종 융희 3년(1909)에 안종화 曾纂인 『國朝人物志』는 李家源의 『李朝名人列傳』에 韓譯[3]되어 있어 참고하였으며, 林川의 七山서원장판인 『시남선생연보』를 살펴 좀더 보완하면 다음과 같다.

　市南 俞棨의 자는 武仲, 기계인이다. 沙溪 金長生의 문인으로 성리학에 밝았고, 특히 예악과 사학에 정통하여 당대에 이름이 높았으며, 송시열·송준길·윤선거·李惟泰 등과 더불어 충청산림 오현으로 합칭되었던 인물이다. 조부 巖玉軒 大儆(1551~1612)은 1591년에 별시로 급제(蒼石 李埈과 同榜)하여, 정언·지평·수안군수를 역임하였고, 부 養曾은 예빈시 참봉을 지낸 분이며, 모는 참판 直谷 南以信(1562~1635: 1590 文科. 장원은 동생인 南以恭이며, 仙源·月沙와 同榜임)의 따님이다.

　市南은 1607년(선조 40) 2월 水原 西村에서 南以信의 아들 斗瞻의 사위인 俞養曾의 셋째로 태어났다. 1630년(인조 8) 진사과에 합격하고, 1633년 식년 문과로 승문원에 나아갔다. 그러나 그의 관직은 처음부터 순탄하지 못하였다. 1636년 병자호란 당시 시강원 설서였던 그는 淸陰 金尙憲(1570~1652)과 함께 척화를 주장하다가, 이듬해 화의가 이루어지자 척화죄로 충남 林川(현 부여군 임천면)에 유배되었다. 비록 3년 후에 放還되었으나, 정치에 뜻을 잃은 그는 벼슬을 단념하고, 금산 마하산하에 서실을 卜築하고 학문에만 전념하였다.

---

1) 廣陵 安鍾和 士應 曾纂 : 『國朝人物志 3』(隆熙 3년 3월 인쇄) 128~129쪽.
2) 朴性鳳 : 「시남집 해제」(여강출판사, 1986) 1~6쪽.
3) 李家源 : 「효종조, 1219, 유계」: 『李朝名人列傳』(을유문화사, 1965) 734~735쪽.

당시 동문인 우암 송시열은 沃川, 동춘당 송준길은 懷德, 이유태와 윤선거는 錦山에 은둔하고 있었는데, 兪棨는 이들과 서신을 주고받으며 학문을 논하고, 또 서로 왕래하며 자주 會講하였다. 한편 임천 유배시에 편찬한 『家禮集解』를 중수하여 『家禮源流』라 개명하였다.

1644년(인조 22)에 注書로 다시 관직 생활을 시작하여 務安현감을 거쳐 홍문관 부수찬에 올랐으며, 1649년 인조가 승하하자 예론에 밝은 그는 왕의 염습 절차를 상소하여 제도화하였다. 그러나 이어 인조의 묘호를 정할 적에 '祖'를 반대하고 '宗'을 주장하다가 효종의 노여움을 사서 온성과 영월에 유배되는 곤욕을 치루었다.

1652년 解配되었으며 다시 향리로 돌아와 학문 연구를 계속하여 저술에만 힘을 기울였다. 원제 「次陶歸去來辭」는 계사년(1653년)작이니, 바로 이 때의 작품으로 그의 年齒 47세 때이다. 효종 4년인 이 해는 헨드릭 하멜 일행이 제주도 大靜읍에 표착한 때이기도 하다.

그러다가 1657년 송시열·송준길의 천거로 시강원 문학에 등용되고, 성균관 사예·승정원 부승지 등을 거쳐 홍문관 부제학에 올랐다. 이 해에 효종이 禮陟(승하)하시고 趙대비의 상복문제가 일어나자 兪棨는 송시열의 2년설을 지지하고, 尹白湖 鑴·許眉叟 穆 등의 3년설을 물리쳤다. 西人으로서의 정치 활동은 이 때부터 본격화되었으며, 특히 孤山 尹善道가 大老의 2년설을 반박하는 상소를 올렸을 때, 당시 부제학이었던 그는 윤선도의 소를 불태워 버리고 그를 遠地로 귀양보내게 하였으며, 이어 權諰·허목·趙絅 등이 孤山을 구원하고 나섰을 때에도, 우암을 비호하고 이들을 파직 좌천시키는 등 송시열黨의 전위 역할을 담당하였다.

1660년 우암이 반대당의 탄핵으로 정계에서 물러난 뒤에도, 市南은 대사헌·이조참판 등을 역임하여 송준길과 더불어 서인의 영수 역할을 하였다. 1664년 병으로 사직하고 향리로 돌아온 그는 마침내 57세를 일기로 城南 竹洞에서 세상을 떠났다. 좌찬성에 추증되고 文忠의 시호(勤學好問曰文 事君盡節曰忠)을 받았으며, 林川의 七山書院, 務安의 松林書院, 穩

城의 忠谷書院에 배향되었다. 이제 市南 兪棨의 「和陶辭」를 살펴 보겠
다.

1	歸去來兮!	돌아가리라!
	一身萬里今始歸	만리 밖에 있던 一身이 이제서야 돌아가는구나!
2	旣自當死而獲生	이미 죽음의 길에서 삶을 얻은 몸이니,
	良可慰而奚悲	진실로 自慰만이 있을 뿐, 어찌 슬퍼하랴.
3	曩余志之愚妄	이전의 내 뜻이 어리석고 허망했도다.
	謂古人其可追	고인들은 따라잡을 수 있음을 말하였지.
4	惟東西之莫辨	생각하면 동서조차 분변하지 못했으니,
	又惡知夫是非	또한 어찌 저 是와 非를 알았으랴?
5	嗟懷線之瑣陋	아아! 좀스럽고 변변치 못한 능력으로,
	豈望補於舜衣	어찌 순임금의 옷 기워보기를 바라랴?
6	徒冥行而速戾	그저 밤길을 도와 속히 鄕里에 이르러,
①	懃罪重而身微	죄의 막중함과 一身의 미천함을 부끄러워 하리라.
7	氷河雪嶺	얼음잡힌 河水, 눈덮인 고개를 넘어,
	葉飄蓬奔	나부끼는 잎새처럼, 흩날리는 쑥대처럼.
8	俄霑天霈	이윽고 쏟아지는 빗물에 흠뻑 젖어,
	生入鬼門	살아서 鬼門에 들어섰다.
9	南山弊廬	남산의 오두막집,
	待我尙存	나를 기다리며 상기도 남아 있었구나!
10	滿地江湖	땅에 가득한 대자연의 흥취,
	再浮大樽	다시금 큰 술통을 띄우노라.
11	掬滄浪之淸波	滄浪의 맑은 물결을 움켜서,
	洗十年之塵顔	10년 간 티끌에 찌든 얼굴을 씻노라.
12	任鷦巢而鼴飮	굴뚝새는 한 가지에 집을 짓고, 두더지는 한 모금의 물로 배를 채우는 법,
	欣自足而自安	기꺼이 스스로 만족하고 스스로 安分知足하리라.
13	竹蕭森而敲窓	다북하게 쭉뻗은 대나무가지는 창을 두드리고,
	松偃蹇以當關	우뚝한 낙락장송은 문 앞에 뻗어 있네.
14	滋蘭菊而托懷	난초와 국화를 기르면서 회포를 풀고,

閱霜露而靜觀	서리와 이슬을 밟으며 관조의 세계에 드노라.
15 穿三逕而行散	세 군데로 길을 만들어 거닐고 쉬면서,
時伴影而獨還	때로는 그림자를 벗하여 홀로 돌아오리라.
16 邀魚鳥而主盟4)	물고기와 새들을 맞이하여 會盟을 관장하면서,
② 擬事功5)於文桓	애써 이룬 공을 제환공과 진문공에 比擬하노라.
17 歸去來兮!	돌아왔음이여!
聊卒歲而優遊	애오라지 생을 마치도록 優遊度日하리라.
18 旣忘情於榮瘁	이미 영욕에는 뜻을 잃었나니,
復何心於忮求	억하심정으로 다시 해치고 탐욕을 부리리오.
19 殘書足以洗心	읽다 그만둔 책으로 마음을 씻으며,
濁醪足以銷憂	탁배기로도 충분히 우수 사려를 끌 수 있네.
20 親朋招我以幽期	친한 벗님네 花鳥月夕 좋은 날 나를 초대하고,
或論易而探疇	더러는 周易을 논하며, 洪範九疇(書經)를 探討하리라.
21 談餘邁往	이야기를 나눈 뒤에 산보길에 오르리라.
以筇以舟	지팡이에 의지하며, 때로는 뱃길로 오르내리며,
22 瞻四野之莽莽	사방 들녘의 경관을 바라보면서,
寓遐想於九丘	멀리 八索九丘(墳典)에 상념을 부치노라.
23 感物變之無窮	만물은 끝없는 流轉임을 느끼면서,
悲逝川之長流	강물의 한없는 흐름에 서글퍼 하노라(川上之嘆).
24 怊相對而忘言	愁愁로이 서로 대하고는 言說을 잃고,
③ 終慨然而歸休	결국은 失心하여 귀가길에 오르노라.
25 已矣乎!	다 끝났도다!
萬物成虧各有時	세상 만물의 성패와 虧盈은 제각기 때가 있는 법.
26 何戚而去何喜留	삶과 죽음의 길이 어찌 슬픔과 기쁨이랴!
胡爲乎 役役身殉之	무엇 때문에 心力을 기울여 이 몸을 경영하리?
27 懷哉五柳子	그리워라! 五柳선생이여!

---

4) 『左傳·襄·9』: 「知武子謂獻子曰 我實不德 而要人以盟 豈禮也哉 非禮何以主盟 姑盟而退」
5) 『孟子·滕文公 下·疏』: 「所作未成 則謂之事 事之成 則謂之功」

千載我心期	천년전의 그 마음이 오늘의 나의 마음.
28 送浮榮於塵垢	헛된 영화는 진세의 먼지 속에 派送해 버리고,
寄生涯於耕耔	나의 생애를 밭갈이에 부치리라.
29 溯曠世而執袂	오랜 세월을 거슬러 올라가 靖節선생의 옷깃을 잡으며,
把遺編而和詩	남기신 작품을 완미하며 화운하노라.
30 同眞遇於朝暮	진정한 만남이 朝朝暮暮의 정과 같으니,
④ 古人先獲余何疑	陶淵明 가신 길이 내가 가고 싶은 길이니 무슨 의심이 있으랴?

　市南의 「和陶辭」는 47세 때인 효종 4년(癸巳)작이다. 기술한 바와 같이 인조의 묘호 문제로 효종의 진노를 사, 효종대왕 원년인 선생 44세 시 4월에 竄穩城 尋蒙宥還하고, 10월에 有拿處之 命因配穩城되었으며, 임진년 8월에 築室於郡東山下하였고 12월에 放歸田里되어 5년간 향리에 머물렀다. 卜居한 郡東山下는 임천군으로 지금의 부여군 임천면의 東山 기슭을 말함이요, 林川의 先兆下에 사셨다 한다.

　상술한 「和陶辭」에도 보이듯이 시남선생의 도연명에 대한 연모심은 가히 千年尙友라 할 수 있을 정도임을 알 수 있으며, 다른 작품으로 「화도시」 20章이 있으니, 도정절의 벗을 그리워하는 4언시 「停雲(먹장구름)」에 화운하여, 畏友인 윤선거(1610~1669)에게 보낸 「次陶停雲寄尹吉甫」 4수와, 늦봄에 혼자 노니는 4언시 「時運(계절의 운행)」에 차운한 「次陶時運」 4수, 「榮木(무궁화)」에 차운한 「次陶榮木」 4수, 「贈丁柴桑韻(정시상에게 보내는 답시)」에 차운하여 棄棄齋 尹衡聖(1608~1676: 1662 文科)에게 보낸 「次陶贈丁柴桑韻贈尹景任」 2수, 그리고 우암선생의 방문을 받고 헤어진 후에 그 친절하신 말씀을 이기지 못하는 정으로, 陶의 「答龐參軍」에 차운하여 보내면서 화답을 구한 「宋英甫時烈見枉旣別不勝睠言之情次陶答龐參軍韻却寄求和」 6수, 도합 4언시 20수가 수록되어 있다.

　그의 독립된 저술로는 『麗史提綱·家禮源流·江居問答』이라고 우암이 쓴 비명에 적혀 있는데, 『麗史提綱』은 高麗史를 朱子의 『通鑑綱目』

체제에 따라 편찬한 史書로 23卷 23冊으로 요령 있게 줄인 것이다.

다음으로 성균관의 말직인 학유·전적·사예 등을 역임하고, 기장현감·강진현감을 지냈던 存養齋 宋挺濂(1612.2.29~1684)이 원제「擬歸去來辭」를 살펴보려 한다. 병서는 없이 乙未作이라 하였으니, 효종 6년인 1655년으로 그의 연치 44세시 작품이다. 이 때 그는 前 해인 甲午(1654) 式年試에 文科(霽月堂 宋奎濂과 同榜)하여 서울에서 발령 대기 상태에 있을 시절에 해당된다.

당시에 불현듯 귀거래의 思念이 일었던 듯, 「和李子正韻」이란 시에서 다음과 같이 적고 있다.

斗覺羈懷歲暮多	홀연 나그네로 몇 번의 세밑을 보내면서,
獨依孤枕是誰家	홀로 외로운 배게를 안고 이집저집 다녔음을 깨달았네.
故園何日山窓下	그 어느날 고향집 산창 아래에서,
靜對寒梅一樹花	조용히 한 그루 寒梅花를 대할 수 있을까?

1	歸去來兮!	돌아가거라!
	禁城雖樂不如歸	서울이 비록 즐겁다 하나 돌아감만 못하도다.
2	慨染迹於風塵	풍진 세상에 물든 자취를 개탄하면서,
	忽反顧而自悲	문득 되돌아보면서 스스로 비감에 젖노라.
3	昔余約于中心	예전에 나는 마음속 깊이 약속하였지.
	謂古人之必可追	옛 성현들을 반드시 섬기고 따라 모시리라고.
4	汨孟晋而迨群[1]	힘껏 용왕매진하여 군소배들을 앞지르고,
	忘世道之日非	世道가 날로 어그러짐을 잊으려 하였지.
5	將五色之綵線	오색 비단실로,
	期一補於袞衣	곤룡포를 한 번 기워보려 하였지.
6	奈圓鑿而方枘[2]	둥근 구멍에 네모진 자루를 끼워 박은 꼴을 어쩔

---

1)『班固·幽通賦』:「盍孟晋以迨群兮 辰儵忽其不再 (注)善曰 孟 勉也 晋 進也」
2)『史記·孟軻傳』:「持方枘欲內圓鑿 其能入乎」

	것인가?
① 空志大而才微	부질없이 뜻만 컸지 재주가 미약한 것을 ….
7 我僕旣戒	家奴가 출발 준비를 알리고,
我馬旣奔	내 말도 이미 힝힝 거리는구나.
8 興言出宿	흥에 겨워 숙소를 나서,
出自北門	대궐문을 떠났도다.
9 結綬影纓	인끈을 묶어차고 갓끈을 치렁거리는 것은,
非我思存	나는 생각조차 하지 않노라.
10 我斟我酒	스스로 나에게 잔질하고,
野蔌山尊	들녘의 푸성귀 山나물이 안주로세.
11 夥風月之賞心	청풍명월이 자주 欣賞하는 마음을 일으키고,
喜峰巒之怡顔	운봉충만이 주름살을 펴게함을 즐거워하노라.
12 悔萬里之鵬搏3)	붕새가 되어 구만리 장천을 날아오르려함을 후회하면서,
依一枝之鷦安	굴뚝새가 한 가지에 편안함을 따르리라.
13 雲余裳而霞佩	구름은 나의 의상이요, 노을은 허리띠.
石余室而松關	석굴은 나의 집이요, 소나무는 빗장.
14 潛靜處而冥思	조용한 곳에 묻혀 깊이 생각하니,
悟達士之大觀	達士의 大觀을 깨닫겠구나!
15 閱人事之多舛	인사가 크게 어긋쳐짐을 자주 보았나니,
必天道之好還	반드시 天道가 옳게 돌아오리라.
16 付得失於亡羊	臧과 穀이 양을 잃기는 마찬가지,
② 撫世故而盤桓	세상사를 음미하면서 서성거리노라.
17 歸去來兮!	돌아왔음이여!
聊卒歲而優遊	애오라지 생을 마치도록 우유도일하리라.
18 諒昔人之至樂	진실로 옛사람의 지극한 즐거움이,
實先獲於我求	사실은 내가 바라던 것을 먼저 이루었네.
19 亦簞瓢而可堪	簞食瓢飮도 견딜 만한 것이니,

---

3) 『莊子·逍遙遊』:「諧之言曰 鵬之徙於南冥也 水擊三千里 搏扶搖而上者九萬里
(釋文) 搏 司馬云 飛而上也」

	豈貧賤之足憂	어찌 빈천함을 걱정하리오?
20	披陳編而翫心	묵은 책편들을 펴 內心을 완미하고,
	繹三謨4)與九疇	상서의 三謨와 홍범구주를 연역해 보리라.
21	浩天雲5)之無邊	끝없이 뻗어 높이 흐르는 구름,
	泳聖涯而方舟6)	거룩한 물가에서 헤엄치고 배를 나란히 해 건너가리라.
22	叩玄旨之微妙	미묘한 깊은 뜻을 擊叩하여,
	溯閩洛而尼丘	공자와 程朱이 유학을 溯考하리라.
23	勤矗矗而不息	부지런히 그리고 쉬임없이,
	悟道體於川流7)	道의 본체를 끝없이 나아가는 小德川流에서 깨달으리라.
24	指聖域而靡及	성인의 경지를 지향하면서도 미치지 못함이여,
③	吾將死而後休	내 장차 죽고나서야 그만 둘 것이다.
25	已矣乎!	끝났음이여!
	功名事業摠浮雲	공명도 사업도 모두 뜬구름이나니,
26	何用塵寰久淹留	어찌하여 풍진 세상에 오래 머물를 수 있으랴?
	胡爲乎 坎坎且來之	무엇 때문에 힘들여 또다시 올가보냐?
27	已呼祈孔賓8)	이미 祈嘉의 清貧好學에 호응하였고,
	且從榮啓期	또한 榮啓期의 三樂(爲人·爲男·壽)을 따르리라.
28	羞折腰於斗米	오두미에 折腰함을 부끄럽게 여겨,
	好食力於耘耔	힘껏 농사지어 내 힘으로 사는 것이 좋으리라.
29	時乘興而寄懷	때로 흥겨움이 일면 회포를 부치고,
	或置酒而陳詩	더러는 술잔치를 열고 시를 지으리라.
30	自知明而信篤	스스로 明明德을 알며 信實하며 돈독할 것이니,

---

4) 『明史·宋濂傳』:「尙書二典三謨(大禹謨·皐陶謨·益稷之合稱) 帝王大經大法畢具」

5) 『謝靈運·述祖德詩』:「達人貴自我 高情屬天雲 (注)善曰 天雲 言高也」

6) 『莊子·山木』:「方舟而濟於河 (注)方舟 竝兩舟也」

7) 『中庸·30장』:「萬物並育而不相害 道並行而不相悖 小德川流 大德敦化 此天地之所以爲大也」

8) [祈嘉]:「晉 酒泉人 字孔賓 清貧好學 博通經史 後被徵爲儒林祭酒 敎授不倦 弟子獨拜牀下者二千餘人」

④ 肯向巫咸[9]更稽疑   神巫인 季咸을 찾아가 다시 한번 의심나는 것을
                      점쳐 보리라.

存養齋 宋挺濂은 광해 4년 嘉樹縣(현 합천) 북쪽 역평리第에서 태어났다. 3살 때 世居之地인 幷木里로 돌아와, 林谷 林眞怤(1586~1657: 瞻慕堂 芸의 후손)가 계신 龍巖書院에서 수학하였는데, 龍巖書院은 南冥 曺植 선생의 妥靈之所로 '敬義' 2자로 동서 齋額을 삼아 종지로 삼은 곳이다. 17세에 良襄公 金嶠(1428~1480)의 후손인 善山 김씨를 취함에 장인인 호군공 金瑛이 甥館이 된 송정렴을, 宋人 劉安世(司馬光의 弟子로 諫議大夫) 얻음에 비의하였다 한다.

공은 이어 桐溪 鄭蘊(1569~1641)과 당시의 합천宰로 西厓 유성룡의 三男인 修巖 柳袗(1582~1635: 1610 文科. 農書인 渭濱明農記를 지음)에게 가르침을 받았으며, 21살 때 동당시에 뽑혔다. 25세 때인 1636년에 滌愁臺를 축조하였으니, 병자호란 직전 觸藩之勢의 邊憂를 걱정하는 우국지념이었다 하며, 후에 이곳을 '宋家墅'라 불렀다 한다.

이듬해 병란 후에 쓰신 「悲憤詩」는 삼전도의 降伏事를 듣고 쓴 것이며, 공의 문집 권1에 병란 다음해인 1637년(정축년)에 쓴 「述懷賦」를 보면 '赤奪若年 大荒落月 病臥江村 我懷伊鬱'로 시작하여 世德을 말하고, 時事에 감분하여 '三百年 衣冠 문물이 일조에 변하여 腥膻이 되었고, 億萬姓 부모처자가 俘虜가 되어 萬里怨이 되었다.'고 당시의 실상을 전하고 있으며, '치욕을 씻을 날이 언제냐?'고 통곡하고 있다.

난후의 여러 해, 공은 미수 허목·无悶堂 朴絪(1583~1640) 등을 찾아 뵙기도 하고, 부친인 栗村公과 澗松 趙任道(1585~1664)를 모시고 유람도 하다가 용암서원에서 다시 독서에 전념하였다. 공은 父母喪後 영달에 뜻이 없었으나 '幼學壯行은 士之業이요, 父母 소망을 이루어 드리지 못함은 非孝子事'라는 林林谷 선생의 말씀에 따라, 43세 때에 명경과로 입

---

9)『莊子·應帝王』:「鄭有神巫曰季咸 知人之死生存亡 禍福壽夭 期以歲月旬日若
  神」

격되어, 서울에 머물면서 인사의 비리와 世道가 日非하는 세사를 탄식하면서 不如歸를 기술한 것이 본 「和陶辭」이다.

　다음으로 같은 해인 1655년에 쓰여진 원제 「和歸去來兮辭」를 살펴보려 한다. 작자인 春沼子 申最(1619.7.24～1658.1.7)는 象村 신흠의 손자이며, 宣祖의 부마인 東陽尉 申翊聖(1588～1644)의 第四子이다. 강원도 춘천의 소양강에서 春沼子라는 호를 따온 申最의 「和陶辭」는, 전술한 바 있는 조부 象村 신흠과 숙부 申翊全의 「和陶辭」와 함께 三代로 이어진 패러다임인 것이다.

　申最의 「和陶辭」는 생질이 되는 息庵 金錫胄(1634～1684: 영의정 堉의 손자이며, 「和陶辭」 작자이기도 한 병조판서 歸溪 佐明의 아들)가 편집한 『海東辭賦』에 「返故居賦」·「夢喩」와 함께 수록되어 있다. 『해동사부』에는 총 57편의 작품을 시대별로 모았는데, 서거정이 찬한 『동문선』에 없는 사부가 42편이나 들어 있다. 물론 근 200년 이상의 時差가 있어서일 것이나, 海東 한문학사상 비교적 零星한 작품밖에 전해지지 않는 辭賦類를 한데 모았다는데 더 큰 의미를 부여하고 싶다. 息庵은 고문가로 널리 알려진 인물이었다.

　『海東辭賦』[1]에는 「和陶辭」 작자가 5분 계신데 허백당 성현·상촌 신흠·동악 이안눌·기암 정홍명의 「和陶辭」로 이미 살펴온 작품들이며, 이제 申最의 작품을 살펴 보겠다.

　본 「和陶辭」를 쓰게 된 사연을 적은 並序가 있어 먼저 살피겠다.

　　　古今人 何嘗異 未嘗以自擬者 懼僭也 予來狼縣 歲强罷歸 取陶元亮
　　歸去來辭讀之 若寫余行藏 時序亦同 豈不異哉! 人之見之者 必以余爲
　　僭 古今人何嘗 異哉 聊和其韻 俾兒輩識之

　　고인 금인이 어찌 다르랴만 미상불 자기자신을 고인에 비의하는 것은 송구스럽고

---

1) 『海東樂府』(전1책) : (태학사 영인, 1982)

참람한 일이다. 내가 狼縣(현 강원도 華川)에 와 있는데, 세월이 그만두고 돌아가라고 强勸한다. 도잠의 「귀거래사」를 가져다 읽어보니 마치 나의 용사행장을 묘사한 듯하다. 절기 또한 같은 가을철이니 어찌 기이하지 않은가? 타인이 나를 보면 반드시 僭越하다 여길 것이다마는, 고인 금인이 어찌 조금이라도 다름이 있다고 하랴? 애오라지 그 운을 화하여 아이들로 하여금 이 사실을 알게 하노라.

1	歸去來兮!	돌아가리라!
	不歸吾廬將安歸	고향집으로 돌아가지 아니하고 어디로 가려는고?
2	審用行而舍藏	獨善其身과 兼濟天下를 살피노라니,
	詎形喜而色悲[2]	어찌 形貌가 즐겁고 안색은 슬플 수가 있으랴?
3	緬前脩之逸迹	이전 현인들의 뛰어난 행적을 생각하며,
	指正路而爲追	正路를 지적하심에 따르리로다.
4	境既辨乎榮辱	경지는 이미 광영과 곤욕을 변별하였고,
	心自忘於是非	내심 깊은 곳에서는 시비곡직을 잊었도다.
5	縱大道之未開	가령 大道가 아직 펼쳐지지 않았다면,
	恥飽暖於食衣	暖衣飽食은 차라리 치욕이어라.
6	奉先訓而孟晉	선현의 유훈을 받들어 힘써 나아가리라,
①	恐罔階[3]而寢微	혹시 사다리를 잃고 차츰 미미해질가봐 걱정이노라.
7	迺安厥止	이에 止息하여 편안하리니,
	不趨不奔	달릴 것도 없고 바쁠 것도 없도다.
8	爰得我所	이에 나의 卜居之地를 얻었으니,
	蓽戶[4]衡門	사립짝문에 오막살이라네.
9	二水交流	두 강물이 마주하는 合水머리,
	孤山獨存	조용한 산이 외롭게 마주하는 곳,
10	庭列松篁	뜰에는 소나무 대숲이 늘어서 있고,
	室有琴尊	방에는 거문고와 술통이 있는 곳.
11	怡情志於圖史	즐거운 마음으로 左圖右史에 정들이고 뜻 두어,
	雖處困而歡顔	비록 어려움에 처하더라도 기쁜 얼굴로 대하리라.
12	賦已就於閑居[5]	나는 이미 한거의 뜻을 담은 「返故居賦」를 지었는

---

2) 『孟子・盡心・上』:「孟子曰 形色 天性也 惟聖人然後 可以踐形」
3) 『論語・子張』:「子貢曰…夫子之不可及也 猶天之不可階而升也」
4) 『故事成語考・宮室』:「蓽門圭竇 係貧士之居」

		데,
	策豈干於治安6)	어찌 賈誼의 「治安策」(時局 匡救策) 따위에 참여하리오!
13	寧耦耕而荷蕢	차라리 은자인 장저와 걸닉처럼 밭갈이하면서 삼태기나 매리라.
	亦不願乎抱關	또한 변변치 않은 抱關擊析의 역할은 원치 않노라.
14	惟哲士之知幾	현철한 분들이 기미를 짐작하시는 깊은 뜻을 생각하니,
	異小子之童觀7)	이것은 전혀 어린아이의 얕은 소견 때문이 아니로다.
15	非尺蠖之求伸	자벌레가 움츠림은 펴려고 하듯 後期約을 도모함이 아니요,
	若久旅之得還	마치 오랜 여행에서 還家한 듯 본래적인 자아이어라.
16	尙仲連之辭趙8)	齊의 隱人인 魯仲連이 趙나라 작위를 사양한 것을 숭상하며,
②	哂夷吾之佐桓	관중이 제환공을 보좌한 것을 가소롭게 여기노라.
17	歸去來兮!	돌아왔음이여!
	喜自適而遨遊	환희작약 달려왔네, 유유자적 보내리라.
18	屛外滑而葆內	밖으로 달리는 마음을 막고 안으로 감출지니,
	實無營而無求	진실로 경영하고 요구함이 없으리라.
19	身固安於獨樂	一身은 정녕 獨樂에 안존할 것이며,
	智未及於先憂	슬기는 國事에 전념하던 이들의 先憂後樂에 미치지 못하였네.
20	試新泉於藥畦	새로운 샘을 파 藥圃에 시험하고,

---

5) 『潘岳·閑居賦·題注』:「善曰 閑居賦者 此蓋取於禮編 不知世事 閒靜居坐之意也」

6) 『漢書·賈誼傳』:「陛下何不壹 令臣得熟 數之於前 因陳治安之策 試詳擇焉」

7) 『易經·十翼』:「尺蠖之屈 以求信也 龍蛇之蟄 以存身也」

8) [魯仲連]:「戰國齊人 高踏不仕 喜爲人排難解紛 遊於趙 秦圍趙急 魏使新垣衍請帝秦 仲連義不許 見衍曰 彼則肆然爲帝 連有蹈東海而死耳 秦軍爲却 後田單言於齊王 欲爵之 連逃隱於海上以終」

芸宿莽於菰疇	겨울에도 죽지않는 卷施草를 줄(菰)밭에 심으리라.
21 于山于水	나막신 신고 산에 오르고,
或屐或舟	배를 띄워 물에 나아가리라.
22 感鳴鳥之止隅	詩 小雅 조그만 누룩제비(綿蠻章)의 의미를 감지하며,
驗微獸之首丘	여우의 首邱初心을 징험하리라.
23 欣春陽之載煦	봄볕의 가득한 따사로움을 기뻐하면서,
與天地而同流	천지자연과 더불어 같이 흘러가리라.
24 悟物化之嬗變	만물은 유전한다는 철리를 깨달으며,
③ 識生浮而死休	莊子의 其生若浮 其死若休의 세계를 터득하리라.
25 已矣乎!	끝났음이여!
神農虞夏忽爲沒	복희 신농씨 요순우탕도 까마득히 스러졌노라.
26 帝伯皇王名空留	三皇五帝 虛名만이 부질없이 남아 있는데,
胡爲乎 遑遑將何之	무엇을 위하여 황황급급히 어디로 가려고 하는가?
27 天門邈以遠	大闕은 아득히 멀고,
丘壑是素期	강호자연은 평소에 기대하던 것.
28 勉服力於南畝	남쪽이랑 갈기에 힘을 다하리라.
繄宜耘而宜耔	아아! 김매고 북주는 일이 마땅하리라.
29 托餘蔭於松楸	先山의 넉넉한 그늘에 몸을 맡기고,
纘舊業於書詩	독서로 선대의 업을 이어가리라.
30 聊逍遙而卒歲	애오라지 소요자적하면서 여생을 마치리니,
④ 庶幾絶物我之猜疑	物我一體의 경지에 결코 의심이나 회의없음이 바람이로다.

『海東辭賦』에는 또 1598字로 쓰여진 「返故居賦」가 수재되어 있는데, 呂藍田의 '返故居(옛 고향 터전으로 돌아간다)' 3자를 취하여 致意한 작품으로, 그의 문집인 『春沼子集』에 의하면 丁丑年作으로 되어 있다. 정축년은 春沼子 申最의 19세(1638)에 해당된다. 이 작품으로 그의 平居의 모습을 감지할 수 있는데, 본 「和陶辭」 제2단락 12구의 '賦已就於閑居'에서의 賦는 바로 이 「返故居賦」를 말한 것으로, 末尾에 '慕前脩而尙友·

樂天命而順受·曷形役而奔走' 등의 구절이 보인다.

『해동악부』에 또 하나의 작품이 있는데,「夢喩」라는 대화체로 쓰여진 것으로 근 3천자에 가까운 장문이다. 打乖子라는 가상인물을 설정하고, 꿈속에서 '나'와의 문답을 통해 打乖子의 辨舌이 修正되는 過程을 敍述하였다. 이 作品으로 그의 人生觀과 世界觀을 窺知할 수 있는데, 自然回歸에의 思念이 깊이 깔려 있다.

申最가 本「和陶辭」를 그의 年齒 36歲(1655年: 孝宗 5)時에 지은 것임이 確實하니, 다음의 記錄이 執筆年을 말해 주는 資料가 된다.

癸巳監狼川 務邑前廢十年…而事有不能得如意 解印而歸. 丙申又出爲咸鏡都事.

癸巳年(1654年)에 江原道 華川인 狼川縣監이 되어, 그 고을의 以前 十年廢政을 고치려고 힘썼으나… 마음대로 될 수 없는 事情이 있어 印綬를 풀고 歸鄕하였다. 丙申年(1658年)에 다시 出仕하여 咸鏡都事가 되었다.〔東州 李敏求撰 墓誌銘〕

公伯氏副學公嬰世禍 公遂亦自求罷屛居 依近先壟以自遣久之 敍典籍 癸巳出監狼川縣 一年又罷 又二年而北調咸鏡都事 公自遭家難 內隱盡次骨 往往被酒泣下以謂 '生可厭而死可樂'. 且素患脾弱 自屢論斥而尤 不適水土及還疾彌劇

公의 맏형(申冕: 1607~1651) 副學公께서 世禍를 입게 되었다. 公께서 결국 모든 것을 그만두고 隱居의 뜻을 밝혀, 先山[9](京畿道 廣州 莎阜村 : 筆者) 가까이에 依支處를 마련하고 自遣하기 오래였다. 이윽고 典籍에 敍任되고, 癸巳年에 外職으로 나아가 狼川縣監에 赴任한 지 一年만에 그만 두었다. 二年 후에 北쪽으로 咸鏡都事에 調選되었다. 公께서 집안의 患難(仲兄의 일 ; 筆者)을 만나, 속을 끓여 사뭇 뼈에 사무쳐 이따금 술을 마시면 소리내어 우시면서 말씀하시기를, '사는 것이 긴치 않고 죽는 것이 즐겁겠다?'라 하셨었다. 또한 病患으로 脾腸이 弱

---

9) 先山 :「以戊戌正月初七日卒 享年僅四十. 葬廣州莎阜村 從先兆也. 公娶靑松沈氏 校理熙世之女 生二男七女 長男儀華 亦進士.(己亥三月 嘉村後人 趙顯期 謹狀)」

하셨고, 그 自身 여러 번에 걸쳐 허물의 대상이 되어 論斥되었다. 外地의 風土에 맞지 않으신데다 疾患이 도져 갈수록 甚하였다. 〔門人表姪 淸風後學 錫冑撰〕

위에 引用한 芝峰 李睟光의 아들인 東州 李敏求(1589~1670)의 墓誌銘 과 門人이자 表姪인 息庵 金錫冑가 撰한 글로, 執筆年이 1655年(36歲時) 임은 分明해진다. 아울러 當時의 情況을 多少 짐작할 수 있으니, 仲兄 인 副承旨 申昪이 當한 事件으로 이것이 온 집안을 구렁텅이로 몰아넣 은 家患이었다. 이 家患은 申最의 맏형인 退觀 申昪의 獄死로 『國朝人 物志』의 記錄을 보면 다음과 같다.

金自點陰結後宮趙氏 趙女爲自點孫婦 勢益張 而公妹爲趙子婦 是以 公父子 深自畏約 及自點與趙 俱以逆誅從兄昪 以與自點親密 杖死 而 公家獨免 …

김자점이 후궁 趙氏와 결탁하여 趙氏의 딸이 自點의 孫婦가 됨에, 자점의 세력 이 더욱 커졌다. 申最의 누이가 趙氏의 子婦가 됨에, 이 때문에 最의 父子가 깊 이 두려워하고 조수하였다. 自點과 趙氏가 역모로 죽으매, 最의 從兄 昪이 自點 과 친밀한 관계로 杖斃되었으나, 最의 집은 홀로 免하였다.

즉 金自點(1588~1651)의 獄死(逆謀罪)에 連累된 것으로 申昪(1607~1652) 의 一生을 좀더 살펴보면, 翊聖의 아들로, 1626년(仁宗 2)에 生壯이 되었 고, 1637년 庭試文科에 乙科로 及第하여 吏曹佐郞을 거쳐 副提學·大 司諫 등을 歷任하였다. 1651年(孝宗 2)에 同春堂 宋浚吉의 탄핵을 받고, 牙山에 流配되었다가 이듬해에 풀려 나와 同副承旨가 되었으나, 逆謀罪 로 死刑當한 金自點의 獄死에 連累되어 鞫問中 急逝했다. 뒤에 아들 宗華의 伸寃으로 復官되었으나, 그의 筆寫本 遺稿는 刊行되지 못하였 다.

急逝란 결국 자결을 뜻하는 것으로, 當時社會에 逆賊과 친밀했던 緣 故로 몰리면 於此彼 謀免할 길은 없었을 것이다. 平山申氏 家門으로서 는 큰 事端이었음에 틀림없어 家患이라 한 것이다.

春沼子 申最는 또 廢居田里한 後에 祖父이신 文貞公 申欽께서 癸丑之禍(1613年)를 만나 쓰신 「歸田賦」에 次韻한 「次歸田賦」가 그의 文集인 『春沼子集』 卷之一에 傳하며, 지금의 江原道 華川인 狼川으로부터 春川 昭陽江을 거쳐 京畿道 廣州까지, 北漢江을 따라 兩水里까지 船便으로 西行하면서 읊은 몇몇 詩와 歸去來後의 田園之樂을 노래한 詩를 譯載하면 다음과 같은 바, 淵明을 그리워함을 충분히 알 수 있다.

葉狼縣歸家舟過春川(卷二)

孤舟忽過貊王城	一葉片舟 두둥실 떠 어느덧 濊貊의 땅 春川을 지나노니,
峽樹江花照眼明	峽谷의 樹林·江邊의 꽃들 눈에 비쳐 환하여라.
百尺潭深龍有窟	百尺潭 깊이 龍窟이 있고,
千年臺逈鳳爲名	千年臺 높이 鳳儀山이 있네.
誰言此日離形役	누가 '오늘이야 以心爲形役을 떠난다' 하였지?
自信平生小宦情	나 자신도 平素부터 벼슬살이 마뜩하지 않다고 여겼었지.
指點家山知不遠	손가락으로 故鄕山川을 가리키며, 멀지 않음을 느끼나니,
白雲多處偃柴荊	흰 구름 다북히 피어오르는 그 곳 柴扉荊門에서 누워 쉬리라.

行舟八首 錄其第八(卷二)

陶令不可見	靖節先生 뵐 수는 없어도,
千載有遺辭	千年前에 쓰신 歸去來辭는 남아 있어라.
朝暮無人遇	하루 진종일 뱃길로 오면서 만나 본 사람도 없었으니,
誰知形役悲	뉘 있어 以心爲形役의 悲劇을 알랴?

다음으로 吏判 忠肅公 歸川 又 歸溪 金佐明(1616.11.19~1671.3.9)의 原

題「和歸去來辭」를 探討하려 한다. 歸溪의 五代祖는 中宗時 大司成으로 己卯士禍에「君臣千歲義」라는 詩를 짓고 自決한 己卯八賢의 한 분이신 金湜(1482~1520)이며, 先考는 大同法으로 유명한 영상 文貞公 潛谷 金堉(1580~1658)이시다. 본「和陶辭」는 1661년(신축년 ; 현종 2, 당 46세)作으로 먼저 작품을 살펴보려 한다.

1	歸去來兮!	돌아가리라!
	今我不樂胡不歸	지금의 나 즐겁지 않으니 어찌 돌아가지 않으리?
2	眄松楸而棲息	先山을 바라보면서 棲隱하여 쉬리니,
	紓孺慕1)之深悲	어린아이가 부모를 깊이 따르는 마음으로 시름을 펴리라.
3	免殆辱於止足	殆辱은 止足으로 면함은 天之道也라는,
	仰玄訓而聿追	深玄한 가르침을 우러러 이제서야 따르게 되었네.
4	況年歲之遲暮	하물며 나이는 들어가,
	近伯玉之知非	五十에 知四十九年之非에 가깝도다(46歲임).
5	旣蔑德而蔑能	덕도 능력도 없으면서,
	可君食而君衣	국록으로 의식을 해결하였나니,
6	匪丘園之賁趾2)	언덕과 동산에 발걸음을 예모있게 꾸밈이 아니요,
	☐ 諒君子之審微	진실로 군자가 隱微함을 살핌이어라.
7	曜靈3)西沒	태양은 서산으로 지려 하고,
	逝波東奔	쉬임없는 강물결은 동쪽으로 달릴 뿐.
8	霜凋碧草	서리가 푸르던 풀을 凋落시키고,
	雪壓蓬門	눈이 쑥대문을 누질르는 겨울.
9	群芳已歇	뭇꽃들은 이미 시들어 버렸고,
	樗櫟4)空存	樗櫟散木만이 부질없이 남아 있어라.

---

1)『禮記・檀弓・下』:「有子與子游立 見孺子慕者」
2)『易經・賁』:「(六五)賁于丘園 束帛戔戔 吝終吉 (疏)賁于丘園者 是質素之處 六五處尊位 爲飾之主 若能施飾 在於質素之處 不華侈費用 則所束之帛 戔戔 衆多也」
3)『張衡・歸田賦』:「于時曜靈俄景 繼以望舒 (注)曜靈 日也 太陽也」
4)『莊子・逍遙遊』:「惠子謂莊子曰 吾有大樹 人謂之樗 其大本擁腫而不中繩墨 其小枝卷曲而不中規矩 立之塗 匠者不顧 今子之言大而無用 衆所同去也」

10 明鑑未塵5)   밝은 거울은 아직 때묻지 않았고,
   止水在樽   술통에는 그들먹한 술.
11 探至人之妙訣   眞人의 妙訣을 찾아,
   顔何術以駐顔6)   무슨 방법으로 다만 노쇠함을 막을 것인가?
12 苟眞元之內葆   진실로 一身의 원기를 안으로 지켜,
   庶餘齡之可安   여생이 편안하기를 바라노라.
13 淨物欲於靈臺7)   마음에서 물욕을 정화시키고,
   絶紫黃於天關8)   정신에서 벼슬 생각을 끊으리라.
14 究墳典以寓目   三墳五典을 고구하여 눈을 주고,
   洞往古以冥觀   靜觀의 세계에서 往古今來를 통찰하리라.
15 懷重華而不見   요순을 사모하나 뵐 수도 없으니,
   詎雍熙之復還   태평성대가 어찌 다시 돌아오랴?
16 思管葛之需時9)   관중과 제갈량이 어려운 시절에 때를 기다리던 것을
                생각하면,
   ② 悵遙慕夫昭桓   슬프도다! 소열황제와 제환공을 까마득히 경모하던
                것이.

17 歸去來兮!   돌아왔음이여!
   忽輕擧以遠遊   문득 가볍게 날아 올라 遠地遊覽에 오르리라.
18 心無往而不屆   마음은 가지 않으면 이를 수 없는 것,
   孰非誠而能求   누가 誠이 아니면 구할 수 있었던가?(不誠無物)
19 驗尼父之係易   공부자께서 韋編三絶하시던 것을 시험하며,
   歎箕后之敍疇   箕子께서 洪範九疇 펴시던 것을 탄식하노라.
20 患哉移山10)   어리석도다! 愚公이 永年토록 산을 옮기려던 것이,
   哂彼刻舟11)   우습도다! 저 변통없는 초나라 백성이여!

---

5)『莊子・德充符』:「仲尼曰 人莫鑑於流水 而鑑於止水 云云 申徒嘉曰 聞之曰 鑑
   明則 塵垢不止 止則不明也」
6)『神仙傳』:「草木諸藥 能治百病 補虛駐顔 斷穀益氣」
7)『莊子・庚桑楚』:「不可內於靈臺 (注)靈臺者 心也」
8)『黃庭內景經』:「關塞三關握固停 (注)經云 口爲天關 精神機 手爲人關 把盛衰 足
   爲地關 生命扉」
9)『易經・需』:「需 有孚 光亨 貞吉 利涉大川」
10)『庾信・哀江南賦』:「豈寃禽之能塞海 非愚叟之可移山」

21 瞻桀莠於甫田12)　　큰 밭에 가라지만 덥수룩할 걸 바라보노라니,

　　豈苦樂於斯丘　　어찌 이 언덕에서 괴로워하고 즐거워하리.

23 懍瞿塘之臭載13)　　瞿塘峽의 灩澦堆같은 몰아치는 정국에 遺臭萬年

　　　　　　　　　할 것이 두려워,

　　盍先退於急流　　어찌 먼저 급류에서 빠져나오지 않으려는가?

24　　　缺

③

25 已矣乎!　　　　끝났음이여!

　　嚮晦安息貴隨時14)　날이 어두워져 편히 쉬리니 때를 따름이 귀한 것.

26 老將至矣那能留　　이제 늘그막에 들었나니 어찌 머물러 있으랴?

　　胡爲乎 舍此將安之　어찌하여 이 길을 버리고 어디로 가려는가?

27 寒松曁孤竹　　　겨울 소나무와 孤高한 대나무,

　　與我同襟期　　　나와 더불어 마음 속 기약을 같이 하려네.

28 臨滄浪而濯纓　　滄浪之水에 임하여 濯吾纓하고는,

　　掃白雲15)而耘耔　흰 구름 쓸면서 농사지으리.

29 謝朋徒之還往　　친구들이 찾아옴을 사양하고,

　　敎兒孫以書詩　　자손들에게 글을 가르치리라.

30 終吾生以倘佯　　나의 여생을 유유자적으로 마치리니,

④ 俟百世乎其無疑　백세를 기다린다 한들 혹시라도 의심 없으리라.

　　歸溪 金佐明(1616~1671)은 1633년(인조 11)에 中司馬, 병란 때 문정공께서 使燕未還하심에, 공의 형제들이 모부인 윤씨를 모시고 避兵入江都城하였다. 1644년 별시 급제(同婿인 領相 洪命夏와 同榜), 승문원에 등용된 후

---

11) 『呂氏春秋』：「楚人有涉江者　其劍自舟中墜于水　遽刻其舟曰　是吾劍所從墜也　舟止　從其所刻處　入水求之　舟已行矣　劍不行　求劍若此　不亦惑乎」

12) 『詩經·齊風·甫田』：『無田甫田　維莠桀桀　無思遠人　勞心怛怛」

13) 『晋書·桓溫傳』：「溫嶠聞其啼聲　曰眞英物也　遷尙南康長公主　拜駙馬都尉　明帝時　安西將軍　荊州刺史　西伐蜀　還江陵　進位征西大將軍　秦廢段浩　內外大權　一歸於溫　嘗曰　男兒不能遺芳百世　亦當遺臭萬載…封南郡公　加大司馬　溫以雄武專朝…」

14) 『易經·隨』：「澤中有雷　隨　君子以嚮晦入宴息　官有渝　從正　吉也」

15) 『魏野·尋隱者不遇詩』：「採芝何處未歸來　白雲滿地無人掃」

박사와 설서를 거쳐 홍문관에 轉任하였다. 1646년 병조좌랑으로 문과 重試에 급제, 수찬이 되었다가 安邊에 付處, 49년 放還되었다.

효종 때 대사헌·京監·대사간·대사성·도승지 등을 역임, 현종 초에 공조참판으로 서임되었으나 애써 사양하고, 부친이신 문정공 金堉이 생전에 호남지방에 실시케 한 大同法의 시행에 애로가 있음을 한탄하고, 先考의 유지를 펴기 위해 호남관찰사(出試 湖藩)로 임명해 줄것을 청했으나 뜻을 이루지 못하게 되었다.

이에 공이 내심 즐겁지 않아 하였고, 또 개탄하였다고 朴世堂(1629~1703)이 쓴 비명에 적혀 있다. 바로 이 때 쓴 것이 본「和陶辭」인 것이다. 그는 작품을 통하여 시세의 추이를 모르는 刻舟求劍을 비웃었고(21구 '哂彼刻舟'), 훌륭한 임금을 만나지 못한 것에 대하여 안쓰러워 했다.(15~16구, '懷重華而不見 詎雍熙之復還 思管葛之需時 悵遙慕夫昭桓') 따라서 당시 朝議가 공을 중용하자 했으나, 그는 끝내 사양했다(朝議方欲重用 公格不行)고 하며, 筆劃이 힘찼는데 도연명체를 본받았다고 한다.

그 후 병조판서로 守禦使를 겸하게 되어 병기와 군량을 충실히 하고, 군사훈련을 엄격히 실시하였다. 영의정·청성부원군(勳勞者於王室)에 추증되었고, 현종의 묘정에 배향되었으며, 시호는 忠肅公을 받았다. 그의 사위는 부사 一峰 趙顯期(1634~1685: 黃監 遠期의 동생이며, 兵參 亨期의 형. 正言, 正緯와 弼善 正純의 부친임)인데, 『一峰集』권5에 장인인 병조판서 김좌명의 행장이 들어 있어 참고가 되었으며, 서인 계열인 歸溪·息庵 등과 밀접한 인척 관계를 맺어 栗谷·牛溪 양선생의 문묘 종사를 주장한 것이 이해된다. 따라서 畿湖학파는 사변철학이 아닌 실천유학을 폈던 인물이 주축을 이루며, 歸溪도 그런 분 중의 한 사람이었다.

다음으로 門戶不出의 이유로 비장되어 오던 필사본 유고인 一簣 任堩(1624~1686)의 원제「次歸去來辭韻」를 살펴보려 한다. 그의 親弟인 水村 任堕(1640~1724)에게도「和陶辭」가 있어 함께 언급해 두려 한다.

一簣 임좌는 자 君直, 一號 陋巷이며 그의 집안은 풍천인으로 고조인 한성판윤 竹崖 任說(1510~1591) 이래로 대대 科宦을 지낸 명문이다. 그의 外祖인 金尙과 빙장인 曺漢英(1637 장원)도 모두 登科者들이다. 부친이신 今是堂 任義伯(1605~1667)은 유학대가인 沙溪 金長生의 문인으로 同門인 우암 송시열·동춘당 송준길과 함께 친밀하게 지냈으며, 문과 급제(1649: 吳斗寅과 同榜) 후 동래부사·수원부사·형조참판, 황해도·경상도·평안도·충청도 각 도의 관찰사를 역임하시고, 1660년 사은겸 陳奏부사로 청나라에 다녀오시기도 하였다. 一簣는 그의 사남 중의 장자요, 차자는 水村 任堂이다.

一簣 任座의 종증손이며 英正시대의 유학자였던 鹿門 任聖周(1711~1788)의 筆로 이루어진 묘지명의 약력을 보면, 일궤는 어려서부터 총민하였고 지기가 고매하였다. 그는 그의 父와 弟의 계통과 같은 師授를 밟지 않고 혼자 역학하여 학문을 성취하였다 한다. 일반 세인이 영예로 여기는 관계에의 진출은 관찰사로 명성 높은 아버지의 권에 못이겨, 28세 되던 1651년(효종 2)에 문과 급제(連五代 登科) 후, 병조좌랑·尙衣院正·정선군수 등을 역임하였으나, 학문에 열중하여 정치에 관심이 적은 一簣는 그 자리에 오래 머물러 있지 못하고 일찍 퇴관하고 말았다.

都城을 떠나면서 쓴 작품이 본「和陶辭」로 여겨지며 그의 심경을 流露했다고 하겠다. 간지가 적혀 있지 않아 제작 연대를 알 수 없으나 40대 이후인 1665년~1670년경이 아닐까 한다. 진정한 歸去來의 의지를 보인 名和陶辭의 한 편이라 사료된다. 먼저 작품을 살펴 보겠다.

1	今可行兮!	이제 떠나가리라!
	靑山綠水吾將歸	청산과 녹수가 있는 곳으로 내 장차 돌아가리라.
2	弔古人之不可作	단 한 번뿐인 인생을 애도하면서,
	心牢落而自悲	적적한 마음에 스스로 슬퍼하네.
3	絀夔龍[1]而不羨	현직에 나아간 舜臣 夔와 龍을 부러워하지 않으며,

---

1)『書經·舜典』:「伯拜稽首 讓于夔龍 (傳)舜二臣名 夔 典樂之官 龍 納言之官」

慕巢許而欲追	隱君子인 소부와 허유를 따르려 하네.
4 聞至人之休風	至人들의 멋진 풍류를 들었나니,
得喪與是非	득실과 시비를 초월하였네.
5 出都門而掛冠[2]	去官辭職하고서 도성문을 나서,
向空谷而拂衣[3]	텅빈 골짜기를 찾아 옷깃을 떨쳤네.
6 行裝剩於韋編	행장에는 周易이 들어 있나니,
① 玩羲畫之玄微	爻와 卦의 현미한 숨은 뜻을 玩索하리라.
7 有峀叢秀	빼어난 멧부리가 후면에 있고,
有流環奔	강물을 빙 둘러 흐르는 명당이어라.
8 詎爭余所	어찌 내 거처할 곳을 다투랴?
可託衡門	오막살이에 살면 되는 것이지.
9 維雲與松	오직 흰구름 흐르고 四時常靑의 소나무 우거진 곳만이,
維我思存	나의 마음이 머물 곳이어라.
10 無求於世	세상에 구하는 바가 없나니,
樂彼琴尊	저 거문고와 술을 즐기리라.
11 旣寡慮而少營	이미 생각을 줄이고 영위함을 극소화했나니,
庶延年而駐顏	오래 살면서 노쇠하지 않기를 바라노라.
12 諒博施[4]之非任	博施濟衆은 나의 임무가 아니었음을 절감하며,
惟一身之求安	오직 一身의 안정을 구하리라.
13 時流覽乎迻徑	때로 좁은 길을 시적시적 거닐며,
採衆妙於玄關	玄關에 衆妙를 찾아내리라.
14 藏風月而潤屋	청풍과 명월을 받아들여 집을 가꾸고,
翫魚鳥而傯觀	물고기와 새들을 완상하면서 느긋하게 바라보리라.
15 雖世道之交喪	비록 世道가 타락했다 하더라도,

---

2)『後漢書·逸民·逢萌傳』:「逢萌字子慶 北海淳昌人 云云 時王莽殺其子宇 萌謂
友人曰 三綱絶矣 不去將禍及人 卽解冠挂東都城門歸 將家屬浮海 客於遼東」

3)『晋書·郄超傳』:「性好聞人棲遁 有能辭榮拂衣者 超爲之起屋宇 作器服 畜僕竪
費百金而不吝」

『後漢書·楊彪傳』:「孔融魯國男子 明日便當拂衣去 不復朝矣」

4)『論語·雍也』:「子貢曰 如有博施於民而能濟衆 何如? 可謂仁乎 子曰 何事於仁
必也聖乎! 堯舜 其猶病諸!」

占鴻荒5)之獨還　　　太古然의 세계를 찾아 홀로 돌아가리라.
16 有唐虞而不事　　　陶唐有虞의 세상이라도 섬기지 않으려든,
② 矧晉文與齊桓　　　하물며 진문공이나 제환공일까 보냐!

17 今可行兮!　　　　이제 떠나가리라.
　與造物而交遊　　　大自然과 더불어 교유하리라.
18 聞秦人之避世　　　진나라의 학정에 세상을 피하여 도화원을 이루었다
　　　　　　　　　　하니,

　將問津而往求　　　장차 나루를 물어 찾아가리라.
19 辭素餐6)而食力　　　명색뿐인 벼슬을 하직하고 몸소 갈아먹으며,
　處卒歲而無憂　　　애오라지 생을 맞도록 근심걱정 없으리라.
20 孰能從余而耦耕　　　뉘 능히 나와 더불어 長沮와 桀溺이 될 것인가?
　勤四禮7)乎田疇　　　밭두둑에서 四禮를 부지런히 닦으리라.
21 巖峀樵逕　　　　바위굴과 樵夫가 다니는 좁은 길,
　江湖漁舟　　　　강과 호수에서 고기잡이 배 띄우리.
22 余欲寄之生涯　　　내 이런 것에 생애를 부치려 하노니,
　在一壑與一丘　　　깊은 골과 높은 언덕이 있는 곳.
23 何山高而有谷　　　어찌하여 산은 높아야 골이 깊으며,
　何水深而安流　　　어찌하여 물은 깊은데도 조용히 흘러가는가?
24 顧安擇乎仁智8)　　　진실로 樂山樂水로 편안함을 택하리니,
③ 惟結茅而時休　　　오직 모옥을 엮어 때때로 쉬리라.

25 歸來乎!　　　　돌아가리라!
　其虛其9)徐此其時　　　어이 우물쭈물하랴! 바로 이 때로다.

---

5) 『蜀志・郤正傳』：「昔在鴻荒　曚昧肇初 (注)鴻荒　太古　太昔　荒古　洪荒」
6) 『漢書・朱雲傳』：「雲曰　今朝廷大臣　上不能匡主　下亡以益民　皆尸位素餐 (注)無
　功食祿　曰尸位素餐」
7) 『文中子・禮樂』：「冠禮廢　天下無成人矣　婚禮廢　天下無家道矣　喪禮廢　天下遺其
　親矣　祭禮廢　天下忘其祖矣」
8) 『應璩・百一詩』：「所占於此土　是謂仁智居 (注)仁智　謂有山水也　善曰　論語曰　智
　者樂水　仁者樂山」
9) 『詩經・邶風・北風』：「北風其涼　雨雪其雱　惠而好我　携手同行　其虛其邪　既亟只
　且」

26 何所獨無棲遲處		어느 곳인들 나 혼자만의 隱居之地가 없으랴?
將窮吾心志之所之		장차 내 마음과 뜻이 닿는 곳에 卜居하리라.
27 山南與水北		山之南 水之北 양지바른 곳에,
猿鶴自有期		잣나비 울고 학이 나르는 곳.
28 友白鷗10)之閑適		갈매기와 벗하는 한적감,
學老農11)之種籽		노숙한 농부에게서 농사를 배우리라.
29 草爲衣而木實		풀 엮어 옷 해 입고 나무열매 따먹으며,
詠逸韻之古詩		표일한 운취의 옛 시를 읊으리라.
30 豈必問於詹尹		무엇 때문에 꼭 占卜家에게 물으랴?
④ 從吾所好不復疑		내 좋아하는 바를 따를 것이니 다시 의심 없노라.

본 「和陶辭」 제1단 말구인 6구에 보면, 그의 行李中에 『주역』이 들어 있음(行裝剩於韋編 玩羲畫之玄微)을 밝히고 있는데, 선생께서 一生用力한 것이 『주역』이었다 한다. 「和陶辭」의 작자이기도 한 三淵 金昌翕(1653~1722)이 쓴 제문과, 종증손인 조선 성리학의 6대가 중 한 사람으로 알려진 鹿門 任聖周의 묘지명을 보면 다음과 같다.

義農之園 姬孔之窟 童涉而老趾 達天人之亹亹者 先生之獨學也

복희·신농씨의 동산과 주공·공자의 굴을 어려서부터 시작하며, 늙도록 닦아서 天象과 인사의 미묘한 진리를 통달한 것은 선생의 無師獨學의 결과였다.

〔三淵의 제문 가운데〕

爲學專務自得 平生唯喜易·論語 而於易尤亹亹焉 始自弱冠以至沒身 蓋無日不讀

문은 오로지 자득함에 힘썼으니, 평생을 오직 『주역』과 『논어』를 좋아하고, 더욱 『주역』에 부지런하였다. 약관시부터 시작하여 죽을 때까지 하루도 읽지 않은 날이 거의 없었다. 〔鹿門의 묘지명 中〕

---

10) 『黃庭堅·登快閣詩』:「萬里歸船弄長笛 此心吾與白鷗盟」
11) 『論語·子路』:「樊遲請學稼 子曰 吾不如老農 請學爲圃 曰 吾不如老圃」

그의 학문하는 태도는 단적으로 말하면 '舍名就實', 곧 허명을 버리고 실질로 나아가야 한다는 것이다. 종래의 학자들이 제대로 학문을 이루지 못한 것은 실질적인 면에 입각하여 근본진리를 추구하지 못하고, 旣成된 테두리 또는 선입견에 사로잡혀 전인의 설을 답습할 뿐 아니라, 실질적 내용은 아무 것도 없으면서 형식적 이름만을 취하였기 때문에, 실속이 없는 빈 껍데기만을 갖게 된 것이라고, 1만 6백여 언에 달하는 대논문인 「客論」에서 갈파하였다.

宋學이 우리나라에 들어온 이래 정주의 학설을 그대로 묵수하고, 여기서 한 걸음도 더 나아갈 줄을 몰랐다. 그 뿐 아니라 학문은 마침내 정치와 결부시켜 주자학이 國是를 이루기까지에 미치매 군주 이하 신료는 물론, 일반 재야 학자들까지도 감히 朱子에 대하여 비평이나 반대를 가하지 못하였을 뿐 아니라, 일호의 회의조차도 시험하여 보지 못하였다. 一蓑선생과 같은 시대인 현종 때 白湖 尹鑴(1617~1680)는, 朱子의 『中庸』章句에 불만을 가지고 이를 改竄한 일이 있었던 바, 그는 마침내 당시 대유학자이며 노론의 영수인 우암 송시열에게 斯文亂賊이라는 언도를 받고, 결국 다른 죄에 걸려 극형을 당하고 만 사례도 있었다.

그러므로 위정자들은 정치적인 전제를 감행하는 동시에 학문에 있어서도, 하나에서 백까지 오직 朱子만을 방패처럼 앞세우고, 조금도 이설을 용훼치 못하게 하여 조선조의 사상계는 頑陋·편협·독선·배타만을 일삼아, 다만 尙古·事大에만 급급하고 전인의 糟粕을 긁기에만 바빴을 뿐 아무런 발전도 이루지 못하였으니, 일대의 학술이 이와 같은지라, 정치·경제·문화 등 각방면이 위축 부진하였음은 재론할 필요가 없을 것이다. 이에 대하여 과거의 학자 중에도 불만을 토로하면서 정주학도 있지만 육왕학·선학·단학도 있음[12]을 밝힌, 谿谷 張維(1587~1638)같은

---

12) 張維 : 『谿谷漫筆』, 「中國學術多岐 有正學焉 有禪學焉 有丹學焉 有學程朱者 有學陸王者 門徑不一 而我國則無論有識無識 挾冊讀書 皆稱頌程朱 未聞有他 學焉 豈我國之士 果皆賢於中國耶 曰非然也 齷齪拘束都無志氣 但聞程朱子之 學 世所貴重 口道而貌尊之 於此可見吾東學界之拘束 而儒學之不進也」

학자도 있었다.

아무런 독창력도 개인의 자주성도 없이, 다만 맹목적으로 정·주자만을 답습하는 편협하고 활기없는 태도에 대하여 얼마나 통탄한 말인가? 그러나 谿谷은 이것을 我國人의 습기에만 돌리고, 이것이 정치적 압력 밑에서 형성된 것은 말하지 않았다. 이러한 와중에서 진흙속의 백옥처럼 찬란한 이채를 나타낸 학자가, 바로 곧 一簣선생 任瑧이시다.

가장 당쟁이 격심하여 학문의 專擅이 혹심했던 시기에 나타났을 뿐만 아니라, 정계나 학계에 함께 牛耳를 잡은 노론 영수 송시열 계통의 연원을 가진 환경 속에서 생장했으면서도 조금도 그러한 분위기에 휩쓸리지 않고 獨究孤行·勇往邁進 홀로 서서 새로운 경지를 개척하여 뚜렷이 자가의 기치를 세운 학문계의 인물인 것이다. 그의 號인 一簣의 유래인 『書經』의 '爲山九仞 功虧一簣'는 完成을 위한 끝없는 精進만이 그가 추구한 세계였다.

선생은 이름을 숭상하는 '尙名'의 폐해가 결국 당쟁을 양성하는 결과를 초래한다고 「述紲」편에서 주장하면서, 그 말미에 결론 삼아 말하기를 '夫公天下而師者 爲道而師 爲朋黨而師者 爲師而道'라고 道破하였으니, 이것은 곧 학문에 있어서 당파적 성격을 띠고 나서는 것은 도 자체를 밝히기 위한 것이 아니요, 자파의 스승 즉 당파를 만들기 위하여 도를 연구한다는 뜻이니, 이것은 당시 송시열 등의 학자들이 주자를 그의 스승으로 내세우고, 다른 학설의 容喙를 불허하여 사문난적 등의 폭언을 퍼붓는 태도를 은연중 痛擊한 것이며, 동시에 이것이 一簣가 일생동안 지속해온 연구 방법의 본지였던 것이니, 문집을 上梓하기는 커녕 門戶不出의 명을 내려 世交있는 집안끼리의 사단을 미리 막았던 것이 아닌가 한다.

그러나 그의 유고를 열람하고 1편의 논문[13]을 쓴 任昌淳에 의하면 문

---

13) 任昌淳 : 「任一簣와 그 學說(上)」(한국유학사의 일단면) : (성대논문집 3집, 1958), 151
　　~164쪽.

집의 10의 7~8은 일실되어 있었다 한다. 아까운 일이다. 숙종 때 영의
정을 지낸 睡谷 李畲(1645~1718: 1680 文科. 澤堂 李植의 손자)는 一簣의 女
婿가 되며, 그에게서 직접 훈도를 받은 사람은 그의 조카가 되는 아우
水村 任埅의 아들인 첨정 任鼎元과 親子인 松蓮堂 任調元 뿐이었는데,
任調元이 41세로 요절하고 미간 된 채 전해지는 필사본 『송련당집』 一
冊이 있으나, 학술면에서 그의 父業을 사승하였다 할 만한 것이 별로 없
었고, 조카인 任鼎元도 아무런 저서를 남기지 않았다. 그들도 尙名을 초
개같이 여기면서 隱棲한 듯하다.

　다만 어떤 연맥에서 사제지간을 맺었는지는 몰라도, 형인 農巖 金昌協
(1648~1722)과 난형난제의 명사로 학문과 문장이 卓絶하였고, 일생을 산
수자연에 묻혀 살면서 같은 주제의 「和陶辭」를 남기기도 한 三淵 金昌
翕(1653~1722)의 「祭一簣先生文」에서 한 대문을 역재하면서 본편을 마무
리하고자 한다.

　　始進而若飲人以和　每造而消我之鄙吝　自是而遠　吾不復夢想大庭矣
虛而卽　實而歸

　　처음 나아감에 마치 사람을 화락으로 젖어들게 하였으며, 매양 나아갈 적마다 나
의 鄙吝을 소멸시켜 주셨다. 나는 이로부터 超遠해져서 다시는 朝廷에 서는 일을
꿈도 꾸지 않게 되었다. 어쨌든 속이 텅 비어 왔다가 가슴속 가득히 충만해져 돌아
갔다.

　다음으로 一簣 任座의 親弟인 水村 任埅(1640~1724)의 원제 「和歸去
來辭」를 살피려 한다. 그는 『水村漫錄』이라는 시화집을 남긴 詩의 大手
(能唐詩 掇英詩)로 문집인 『수촌집』 권1에서 권5까지에 천여 수가 넘는 詩
를 남기고 있다. 水村은 又號 愚拙翁으로 만년의 호로 썼다 하며, 우
암·동춘 양현 문하에서 수학하였고, 진사시에 합격한 후 1671년(현종 12)
昌陵참봉이 되고, 내외직을 거쳐 1689년(숙종 15) 호조정랑이 되었으나 己
巳換局으로 尤齋께서 유배되자 벼슬을 그만두었다.

1694년 갑술옥사 후 인현왕후가 복위되자 의금부도사로 기용, 이어 군자감정·단양군수·사옹원첨정 등을 역임하고, 1702년 63세로 알성문과에 병과로 급제(陶菴 李縡[1680~1746]과 同榜), 장령이 되고 그 뒤 대사성·승지 등을 거쳐 1719년(숙종 45) 공조판서가 되었다. 1721년(경종 1) 우참찬에 승진되었으나 辛壬士禍로 關西인 咸從에 유배, 후에 金川으로 이배되어 배소에서 죽었다.

본 「和陶辭」의 제작 연도는 미상이다. 본문 중에 '二毛'로 보아 斑白의 나이인 초로기의 작품임만을 알 수 있을 따름이다. '二毛之年'이 黑毛·白毛가 섞이는 나이인 32세를 말하는 것이니, 1670년대로 추측할 뿐이다. 외직인 黃澗 현령을 그만둔 해가 1674년이기도 하다.

1	歸去來兮!	돌아가리라!
	安宅久曠可言歸	마음 편한 곳이 오래 비었었나니 돌아가도 좋으리라.
2	欸余旣捨其正路	아아! 내 이미 온당한 길을 저버렸으니,
	岐南北而悽悲	남북의 갈림길에 서서 처연하게 슬퍼하노라.
3	幸問津於先覺	다행히 선각자에게 眞理를 물을 수 있었으니,
	回朕車而將追	내 수레를 돌려 따르려 하노라.
4	昔七十而猶化	옛 분은 나이 70에 오히려 느꼈다더니,
	今二毛而知非	이제 初老 斑白의 나이에 잘못을 알았노라.
5	矯菲菲之蘭佩	향기 도는 난초 腰佩를 차고,
	振楚楚之荷衣	산뜻하고 깨끗한 연잎 옷을 떨치리라.
6	旣初服之未變	하마 仕宦前 마음이 변하기 전,
①	寧舊居之依微[1]	차라리 변변치 못한 옛 집으로 가리라.
7	儼驂上路	장엄한 삼두마차로 길에 오르니,
	意馬迎奔	뜻을 알고 있는 말은 달리려 하네.
8	先開面牆[2]	먼저 앞에 다닥친 담장을 열어제치고,

---

1) 『韋應物·自鞏洛舟行入黃河卽事寄府縣寮友詩』 : 「寒樹依微遠天外　夕陽明滅亂流中」

薄言窺門	잠시 문안을 엿보리라.
9 山磎茅塞	사람 다니는 산길도 잠시만에 띠풀로 막히나니,
靈臺獨存	마음만이 유독 중요한 것.
10 白生虛室[3]	눈부신 햇살이 텅빈 방에서 나오며,
塵滿窪尊[4]	먼지만이 汚尊(땅을 판 술동이)에 가득차네.
11 挹仁山於簾額	드리운 발로 仁山의 정기를 挹翠하고,
迎霽月於堂顔	당의 액자로 광풍제월을 받아들이려네.
12 嗟久旅而得歸	아아! 오랜 여행에서 귀향을 얻은 듯이,
覺體胖而心安	心廣體胖을 느끼나니,
13 廓獨潛而專精	허심탄회하게 홀로 정신을 외곬으로 잠기게 하여,
屏外滑而牢關	밖으로 달리는 마음을 막고 玄關을 지키리라.
14 倚空中之樓閣[5]	허공에 뜬 누각에 의지하며,
撫天淵而冥觀	천지를 어루만지면서 靜觀의 세계에 들리라.
15 微陽動於子半	微陽이 차츰 움직여,
庭草生而春還	뜨락의 풀이 움이 트면서 봄이 돌아왔도다.
16 沛一氣之浩然	沛然自大한 호연지기를 가졌으나,
② 利居貞而盤桓[6]	아직 험난함을 이겨낼 때가 안되어 머뭇거리도다.
17 歸去來兮!	돌아가리라!
惜昔日之盤遊	옛날 盤遊無度히 놀았음을 후회하노라.
18 竺乾[7]渺而誰尋	불교의 세계는 아득하니 누가 찾을 것이며,
蓬島邈[8]其難求	도가의 세계는 까마득하여 찾기가 어렵네.
19 爰得所於樂地	이에 즐거움이 충만한 곳에 바라는 장소를 얻어 산

2) 『論語・陽貨』:「人而不爲周南召南 其猶正牆面而立也與 (注)言卽其至近之地 而
一物無所見 一步不可行」
3) 『莊子・人間世』:「瞻彼関者 虛室生白 吉祥止止 夫且不止 始之謂坐馳 (注)白者
日光所照也」
4) 『顔眞卿・登峴山觀李左相石尊聯句』:「李公登飮處 因石爲窪樽」
5) 『夢溪筆談・異事』:「登州海中 時有雲氣如宮室臺觀 城堞人物 車馬冠蓋 歷歷可
見 謂之海市」
6) 『易經・屯』:「(初九) 磐桓 利居貞 利建侯」
7) 『白居易・新昌新居詩』:「大抵宗莊叟 私心事竺乾 (注)竺乾 竺乾公也 佛也」
8) 『劉長卿・登東海龍興寺高頂望海簡演公詩』:「蓬島如在眼 羽人那可逢 (注)蓬島
蓬萊山也」

<table>
<tr><td></td><td></td><td>다면,</td></tr>
<tr><td></td><td>安汝止而不憂</td><td>너는 그곳에서 편안할 것이며 근심이 없으리라.</td></tr>
<tr><td>20</td><td>古人貽我於遺則</td><td>옛 사람이 나에게 유훈을 남겼나니,</td></tr>
<tr><td></td><td>若農服乎先疇</td><td>선대로부터 내려오는 전답에서 농사에 힘쓰라고.</td></tr>
<tr><td>21</td><td>匪寶尺璧</td><td>한 자나 되는 璧玉이 보배가 아니며,</td></tr>
<tr><td></td><td>獨泛虛舟</td><td>홀로 빈배를 자유자재로 띄우리라.</td></tr>
<tr><td>22</td><td>探天根與月窟</td><td>하늘 저 끝과 달빛 비치는 굴을 찾아,</td></tr>
<tr><td></td><td>騁玄覽9)於九丘</td><td>마음을 九州에 달리리라.</td></tr>
<tr><td>23</td><td>彼源泉之混混</td><td>저 콸콸 흐르던 원천수도,</td></tr>
<tr><td></td><td>美盈科而逌流10)</td><td>구덩이를 채우고는 계속 흘러감을 탄미하노라.</td></tr>
<tr><td>24</td><td>將爲山兮</td><td>장차 산을 만듦에,</td></tr>
<tr><td>③</td><td>九仞豈一簣11)</td><td>九仞의 산을 쌓는데 어찌 한 삼태기가 부족한데도</td></tr>
<tr><td></td><td>而便休</td><td>편히 쉬리오.</td></tr>
<tr><td></td><td></td><td></td></tr>
<tr><td>25</td><td>已矣乎!</td><td>끝났음이여!</td></tr>
<tr><td></td><td>人生百年能幾時</td><td>인생 백년이라지만 끝없는 시간상의 한 點일 뿐.</td></tr>
<tr><td>26</td><td>日月忽其不淹留</td><td>세월은 거침없이 흘러 쉬는 법이 없나니,</td></tr>
<tr><td></td><td>胡爲乎 佷佷靡所之</td><td>어찌하여 갈팡질팡하면서 갈 바를 모르는가?</td></tr>
<tr><td>27</td><td>華胥12)在何處</td><td>이상적인 華胥之國은 어디에 있는가?</td></tr>
<tr><td></td><td>壽域有前期</td><td>수명이란 이미 정해진 운명.</td></tr>
<tr><td>28</td><td>繄吾土之信美</td><td>아아! 나의 이 樂土 신실하고 기뻐라.</td></tr>
<tr><td></td><td>勤夜讀而朝耔</td><td>晝耕夜讀으로 근면하리라.</td></tr>
<tr><td>29</td><td>詠舞雩於沂川</td><td>曾點의 浴沂舞雩詠歸를 읊으며,</td></tr>
<tr><td></td><td>歌考槃於衛詩</td><td>시경 위풍의 「隱居詩」를 노래하리라.</td></tr>
</table>

---

9)『老子・十』:「滌除玄覽 能無疵也 (注)心居玄冥之處 覽知萬事 故謂之玄覽」
10)『孟子・盡心 下』:「原泉混混 不舍晝夜 盈科而後進 放乎四海 (注)盈 滿也 科 坎也 言其進以漸也」
11)『書經・旅獒』:「夙夜罔或不勤 不矜細行 終累大德 爲山九仞 功虧一簣」
12)『列子・黃帝』:「又十有五年 憂天下不治 云云 晝寢而夢 遊於華胥氏之國 云云 其國無帥長 自然而已 其民無嗜慾 自然而已 不知樂生 不知惡死 故無夭殤 不知親己 不知疎物 故無愛憎 云云 乘空如履實 寢虛若處牀 云云 黃帝旣寤 怡然自得曰 今知至道不可以情求矣 又二十有八年 天下大治 幾若華胥氏之國 而帝登假」

30 樂則行而憂違　　　　　본받을 행동을 즐김에 위배될까 걱정하면서,
④ 生順死安不須疑　　　　삶에 순종하고 죽음에 안존하면서 전혀 의심하지 않
　　　　　　　　　　　　　으리라.

　諡狀을 쓴 知守齋 兪拓基(1691~1767)의 撰文을 보면, 水村의 고조인
竹崖 任說(1510~1591) 이하 부친인 任義伯까지 4세가 모두 文譜로 진출
한 집안으로, 그도 中進士一等이었다 한다. 기사년인 1689년 원자 位號
문제로, 스승인 우재가 탐라로 귀양가시며, 이어 인현왕후가 遜位됨에 공
은 즉시 棄官不仕하고 同門 諸人들과 陳章叫閤相率痛哭하고 京第를
마련하여 江郊에 出寓하여 6년 간을 두문불출하였다 한다.
　80세가 되던 기해년(1719)에 종이품인 가선대부로 승차되고 품계는 한
성부우윤일 때 耆社에 들었다. 이어 정이품인 자헌대부에 오르고 지중추
부사가 되어, 영중추 李渝(1645~1721)·영의정 金昌集·판중추 金宇杭
(1649~1723) 등 18인과 함께 景賢堂 賜宴에 나가는 영광을 누렸다. 그러
다가 逆臣 金一鏡·逆竪 睦虎龍 등에 의한 辛壬사화로 舊臣宿將·故
家世族들이 살육지참을 모면할 길이 없는 중, 공은 關西의 咸從(現 平
南 江西郡)으로 유배되어 3년 간을 閉門卻掃하고 玩繹書史略하다가, 갑
진년(1724년) 85세의 노구로 金川 累百里 길에 이배되어, 더위를 먹어 7
월 19일 謫所에서 돌아가셨다 한다.
　돌아가시는 날 저녁 侍者에게 '어느 날인가?'라 물으시고, '莊子가 말
한 죽음은 즐겁고 삶은 괴롭다더니 정말 그렇구나(卒之夕 問侍者以何日? 仍
曰 莊生言死可樂而生爲勞 信乎!)'하고는 晏然히 乘化하시고 아무 말이 없으
셨다 한다. 本 諡狀으로 내려진 시호는 文僖로, 諡法은 '勤學好問曰文
小心畏愼曰僖'이었다.
　「和陶辭」 작자이기도 한 疎齋 李頤命(1658~1722)이 공을 깊이 따라
'傲霜寒花 冒雪孤松'이라 말해 왔다고 신도비명을 찬한 대제학 圃巖 尹
鳳朝(1680~1761)는 적고 있다. 만년에는 『주역』과 『논어』를 좋아하여 아
침저녁 읽는 맛으로 낙을 삼았으며, 시의 세계는 淸新圓活하였다.

묘표는 홍문제학 退軒 徐宗伋(1688~1762)이 찬한 바, 목민관으로서 애민사상이 깊어 원주에서는 '氷耶玉耶'라는 민요까지 불렀다 하며, 李부인이 糧盡柴絶을 알려오면 공은 '笑告細君當辟穀 靜思長策只歸田'이라는 자작시를 외우며 시골로 가 살자 하였다 한다.

다음으로 사헌부 장령(정사품)으로 있다가 당시의 모든 것이 黨議에 따라 橫決되고, 權奸들이 임금을 擁蔽하고 있어서 廟堂之策이 已無可爲之勢로 전락되면서, 전북 茂長(茂松·長沙之合名)현감으로 밀려난 후 사임하고, 다시는 벼슬길에 나아가지 않아 가위 行藏無二致의 생활을 영위한, 三梅堂 金廈梴(1621.8.26~1677.8.3)의 원제 「次韻歸去來辭」를 살펴 보려 한다. 작품 제작시를 '茂長解任時'라고 밝혔는데, 연보를 살펴보니, 47세 되던 정미년(1667년: 현종 8) 정월에 棄官하고 「和陶辭」를 썼다고 명백히 밝혀 두었다. '幷小序'부터 살펴 보겠다.

> 歸去來辭者 晉徵士淵明先生之作也 觀其辭 始歎形役而迷途 終喜樂
> 命而無疑 噫! 其意豈但屑屑於歸田也哉? 余嘗讀而味之 次其韻以見志
> 講述晦翁 '身比屋 心比主'之說以立言 其辭曰

「귀거래사」는 東晉시 징사이신 도연명 선생의 작품이다. 「귀거래사」를 살펴보면 처음에 '以心爲形役'과 '迷途'했음을 탄식하고, 마지막으로 '樂夫天命'과 '復奚疑'를 기뻐했으니, 슬프다! 그의 뜻이 어찌 다만 歸園田居에만 급급했을 것이랴? 내 일찍이 「귀거래사」를 읽고 음미하면서 其韻을 받아 나의 뜻을 나타내었다. 주부자가 말씀하신 '一身은 집이며, 마음은 주인에 견줄 수 있다.'는 言說로 주제를 삼았다. 그 辭에 이르기를 ……

1 歸去來兮! 　　　돌아가리라!
　我屋無主胡不歸 　내 집에 주인이 없으니 어찌 돌아가지 않으리오?
2 便階庭蕪穢不治 　집안으로 하여금 황폐하게 하고 다스리지 못했음을,
　忽反顧而興悲 　　문득 되돌아보고 비감을 느끼노라.
3 思喚醒於主翁 　　內心 '一身의 주인은 마음'임을 환기 각성했나니,

匪古訓其焉追　　　　　고인의 가르침이 아니라면 그 어찌 따르랴.
4 易貴復以不遠[1]　　　『역경』은 修身從道를 귀하에 여겼고,
  書戒過而作非[2]　　　『서경』은 改過遷善을 강조하였도다.
5 肆克念之作聖　　　　그러므로 邪念을 초극하면 성인이 되며,
  湯盤銘兮武衣　　　　苟日新이어든 日日新하고 又日新하리라.
6 然此屋之難求　　　　그러나 이같은 집을 얻기가 어려울 것이니,
□ 在精察於危微　　　　人心道心의 危微之幾를 정확히 살핌에 있으리로
　　　　　　　　　　　다.

7 相彼衆人　　　　　　저 뭇사람들을 보노라니,
  岐路狂奔　　　　　　갈림길에서 미친 듯 날뛰는구나.
8 何莫由斯　　　　　　어찌하여 이것에 말미암지 아니하는가?
  有入德門　　　　　　初學의 入德之門인 三綱領 八條目에 있느니라.
9 升堂入室[3]　　　　　대청마루에서 안방으로 점진적으로 나아간다면,
  在我操存[4]　　　　　나에게 마음은 잡으면 있게 되는 것,
10 陽生子半　　　　　　微陽이 子半에 생겨나 봄철이 되는 것이요,
  味淡汚樽　　　　　　담박한 汚尊을 抔飮으로 맛보리라.
11 求廣居於鄒書　　　　孟子에게서 仁義를 찾아 배우고,
  慕克復於巷顔　　　　누항의 안회에게서 克己復禮를 사모하노라.
12 信其路之旣正　　　　진실로 義는 人之正路요,
  信其宅之旣安　　　　참으로 仁은 人之安宅이나니.
13 譬行者之歸家　　　　나그네가 집에 돌아온 것에 비유하리니,
  門欲入兮誰關　　　　제집 문으로 들려하는데 뉘 막으리?
14 開竹牖而向陽[5]　　　대로 얽은 들창을 열어 햇빛을 받으며,
  收視聽而反觀　　　　지금까지의 견문을 반추하면서 살피리라.
15 悔昔日之窘步　　　　전일의 窘塞한 발걸음을 후회하면서,

---

1) 『易經·十翼』：「不遠之復 以脩身也 休復之吉 以下仁也 頻復之厲 義无咎也 中
   行獨復 以從道也」
2) 『書經·說命 中』：「惟事事 乃其有備 有備無患 無啓寵納侮 無恥過作非 (傳)遂成
   大非」
3) 『論語·先進』：「門人不敬子路 子曰 由也升堂矣 未入室也」
4) 『孟子·告子 上』：「孔子曰 操則存 舍則亡 出入無時 莫知其鄕 惟心之謂與」
5) 『朱熹·次范碩夫題景福僧開窓韻詩』：「今朝牖而向陽開」

喜今夕之知還	나 자신으로 돌아온 이 밤을 기뻐하노라.
16 亦旣返乎故居	또한 이미 옛날 집으로 돌아왔으니,
② 聊且以乎盤桓	그런대로 잠시 서성거려 보노라.
17 歸去來兮!	돌아왔음이여!
初何爲乎遠遊	애초에 무엇 때문에 遠遊했던가?
18 惟我所之爰得	오직 내 있을 곳을 이에 얻었으니,
復舍此而爰求	다시 이것을 버리고 무엇을 구하리.
19 玩四時之佳興6)	사시사철의 아름다운 흥취를 완미하면서,
于以瀉兮我憂	이에 나의 근심 걱정을 씻어내리라.
20 無亦以是之遑遑	또한 이것 때문에 황황급급하게 굴 것도 없이,
老此生於耕疇	남은 생애를 밭갈이하면서 늙으리라.
21 南山種豆	남산 말랭이에 콩을 심고,
野渡橫舟	들녘은 배를 비껴 건너리라.
22 或觀瀾於川上7)	더러는 川上에서 波瀾을 보기도 하고,
且優遊於某丘	잠시 某丘에서 우유도일하리라.
23 樂固在於其中	즐거움은 진실로 그 속에 있는 것,
坎則止而盈流	물이 구덩이에 고이더라도 가득차면 흐르는 법.
24 一室內而俛仰8)	一室 內에서 무사 한가히 지내면서,
③ 體自逸9)而日休	스스로 편히 즐김을 본받아 날마다 쉬리라.
25 已焉哉!	끝났음이여!
樂行憂違能幾時	이 같은 생애를 즐기면서 위배될까봐 걱정하는 것이 몇 때런가?
26 曷不任死去生留	어찌하여 生寄死歸에 맡겨두지 아니하는가?
胡爲乎 出門迷所之	어찌하여 문을 나서 갈 바를 두고 헤메이는가?
27 往者不可追	과거는 어쩔 수 없는 것이요,
來者猶可期	미래는 오히려 기대할 수 있는 것.

---

6)『程頤・秋日偶成詩』:「萬物靜觀皆自得 四時佳興與人同」
7)『孟子・盡心 上』:「觀水有術 必觀其瀾」
8)『詩經・小雅・北山』:「或棲遲偃仰 或王事鞅掌 (集傳)深居安逸 不聞人聲也」
9)『詩經・小雅・十月之交』:「天命不徹 我不敢傚 我友自逸」

28　圍至化10)而懋敏　　나라 동산이 지극한 교화를 받으려면 부지런하고 민
　　　　　　　　　　　첩해야 되나니,

　　草宜耘而苗耔　　　잡초는 마땅히 芟除해 버리고 種苗는 북돋아주어야
　　　　　　　　　　　하리.

29　潤吾屋兮潤身　　　내 집을 윤택하게 하고 덕으로 내 몸을 윤택하게
　　　　　　　　　　　하며,

　　樂便歌而哦詩　　　즐거우면 노래하고 시를 읊으리라.

30　宜與時而偕行　　　마땅히 시절에 따라 함께 가리니,

④　質諸鬼神更何疑　　이 점을 귀신에게 물어보더라도 다시 무엇을 걱정하
　　　　　　　　　　　리오.

三梅堂 金廈梃(1621~1677)은 경북 善山 坪城里 居正洞에서 부호군 金
活의 둘째 아들로 태어나, 寒岡 鄭逑(1543~1620)와 旅軒 張顯光(1554~
1637) 문하의 高弟로 進士에는 합격했으나, 광해 계축(1613년의 옥사) 이후
다시 應擧하지 않고 淸名直節을 지켜 儒賢의 矜式이 되었던 陽灘 金澐
(1574~1644)에게 入系하였다.

10여세 시 합천守로 오신 修巖 柳袗(1582~1635: 서애 유성룡의 三男)에게
나아가 학문의 순차인 『소학』·『대학』·『중용』을 익히고, 旅軒선생 문
하에서 수학하였다. ‘誠敬正’ 3자를 좌우명으로 삼았으며, 손수 堂前에
‘세 그루 매화’를 심고 ‘三梅說’을 지어 寓志하였고, 三梅堂으로 자호하
였다.

養父母가 모두 돌아가신 庚寅 이후(1650) 擧業을 폐하겠다고 생부이신
부호군공에 稟하니 ‘군자가 지행이 堅定하면서 科業에 나아가지 않음은
누가 된다.’고 하심에, 1660년 顯宗 卽位慶 增廣別試(博泉 李沃과 壯元인
朴世堂과 同榜)로 釋褐하여 例授館職하여 典籍이 되고 이어 南宮에 배수
하였다가, 茂長에 外補되엇다.

무장에서의 善治가 어사 褒啓로 알려져 통훈대부(정삼품)에 特授되었
다. 정미년인 1667년에 不樂宦游하고 기관귀향하려 하니 縣民이 遮道請

---

10) 『後漢書·仲長統傳』:「今欲張太平之紀綱 立至化之基址」

留하였다. 다음해 병조좌랑에 임명되었으나 不赴하였다. 무장 현민들이 淸德碑를 세우려 하자 공은 嚴勅으로 막았으며, 본도 관찰사인 訒齋 閔蓍重(1625~1677)이 애민우국지성을 장계로 올려 馬一匹을 賜給받은 特恩을 입었다. 공의 유서에 '居官四年 只欲憂民之憂而才短力拙 未有文翁卓茂之治化'라 하심을 알겠으니, 행장의 '無循一己之私 一從公心'이었음에 대한 은택이었다 하겠다.

공은 眉叟 許穆·鶴沙 金應祖(1587~1667)·龍洲 趙絅(1586~1669)에게도 나아가 계속 학문을 익혔다. 또한 聽天堂 張應一(1599~1676: 張顯光에 入養됨)·木齋 洪汝河(1621~1678: 高從後厚 外孫)·南坡 洪宇遠(1605~1687: 許筬의 外孫이며 李光庭의 사위)·雪峯 姜栢年(1603~1681) 등과 도의지교를 맺고, 契友로 만년을 지내며 수창한 작품만도 한 권의 책에 이를 정도이다.

다음으로 우암 송시열 선생에게 상찬받은 바 있는 대사헌 霽月堂 宋奎濂(1630~1709)의 원제 「和歸去來辭韻」를 살펴보려 한다. 1673년(현종 14)에 쓰여진 작품으로, 그의 나이 44세 때이다. 아들인 대사헌 玉吾齋 宋相琦(1657~1723)도 「和陶辭」를 지었다. 그의 1721年 五友連作인 「和歸去來辭」는 다음 4.4.에서 후술될 것이다.

1	歸去來兮!	돌아가리라!
	我今去此將安歸	내 이제 이곳을 버리고 어디로 가려는가?
2	得不得曰有命[1]兮	벼슬을 얻고 못 얻음은 천명이라고 말했음이여.
	得何喜而何悲	얻었다고 하여 어찌 기뻐하고 슬퍼하랴.
3	昔余遊乎上國兮	예전 내가 서울 땅에 유력하면서,
	謂前軌其可追	전인의 궤적을 追躡할 수 있다고 생각했음이여.
4	羌心勞而日拙兮	아아! 마음은 피로하고 날이면 날마다 옹졸해짐이여!
	慨身事之將非	一身上의 사정이 틀어져감을 개탄했노라.
5	徒簪裾而哺啜兮	그저 다만 衣冠을 걸치고 먹고 마실 뿐,
	辱君食與君衣	군왕이 주신 봉록을 그저 욕되게 했네.

---

1)『孟子·萬章 上』:「孔子進以禮退以義 得之不得 曰有命」

6 縱塡海[2]之誠篤兮　　　비록 바다를 메울 정성과 篤實일지라도,
① 奈負山之力微　　　　산을 짊어질 힘이 미약함을 어찌하리오.

7 睠茲鄕山　　　　　　저 고향산천을 바라봄이여,
　 浩然來奔　　　　　　간절한 마음으로 달려가노라.
8 幽居臨水　　　　　　背山臨水의 幽邃한 곳,
　 草屋荊門　　　　　　삼간 초옥에 荊扉로세.
9 簞食瓢飮　　　　　　一簞食一瓢飮의 粗衣惡食일지라도,
　 至樂攸存　　　　　　지극한 즐거움이 존재하는 곳.
10 瓦杯自酌　　　　　　토기 술잔으로 引壺觴以自酌하나니,
　 不用金樽　　　　　　황금 술통은 쓰지 않노라.
11 臨淸風而醉倒兮　　　맑은 바람 맞으며 취기에 쓰러짐이여,
　 喜爽氣之醒顔　　　　상쾌한 공기가 취기를 가시게 하는 즐거움.
12 時乘興而覓句兮　　　때대로 흥에 겨워 시구를 찾게 됨이여,
　 字不勞於吟安　　　　문자 고름에 애쓰지 아니하며, 음영을 즐길 뿐.
13 聞至人之在世兮　　　훌륭한 분들의 처세관을 듣고 느끼면서,
　 貴遊心於冥觀　　　　冥觀에 마음이 노니는 것을 귀하게 여기노라.
14 聆雷霆而莫聞兮　　　뇌정벽력이 들리더라도 귀를 막음이여,
　 覰泰山猶無關　　　　태산준령을 보더라도 오히려 관심 없어라.
15 嗟時俗之貿貿兮　　　아아! 시속이 무작스러워짐이여,
　 幾櫝買而珠還　　　　가치의 전도가 그 얼마런가?
16 嗤膠柱於趙侯兮[3]　　조나라 혜문왕에게 인상여는 융통성 없음을 보여
　　　　　　　　　　　　주었고,

② 笑斲輪於齊桓　　　　제환공에게 바퀴 깎는 대목은 서적이란 古人의 찌
　　　　　　　　　　　　거기임을 일깨웠었지.

17 歸去來兮!　　　　　　돌아왔음이여!

---

2) 『太平御覽·羽族部·精衛』:「述異記曰 昔炎帝女溺死東海中 化爲精衛 其鳴自呼
　 每御西山木石 以塡東海 怨溺死故也. 博物志曰 有鳥如烏 文首白喙赤足 名曰精
　 衛 昔赤帝之女娃 往遊于東海 溺死而不反 其神化爲精衛 故精衛常取西山之木石
　 以塡東海」
3) 『史記·藺相如傳』:「王以名使括 若膠柱而鼓瑟耳 (注)拘執不通 曰膠柱鼓瑟」

　　且卒歲以優遊　　　　　優遊度日하면서 생을 마치리라.
18　旣莫足爲世用兮　　　이미 세상에 쓰임은 중요하지 않은 것,
　　舍初服其焉求　　　　返初服 隱棲말고 무엇을 구하리오.
19　居陋巷而自樂兮　　　누항에 살면서도 不改其樂하리라.
　　處安宅而無憂　　　　안택인 仁에 입각하니 근심이 없으리라.
20　惟稼穡之爲寶兮　　　오직 농사만이 보배인 것이니,
　　恒服力乎田疇　　　　언제나 밭두둑에서 힘써 일하리라.
21　維山有月　　　　　　江上之淸風과 山間之明月이 있으며,
　　維湖有舟　　　　　　호반엔 배가 매여 있어라.
22　呼儔侶而命駕兮　　　벗님네들 불러내어 들놀이를 명하리라.
　　指某水與某丘　　　　어느 산수 어떤 구릉을 가자고 하려네.
23　追東山之氣象兮[4]　謝安의 東山高臥의 기상을 따르려네,
　　挹北海之風流[5]　　孔融의 客恒滿 酒不空의 풍류에 젖으려네.
24　汸與物而同春兮　　　끝없이 만물과 더불어 봄을 같이 함이여,
③　聊任化而長休　　　　애오라지 化育에 내맡겨 길이 길이 쉬리라.

25　已矣乎!　　　　　　끝났음이여!
　　人生少壯能幾時　　　인생에서 젊은 시절이 몇 때런가?
26　日月逝矣不曾留　　　세월은 흘러흘러 멈추지 않는 것,
　　餘年足可惜　　　　　餘年이 아깝다고 자신의 덕을 닦지 아니하고
　　曷不修身以俟之[6]　어찌 천명을 기다릴 것인가?
27　功名本無分　　　　　공명은 워낙 분수에 없는 것,
　　富貴終難期　　　　　부귀는 끝내 기약하기 어려운 것,
28　余旣滋蘭之九畹[7]兮　내 이미 九畹에 난초를 심었고,
　　庶及時而耘籽　　　　시절에 맞추어 밭갈이 하려네.

---

4)『晉書·謝安傳』:「仕進時 年已四十餘 桓溫請爲司馬 將發新亭 朝士咸送 中丞高
　崧 戲之曰 卿累違朝旨 高臥東山 … 遂棲遲東山 常往臨安山中 坐石室 臨濬谷
　悠然歎曰 此與伯夷何遠」
5)『後漢書·孔融傳』:「擧北海相 拜大中大夫 性寬容少忌 好士喜誘益後進 及退閑
　職 賓客日盈門 常歎曰 坐上客恒滿 樽中酒不空 吾無憂矣」
6)『孟子·盡心·上』:「(知性章 第一)孟子曰 盡其心者 知其性也 知其性 則知天矣
　存其心養其性 所以事天也 殀壽 不貳 修身以俟之 所以立命也」
7)『屈原·離騷』:「余旣滋蘭之九畹兮 又樹蕙之百畝」

29 兢朝乾而夕惕[8]兮   아침에 씩씩하고 저녁에 근심한다는 주역의 철리를
                          두려워하면서,

   列左書與右詩   左書右詩 속에서 博古通今하리라.
30 得聖賢而爲歸兮   성현들이 귀거래하셨음이여!
④ 脚踏實地更[9]何疑   절실한 마음에 내 발로 직접 찾아온 곳이니 다시
                          무엇을 의심하랴.

본 「和陶辭」에 이어 尤齋 선생의 小跋을 부록으로 싣고 있다.

   宗人宋道源 爲示所和歸去來 其辭致之高古 道源亦自知其不能與之
上下矣 惟日乾夕惕之句 是淵明道不到者 而又淵明之所不屑者 只五斗
米也 其視道源之玉堂天曹 則還可爭優劣於其間耶? 抑使淵明 生於道
源之後 則其將撫孤松而和此辭耶? 殆難與俗人言也
   崇禎 昭陽赤奮若 暮春日 華陽洞主人書

   宗氏인 송도원(道源은 송규렴의 자)이 도연명의 「귀거래사」에 화운하여 나에게
보여주었다. 其辭의 내용 취지가 高尙하고 古雅하여 道源도 스스로 陶辭와 상하
우열을 논할 수 없음을 알 것이다. 오직 '日乾夕惕'(송규렴의 和陶辭 29구)구만은
연명도 말하지 않았던 것으로 警句라 할만하며, 연명이 달갑게 여기지 않은 것은
五斗米일 따름이다. 팽택령을 그만둔 도잠과 도원이 옥당과 吏曹의 청요직에서 사
직하고 떠난 것과 견주어 본다면, 두 분 사이에 우열을 다툴 수 있을 것인가? 만약
에 연명으로 하여금 도원의 후대에 태어나게 했더라면, 연명이 '撫孤松' 운운하면서
도원의 「귀거래사」에 화운했을 것인가? 아마도 후인들과는 말하기 어려운 것이다.
   숭정 계축 모춘일(1673년 음 3월 모일) 화양동 주인은 씀.

   그런데 이 「附尤齋先生小跋」문은 우암문집인 『宋子大全』에 들어 있
지 않다. 『우암선생문집』은 大老께서 돌아가신 28년 후인 1717년(숙종 43)
에 왕명으로 校書館에서 芸閣 활자로 158권 54책으로 상재되었다. 따라
서 제월당의 아들인 玉吾齋 송상기는 만년에 문집 편찬 存拔時 빠졌음

---

8)『易經・乾下乾上・乾爲天』:「(九三)君子終日乾乾 夕惕若 厲无咎」
9)『邵氏見聞錄』:「司馬溫公問康節曰 莫何如人 曰 君實脚踏實地人也」

을 알았기에, 1721년 옥오재가 쓴 「和陶辭」 말미에 「尤齋先生小跋」을 작품의 후기에 적어 두었는데, 우재의 소발에 대한 감사와 부친의 「和陶辭」에 대한 찬탄의 글이다.

> … 因記昔年癸丑 先人偶有和陶辭一篇 尤庵先生跋之曰 「宗人宋某 爲示所和歸去來 其辭…殆難與俗人言也」 噫! 先生發揮之意 可謂盛矣 三復諷詠 尚有遺芬 百世之下 其有感歎於斯者 此文見刪於先生集中 恐遂湮沒無傳 仍並附見於此

아울러 옛날 계축년(1673년: 현종 14년)에 선인께서 우연한 기회에 「和陶辭」 한 편을 지으신 일이 기억되는데, 우암선생께서 이에 발문을 부쳐 주시면서 말하기를 「종씨인 아무개(부친이신 제월당의 자인 道源을 휘하여 某라 하였음; 필자)가 도연명의 「귀거래사」에 화운하여 나에게 보였다. 其辭가 …아마도 속인들과 더불어 말하기는 어려울 것이다.」 아아! 우재선생께서 발휘하신 의향은 대단한 것이라 할 만하다. 세 번 거듭 소리내어 읊어보니, 상기도 유향이 남아 있어 백세 후라도 혹시 이 「和陶辭」에 감탄하지 아니할 자가 있을까? 이 문장은 우암선생의 문집에 빠져 있다. 아마도 결국 인몰되어 전해지지 않은 듯하다. 그리하여 아울러 이곳에 첨부해 보인다.

霽月堂 宋奎濂은 소시부터 同春堂 宋浚吉에게 학문을 받았으면서도, 스승인 동춘당과 사부인 우재 송시열과 함께 '三宋'이라 일컬어졌던 인물이다. 黎湖 朴弼周(1665~1748)의 신도비에 의거하여 文僖公의 생애를 살펴보면 다음과 같다.

恩津人 宋奎濂의 자는 道源이며, 上祖인 9대조는 고려시대 한림원 판원사대원유(종일품) 宋愉(1387~1446: 武科)로 조선조 태종 때 충남 懷德으로 퇴거하여 호를 雙淸堂이라 하였는데, 堂이 당시까지는 상존해 있었다 한다. 自後로 名德이 상승하여 賞心軒 宋枏壽(1537~1626)가 공의 증조이시니, 圭庵 宋麟壽(1487~1547)의 族弟가 된다. 조부는 希遠(1565년생. 1623 文科), 부친은 國銓, 母堂은 순흥 안씨며, 丈人은 安東人 知中樞 金光燦으로 淸陰의 아들이며 文谷의 父親이다. 따라서 金壽恒과는 처남 매부가 되는 것이다. 공이 귀하게 됨에 兩世가 모두 贈典되었다.

7세에 병자호란(原文은 1636년 虜亂)을 만나 부모를 따라, 회덕에서 경남 三嘉(今 합천)로 난을 피하였다. 동춘당에게 수학함에 대성을 예견했다 하며, 1654년 文科(木齋 洪汝河와 存養齋 宋挺濂과 同榜), 이후 검열·전적·정언·지평을 거쳐 무장현감, 이어 33세 되던 1662년에 병조정랑이 되고 옥당에 뽑혔다. 63년 용담현령, 64년 부수찬, 본 「和陶辭」를 쓰신 癸丑年(1673년)에는 헌납으로 봉직하다가 終養을 내세워 사직하였다.

1677년 다시 사간에 올라, 예론 때문에 귀양간 송시열·송준길의 신원을 주장하면서, 宋 范祖禹가 程伊川을 변해하고 尹彦明이 부름을 사양한 일을 인용하여 극론함에 削黜 당하였다.

1680년(숙종 6) 경신대출척으로 서인이 집권하자, 첫머리로 서용되어 수찬·사성·공조참의·대사간·승지를 거쳐 시무 4조를 올리고 안변부사·충청도관찰사를 역임, 대사헌이 되었다. 1689년(숙종 15) 기사환국으로 서인이 숙청 당하자, 사직하고 고향에서 학문을 닦았다. 이 때의 작품이 1693년 계유에 쓴 卷1의 「漁樵詞」이다. 한 자연인으로 돌아가 청풍과 명월을 벗삼아 고기잡고 나무하는(採薪垂綸) 漁人樵者로 생을 마치겠다는 내용이다.

「어초사」를 쓴 다음해 1694년(숙종 20) 갑술옥사로 정국이 바뀌자, 대사헌·대사간·동지중추부사·예조참판을 지내고, 1699년 기로소에 들었다. 지중추부사·우참찬·예판·대사헌 등에 임명되었으나, 모두 사퇴, 80세 때에 최고직인 정일품 지돈녕부사에 올랐다. 사후 회덕의 溪湖書院에 제향되었다.

그의 호인 제월당은 '光風霽月'에서 取意한 것으로, 『宋史』 周敦頤傳에 그의 인품을 말한 "人品甚高 胸懷灑落 如光風霽月"에 연원을 두어, 비갠 뒤에 뜬 달과 같이 맑고 밝음을 自期한 것이다.

4.3. 肅宗

1675년 현종의 뒤를 이어 14세의 세자가 즉위하여 19대 肅宗 시대가 열린다. 현종말의 禮訟으로 서인들이 몰리면서 남인들이 득세하기 시작한다.

남인들은 이 기회에 서인들의 세력을 완전히 일소할 계획으로 송시열 극형론을 들고 나오자, 淸南과 濁南으로 갈려 두 파가 되는데, 청남은 眉叟 許穆(1595~1682)·晚醒 李壽慶(1627~1680)·松谷 李瑞雨(1633~?) 등을 중심으로 한 과격파이고, 탁남은 黙齋 許積(1610~1680)·退堂 柳命天(1633~1705) 등을 주축으로 하는 비교적 온건파라 할 수 있다.

이러한 시국에 延安人 博泉 李沃(1641~1698)은 당시(1678) 부제학으로, 청남에 속하여 우재를 종묘에 고하여 극형에 처하자고 주장하다가, 탁남의 영수 허적 등의 반대로 삭직, 함남 北靑에 유배되었다.

博泉 李沃의 원제 「次歸去來辭」에는 병서도 간지도 부기되어 있지는 않다. 그러나 작품의 문면에 '胡爲乎黨人不察之'라든가, 지역·지명과 관계있는 '循關海而獨邁'·'(摩)天嶺限以北南·瞻鰲山而戾止' 등구로 미루어 北靑 유배 시절에 쓴 「和陶辭」로 사료된다. 따라서 제작년은 1678년 현종 4년으로 잡아두려 한다. 먼저 작품을 살펴 나가겠다.

1	歸去來兮!	돌아가리라!
	萬里鄕關何日歸	만리나 떨어져 있는 고향산천을 어느날이나 돌아가리?
2	溯疇曩而激昂	전일지사를 곰곰 생각해보니 격앙되는 심정.
	喟余心之興悲	아아! 내 마음 속으로는 비감이 어리는구나!
3	方昭質[1]之克章	바야흐로 맑은 바탕을 빛내고자 하였더니,

---

1) 『楚辭·離騷』:「芳與澤其雜糅兮 唯昭質其猶未虧 (注)唯獨守 其明潔之質 猶未爲自虧損也」

奢逸躅之無追	屈平의 높은 자취를 쫓을 수 없는 것을 안타까워 했노라.
4 感靈脩2)之成言3)	상감께서 약속하신 말씀에 감동되어,
懼臣道之或非	신하의 도리에 혹 잘못이 있을까 두려워하였네.
5 旣綴之以蘭佩	이미 난초를 꿰메어 佩玉을 삼고,
又被之以荷衣	또한 연잎으로 만든 옷을 입노라.
6 惟太陽之景晃	오직 태양만이 밝고 환한 것인데,
① 謂螢爝爲不微4)	반딧불의 형광을 일러 미미하지 않다고 하네.
7 時命忽阨	시대의 명운이 문득 막혀,
竟罹斥奔	마침내 쫓겨남을 당하였네.
8 瞻望華嶽	삼각산을 바라보면서,
泣涕閶門5)	북서문인 창의문을 울면서 떠나네.
9 魂動魄飛	혼백이 나르고 무너지는 듯,
形枯殼存	목이 말라 껍데기만 남았어라.
10 親誼送余	친지들이 나를 전송하면서,
飮余兕樽	나에게 소뿔잔으로 마시게 하네.
11 循關海而獨邁	관문과 바다를 따라 홀로 北征하노라니,
物色悽而異顔	物色은 처량하고 눈에 설어라.
12 天嶺限以北南	摩天嶺을 한계로 하여 함남과 함북이 경계를 짓고,
杳一道於長安	장안으로 뻗은 한 줄기 길 까마득하여라.
13 瞻鰲山6)而戾止	변경의 자라山을 바라보노라니, 내 여기까지 와 있구나!
緝荊榛而爲關	가시나무 개암나무를 모아 문을 삼으리라.

---

2) 『楚辭·離騷』:「指九天以爲正兮 夫唯靈脩之故 (注)靈 神也 脩 遠也 能神明遠見者 君德也 故以喩君」

3) 『楚辭·離騷』:「初旣與余成言兮 後悔而有他 (補注)成言 謂誠信之言 一成而不易也」

4) 『張說·讓封燕國公表』:「大明朝昇 螢爝無助 (注)螢爝 微光又微力也」

5) 『太平寰宇記』:「吳城西北門也 春申君改爲閶門」

6) 李沃:『博泉先生文集』권1 賦, 鰲山:「緣豆滿之北渚兮 陟鰲山之高阜 祖長白而旋迤兮 折茂嶺而斜走 夾二江之襟帶兮 中一丘之岹嶢 象神鰲之抃戴兮 眞宰故若有意…」

14	春序迭於秋令	봄철 가을철이 갈마들면서,
	廓獨處而冥觀	확연히 홀로 지내며 달관의 세계에 잠기네.
15	安吾生之固窮	진정 궁핍한 내 삶에 편안해 하면서,
	任天時之互還	自然의 節序가 서로 바뀌어짐에 맡기리라.
16	忳鬱鬱而莫宣	우울하고 답답하나 펼 길이 없어,
②	覽明月而徊桓	山間之明月을 바라보면서 이리저리 왔다갔다 하노라.
17	歸去來兮!	돌아가리라!
	藉墳典而優遊	삼분오전을 배게삼아 優遊度日 하리라.
18	孰非古而可學	누군들 古典이 아니면 배울 것이며,
	孰非義而可求	누군들 正義가 아니면 구할 것인가?
19	苟脩名之能立	진실로 명분을 닦으면 설 수 있는 것이니,
	雖流徙其何憂	비록 유배로 떠돌더라도 무엇을 걱정하리오?
20	否泰揭象於羲畫	否塞과 通泰의 易象은 『주역』에 기재되었고,
	休咎著徵於箕疇	休徵과 咎徵은 기자의 홍범구주에 적혀 있네.
21	迷途引軌	길을 잘못 들면 굴대를 끌어당기고,
	巨川方舟	큰 내를 만나면 배를 나란히 하고 건너리라.
22	怳弱喪而新歸	길 잃고 당황하던 어린아이가 새로운 안식처를 찾은 것이니,
	又何懷乎故丘	또한 어찌하여 옛 고향만 생각하리오.
23	使瞿塘兮亨衢	험한 瞿塘峽 수로를 탄탄대로로 만들고,
	令灩澦兮安流	소용돌이치는 염여퇴를 안정된 흐름으로 만들리라.
24	庶婆娑於初服	返初服하고는 편히 쉬기를 바라노라.
③	究年時而歇休	세월을 깊이 생각하면서 편히 쉬리라.

---

7) 『管子・九守』:「脩名而督實 按實而定名」
8) 『吳志・諸葛瑾傳』:「二狂直流徙」
9) 『易經・雜卦』:「否泰反其類也」
10) 『書經・洪範』:「曰休徵 云云 曰咎徵 云云」
11) 『易經・大畜』:「何天之衢 亨」
12) 『班固・答賓戲』:「婆娑乎術藝之場 休息乎篇籍之圃 (注)善曰 婆娑 偃息也」

25 已矣乎!　　　　　　　끝났음이여!

  遇不遇焉各有時　　　　만나고 못 만나는 仕宦길은 다 각기 때가 있는 법.

26 聖訓昭昭方冊留　　　　거룩한 가르침이 명백하게 서책에 남아있나니,

  志士不從衆兆化13)　　　志士는 뭇사람을 따라 변하지 않는 것,

  胡爲乎 黨人不察之　　　어찌하여 黨人들이 이 점을 살피지 못하는가?

27 天命縱未知　　　　　　天命은 비록 모를지라도,

  身計已可期　　　　　　一身의 계획은 이미 기약되었노라.

28 盍吾將此形骸　　　　　어찌하여 이 몸으로 장차,

  樂淸明於佃耔　　　　　밭갈고 김매며 청명한 마음을 즐기지 않으리오!.

29 歌吟激而續騷　　　　　노래하고 읊다보니 격해지는 마음에 '근심 노래'(屈

　　　　　　　　　　　　原의 離騷)를 이어 보자니,

  風調變而非詩　　　　　풍조가 변하여 시가 되지 못하였네.

30 聊呼酒而却愁　　　　　애오라지 술을 찾아 근심을 삭히고자,

  ④ 傾百壺兮莫須疑　　　함빡 취할 것이니 의심하지 말지라.

博泉 李沃은 숙종조의 奉朝賀인 芹谷 李觀徵(1618~1695: 1653 文科. 李
民寏의 外孫)의 아들로, 1660년(현종 1) 增廣別試에 급제(三梅堂 金厦梴과 同
榜), 사관을 거쳐 1668년 예조좌랑을 지내고, 1670년 정언·지평이 되었
다. 숙종 1년인 1675년 홍문관에 등용된 후 헌납·이조좌랑·응교·사
간·우부승지 등을 역임했다. 1677년 부제학이 되었다가 이듬해 청남에
속하여 송시열 극형을 주장하다가 北靑으로 유배되어「和陶辭」를 쓰게
되었음은 이미 밝혔다.

1689년 기사환국으로 풀려나와 승지에 등용되고 경기도 관찰사를 거쳐
1692년 예조참판에 이르렀다. 1694년 갑술옥사로 시국이 일변하자 벼슬
에서 물러나 경상도 尙州로 내려가 살다가 그곳에서 죽었다. 記性이 絶
人하고 천성이 峭直하여 대간으로 있으면서 直諫으로 여러 번 유배된
인물이다. 문장으로 일세에 이름이 높았으며 글씨로도 알려졌다. 만년의
생애를 당쟁의 旋風 속에 휩쓸려서 우울한 세월로 끝마쳤으나, 이 같은

---

13)『班固·幽通賦』:「洞參差其紛錯兮 斯衆兆之所惑 (注)善曰 衆 庶也 兆 人也」

窮愁發憤의 心力이 도리어 그의 문장력과 書道를 더욱 연마하게 했던 것이 아닌가 한다.

李沃에게는 또 소동파가 江湖之間으로 流謫할 때 쓴「赤壁賦」에 차운한「次赤壁」이 문집 卷1에 收載되어 있다. 並序에 의하면 죄를 얻어 三逐되었던 일이 있었는데, 이번에 또 四遷으로 夷山으로 流竄되면서 동쪽 勝區인 靑海를 지나게 되었는데, 마침 비를 만나 滯地하게 되었다. 때가 공교롭게도 壬戌之秋 七月 旣望이나 죄에 얽혀있는 몸인지라 泛月臨江之遊는 할 수 없었으나, 그런대로 用韻綴辭하여 흥감을 들어내었다고 제작의 동기를 밝혔다. 임술년은 숙종 8년인 1682년으로 그의 나이 42세 때이다.

문집 33卷 5책중 3·4책 18卷은 시집으로, 젊은 시절 서울 北山 밑에 살면서 쓴「北厓錄」(1卷)으로부터, 사직 후 서울 坡山 선영하에 은거할 때의 작품인「坡山錄」(17卷), 1698년 파산에서 낙동강 상류인 상주로 낙향하여 만년의 시를 모은「上洛錄」을 마지막 18권으로 한 방대한 양으로, 생애의 토막토막을 한 권 한 권씩 別題로 묶은 것으로 보아 생전에 유고를 정리해 둔 것 같다. 韓國 漢詩上 한번은 짚고 넘어갈 시인으로 여겨진다.

博泉의 아들인 李萬維가 숙종 46년인 1720년에 『眉山酬唱錄拾遺』 전 1책(25장)을 목판으로 상재한 자료가 남아 있다. 이 책은 李沃이 그의 아들들(萬秀·萬祉·萬維) 및 제자(興叔)와 수창한 시를 모은 것으로 李沃이 죽던 해인 1698년에 쓴 자서와, 李浹(四弟: 1663년생, 1689 文科)이 서문·萬維(三男)의 발문 등이 실려 있다.

李沃의 辭賦 작품에 대하여 조금 더 살필 필요가 있다. 본「和陶辭」이외에 같은 시기인 1678년인「鰲山賦」(지리산은「和陶辭」에도 언급하였는데, 두만강의 북쪽으로 백두산 자락이 굽어진 곳에 있다고 하였다.), 그리고 1682년작인「次赤壁賦」는 전술한 바 있다. 상기 세 작품 이외에 3편의 賦가 문집에 더 수재되어 있다. 御製로 出題되어 일등으로 뽑혀 말을 하사받은

작품인 「衆心成城 御題居魁賜馬」는, 地利에 따라 축성하는 것도 중요
하지만, 귀한 것은 人和(所貴者 人和矣)라고 하면서, 민심을 잡는 것이 金
城湯池보다 낫다고 한 내용이며, 「邃志賦」는 그 허두가 '關山遠而萬里
兮 滄海深而無極 哀吾生之久勤兮 牂獨處此絶國'으로 시작됨으로 보아
(관산과 창해), 북청 유배 시기로 사료된다. 또한 중간에도 '去父母之故都
兮 指鐵嶠而北發 循靺鞨之舊域兮 編下戶而容活 氛陰陰而蔽日兮 八月
寒而霜雪'에서 북쪽으로 向發하였음이 분명해진다. 마지막 부분은 '守琬
琰花方寸兮 付軒冕於敝屣 馮遺牒而愒日兮 賴吾生於前古 吾從孔周作
師兮 與游夏而爲友 振余袂於舞雩兮 遵泗洙而夷猶 風聲耳於世患兮 縱
處困而愈亨'이라 하여 비록 易의 澤水困에 처했더라도 貞吉하면 无咎
하리라 믿고 있다. 「擬月賦」도 이 때의 작품이다.

  다음으로 일생동안 官界에 등장을 스스로 거부하고, 충남 論山郡 魯
城面 校村里[1] 尼山의 酉峰(魯城山城)에 은거하면서, 후진 敎導에 심력을
기울여 실학 정신을 강조한 선비 明齋 尹拯(1629~1714)의 원제 「次歸去
來辭」를 探討하려고 한다. 먼저 長文의 並序를 살펴보려 한다.

    余以屏蟄微命 分甘溝壑 而置身表襮 猥窃虛名 表裏惕恐 措躬無所
偶以妄言 得罪當世 晦翁所謂 自近事言之則爲廢斥 自初心言之則爲爰
得我所者[2] 正爲余今日道也 蓋余今日之事有二幸焉 虛名上欺 攬取兩
朝恩禮 節次超躐 無有脫免之路矣 倘微尤翁與文谷・老峰二相之餉我
將何以收殺此虛名耶? 雖仰孤國恩 負心忠孝 而自此 庶得以無所怵迫
安意待盡 此一幸也 自少師事尤翁 而彼此情阻亦久矣 心口牴牾 呑吐不
得 方不知處義之道矣 忽至此境 更無餘地 雖靜念平生 自悼不幸 而自
此亦得以自守拙法 無復貐脆於方寸 此又一幸也 晦翁又有言曰 天下之
事 必至於久而後 是非之實 可見 此君子之立言制行 所以不屑一時之毁

---

1) 朴萬植・李鍾允・李達勳 : 「충청 지방의 이조상류 주택고(2)―윤증의 古宅을 중심으
  로」,『백제연구』7집(충남대 백제문화연구소 1976. 12. 30) 161~174쪽.
2)『詩經・魏風・碩鼠』:「逝將去女 適彼樂土 樂土樂土 爰得我所」

譽 而唯欲其無所愧悔於吾心也 余謂苟於心無所愧悔 則一時之毀譽 固
不足道 不見是於久後 亦何慊焉
　丙寅人日 無客獨坐 偶讀市南先生「次陶辭」韻 慨然有感 遂援筆而
賦之

　내 물러나 은거하는 미미한 목숨으로 분수에 溝壑藏身함을 달게 여겨 몸가짐을
은인자중해야 하거늘 겉으로 드러내어 외람되게도 헛된 명성을 도적질하였으니, 안
팎으로 부끄럽고 두려워 몸둘 바를 모르겠다. 어쩌다 망령된 말로 당세에 죄를 얻
게 되었으니, 朱夫子의 이른바 '가까운 일로 말하면 쫓겨난 것이고, 애초의 마음가
짐으로 말하면 내 자리(隱居之地)를 얻은 것'이라 하심이, 바로 나의 오늘을 위하
여 말하신 것으로 여겨진다. 대체로 나는 오늘날의 일에 두 가지 다행한 것이 있으
니, 허명으로 기군망상하여 현종·숙종 양조의 은덕과 예우가 절차를 뛰어넘어(은
일로 추대되어 우의정까지 오름), 特用받게 되어 탈면할 길이 없게 되었다. 만약에
尤翁과 文谷 金壽恒(1629~1698)·老峰 閔鼎重(1628~1692) 二相이 나를
대접함이 아니었다면, 장차 어떻게 이 같은 허명을 잡아 가둘 수 있었겠는가? 비록
국은을 저버리고 충효도 저버리고 말았으나, 지금부터는 두려워하고 핍박당할 바 없
이 뜻을 편안히 하여 죽는 날을 기다릴 것을 바라니, 이것이 한 다행이다. 어려서
부터 尤翁을 스승으로 섬겨 왔으나, 피차의 정의가 격조된 지 오래되었다. 마음과
입이 서로 어긋나고, 삼킬 수도 뱉을 수도 없으니, 지금에 와서 의리상의 처결 방
도를 알 수 없게 되었다. 어쩌다 이 지경에 이르고 보니, 다시는 어떻게 해볼 여지
가 없게 되었다. 비록 평생을 조용히 생각하며 스스로의 불행을 애도하지만은 이제
부터 스스로 옹졸한 방법을 지켜서 다시는 마음속에 껄끄럽고 위태한 감정이 없기
를 바라니, 이것이 또 하나의 다행이다. 朱夫子께서 또한 말씀하시기를 '천하의 일
은 반드시 오래 지난 연후에야 시비의 진실이 드러난다.'고 하였으니, 이것이 군자
의 立言制行이 한때의 毀譽에 개의하지 않는 까닭이니, 오직 내 마음에 부끄럽고
뉘우치는 바가 없기를 바라고 있을 따름이다. 내가 진실로 內心에 부끄럽고 뉘우칠
일이 없다면, 일시의 훼예는 전혀 얘기거리도 안 된다고 생각하며, 이 점이 오랜
뒤에 인정받지 못한다 하더라도 또한 어찌 괘의하리오?
　1686년(숙종 12년) 1월 7일 찾는 이 없이 홀로 앉았다가, 우연히 소시적 스승
이신 市南 兪棨(1607~1663)선생의 「次陶辭」韻을 읽고, 개연한 느낌이 있어 드
디어 붓을 잡고 다음과 같이 짓노라.

1 歸去來兮!　　　　　돌아가리라!
　昔固未出今何歸　　　한번도 나선 적이 없었는데 이제 어디로 간단 말인
　　　　　　　　　　　가?

2 本不求全於性命	본래 목숨 보전을 구하지 않았나니,
撫身世而自悲	一身을 어루만지며 스스로 슬퍼하노라.
3 際聖作3)而賢蔚	성현(肅宗을 지칭함)이 蔚然히 나타나심에 즈음하여,
咸吐氣而力追	모두들 기를 토하듯 의기양양하여 힘껏 달리네.
4 思鉛割4)之各效	鉛刀一割의 미력이나마 제각기 펴리라 생각하며,
恥坐枯之爲非	앉은 채 枯死함을 치욕으로 여겨 잘못된 일이라 여겼네.
5 冀公私之一洗	公私間에 한 번 씻어내어 一新되기를 기원하면서,
時廢食而忘衣	때때로 먹는 것도 폐하고 입는 것조차 잊었었노라.
6 奈天運之蹉戾	(그러나) 천운이 대척적으로 어그러짐을 어쩌면 좋은가?
① 悼精衛之誠微	精衛새가 塡海하는 정성일지라도 徒勞無益함을 애도하노라.

7 人生荏苒	인생은 遷延하는 시간 속에서,
歲月流奔	세월은 如流하여 살같이 달리네.
8 三年血泣	3년 간에 걸친 피눈물의 泣訴,
廿載衡門	20년 간의 오두막 살이.
9 鬢毛遽變	숱 많고 검던 머리 어느 결에 희어졌으나,
素心獨存	타고난 하얀 마음 그냥 그대로 남아 있어라.
10 逝爲溝斷	세월 흐름을 도랑이 되어 막고,
不願犧樽	犧樽을 바라지 않노라.
11 尙虛名之纏繞	오히려 허명에 둘러싸여 있음에,
恒慄懷而赧顔	항상 떨리는 가슴으로 얼굴을 붉히네.
12 矧隆恩之日加	하물며 상감의 큰 은혜가 날로 더해지니,
詎微忱之敢安	어찌 미미한 정성이나마 감히 편안함만 일삼으랴?
13 才無堪於應命	君命에 效應할만한 재주는 없고,
義不敢乎閉關	義理上 감히 문을 닫아 걸 수만은 없네.
14 方進退之路窮	바야흐로 진퇴의 기로에서 어렵게 되었나니,

---

3) 『李邕·賀新殿鐘鳴表』:「昨宣示於神殿 爲萬姓祈禱 神鐘自鳴是知 聖作昇聞 天意下降」
4) 『貞觀政要』:「君子過 蓋白玉之微瑕 小人小善 乃鉛刀之一割」

見笑譏於聽觀	듣는 이 보는 이에게 비웃음과 譏弄을 당하겠네.
15 忽天幸之有隙	문득 하늘이 주는 행복이 떨어져,
忻賤分之得還	비천한 이 몸이 돌아갈 수 있었음을 기뻐하노라.
16 何世人之好事	어찌 世人들이 좋아하는 일이랴?
② 强比擬於魏桓5)	억지로라면 후한의 徵士인 魏桓의 三事에 견주리라.

余癸亥承召之日 與友人有略論時事者 而人謂余之不出者 有三事也 故云

(내가 계해년(숙종 9년 ; 1683) 부름을 받은 날에 친구들과 시사에 관하여 대략적인 논의를 한 적이 있었다. 남들이 내가 出仕하지 않는 이유가 세 가지 있다고 하였다. 때문에 魏桓의 三事에 比擬하여 말한다.)

17 歸去來兮!	돌아가리라!
又何事乎交游	또한 무슨 사연으로 교유하랴?
18 曩余志之不量	이전엔 내 뜻을 헤아리지 않고,
謂聖域焉何求	성인의 경지를 구할 수 있다고 어떻게 생각하였던가?
19 爰尋師而就正	이에 스승을 찾아가 正道를 바루고,
惟道悠之是憂	오직 도의 유구함만을 근심으로 여겼을 뿐.
20 一朝反省而自疑	어느 날 아침 반성하면서 스스로 의심이 들었나니,
乃顧慙乎朋儔	곧 친구들에게 慙愧함을 느끼네.
21 認鐵作金	쇠붙이를 금으로 만들 수 있다고 여기며,
無楫操舟	櫓도 없이 배를 움직이려 하였네.
22 愍胎疾之難醫	배냇병은 고치기 어려움을 근심하면서,

胎疾者 喻氣質之病 難變 見語錄

(배냇병은 氣質의 병이 변하기 어려움을 비유한 것이다.『朱子語類』에 보인다.)

羞詭遇之若丘6)	枉尺直尋 非禮之射로 一朝獲十을 부끄럽게 여기

---

5)『後漢書·魏桓』:「後漢 汝南安陽人 字仲英 桓帝時數被徵 鄉人勸之行 桓曰 夫干祿求進 所以行其志也 今後宮千數 其可損乎 廐馬萬匹 其可減乎 左右權豪 其可去乎 皆對曰 不可 桓乃歎曰 使桓生行死歸 於諸子何有哉 遂隱身不出」

6)『孟子·滕文公 下』:「吾爲之範我馳驅 終日不獲一 爲之詭遇 一朝而獲十 …御者且羞與射者比 比而得禽獸 雖若丘陵 弗爲也 如枉道 而從彼 何也? 且子過矣! 枉

	노라.
23 旣同行而異情	이미 함께 가면서도 情理를 달리하니,
寧異源而同流	어찌 本源을 달리하면서 함께 흘러가랴?
24 知不可乎苟合7)	구차한 합류는 옳지 못함을 알기에,
③ 悵太息而歸休	失意 탄식으로 한숨을 쉬면서 歸去來하여 쉬리라.
25 已矣乎!	끝났음이여!
人心晦塞明有時	인심이 캄캄하여 꽉 막혔어도 트일 날이 있으리라.
26 久矣猶豫而遲留	오랜 세월 猶豫未決하여 머뭇거리며,
胡爲乎 終身迷所之	어찌하여 종신토록 미망을 헤매는가?
27 旣往縱難咎8)	旣往之事는 비록 나무라기 어렵더라도,
方來猶可期	方來之事는 오히려 기약할 수 있는 것.
28 服前人之遺訓	앞서간 이들의 遺訓에 감복하면서,
循本業於耕耔	본업인 학문을 갈고 김매면서 따라가리라.
29 雖年邁而氣頹	비록 세월이 흘러가 기력이 떨어지더라도,
尙春禮而冬詩9)	오히려 공부에 전력하리라.
30 俛日孜而斃已10)	매일 부지런히 힘쓰리라! 죽는 그 날까지,
④ 庶質晦翁而無疑	晦翁(朱子)께 물어봐도 아무 의심 없으리라.

國學者셨던 爲堂 鄭寅普(1892~1950?)의 『薝園文存』에 보면, 明齋 尹
拯 선생을 사모하는 다음과 같은 요지의 漢詩가 있다.

成均館中老杏樹	泮宮 안의 오래 묵은 은행나무,
手植至今都人說	손수 심으신 그 마음, 지금까지 모든 사람이 칭양 한다네.

己者 未有能直人者也」
7)『史記·孟子荀卿傳』:「衛靈公問陳 而孔子不答 梁惠王謀欲攻趙 孟軻稱太王去
邠 此豈有意阿世俗 苟合而已哉」
8)『論語·八佾』:「哀公 問社於宰我 宰我對曰夏后氏 以松 殷人 以栢 周人 以栗
曰使民戰栗 子聞之曰 成事不說 遂事不諫 旣往不咎」
9)『梁元宰·上忠臣傳表』:「三握再吐 夙奉紫庭之慈 春詩秋禮 早蒙丹扆之訓」
10)『禮記·表記』:「忘身之老也 不知年數之不足也 俛焉日有孶孶 斃而後已」

공자가 제자를 가르치던 曲阜 대성전에 은행나무를 심고 단을 쌓았다 하여, 杏壇이란 말이 생겨났음에 유의하면 明齋께서는 師長으로 계시는 동안 제자들에게 '根深末茂(뿌리가 깊이 박혀야 말엽이 무성하다)'란 표어로 교리를 삼으시고, 손수 명륜당 앞에 은행나무를 심으셨다. 지금도 성균관에 가보면 老杏樹가 衆天하여 우람하게 그늘을 드리우고 있다. 그것은 그의 학문의 淵藪라 하여도 좋을 것이다.

明齋 尹拯은 파평인으로 사후 영의정으로 추증된 文正公 八松 尹煌 (1572~1639)의 손자요, 美村 又號 魯西 尹宣擧(1596~1668)의 아들이며, 牛溪 成渾(1535~1598)이 외손인 童土 尹舜擧(1607~1664)의 조카이다.

「和陶辭」를 쓴 시남 유계(1607~1664)에게 수학하여 『小學』을 배웠다. 市南은 우암·동춘·草廬 李惟泰와 명재의 부친이신 윤선거와 '忠淸山 林五賢'으로 합칭되는 인물이다. 뒤에 聘丈이 되는 炭翁 權諰(1604~ 1672)와 愼獨齋 金集(1574~1656)에게 수학한 연후에, 우암 송시열의 문하에 출입하면서 문학과 성리학을 배워, 특히 예론에 정통하기로 이름이 높았다.

1637년(인조 15) 병자호란에 어머니 이씨가 강화에서 순절하므로, 이것을 恨事로 여겨 평생을 과거에 나아가지 아니하고 또 벼슬도 하려들지 않았다. 1663년(현종 4) 학행으로 천거된 이래, 연세가 높고 덕망이 높아지자 1671년 산림은 일로, 지평·進善·祭酒 등에 임명하고 부르셨으나 不赴, 1682년(숙종 8) 호조참의, 1684년 대사헌, 95년 우참찬, 1709년 우의정에 大拜하기에 이르렀으나 모두 고사하고 한번도 나아가지 않았고, 뒤에 우의정이 되었으나 사직소를 전후 18회나 올려 결국은 遞改되었으므로 세상에서는 白衣政丞이라 불렸다.

공은 살아 생전에 背師라고 하는 당시로서는 무서운 매도 속에 휘말렸다. 우암 송시열의 훈도를 받아 예론에 정통한 학자로 성장한 그가 스승을 배반했다는 것이다. 알려진 事端은 그의 부친인 美村 윤선거의 묘지명을 청하였다가, 1673년(숙종 14) 야유의 글을 받았다. 야유의 근거는

江都之事로 1636년 병자호란이 발발하자 일포의로 처자를 끌고 강도로 피난을 가서, 仲父도 사망하고 처 이씨도 자결하고 次子도 죽었는데, 자기만이 남한산성에 피난중인 老父 때문에 죽지 못하고, 宣卜이라고 變名하고 賤人으로 변장하여, 馬夫로 행세하고 珍原君 李世完을 따라 성을 빠져나와 살아났던 것을 말한다. 美村은 당시 '爲奴苟免'한 것을 일생의 愧恨事로 여겨 廢人으로 자처하여, 모든 제수관직을 물리치고 오직 학문에만 몰두하여 은거하며 살았던 인물이다.11)

여러 번에 걸친 간곡한 부탁에도 불구하고 스승인 우암이 계속 무성의함을 보이자, 1681년 우암의 덕행과 학문의 결함을 지적하자 절교를 당하고, 그 이후 서인이 강경파와 온건파로 갈라져 온건을 주장하는 소론의 영수로 추대되어, 송시열 즉 노론과 치열한 당쟁을 벌였다. 이것이 양인의 근거지인 懷德과 尼山의 논쟁으로 '懷尼之爭'으로 알려져 오는 사건이다. 老少分黨은 이렇게 시작된 것이며, 자세한 사연은 『懷尼問答』이란 책 속에 오고 간 서신이 수록되어 있다.

당시 우암과도 접촉이 많았던 玄石 朴世采(1631~1695)는 明齋를 변호하는 「明齋辨明疏」를 올린 적도 있으며, 別論·敦論·周急之命 등으로 召命하여도 공께서 계속 움직이지 않자, 왕명으로 출사를 권하러 오신다는 전언을 듣고 果川까지 마중 나온 적이 있었다. 이 때 玄石과의 토론 과정에서 본 「和陶辭」 제2단 말구인 16구에 後漢人으로 은거하여 생애를 마친 魏桓의 3조목에 비의하여 1.尤庵世道 不可不變 2. 西南怨毒 不可不平 3. 三戚門戶 不可不閉란 3대 명분을 전제 조건으로 제시하였으니, 그 중 첫째 명분인 '우암 송시열의 세도는 불가불 일변되어야 한다.'는 말속에서 그의 마음을 읽을 수 있으며, 당시 사류들의 견해를 대변한 것으로 볼 수 있다.

또 한 가지 자료는 「辛酉擬書」로, 공이 53세 되던 1681년 우암에게 보내려고 써둔 편지가 알려진 것이다. 이후로는 더욱더 용납할 수 없는

---

11) 姜周鎭 : 『이조당쟁사연구』(중앙대 박사학위논문, 1972) 146쪽.

원수처럼 되어 버렸는데, 이 「의서」에서 우암의 인간 전체를 가리켜 ‘王伯(패)竝用 義利雙行’ 8자로 요약하고 있다. 즉 ‘왕도와 패도를 한꺼번에 쓰는 사람이요, 의리와 이권을 아울러 행사하는 인물’이라는 뜻이다. 당시 75세의 고령으로 일세의 尊仰을 받았던 大老께서는 절통할 노릇이었을 것이다.

明齋는 본 「和陶辭」 제3단 끝부분인 ‘胎疾之難醫’句에 二行 小註를 달아 ‘胎疾은 모태로부터 타고난 배냇병으로 기질지성이니 고치기 어렵다.’라 하고, ‘정도에 어긋난 부귀는 비록 산처럼 쌓였다 해도 부끄러울 뿐(羞詭遇之若丘)’이라면서 孟子 등문공 하 枉尺直尋章을 인용하여 자기 주장을 밝혔다. 계속하여 本源이 다르면서 함께 흐를 수 없다는 ‘不可苟合論’을 펴 出仕할 수 없음을 명백히 하였다.

그리고 우암과의 관계는 주자의 ‘天下之事 必至於久而後 是非之實可見’을 신념으로 여기면서 후일의 百世公論을 기다리고 있다.

明齋가 어린 시절 수학한 바 있는 市南 兪棨(1607~1664)의 「和陶辭」는 본 논문에서 이미 살펴본 바 있으며(4.3. 肅宗), 1653년 작이다. 공은 市南선생의 「和陶辭」를 우연히 읽다가 개연한 느낌이 있어 붓을 들어 지었다 했는데, 明齋의 이 때 나이가 58세 되는 1686년이었다.

본 「和陶辭」 제2단 8구인 ‘三年血泣 卄載衡門’에 대하여 좀더 살펴보려 한다. 明齋가 부친 윤선거의 40년 舊友요, 본인의 은사인 우암에게 묘지명을 처음 부탁한 해가 1673년이다. 이어서 계속되는 장장 11년에 걸친 改筆요청(우암의 적소였던 장기·거제도로 보낸 수삼차의 서신)에도 불구하고 개선의 여지가 없자, 1684년(숙종 10) 5월 16일부로 송시열에게 사제지간의 정의상 이럴 수 있느냐?고, 한탄하고 改作을 재삼 바랐지만 드디어 허사가 되었다고 하면서 절연의 마지막 서한을 보낸 것이다. 이 때 피눈물로 쓴 편지라 ‘血泣’으로 표현했으며, 그 3년 후에 「和陶辭」를 쓰게 되었으니 ‘三年血泣’이라 한 것이다. 참으로 공에게는 앙금처럼 가라앉은 지울 수 없었던 사연임을 알 수 있다. ‘卄載衡門’은 그가 출사를

한사코 마다하며 계속 사직소만 올리며, 尼山의 酉峰에 은거한 지가 20
년 세월이었음을 말하는 것이다.

본 「和陶辭」는 전술한 바와 같이 1686년(숙종 12) 음 1월 7일 바로 사
람 날(人日)에 쓴 것으로, 새해 벽두에 자신의 심회를 신년의 각오와 함께
언젠가는 시비분별이 가려지리라는 굳은 믿음을 깔고, 陶辭의 韻을 밟아
가면서 한 편의 變異作인 패로디(parody)를 만들어 두었던 것이다.

노소 분당의 주역들인 우암과 명재에 대하여 이제와서 왈가왈부한다는
것은 語塞한 노릇이다. 당쟁에 대하여 가장 객관적인 서술을 견지하였다
는 寧齋 李建昌(1852~1898)도, 그의 『黨議通略』에서 '至大至久至難言'
이라고 실토하였다. '너무 큰 일이었고 아주 오래되었으며, 참으로 말하
기 어려운 것'이 노소 분당인 것이다.

『숙종실록』에는 明齋 윤증의 종합적 평가로 '罪尤難貸(그의 죄는 결국
용서할 수 없는 것임)'이라고 하여 역사상의 일대 죄인으로 규정한데 반하
여, 같은 해 같은 날의 기록인 『肅宗實錄 補闕正誤』에는 '李文純後 一
人而已(이퇴계 이후 하나 밖에 없는 인물)'이라고 극찬하고 있어 양자간의 거
리는 매우 큰 것으로 이것이 黨論이란 것이다. 위의 王朝實錄은 바로
노론과 소론의 기록임은 말할 것도 없다. 이 문제에 관한 결정적 公案은
없는 것이다.

그리고 소론의 『숙종실록보궐정오』에는 明齋의 일생을 '臨履淵氷 八
十年如一日(80 평생을 하루같이 살얼음 위를 걸어가듯 조심조심 살아갔다.)'이라
고 표현하였는데, 이 말은 저간의 그의 입장을 말해주는 동시에 人生觀
이었다고 할 것이다.

다음으로 明齋와 같은 해인 1686년에 쓰여진 和菴 申聖夏(1665~1738.
8.30)의 원제 「次歸去來辭」를 살펴 보려한다. 和菴 申聖夏는 朴世采의
門人인 文莊公 영의정 申琓(1646~1707)의 아들로, 1704년(숙종 30)에 비로
소 참봉이 되고 이어 현감을 거쳐 연안부사로 나아갔으니, 1686년(당 42세)

에는 一布衣였던 것이다. 작품의 주지는 儒業에 孟晋하겠다는 내용이다.

1	歸去來兮!	돌아가리라!
	不歸吾道我安歸	吾道인 仁에 돌아가지 아니하고 어디로 돌아갈 것인가?
2	旣知墻面爲可愧	이미 一物도 無所見이요 一步도 不可行인 부족한 공부를 부끄럽게 여기며,
	信愚蒙之足悲	진실로 愚拙하고 몽매함에 크게 슬퍼하노라.
3	師往喆而自勵	성현을 스승삼아 스스로 힘씀이여,
	擬孟晋而力追	용왕매진 힘껏 따라갈 것을 생각했도다.
4	嫩元亮之覺是	도연명 「귀거래사」의 今是昨非를 아름다히 여기며,
	慕伯玉之知非	거백옥의 四十九年之非를 敬慕하노라.
5	雖曲肱而飮水	비록 飯疏食飮水하고 曲肱而枕之하는 가난한 생활일지라도,
	恥飽食而暖衣[1]	금수처럼 飽食暖衣함을 부끄럽게 여기노라.
6	苟人欲之得肆	가령 遏人欲存天理에서 떠나 멋대로 지낸다면,
☐	亮道心之愈微	진실로 道心은 더욱 미미해 지리라.
7	毫釐之差[2]	근소한 차이가,
	千里其奔	천리의 차이로 달아나는 법.
8	精一執中	唯精唯一 允執厥中은,
	仰訓聖門	聖人의 문에 이르는 거룩한 가르침.
9	放則亡去	방심하면 사라져 없어지고,
	求則斯存	求放心하면 마음 속에 있는 것.
10	守我陋巷	나의 누항을 지켜 不改其樂하면서,
	樂我瓠樽	바가지 술잔으로 즐기리라.
11	味言志於詠歸	浴沂風雩라 말하신 뜻을 음미하면서,
	尋所樂於孔顔	공자와 안자의 즐기시던 바를 찾아보리라.
12	指正路而由義	義는 人之正路임을 지표로 삼고,
	審仁宅而居安	仁은 人之安宅임을 審察하리라.

---

1) 『孟子·滕文公 上』:「人之有道也 飽食暖衣 逸居而無敎 則近於禽獸」
2) 『禮記·經解』:「君子愼始 差若毫釐 繆以千里」

13 求理氣而啓鍵　　　　理과 氣의 關鍵을 찾아보며,
　　善名利之透關　　　　名과 利의 透關을 善處하리라.
14 服訓誨之善喩　　　　　가르침과 깨우침의 좋은 비유에 감복하면서,
　　驗文章之可觀　　　　볼만한 문장을 실험하리라.
15 幸迷塗之指南　　　　　잘못 든 길에 바른 지표가 생겼음을 다행으로 여기며,
　　比久旅之得還　　　　오랜 여행 끝에 귀환함에 견주리라.
16 偉天德與王道　　　　　위대하도다! 천자의 덕과 王道여,
② 陋覇功於文桓　　　　　진문공과 제환공에게 覇道의 공을 이루게 함을 비
　　　　　　　　　　　　루하게 여기네.

17 歸去來兮!　　　　　　돌아가리라!
　　喜師友之從遊3)　　　師友들과 從遊함을 즐겁게 여기리라.
18 荷提撕4)而誘掖5)　　　후진을 가르쳐 인도하고 깨우침을 부하된 사명으로
　　　　　　　　　　　　여기며,
　　資會文而謀求　　　　以文會友 以友輔仁에 資賴하리라.
19 過未聞之唯恐　　　　　허물 있다고 듣지 못함을 오직 두렵게 여기고,
　　德不修之是憂　　　　덕을 닦지 못함만을 근심하리라.
20 思篤學而力行6)　　　　독실히 배우고 힘써 행하기를 생각함에,
　　若耘畝而耕疇　　　　오직 이랑 김매고 밭두둑 가는 것과 같이 하리라.
21 戒山蹊之塞茅　　　　　끝없는 잡초를 제거하면서 정진하리니,
　　嗤斷港之棹舟　　　　연결이 끊어진 지류로 배 저어감을 비웃으리라.
22 溯流派於濂洛　　　　　염락관민지학의 流波를 溯究하여 보리라.
　　抱遺經於林丘　　　　산림과 구릉에서 남기신 경전을 가슴에 품으리라.
23 會深趣於仁智　　　　　인의예지의 깊은 취지를 會得하고,
　　樂山水於峙流　　　　前峙後流로 樂山樂水하리라.
24 貴居敬而窮格7)　　　　居敬窮理 格物致知를 귀하게 여겨,

---

3) 『史記・仲尼弟子傳』：「子路喜從遊」
4) 『顔氏春秋・序致』：「提撕子孫 (正字通) 提撕 警覺也」
5) 『詩經・陳風・衡門序』：「衡門 誘僖公也 愿而無立志 故作是詩 以誘掖其君也
　　(疏)誘謂在前導之 掖 謂在傍扶之」
6) 『中庸・20章』：「誠之者 擇善而固執之者也 博學之 審問之 愼思之 明辨之 篤行
　　之」
7) 『朱子語類・九』：「學者工夫 唯在居敬窮理二事 此二事互相發 能窮理 則居敬工

③ 至沒世而方休　　　죽는 그 날까지 찾아보리라.

25 已矣乎!　　　　　　끝났음이여!
　年齒易衰志難彊　　　나이들고 몸이 쇠하여져 의지가 强剛하기 어렵도다.
26 歲月去人不可留　　　세월은 사람을 버리고 떠나 머물지 않음이여,
　胡爲乎 捨此肯他之　어찌하여 이것을 버리고 다른 곳에 가려고 생각하는
　　　　　　　　　　　가?
27 箕穎非素願　　　　　許父巢由의 箕山穎水는 평소의 소원이 아니요,
　稷契未遽期　　　　　皐夔稷契은 急遽히 기약할 수 없도다.
28 噫! 吾儒之懋業　　　아아! 나는 儒者의 본업에 힘쓸 것이로다.
　彼農之勤耔　　　　　농부가 부지런히 농사를 짓듯이,
29 唯明習於禮樂　　　　오직 禮樂을 밝히고 익혀 나가며,
　與讀誦於書詩　　　　또한 詩書를 읽고 외우리라.
30 不知老之將至[8]　　發憤忘食하여 늙음이 이르는 것도 모르리라.
④ 餘外無求更無疑　　이것 이외에 구하는 것은 없으니 다시 의심할 것
　　　　　　　　　　　없어라.

　和菴 申聖夏는 연안부사 이후 돈녕부도정에 이르러 平雲君에 봉해졌
으며, 문장으로 저명하였다. 그의 문집인 『화암집』 全卷에 걸쳐 「和陶
詩」 수십수가 수재되어 있다. 그 중 권1의 2수는 「讀山海經」과 「九日閑
居」에 和韻한 것으로, 陶淵明을 千年尙友로 여기면서 가난한 一布衣의
생활상이 엿보인다.

　『화암집』 권1에 수재된 첫 작품은 「浴沂辭」이다. 본 「和陶辭」 제2단
11구에 보면 '味言志於詠歸 尋所樂於孔顔'이라고 하여, 『논어』 先進편
에 공자가 증자의 아버님이신 曾點에게 기탄없이 各言其志하는 자리임
을 강조하자, '浴沂風雩하고 詠而歸하리라'함에 夫子께서 위연탄식하시

夫 日益進 能居敬則窮理工夫日益密 譬如人之兩足 左足行則 右足止 右足行則
左足止」
8) 『論語·述而』:「葉公 問孔子於子路 子路不對 子曰女奚不曰其爲人也 發憤忘食
樂以忘憂 不知老之將至云爾」

면서 '吾與點也!'라고, 찬동하신 내용을 말한 것이다. 「욕기사」는 바로
이 욕기풍우를 辭의 형식을 빌어 쓴 작품으로 1693년(숙종 19) 暮春 三月
에 썼다. 이 때도 仕宦前이다.

　한 편의 賦 작품이 더 실려 있는바, 연안부사로 재임시 南門樓에 올라
魏나라 王粲의 「登樓賦」9)에 차운하여 쓴 「延安南門樓차등루부」이다.
1721년(경종 2)으로 拂衣歸田을 표출한 대목은 '念吾人之行藏兮 羨暮禽
之倦翼 將了事而拂衣兮 早歸田而偃息 庶綽綽其有裕兮 詎鬱鬱而懷側
因擧觴而徐酌兮 瀉衆念之交臆 久盤桓而不下兮 至日夕而西側'으로 작
품의 말미를 장식하고 있는 부분이다.

　玄石 朴世采(1631~1695)의 사위인 和菴 申聖夏는 1701년(숙종 27) 蔭補
(영의정이었던 평천군 申琓의 子)로 氷庫別檢이 되고, 이어 광릉참봉·익위
사侍直·어보도감·장악원주부·장례원사평·사직서령·충훈부도사 등
을 역임하였다고, 黎湖 朴弼周(1665~1748)의 묘갈명에 적혀 있다. 이어서
1713년 한성부서윤·예천군수를 거쳐 장성부사·담양부사 등을 역임했
으며, 1721년 종묘서령·연안부사 등을 지냈다. 1725년(영조 1) 전술한 대
로 돈녕부도정을 지냈고, 아들인 이판 屯菴 申昉(1685~1736)의 시종의 공
으로 超嘉善 平雲君에 봉해졌다. 經史에 밝았으며, 특히 시를 잘했다.

　卷尾에 아들이며 박세채의 외손이 되는 直菴 申暻(1696~1766)의 발문을
보면, 생전의 文莊公 絅菴 申琓(1646~1707)께서 '優於達意 長於用事'라
하셨으며, 玄石 박세채께서는 '天機從容 灑脫塵臼 儘可謂陶謝門庭出來
而時或有伊洛擊壤集意味'라 하여 도연명과 사령운의 풍기와 더러는 程
朱와 邵康節의 『伊川擊壤集』 같은 儒者의 도덕적·정신적인 내용을 담
은 詩가 주축을 이루고 있음을 밝혔다. 卷3의 「화도귀전원거 5수」·「화
도이거 2수」 등은 주목되며, 공의 詩友로 여겨지는 來叔 具寅徵과 「화도
시」로 서로 화창한 작품들도 다수 보이는데, 卷4의 「擬陶停雲榮木要和

---

9) 『王粲·登樓賦 注』:「良曰 魏志云 王粲 山陽高平人也 少而聰惠有大才 仕爲侍
　中 時董卓作亂 仲宣避難荊州 依劉表 遂登江陵城樓 因懷歸而有此作 述其進退
　危懼之情也」

來叔 2수」·「次來叔和陶韻却寄」·「次來叔和陶勸農韻」 등이 그것이다.

17세기 「和陶辭」는 다음 景淵堂 李玄祚의 작품을 끝으로 살펴보고 18세기로 넘어가려 한다. 李玄祚(1654~1710)는 全州가 본관으로 자를 啓商이라 하고, 號 景淵으로 대사간을 지낸 인물로 芝峰 이수광(1563~1628)의 증손이며, 인조 때 영의정을 지낸 汾沙 李聖求(1584~1644)의 손자가 된다. 부친은 좌랑 李碩揆이며, 1681년(숙종 7) 진사, 이듬해 定宗上廟號 王妃冊封慶 增廣 別試에 을과로 급제(壯元은 農岩 金昌協임), 1683년 검열·待敎, 大提學 閔黯이 選入湖堂하였다. 1688년 지평이 되었고, 이 해 정언으로 玄石 박세채를 伸救했고, 이듬해 수찬·헌납·이조좌랑, 1690년 이조정랑·문학·사인·부응교 등을 역임하였다.

景淵 李玄祚의 문집인『경연당집』卷5에 실린 上疏文 가운데 하나인 「辛未七月淮陽府使邑弊疏」에 보면, 당시 지방군현인 중앙정부의 과도한 징발로 인하여 피폐하여 가는 실상을 알려주고 있는데, 辛未年은 바로 1691년(숙종 17)으로 그의 연치 38세에 해당한다. 그리고는 계속되는 사직소를 올리던 때이다. 1693년 강원도 관찰사로 나갔으며(東遊錄), 관직 말기는 지방관으로 파견되어 함경도(北征錄·鶴城錄)·전남 영광(箕城錄) 등지를 다니면서 당시의 지방 풍물과 사회 실정을 次韻 형식과 長詩로 다수 남기고 있다.

1689년 기사환국으로 仁顯王后(1667~1701)가 폐위되어 出宮할 때 통곡하고 四拜於路上하고 이후 不仕하였다. 卷4의 辭部의 원제「次歸去來辭韻」은 간지가 적혀 있지 않아 제작 연대를 알 수는 없다. 작품 중 '郡紱'과 '銅墨(縣令)'구로 보아 지방관 시절임은 틀림없으니, 아마도 1695년 이후(靈光太守)일 것으로 여겨진다.

1 歸去來兮!　　　　　돌아가리라!
　郡紱雖榮不如歸　　　지방관이 비록 영광이나 돌아감만 못한 것.
2 既無得失嬰吾懷　　　이미 득실이 내 마음 속에 걸리적거림이 없으니,

果誰欣而誰悲	과시 무엇을 기뻐하며 무엇을 슬퍼하랴?
3 昔養閑於林泉1)	예전에 山林泉石에서 한가로움을 키웠거니,
與耕釣而相追	밭갈이와 낚시질로 서로 따르리라.
4 荷天書之起廢2)	조칙이 弛廢되었음을 일으켜 세우려던 뜻이,
嗟宿計之今非	오래된 계획이 아아! 이제는 글렀구나!
5 駕五馬而南邁	靈光 태수가 되어 남쪽으로 떠남이여,
換野服以朝衣	평상복을 관리의 복장으로 갈아입고,
6 據府中之潭潭3)	깊숙한 府中에서 근무하면서,
□ 覺恩重而身微	國恩은 막중한데 이 몸이 미미함을 느끼겠노라.
7 蚩氓悍吏	어리석은 백성들과 사나운 아전들이,
左趨右奔	이리 뛰고 저리 날뛰는 난맥상.
8 政事日埤	정치는 날로 그릇되고,
求訴盈門	소송을 바라는 이들이 衙門에 가득하여라.
9 米鹽錢幣	녹봉이나 받는 이 하찮은 일들은,
匪我思存	나의 진정한 바람이 아니거늘.
10 鈴齋坐嘯	서재에 앉아 설렁 줄 흔들며 시를 읊조리며,
寓意琴尊	가야금과 술잔에 뜻을 부치네.
11 顚毛忽其種種	머리털이 문득 모자라져 감을 보노라니,
減舊日之容顏	옛날의 모습이 많이 사라졌노라.
12 鶂鵾眩於魯饗4)	爰居새가 노나라 臧武仲의 향연에 현혹되어,
對方丈5)而何安	一丈四方의 음식상을 대한들 어찌 편하랴?
13 顧才智之譾劣	才智가 용렬함을 돌아보면서,
伊進退之無關	저 진퇴에는 관심 없어라.
14 起遠興於蓴鱸	순채국과 농어회 맛을 못 잊어 고상한 興趣를 일으켜,
感吳士之達觀	去職歸鄕한 晉나라 張翰의 달관에 감응되노라.
15 睇天外之冥鴻	하늘 높이 나는 기러기를 바라보면서,

---

1) 『舊唐書·隱逸傳』:「崔覲不樂仕進 以耕稼爲業 隱於城固南山 夫婦林泉相對 嘯詠自娛」
2) 『史記·太史公自序』:「王道缺 禮樂衰 孔子修舊起廢 論詩書 作春秋」
3) 『韓愈·符讀書城南詩』:「一爲公與相 潭潭府中居」
4) 『國語·魯語 上』:「海鳥曰爰居 止於魯東門外二日 臧武仲使國人祭之」
5) 『孟子·盡心 下』:「食前方丈 侍妾數百人 我得志 弗爲也」

方矯翼而催還	이제야 날개를 치면서 바삐 歸去來하리라.
16 旣知足而知止	이미 만족할 줄 알면 위태롭지 않고 멈출 줄 알면 욕스럽지 않나니,
② 可虛徐6)而盤桓	그러면서도 猶豫逡巡하면서 어찌 바장이는가?
17 歸去來兮!	돌아가리라!
吾不願乎遠遊	나는 遠遊를 바라지 않노라.
18 指太虛之浮雲	저 하늘의 뜬 구름을 가리키면서 공자께서는,
寧富貴之可求	어찌 뜬 구름같은 부귀를 구할 것인가 하셨었지.
19 起彷徨於中夜	한밤중에 일어나 어치렁거리며,
懷百端之深憂	만 가닥의 심각한 근심에 잠기노라.
20 人情彌切於懷土	인정은 더욱 故園에 간절하여라.
想禾黍之盈疇	벼와 기장이 논과 밭에 그들먹함이 상상되노라.
21 平湖隱映	평평한 호수가 은은히 비치고,
泛泛7)漁舟	두둥실 고깃배는 떠 있어라.
22 骨肉舍兮相望	처자들이 떨어져 있어 서로 바라봄이여,
惟某水與某丘	오직 고향 옛 집에 가기만 한다면.
23 觀滔滔之逝川	도도히 흐르는 강물은 萬折東流,
比歸思於東流	귀향의 사념인양 하냥 흘러라.
24 傷徂景之易昃	뉘엿뉘엿 저물어가는 저 노을을 아파하면서,
③ 慨行脚之未休	지방관으로 떠도는 발길 쉴 수 없음을 개탄하노라.
25 已矣乎!	끝났음이여!
丈夫行藏固有時	대장부 用捨行藏은 진실로 때가 있는 법.
26 斗米焉能使人留	五斗米가 어찌 사람을 그 자리에 있게 할 것이리오!.
胡爲乎 倀倀安所之	어찌하여 갈팡질팡하면서 어디로 가려는가?
27 江湖是余樂	강호자연은 나의 고향이며,
銅墨8)非我期	縣令의 銅印墨綬는 나의 기대가 아니로세.

---

6)『班固・幽通賦』:「承靈訓其虛徐兮 竚盤桓而且俟 (注)善曰 曹大家曰 虛徐 狐疑也」

7)『杜甫・秋興詩』:「信宿漁人還泛泛 淸秋燕子故飛飛」

28 願種豆於南山　　　　靖節선생처럼 남산 기슭에 콩을 심으리라.

　　耦沮溺而耘耔　　　　장저와 걸닉처럼 짝지어 나란히 써레질하리라.

29 收精神於一室　　　　정신을 一室에 수렴하고,

　　庶潛心於書詩　　　　詩書에 잠심하기를 바라노라.

30 式遵分而安意　　　　분수를 따르고 正心誠意에 편안하리니,

　④ 吾從此逝寧然疑　　　내 지금으로부터 떠나가리니, 어찌 의심하리오.

李玄祚의 문집인 『경연집』 卷3에는 「歸田錄」이라고 묶인 제하에 여러 수의 시가 수재되어 있다.

七律 「次淸風從兄寄示韻」의 함련 前句에 '오직 一身이 吏隱을 겸하고 있음을 기쁘게 여긴다(惟喜一身兼吏隱).'는 표현에 주목하고자 한다. 吏隱9)이란 부득이 벼슬은 하고 있으나 본 마음은 은거함에 있는 것을 말함이니, 공은 바로 吏隱으로 여생을 마친 것으로 연보에는 적혀 있으며, 林川이란 호를 쓰기도 하였다. 初句에 '年來로 맡아 온 곳이 온통 신선이 사는 곳(年來管領摠仙區)'와 頸聯後句에서 '가을의 金剛山 淸遊는 흥취가 있구나(楓嶽淸遊興不孤)'라고 읊었듯이 1693년 江原道 관찰사 시절에 쓴 것임을 알 수 있다.

18세기 초의 「和陶辭」로 먼저 希菴 蔡彭胤(1669~1731)의 원제 「次歸去來辭」를 살피려 한다. 희암은 현감 蔡時祥의 아들이며, 正祖朝의 名相인 領相 蔡濟恭(1720~1799)의 종조가 되며, 공의 문집인 『희암집』도 樊巖에 의하여 1775년(영조 51)에 간행되었다. 희암의 종조는 효종조의 대제학 蔡裕後(1599~1660)로 平康 蔡門이다.

希菴은 19세에 진사가 되고, 1689년(숙종 15) 증광문과 갑과로 급제, 검열을 지낸 뒤 湖堂에 선발되어 賜暇讀書의 영광을 가졌으며, 1691년 세자시강원 벼슬을 지내고 후에 형조참판을 거쳐 부제학에 이르렀다. 1708

---

8)『漢書』:「縣令長皆秦官 秩六百石以上 皆銅印墨綬也 濟曰 銅墨謂縣令」

9)『徐鉉・送薛少卿赴靑陽詩』:「我愛陶靖節 吏隱從弦歌」

년(숙종 34) 弘文錄에서 삭제 당하자 그 후의 여생을 산림에 퇴거하여 詩文만을 벗삼았다. 眉叟系인 燕超齋 吳尙濂(1656~?)과 가까웠으며, 菊圃 姜樸(1690~1742)와 藥山 吳光運(1689~1745)을 門下에 두었다. 본 「和陶辭」는 간지가 적혀 있지 않아 未審하지만, 1710년 臨時에 쓰여진 것으로 여겨진다.

1	歸去來兮!	돌아가리라!
	田園有無吾自歸	귀전원할 땅은 없지만 내 스스로 결정하였네.
2	夫旣坦懷於得失	이미 득실에는 아무런 미련도 없나니,
	復何喜而何悲	다시 무엇을 기뻐하고 슬퍼하랴?
3	浮雲遊而始返	뜬 구름 속에 노닐다가 이제야 돌아가나니,
	逝川度而莫追	한번 흘러간 세월은 되돌릴 수 없어라.
4	覽河山其猶是	산하를 유람하노라니 그것이 오히려 옳으며,
	哀人代之獨非	인물 교체가 오직 잘못되었음을 슬퍼하노라.
5	遵來路余遲遲	상경하던 길을 따라가자니 내 발걸음은 지척지척,
	淚淋浪而沾衣	눈물이 비 오듯 옷깃을 적시네.
6	從父老1)而僦屋	마을 어른을 따라 집을 세내어,
□	指東屯之翠微	동쪽 언덕 중턱에 자리잡았네.
7	岡巒周匝	언덕과 산봉우리 빙둘러,
	龍虎騰奔	용과 범이 치달리는 듯.
8	白月在甍	하얀 달이 용마루에 걸렸고,
	烏棲對門	까마귀 떼가 문앞에 모여드는 곳.
9	井落蕭條	마을은 쓸쓸하기도 하여라.
	十有一存	열 집에 한 집이나 겨우 남아 있구나!
10	廚夷筧坼	부엌은 대쪽 터진 것만으로도 을씨년스럽고,
	狼藉罌樽	낭자하게 흩어진 罌樽 조각들.
11	披轇葛而徙倚2)	얽히고 설킨 칡덩쿨을 헤치며 이리저리 거닐고,
	跂盤陀而破顔	울퉁불퉁한 바위를 더위잡고 올라서서 크게 웃노라.

1)『公羊・宣・15・什一行而頌聲作矣 注』:「選其耆老有高德者 名曰 父老」
2)『楚辭・遠遊』:「步徙倚而遙思兮 怊忽悅而永懷 (注)徙倚 猶低徊也」

12 雙碓軋以俯仰　　　한 쌍의 물레방아가 삐걱거리며 오르며 나려,
　　無一息之或安　　　한 순간의 편안함이 없이 계속되듯이.
13 遡幽篁3)之淸風　　　깊은 대숲 속의 청풍을 거슬러 걸으면서,
　　欣洞府4)之不關　　　신선의 세계와 관련 안됨을 기뻐하노라.
14 循飛湍而上下　　　여울지는 급류를 따라 오르락 내리락하고,
　　窅巖居而川觀5)　　깊이 巖居하면서 不舍晝夜하는 天上을 보리라.
15 雖吾土其吾寓　　　내 땅에 내가 사는 것이니,
　　孰爲旅而爲還　　　누가 나그네가 되며 누가 돌아왔다 하리.
16 苟其中之自得　　　진실로 그 속에서 得得自得하리니,
② 鵬擊齊於鯤桓　　　붕새가 鯤桓之審에서 水擊三千里 九萬里長天하
　　　　　　　　　　듯이.

17 歸去來兮!　　　　돌아왔음이여!
　　又胡可以遠遊　　　또 어찌 遠遊할 수 있으랴?
18 始黽勉而一行　　　비로소 부지런히 힘써 한번 떠왔으니,
　　登溫飽之是求　　　어찌 飽食暖衣 때문에 다시 구하랴?
19 依庭闈6)而問舍　　　부모님 모시고 집안 일을 묻고,
　　分簞瓢而不憂　　　簞食瓢飮에 분수를 지켜 근심걱정 않으리.
20 陋哉仲長之樂志7)　　더럽게 여기노라! 仲長統의 「樂志論」을,
　　須美宅與良疇　　　아름다운 저택과 기름진 밭을 구했던 것을.
21 彼按其劍　　　　　自薦한 毛遂는 칼을 어루만지며 계단을 올라갔다
　　　　　　　　　　지만,
　　我虛吾舟　　　　　나는 내 마음을 不繫之舟처럼 비우리라.
22 聽造化於蟲臂8)　　조화의 신비를 벌레의 팔과 쥐의 간에서 들으면서,
　　恥詭遇於獸丘　　　불의한 방법으로 포획한 짐승이 구릉처럼 쌓임을 부

---

3)『王維·竹里館詩』:「獨坐幽篁裏 彈琴復長嘯」
4)『隋煬帝·步虛詞』:「洞府凝玄液 靈山體自然」
5)『史記·蔡澤傳』:「君何不以此時歸相印 讓賢者而授之 退而巖居川觀」
6)『束晳·補亡詩』:「眷戀庭闈 心不遑安 (注)善曰 庭闈 親之所居」
7)『後漢書·仲長統傳』:「(統)常以爲 凡游帝王者 欲以立身揚名耳 而名不常存 人生
　　易滅 優游偃仰 可以自娛 欲卜居淸曠 以樂其志」
8)『莊子·大宗師』:「蟲臂鼠肝 (疏)欲彼太造引晉無私 偶爾爲人 忽然還人 不知方外
　　適往何道 變作何物 將汰五臟爲鼠之肝 或化四肢爲蟲之臂 任化而往 所遇皆適也」

　　　　　　　　끄럽게 여기노라.
23 登千仞之靑壁　　　천 길 이끼 긴 절벽에 올라,
　　俯萬里之滄流　　　만리에 뻗은 푸른 물길을 굽어보리라.
24 攬余佩之繁飾　　　눈부신 나의 띠를 거머잡으니,
③ 芳菲菲其未休　　　아름다운 향기 아직 가시지 않았네.

25 已矣乎!　　　　　　끝났음이여!
　　一行一止自有時　　행장용사는 스스로 때가 있는 법.
26 前聖尙云其遑遑　　전대 성현들도 오히려 말씀하셨지,
　　無可奈何兮亦安之　遑遑急急히 어디로 가려해도 막무가내임을.
27 野叟要同社　　　　野老들과 함께 모이기로 약속하고,
　　林僧有好期　　　　산림의 승려들과도 좋은 기약 있으리라.
28 離人境之垢氛　　　세속의 더러운 생리를 떠나,
　　課學團之耕耔　　　農圃耕耔 배움을 과업으로 삼으리라.
29 感半夜之前席9)　　　漢文帝가 한밤중에 賈誼상서의 말을 가까이 다가
　　　　　　　　　　　와 들으심에 감격하기도 하며,
　　悲一夢之舊詩　　　하룻밤 꿈에 묵은 시 읊음을 슬퍼하노라.
30 屛龜策10)而長嘯　　占卜을 물리치고 길이 휘파람 불면서,
④ 自斷升沈不復疑　　스스로 升沈을 결단할 것이니 다시 의심할 것 없으
　　　　　　　　　　　리라.

希菴의 여러 賦 中 楚辭 작가인 宋玉의 「招魂」을 比擬하여, 睦來善 (1617∼1704)을 애도하면서 쓴 「擬招哀睦尙書」를 보면, '靈兮歸來(넋이여! 돌아오라)'를 연발하면서 1694년 갑술옥사로 절도에 위리안치, 그 후 田里 放歸되어 불우했던 말년을 위무하면서, 본 「和陶辭」의 끝부분에 나오는 長沙에 밀려나 죽은 賈誼尙書와 멱라수에 고기밥이 된 屈原에 견주면서

---

9) 『漢書·賈誼傳』:「漢文帝思賈誼 徵之至 入見云云 問鬼神之本 誼具道所以然之
　　故 至夜半 文帝前席 (鼠璞)前席事 不止賈誼 誼之前 則商鞅見孝公 與語不自知膝
　　之前席 誼之後 則蘇綽見周文帝 陳中韓之道 不覺膝之前席 鞅綽言雜覇 賈誼言
　　鬼神 感動主聽則均 今獨取宣室事何邪」
10) 『楚辭·卜居』:「用君之心行君之意 龜策誠不能知事」

'賈沒長沙屈沈汨 自古皆然'이라 하고 있다. 같은 南人이었던 그도 은거의 길이 상책이라고 여겼음에 틀림없다.

本「和陶辭」 제2단 9구를 보면 '井落蕭條 十有一存'이라 하여 농민의 流民化를 표출시켰는데,『희암집』 권1의 賦「聽笛賦」에 쓴 것에 따르면, 십년 이래 흉작이 이어 초근목피로 연명해 오다가 금년의 대기근(今歲之大侵)은 우심해 赤地만이 보일 뿐이며, 특히 남쪽의 백성들은 十室中 아홉은 溝壑에 떨어진 비참한 지경이라고 하였다.

그는 계속하여 자신의 불우를 '吾生之坎軻 十三擧不利'라 하였으며, '夫何用舍之慾差兮'라 하면서 날로 世道가 글러지니, 비록 만금을 주더라도 벼슬을 구하지 않을 것이며, 한 농부가 되어 근심없이 지낼 것이니, 관리들은 苛斂誅求를 일삼지 말라고 읊고 있다.

1691년(숙종 17) 希菴이 說書였을 때 쓴 御製「靜後見萬物皆春意賦」는 재기와 생명력이 넘쳐흐르고 있으나,「破水滴賦」에는 窮達·斥軒·손익·炎凉 등에 이미 초연한 모습을 보이고 있다.

본「和陶辭」 제4단 27구에 '林僧有好期'로 보아 만년의 생활이 불교와 어떤 인연이 닿아 있었던가 싶다. 권25에「金剛山長安寺重創後水陸募緣疏」등 4편의 글은 불교 관계의 내용들이며, 海南의 頭輪山 大花寺 중창비·大興寺 사적비 등의 비문을 찬한 것으로 미루어 '外儒內釋'의 면이 짐작된다.

그러나 그의 특장은 文이 아닌 詩로『희암집』 14책중 11책이 시집으로 대략 2500여 수에 이른다. 시집은 연대순으로 잘 정리된 것으로 개인 연구에 큰 도움이 되니, 예컨대 권2의「瀛洲錄」은 1689년(당 21세) 희암이 伯氏 五視齋 蔡明胤(1652~? ; 希菴과 同榜)·仲氏 九峯 蔡成胤(1659~? ; 1684 文科, 樊岩의 祖父. 官至亞卿)·從氏 壽胤과 더불어 江陵에서 會遊할 때 지은 시만을 모은 것이다.

권21의 서간문을 통하여「和陶辭」 작자이신 博泉 李沃(1641~1698)과의 사승관계를 알 수 있으며, 杜詩에 화운한 시를 많이 지었는데「遣興

用杜詩五首韻」·「秋興八首次老杜韻」 등이다. 論語句를 모아 시 형식
으로 맞추어 놓은 「論語集句 37首」는 특이한 것이라 하겠다.

  希菴은 또한 한국한문학사상 중요한 시집을 남겼는데, 여항의 서리나
중인 등 120명의 시 672수와 시화 21則을 모은 『昭代風謠』를 엮은 것
이다. 간행 연대는 1737년(영조 13)이고, 1857년(철종 8)에 劉在建이 중간한
책으로 李達峯이 刪正, 藥山 吳光運(1689~1745)이 補刪한 것으로, 諸人
의 서문에서 알 수 있는데, 滄浪 洪世泰(1653~1725)가 農巖 김창협의 권
고로 여항의 시를 정선하여, 후세에 보이자는 의도와 또한 시를 문학작
품으로 순수하게 다루자는 태도로 人微貧賤하기 때문에 豪傑卓異之材
를 가졌으면서도 沈抑하게 사장된 자들의 自然流情之眞의 시를 추려 뽑
은 『海東遺珠』와 같은 맥락인 것이다.

  동시대에 같은 계열의 '選詩集'이 두 종류나 상재된 것은 당시의 시대
정신의 일면을 확인할 수 있는 좋은 자료라 하겠다.

  다음으로 和隱 李時恒(1672.10.20~1736.4.3)의 원제 「次歸去來辭」를 살
펴려 한다. 제작 연대는 을미년인 1715년(숙종 41년)이며, 和隱은 이 때 44
세의 나이로 무고죄에 연좌되어 削職되면서 歸田落鄕하게 되어, 본 「和
陶辭」를 쓰게 되었다고 並序에 밝히고 있다.

      歲甲午   關西被繡衣   誣余倡辨論   翌年坐此   削職歸田
      和陶辭以見志

    1714년(숙종 40) 갑오년 관서지방에서 암행어사가 나를 倡辨論으로 무고함을
  입어, 이듬해인 1715년에 이 사건으로 연좌되어, 벼슬을 버리고 전원으로 돌아가
  면서 「和陶辭」를 써 나의 뜻을 나타내노라.

  1 歸去來兮!   돌아가리라!

    不歸吾廬將安歸   나의 農幕으로 돌아가지 않고 어디로 돌아가려는가?

  2 已知流行而坎止兮[1] 이미 흘러가 버렸음을 아나니 구덩이에 잠겨 멈춰

　　　　　　　　　　　　있음이여!

　焉得欣而失悲　　　　　어찌 얻는다고 기뻐하고 잃는다고 슬퍼하랴!

3 昔晉途之初闢兮　　　　예전에 처음 길을 열고 나아갈 때,

　望高衢2)而馳追　　　　대도를 바라면서 달리고 쫓아나갔지.

4 惟余志之耿介兮　　　　나의 의지가 耿介하기를 바랐고,

　恥偭是而朋非3)　　　　面朋面友를 부끄럽게 여겼노라.

5 超溫蠖4)而皭然兮　　　어둡고 어지러움을 벗어나 희고 깨끗함이여!

　披瓊佩與荷衣　　　　옥으로 만든 띠와 연꽃으로 만든 옷을 떨쳐입었도다.

6 世路儵有幽昧兮　　　　世路 풍파가 갑자기 어두워짐이여,

　① 唉正論之卑微　　　　아아! 正論이 미천해지도다.

7 洪流蕩潏5)　　　　　　도도히 흐르는 무서운 물결에,

　萬壑趨奔　　　　　　　모든 골짜기도 뒤따라 달리는 듯.

8 疇疏濟漯6)　　　　　　누가 濟水와 漯水를 소통시키며,

　孰鑿龍門　　　　　　　누가 험한 용문을 뚫을 것인가?

9 廻波迅擊　　　　　　　소용돌이가 迅雷처럼 쳐오나니,

　砥柱難存　　　　　　　걸림돌도 버팀목도 그냥 있기 어려워라.

10 青黃者7)木　　　　　　봄의 푸른 잎과 가을의 누런 잎이,

　災而爲樽　　　　　　　재앙을 만나 술잔으로 만들어지도다.

11 顧守株以自信兮　　　　홀로 변통수 없는 守株待兔를 믿고 있음이여,

　雖顚沛以歡顏　　　　　비록 넘어지고 자빠지더라도 웃는 얼굴을 잃지 않
　　　　　　　　　　　　으리라.

12 樂焦原而靡苦兮　　　　뜨거운 불길 속에서도 괴로워하지 않고 웃으리라.

　坦叢棘8)而愈安　　　　비록 갇히는 몸이 되더라도 坦然이 더욱 편하리라.

---

1) 『賈誼 賦』:「乘流則逝兮 得坎則止」
2) 『潘岳・閑居賦』:「傲墳素之長圃 步先哲之高衢」
3) 『法言・學行』:「朋而不心 面朋也 友而不心 面友也」
4) 『史記・屈原傳』:「安能以皓皓之白 而蒙世之溫蠖乎 (注)索隱曰 溫蠖 猶惽憒也」
5) 『張耒・贈翟公巽詩』:「金山湯潏浪花裏 一舸遙去隨漁郎」
6) 『孟子・滕文公 上』:「禹疏九河 瀹濟漯」
7) 『漢書・禮樂志・郊祀歌・練時日』:「靈安留 吟青黃 (注)師古曰 青黃 謂四時之樂
　也」
8) 『易經・坎』:「(上六)係用徽纆 寘于叢棘 三歲不得 凶」

13 欲覲天以攄情兮　　상감을 뵙고 나의 충정을 사뢰려 한들,
　　虎豹猖以當關　　　虎豹들이 으르렁거리며 관문을 막는구나.
14 遭擯斥以俟命兮9)　　쫓겨남을 당하였어도 명을 기다릴 것이요,
　　渾榮辱以澄觀　　　영욕이란 같은 것임을 명징한 입장에서 바라보리라.
15 頓余轡而復路兮　　말고삐를 멈추고 길을 다시 돌리리라.
　　瞻弱喪以載還　　　길 잃은 미아가 비로소 돌아옴을 바라보노라.
16 縱鎩翼而縶步10)兮　　비록 날개를 자르고 발을 붙들어 맨다 하더라도,
　②　尙志氣之桓桓　　오히려 志氣만은 굳세게 지니리라.

17 歸去來兮!　　　　돌아왔음이여!
　　任天放以自遊　　　대자연에 맡겨진 野人이 되어 自遊하리라.
18 旣無思而無慮兮　　이미 思念도 心慮도 사라짐이여,
　　復何營而何求　　　다시 무엇을 경영하고 구하리오?
19 回陋巷而猶樂兮　　顔回는 누항에서도 오히려 不改其樂하셨으며,
　　范江湖11)而亦憂　　范蠡는 자연인이 되어서도 근심을 했다하던가?
20 冠童從余以問學兮　冠童들이 나를 따르며 학문을 구하나니,
　　繹義爻與箕疇　　　복희씨의 爻卦와 기자의 洪範九疇를 演繹하리라.
21 靈關啓鍵兮　　　　신령스런 관문이 열림이여,
　　學海理舟　　　　　학문의 바다에 배를 띄우리라.
22 尋墜緒於墳典兮　　끊어져 떨어진 실마리를 三墳五典에서 찾고,
　　玩奧旨於索丘　　　깊은 뜻을 八索五丘에서 완미하리라.
23 集群聖之徽言兮　　뭇 성현들의 아름다운 말씀을 모두어 보고,
　　辨百家之旁流　　　제자백가의 곁가지 흐름을 分辨하리라.
24 遵中道以止善兮　　中庸之道를 따라 止於至善에 이르기를,
　③　兀愓愓而不休12)　兀然 獨坐 독실 성의로 그침이 없으리라.

25 已矣乎!　　　　　끝났음이여!

---

9)『孟子·盡心 下』:「君子行法 以俟命而已矣」
10)『左思·蜀都賦』:「鳥鎩翮 獸廢足 (注)善曰 許愼曰 鎩 殘也」
11)『史記·貨殖傳』:「范蠡旣雪會稽之恥 乃喟然歎曰 計然之策七 越用其五 而得意
　　旣已 施於國 吾欲用之家 乃乘扁舟 浮於江湖 變名易姓 適齊爲鴟夷子皮 之陶
　　爲朱公」
12)『中庸·13장』:「言顧行 行顧言 君子胡不慥慥爾」

	用舍行藏各有時	진퇴는 각기 때가 있나니.
26	攀援桂枝聊淹留[13]	계수나무 가지를 더위잡고 올라가 잠시 머물리라.
	胡爲乎 倀倀迷所之	어찌하여 갈팡질팡 갈 바를 헤매는가?
27	黃卷[14]是事業	독서는 선비의 평생 사업이며,
	素履[15]卽心期	본분을 지키는 생활은 內心의 기약이었네.
28	咨囂囂而處畝兮	시끄러운 세상사를 탄식하면서 시골에 살 것이니,
	學春耕而夏耔	봄에는 밭갈기 여름에는 김매기를 배워가리라.
29	樂含哺於堯衢兮	康衢煙月에 含哺鼓腹을 즐기리라,
	詠如砥於周詩	시를 깊이 또 열심히 읽으리라.
30	庶遂初[16]而保晚兮	은거하리라던 애초의 뜻을 이루고 晚節을 지키기를 바라노니,
④	吾就有道而質疑	내 有道之人에게 나아가 의심나는 점을 여쭈어 보리라.

본 「和陶辭」 끝부분인 '庶遂初而保晚兮'의 '保晚'은 그의 만년의 호다. '부귀는 쉽사리 얻을 수 있으나 名節은 지키기 어렵다(富貴易得而名節難保)'로 시작되는 「保晚堂上樑文」에 보면, 자신을 西湖逸民 北山逋客으로 부르면서, 한 곳 安息之所를 마련하였다고 하였다. 瞿塘보다 험한 世路를 歷閱하고 顔氏의 陋巷之樂을 지키려 返衡門之敝廬하였음을 밝혔다. 상량문 套式인 抛樑東西南北上下를 보면, 동쪽을 '抛樑東景雲臺 憂淇江風時時 客自山陰里 乘興移舟入剡中'로 표현한 것을 보면, 大同江을 낀 平壤 근교임을 알 수 있다.

行狀을 살피면 공은 平素의 山水之癖을 어쩌지 못하고 탈상 후 고향인 箕鄕(平壤)으로 돌아와, 1703년 패강 하류인 古順和村에 卜居하였으

---

13) 『劉安·招隱士』:「攀援桂枝兮聊淹留 (注)翰曰 援 持也 言原引持美行 淹留於此 以待明君」
14) 『書言故事·書史類』:「故人寫書 皆用黃紙 用黃蘗染之 以辟蠹 故曰 黃卷」
15) 『易經·履』:「(初九)素履 往 无咎」
16) 『古文苑·劉歆·遂初賦序』:「遂初賦者 劉歆所作 云云 是時朝廷已多失矣 歆以論議見排擯 志意不得 之官經歷故晋之域 感今思古 遂作斯賦 以歎往事 而寄己意 (注)亦有晋孫綽之遂初賦」

니, 만경대와 三島二水之勝이 있는 곳이다(별도로 四千字에 달하는 『西京賦』도 있음). 좌우 도서로 장서 수천권을 쌓아두고 벗들과 연광정 부벽루 사이를 다니면서 시를 지어 읊고, 때로는 대동강에 배를 띄워 시주와 가곡으로 즐기니 사람들이 '和浦水仙'이라 일컬었다. 「和陶辭」의 작자이기도 한 謙齋 趙泰億(1675~1728 ; 拜右相 至左相)・雲谷 李光佐(1674~1740 ; 壯元, 奉朝賀)・松峴 徐命均(1680~1745 ; 連三代 相臣)・竹湖 李廷濟(1670~1737 ; 判義禁)・白下 尹淳(1680~1741 ; 大提學, 趙文命과 同榜)・儉齋 金楺(1653~1719 ; 1699 此時 全部罷榜, 1710 增廣別試復元, 兩館大提學)・昆侖 崔昌大(1669~1720 ; 副提學, 吳斗寅 사위)・角里 李眞儉(1671~1727 ; 副承旨)・錦平尉인 雪松齋 朴弼成(1652~1747)・鶴巖 趙文命(1680~1732 ; 大提學, 拜右相 至左相)・寤齋 趙正萬(1656~1739 ; 知中)・星谷 李濟(1654~1714 ; 壯元, 大成・大諫) 등 당대의 명사들이 모두 공의 교유자였다.

처음의 은거지가 晩村이기에 晩隱으로 자호했으며, 和浦로 옮긴 이후 保晩이라 자호하다가, '화포보만'에서 취의한 和隱으로 불렸다. 공은 遂安인으로 領相을 지낸 約齋 柳尙運(1636~1707) 문하에서 수학하고, 후에 觀復齋 金構(1649~1704)에게서 학문을 익혔다. 1699년 문과에 올랐으나, 이 科試에 문제가 생겨 全部 罷榜 되었으나 1910년 選別 復元 되었다. 성균학유에 筮仕되어 갑오(1714)에 典籍으로 승차되었다가, 이듬해 因坐事罷歸하면서 본 「和陶辭」를 쓴 것이다. 그 후 학문연구에 전심하면서 후진 양성에 진력하였다.

그 후 예조・병조좌랑・태천현감(1720년) 등을 역임하였고, 종사관으로 연경에 다녀오기도 하였다(문집 권5 「燕京見聞錄」). 국경 방위에도 뜻이 있어 단신으로 평안도 각진을 시찰하고 소를 올려(擬請西路中嶺關防疏), 七處의 關防을 中嶺에 설치할 것을 건의한 사실이 있었으며, 蘗溪 李德壽(1673~1744 ; 1713 文科)가 쓴 문집序와 문집總目에 의하면, 사후 1년만인 1737년 부인 김씨가 노비를 팔아 문집을 간행했다고 한다.

「西京志」・「關西通志」・「金壯軍遺事」 등도 저술하였다.

4.4. 景宗

　다음으로 살펴 볼 5편의 「和陶辭」는 상호 연관성을 갖고 있다. 뒷 날 英祖로 등극하여, 영·정조 76년 간의 찬란한 위업으로 빛나는 문예부흥 기의 기초를 다진 英主 李昑(영조)은 19대 숙종의 아들이며, 20대 경종의 世弟(延礽君)로 다음 왕통을 잇는 建儲問題로 노소론이 대립되는 어려움 속에 결국 대통이 이어졌다. 그 사이에는 소론이 득세하였으며, 영조가 천신만고 끝에 보위에 오른 후에는 소론은 타도되고 노론이 힘을 얻게 된다.

　당쟁의 연원은 훨씬 위로 소급되지만, 소위 신축년(경종 1년인 1721)과 임인년(1722) 兩年에 걸쳐 일어난 辛壬士禍 때, 建儲(노론) 4대신인 夢窩 金昌集(1648~1722)·疎齋 李頤命(1658~1722)·二憂堂 趙泰采(1660~1722)·寒 圃齋 李健命(1663~1722)은 소론 천하에서 '四凶'으로 몰려, 이이명·김창 집·이건명·조태채 등이 차례차례 斬首 당하거나(疎齋) 賜死되었다(三 人).

　당시의 상황을 비교적 불편부당한 입장에서 당쟁을 서술하였다는 이건 창의 『黨議通略』을 통하여 살피면, 노론 사대신으로 불리는 상기의 네 분들은 당시 홍문관 제학인 金一鏡이 지은 '討逆頒教'[1]에 頤·集· 健·采를 四凶으로 지목하고 冀·顯·莽·操로 比擬하였으니, 冀는 발 호장군으로 불리우던 梁冀를 지칭하는 것으로, 후한 때 대장군이었던 그 는 너무도 횡포하여 임금을 弑逆한 역적이며, 顯은 霍顯으로 한나라 宣 帝의 許后가 산고가 있을 때 약을 먹여 后를 죽이고, 자기 딸을 비로 들 여보낸 霍光의 처이고, 莽은 찬탈자인 王莽, 操는 간신 曹操를 각각 지 칭하는 것이다.

---

1) 이건창 : 『당의통략』(조선광문회, 신문관, 大正 원년) 〔景宗朝〕 62~76쪽.
　李民樹 역 : 『당의통략』(을유문화사, 1972년) 〔경종조〕 110~130쪽.

黨同伐異로 대변되는 당쟁이라 이들 四凶으로 합칭되던 頤集健采(頤命·昌集·健命·泰采)는 나중에 세월이 바뀌면서 四忠으로 명예 회복을 받게 되었으니, 같은 사단이 정반대의 평가를 가져온다는 것은 진실로 아이러니칼하다고 아니할 수 없다. 이것이 당쟁의 생리인 것이다.

경종 1년인 신축년(1721)에 쓰여진, 五友 연작「和陶辭」는 본인이 이미 발표한 바 있다.[2] 살펴 나갈 오우 연작「和陶辭」는 夢窩 金昌集이 首唱하고 이어, 아우인 三淵 김창흡(1653~1722)이 형의「和陶辭」에 창화하였으며, 형제의 2편「和陶辭」를 읽고 疎齋 이이명·芝村 李喜朝(1655~1724)·玉吾齋 宋相琦(1657~1723) 3인이 연이어 쓴 작품으로, 같은 해 동일 제재의 모티프로 하여 쓴 패러다임이며, 1721년의 크로니컬(年代記)이라고 하여도 무방하리라 싶다.

이들 5인은「和陶辭」를 쓴 다음해인 경종 2년(1722)에 직접 참살 당했거나(疎齋), 사사되었으며(夢窩), 연좌에 걸려 유배중 또는 心惱 끝에 1723~1724년에 모두 타계한다.

五友 연작「和陶辭」중 먼저 夢窩相公 김창집의 원제「和歸去來辭」를 살펴 보겠다. 임병양란을 겪으면서 경기도 德沼의 石室學을 후세에 끼친 主戰派로, 3년 간 瀋陽 이역의 牢獄에서도 절조를 굽히지 않았던 淸陰 金尙憲(1570~1652)의 손자인 文谷 金壽恒(1629~1689)의 6형제 중 장남인 夢窩 김창집은 五友 諸公의 連作「和陶辭」의 首唱者로, 연작의 빌미를 마련하였다.

夢窩는 저간의 입장을 並序로 다음과 같이 적고 있다.

> 余年已踰七旬 而遲徊不去 輒犯經訓 雖時勢之所使 心常瞿然 無以自解 歲篇又改 百感瞿懷 閉戶無聊 偶閱陶詩 遂和歸去來辭 以寫其懷

---

2) 南潤秀 :「몽와·삼연·소재·지촌·옥오재 諸公의 오우 연작 '和陶辭' 考釋」『한문학논집』6집(단국한문학회, 1988) 121~149쪽.

　　내 나이 이미 칠십을 넘었으나 굼뜨고 미련함을 버리지 못하여, 번번이 經의 가르침을 범하게 된다. 시세가 그렇게 시키는 바라 하더라도, 내심으로 항상 두렵고 놀라워 스스로 해결할 방도가 없다. 歲次는 또 바뀌는데 만감이 어리어 문을 닫아 걸고 무료히 지내다가, 도연명의 시를 읽게 되었다. 이윽고 「귀거래사」에 화운하여 서린 회포를 적어 둔다.

1	歸去來兮!	돌아가리라!
	吾年已至可以歸	내 나이 이미 돌아갈 때가 되었네.
2	自有先人之弊廬	선대에 끼쳐두신 陋屋인 鄕第가 있나니,
	庶瞻栢以寓悲	先山을 바라보면서 슬픔을 삭이리라.
3	出春明而遲徊	화사한 봄날 시적시적 걸으면서,
	寧復疑乎來追	무엇 때문에 다시 來者之可追를 의심하랴?
4	伊初服之始尋	첫 벼슬길에 오르며 처음 찾아와 告由했었는데,
	豈晚計之或非	어찌 만년의 계획이 혹시라도 잘못될 것인가?
5	信綽綽然有裕	진실로 느긋하고 여유만만하게,
	異悻悻而拂衣	성내거나 짜증낼 것없이 拂衣歸田하리라.
6	縱恩遇之可懷	비록 상감의 恩遇가 가슴에 벅차나,
①	奈筋力之已微	근력이 부침을 어찌할거냐?
7	我車已懸	내 수레는 이미 메어두었고,
	我馬斯奔	내 말은 이에 힝힝거리고 있네.
8	泌之洋洋	치렁치렁 흐르는 한강수는,
	繞我衡門	나의 오두막집을 싸안고 흐르네.
9	林木翳然	숲과 나무가 그늘을 드리운 곳,
	我窩斯存	이 곳이 나의 은거지.
10	一室澹虛	실내는 깨끗하고 가구는 없어도,
	有琴有樽	거문고와 술통은 마련되었네.
11	檢遺經之留案	끼쳐주신 경전을 考檢하느라 책상에 앉아,
	喜古道之照顔	옛 성현의 도를 즐기자니 얼굴빛이 환해지네.
12	欲講明而彌晦	해석하여 밝히려하면 더욱 어두워지고,
	祇兢惕而靡安	다만 조심하고 두려워서 편안하지 못하네.
13	念天倫之好學	父子兄弟들이 학문을 좋아했음을 생각해 보니,
	半零落乎泉關	거의 반은 泉關에 영락하였지.

14 歷三洲³⁾之廢墟　　　列水 三洲의 폐허를 지나며,
　　吾不忍乎往觀　　　내 차마 가서 볼 수가 없노라.
15 若有人兮山中　　　만약에 산중에 사람이 있다면,
　　攀桂樹而不還　　　계수나무 가지를 끌어잡고 나오지 않으리라.
16 惟稼齋之無遠　　　稼齋가 멀지 않음을 생각하고(三弟가 稼齋 創業이기도함),
② 混農圃而盤桓　　　農圃에 섞이어 바장이노라(四弟가 圃陰 昌緝이기도 함).

17 歸去來兮!　　　　돌아왔음이여!
　　吾誰與而居遊　　　내 뉘와 더불어 살아가며 노닐건가?
18 遂掩卷而永嘆　　　드디어 책을 덮고 깊이 탄식하노니,
　　盍反己而自求⁴⁾　　　어찌 反求諸己하지 않으랴?
19 春意遍於原野　　　봄의 의취가 들녘에 가득찼으니,
　　聊逍遙以寫憂　　　애오라지 소요자적하면서 우수를 사루리라.
20 願東作⁵⁾不可愆期　　생각해보면 농사는 때를 놓쳐서는 안되는 것이니,
　　爰出耜乎我疇　　　이에 나의 밭두둑에 보습을 내리라.
21 渙彼渼水　　　　저 渼水(京兆에 있는 水路; 즉 한강수)가 풀리면,
　　亦泛其舟　　　　또한 배를 띄우리라.
22 心忽忽其靡薄⁶⁾　　　경박하고 독실하지 않음에 실의낙담하여,
　　植余杖于崇丘　　　내 지팡이를 높은 언덕에 꽂으리라.
23 忽臨睨夫京國　　　문득 저 도성을 바라보노라면,
　　攬余涕其如流　　　내 눈물이 한강수가 되노라.
24 昔乞骸⁷⁾于先朝　　　前日, 숙종 연간에 해골을 빌었건만,
③ 曾不許乎歸休　　　한번도 歸休를 윤허받지 못했노라.

25 已矣乎!　　　　끝났음이여!
　　荊湖⁸⁾悵望邈難及　　荊湖는 슬피 바라보이나 아득하여 미칠 수 없노라.

---

3)『馬祖常・雜詠詩』:「百丈牽船泝上流 淸淮從古有三洲 (傳)三洲 淮上地」
4)『禮・射義』:「發而不中 則不怨勝己者 反求諸己而已矣」
5)『書經・堯典』:「東賓出日 平秩東作 (傳)歲起于東 而始就耕 謂之東作」
6)『漢書・董仲舒傳』:「愍世俗之靡薄」
7)『漢書・疏廣傳』:「上疏乞骸骨 上以其年篤老 皆許之」
8)『宋史・文苑 1・鄭起傳』:「傚元結中興頌 作勃興頌 以述太祖 下荊湖之功 (注)荊　　南・湖南」

26 獨抱遺兮誰爲留　　　抱朴遺曳의 외로움이여! 누구를 위하여 머무르랴?
　　胡爲乎 芒芒然迷所之　어찌하여 아득하여 갈 곳이 막막한고.
27 酬報已無地　　　　　보은의 길은 이미 여지가 없어졌으니,
　　隕結以爲期　　　　　隕結로 기약을 삼노라.
28 憂實均於進退　　　　우수는 실로 진퇴(用舍行藏)가 같으니,
　　樂何有於耘耔　　　　즐거움이 어찌 심고 가꾸는 데에만 있으랴?
29 詠不忘於周頌　　　　周頌 읽음을 잊지 아니하고,
　　感黃鳥之秦詩9)　　　秦風 黃鳥 3장을 새기며 느끼리라.
30 嗟余生之幾何　　　　아아! 나의 여생이 얼마나 남았다고,
④ 逝將上下乎九疑10)　　이에 九疑山과 같은 인간사에 헤매게 되는가?

앞에서도 夢窩상공의 가계를 언급하였거니와, 天台山人의 『조선한문학사』 제6장 「仁肅間의 巨星에 두 큰 문벌」을 써 놓았는데, 許草堂曄(1517~1580)의 3남 1녀―筬(嶽麓:1548~1612)·篈(荷谷:1551~1588)·筠(蛟山:1569~1618)·蘭雪軒(1563~1589)―와 金淸陰尙憲의 諸孫들을 다음과 같이 가계도11)를 만들어 두었다.

좀더 보완하여 보이면 다음과 같다.

---

9)『詩經·秦風·黃鳥』:「交交黃鳥 止于棘 誰從穆公 子車奄息 維此奄息 百夫之特 臨其穴 惴惴其慄 彼蒼者天 殲我良人 如可贖兮 人百其身」
　　毛詩序에 "黃鳥는 훌륭한 신하를 애도한 것이다. 國人은 穆公이 이 사람들을(子車씨의 奄息·仲行·鍼虎의 三子 : 좌전 文公 6년) 從死케 하였기에, 이를 풍자하는 뜻으로 이 시를 지었다." 그밖에도 종사자가 17인이 있었다 하였는데, 『사기』의 秦本紀에 의하면 從死者가 무려 177인이었다 한다.
10)『水經·湘水注』:「九疑山 羅巖九擧 各導一溪 岫壑負阻 異嶺同勢 遊者疑焉 故曰 九疑山 山南有舜廟」
11) 金台俊 :『조선한문학사』(한성도서주식회사, 소화 6년(1931) 165쪽.

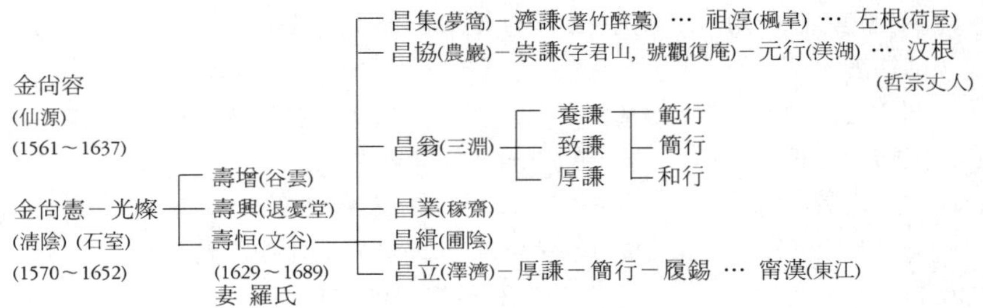

　　淸陰 김상헌의 손자인 '壽'行의 3子와 증손인 '昌'行의 6형제가 모두 문장과 덕행으로 크게 알려진 인물[12]들임을 알 수 있다. 또한 그들의 직손들이 순조 연간에 이르러 안동 권씨 세도가를 이루었음은 널리 알려진 사실이다.

　　다음으로 長兄 昌集의 「和陶辭」에 이어 親弟인 三淵 金昌翕(1653~1722)의 원제 「謹次伯氏所步歸去來辭」를 살펴 보겠다. 두 분은 雁行으로 三淵이 21세 되던 1673년 진사시에 일등으로 入格했을 때, 伯兄인 夢窩상공은 이등으로 급제하였다(伯氏夢窩氏 亦中二等).

1 歸去來兮!	돌아가리라!	
華山之陰吾所歸	북한산 북쪽, 내 돌아갈 곳.	
2 吾旣漫浪於溟岳	내 이미 바다로 산으로 떠돌아 다녔으니,	
老而休兮奚悲	늙어서 쉬는 것에 무슨 슬픔이 있으랴?	
3 仍世父之藎軸	己巳換局으로 이어진 伯父(壽增)께서의 禍難,	
庶高尙之遹追	고상한 정신세계를 따르기(谷雲山에 隱居함)로 다짐했네.	
4 濬澗谷之埋翳	澗谷의 埋沒과 陰翳를 濬繕하고,	
閱臺沼之是非	臺沼의 시비를 접고하리라.	

---

12) 魚有鳳 : 『杞園集』 : 「邵堯夫曰 君實之言優遊 伯淳之言條暢 彦國之言鋪陳 晦叔之言簡當 有宋元豊之間 大爲一時之壯 余幸游金氏父子兄弟間 竊嘗妄爲之說曰 谷雲之言優遊 農巖之言條暢 三淵之言鋪陳 圃陰之言簡當 雖謂之一時之壯 可也」

5 召猿鶴[1]以申盟　　猿鶴을 불러 조정사를 말하지 않기로 거듭 맹서하
　　　　　　　　　　면서,

　　蘿余帶兮荷衣　　女蘿로 띠를 삼고 연꽃으로 옷해 입으리라.

6 理疃上之舊詠　　밭두둑 위의 옛 읊음을 審理하노라니,

□ 雲冉冉兮翠微　　구름은 산허리를 감돌아 흐르네.

7 遵彼九曲　　저 아홉 굽이를 따라 가노라면,

　　夕疊湍奔　　물은 첩첩 쌓인 암석 사이로 소용돌이쳐 흐르네.

8 花溪玉峽　　꽃 핀 시내와 금옥같은 골짜기,

　　天鑰洞門　　하늘로 들어가는 仙景이어라.

9 慶雲隣近　　경사스러운 구름이 인근 일대를 감싸고,

　　淸寒迹存　　맑고 서늘한 자취는 여전하여라.

10 風溜調琴　　바람결에 거문고를 조율하며,

　　松醅湛樽　　松花酒는 술통에 고였네.

11 遇樵叟以睆柯　　늙은 촌부를 만나 나무 쌓은 품에 감탄하며,

　　勸巖耕[2]以解顔　　巖耕을 권하며 얼굴을 푸네.

12 旣雉籠之不蘄　　이미 꿩이 새장 속에 갇힘을 바라지 않으며,

　　伊鷦林之獲安　　저 굴뚝새가 一枝에서 편안함을 얻듯이 살아가리라.

13 偃素履於衡泌　　衡門之下 泌之洋洋에 본분을 지키며 생활하고,

　　夐名途與利關　　명예의 길과 이해 관계의 세계를 멀리하리라.

14 指馬嶺之嶠崒　　馬嶺(마재)의 험준함을 가리키면서,

　　攢余眉以聳觀　　솟아오르는 장관에 눈을 주리라.

15 橫鳥道乎古今　　예로부터 모로난 새나 다니던 길,

　　乃王京之往還　　옛날 도성에서 돌아오던 길.

16 瞻黃閣其超遞　　대궐을 바라보니 아득하고 멀기만 하구나.

② 依北斗以盤桓　　상감을 생각하며 왔다갔다 하노라.

17 歸去來兮!　　돌아가리라!

　　吾已倦夫西游　　내 이미 서녘 유람도 지쳤노라.

---

1)『宋史・石揚休傳』:「平居養猿鶴 玩圖書 吟詠自適 與家人言未嘗及朝廷事」
2)『顔淵之・車駕幸京口侍遊蒜山作詩』:「空食疲廊肆 反稅事巖耕 (注)翰曰 耕巖石
　之下」

18 懷靑軒之春物　　　靑軒의 春物을 생각하면서,
　　感谷鳥之相求　　谷鳥들이 서로 친구 찾는 부름에 교감하리라.
19 矧涇渭之弃漬　　　하물며 涇渭를 따질 수 없는 상황,
　　齊岳麓其增憂　　북악산만큼이나 덮쌓이는 근심.
20 何不遜膚而釋　　　어찌 篤棐遜膚로 풀지 못하고,
　　負岸角巾3)乎田疇　전원에 은거하게 됨을 부끄러워 하노라.
21 松溪有梁　　　　　소나무 우거진 시내에는 돌다리 놓이고,
　　渼湖有舟　　　　渼湖(昌協의 孫子인 元行의 호임)에는 배가 매어 있노
　　　　　　　　　　라.
22 迹猶嫌其太近　　　발자취가 너무 가까움을 嫌疑하며,
　　異谷雲之一丘　　저 멀리 구름 피어오르는 谷雲山의 한 언덕으로 가
　　　　　　　　　　리라.
23 昔盡室以游山　　　예전엔 遊山으로 소일했지만,
　　今可躡其風流　　이젠 그 풍류를 찾아볼 수 있으리라.
24 雖啾喧之滿世　　　비록 시끄럽고 떠들썩함이 세상에 가득 찼어도,
　③到籠水4)兮都休　孤雲 崔致遠처럼 물소리로 둘러막고 오직 쉬리라.

25 已矣乎!　　　　　　끝났음이여!
　　亢龍有悔亦可懼　易에 亢龍有悔라 했으니 謙退하여 조심하리라.
26 鳴鳥不聞其誰留　　지저귀는 새는 그 누가 머물라고 해도 듣지 않는 법.
　　胡爲乎 踢蹐迷所之　어찌하여 옹송거리며 갈 바를 모르는가?
27 赤松5)從有願　　　신선 赤松子됨이 비록 소원이지만,
　　紫芝6)存晩期　　은거함이 만년의 기약이로다.
28 祝堯年7)於丘壑　　시골에 묻혀 堯年舜日의 태평성대를 축원하면서,

---

3)『晋書・羊祜傳』:「旣定邊事 當角巾東路歸故里 (注)角巾 隱者之服」
4)『崔致遠・題伽倻山讀書堂詩』:「狂奔疊石吼重巒 人語難分咫尺間 常恐是非聲到
　耳 故敎流水盡籠山」
5)『赤松子』:「上古人 神農時雨師 服水玉以敎神農 能入火不燒 往往至崑崙山上
　常止西王母石室中 隨風雨上下 炎帝少女追之 亦得仙 至高辛時 復爲雨師」
6)『高士傳・卷上・四皓』:「四皓者…皆修道潔己 非義不動 秦始皇時 見秦虐政 乃
　退入藍田而作歌曰 莫莫高山 深谷逶迤 曄曄紫芝 可以療飢 唐虞世遠 吾將何歸
　駟馬高蓋 其憂甚大」
　『張九齡・商洛山行懷古歌』:「長憶赤松意 後憶紫芝歌」

備王稅乎耘籽	논밭갈이로 國稅를 준비하려네.
29 奏壎簾以坎坎[8]	형이 질나팔 불자 아우는 힘차게 피리로 화답하나니,
賡宛鳩之雅詩	시국을 한하고 自戒하는 시에 賡和하노라.
30 蓋優遊以卒歲	아마도 여생을 우유도일하면서 마칠 것이니,
④ 嗟世人兮莫猜疑	아아! 世人들이여, 시기하고 의심하지 말지라.

三淵 金昌翕은 상기의 내용으로 수창자인 夢窩相公의 「和陶辭」에 壎簾相和하였다. 그리고는 은거하였으나 伯氏가 절도인 巨濟에 유배되어 賜死됨에, 心惱 끝에 그 해인 1722년에 사망하였다.

三淵에게는 5,000수가 넘는 방대한 시가 남아 있으며, 詞章學이라 일컫는 시문학은 道學과는 분리되는 독자적인 개별성을 가져야 한다고 강조하였다. 이 점은 당대 성리학의 대가인 拙修齋 趙聖期(1638~1689)와의 2차에 걸친 논쟁9)(1684~5)에서 명백히 드러난다.

공은 泓崢의 癖이 깊었으나, 19세 때 벌써 孫興公의 「天台賦」를 읽다가, 산수의 흥이 일어 금강산 유람이 7차에 이르며, 특히 설악산은 23세부터 40여 년 간에 걸쳐 두루 往來棲遁하였다. 三釜淵(자호인 三淵의 유래)을 위시하여 한강 상류의 楮島新居, 설악산의 南枝인 寒溪瀑 북쪽의 寒溪樹屋, 양근(현 경기도 양평군 서종면 노문리) 治北의 檗溪精舍, 설악곡 百潭의 百淵精舍, 십이폭하 水簾洞에 滅景庵, 오세암 아래 20리 碧雲寺 옆에 碧雲精舍, 深源寺南 수리에 永矢庵, 그리고 葛驛精舍를 차례로 지어 은둔 강학하고, 그 중 永矢庵을 畢命할 곳으로 마음을 정하였으나 마침 虎警으로 말미암아 10년 만에 出山하게 됨을 한하였다고 쓰고 있다.

이내 춘천 谷雲 동구에 谷口精舍를 신축하고 초의목식으로 유유자적하였으니, 그의 登山臨水·물외한정의 세계는 天然이었다 하겠다. 그가

---

7)『沈約·夏白紵歌』:「佩服瑤草駐容色 舜日堯年歡無極」

8)『詩經·小雅·何人斯』:「伯氏吹壎 仲氏吹簾」

9) 이종호 : 「삼연 김창흡 연구(其一)」,『한국한문학연구』9·10합집(한국한문학연구회, 1987) 147~225쪽.

쓴 어록 중 山水觀覽을 선비의 도라고 말한 대목이 있는데, '三代之樂 已廢 今之爲士者 惟以書冊涵養 而其外則惟山水觀覽 有古樂意思 不可 草草道也'라고 하였으니, 그에게 山水樂은 至樂이었음을 알 수 있다.

正祖도『弘齋全書』「日得錄」에 그의 시 격조를 '三淵之詩文 淸而枯' 라고 하면서, 그 까닭을 '終身於林麓者 良有所以'라 하여 임록에 묻혀 살았기에 가능했다고 하였다. 공에게는 畫像이 전해져 오는데, 그의 문인 인 兼山 兪肅基(1696~1752: 善書)가 찬한 글을 보면 "…荷衣蕙帶 木食澗 飮 寒溪濯纓 雪嶽高枕 超然埃壒之外 游乎鴻濛之中 蓋嘗卽其靑霞白雲 之標 可以驗夫氷壺秋月之胸…"라고 하였으며, 같은 門人 蘆江 趙明履 (1697~1756: 1731 文科. 善書)도 '山水性氣 雪月襟抱 高明玩心 易簡體道 嶔巖逴躋 鳳翔于天 千古眞逸 間世儒賢'이라 함을 살펴보면, 그가 자연 에 몰입한 깊은 세계를 충분히 알 수 있다.

특히 영원히 출세간하지 않기로 맹서하는 마음을 품었다고 하여, 유래 된 암자명을 놓고 지은 記事文인 「永矢庵記」에서 그의 자연귀의를 읽을 수 있으며, 영시암을 두고 읊은 五絶을 인용하면서 三淵의 「和陶辭」를 마무리지으려 한다.

吾生苦無樂	괴로운 내 일생 즐거움 없어,
於世百不堪	세상의 온갖 일 뜻같지 않아.
投老雪山中	늙어 설악산에 몸을 내맡겨,
成是永矢庵	여기에 '영원히 맹서하는 암자(永矢庵)'을 얽었네.

다음으로 五友 連作「和陶辭」중 당시 영중추부사였던 疎齋 李頤命의 원제「次夢窩相公所次歸去來辭」를 살펴 보려한다. 그는 구당 박장원 (1612~1671: 1636 文科)의 外孫이며 西浦 金萬重(1637~1692: 1665 文科)의 사위이다. 並序를 먼저 보겠다.

余罹讒去國 將泝漢入峽 夢窩相公 寄示所次陶辭及三淵翁所次者 命

余和之 二辭清和 不失古人之意 余省墓後 謹步韻敍懷 蓋公則思歸 三
淵已歸 而惟恐不深入 余則方歸而反 謂公不可去 意與相反 故語多迫蹙
深愧元亮樂天乘化之曠云

　　내 참소를 입어 도성을 떠나 한강을 거슬러 올라 골짜기에 들려하였다. 몽와상공
김창집께서 지으신 「和陶辭」와 삼연공 김창흡이 백씨 취훈함에 중씨화지한 「和陶
辭」를 보여 주시면서 나에게도 창화하기를 명하였다. 두 분의 「和陶辭」는 맑게 화
운되어 있어 고인인 도잠의 뜻을 잃지 않으셨다. 내 성묘한 후 삼가 운을 맞추어
회포를 서술한다. 틀림없이 몽와상공께서는 귀거래를 생각하고 계시며, 삼연공은 이
미 은거하셨으나 오직 걱정하시기를 더욱 깊이 들어가지 못하심을 안쓰럽게 여기시
지 않는가 한다. 나는 이제 막 귀거래하였다가 돌아온 입장이다. 공께서 돌아갈 수
없음을 말씀드려, 뜻이 서로 상반됨을 아뢰리라. 그러므로 말이 대부분 박절하게 오
그라든 감이 있으니, 도잠선생의 '樂夫天命 乘化以歸盡'의 광달함에 심히 부끄럽다
고 이르노라.

1 歸去來兮!	돌아가리라!
丘墓九年今始歸	丘墓之鄕을 그리워한 지 9년 만에 이제야 돌아가누나.
2 余自遲回於險塗	내 자신 험난한 길을 그럭저럭 걸어왔어도,
縱顚沛其奚悲	비록 엎어지고 자빠지더라도 그걸 어찌 슬퍼하랴?
3 遵城隈而過江	도성의 굽이를 따라 걷고 강을 건너가는데,
驚使華[1]之相追	使華가 따라옴을 경악하노라.
4 辭楓宸[2]以一封	一封書信(사직원)으로 대궐을 하직하니,
恐義分之或非	대의가 분명하더라도 '혹여 잘못인가' 걱정되누나.
5 離情懸於帆影	떠나는 감회 돛그림자에 걸렸네.
晩計遂於初衣[3]	늙마에 귀거래는 첫 출사시의 계획이었네.
6 悲蒼梧之暮雲	삼각산(창오산)의 저녁 구름을 슬피 여기면서,
① 顧終南之翠微	목멱산(종남산)의 파란 산기운을 바라봅니다.

---

1) 『詩經·小雅·皇皇者華序』：「皇皇者華 君遣使臣也 送之以禮樂 言遠而有光華也」
2) 『本草·楓香脂』：「頌曰 說文解字云 楓木 厚葉弱枝善搖 漢宮殿中多植之 至霜後
　葉丹可愛 故稱楓宸 (注)濟曰 帝居曰宸」
3) 『李白·送賀監歸四明應製詩』：「久辭榮祿遂初衣 曾同長生說息機」

7 東望松楸　　　　　동으로 고향땅을 바라보고,
　 載沂載奔　　　　　부지런히 거슬러 오르노라.
8 滔滔漢水　　　　　도도하게 흐르는 한강수,
　 鬱鬱龍門　　　　　울울창창 푸르러 보이는 경기도 용문 땅.
9 露濡草芊　　　　　이슬에 젖은 잡초는 흐벅지고,
　 攀栢猶存　　　　　어린 시절 타고 오르던 잣나무는 그대로 있네.
10 佳辰幾回　　　　　이런 좋은 날이 몇 번이었던가?
　 敬薦淸樽　　　　　삼가 맑은 술을 올리나이다(展墓).
11 智自昧於介夕　　　슬기는 한 개의 돌보다도 몽매하니,
　 奉先訓以何顔　　　선인의 교훈을 봉행함에 아무런 면목도 없어라.
12 而桑楡之可輸　　　그러나 만년의 致仕期에는 떠날 수 있으니,
　 庶瞻依而自安　　　그때는 瞻慕依支하면서 自安하기를 바라리라.
13 感右軍之誓墓[4]　　왕희지가 부모 묘전에서 맹세하던 말을 교감하며,
　 媿靑牛之出關[5]　　푸른 소를 타고 함곡관을 넘던 노자에게 부끄럽습
　　　　　　　　　　니다.
14 惟出處之適義　　　오직 출처는 의리에 맞아야 하는 것,
　 豈在人而殊觀　　　어찌 인간에게 다른 관점이 있으랴?
15 念共人之盡瘁[6]　　함께 人臣으로서 盡忠報國할 것을 염원하면서,
　 魂屛營而時還　　　넋은 두려움에 떨면서 방황하며 때때로 돌아옵니다.
16 曾有約乎惠好　　　일찍이 惠好(獨對의 事實)의 약조가 있었었나니,
② 悵獨歸而盤桓　　　홀로 돌아가 燕息하는 것을 한으로 여깁니다.

17 歸去來兮!　　　　돌아가리라!
　 長與君而絶遊　　　영원히 그대와 더불어 교유를 끊으리라.
18 谷鳥鳴而相和　　　골짜기 새가 울면서 서로 불러도,

---

4) 『晉書·王羲之傳』:「王述爲揚州刺史　檢察會稽　羲之稱病去郡　於父母墓前自誓
　 羲之旣去官　與東土人士盡山水之遊　朝廷以其誓苦　亦不復徵之　劉克莊啓　買山之
　 興甚濃　誓墓之詞　良苦本此」
5) 『關令傳』:「老子度關　關令尹喜先勅門吏曰　若有老翁從東來　乘靑牛薄板車者　勿
　 聽過關　其日　過見老翁乘靑牛車求度關　關吏入白　喜曰　諾　道今來矣　我見聖人矣
　 卽帶引綬　出迎設弟子之禮　彊使著書　作道德經　五千餘言」
6) 『詩經·小雅·北山』:「或燕燕居息　或盡瘁事國 (傳)盡力勞病　以從國事」

　　矧伊人而不求　　　　하물며 저 사람은 응하지 않는 것을.
19 然君子之經世　　　　그러나 군자가 세상을 경영함은,
　　重後樂而先憂　　　先天下之憂而憂 後天下之樂而樂을 중요시하나니.
20 山人攀桂而相招　　　산 사람이 계수나무에 올라 서로 불러도,
　　愼莫懷乎春疇　　　삼가 봄철의 밭두둑을 생각하지 말라.
21 睠彼陶山　　　　　저 쪽 도산을 돌아보니,
　　有車有舟　　　　수레도 마련되어 있고 배도 매어 있어라.
22 徵前夢而築室　　　이전의 꿈을 이룩하기 위하여 築室하면서,
　　誓終老于斯丘　　　이 언덕에서 노년을 맞도록 서약하노라.
23 雖自保於歲寒　　　비록 歲寒松柏에 자기 보호가 있더라도,
　　孰砥柱於橫流　　　그 누가 황하의 중류에서 砥柱 역할을 할 것인가?
24 非我云之刻子7)　　사직이 어려울 때는 각자가 공헌해야지,
③ 時不可乎處休　　　이 시국에서는 돌아가 쉼이 옳지 못합니다.

25 已矣乎!　　　　　끝났음이여!
　　國無人兮可奈何　　나라에 훌륭한 인물이 없으니 어쩌면 좋은가?
26 曷不忘身少淹留　　어찌 이 몸이 잠시라도 쉬는 것을 잊을 손가,
　　胡爲乎 棲棲欲何之　무엇 때문에 바삐 서둘러 어디로 가려고 하는가?
27 沈憂未易掇　　　　깊은 근심은 쉬 가시지 않을 것이며,
　　晩節嗟難期　　　아아! 만년의 절개는 기약하기 어려운 것.
28 如彼泉而淪胥8)　　저 샘물처럼 서로 이끌려 괴로움을 당하는데,
　　顧何心乎耕耔　　다만 무슨 마음으로 땅이나 갈랴.
29 休虡和乎晉辭　　晉代의 陶辭에 연이어 和韻이나 하지말고,
　　詠夙夜之周詩9)　夙興夜寐로 밤낮 국사에 애쓰는 시경시를 읊으리
　　　　　　　　　라.
30 余豈忽夫絜矩人10)　내 어찌 군자로 絜矩之道의 인물을 홀대하리오

---

7)『書經・商書・微子』:「微子若曰 父師少師…父師若曰…商今其有災 我興受其敗
　　商其淪喪 我罔爲臣僕 詔王子出迪 我舊云刻子 王子弗出 我及顚隮 自靖人自獻
　　于先王 我不顧行遯」
8)『詩經・小雅・雨無正』:「若此無罪 淪胥以鋪」
9) 疎齋 자신이 다음과 같이 細字로 주를 달았다.
　　「周雅多用夙夜字 如夙興夜寐 無忝爾所生 夙夜匪懈 以事一人 三事大夫 莫肯夙
　　夜 莫非可詠歎者也」

④ 各自靖君無疑   각각 自靖할 일이니 그대는 의심하지 마십시오.

자기의 입장을 밝힌 도도한 一文이다. 이 일문으로 疎齋의 학문과 경륜을 알아볼 만하다. 흔히 建儲 사대신, 또는 노론 사대신이라고 합칭하는 것이 항례이지만, 그들은 나름대로의 차이가 있었음도 보여주고 있다.

숙종 43년(1717), '丁酉 獨對'라는 사건이 있었다. 이것이 소론의 입장에서 노론을 몰아친 事案 중에 중요한 일건이 되는데, 獨對란 사관의 참예도 없이 임금과 신하 단 둘만이 단독 대담함을 의미한다. 기밀에 속한 내용이 있을 수도 있지만, 예우면에서 남달리 긴밀하게 여겨 주었다는 優渥한 일면도 있다. 그러나 他方에서 보면 오해의 여지가 충분히 있다고 여길 것이며, 그 같은 不敬이 어디 있으랴? 따지고 들 것이다.

당시의 승지 李眞儉이 올린 상소문에도 '丁酉獨對 已非人臣光明之擧'라고 하여, '이미 人臣으로서 광명정대한 행위가 아니라'고 쓰고 있다. 그러나 이 말은 벌써 상소문인지라 완곡하게 표현할 것일 뿐, 그 내심은 복잡한 것임에 틀림없다.

이 같은 獨對의 인물이 바로 疎齋 李頤命이다. 李頤命은 白江 李敬興(1585~1657)의 손자이며, 대사헌 竹西 李敏迪(1625~1673)의 아들(敏采에게 出系함)로 본관은 전주(世宗莊憲大王別子密城君諱琛之八代孫)[11]요, 자는 養叔, 시호는 忠文으로, 1680年의 別試에서 甁窩 李衡祥·領相 崔奎瑞·左相 崔錫恒과 함께 大科 及第하였다.

疎齋의 行狀을 보면 여러 번의 유배를 겪었다. 1686년 강원도 관찰사가 되었다가, 1689년 己巳換局에 서인으로서 寧海에 유배되었다가 1692년 南海로 이배되었다. 1699년 公州에서 解配되어 형조참판이 되고, 예판·대사헌·이판·형판·판의금부사를 역임하였다. 1705년 우의정에 오

---

10) 『大學』: 「所謂平天下在治其國者 上老老而民興孝 上長長而民興弟 上恤孤而民不倍 是以君子有絜之道也 所惡於上 毋以使下…所惡於左 毋以交於右 此之謂絜矩之道」
11) 『國朝人物考·下』: 이이명조, 墓表 李觀命(서울대출판부, 1978) 102쪽.

르고 좌의정을 지냈다.

1720년 숙종이 죽자 告訃使로 청나라에 가서 북경에 있던 독일 神父 쾨글러(Koegler), 포르투칼 神父 사우레스(Saurez) 등과 교유했고, 천주교·천문·曆算에 관한 서적을 가지고 이듬해 귀국 이를 소개하였다.

이 해에 소론 사대신의 一人으로 世弟(영조)의 대리섭정을 주청, 이를 실현케 했으나 소론의 崔錫恒(1654~1724)과 「和陶辭」 작자이기도 한 謙齋 趙泰億(1675~1728)의 반대로, 그 결정이 철회되자 파직, 이어 왕(景宗)의 병을 조작하여 발설하고 이를 이유로 대리섭정케 했다는 탄핵을 받아, 이듬해인 1722년 남해에 유배되었다가, 李天紀 등에 의해 '왕으로 추대되었었다'는 睦虎龍의 무고로 서울로 압송되어 사사되었다.

疎齋의 본 「和陶辭」는 물론 신임사화의 첫해인 신축년(1721년)에 쓰여졌는데, 이 때의 나이가 64세이다. 夢窩상공은 75세였으며, 三淵옹은 69세였다. 작품을 통하여 알 수 있듯이 疎齋는 소론 천하인 그 와중에서도 국가 柱石之臣으로서의 소임을 다하려 하였으며, 中流砥柱의 역할을 끝까지 수행하려고 노력했던 점이 엿보인다.

비록 열 살 위인 夢窩 金昌集의 하명에 따른 타의에 의한 所作이지만, 歸去來하여 獨善其身하려는 安價의 길을 가지말고, 어려운 시대일수록 兼濟天下하여야 한다는 의지가 분명히 드러나 있다. 그는 實學思想에도 관심을 가졌던 분이다.

다음으로 五友 連作 「和陶辭」 중 네 번째 작품인 芝村 李喜朝(1655~1724)의 원제 「次歸去來辭」를 살펴보려 한다. 芝村은 夢窩 仲父인 金壽興의 사위가 된다. 並序가 있어 전후의 사정을 알 수 있어 먼저 보기로 한다.

疎齋相之泝漢入峽也 首挨夢窩公 以和陶辭投贈 疎齋次其韻 竝三淵
子作而示余 索和甚勤 余本不閑於此等文字 而重違其意 不得不搆拙錄
呈 蓋余於夢窩公 旣不敢自擬於獻子之五友 而疎齋相之行 亦實有李郭

不同舟之歎 故略及於篇中 仍以篤棐遜膚之義 仰勉於兩相公 如蒙取其
意 而不以其辭 則幸甚

　　이이명께서 한강을 거슬러 올라 골짜기에 들어가실 때, 영상 몽와 김창집께서 도
연명의 귀거래사에 화운하여 투증하시니 疎齋가 이어 차운하고, 아울러 삼연자 김
창흡께서도 「和陶辭」를 지어 나에게 보였는데, 화운을 모색함이 매우 은근하였다.
나는 본래 이런 계통의 문자에 익숙하지 못하지만, 상공의 뜻을 어기기가 어려워서
졸렬한 것을 엮어 올렸다. 생각하면 나는 몽와상공에게 감히 스스로 孟獻子[1]의 五
友에는 비의할 수 없으나, 疎齋 이이명께서 떠날 때에, 후한시절 李膺과 郭太[2]가
함께 배에 올랐던 일과는 반대 상황의 탄식이 있었다. 고로 대략적인 것을 그대로
독실한 神益과 겸손한 미덕의 의리를 언급하여, 두 분 相公(몽와와 소재)께 우러러
권면한다. 만일 그 의취를 취하시고, 그 언사로써 책하지 않으심을 입게 된다면 다
행으로 여기겠다.

1 歸去來兮!	돌아가리라!
行年半百吾始歸	行年이 반백이 넘어 내 비로소 돌아가노라.
2 今旣遂初而反本	이제서야 귀거래의 宿望을 이루고 근본을 찾았나니,
又奚足以傷悲	또한 어찌 슬퍼할 이유가 있는가?
3 然愆尤之孔多	그러나 허물이 너무도 많아,
雖欲悔而曷追	비록 후회한들 어찌 미칠손가?
4 嗟身計之已誤	아아! 일신의 계획은 이미 그르쳤고,
諒心事之亦非	진실로 심사 또한 어긋나 있네.
5 志未專於晦本	뜻은 아직 晦木에 오로지하지 못했으며,
功不篤於絅衣	공은 立德에 독실하지 못하였네.
6 昧理欲之公私[3]	천리와 인욕의 공과 사에 어두워,
① 忽人道之危微	문득 人道가 危微해졌네.
7 乍出世路	잠깐 벼슬길에 나서,
或馳或奔	달리기도 하고 뛰기도 했네.

---

1) (仲孫蔑) :「春秋魯大夫 卽孟獻子 嘗曰 畜馬乘 不察於鷄豚 伐氷之家 不畜牛羊
百乘之家 不畜聚斂之臣 時稱爲賢大夫 襄公時卒」
2) 『後漢書·郭太傳』:「太 字林宗 游於洛陽 始見河南尹孝膺…唯與李膺 同舟而
濟 衆賓望之 以爲神仙焉」
3) 『大學·大學之道 章句』:「必其有以盡夫天理之極 而無一毫人欲之私也」

8 得失利害　　　　　득실과 이해로,
　　所喪多門　　　　잃은 것이 여러 방면.

9 良心日亡　　　　　양심은 나날이 사그라졌고,
　　夜氣何存⁴⁾　　　　存夜氣는 어찌 있기나 했던가?

10 汨沒朱墨⁵⁾　　　　공무 집행에 골몰했고,
　　沈冥杯尊　　　　술독에 빠져 헤맸네.

11 歲月忽其晼晚　　　세월은 흘러 어느 결에 해는 뉘엿뉘엿 지려 하고,
　　驚白髮之衰顔　　백발에 쇠한 얼굴 새삼 놀라워라.

12 遂浩然而投紱　　　드디어 트인 마음으로 印信을 던지고,
　　庶一枝之可安　　鷦鷯巢林 不過一枝를 바라노라.

13 奄無妄之橫遭　　　갑자기 의외의 횡액을 만나,
　　益矢心乎牢關　　더욱 마음을 굳게 닫을 것을 다짐했노라.

14 理舊日之陳編　　　옛날 써둔 묵은 작품을 다잡아보며,
　　撫餘景而究觀⁶⁾　　희미하게 남아 있는 불빛을 어루만지며 궁구해 보리
　　　　　　　　　　라.

15 心與境其俱寂　　　마음도 경지도 온통 적막강산,
　　斷外人之往還　　외부 인사와의 왕래도 끊으리라.

16 竊獨愛此湖亭　　　나 혼자만이 이 호숫가 정자를 사랑하여,
　② 每孤往而盤桓　　매양 홀로 가서 배회하리라.

17 歸去來兮!　　　　돌아가리라!
　　誰與我而同遊　　뉘 나와 더불어 함께 노닐 것인가?

18 彼黃閣之二老　　　저 議政府의 두 노인(夢窩와 疎齋)은,
　　蓋自少而相求　　어려서부터 가까운 사이.

19 或秉勻而盡瘁　　　간혹 정권을 잡고는 힘껏 일했으며,
　　亦罹讒而懷憂　　역시 또 참소를 입고는 근심을 함께 했었지.

20 形迹雖異於出處　　형적이 비록 출처를 달리하지만,

---

4) 『孟子·告子 上』:「牛山之木章 孟子曰…其日夜之所見 平旦之氣 其好惡與人相
　近也者幾希 則其旦晝之所爲 有梏亡之矣 梏之反覆 則其夜氣不足以存 夜氣不足
　以存 則其違禽獸不遠矣」
5) 『隨園隨筆』:「今官府判行者用墨筆 已行者用朱筆 按北周蘇綽傳 綽每判事硃出
　墨入 是卽朱墨筆之 所由始」
6) 『潘岳·秋興賦』:「聽離鴻之晨吟 望流火之餘景」

心豈變乎曩疇 　마음이 어찌 그 옛날과 달리 변했으리오.

21 慚非五友[7] 　孟獻子의 五友 못됨이 차마 부끄럽고,

恨不同舟 　함께 같은 배에 오를 수 없음이 안타까워라.

22 悵離索之旣久 　서글프게도 離群索居함이 하마 오래 되었고,

時遠望而登丘 　때로는 먼 곳을 바라보면서 언덕에 오르노라.

23 念吾身之無似 　이 몸의 변변치 못함을 생각하면서,

寔衆棄之下流 　진실로 모든 것을 떠나 하류로 떠가려네.

24 昔受知於聖考 　예전에 몽와와 소재 두 분 선친께 학문을 익혔나니,

③ 義敢忘乎戚休 　의리상 감히 安危休戚이라 하여 망각하리오.

25 已矣乎! 　끝났음이여!

欲報之德嗟何及 　은덕에 보답하고자 한들, 아아! 어찌 미칠 것인가?

26 雲馭杳茫不可留 　구름은 아득코나! 머물지 않는데,

胡爲乎 血泣迷所之 　어찌하여 피를 쏟고 울면서 갈 바를 모르는가?

27 新服又叨恩 　새 벼슬(世弟侍講)을 또한 외람되게도 입어,

禮招非所期 　예로 부르심을 기약하지도 않았건만.

28 揣微分而何敢 　미미한 才分을 헤아리면 어떻게 감히,

誓沒齒於耘耔 　한평생 밭갈이로 맹세하노니.

29 惟篤棐[8]與遜膚[9] 　오직 篤棐時 二人(周公과 召公)과 公孫碩膚 德音

不瑕의 史實들만이

尙可鑑乎書詩 　아직도 『상서』와 『시경』에 귀감이 가득하네.

30 聊以此而相勗 　애오라지 이로써 상호간에 힘써,

④ 願各努力不須疑 　각자 노력할 것이요, 조금도 의심 말기를 바라노라.

芝村 李喜朝도 '함께 배를 탈 수 없다(李郭不同舟).'고 하면서 동조하지

---

7) 『孟子·萬章 下·敢問友章』:「萬章問曰 敢問友 孟子曰 不挾長 不挾貴 不挾兄
弟而友 友也者 友其德也 不可以有挾也 孟獻子 百乘之家 有友五人焉 樂正裘·
牧仲 其三人則予忘之矣 獻子之與此五人者 友也 無獻子之家者也 此五人者亦有
獻子之家 則不與之友矣 非惟百乘之家爲然也 雖小國之君 亦有之」

8) 『書經·周書·君奭』:「嗚呼 篤棐時二人 我式克至于今日休 我咸成文王功于不怠
丕冒 海隅出日 罔不率俾」

9) 『詩經·豳風·狼跋』:「公孫碩膚 德音不瑕」

못하는 자기 입장(어린 成王을 돕는 주공단과 소공석)을 밝힌 내용이다. 芝村
의 가계는 부제학인 靜觀齋 李端相(1628~1669)을 아버지로, 대제학을 역
임한 白洲 李明漢(1595~1645)을 조부로, 한문사대가 月象谿澤의 한 분인
月沙 李廷龜(1564~1635)를 증조부로 하는 文翰 명문이며, 또한 세종 때
거장이었던 樗軒 李石亨(1415~1477)의 7대손으로 혁혁한 延李의 문벌인
것이다.

그는 대학자인 우암 송시열의 수제자 중 한 사람이며, 遂庵(又寒水齋)
權尙夏(1641~1721)와 종유하며 예학·성리학을 토론한 인물이기도 하다.
1721년 본「和陶辭」제4단 27구에도 썼듯이, 그에게 世弟侍講院 贊善
이라는 직책이 새롭게 주어졌다. 곧 노론이 싸고도는 世弟(뒤의 영조)의
啓導 책임을 맡은 것이다. 그러니 곧 그의 입장에서는 이 당장의 귀거래
는 불가능하였을 것이다. 이어 신임사화가 일어나자 그에게도 유배형이
내려졌다. 弟子였던 觀我齋 趙榮祏(1680~1761)이 門人代表로 辨疏를 올
리기도 하였으나 후에 文簡公의 시호를 받는다. 노론 사대신의 참화와
遠竄에 연좌되어 靈巖으로 귀양갔다가, 鐵山으로 이배되는 도중 定州에
서 죽었다.

杞園 魚有鳳(1672~1744)의 門人인 書壯官 李亮臣(1689, 1727 文科)은 芝
村의 아들로 丁未換局時(1727) 李光佐를 論斥하다가 郭山·慶源에 유배
되기도 하였다.

다음 오우 연작「和陶辭」의 마지막 인물인 玉吾齋 宋相琦(1657~1723)
의 원제「和歸去來辭」를 살펴보려 한다. 본「和陶辭」에는 작품의 앞뒤
에 병서와 발문이 붙어 있어 제작의 전말을 알 수 있다.

　　夢窩相公 首有和作 三淵·疎齋·芝村諸公 竝次其韻 夢窩又要余追
　加 余亦效顰賦之 情見于詞 工拙不論也

　　몽와상공 김창집께서 처음으로「和陶辭」를 지으셨고, 삼연 김창흡·소재 이이

명·지촌 이희조 제공들이 아울러 「귀거래사」에 차운하였다. 몽와상공께서는 또 나에게 추가하기를 요청하셔, 나 또한 흉내내어 본떠지었다. 本情을 작품에 나타내었으니, 잘 쓰고 못쓴 것은 논외로 한다.

1	歸去來兮!	돌아가리라!
	欲歸未歸何時歸	돌아가려 했으나 못갔었네! 어느 때나 돌아갈거나!
2	嗟塵寰不可以久處	아아! 풍진 세상은 오래 머물 곳이 못되나니,
	恒鬱鬱而自悲	항상 울울불락하면서 스스로 슬퍼하였지.
3	昔余志之嘐嘐¹⁾	젊은 날의 나의 뜻은 참으로 컸었지,
	慨古人之難追	고인 중에 追蹤할 대상이 없음을 개탄하였지.
4	地幸同於洛閩	처지는 다행히 정주학(濂洛關閩之學)으로 같았고,
	免趨向之或非	趨向을 벗어나면 '혹 잘못이 있을까' 저어하였네.
5	朝陪席於堤上	아침에는 堤上에 배석하고,
	夕春堂乎摳衣²⁾	나조에는 春堂에 나아가 옷을 걷어 올리고 배웠네.
6	終老大而無聞³⁾	결국 나이들어도 훌륭하다는 소리도 못 들었으니,
①	奈質薄而才微	바탕이 부족하고 재질이 미미함을 어찌하리오.

7	顧我素性	나의 타고난 성정을 돌아보니,
	厭世馳奔	세상을 싫어하면서도 달려온 셈이지.
8	幽居境僻	幽人으로 궁벽한 곳에 살면서,
	水繞山門	물이 산문을 휩싸고 흐르는 곳.
9	令節佳辰	좋은 시절 아름답던 나날들,
	勝事長存	좋은 일은 언제나 존재할 것이리라.
10	湖亭漁釣	호숫가 정자에선 낚시 드리우고 고기 잡으며,
	月堂琴樽	달빛 비치는 대청 마루에선 거문고 타고 술을 마시리라.
11	奉至樂於晨昏⁴⁾	昏定晨省의 부모님 모시는 지극한 즐거움,
	期百年而承顔	죽을 때까지 承顔하기로 기약하였네.

---

1) 『孟子·盡心 下』:「其志嘐嘐然 (注)嘐嘐 志大言大者也」
2) 『書言故事·謁見類』:「敍見人云 摳衣進謁」
3) 『論語·子罕』:「子曰 … 四十五十而無聞焉 斯亦不足畏也已」
4) 『禮·曲禮上』:「凡爲人子之禮 冬溫而夏凊 昏定晨省 (注)安定其牀衽也 省 問其安否何如」

12	泣風樹而苟延	風樹之嘆을 읍소하면서 구차스럽게 연명하고 있지만,
	戀舊巢而自安	옛 보금자리를 생각하면 스스로 편안하여지네.
13	蒙先王之我嘉	선왕이신 肅宗께서 나를 가납하시어,
	除旨翩於林關	聖旨로 훌쩍 청나라 사신의 서장관을 제수 받았었지(1702년).
14	策疲駑以趨命	피로한 노마를 채찍질하여 명을 수행하며,
	愧高人之傍觀	높은 분의 傍觀을 욕보였었지.
15	遂低徊於鴻恩	드디어 크나큰 은혜가 낮게 드리워져,
	遲十載之南還	이에 10여 년 간(1689年 己巳換局)에 걸친 康津의 流配.
16	痛烏號5)其曷及	애통할사 숙종의 승하(1720년), 어찌 미치랴?
②	空白首而盤桓	부질없이 허여센 머리로 바장이노라.
17	歸去來兮	돌아가리라!
	思駕言而出游	수레메우고 出遊하리라.
18	旣菟裘之我有	나는 이미 은거할 곳을 마련하여 두었나니,
	捨初服而何求	初服을 버리고 무엇을 구하리.
19	縱江湖之退處	강호의 은거지를 마음대로 종람하지만,
	詎宗國6)之忘憂	어찌 나라에 대한 근심을 망각하랴?
20	秋風又攬余鄕思	晋나라 張翰처럼 가을바람이 또 나의 향수를 收攬하니,
	紛萬寶之盈疇7)	성대하여라, 수만의 보물이 밭에 가득하리라.
21	登山有屐	謝靈運처럼 나막신 신고 산에 오르고(謝屐),
	泛湖有舟	배를 타고 호수를 건너네.
22	掇寒花於東籬	靖節先生처럼 採菊東籬下하기도 하고,
	蔭佳木於崇丘	높은 언덕엔 嘉樹의 녹음이 그늘을 드리웠네.

---

5) 『史記·封禪書』:「黃帝採首山銅 鑄鼎於荊山下 鼎旣成 有龍垂胡髥 不迎黃帝 黃帝上騎 群臣後宮從上者七十餘人 餘小臣不得上 乃悉持龍髥 龍髥拔墮 墮黃帝之弓 百姓仰望 黃帝旣上天 乃抱其弓與胡髥號 故後世 因名其處曰 鼎湖 其弓曰烏號」

6) 『孟子·滕文公 上』:「我宗國 魯先君莫之行」

7) 『王粲·登樓賦』:「華實蔽野 黍稷盈疇」

23 愍世路之懷襄[8]　　사방의 산이 홍수에 잠긴 듯한 世路를 근심함이여,
　　涇渭坼而橫流　　한강수를 거슬러 오르다가 빗겨 흐르리라.
24 聊逍遙乎晚節[9]　　애오라지 만년의 절개를 지켜 소요자적하리니,
　③ 庶不忝於先休　　먼저 쉬신 분네들에게 욕보이지 않기를 바라노라.

25 已矣乎!　　　　끝났노다!
　　衰榮自古無定在　영고성쇠는 자고로 정해진 존재가 없는 것,
26 負二宜去吾奚留　두 분께서 의당 가신 길을 저버리고 내 어찌 머물
　　　　　　　　　리.

　　胡爲乎 魙魙靡所之[10]어찌하여 주저주저 머뭇거리며 갈 바를 모르는가?
27 軒裳[11]爲桎梏　　고위대관은 질곡이 되는 것이며,
　　風月是襟期　　　청풍명월은 내심의 기약이노라.
28 引泉石以枕漱[12]　샘을 끌어다가 양치질하고 돌을 베고 누워쉬리라(枕
　　　　　　　　　石漱流),

　　滋蕙蘭而耘籽　　혜초와 난초를 심고 밭갈이를 하리라.
29 玩消長於羲爻　　복희씨의 易理를 살펴 消長을 완상하며,
　　詠薖軸於風詩　　시경 위풍의 고반시를 읊으리로다.
30 彼詹尹兮何卜　　저 占을 맡은 장관 鄭詹尹이여, 어떻게 爻가 나왔
　　　　　　　　　나?
　④ 吾志已決不須疑　내 뜻은 이미 결정났으니 아무쪼록 의심하지 말기
　　　　　　　　　를.

상기와 같은 「和陶辭」 말미에 다음과 같은 跋文을 적어 두었다.

---

8) 『書經・虞書・堯典』：「帝曰 咨四嶽 湯湯洪水方割 蕩蕩懷山襄陵 浩浩滔天 (傳)
　懷 包也 襄 上也 包山上陵 包圍陵駕」
9) 『宋名臣言行錄・韓琦』：「在北門 重陽有詩云 不羞老圃秋容淡 且看寒花晚節香
　公居常謂 保初節易 保晚節難 故晚節事事 尤著力 所立特全」
10) 『詩經・小雅・節南山』：「我瞻四方 慼慼靡所騁」
11) 『皮日休・三羞詩』：「利則侶軒裳 塞則友松月」
12) 『蜀志・彭羕傳』：「枕石漱流 吟詠緼袍 偃息於仁義之途」
　　『晉書・孫楚傳』：「孫楚字子荊 才藻卓絶 少時欲隱居 謂王濟曰 當云欲枕石漱流
　　誤云漱石枕流 濟曰 流非可枕 石非可漱 楚曰 所以枕流 欲洗其耳 所以漱石 欲
　　礪其齒」

竊觀諸作　蓋亦各言其志耳　若余者　眞是可歸而不歸者也　自謀猶不及
其可爲　他人謀其歸不歸之當否乎　以此篇内　只述己事　而不敢如疎芝兩
公之言也　因記昔年癸丑　先人偶有和陶辭一篇　尤庵先生　跋之曰　宗人宗
某爲示所和歸去來…殆難與俗人言也　噫　先生發揮之意　可謂盛矣　三復
諷詠　尚有遺芬　百世之下　其有不感歎於斯者乎　此文見刪於先生文集　恐
遂湮沒無傳　仍竝附見於此

　　제공들의 「和陶辭」를 나 나름대로 살펴보니, 틀림없이 각자 자기의 뜻을 언급한
것일 따름이다. 나와 같은 사람은 참으로 돌아가려 해도 귀거래할 수 없는 사람이
다. 스스로 도모하더라도 오히려 그렇게 할 수 없음에 귀결된다. 다른 분들은 그
歸不歸의 정당성 여부를 도모하시는 것인가? 나는 이 작품 속에서 단지 나의 사정
을 기술한 것으로, 감히 疎齋 이이명과 芝村 이희조 양공과 같은 언사를 할 수 없
었던 것이다. 아울러 옛날 현종 14년(1673년) 계축년에 선인(霽月堂 송규렴)께서
우연한 기회에 「和陶辭」 한 편을 지으신 일이 있는데, 우암 송선생께서 이에 발문
을 부쳐 주시면서 말씀하시기를 "종씨인 宋 아무개가 陶辭에 和韻하여 보여 주었
다 …… 아마도 속인들과 더불어 언급하기는 어려운 것이다. 아아! 선생께서 발휘
하신 의향은 대단한 것이라 할 만하다. 세 번 거듭 읊고 보니 상기도 유향이 남아
있어 백세의 뒤에라도 혹시 이 작품에 감탄하지 아니할 자가 있을까? 이 발문은 尤
齋의 『宋子大全』에는 빠져 있다. 아마도 결국 인몰되어 전해지지 않은 듯하다. 그
런대로 아울러 이곳에 첨가해 둔다.

　玉吾齋 宋相琦는 우암 송시열의 문인으로 회덕 사람이며, 본관은 은
진이다. 전통적인 노론 가문으로 1684年에 夢窩와 同榜及第하며 옥당에
들어가 저작·박사·검열·수찬을 거쳐 1689년 부교리가 되었던 그 해
기사환국이 일어나, 남인들이 집권하자 벼슬을 버리고 낙향 은둔하였다.
　1702년 서장관으로 청나라에 갔다가 돌아와 노론의 중신으로 대사성·
승문원부제조·충청감사·대사간·부제학·대사헌 등 요직을 차례로 담
당하였다. 제학이 된 지 전후 10여 년 간 문한직을 맡을 만큼 그의 학식
이나 문벌이 당당하였던 것이다. 이후에도 판돈녕부사에 이르는 여러 중
요 관직을 역임하였으나, 정국의 변화 속에서 결국 配所인 康津에서 생
을 마쳤다.

玉吾齋의 업적 중의 하나는 新撰『東文選』의 찬이다.『동문선』은 맨 처음에 성종 9년(1478) 徐居正 등에 의하여 본문 130卷 42책과, 목록 상·중·하 3책을 합해서 전부 133권 45책인데, 뒤에 나온『동문선』과 구별하여『正編동문선』이라 한다. 두 번째로 나온 것은 中宗 13년(1518)에 申叔舟의 손자인 二樂亭 申用漑(1463~1519) 등에 의하여 엮어진『續동문선』이며, 세 번째로 숙종 39년(1713)에 청나라 강희제가 우리나라 시문을 보고자 한다 하여, 玉吾齋 송상기 등에 의하여 엮어진 것이『新纂동문선』인 것이다. 그는 이 책에 약 1,200편의 작품을 모아 실었다.

공의 문집 卷13에 보면「玉吾齋記」라는 號記가 있는데, 그 호는 그의 장인인 谷雲 金壽增(1624~1701, 몽와·삼연의 부친이신 文谷 金壽恒의 伯氏)이 지어준 것으로, '寧爲瓦全 無爲玉毀'라는 말은 잘못된 것이고, 得喪成毀는 오직 하늘에 달린 것이니, 그럴 바에야 깨어지더라도 玉을 택하겠다는 뜻으로 作號하였다 한다.

17卷에는「南遷錄」상·하가 실려 있는데,「남천록」은 그가 1721년 본「和陶辭」를 쓰던 해로, 판돈녕부사로서 소론에게 몰려날 때부터의 일과 居官時의 사실을 단편적으로 모아 놓은 것으로 당쟁사 연구에 일조가 될 것이다.

春州 金道洙(1699~1733)의 哀悼詩를 보면 '악착한 이 세상에 玉같은 君子였네(齷齪斯世上 如玉君子者)'. '진실로 伯樂으로의 愛顧를 입었으나, 스스로 良馬가 못됨을 自愧하였으며(誠感伯樂顧 自愧非良馬)', '남쪽 변방 한곳에 竄謫되었으면서도 宗社의 일이 마음에서 떠나지 않았네(南荒一竄謫 孤枕在宗社)'라 하였다.

玉吾齋「和陶辭」발문에 적혀 있는 부친이신 霽月堂 宋奎濂의「和陶辭」는 이미 전장에서 살펴본 바 있다.

이상으로 오우 연작「和陶辭」를 개별적으로 살펴보았다. 이제 그 5편은 종합적으로 살펴볼 필요를 느낀다. 具駿遠(1755~1814)의『辛壬紀年提

要』(表題 : 辛壬提要)는 辛丑年(1721)과 壬寅年(1722) 양년에 걸친 신임사화에 대한 자세한 시말이 적혀 있는데, 그 개요는 다음과 같다.

少論이 뒷받침하던 조선조 20대 경종(장희빈 소생)이 1720년 즉위하자, 丫溪 金一鏡(1622~1724)이 동부승지가 되었다. 이듬해 老論 정권은 집권 연장을 위해 연잉군 昑(무수리 최숙원 소생 : 후의 영조)을 세제에 책봉케 한 뒤 경종의 無子病弱함을 이유로 세제의 대리섭정을 실시케 하자, 이조판서로 있던 少論의 영수 趙泰耈(1660~1723, 우의정이었던 趙師錫([1632~1693] 의 아들)·崔錫恒(1654~1724)·李光佐(1674~1740)·謙齋 趙泰億(1675~1728) 등이 이를 반대, 대리청정을 환수시켰다.

1720년 김일경은 李眞儒(1669~1730)·尹聖時(1672~1730) 등과 함께 왕이 병을 앓지 않고, 국사를 처리할 수 있는데도 老論 사대신들이 세제에게 대리섭청케 한 일은 나라를 망칠 죄과라고 탄핵하여, 사대신인 김창집·이이명·조태채·이건명 등을 위리안치케 했다.

이어 老論을 축출하고 少論 정권을 수립한 후, 김일경은 소론중의 과격파로서 老論 탄압에 앞장을 섰으며, 1722년 환관 朴尙儉(?~1722)·文有道·궁녀 石烈과 必貞 등을 사주하여 왕세자를 죽이려다가 발각되자 이들을 죽여 증거를 없앴다. 그리고 그는 대사헌을 거쳐 형조판서에 오른다.

같은 해(1722년) 노론인 睦虎龍(1684~1722, 死後 堂고개에 효수 됨)을 매수하여, 목호룡 자신이 白望·鄭麟重 등과 모의하여 경종의 시해와 이이명을 추대할 음모에 60여 명이 가담했었다고 고변케 하여 일대옥사가 일어나니, 유배 중이던 노론 사대신은 모두 죽게 되고, 노론 수백 명이 살해·추방되었다. 2년 간에 걸친 노론에 대한 숙청은 역사상 辛壬士禍라 하는 것이다.

1724년 영조가 즉위하자 노론의 재집권으로 신임사화는 무고며 조작된 것이라는 세론이 일어, 김일경 등 많은 소론들이 투옥되거나 참형을 당했으니 사태는 반전된 것이다.

노론 사대신은 소론 집권시 '四凶'으로 낙인 찍혔으나, 영조 즉위 후 노론이 다시 득세하면서 '四忠'으로 추존되고, 이들의 문집이 『四忠合集』으로 합간(전 23책 : 芸閣體活字, 1758) 되었으며, 四忠書院이 경기도 과천(主享人은 충헌공 김창집)에 세워지기도 했다. 이 사충서원은 1805년(고종 2) 5월 사표가 될 만한 47개소의 서원만 남긴 대원군의 서원 정비후에도 존재하였던 서원으로, 徐相春이 편한 『四忠書院誌』가 石印(1935년, 京城)으로 현전되고 있다.

『신임제요』의 요약과 같이, 네 凶賊(四凶)은 세상이 바뀌는 찰나, 네 충신으로 명예 회복이 되는 것이다. 이것이 당쟁이며, 경종과 영조 치세의 다름이요, 당쟁이 가장 심했던 숙종 연간에 배태된 노론·소론의 이전투구이다.

1721년 夢窩 김창집이 「화귀거래사」를 수창하자, 그의 아우인 三淵 김창흡이 連作하여 귀거래의 의지를 보였다. 가위 『시경』·小雅 「何人斯」 7장의 '伯氏吹壎 仲氏吹箎'라 할 만하다. 이어 疎齋 이이명과 芝村 이희조는 이 당장은 귀거래할 수 없는 상황을 辨白(篤棐와 遜膚의 書經·詩經 문자를 통해 周公旦과 召公奭의 역할을 다하겠다.)하고 있으며, 玉吾齋 송상기는 몽와와 삼연의 뜻에 동조하고 있다.

물론 이들 다섯 분은 경종 원년, 흑운이 감돌며 풍폭전야 같은 암담한 느낌을 '各言其志'하였다고 하겠다. 따라서 筆者는 이 五友 連作 「和陶辭」를 1721년의 연대기(Chronicle)라고 말하고 싶다.

결국 신임사화는 '義理냐? 禍變이냐?'의 두 銳角이 결코 물러설 수 없는 老少論의 대립상이었으며, 이와 같은 사단은 경종이나 영조 두 임금 모두 적통이 아닌 후궁의 몸에서 태어났기에 일어난 정통성의 시비였던 것이다. 그리고 그 와중에서 많은 희생이 뒤따랐으며, 노론의 핵심 몇몇 인물에 의하여 「和陶辭」는 읊어졌던 것이다. 그러면서도 그 입지는 달랐음을 보여주고 있다.

세월이 흐른 후 노론이 득세하면서 소론대신이었던 謙齋 趙泰億(1675

~1728)은 정권에서 밀려나면서 「和陶辭」를 쓰고 있다. 바로 五友 連作 「和陶辭」를 섰던 4년 후의 일이다. 다음 절인 4.5.(英祖)에서 상론될 것이다.

4.5. 英祖

五友 連作 「和陶辭」를 살펴보면서, 소론의 인물이었던 謙齋 趙泰億에 대하여 언급한 적이 있다. 즉 바로 그 해인 경종 원년 1721년에 謙齋는 경상도 관찰사로 부임, 이어 호조참판에 전임되어 조태구·이광좌 등 소론과 함께 세제(영조)의 책봉과 대리청정을 반대하여 철회시켰으며, 김일경 등과 신임사화를 일으켜 노론을 제거하고 정권을 잡아, 이듬해 형조판서가 되고 공조·호조판서를 지내며 대제학을 겸했다.

이러한 시대 분위기 속에서 노론인 몽와·삼연·소재·지촌·옥오재는 오우 연작 「和陶辭」를 쓰면서 귀거래하거나, 자기의 역할을 수행하려고 각각 노력했음을 작품은 보여주고 있다. 1724년 영조가 즉위하자 즉위의 頒教文을 지었으며, 우의정에 승진 이듬해인 1725년 좌의정이 되었으나 노론의 영수였던 閔鎭遠(1664~1736, 인현왕후의 동생이며 송준길의 外孫) 등의 論斥으로 삭직되었다. 바로 이 때 田里로 放歸된 謙齋 趙泰億은 「和陶辭」한 편을 남겨 자기의 심중을 토설한 것이다. 원제는 「次歸去來兮辭」이며, 並序가 붙어 있어 먼저 살펴 보기로 한다.

申養直 自長城府 投紱歸靜林 言淵明以乙巳歲賦 今年亦乙巳歲也 遂次歸去來辭以示余 要余次韻 養直固棄官還鄉 無愧於淵明 余遭讒去國 日困臺嘖絶海荊棘 朝夕且行 強效淵明作此辭 淵明豈不笑人 以此謝養直 旋又思之 子瞻在南海謫中 猶次有和陶之作 今余雖遊羿彀 所處 即我田里 豈不愈於子瞻之南海耶 遂援筆步韻 以抒微志 結之以朝聞道夕死可矣之義 庶幾努力崇德以爲晩道息補之圖云爾

申某(자 양직, 호 靜林)가 전남 장성부사 재직중에 인수를 던지고 정림으로 귀거래하면서, 도연명이 41세 되던 을사년에 귀거래사를 지었다고 언급하면서, 금년이 또 을사년(1725년, 영조 1)이기에 드디어 「和陶辭」를 지어 나에게 차운해 주기를 요청하였다. 신양직은 진실로 관직을 포기하고 환향하였으니 淵明에게 부끄러움이 없도다. 나는 참소를 당하고 도성을 떠나 있으면서 날로 대간에서 절해고도로 보내던가, 아니면 형극의 길로 유배하라는 등의 설왕설래로 어려워지고 있다. 조만간에 장차 떠나게 되면서, 靖節선생이 쓰신 귀거래사에 억지로 효빈하여 「和陶辭」를 짓는다면, 연명이 어찌 나를 비웃지 않으랴? 이런 이유로 養直에게 「和陶辭」 지음을 사절하였다. 얼마 후에 또 생각해보니 소동파가 절해고도인 海南島에 유배중에 있으면서, 오히려 「和陶辭」를 남겼음에 想到하게 되었다. 지금 나는 비록 彀率之法[1]의 범위내에 있으나 처한 곳이 田里로 즉, 방귀전리된 입장이다. 동파거사가 해남에 유배된 것보다 더 나을 게 없지 않은가? 드디어 붓을 들어 운을 밟아 나가면서 미미한 뜻을 펴노라. 결론은 공부자의 '朝聞道면 夕死라도 可矣라'의 뜻으로 맺어, '崇德'에 노력하여 만절지조의 燕息과 補不足의 기회로 삼기를 바라 노라는 것이다.

1	歸去來兮!	돌아가리라!
	百年過半今始歸	인생 백년 중 半百이 훨씬 지난 이제야 돌아가누나!
2	行藏用舍各有時	行藏과 用捨는 제각기 때가 있는 법,
	雖擯斥而奚悲	비록 쫓겨나는 몸일지라도 어찌 슬퍼하랴?
3	幸桑楡之未晏	다행히 아직은 여생이 조금은 남아 있으니,
	尙愆尤之足追	오히려 허물과 잘못을 충분히 따라잡을 수 있으리라.
4	悼今俗之不古	지금의 풍속이 예스럽지 않음을 애도하면서,
	慕昔賢之知非	옛 성현의 昨非今是였음을 알아차리심에 경모하노라.
5	期益勵乎晚節	만년의 절개 지킴에 더욱 힘쓸 것을 기약하면서,
	乃退修吾初衣	이에 물러나 첫 仕宦 이전의 그 마음을 닦으리라.
6	登江榭之軒敞	강변 亭榭의 탁 트인 곳에 오르고,
□	對疊嶂之依微[2]	겹친 멧부리의 依微함을 대하도다.
7	樂我閑放	내가 한가롭게 놓여남을 즐기면서,
	謝世趨奔	세상에서 분주하게 치달음을 사절하리라.
8	芳草交遜	방초가 좁은 길에 깔려 있고,

---

1)『孟子・盡心 下』:「羿不爲拙射 變其彀率 (注)羿不爲新學拙射 變其彀率之法也」
2)『韋應物・自鞏洛舟行入黃河卽事寄府縣寮友詩』:「寒樹依微遠天外 夕陽明滅亂流中」

	垂柳蔭門	수양버들이 대문을 그늘지게 하노라.
9	塵囂永息	世塵과 시끄러운 是非聲과는 영원히 떠나리라.
	靜味斯存	조용한 맛이 이 곳에 존재하노라.
10	慵亦斷棋	게을러서 장기 바둑도 끊고,
	病不置樽	병이라서 술도 들지 않으리라.
11	狎沙鳥而忘機3)	砂丘의 물새를 가까이하며 世事를 잊으며,
	逢野老而歡顔	들녘에서 老農을 만나면 얼굴을 활짝 펴리라.
12	遭多口4)而不疚	헐뜯고 말질하는 것을 만나더라도 꺼림할 것이 없으며,
	履至險而猶安	크나큰 위험을 겪었기에 오히려 편안하리라.
13	諒盈虛之有數	진실로 盈虛消息은 시종이 있는 법,
	又得喪5)之無關	또한 성공과 실패에는 관심없노라.
14	肆君子之信命6)	그러므로 군자의 신의와 천명은,
	渾萬化而冥觀	千變萬化를 싸잡아 靜觀의 세계에 드는 것,
15	天與人而互勝	天意와 人事가 서로 이기려 들면,
	物無往而不還	만물은 변화도 없을 것이며, 돌아오지 않을 것이니라.
16	顧不容其何病	다만 그것이 '무슨 病'인가를 받아주지 않는다면,
②	聖猶厄夫匡桓7)	성인도 오히려 匡땅에서와 같이 桓魋에게서 困厄을 치루었어라.
17	歸去來兮!	돌아가리라!
	我自適其天游	나는 대자연에 놓여져 유유자적하리라.
18	旣不愧而不怍	이미 하늘과 땅에도 양심의 부끄러움이 없나니,

---

3)『儲光羲詩』:「達士志寥廓 所在能忘機」
4)『孟子·盡心 下』:「貉稽曰 稽 大不理於口 子曰 無傷也 士憎玆多口 詩云 憂心悄悄 慍于群小 孔子也 肆不殄厥慍 亦不隕厥問 文王也」
5)『韓詩外傳·四』:「天子不言多少 諸侯不言利害 大夫不言得喪」
6)『漢書·馮奉世傳』:「逢世圖難忘死 信命殊俗 (注)師古曰 信 讀曰伸」
7)『史記·孔子世家』:「去衛 將適陳 過匡 云云 匡人聞之 以爲魯之陽虎 陽虎嘗暴匡人 匡人於是 遂止孔子 孔群由匡厄」
　『史記·孔子世家』:「孔子去曹適宋 與弟子習禮大樹下 宋司馬桓魋 欲殺孔子 拔其樹 孔子去 弟子曰 可以速矣 孔子曰 天生德於予 桓魋其如予何」

又何慮而何求	또한 무엇을 생각하고 달리 무엇을 구하리.
19 惟王室之係念	오직 王室의 일에 생각이 얽혀 있어,
處江湖而猶憂	강호에 처했더라도 오히려 걱정이로세.
20 譬若大川而無津	마치 큰 강물을 건너려는데 나루가 없는 것에 비유할지니,
能利涉8)者其疇	무난히 건너가게 할 수 있는 자 그 누구랴?
21 寂寂野渡	쓸쓸한 들녘의 나루여,
泛泛虛舟	둥둥 떠 흐르는 매임없는 내 마음이여.
22 本非心乎軒冕	본래 고관대작은 마음에 없었으니,
宜斂迹兮林丘	마땅히 자연의 품에 자취를 감추리라.
23 盤之谷可樂9)	李愿이 은거한 盤谷의 즐거움이여,
爰採山而釣流	이에 산나물을 캐고 낚시질 하리라.
24 流谷浮名之賈	長沙太傅 賈誼를 한탄하면서 눈물 흘리노니,
③ 害紛衆讟之不休	어찌하여 뭇사람들의 입놀림이 그치지 아니하는가?
25 已焉哉!	끝났음이여!
世事飜覆不足道	세상사 자주 번복되는 것 말할 것 없고,
26 且可偃蹇10)聊淹留	잠시 쉬면서 애오라지 시골에 머물러,
悠悠乎 毁譽都忘之	유유하게 명예도 褒貶도 모두 잊으리라.
27 聞道尙可勉	朝聞道 夕死可矣를 생활 신조로 삼으며,
崇德是所期	崇德만을 기약하리라.
28 以經訓爲菑畬11)	경서의 가르침을 實다움으로 여기면서,
羌或耘而或耔	진실로 김매고 밭갈이 하리라.
29 年旣老而自警	늙어가는 이 몸이 스스로 경계하노니,
庶無負乎抑詩12)	바라건대 詩·大雅·抑 12장을 저바리지 않으리라.
30 隨所遇而順應	나에게 떨어지는 상황에 순응해 나갈 것이니,

---

8) 『易經·需』:「需有孚 光亨 貞吉 利涉大川」
9) 『韓愈·送李愿歸盤谷序』:「太行之陽有盤谷 盤谷之間 泉甘而土肥 草木藜茂(明一統志) 盤谷 在懷慶府濟源縣北二十里 唐李愿歸隱於此」
10) 『釋名·釋容姿』:「偃 偃息而臥不執事也 蹇 跛蹇 病不能作事」
11) 『韓愈·符讀書城南詩』:「文章豈不貴 經訓乃菑畬 (傳)田一歲曰菑 三歲曰畬」
12) 『詩經·大雅·抑 序』:「抑 衛武公刺厲王 亦以自警也」

④ 何必卜居而稽疑13)　　은퇴함에 하필이면 占卜에 의지할 것이 있으랴?

조태억은 楊州가 본으로 이조참판 苔村 趙嘉錫(1634~1681)의 아들이며, 인조 때 지중추부사를 지낸 趙存性(1553~1627)의 아들로 西溪 朴世堂(1629~1703)과 明谷 崔錫鼎(1646~1715)의 문인이며, 형조판서로 사직후 보령에 은거하였던 충정공 趙啓遠(1592~1670)의 손자가 된다. 趙泰一(1665~? ; 翰林)의 동생이며 윗대는 대제학이었던 華山 趙末生(1370~1447)으로 소급되며, 장인은 西人 沈義謙(1535~1587)의 生高孫인 沈龜瑞(1655年生: 1697 文科)이다.

자는 大年이며, 謙齋 이외에 胎祿堂이라는 당호를 사용하였으며, 1693년(숙종 19) 진사가 되고, 1702년 식년 문과(壯元은 金一鏡)에 급제, 검열·지평·정언·북평사·부교리를 지냈다. 1709년 대사성에 올랐으며 뒤에 통신사가 되어 일본에 다녀왔다. 그 후 공·예조의 참의를 거쳐 판결사를 지내고, 경종이 즉위하던 1721년(五友 연작 「和陶辭」 제작년) 경상도관찰사에서 내직으로 들어와 노론 제거에 힘을 기울였으며 대제학에까지 올랐다. 그는 온건파였다고 한다.

전술한 바와 같이 1725년 영조 즉위후 사직되었으며, 1725년에 본 「和陶辭」는 쓰여진 것이다. 謙齋는 이 작품을 통하여 晚節을 지키면서 順命하겠다는 자세를 보이고 있다. 영조는 노론들이 소론에 대한 끊임없는 보복을 완화하려고, 한 때 소론인 이광좌·조태억을 불러들였으니, 이것이 1727년 정미환국으로 謙齋는 다시 좌의정이 되기도 했다. 이듬해 병으로 사직하고 영돈녕부사에 전임되고, 1755년(영조 31) 나주의 壁書(凶書) 사건으로 관작이 追奪되었다. 또한 李麟佐 亂後 소론은 계속 불리한 입장에 있었음은 널리 알려진 일이며, 끝내 閔鎭遠과 이광좌가 상감의 권유에도 불구하고 손을 잡지 않았음은 노·소론의 싸움이 얼마나 골이 깊은 것이었음을 암시해주는 사례라 하겠다.

---

13) 『書經·洪範』 : 「七 稽疑 擇建立卜筮人 乃命卜筮」

다음으로 謙齋 趙泰億의 「和陶辭」와 같은 해인 1725년 을사년에 쓰여진 悔窩 安重觀(1683~1752)의 「和陶辭」를 살펴보려 한다. 원제는 「和歸去來辭」로 소위 당쟁과는 무관한 작품으로, 다만 개인적인 취향이 은거하게 하였음을 알겠으며, 그러면서도 시절의 분위기가 영향을 끼치고 있음을 並序는 말해주고 있다.

或疑密窩子 平生知慕陶靖節之爲人 而其出處有不同者 密窩子 因其暇歸東江 乃和靖節歸去來辭 以見其遭時不同 以出爲處 而其志未始不同也 然靖節之初 亦嘗屈意於祿仕 是固善度 時變之淺深而爲之者 此則與密窩之處今日 何殊 而又安知密窩異日之爲不與夫 靖節同其終 而遂認靖節之辭 爲我之辭 乃無毫髮僭差者耶 或者之疑不疑 蓋不足道 聊以自信而質之於靖節而已

時乙巳秋 八月 小晦也

혹자가 밀와자는 평소에 정절선생의 사람됨을 숭모할 줄은 알면서도 그 출처는 똑같지 않은 것이 있지 않은가?라 의심하였다. 밀와자는 말미를 얻어 東江으로 돌아감에 인연하여, 이에 「和陶辭」를 써 그 시대를 만난 것이 같지 않음을 나타냈으니, 출세하는 것을 처세로 삼았으나, 그 뜻이 애초부터 다른 것은 아니다. 그러나 靖節도 처음에는 출사하는 것에 뜻을 굽혔으니, 이것은 진실로 時世의 변화의 심천을 잘 헤아려 그렇게 한 것이다. 이것은 밀와자가 오늘날 처한 상황과 무엇이 다르겠는가? 또한 어찌 밀와자가 다른날 저 靖節선생과 같이 만년을 함께하지 않는다고 미리 알 수 있을 것이리요. 그리고 靖節선생의 귀거래사에 화운하는 것이 조금도 참람한 일이 아님을 알게 되었으니, 제3자가 의심하거나 말거나는 얘기거리가 못된다. 애오라지 정절선생에게 질정해 볼 문제일 뿐이라고 스스로 믿는다.

1725년 가을 8월 29일

1	歸去來兮!	돌아가리라!
	江湖始秋吾將歸	강호자연은 바야흐로 初秋, 내 장차 돌아가리라.
2	嗟吾初載之迅征	아아! 초년 시절의 철없이 마구 달린 일이,
	遂不諧而徒悲	드디어 화해의 길을 모색하지 못했으니 그저 슬플 뿐이네.
3	榮華瘁而不蕃	영화는 병들어 뻗어가지 못하고,

日月迅而難追	세월만 흘러가 따라잡을 수 없음이여!.
4 懲前圖而顧懷[1]	이전에 도모하던 것을 징계하면서 삼가 생각해 보노라니,
庶伯玉之知非	蘧伯玉의 四十九年之非를 옳게 여기리라.
5 促余裝而言旋[2]	나의 旅裝을 재촉하여 고향길에 오르니,
木葉紛而墜衣	나뭇잎이 흩날려 옷에 떨어지는구나.
6 時按轡而反睇	때때로 말고삐를 잡고 서행하면서 되돌아보며 곁눈질하니,
① 悵西日之微微	서산으로 지는 해의 미미함을 서러워하노라.
7 熟路迤南	눈에 익은 길이라 남쪽을 향하여,
我馬星奔	나의 말은 별처럼 달려가네.
8 有蒼東渚	짙푸른 東江의 물가,
宛見衡門	완연히 오막살이가 바라보이네.
9 老妻弱兒	노처와 어린 아이들이,
一窩溫存	조그만 시골집에 평온하게 살고 있네.
10 釀黍爲酒	기장을 빚어 술을 만들고,
木瓢瓦樽	표주박으로 술잔을 삼으리라.
11 恣一詠以一斟	一觴一詠을 멋대로 하면서,
暢日夕懽顔	날마다 얼굴을 환하게 펴리라.
12 相鷦棲與鼴飮	莊子 逍遙遊의 가장 기본적인 생활을 살펴보면서,
固生足而居安	진실로 생활에 만족하고 편안히 살리라.
13 噫古人之悟此	아 슬프다! 옛 어른이 이 같음을 깨달았기에,
有藏身於抱關	몸을 抱關擊柝에 감추어 지냈었지,
14 能多少而大小	能小能大가 가능하더라도,
信明哲之達觀	명철보신의 달관을 믿었음이라.
15 邈千載而如見	아득한 천 년 전이라도 보이는 것은 같아,
憑宵寐[3]而往還	꿈속에 의지하여 찾아가리라.

---

1) 『詩經·周頌·小毖』：「予其懲而毖後患 (傳)毖 愼也 (箋)懲 艾也 云云曰 我其創 艾於往時矣 畏愼後復有禍難」
2) 『詩經·小雅·黃鳥』：「言旋言歸 復我邦族 (箋)言 我 (集傳)旋 回」
3) 『班固·幽通賦』：「魂煢煢與神交兮 精誠發於宵寐」

16 謇吾慕此逸躅　　　아아! 나는 그 분의 표일한 자취를 경모하나니,
② 矧蓍告以屯桓　　　하물며 屯卦라 하여 머무적거리며 蓍草占이나 쳐
　　　　　　　　　　판단하리오.

17 歸去來兮!　　　　돌아가리라!
　誓終老而優遊　　　맹세코 죽는 그날까지 우유도일하리라.
18 皇旣徂而覇遠　　　삼황오제도 이미 아득한 일 覇業도 머나니,
　世我鄙而誰求　　　세상과 나는 어긋났으니 누구에게 의지하랴?
19 惟學子之擁書　　　오직 책을 끼고 오는 자식들을 깨우치면서,
　日相與而忘憂　　　매일 매일 서로 더불어 근심을 잊으리라.
20 佃人導余以觀穡　　농부가 農法으로 나를 인도하리니,
　于山畲與水疇　　　산비탈 밭과 논농사이리라.
21 薄暮柴車4)　　　　어스름 저녁에는 장식없는 수레에 땔나무나 싣고,
　淸晨釣舟　　　　　해맑은 아침이면 배띄우고 낚시질 하리라.
22 楓生香於露岸　　　단풍은 이슬 내린 언덕에서 향기를 발하고.
　菊有華於煙丘　　　국화는 아지랑이 감도는 언덕에 피어있구나.
23 睠歸鴻於寥天5)　　까마득한 하늘로 돌아가는 기러기를 바라보면서,
　惕遊鱗於淺流　　　얕은 흐름에서 노는 고기에 가슴 아파 하노라.
24 浩茲遊之無礙　　　호연한 이 같은 놀이가 아무 거리낌없음이여,
③ 覺沖襟6)之日休　　가슴 속 깊은 곳으로부터 매일 쉴 것을 약속하노라.

25 已矣乎!　　　　　끝났음이여!
　陰陽方盪豈我時　　음과 양이 바야흐로 서로 이행되더라도 어찌 나의
　　　　　　　　　　때이리오.
26 擠之不去援不留　　밀쳐내어도 가지 않을 것이며, 당기더라도 머물지
　　　　　　　　　　않으리라.
　汎若無心迷所之　　汎汎然하기 무심하여 갈 바를 헤매는가?
27 旣無鍾駟戀7)　　　이미 駟馬高蓋에 연연하는 마음은 없으며,

---

4)『韓詩外傳·十』:「駑馬柴車 可得而乘也 (注)柴車 弊惡之車也」
5)『嵇康·贈秀才入軍詩』:「目送歸鴻 手揮五絃」
　『宋之問·使至嵩山尋杜四不遇詩』:「笙歌入玄地 詩酒生寥天」
6)『白居易·祭中書韋相公文』:「沖襟弘度 伏見碑誌 文中已詳」

亦不山林期	또한 산림에 대한 기대조차 할 수 없어라.
28 道則劣於庭揚	도는 庭揚보다도 열등하고,
力難任於田耔	힘은 밭갈이에도 부치노라.
29 審吾生之晩業	내 생애의 만년 사업을 살피노라니,
在隰苓8)之一詩	賢人을 기다리는 ‘簡兮’詩에서 찾으려네.
30 蓋異時而心同	아무려나 시대를 달리 하더라도 마음이 같기로는,
④ 陶生復作不我疑	靖節선생이 다시 태어나시더라도 나를 의심하지는 않을 것이다.

澤堂 李植(1584~1647)의 外孫인 承旨 安垕(1636~1710: 1669 文科)의 아들로, 처음 호를 密窩라 했던 순흥인 悔窩 安重觀은 자를 國賓이라 했으며, 中歲에 충청도 忠州 可興에 우거하였기에 士友들이 대부분 可洲라 일컬었던 인물이다. 三淵 金昌翕의 門人으로 진사시에 합격한 후에 遺逸로 천거받아 세자익위사 衛率이 되었으며, 공조좌랑을 거쳐 洪川·堤川의 현감을 역임했다. 이 같은 벼슬도 時變 때문에 달갑게 여기지 않았으나, ‘가난 때문에 벼슬에 나아간 것(顧爲貧而或就祿仕)’이었으며, 原州의 興元에서 永終하시니 壽가 70이었다 한다.

공이 생전에 存拔을 밝혀 마련해 두신 유고가 原·後·續集과 散筆(別)로 四類이었으며 詩만도 1,500여 수가 넘었으나, 그 일부만을 상재하여 다시 후일을 기다리겠노라고 6대 손인 安鍾學은 적고 있다. 霞山 南廷哲(1840~1916)이 1902년에 쓴 序文에 보면, 한 氣節이 있는 몸으로 自靖으로 沒身했던 것은 時運이었으며, 그의 見幾之明과 詞語淸警함을 감탄하고 있다. 결국 익은 과실을 크게 여기지 못한 시대의 不遇를 안타깝게 여기고 있다.

그의 문집인 『悔窩集』 권3의 「摘陶彭澤麰賓篇韻成小律」을 보면 공이 연명에 대한 千年尙友를 짐작하게 한다. 1746년 작으로 64세 때이다.

卷3에 朱夫子의 「感興詩」에 화운한 「謹次齋居感興詩韻二十章」이 돌

---

7)『高士傳·紫芝歌』:「駟馬高蓋 其憂甚大 高貴之畏人兮 不若貧賤之肆志」
8)『詩經·邶風』:「山有榛 隰有苓 云誰之思 西方美人 彼美人兮 西方之人兮」

아가신 해인 1752년 작으로 수재되어 있는데, 11장인 「自詠」을 보면 자괴와 자탄이 점철되어 있음을 엿볼 수 있다. 12장인 「漫詠」과 16장인 同題 「漫詠」도 같은 맥락으로 이해된다.

공은 성리학에 밝았고, 문학·경제학에도 조예가 깊었다 한다. 大志를 품었건만 그가 쓰여질 政局은 아니었다. 노소론의 정쟁을 직접 목도했던 그인지라 붕당의 해결 방안을 『悔窩集』 卷7 「去朋黨說」에 제시하고 있다. 네 가지 방안을 제시했는데 중용적인 태도를 각 당인들은 지켜야 하며, 建極之說은 도움이 안된다는 학자적 입장을 취하고 있다. 「蠲役私論」에서는 현재의 국가 병폐는 在朝의 경우 붕당지습이고, 在民의 경우 兼併之俗과 良丁之役에 있다고 지적, 이를 해결하면 모든 국가 병폐도 풀릴 것이라 하였으며, 役의 문제에 있어서는 戶錢·結布·口錢·遊布 네 가지인데, 그 收取가 제대로 시행되지 않아 갖가지 폐단이 발생하고 있다면서 減役이 급선무라고 주장하였다.

70세 때인 돌아가시던 그 해(1752년)에 쓴 朱熹의 「齋居感興詩二十首」에 次韻한 作品인 「謹次齋居感興詩韻二十章」 중 18장은 '詠時事'라 하여 초야에 묻힌 이 몸에 嘉謀가 있건만 燕雀이 어찌 鴻鵠의 뜻을 알겠는가?고 실의하고 있다.

悔窩의 본 「和陶辭」 병서에 '以出爲處'라 하여 '출사하는 것을 처세로 삼는다'고 썼다. 『회와집』 권7에 「出處說」이란 一文이 收載되어 있는데, 元代의 師弟之間인 仁山 金履祥·白雲 許謙과 宋代의 鄱湖 馬瑞臨 등 몇몇 군자 등만이 山湖에 遁處하여 시종 더럽히지 않은 분 중에 卓然한 자들이라 갈파하였다.

그 반면에 宋末의 許衡과 吳澄은 儒賢으로 自名했으나 犬豕(元)를 尊事하여 臣僕이 되었으니 추하다고 하여, 의리가 아닌 잇속으로 사는 사람들을 경멸하였다.

悔窩는 「출처설」의 말미에 苟爲之說이라 하면서도, 이 나라가 自强할 수 없는 것은 청나라의 속국이기에 그런 것이며, 다만 변발과 左衽만이 아닐 뿐이라 하였다. 공은 이 조그만 나라에 태어남을 안타깝게 여겼다. 권5의 「交山遇隱記」에 보면 자기가 은거했던 동쪽 땅에 交山이라는 大山이 있는데, 그곳에서 巖居하는 한 사람을 만났으니 草食冠荔巾하고 素衣麑裘를 입고 있었으며, 침실의 시렁에는 書史 수천권이 얹혀있고 벽에는 一古劍이 걸려 있었다 한다. 아마도 자신을 비의한 것으로 여겨진다. 그 丈人을 통해서 그는 다음과 같이 말하고 있다.

즉, 우리나라는 중화의 왼쪽에 마치 인체중의 귀고리처럼 달려 있어 넓게 뻗어야 남북으로 천여리에 불과한 좁은 땅에서 태어나고 죽어간다. 그러면서도 '卿相입네 牧伯입네' 하면서 거드럼을 펴지 않는 자 없으니, 참으로 可歎할 일이라는 것이다. 지금 필요한 인물은 乙支公과 姜侍中 (강감찬) 같은 장수로 一濯天下할 웅지가 있는 사람인데, '遇不遇는 命也' 이기에 때를 기다리고 있노라는 내용이다. 그를 豪傑之士라 한 霞山 南廷哲의 글이 그의 사람됨을 말한 것으로 여겨진다.

그 당시의 「和陶辭」로는 寓軒 朴尙玄(1639~1693)의 아들로 벼슬길에 나아가지 않고 「幽棲賦」를 짓고 智異山에 은거한 遜齋 朴光一의 作品이 있다고 하나 「遜齋集」에는 빠져있다.

朴光一은 「和陶辭」 作者인 李喜朝와 親分이 있었다고 하며 宮柳詩로 筆禍를 입은 石洲 權韠이 光州 雲巖祠에 봉안설 때에 祭文을 짓기도 하였다.

遜齋의 作品을 찾을 수 없는 아쉬움은 있으나, 이 작품과 一連의 관계가 있는 葉圃 鄭吾道(1647~1736)와 樂庵 奇挺龍(1670~1738)의 「和陶辭」는 『우리문학연구』(9집, 1992)에 발표하였으니 참고하기 바란다. 또한 靜墨堂 李聖肇의 「和陶辭」도 함께 실었다.

다음으로 訥隱 李光庭의 원제 「和歸去來辭」를 살펴보려 한다. 눌은은 21편의 우화 풍자적인 이야기를 담은 「亡羊錄」 외에 「林烈婦癃娘傳」·「杜谷先生傳」·「七公子傳」 등의 7편의 傳을 남기고 있는 18세기 영남인 안동지방의 대문장가였다. 金泳 교수의 논문은 '그의 散文 작품을 중심으로' 라는 副題로 쓰여진 것인 만큼, 본 「和陶辭」에 대한 자세한 언급은 없었으며, 다만 문집인 『눌은집』의 구성을 소개하면서 권1에 도연명의 「귀거래사」에 화답한 「화귀거래사」가 收載되어 있음[1]을 말해 두었다. 눌은의 생애 및 문학 세계는 김영 교수의 학위논문에서 많은 도움을 받았다.

訥隱 이광정(1674.6.24~1756.4.1)의 집안은 관향이 原州로서, 광해군 폭정 때에 그의 증조부 澤이 과거를 그만두고 남쪽으로 내려와, 안동부 내성현(현 奉化郡 乃城面)에 살기 시작하여 조부는 文科都事, 先考는 통덕랑으로 '以儒世業'하던 사대부 집안이었다.

자는 天祥, 자호는 訥隱·鹿門山人으로 현종 15년인 1674년에 안동부 내성현에서 생부 後龍과 생모 공주 이씨 사이에서 태어났으나, 백부 광룡(光龍)이 그를 취하여 嗣子로 삼았다. 訥隱은 공부할 때 세속문자를 가까이 하지 않고, 좌씨춘추·장자·사기·초사·九辯 등을 탐독하여 고문에 능했으며, 그의 글은 雅健하였다. 그래서 당시인들이 그의 글에는 선진시대의 口氣가 있다고 하였다 한다.

26세 되던 1699년(숙종 25) 가을에 진사가 되었으나, 29세와 32세 되던 해에 생모와 양모가 각각 돌아가시고, 몇해 되지 않아 생부와 양부마저 연이어 돌아가시자(40세~42세) 과거 할 생각을 그만 두고, 탈상후인 1716년(숙종 42) 43세 때 태백산하 小川山中으로 들어갔다.

金泳은 태백산하로 은거한 때를 46세 되던 1719년으로 잡고 있는데, 아마도 착오인 듯싶다. 왜냐하면 『눌은집』 권8의 「鹿門山水小記」를 쓴 간지를 밝혔는데, '柔兆涒灘 匡之 伏鹿門山人 識'라 하였으니, 유조군탄은 고갑자로 丙申年에 해당하니, 1716년임이 확실하기 때문이다. 그는 산수가 崎嶇한 곳에서 麋鹿과 벗하여 살고 싶다는 뜻으로 스스로를 '鹿

---

1) 金泳 : 「눌은 이광정 문학 연구—그의 산문 작품을 중심으로—」(연대 국문과 박사학위 논문, 1987. 12.) 14쪽.

門山人'이라 칭하며, 泉石의 물을 마시고 煙霞를 반찬 삼으며 지냈다.

訥隱은 영조 때 영의정을 지낸 歸鹿 趙顯命(1690∼1752)이 조정에 이야기해서 나라에서 마련해준 녹문 일구에다 녹문정사를 짓고, 거기서 평생동안 修身律行과 독서문장에 전념하는 한편 젊은 학생(平庵 權正忱: 1757 文科)들을 가르치는 데서 인생의 낙을 찾았다. 訥隱의 「和陶辭」는 바로 이 시절의 작품이다. 간지가 적혀 있지 않아 제작 연대를 분명히 알 수는 없다. 그러나 본 「和陶辭」를 통하여 당시의 상황과 그의 심경을 읽어 볼 수는 있다고 여겨진다.

1	歸去來兮!	돌아가리라!
	四海滔滔吾安歸	온 세상이 도도하게 들끓는데 내 어디로 갈 것인가?
2	志旣與時不相諧	뜻은 이미 시대와는 서로 화해될 수 없나니,
	顧初心而自悲	공부할 때 먹은 마음을 돌아보며 스스로 悲感에 젖노라.
3	懷沈鬱而逮暮	심회가 침울하여라, 저녁에 이르도록,
	望隆古而奚追	융성하던 옛 시대를 바란들 미칠 도리도 없어라.
4	顅抱影于窮巷	홀로 궁벽한 마을에서 마음만 아프고,
	歎筋骸之已非	근력도 뼈마디도 이미 늙었음을 탄식하노라.
5	眷海山之淸峭	바다는 맑고 산은 높이 솟아 있음을 기뻐하면서,
	思濯足而振衣	발을 씻고 拂衣歸田할 것을 생각하였네.
6	諒非願於違俗	진실로 時俗을 위배함이 소원이 아니며,
①	非自託於知微	스스로 기미를 알아서 投託함도 아니로세.
7	草樹摎茂	풀과 나무가 뒤얽혀 원시림을 이루고,
	麈鹿群奔	사슴의 무리들이 떼지어 뛰노네.
8	山泉洗淨	산골 샘물에 정갈하게 몸 닦고,
	大海爲門	大海로 문을 삼으리라.
9	澆塵不到	微塵조차도 끼지 못하는 곳이기에.
	古氣猶存	오히려 고풍스러운 운치는 그대로 남아 있네.
10	種秫作酒	차조를 거두어 술을 빚고,
	窪石成樽[2]	우묵한 돌로 汚樽을 만들리라.

11 想餘歎於尼父　　　　공부자께서 浴沂風雩에 찬동하셨음을 생각하며,
　　尋所樂於巷顔　　　　안연이 누항에 즐기던 바를 찾아보리라.
12 感師襄之抱磬3)　　　　노나라가 어지러워지자 樂官들이 흩어졌는데
　　　　　　　　　　　　師襄子는 경쇠를 안고 성으로 갔다고 하며,
　　誼龐公之遺安　　　　鹿門山에 은거불반한 龐德公이 자손에게 편안함을
　　　　　　　　　　　　남긴 것은 당연하여라.
13 引明月而入室　　　　　청풍명월을 끌어 방에 들이고,
　　繚翠竹而爲關　　　　翠竹을 빙둘러 문을 삼으리라.
14 繹羲文之徽音　　　　　복희씨와 周文王의 易理를 연역하여,
　　函萬類而冥觀　　　　온갖 사물을 포용하여 冥觀에 들리라.
15 時無平而不陂4)　　　　시대는 평온하더라도 기울어지지 않음이 없으며,
　　理有往而必還　　　　진리는 가더라도 반드시 돌아옴이 있는 법.
16 聊隨時而宴息　　　　　애오라지 때를 따라 편히 쉬면서,
②　任物外之盤桓　　　　물외한정의 노닐음에 맡기리라.

17 歸去來兮!　　　　　　돌아왔음이여!
　　悵絶離乎朋遊　　　　친구들과 노닐음을 아주 끊어버림이 가슴아파라.
18 苟父子之相保　　　　　진실로 부자간이 서로 지켜줌이 중요한 것이기에,
　　奚舍此而他求　　　　어찌 이것을 버리고 달리 구하랴?
19 念百口之無賴　　　　　많은 식솔들이 資賴할 바 없음을 생각하노라니,
　　汨終歲而常憂　　　　죽는 날까지 항상 근심에 잠길 것이 안타까워라.
20 詠飢鬼之驅我5)　　　　'아귀가 나를 몰아간다'는 도연명의 「乞食詩」를 읊
　　　　　　　　　　　　으며,
　　微若人而從疇　　　　그대같은 이가 아니었다면 누구를 쫓으리.
21 扶携老幼　　　　　　　늙은이를 부축하고 애들을 안고 떠나,
　　寄命漁舟　　　　　　목숨을 고깃배에 붙이리라.
22 眄幽曠6)之廢墟　　　　깊고 넓은 폐허를 둘러보고,

---

2) 『蘇軾·濁醪有妙理賦』:「吾方耕於渺莽之野　而汲於淸泠之淵　以釀此醪　然後擧
　　窪樽而屬無口」
3) [師襄]:「春秋魯人　以擊磬爲官　善鼓琴　論語謂之擊磬襄　入於海　孔子嘗從學琴」
4) 『易經·地天泰·九五』:「无平不陂　无往不復　艱貞　无咎　勿恤　其孚　于食有福」
5) 『陶潛·乞食詩』:「飢來驅我去　不知竟何之　行行至斯里　叩門拙言辭 …」
6) 『嚴維·僧房避暑詩』:「幽曠無煩暑　恬和不可量」

　　　訪岑蔚之崇丘　　　나무가 빽빽이 들어선 높고 깊은 산을 찾아 오르리.
23　竭股肱[7]而事育　　전심전력으로 어른을 모시고 자식들을 키우며,
　　　視天命之坎流[8]　　天命이 막혔다 흘러감을 살피리라.
24　課兒曹而服禮[9]　　아이들에게 학업을 부과하고 예법을 익히게 하면서,
③　競寸晷而勿休　　　寸陰是競으로 不眠不休하리라.

25　已矣乎!　　　　　　끝났음이여!
　　　人生榮悴自有時　　인생의 영광과 초췌가 다 때가 있는 법.
26　曷不安坐聽所爲　　어찌 안좌하여 할 바를 들으려 하지 않고,
　　　胡爲乎 棲棲欲遠之　무엇 때문에 서성거리며 멀리 가려 하는가?
27　軒虞不可慕　　　　헌원씨와 陶唐有虞(堯舜)는 바랄 수 없고,
　　　商皓與爲期　　　　商山四皓는 기약할 수 있거니.
28　混希夷而自適　　　도의 본체를 混壹하여 유유자적하고,
　　　共鳥獸而耘籽　　　새와 짐승과 함께 살면서 밭갈이하리라.
29　遵南畝而沒齒　　　남쪽 이랑을 따라 생을 마치리니,
　　　寄遠懷於周詩　　　周詩에 원대한 회포를 붙이리라.
30　順天道而止息　　　天道를 따르며 멈춰 설 것이요,
④　從吾所好且何疑　　내 장차 좋아하는 바를 따를 것이니 다시 무엇을
　　　　　　　　　　　　의심하리오.

　　訥隱의 녹문정사 강의는 名講으로 소문이 나서, 당시 안동부를 맡고 있던 忠貞公 李普赫(1684~1762)도 늘 강좌에 참석할 정도였다 하며, 이렇게 길러낸 제자들이 약 560여 명이었다고 하며, 혹은 천여 員이었다고도 한다. 1734년 공이 61세 되던 해에는 그의 門人이었던 領相인 豊原君 趙顯命(1690~1752)이 영남지방을 안찰하면서 훌륭한 선비를 뽑아 이 지방의 인재를 교육시킬 스승으로 삼을 때에, 공의 학문과 인격을 알아보고 예의를 갖춰 맞아들여 안동부 都訓長으로 삼았다.

　　1735년(영조 11, 당 62세) 조정에서 孝廉한 이를 천거하라고 명하자, 趙

---

7)『蜀志·諸葛亮傳』:「亮涕泣曰 臣敢竭股肱之力 效忠貞之節」
8)『賈誼·鵬鳥賦』:「乘流則逝兮 得坎則止 縱軀委命 不私與己」
9)『韓非子·問田』:「臣聞 服禮辭讓 全之術也 修行退智 遂之道也」

顯命은 ‘公之文學行誼 爲山南第一’이라고 하면서 訥隱을 추천하자, 영조도 이를 받아들여 ‘山南乃我國鄒魯 旣是山南第一 可謂當今第一人也’라고 하면서 당시의 가장 훌륭한 인물임을 인정하였다. 같은 해에 경상도 도백으로 있던 虛舟子 金在魯(1682~1759)가 조정에 돌아가 영남의 훌륭한 인물 4인 가운데 訥隱이 최고라고 진언하면서, ‘글을 잘 지으나 과거를 보지 않고, 깨끗하고 겸손한 자세로 자기를 지키며, 교화가 堂塾에 넘치고, 언행은 향리의 모범’이라고 하면서 전년의 孝廉한 일을 아뢰니, 영조는 ‘효렴한 일을 한 번 천거하더라도 곧 수록하지 않으면 안된다.’고 하시면서 厚陵參奉을 제수하였다. 그래서 눌은은 이 職에 부임하여 任案을 살피다가, 花潭 서경덕과 聽松 成守琛이 먼저 厚陵(景宗과 그 妃)참봉에 제수되었으나, 부임하지 않았음을 발견하고는 詩一絶[10]을 남기고는 병을 핑계로 사직하고 돌아왔다.

바로 이 1735년에 그가 기거하던 녹문정사가 화재로 소실되었으나, 봉화현감 尹日達가 화재 현장을 살펴본 뒤 식량을 마련해오고, 읍민들을 지휘하여 다시 새로 정사를 지었다. 그러나 이 때의 화재로 문집 本草 133권 부록 3권이 불타버리는 슬픔을 겪었다. 63세 되던 1736년 莊陵참봉에 제수되었다. 1738년 惠陵봉사로 승직되어 부임 도중 愚潭 丁時翰(1625~1707)의 유적지인 龜潭을 지나다가, 丁公의 舊居를 바라보면서 느낀 바 있어 시 한 수[11]를 짓고는, 드디어 丹陽산수를 두루 유람하다가 돌아와 버렸다.

69세(1742년) 되던 임술년에는 선공감역에 제수되었고, 74세(1747년)에는 익위사세마에 제수되었으나 모두 나가지 않았다. 이후 마지막 8년 간은 녹문정사에서 漁隱으로 돌아와 만년을 자연과 더불어 유유자적하면서 살았다. 80세에는 吏判 靖憲公 趙榮國(1698~1760)이 영조에게 장계를 올려 ‘이광정은 문장과 학술에 모두 衆望이 있으며, 여러 번의 부름을 사양하

---

10) 『눌은집』 권22 부록 行狀(韓山李象靖謹狀) 二丁 :「二老高標不可攀 白頭孤直愧 生顔 明朝掛席東南去 江海秋風滿袖寒」
11) 『눌은집』 상동 :「七月秋水盛 龜潭生綠波 徵君遺躅在 不敢棹舟過」

고 다 나아가지 않으면서 산림에 묻혀 책을 읽고, 젊은 학생들을 가르치다가 올해 벌써 70 고비를 넘겼으니 순서나 자격을 따지지 말고, 6품직을 내려주실 것을 청합니다.'고 아뢰니 영조가 윤허하였다.

83세 되던 병자년(1756) 봄에는 가선대부로 임명하시고 동중추에 제수하였으나, 만년에는 莊陵(端宗陵)참봉의 벼슬에는 실제로 나아가지 않았다. 눌은은 돌아가기 전 여러 노인들과 태백산으로 함께 들어가 달포를 머물다가 돌아왔는데, 그 해(1756년, 영조 32) 4월 1일 漁隱之溪舍에서 향년 83세를 일기로 돌아가셨다.

訥隱은 본 「和陶辭」 이외에 당대 이태백의 「鳴皐歌」에 차운한 鹿門歌辭가 전해지고 있다. 「녹문가사차이태백명고가운」이 原題인 이 작품은 녹문정사에서의 생활상과 자신의 心中을 읊은 것이다.

訥隱은 또 「山木賦」・「夢筮賦」・「彈鋏賦」・「次復志賦」라는 4편의 부 작품을 권1에 남겼다. 「산목부」는 1870자의 장편이고, 「몽서부」는 1720年(숙종 46)의 작품이며. 「탄협부」는 병서가 있어, 작품 이해에 도움을 주고 있으니 자신의 불우를 탄식한 것이다. 「차복지부」의 주지는 자기가 생각한 세계관과 상위되며 인도는 이미 잘못되어 차라리 돌아감만 못하며, 原憲처럼 가난은 병이 아닌 것이고, 顔子가 누항에서 不改其樂하셨음을 교훈으로 삼으며, 후일에 희망이 있기를 바란다는 것으로 「和陶辭」의 흐름과 같은 내용이다.

訥隱은 陶詩와 그의 인품에 퍽 경도된 면이 그의 시편에도 많이 보이고 있다. 靖節선생의 「飮酒 20首」에 차운한 「차도집飮酒 20수」, 「차도집有懷而作」, 「화도정절形影神」(1726년 작) 등이 권1에 수재되어 있다.

1719년(숙종 45) 기해 元日에 신년 소감을 적은 七律 2수는 촌민들의 難苦狀을 구중궁궐에 알리고 싶다고 하였다.

다음으로 門人들에 의하여 孔子・朱子・韓子(韓愈)라 하여 孔朱韓으로 극칭되던, 南塘 韓元震(1682~1751)의 원제 「차귀거래사」를 살펴보려

한다. 본 「和陶辭」는 戊申이라는 제작 연대를 밝히고 있으니, 南塘의 47
세작인 1728년(영조 4)이다.

1	歸去來兮!	돌아가리라!
	江湖有廬吾將歸	향리에 草廬가 있어 내 장차 돌아가리라.
2	神農虞夏忽已遠	신농씨와 당우시대는 이미 까마득히 멀어졌으니,
	撫千古而潛悲	천고의 세월을 어루만지며 남 몰래 슬퍼하노라.
3	愧我才之脆薄	내 재주의 무르고 얇음을 부끄러워하며,
	企前哲其焉追	前哲을 기도하건만 그 어찌 追躡하리오.
4	進無補於治亂	출사한들 혼란한 세상을 다스림에 별 도움도 안되며,
	謾招人之是非	부질없이 남들의 시비곡직만 불러오리라.
5	出國門而濟漢	崇禮門을 나서며 한강을 건너자니,
	掩余涕之沾衣	문득 흐르는 눈물에 옷깃을 적시네.
6	望故園而遄驅	고향산천을 바라보며 빨리 달려가노라니,
□	覺興情之不微	일어나는 흥취가 적지 않음을 느끼겠노라.
7	海山鬱紆	바다와 산이 구불구불 돌아드는 곳,
	長川其奔	긴 내가 끝없이 흘러가는 곳.
8	我家何在	내 집은 어디에 있는가?
	倚巖開門	바위에 의지하여 巖居하며 거적문을 열리라.
9	茅茨1)晝靜	다듬지 않은 띠집을 지어 한낮에도 조용하며,
	圖書俱存	左圖右書를 모두 갖추어 독서에 골몰하리라.
10	飢飯蔬食	배 고프면 거친 밥을 먹으며,
	渴飮匏樽	목 마르면 표주박으로 퍼 마시리라.
11	處陋巷而猶樂	누항에 살면서도 오히려 不改其樂하던,
	窃庶幾乎希顔	안연을 남몰래 희원하노라.
12	知富貴之在天2)	부귀는 하늘에 있음을 알고,

---

1) 『韓非子・說林 上』:「旄象豹胎 心不衣短褐 而舍茅茨之下 則必錦衣九重 高臺廣
　室也」
2) 『論語・顔淵』:「司馬牛 憂曰 人皆有兄弟 我獨亡 子夏曰 商聞之矣 死生有命 富
　貴在天 君子 敬而無失 與人恭而有禮 四海之內 皆兄弟也 君子 何患乎無兄弟也

　　從吾心之所安　　　　내 마음이 편안한 바에 따르리라.
13 覽萬物之榮謝　　　　만물의 영고와 성쇠를 두루 살피며,
　　窺造化之機關　　　　조화의 신비한 要樞를 살피리라.
14 齊得喪而兩忘³⁾　　　　성공과 실패를 같은 것으로 여겨 둘 다 잊으며,
　　一死生而達觀　　　　死生은 하나라는 달관에 이르리라.
15 憐孤雲之獨歸　　　　외로운 구름이 홀로 돌아감을 애련히 여기며,
　　歎衆流之不還　　　　東流水가 한번 가면 돌아올 수 없음을 한탄하노라.
16 彼危塗之日履　　　　저 위험한 길을 매일같이 밟자면,
　2 胡志氣之桓桓　　　　어찌 志氣를 온전히 펴리오.

17 歸去來兮!　　　　　　돌아가리라!
　　聊卒歲而優遊　　　　애오라지 죽는 날까지 優遊度日하리라.
18 喜我所之今得　　　　내 머무를 곳을 이제 얻었음을 기뻐하며,
　　悼少日之妄求　　　　한동안 허망한 것을 구했었음을 애도하노라.
19 得知音於塤篪　　　　塤과 篪가 서로 화음이 되듯 知己之音을 얻어,
　　日歌詠而忘憂　　　　날마다 노래하고 읊으면서 근심을 잊으리라.
20 天地優我以佚老⁴⁾　　천지가 나를 세속을 떠나 은거하는 노인으로 우대하니,
　　樂堯舜於田疇　　　　요순 시절로 돌아가 밭두둑에서 즐기리라.
21 倦我蔭松　　　　　　게으른 나는 그늘진 솔 아래에 쉬면서,
　　興至駕舟　　　　　　흥이 일면 出駕遊舟하리라.
22 時童冠之從遊　　　　때로는 童子와 冠者를 따라 놀이에 나서,
　　或于川而于丘　　　　시냇가로 들녘과 언덕으로 나아가리라.
23 共萬類而樂生　　　　種種樣樣의 만물과 공존공영하면서 생을 즐기며,
　　悟上下之同流　　　　상하가 모두 함께 흘러감을 깨달으리라.
24 貧且賤兮何傷　　　　빈천이 어찌 상심거리가 될 것인가?
　3 惟作德爲日休　　　　오직 덕을 행함으로써 마음이 편안하고 날로 훌륭해
　　　　　　　　　　　　짐을 삼으리라.

　　(疏)言人死生短長 各有所稟之命 財富位貴 則在天之所予」
3)『莊子・田子方』:「夫天下者 萬物之所一也 得其所一而同焉…而況得喪禍福之所
　　介乎」
4)『蘇軾・郭熙畫秋山平遠詩』:「伊川佚老鬢如霜 臥看秋山思洛陽」

25	已矣乎!	끝났음이여!
	萬事憂樂各付時	萬事憂樂 각기 때에 맡기리라.
26	一心廓然無滯留	한 마음 확 트이니 걸리적거림이 없어졌나니,
	胡爲乎 憧憧自小之	어찌하여 갈팡질팡하면서 스스로를 작게 여기는가?
27	溪山爲我闢	산수는 나를 위하여 열리고,
	風月與之期	청풍과 명월을 함께 하기로 기약하노라.
28	欸鳳藏而圖秘	아아! 봉황새는 깊이 숨어 버렸네,
	甘沒世於耘耔	죽는 날까지 김매고 밭갈이 함을 달게 여기리라.
29	豈敢祈於示後	어찌 감히 後代에 드러나기를 바라리오.
	時自見於敍詩	때때로 시를 읊는 것으로 스스로를 드러내리라.
30	旣吾道之自信	일관성 있는 나의 道에 이미 자신이 있나니,
④	不關人之疑不疑	남이 의심하거나 말거나 관심하지 않으리라.

조선 성리학의 이념은 退溪·高峰의 사단칠정변과 栗谷·牛溪의 인심도 심변으로써 전기의 이론적 바탕을 구축하였다 한다. 南塘과 巍巖의 人物性同異辨을 중심으로 한 湖洛 是非로서 후기의 발전적 상부구조를 형성한 것이라고 볼 수 있다. 南塘 한원진은 이 후기 성리학의 가장 쟁쟁한 이론 투사로써 그 학문적 업적은 조선 유학사에서 높은 위치를 차지하고 있다.

南塘은 숙종 8년(1682년)에 한성 於義洞에서 출생하여, 8세에 우암 송시열 등이 사사되는 己巳換局이 일어나자 조부를 따라 충청도로 남하하여 結城(홍성군 서부면)에 이거하였고, 21세에 청풍 黃江(寒水里)에 가서 우암의 제자인 遂菴 權尙夏(1641~1721)에게 수학하였다. 재주가 뛰어나고 식견이 투명하여 경사에 통달할 뿐 아니라, 천문·지리·율력·병학·산학에까지 다 그 요령을 얻었으며, 특히 심성·이기의 이론에 관심이 컸다. 수암은 남당을 만나보고 '吾道를 위하여 사람을 얻었다.'고 기뻐하면서 그가 돌아갈 때 贈別詩5)를 써주어 지금까지 전해 온다.

南塘의 顯祖는 고려 공민왕 때 修文殿學士로 銓選을 맡았던 韓脩

---

5) 「妙歲高才學孔朱 說經精博似君無 辛勤遠訪漁樵社 何幸殘年德不孤」

(1333~1384)의 아들로 태종 연간에 영상을 지낸 信齋 韓尙敬(1360~1423 ; 고려 우왕 8[1382] 文科)인 淸州 韓門이다. 가깝게는 光海時 直言으로 알려진 韓孝仲(1559~1628 ; 1605 文科)이 從高祖이다. 공은 22세가 되는 1703년에 楊州 石室에 가서 농암 김창협(1651~1708)을 찾아뵙고, 24세에 오서산 淨巖寺에 들어가 독서하면서 동문인 여러 사람들과 經旨를 토론하였다.

공는 1717년(숙종 43) 學行으로 천거받아 寧陵參奉이 되고, 경종 원년인 1721년 40세 때에 익위사 부솔에 임명되었으나 당시의 불안한 정국으로 인하여 자주 소를 올려 사의를 표하였다. 1725년(영조 1)에 領府使 閔鎭遠(1664~1736)의 啓請과 臺臣들의 소청으로 경연관으로 피선되어 영조 3년 정월까지 召對入侍하면서 경사를 강의하고, 時政에 대하여 맹자의 ‘臣視君如仇讐’의 구절을 인용하면서 ‘시비를 가리고 충신과 역적을 가려 징계를 엄하게 할 것’을 진언하였으나, 탕평책을 쓰기로 작정한 영조는 남당의 진언을 당론에 치우친 것으로 간주하여 받아들이지 아니하므로, 46세 되는 1727년에 사직소를 올리고 관계를 떠났다.

그 사직소 끝에 이르기를 ‘성현의 일로써 천리를 밝히고 인심을 바로잡아 백세에 공을 세우는 것은, 징계를 엄하게 하고 邪淫을 물리치는 데서 더 큰 것이 없습니다. 난신적자를 징토하지 않으면 常倫이 퇴폐되고, 邪淫을 물리치지 않으면 聖道가 쇠미해져 사람이 사람 구실을 못하고, 나라가 나라 구실을 못합니다. 신이 처음 입대하는 날에 이미 이 두 가지를 아뢰었으나, 誠이 부족하고 말이 拙하여 마침내 천총을 感悟시키지 못하였으니, 어찌 감히 자리를 탐내어 머물러 있으면서 백세의 譏笑를 받겠습니까?’라고 하였다. 바로 그 다음해 본 「和陶辭」를 쓰신 것이다.

여기서 남당이 징토할 것으로 주장한 ‘난신적자’란 즉 윤선거와 尹鑴, 연작 「和陶辭」의 작자들인 김창집·김창흡 형제, 이이명·이희조 등 노론 사대신 등을 죽게 한 김일경·목호룡 등 少論계 인물을 지칭한 것으로, 노소 당쟁에 깊이 간여하였음을 알 수 있다. 1741년 虛舟子 金在魯

(1682~1759)의 論救로 장령 · 집의에 임명되었으나 모두 사퇴하였다.

遂菴 문하의 高弟들인 江門八學士의 제일인자인 그의 학문의 세계는 그 방면의 학자들에게 맡길 것이나, 대체로 호론은 人物性異를 주장하고 낙론은 人物性同을 주장하는데, 湖論에 가담한 屛溪 尹鳳九(1681~1767)와 梅峯 崔徵厚 · 鳳巖 蔡之紅(1683~1741 ; 辛壬禍時 論斥 金一鏡 隱居九雲山) 등은 모두 권상하 · 한원진과 함께 충청도에 거주하기 때문에 湖論이라 하고, 洛論에 가담한 陶庵 李縡 · 삼연 김창흡 · 여호 박필주 등은 다 洛下(漢城)에 거주하기 때문에, 비록 主將인 巍巖인 李柬(1677~1727)은 湖人이지만 洛論이라고 불렀다. 논점의 요지는 '本然之性'과 '氣質之性' 두 개념의 의의를 서로 달리하고 있는 점이다.

南塘의 학문 업적에 있어서 빠뜨릴 수 없는 것은 『朱子同異考』의 저술이다. 조선조 성리학 논쟁에 있어서, 변론자 쌍방이 다같이 주자의 설을 인용하여 자기의 학설을 변증하는 방식을 취하였는데, 결과는 서로 상반되는 주장을 하게 되어 과연 주자 자신의 언론이 본래 그러했는지 철저하게 알아보기 위하여, 宋尤庵이 맨 처음 주자서를 조사해 보려고 하다가 이루지 못하고, 권수암에게 부탁하였으나 遂菴 역시 뜻을 이루지 못하다가, 南塘에게 유촉하여 드디어 50여 년 만에 완성을 보게 된 것이다. 이 『주자동이고』에서 '四端 理之發 · 七情 氣之發'이라는 주자의 말이 기록자의 誤錄이라고 단정한 것은 이기호 발설을 비판하는 유력한 논거를 제시한 것이 된다고 하겠다.[6]

다음으로 科業屢擧不中하고 또한 道薦에 빠져 결국 一布衣之士로 律身潔行과 제자양성으로 생을 마친 艮齋 蔡徵休(1684.10.2.~1747.10.22)의 원제 「次陶靖節歸去來辭」를 살피려 한다. 제작 동기를 밝힌 並序부터 보겠다.

---

6) 李相殷 : 「한원진의 인물성이론」 『한국의 사상』(윤사순 · 고익진 편, 열음사, 1985), 257쪽.

昔 靖節陶先生 自彭澤解綏還栗里也 賦歸來辭 辭旨亙婉 意趣安閒
頗有儒者氣像 一讀不覺三歎 今余僑寓陶溪 凡四載而還 蓋事雖不同 而
尋歸田園 則一致也 用其韻 續成一篇 非敢竊比於古作 只寓其嘐嘐之誠
云

예전에 도정절선생께서 팽택령 재직시 인수를 풀어 버리고 고향인 栗里로 돌아
가셨다. 「귀거래사」를 지으셨는데, 辭旨가 바르고 완곡히 에둘러 말했으며, 의취가
安閒하니 자못 儒者의 기상이 있어 한번 읽음에 부지불식간에 삼탄을 하게 되었다.
지금 내가 도계에 임시로 우거한 지 무릇 4년 만에 돌아가게 되었다. 대체로 사정
은 비록 같지 않으나, 전원을 찾아 돌아가는 것은 일치하는지라, 귀거래사 운을 활
용하여 이어 한 편을 완성하였다. 감히 남몰래 고인의 작품에 비견한 것은 아니로
되, 다만 그 보잘 것 없는 성의를 기탁하려고 하노라.

1 歸去來兮!	돌아가리라!
我有田園胡不歸	나에게는 전원이 있으니 어찌 돌아가지 않으랴?
2 旣自以身如浮萍	이미 스스로 자신이 부평초와 같다고 여기나니,
奚久寓而長悲	어찌 한 세상 살면서 끝없이 슬퍼만 하랴?
3 懼先靈之靡託	선조의 혼령이 남겨주신 아름다운 遺託을 두려워하며,
歎後先之莫追	후손된 이 몸이 따라 미칠 수 없음을 탄식하노라.
4 陶雖晩於覺是	도연명은 비록 昨非今是를 깨달음이 늦었지만,
蘧亦貴於知非	蘧伯玉 또한 四十九年之非를 귀하게 여겼노라.
5 辭猪巷而俶裝	돼지 우리같은 마을을 하직하고 여장을 차려,
向栗里而振衣	故園을 향하여 拂衣歸田하리라.
6 扶藜杖[1]而緩步	청려장 짚고 천천히 걷노라니,
□悟筋力之衰微	근력이 부쳐 쇠미해졌음을 깨닫겠노라.
7 日月幾何	인생 칠십이 그 얼마라고,
四載波奔	4년을 물결처럼 흘려 보냈네.
8 松柏依舊	소나무 잣나무는 예전 그대로요,

---

1)『新序·節士』:「原憲冠桑葉冠 杖藜杖而應問 正冠則纓絶 振襟則肘見 納履則踵
決」

梅柳當門	매화와 버드나무는 柴門 가까이 있네.
9 人事獨異	사람 사는 일만이 유독 특이하여,
落落[2]鮮存	쓸쓸히 드문드문 흩어져 사는구나.
10 我心疚傷	내 마음 꺼림하고 아파,
酌彼芳樽	저 아름다운 술을 잔질하노라.
11 懷難遣於假酒	회포는 술을 빌더라도 벗어나기 어렵고,
最感目之多顔[3]	눈에 어리는 여러 사람들의 얼굴 모습이 가장 슬퍼라.
12 瞻新齋之翼然	새로 꾸민 서재의 날아갈듯한 모습을 바라보면서,
揭以扁曰崇安	‘崇安’(新安 朱子를 높임)이라 편액을 걸었네.
13 追遺模於鹿洞[4]	朱子의 白鹿洞書院의 學規를 추섭하노니,
寔多士之所關	이는 진실로 여러 사대부들이 관심두는 바이네.
14 對黃卷於明窓	서책을 밝은 창쪽으로 펴놓고,
注神精而披觀	정신을 집중시켜 펴 읽으리라.
15 朋自遠而信從	친구가 멀리서 찾아와 믿고 따라주며,
童求我而且還	아이들이 나를 찾아와 배우고는 돌아가노라.
16 紛隨才而樂育	才分에 따라 가르침을 낙으로 삼으며,
② 時曳履而盤桓	때로는 신발을 끌면서 바장이노라.
17 歸去來兮!	돌아가리라!
庶卒歲而優遊	죽는 날까지 優遊度日하기를 바라노라.
18 同欣慼於故舊	고향 땅에서 기쁨과 슬픔을 함께 하리라.
寧舍此而佗求	어찌 이것을 버리고 달리 구하리오.
19 管風月而吟弄	청풍명월을 관악기로 삼아 읊조리고 노래하며,
伴琴書而消憂	가얏고와 서책을 반주삼아 우수사려를 사루리라.
20 人與我而相違	남들과 나는 서로 相違하니,

---

2) 『陸機・歎逝賦』:「親落落而日稀　友靡靡而愈索 (注)善曰 落落 稀貌」

3) 『陸機・歎逝賦』:「怨感目之多顔 諒多顔之感目」

4) 『玉海・宮室・院・白鹿洞書院』:「唐 李渤與兄涉 俱隱白鹿洞 後爲江州刺史 卽洞創臺榭 南唐昇元中 因洞建學館 置田以給書生 學者大集 以李善道爲洞主 掌教授 當時謂之白鹿國庠」

　『宋史・道學・朱熹傳』:「至郡學引進士子 與之講論 訪白鹿洞書院遺址 奏復其舊 爲規俾守之」

	識情意者其疇	이 마음 알아주는 이 그 누구랴?
21	或擎直轡[5]	더러는 고삐를 고추 잡기도 하고,
	或乘虛舟	어쩌다가는 빈 배에 오르리라.
22	携冠童而自娛	冠者 童子 여러 명을 데리고 스스로 즐기면서,
	尋某水與某丘	저 山水와 이 언덕을 찾으리라.
23	鳶于飛於上天	솔개는 높이 하늘을 나르고,
	魚則躍於中流	물고기는 中流에서 뛰어 오르도다.
24	物各得其自然	만물이 제각기 자신들의 자연을 얻었나니,
③	可以人而不休	인간도 쉬지 않을 수 있겠는가?

25	已矣乎!	끝났음이여!
	窮通[6]禍福皆一時	窮達도 禍福도 모두 한 때의 일,
26	樂夫天命宜任分	저 천명을 즐기며 마땅히 분수에 맡기리라.
	胡爲乎 營求[7]得之	어찌하여 구하려고 애쓰는가?
27	是非都相忘	시비도 모두 잊고,
	養閒乃素期	安閒을 키우는 것만이 평소의 바람이었네.
28	挹陋巷之簞瓢	누항에서 一簞食一瓢飮으로 不改其樂하던 顔淵을 높이 받들며,
	慕莘野之耕耔[8]	莘野에서 밭갈이 하던 伊尹을 경모하노라.
29	爰居斯而處斯	이에 살 곳을 가려 살게 되었으니,
	聊自歌而且詩	애오라지 노래하고 시를 읊으리라.
30	朝貞觀而夕化[9]	아침에 바르게 살피고 저녁에 죽는다 해도,
④	頫仰無愧更何疑	하늘을 우러러도 땅을 굽어봐도 부끄러움이 없음을 다시 어찌 의심하리오.

  艮齋 蔡徵休의 자는 祖應이며 본관은 인천이다. 공의 遠祖는 예부상

---

5) 『後漢書·荀彧傳贊』:「直轡安歸 (注)直轡 直道也」
6) 『白居易·諭友詩』:「窮通各有命 不繫才不才 推此自裕裕 不必待安排」
7) 『北史·柳虯傳』:「衣不過適體 食不過充飢 孜孜營求 徒勞思慮耳」
8) (伊尹):「商 一名摯 耕於莘野 湯以幣三聘之 遂幡然而起 相湯伐桀救民 以天下爲己任 湯尊之爲阿衡 湯崩 其孫太甲無道 伊尹放之於桐 三年 太甲悔過 復歸於亳 年百歲卒 帝沃丁葬以天子之禮 孟子稱爲聖之任者」
9) 『班固·幽通賦』:「朝貞觀而夕化兮 猶誼己而遺形」

서인 蔡寶文(고려 의종시 登科)으로 그의 시문이 『箕雅』와 『동문선』에 收載되어 있다. 이후 8전되어 여말을 당하여 戶曹典書였던 蔡貴河에 이르러 두문동에서 自靖하시고 諡를 貞義라 하셨다.

1420年(世宗 2) 登文科한 蔡倫의 손자요, 부사 申保의 아들로, 1469년(예종 1) 秋場文科의 초시·복시·전시에 장원하여, 李石亨과 함께 조선 개국이래 三場에 연이어 장원한 두 사람중의 한 분으로도 유명한 懶齋 蔡壽(1449~1515)가 艮齋의 7대조로 적손이 된다. 채수는 문학과 음악에도 조예가 깊었으며, 湖堂에 들고 2次 行明後 대사성을 역임하고 중종반정 때 靖國공신으로 仁川君에 봉해졌다. 만년에 경북 咸昌에 은거, 독서와 풍류로 여생을 보내고 시호는 襄靖을 받았다. 그의 문집중에는 선조의 영광을 군데군데 자랑한 것이 보이는데, 7세조이신 蔡壽를 위시하며 寶文閣 大提學이기도 했던 11代祖 蔡寶文·祖父인 蔡倫·蔡壽의 叔父로 1441年(世宗 23)에 文科에 오른 蔡任紹들을 이르는 것이다.

참봉·현감·副司果로 이어져오던 가문이 조부 石浦 蔡夢井(1583~1643)께서 沙溪 김장생(1548~1631)에게 수학하여 도덕과 문예가 널리 알려졌으며, 부친이신 漱巷 蔡之泗(1639~1689)은 우암·동춘 양선생에게 수학하였으며, 모당은 葆眞齋 盧思愼(1427~1498)의 후손이었다 한다. 숙종 7년 司馬試에 올랐으나, 大科에 落榜하여 벼슬길에 나아가지 않았다. 百源 申碩蕃(1596~1675)의 門人이기도 하다. 그는 遺逸이었다.

공은 초학을 내종형인 鄭之鍵의 문하에서 배우고 여러 번 과장에 임했으나, 등과하지 못하고 寒水齋 권상하께서 江上에서 講道한다 함을 듣고 쫓아가 수학하였다. 家中長物은 오직 篋中經籍일 뿐이었다 한다. 1710년(숙종 36) 大故를 만나 遵禮終 3년을 지성껏 마쳤다.

숙종 賓天時 善服方喪한 이후 중년에 도정절을 흠모하여 「和陶辭」를 지어 읊었다. 서당에서 인근자제들의 絃誦之聲이 四時不絶하였다고 행장에 적힌 것처럼 '新安 朱熹를 숭상한다'는 편액을 걸고(12句), 아이들이 찾아와서 배우는 생활(15句)을 영위하였다.

사후 공의 卓異之行이 알려지자 상감께서는 遺逸이 없도록 하라는 탄식이 있었다고 申光憲의「呈道伯文」말미에 적혀 있다. 그를 사당에 모시고 쓴 글인「栗峰祠奉安文」(1846년작)은「和陶辭」작자이며 學行으로 천거되었던 儒學者 梅山 洪直弼이 찬하였다.

一布衣寒士로 한 세상을 마친 困學齋 申萬夏(1692∼1774)의「和陶辭」는 생략하기로한다.

다음으로 초명은 鄭權이었으나 후에 避讖하여 鄭幹으로 개명한 鳴皐 先生의 유일한 辭작품인 원제「次歸去來辭」를 살피려 한다. 선생께서는 영조께서 일찍이 나의 신료 중에 2인의 廉潔한 廷臣이 있으니, 三山 李 台重(1694∼1756 ; 영조 6년 文科)과 鳴皐 鄭幹(1692.9.19∼1757.9.29)이라고 말씀하시는 것을 자주 들었다고, 당시의 좌상이며 규장각 제학이었던 樊巖 蔡濟恭(1720∼1799)이 찬한 墓碣銘[1] 서두에 적혀 있는 淸白吏이다.

당시 사람들이 명고선생을 吏隱으로 여겼다(人以爲吏隱) 하니, 만부득이 仕宦의 길에 있지만 마음은 언제나 은일지사의 심정으로 보내셨음을 알 수 있다.「和陶辭」를 살펴 나가겠다.

1	歸去來兮!	돌아가리라!
	可以歸兮胡不歸	돌아갈 수 있을 때 어찌 돌아가지 않으랴?
2	留無益兮去無損	머물러도 도움이 안되며 가더라도 손실이 없나니,
	民孰喜而孰悲	백성이 무엇을 기뻐하고 무엇을 슬퍼하리오?
3	不量才而求芻	才調를 헤아리지 않고 꼴(먹이)을 구하다니,
	雖後悔而曷追	비록 후회한들 莫及인 것을.
4	嗟說將其不下[2]	아아! 言說이 장차 나를 미워하는 자라면,

---

1)『명고선생문집·권9 墓碣銘並序』:「英廟 嘗臨朝 數廷臣之廉潔可晋用者 若曰 吾臣有二 其一李台重也 其一鄭權也 諸大臣進曰 聖上得之矣 濟恭 時簪筆侍前中 自語曰 李公時人之負望者 上之擧其名 容或然矣 鄭公者 身在嶺外一千里 其進退若羈旅然者 能結主知如此 必有大過人歟」

2)『事物紀原·布帛雜事部·不下驢』:「演義曰 北齊湯惜 字遵焉 爲吏部尙書 昔遭屯厄 一飡之惠 酬答甚厚 性命之讐 赦而不問 及典選 多以貌言思舊 時致謗曰 有

匪此是而彼非	이것이 옳은 것이요 저것이 잘못된 것이 결코 아니니라.
5 瞻東籬之有華	동쪽 울타리의 국화를 바라보노라니,
芳菲菲其襲衣	꽃다운 芳香이 옷깃을 스미네.
6 固久留之非志	진실로 오래 머무는 것이 뜻하는 바 아니니,
① 豈悻悻於細微	어찌 미세한 일에 발끈 성을 내리오.
7 我解我佩	나는 패옥을 풀고 印綬를 던져 버리고,
載馳載奔	뛰듯이 달려 歸去來하리라.
8 鷄鳴村塢	장닭이 시골 언덕에서 울고,
月皓縣門	달빛은 사립門에 걸려 있도다.
9 黃堂3)皂蓋4)	태수 직책에다 검정 明紬日傘은,
匪我思存	내가 바라는 것은 아니요.
10 乃尋蝸室5)	이에 달팽이 같은 집을 찾아와,
乃酌瓠樽	표주박 술잔으로 자작하노라.
11 伯氏喜而吹塤	형님도 기뻐하면서 塤을 부니 나는 篪를 불리라.
季女拜而解顔	막내딸도 절하며 반겨 맞노라.
12 親朋繽其坌集	친한 벗들이 몰려와서는,
競致唁而報安	다투어 치하 위문하면서 안부를 물어보네.
13 拂蠹魚於芸箱6)	좀벌레를 芸香이 베인 책상에서 털어내고,
捲蛛網於荊關	거미줄을 荊關에서 거두어 내리라.
14 惟目寓而耳得7)	오직 눈으로 보고 귀로 듣는 것은,
摠慣習於聽觀	모두 습관인 양 익숙해지리라.
15 起呼邪於東郊	일어나면 동교로 나아가 심호흡하고,

選人魯漫漢 自言獨不見識 悟曰 前日在元子思 方騎禿列章驢 以方麴障面 見我不下驢 何云不識 竟不爲選用 今俗以惡己者 謂何處見不下驢 蓋起于此 今或有此語」
3)『湘素雜記』:「天子曰黃闥 三公曰黃閣 給事舍人 曰黃扉 太守曰黃堂 或知府曰黃堂」
4)『後漢書·輿服志 上』:「中二千石 二千石 皆皂蓋朱兩轓」
5)『陳陶·避世翁詩』:「直釣不營魚 蝸室無妻兒」
6)『事物異名錄·書籍·總名』:「六帖 芸香辟蠹 故書曰 芸編 籤曰 芸籤」
7)『蘇軾·前赤壁賦』:「惟江上之淸風 與山間之明月 耳得之而爲聲 目遇之而成色」

僮負薪而夕還	머슴 아이는 섶나무를 지고 저녁에 돌아오노라.
16 鬱含翠於南麓	남쪽 산록은 비취빛으로 울울창창하네,
② 挹晚節而盤桓	만년의 절개를 생각하면서 서성이노라.
17 歸去來兮!	돌아가리라!
昔何心而西遊	예전에 무슨 마음으로 서쪽으로 유람하였던가?
18 忘飮啄之8)有定	먹고 산다는 것이 定分이 있다함을 망각하고서,
謂富貴之可求	財富位貴는 구할 수 있다고 생각하였었지.
19 皇覽揆此中情	이 같은 속마음을 상감께서 살펴보시고,
荷九重之分憂	임금과 근심을 나누어 地方官으로 나갔네.
20 地則褊而年荒	땅은 좁은 데다가 농사는 흉년이 들어,
少所收於田疇	밭작물의 소출이 적어라.
21 我欲拯民	나는 백성들을 살리고자 하나,
譬水無舟	물을 건너간다면서 배가 없는 것에 비유하리라.
22 況催科之政拙	하물며 租稅를 독촉하는 정치의 졸렬함이여,
奈逋負9)之如邱	어찌하여 逋欠한 구실은 언덕같이 쌓였는가?
23 知無資於卒歲	종신토록 생활의 바탕이 없음을 알면서도,
不溝壑10)其遷流	죽어 시신이 도랑이나 골짜기에 버려질 수는 없어 이곳저곳으로 흘러다니나니.
24 顧官守之有職	관리의 직책을 돌아보아,
③ 苟不得則宜休11)	진실로 걸맞지 않으면 마땅히 쉬어야 하리.
25 已矣乎!	끝났음이여!
弘農坐嘯12)亦多時	弘農땅의 成瑨이 앉은 채로 휘파람을 부는 것도

---

8) 『通俗編・飮食・飮啄有定分』:「玉堂閑話 引諺云 一飮一啄 繫之于分 此言雖小 亦有徒然」

9) 『左氏・昭13・施舍寬民注』:「施恩惠 舍逋負 (注)逋租 逋賦也」

10) 『孟子・滕文公 下』:「志士不忘在溝壑 勇士不忘喪其元 (集注)志士固窮 常念死 無棺槨 棄溝壑而不恨」

11) 『孟子・公孫丑 下』:「有官守者 不得其職則去」

12) (岑晊):「後漢人 字公孝 有高才 雖在閭里 慨然有董正天下之志 太守成瑨請爲 功曹 不避豪勢 時語曰 南陽太守岑公孝 弘農成瑨但坐嘯 宛富賈 張汎 用勢縱橫 晊勸瑨收捕 遇赦…終於江夏山中」

	있을 수 있는 일.
26 雖信美而不可留	비록 신임하고 미쁘게 여기더라도 머물 수 없나니,
胡爲乎 眷眷欲挽之	어찌하여 못잊어 따르며 붙들려 하는가?
27 製錦自有人[13]	비단을 짜는 일에는 자연 마땅한 사람이 있는 법인데,
烹鮮[14]非素期	국정을 처리하는 烹鮮之職은 평소의 바람이 아니로다.
28 耒耜出於四隣	쟁기와 보습을 마련하여 사방 이웃으로 나아가리니,
何必吾之耘耔	하필이면 나의 밭만 갈까 보냐?
29 聊涵濡於聖澤	애오라지 성상의 은택을 입었나니,
詠太平爲成詩	태평성대를 읊어 시를 이루리라.
30 寔不報之爲報	이것은 진실로 알리지 않는 알림이니,
④ 樂吾分兮更何疑	내 분수를 즐길 것이니 다시 무엇을 의심하랴.

　　鳴皐 鄭幹의 본관은 영일이며, 자는 道中, 초명 權을 避讖하면서 私改道直하였다. 공의 上祖는 高麗朝 추밀원 知奏事로 圃隱의 十代祖로 派祖인 鄭襲明(?~1151 ; 고려 仁宗時 登科)이며, 典工判書 鄭仁彦 대에 이르러 永川에 살게 되었다. 아들인 鄭光厚가 공조판서로 조선조에 입사한 후 7世에 이르러, 1592년 임란 때 永川에서 倡義하여 唐旨山에서 복병으로 왜적을 대파, 이듬해 돌격장으로 울산 太和津에서 역전한 공으로 예천군수가 되고, 이등공신으로 저록되어 사후 호조참판으로 증직된 鄭大任(1553~1594)이 顯祖로 나타나는데, 이 분이 바로 공의 5세조이시다.

　　부친은 鄭思澂(贈 이조참판)으로 공의 후광으로 上三代가 증직되는 영광을 가졌다(三世推恩 以公貴也). 11살 때 부친을 여의고 明齋와 市南에 연원을 둔, 壎叟 鄭萬陽(1664~1730)·篪叟 鄭葵陽(1667~1732)에게 負笈 從師하여 학문의 기초를 다지면서, 10년을 師門에 머물러 歸省하지 않

---

13)『左氏·襄 31』:「子有美錦 不使人學製焉 大宮大邑 身之所庇也 而使學者製焉 其爲美錦 不亦多乎」
14)『老子·60』:「治大國者 若烹小鮮 以道莅天下 其鬼不神 非其鬼不神 其神不傷 人 非其神不傷人 聖人亦不傷人 夫兩不相傷 故德交歸焉」

았다. 1715년(숙종 41년, 24세) 사마시를 거쳐, 1725년(영조 원년) 增廣別試에 급제하였다.

1731년(영조 7) 경연관으로 『춘추』 양공 24년조를 훌륭히 進講하여 말을 하사 받았으며, 당시의 승지였던 어사 朴文秀(1691~1756)가 이같은 신하가 있음은 國家之福이라 하였다. 1733년 승문원 박사로 濟原察訪을 제수, 1735년 성균관 전적·예병이조좌랑·함경도사, 1737년 병조정랑에서 靑陽현감으로 나갔다. 1년이 채 못되어 因事棄歸하였다. 당시 충청도 관찰사가 장계를 올리기를, 공의 居官時 廉約之操를 말하면서 長往을 도민들이 원하지 않는다고 하니, 上命으로 登途치 못하게 하여 다시 그 직임에 있다가 呈病歸하였다.

1741년(영조 41) 종묘서령에서 茂長현감으로 나갔다가 投綬歸하니, 士民들이 모두 그냥 계시기를 上達함에 부득이 更赴하였다가 棄歸하였다. 이처럼 공은 틈만 있으면 歸鄕里하였으니, 그의 내심은 본 「和陶辭」에 충분히 반영되었다고 하겠다. 이후에도 계속 귀거래는 이어진다. 그래서 '吏隱'이란 세평을 들었던 것이다. 1745년 사헌부 지평으로 배수되어 누천백언의 陳弊를 올리고 還鄕里, 1747년 보령현감으로 부임 도중 과거의 임지였던 청양을 지나게 되자, 그 곳 남녀노소의 극진한 대접을 받았다. 당시의 首相인 虛舟子 金在魯(1682~1759)가 상신하기를 '공의 經術과 학식으로 수령으로 머물게 하기는 아깝다'고 함에, 사헌부 지평으로 승차되었다가, 이듬해 湖西 繡衣로 암행하여 실적을 올렸다.

治行第一의 공으로 통정대부(정삼품)로 特陞되었으며, 승정원 동부승지에 올랐다가 경주와 동래 부사를 역임하였다. 동래 부사시 선정을 베풀고 특히 誠信으로 開市의 왜인들을 감복시켜 감히 潛易을 엄두도 못내게 하자, 공이 解歸할 때에 그들에 의해 나무에 새긴 淸德碑가 세워졌으니 '오실 때 淸風, 가실 때도 淸風, 오시나 가시나 淸風, 만고에 걸쳐 淸風(來而淸風 去而淸風 來去淸風 萬古淸風)'이라 하였다.

1750년(영조 26, 당 59세) 부승지에서 영월부사, 다음해 선천부사, 1754년 동부승지, 1756년 울산부사에 임명되었으나 몇 개월만에 棄歸, 1757년 형조참의 동부승지를 거쳐 좌승지로 계시다가 향년 66세로 易簣하셨다. 평소에 '事伯氏如嚴 事兄嫂如母'하였으며, 본 「和陶辭」 제2단 11구에도 『시경』의 '伯氏吹壎 仲氏吹篪'를 인용하였듯이 우애가 남달랐다 한다. 또한 백씨와 '同歸之約'이 있었기에, 그의 묘도 백씨 묘하에 합장하였다 한다. 貞夫人 남양 홍씨가 生五女不擧男子하였기에 族弟 鄭橈의 아들 周弁을 후사로 삼았으나, 사거함에 그 아우 周鐸의 아들 夢奎로 대가 이어졌다 한다.

사후 鳴臯 정선생의 迎烏故都 鳴鳳遺址에 공의 一副眞影을 모신 北溪影堂을 신축하였다. 상량문은 霞溪 李家淳(1768~1844 ; 1813年 權敦仁과 同榜)이 찬한 바, '吏隱淸名'이라고 선생을 평했으며, 一域(靑陽)에서 불려진 민요 '前明府 後明府'와 海市(東萊)에서 萬口에 오르내린 '去淸風 來淸風'이 사연을 밝혀 두었다. 영정봉안문은 大山 李象靖(1711~1781 ; 1735年 文科)의 동생인 小山 李光靖(1714~1789)이 찬한 글인데, '習與心成 思與智發' '洛閩緒言 誦若己出', '八典郡邑 氷淸矢直', '視投印綬 若弊屣說', '入侍經幄 據禮明析', '退休于家 伯康湛樂', '同門琢磨 淡淡梅萼' 등의 추모하는 글로 가득차 있다.

다음으로 나이 44세인 1740년(영조 16) 中司馬하여 진사가 된 후, 十餘 年을 泮林(성균관)에 優遊하다가 필경 凡十上不中第하고는 이름까지 바꿔버린 羅隱[1]의 抱寃을 씹으며, 「和陶辭」와 「南歸賦」를 짓고 光州 林庄으로 돌아가 終老한 晚村 李彦根(1697.3.15~1764.5.25)의 「次歸去來辭韻」을 살피려 한다. 전해오는 말에 당시 海錦 吳達運(1700~1747 ; 1740년 中樞인 江漢遺老 黃景源과 領相이었던 松翁 徐志修와 同榜)·蘇凝天(1704~? ; 隱人, 호 春菴, 又問渠堂, 本 晋州)·李彦根 三文章을 吳蘇李라 하여, 毛皮가 유명한 족제비科 야행성 동물인 '오소리값 일천냥(吳蘇李價 一千根之

---

1) (羅隱) : 「五代 吳越 新城人 字昭諫 本名橫 貌寢陋 凡十上不中第 遂更名 能詩」

盛)'이라는 은어가 전국적으로 一謠가 되었었다고 『만촌집』 서문에 적혀
있다. 晚村 李彦根의 「和陶辭」를 살펴 보겠다.

1	歸去來兮!	돌아가리라!
	觀我進退可以歸	나의 진퇴양난을 살펴보며 돌아가기로 결심했노라.
2	風塵撲撲[2]以滿面兮	풍진이 사납게 몰아쳐 얼굴 가득히 때국에 절어,
	廓撫影而潛悲	확연히 그림자를 어루만지면서 남몰래 슬퍼하노라.
3	惟中情其信脩兮	신실하고 修潔한 이 마음을 생각하면서,
	指義皇而遐追	복희 황제씨를 가리키면서 멀리 따르려 하네.
4	琴無絃[3]而愔愔兮	가얏고는 줄도 없이 조용히 있음이여!
	顧忘世之是非	홀로 세상의 시비곡직을 잊으리라.
5	招芬濁而獨立兮	어지럽고 더러운 것을 초탈하여 遺世獨立할 것인가?
	紛旣華兮我衣	내 옷은 이미 성대하게 화려함이여!
6	匪寸祿其可縻兮	寸分의 봉록도 없이 붙들어 매는 入仕의 길,
□	覺萬鍾之亦微	萬鍾祿도 역시 미미한 것임을 알았도다.

7	陂陀[4]世路	험하고 비탈진 인생항로,
	無心競奔	속셈도 없이 경쟁하며 분주했었지.
8	丘園何處	丘園은 어디멘가?
	白石爲門	白石으로 문을 삼으리라.
9	淸風自來	맑은 바람은 그냥 불어오고
	明月長存	밝은 달은 언제나 비치노라.
10	黃黃者鞠[5]	노랗게 피어 오른 국화,
	亦泛我樽	내 술잔에 띄우리라.
11	尋幽壑而返初兮	幽玄深邃한 골짜기를 찾아 隱棲하니,
	繽可悅兮多顔	대단히 기뻐서 얼굴이 환해지네.

---

2)『田閑書』:「焦頭爛額 猶撲撲必期以死」
3)『蕭統·陶靖節傳』:「淵明不解音律 而蓄無絃琴一張 每酒適 輒撫弄以寄其意」
4)『司馬相如·哀二世賦』:「登陂陀之長阪兮 坌入曾宮之嵯峨 (注)陂陀 險阻也 不平之貌」
5)『禮記·月令』:「鞠有黃華 (釋文)鞠 本又作菊」

12 恣飮啄而自在兮　　　一飮一啄 繫之于分이라고 방자히 여겼음이여,
　　又何往而不安　　　또한 어디를 가든 편안하지 않았음이여.
13 覽鍾鼎與山林兮[6]　　鍾鳴鼎食의 생활과 산림처사의 생활을 살피노라면,
　　亦天命之所關　　　또한 天命의 소관사임을 알겠노라.
14 行裝信於適幾兮　　　행장 꾸림이 기미를 잘 알아 알맞은 때라고 믿나니,
　　君子貴其達觀　　　군자는 그 달관을 귀중하게 여기노라.
15 咨今世之溾涩兮[7]　　아아! 요즘 세상의 더럽고 치사함이여,
　　迨及時而可還　　　때에 맞추어 還鄕里함이 옳도다.
16 遵時義於坎止兮[8]　　험난함을 만나면 멈춘다는 時宜를 따라,
　② 審爲淵於鯢桓　　　강호자연에 이 몸을 맡기리라.

17 歸去來兮!　　　　　　돌아가리라!
　　我有樂夫天遊　　　나는 저 천상의 유람을 즐길 것이니.
18 屛機心而淸淨兮　　　巧詐한 마음을 막고 청정무구해지리라.
　　絶聲利之外求　　　명성과 이욕을 외부에서 구하는 것을 絶緣하리라.
19 憑嘯傲[9]而樂志兮　　超逸한 傲氣를 견지하며 志氣를 즐기리라.
　　閱書史而忘憂　　　書史를 읽으며 근심을 사루리라.
20 葛天招我以爲民兮[10]　葛天 無懷氏가 나를 초대하여 백성을 삼았으니,
　　日荷鋤兮田疇　　　날마다 호미메고 밭갈이하리라.
21 或釆桑墅　　　　　　더러는 오디(桑椹)를 따고,
　　或理漁舟　　　　　가끔은 어망을 고치리라.
22 西風吹兮葛巾[11]　　가을 바람이 葛巾 野服에 불어주니,
　　澹逍遙兮山丘　　　담담하게 산과 언덕을 소요자적하리라.
23 蘭何爲兮空谷　　　　난초는 무엇 때문에 아무도 없는 골짜기에 피어났고,
　　蛟何爲兮淺流　　　蛟龍은 어찌하여 얕은 물에서 헤엄치는가?
24 芳菲老而歲晏兮　　　아름다히 늙어 한 해가 저물어 가는데,
　③ 攬行裝而休休　　　행장을 수습하여 은거하며 쉬리라.

---

6)『杜甫・淸明詩』:「鐘鼎山林各天性 濁醪麤飮任吾年」
7)『楚辭・劉向・九歎・惜賢』:「切溾涩之流俗 (注)溾涩 垢濁也」
8)『易經・豫』:「豫之時義 大矣哉」
9)『陶潛・雜詩』:「嘯傲東軒下 聊復得此生 (注)向日 嘯傲 超逸貌」
10)『陶潛・五柳先生傳』:「無懷氏之民歟 葛天氏之民歟 (注)葛天氏 古帝王號也」
11)『古事成語考・衣服』:「葛巾野服 陶淵明 眞陸地之神仙」

25 已矣乎!　　　　　　　　　끝났음이여!
　　白首形役良爲苦　　　　　백발이 되도록 '以心爲形役'함은 진실로 괴로운 것
　　　　　　　　　　　　　　　이요,
26 人間不可久淹留　　　　　인생 世間에 오래 머물 수는 없는 것,
　　胡爲乎 棲棲迷所之　　　어찌하여 갈팡질팡 갈 바를 모르고 헤매는가?
27 芬華非所慕　　　　　　　芬華는 흠모하는 것이 아니며,
　　事業不可期　　　　　　　평생의 사업은 기대할 길이 없구나.
28 安吾分而靖志兮　　　　　내 분수대로 편안히 지내며 뜻을 고요히 간직하며,
　　學老農而耘耔　　　　　　노련한 농부에게 배워가면서 밭갈고 김매리라.
29 質消息於羲繇兮　　　　　복희씨와 咎繇(皐陶)에게 生의 본체를 물으며,
　　寫情性於風詩　　　　　　시경 正風을 외우며 성정을 묘사하리라.
30 聊遯世而無憫兮[12]　　　애오라지 龍의 德을 지니고 숨어 살면서도 걱정이
　　　　　　　　　　　　　　　없으리니,
　④ 浩然吾行復何疑　　　간절한 나의 이번 행보에 다시 무엇을 의심하리오.

　晚村 李彦根의 자는 晦甫이며 본은 광산이다. 遠祖는 고려조에 출사
하여 淸德 瞻學官 문하시랑을 지낸 珣日이며, 이씨가첩에 따르면 조선
조에 들어 직제학을 지낸 弘吉이 중시조가 된다. 연산조에 李元忠은 太
學(성균관)에 있으면서 폐비 韓氏를 추숭하고 先朝(성종)의 구신들을 죽임
에 抗疏力爭한 사실이 있는데, 바로 이 분이 공의 6대조이시다. 數世에
이르도록 顯祖가 없었다.

　부친은 李華南으로, 공은 2남중 차자(公序居二)로 태어났다. 참봉 高公
에게 수학하기 20여 년 특히 사부와 대책에 長하였으며, 「치안책」과 「長
楊賦」를 準的으로 삼았다 한다. 44세에 진사가 되었을 뿐 大科에 급제
하지 못하고, 마침내 68세를 일기로 광주 泥場村에 묻혔다.

　공은 후생 교육에 힘썼으니 문하에서 登庠者 7인이며, 通籍者만도 9
인이었다 한다. 공은 一代南土之詞壇의 맹주였다고 묘갈명에 쓰여져 있
으며, 그의 문장이 京外에 널리 유포되었다고 행장에 적혀 있다. '오소리

---

12) 『易經·乾』：「遯世無悶」

값 일천냥'이란 말이 그래서 생긴 듯하다.

晩村의 정신세계는 본「和陶辭」와 長城에 각각 謫居하고 있던, 大諫을 各各 지낸 淸隱 又歇枕翁 權瑩(1678~? ; 1732년 文科, 失政을 上疏하다가 謫大靜·海南 했었음)과 苕泉 金時燦(1700~1767 ; 1735년 文科, 부제학을 사양하는 글에 不敬句가 있다하여 又謫黑山島)에게 보낸 贈詩를 통하여 '講磨嘯詠 以全其晩節'하려 했음을 알 수 있는데, 아마도 성균관 시절에 알고 지냈던 인물로 후에 등과하였으나 결국 유배당한 분들이다.

공은 본「和陶辭」외에 1742년(영조 18년, 당 46세) 九月 한양에서 蘆嶺을 넘고 錦江을 건너 光州로 내려오면서 쓰신「南歸辭」와, 王粲의「登樓賦」에 차운한「次登樓韻」과 病魔를 주재한다고 여겨졌던 西神을 餞送하는 내용인「送西神辭」가『만촌집』권1에 收載되어 있다.

다음으로 芝村 李晬光(1563~1628)이 현손인 拙隱 李漢輔(1675~1748)의「和陶辭」를 살피려 한다. 앞서 언급한 景淵堂 李玄祚(1654~1710)가 拙隱의 백부가 된다. 비록 직계는 아니나마 대를 이어 쓴「和陶辭」로, 송규렴·송상기 父子와 象村 신흠·신최 祖孫 그리고 後孫인 申應顯·申應善의 경우와 함께 2대~4대 간의 續作「和陶辭」라 하겠다. 원제는「次歸去來辭韻」으로 並序에 해당하는 前文이 들어 있어 작품 제작의 동기를 알 수 있다. 먼저 살펴 보겠다.

> 余讀陶徵士歸去來辭 徵士之意可知已 以余觀乎今之人 營營者 何如也? 人之志趣 殆有不可槪而一視之者矣 余夸其志 愛其辭 遂次其韻 倣其辭 以道余平生之所志云爾

내가 徵士이신 도연명의「귀거래사」를 읽고 도징사의 뜻을 알 만하였다. 내 요즈음 사람들이 명예나 이익을 얻으려고 분주하게 營營逐逐하는 꼴들을 어떻다고나 할까? 사람의 志趣라는 것이 아마도 대체로 뭉뚱거려 볼 수 없는 것이 있다고나 할까. (따라서) 도징사의 뜻이 자랑스럽고 그 辭를 사랑하는 마음에 드디어 그 운을 밟고 그 사를 본떠서, 나의 평소의 뜻하는 바를 말하여 볼 따름이다.

1	歸去來兮！	돌아가리라!
	前路多岐吾何歸	앞 길이 여러 갈랜데 내 어디로 돌아가리요!
2	獨自彷徨靡所往	나 홀로 방황하면서 갈 곳을 잃었나니,
	怔鬱悒余心悲	근심하고 답답해하면서 내 마음은 슬프노라.
3	忽忘身之不肖	문득 변변치 못한 자신을 망각하고,
	望前武而願追	以前 성현들의 자취를 따르기로 하였네.
4	周道1)直而如砥	大路는 똑바로 난 길이요, 숫돌같이 평평한 것인데,
	慨學幻而言非	幻影을 배우고 似而非를 말함에 개탄하노라.
5	棄世俗之紛華	세속의 紛華를 아주 끊어버리고,
	製芰荷以爲衣	마름과 蓮을 재단하여 옷을 만들리라.
6	尋遺緒於往牒	옛 기록에서 남겨주신 실마리를 찾고,
①	服聖訓之危微	惟精惟一이라야 允執厥中이라는 성훈에 감복하네.
7	正路險傾	바른 길이 험난하고 기울어져 있음이여,
	悍馬橫奔	사나운 말이 옆길로 마구 달리네.
8	御者委轡2)	말 모는 자가 고삐를 놓아 버린다면,
	何以入門	어떻게 정문으로 들어갈 수 있을까?
9	思復厥初	사념을 그 최초로 회복하면(遏人欲),
	天理攸存	天理가 있는 바로세.
10	舍彼膏梁	저 고량진미를 버리고,
	飮我汚樽	汚樽而抔飮하리라.
11	下董帷而窮經3)	집에 들어앉아 발을 치고 경서를 궁구하며,
	窃嘗冀乎孔顔	남몰래 일찍이 孔夫子와 顔子를 冀望하였네.
12	志專專而不移	오로지 한 곳에 뜻을 두고 옮기지 않으리니,
	敢一念之偸安	감히 一念이 잠시 편안하기를 바라랴.
13	賈余勇而直前	내 용기를 얻어 곧장 앞으로 내달아,
	期猛士之斬關4)	맹사(魯大夫 臧孫紇)가 녹문관을 부셔버리기를 기약하노라.

1)『詩經・小雅・四牡』：「四牡騑騑 周道倭遲 (集傳)周道 大路也 若周道如砥」
2)『管子・法法』：「敕者奔馬之委轡 (纂詁)委 棄也 奔馬而棄其轡 必致泛駕」
3)『蘇軾・西掖告詞』：「白首窮經之樂 尙可推以與人」
4)『左氏・襄・23』：「臧紇 斬鹿門之關 以出奔邾」

14 湛此心之無累　　　담담한 이 마음에 걸림이 없다면,
　　寔大人之達觀　　　이것이 진짜로 대인의 달관이리라.
15 除山蹊之塞茅　　　산길의 막혀버린 띠풀을 제거하고,
　　指安宅而載還　　　인과 의를 지표로 삼아 싣고 돌아오리라.
16 若行子之赴家　　　길떠난 자식이 고향집에 이른 것처럼,
② 寧一時之盤桓　　　어찌 한 때의 서성거림이랴?

17 歸去來兮!　　　　돌아가리라!
　　復駕言兮何遊　　　다시 말에 멍에 하고 어디로 갈 것인가.
18 靈臺尊於赤縣5)　　마음으로는 赤縣九州를 높일 것이니,
　　羌不必乎他求　　　아아! 다른데서 구하지는 않을 것이요.
19 惟君子之恬養　　　군자의 以恬養志를 생각한다면,
　　坦蕩蕩兮奚憂　　　평탄하고 탕탕평평하여 무엇을 걱정하랴.
20 善惡不可以相混　　선악이 서로 섞일 수 없으며,
　　恐薰蕕之同疇　　　향초와 악초가 함께 짝할까 두렵도다.
21 遄水隨決6)　　　　소용돌이 물은 물꼬를 트는대로 동서로 갈려 흐르나니,

　　風浪敗舟　　　　　풍랑 때문에 배(虛舟:마음)가 부서지느니라.
22 堯德巍於茅茨　　　요임금의 덕은 茅茨不剪 土階三等보다도 높았으며,

　　殷宋訖於糟丘7)　　殷湯의 宗法은 주지육림에 놀던 紂王 때문에 끝났도다.

23 由方寸之操舍　　　사방 한 치 뿐인 마음을 다잡느냐 마느냐에 따라,
　　判聖狂之異流　　　성현과 猖狂의 다른 흐름으로 갈라지누나.
24 固任重而道遠8)　　진실로 임무는 무겁고 갈 길은 멀고도 머니,
③ 事蓋棺而方休　　　죽는 그 날까지 자강불식하리라.

---

5) 『鹽鐵論·論鄒』:「所謂中國者 天下八十分之一 名曰赤縣神州」
6) 『孟子·告子 上』:「性猶湍水也 決諸東方則東流 決諸西方則西流」
7) 『韓非子·喩老』:「紂爲肉圃 設炮烙 登糟丘 臨酒池 紂遂以亡」
8) 『論語·泰伯』:「曾子曰 士不可以不弘毅 任重而道遠 仁以爲己任 不亦重乎 死而後已 不亦遠乎」

25 已矣乎!	끝났음이여!
人生强壯無多時	인생에서 강장한 젊은 시절은 오래가지 않는 것,
26 日月忽其不淹留	세월은 흘러흘러 멈추지 않는데,
胡爲乎 汲汲將安之	어쩌자고 조급히 서두르며 어디로 가려는가?
27 聖賢是吾師	성현들이 나의 스승이며,
名利焉足期	명예와 이욕을 어찌 기대하리오.
28 茂禾黍於田畝	밭과 논에는 무성하게 자란 벼와 기장,
去稂莠以耘耔[9]	가라지 풀을 뽑아 버리며 김매고 북주리라.
29 懲助長於宋人[10]	宋人의 揠苗助長은 어리석고 해로운 것이며,
戒甫田於齊詩	齊風의 '無田甫田'처럼 힘에 부치는 큰 밭은 갈지 않으리라.
30 喚主人而歸舍[11]	主人(仁義)을 불러내어 집(良心)으로 돌아가리니,
④ 遵彼大路復何疑	저 큰 길을 따라 갈 것이니 다시 무엇을 의심하리오.

拙隱 李漢輔의 문집인 『졸은선생유고』는 8권 4책으로 그의 아들 李德胄가 편집 간행한 목판본이며, 서문도 발문도 실려 있지 않으므로 간행 시말과 간년조차 미상하다. 賦體로는 본 「和陶辭」 이외에 「憎蛙鳴賦」가 실려 있는데, 개구리의 와글대는 소리를 小人輩에 비유하고 있다. 공의 시는 자신의 不遇落拓을 읊은 것이 많은 중에 「寓言」이라 題한 도합 21수의 작품을 중시하고 싶다.

其一은 天道와 時運은 알 수 없는 것이고, 定數가 있다고 하면서, 성인이신 공자께서도 철환천하 하였으나 결국 성과가 없었으며, 장저와 걸닉도 그를 존경하지 않았다는 내용이다. 전술한 「和陶辭」에서 인와 의가 正路요 安宅이라 하면서, '聖賢是吾師'라고 하던 그 선비 정신은 不知

---

9) 『詩經・小雅・大田』:「不稂不莠 (傳)稂 童粱也 莠似苗也 害苗之草也」
10) 『孟子・公孫丑 上』:「心勿忘 勿助長也 無若宋人然 宋人 有閔其苗之不長而揠之者 芒芒然歸 謂其人曰 今日病矣 予助苗長矣 其子趨而往視之 苗則槁矣 天下之不助苗長者 寡矣 以爲無益而舍之者 不耘苗者也 助之長者 揠苗者也 非徒無益 而又害之」
11) 『魏書・胡叟傳』:「短褐曳柴 從田歸舍 (注)歸舍 歸家也」

去處라면서, 차라리 비아냥거리고 있다.

其二는 세상의 질서는 날로 무너지고 沮喪되어 간다. 군자의 정절은 보이지 않고 소인배들만 날뛰고 있다. 분명하다는 흑백조차 구별할 수 없으니, 아아! 장차 어디로 갈 것이냐? 其四(正士常蹢躅 小人無跌蹉)·其五(如何小人榮 如何君子窮)도 같은 맥락에서 이해된다.

공은 당시의 국가 사정을 「寓言」의 시구를 통하여 黨禍로 '사람을 재앙으로 몰아넣는 나라(黨禍禍人國 念之憤未已 惟知護私朋 誰復念邦紀)'라고 하였으며, 禮訟이 禍胎를 도출시켰으며, 金石같던 교분도 원수로 돌변하고 戕殺까지도 이루어지니 슬픈 일이라면서 안타까워하고 있다.(禮訟久紛紜 因之成禍胎 石交翻成仇 世道莫挽回 戕殺不自足 此事良可哀 愼之勿復道 猶應有後災), 그리고 공은 其十一에서 영조 치하의 탕평책을 은연중에 비판하고 있다.

다음으로 韓山人 稼牧(稼亭 李穀과 牧隱 李穡)之後로 서화가로도 유명하여 『槿域書畫徵』에도 수록된 丹陵 李胤永(1714~1759.5.3)의 원제 「歸去來辭次韻」를 살펴 보려한다. 그의 記文인 「卜居記」에 의하면 '崇禎甲申後 百有七年 辛未九月二十四日'이라 하였으니, 영조 27년인 1751년(당 38세)에 본인이 그간 모아 놓은 千錢과, 나이 젊은 친구(少友) 李麟祥(1710~? ; 字元靈 進士, 世稱三絶) 金鍾秀(夢梧: 1728~1799)가 보내온 千錢, 그리고 1768年에 登文科하여 大提學으로 左相에 오른 敬夫(吳瓚 1717~?: 吳斗寅의 아들로 1751 壯元. 淸修齋)가 賣書한 돈과 합쳐, 合錢 2천 4백으로 田12區를 買土하였으니 볍씨 30升을 심을 수 있는 곳이라 하였다. 이곳이 바로 충청북도 丹陽 땅으로 李胤永의 자호인 丹陵의 유래이기도 하다.

1	歸去來兮!	돌아가리라!
	丹陵有山可言歸	단양팔경 좋은 곳에 산이 있으니 돌아갈 수 있노라.
2	邈唐虞之已往	陶唐有虞의 태평성대는 이미 아득히 지나갔고,

隘東海而興悲	좁디 좁은 東方에 태어나 비감을 일으키노라.
3 詩書敦而自修	시서에 돈독하였으며 수신에 힘써 왔지만,
事馬喧¹⁾而不追	거마의 시끄러움을 추구하지는 않았노라.
4 述伯鸞之五噫	梁鴻의「五噫歌」를 傳述하고,
服子淵之四非	王褒의 四非에 감복하노라.
5 睠碧山而夙邁	파란 산을 돌아보며 아침 일찍 달려가리라.
雜風佩與荷衣	짤랑이는 패옥과 연꽃으로 만든 옷을 갈아입고서,
6 謇余誅夫白茅²⁾	아아! 저 억새풀을 베어버리고,
① 迺相宅於翠微	이에 산중턱에 卜居할 땅을 마련하였네.

7 川經石緯	하천이 날줄이 되고 암석이 씨줄이 되어,
山止水奔	산은 그냥 그 곳에 있는데, 河水는 끊임없이 달려 가네.
8 松桂增榮	소나무와 계수나무가 잎사귀를 무성하게 드리우고,
寡鶴應門	아주 드물다는 학이 柴門에 내려왔네.
9 晨霞可餐	새벽놀이 먹을 만하니,
夜氣攸存	夜氣를 지니게 되리라.
10 月生虛牖	동산의 달이 조용히 들창으로 비쳐드니,
淸輝汎樽	맑은 빛이 술잔에 떠있어라.
11 欸籠鳥之鎩羽	아아! 새장에 갇힌 새가 날개를 잘려,
羨飛仙之駐顔	비상하는 신선의 늙지 않은 童顔을 부러워하노라.
12 白石脩而盤陀	하얀 돌은 반들반들 닦였으며 울뚝불뚝 흩어져있네.
旣坐堅而臥安	너럭바위에 앉았다가 다리 뻗고 눕기도 하리라.
13 鑿丹厓³⁾而營室	丹崖靑壁을 뚫고 거실을 꾸미고,
屈翠柏以爲關	비취색 잣나무를 휘어 관문을 만들리라.
14 風雨甚則不出	비바람이 휘몰아치면 방안에 들어앉아 있고,
水有瀾其必觀	큰 물이 지면 반드시 나아가 보리라.
15 作鷄黍之潔供	닭잡고 기장밥 지어 정결하게 供饋하리니,
儵漁樵之夜還	급작스레 어부와 초동이 밤에 돌아왔구나.

---

1)『陶潛·飮酒詩 제5수』:「結廬在人境 而無車馬喧 問君何能爾 心遠地自偏」
2)『楚辭·卜居』:「寧誅鋤草茅以力耕也 (注)刈蒿菅也」
3)『晋書·宋纖傳』:「丹厓百丈 靑壁萬尋 (注)丹厓 丹崖也」

16 感知已於詠荊[4]　　　「易水歌」를 읊으면서 알아주는 벗들에게 감사하며,
② 羞卑功於道桓　　　제환공을 말하면서 변변치 못한 功을 부끄러워하노라.

17 歸去來兮!　　　　돌아왔음이여!
混魚鳥而同遊　　　물고기와 새들과 섞이어 함께 놀리라.
18 身與世而永棄　　　이 몸은 세상과 영이별하였으니,
志尙古而力求　　　옛 것을 높이는 尙古의 뜻을 힘껏 찾아보리라.
19 樂莫最於爲善　　　착하게 사는 것보다 더 즐거운 樂은 없으니,
老將至而忘憂　　　장차 늙어버리더라도 근심 걱정 잊으리라.
20 故人箴余以大業　　옛 어른들이 나를 大業으로 箴戒하였나니,
請從事于箕疇　　　기자의 홍범구주에 종사하기를 청하였지.
21 覆簣爲山[5]　　　　흙을 쌓으면 산을 이루고,
積羽沈舟[6]　　　　깃도 모이면 배를 가라앉힌다네.
22 畫星圖于平巖　　　星座圖를 평평한 바윗돌에 새기고,
齊玉籤[7]于高丘　　　玉籤의 높다란 언덕에 걸쳐두고 빌리라.
23 會萬殊以立極　　　萬殊를 모두어서 極上을 수립하며,
分一源而衆流　　　一源을 나누어서 함께 흐르리라.
24 外窮畸而內泰　　　겉으로는 궁벽하고 기구할망정 안으로는 태연자약하며,
③ 始勞勤而終休　　　처음으로 노동의 즐거움을 느끼며 한 평생을 끝내리라.

25 已矣乎!　　　　　끝났음이여!
且莫憤俗而傷時　　장차로는 시속을 아파하거나 분개하지 않으리라.
26 攀援桂枝可以留　　계수나무 가지 부여잡고 머물러 살며,

---

4)『史記・刺客・荊軻傳』:「使荊軻刺秦王 太子乃賓客知其事者 皆白衣冠以送之 至易水之上 旣祖取道 高漸離擊筑 荊軻和而歌 風蕭蕭兮易水寒 壯士一去兮不復還 復爲羽聲 忼慨 士皆瞋目 髮盡上指冠 於是荊軻就車而去」
5)『論語・子罕』:「子曰 譬如爲山 未成一簣 止 吾止也 譬如平地 雖覆一簣 進 吾往也」
6)『戰國策・魏策』:「臣聞 積羽沈舟 群輕折軸 衆口鑠金 故願大王之熟計之」
7)『太神宮式』:「著木綿賢木 是名太玉串 (注)玉串 玉籤也」

杖屨逍遙隨所之	지팡이와 가죽신으로 소요자적하며 매임없이 살리라.
27 沮溺耕而耦	長沮와 桀溺처럼 써레질하고 밭갈며,
龐馬8)客與期	방덕공과 水鏡선생 같은 분(은일지사)을 기대하노라.
28 種孤蘭而除猶	고고한 蘭을 심고 누린내나는 풀을 芟除하고,
朝旣耘而暮耔	아침에 김매고 저녁에 북주리라.
29 削夷統于外史9)	오랑캐가 통일한 청나라를 外史에서 삭제하고,
正俚謠於逸詩	逸詩 六篇을 樂府民歌에서 刪正하리라.
30 聊優遊而卒歲	애오라지 優遊度日로 생을 마치리니,
4 質之前修我無疑	이같은 생각을 前賢에게 묻더라도 아무 의심이 없어라.

丹陵 李胤永은 牧隱의 14세손으로 증조는 평창군수 澤이요, 청백리로 녹선된 三山 李台重(1694~1756)의 조카며, 潭陽府使로 芝村門人인 箕重은 부친이다. 丹陵의 자는 胤之요, 又號는 淡華齋이다. 農岩에서 淵源된 陶庵 李縡의 門人으로 「和陶辭」를 쓴 浣巖 鄭來僑와 鹿門 任聖周와 同門이다. 진사에 합격했으나 벼슬에 큰 뜻을 두지 않고 산수와 더불어 살기를 염원하였다 하며, 공조정랑을 거쳐 익위사와 司禦가 되고 금산군수로 나아가, 중봉 조헌의 殉節한 故地와 칠백의총을 두고 「招魂辭」를 지어 제사지내고, 高霽峰敬命의 비각을 고쳐 짓기도 하였다. 「초혼사」는 '魂兮歸來(넋이여! 돌아오라.)'로 이어지는 장문의 넋을 부르는 내용이다.

필사본 『단릉유고』는 15권 4책 중 10권이 詩며, 「冷泉錄·常山錄·金陵錄·洛東錄·石室錄·安陵錄·碧骨錄·丹陵錄(2책)·水晶錄」 등으로 구분되어 있어 공의 족적을 찾아 볼 수 있다. 두보의 「秋興八首」에 차운한 「차추흥팔수」·「龜潭雜詠 45首」·「雲仙洞卜居韻」 등이 그의 시세계를 이해하는 데 큰 몫을 하고 있다 하겠다.

---

8) (司馬徽) : 「蜀漢 潁川人 字德操 淸雅善知人 昭烈訪士於徽 徽因薦諸葛亮·龐統 時龐德公亦善品藻 稱徽爲水鏡 荊州破 爲操所得 欲大用 曾病卒」

9) 『左氏·襄 23』:「季孫召外史掌惡臣 而問盟首焉」

「龜潭雜詠」 44首를 보면, 先祖인 土亭께서 옮겨가신 후에 이 山엔 隱士가 없고, 農巖과 三淵이 다시 유람하지 않으시니 이 江엔 情겨운 일이 없다(土亭移宅去 此山無隱士 農淵不復游 此江無情事)고 하셨다. 그들은 모두 「和陶辭」 作家였다.

문집 11책의 「山史篇」은 「龜潭記・島潭記・舍人巖記」 등 단양팔경을 두루 한 편씩의 記文을 모은 것이며, 그가 사는 雲仙洞을 읊으면서 자신의 정신세계를 진술한 「丹陵錄」 收載의 「雲仙洞卜居韻 2首」는 「和陶辭」를 시편으로 쓴 것으로 ‘避世先避名・永結白雲誓(其一), 佘獨愛丘山・人生各求志(其二)’ 등 隱居의 詩語가 보인다. 山水人物畫를 잘 그렸다 하며, 글씨에도 뛰어나 李麟祥의 그림에 畫題를 많이 썼다.

다음으로 사마시에 합격했으나 대과에 연이어 실패하자 벼슬을 단념하고 학문에 전념, 주자학의 대가가 된 下枝 李象辰(1710.1.28~1772.11.11)의 「和陶辭」를 살펴보려 한다. 1791년(정조 15) 2월에 조카인 可齋 權明佑(1732~1795)가 찬한 행장에 따르면 1756년(영조 32)에 陞上庠하고, 1759년 별시에 연패하고는 이틀간 卒困하였다가 귀향하면서, 喟然歎息 曰 ‘青雲黃甲은 우리 집안의 물건이 아니다. 어찌 이것을 단념하지 않으리오. 내 從吾所好하리라.’하고는 이에 정절선생의 「귀거래사」에 차운하여 뜻을 나타내었다(從吾所好 於是 次靖節歸去來辭以見志)고 한다. 원제는 「화귀거래사」이다.

1	歸去來兮!	돌아가리라!
	迷塗墑埴胡不歸	길잃은 소경이 지팡이로 땅을 더듬어 찾는 격이니
		어찌 돌아가지 않으리.
2	旣自輕內而重外兮	內面化를 경시하면서 겉만을 중시하던 나 자신,
	攬平生而足悲	평소의 생활자세를 收攬해 보니 비감이 서리노라.
3	來者余不及聞兮	앞으로도 이름을 드날릴 가망은 없고,
	往者余又未追	지난 과거는 또한 따라잡을 수 없도다.
4	世竝舉而噂沓兮[1]	세상은 온통 앞에서는 추켜올리고 뒤돌아서서는 욕

이요,

紛湏洞兮是非　　　연이어 계속되는 시끄러운 시비곡직.

5　風颸颸而雨霏　　바람이 쏴 불면서 퍼붓는 비,

　　瞿或霑乎我衣　　두렵게도 내 옷을 적시네.

6　依前聖之格言兮　전대 성현의 격언에 의지하리라,

①　憬道心之惟微　人心惟危 道心惟微를 깊이 생각하노라.

7　制彼悍馬　　　　저 사나운 말을 제지하고,

　　勿使橫奔　　　　곁 길로 달림을 막게 하리라.

8　修我初服兮　　　歸去來하려던 애초의 마음을 닦아,

　　葺我衡門　　　　나의 오막살이를 손보리라.

9　山逕乍開兮　　　산 오솔길이 갑자기 열리며,

　　半畝猶存　　　　반 이랑 밭자락은 그냥 그곳에 있었구나.

10　淡淡玄酒兮　　　담담한 生水,

　　在茲瓦樽　　　　질그릇 동이에 담겨 있어라.

11　尋餘波於洛濂兮　여타의 물결은 염락관민에서 찾고,

　　溯至樂於孔顔　　가장 큰 즐거움은 공부자와 안연을 遡及함에서 얻

　　　　　　　　　　으리라.

12　倚靈源而繫纜　　영묘한 근원인 마음에 의지하여 붙들어 매고,

　　詔主翁以履安　　마음의 주재자인 主翁을 명하여 편안히 살아가리라.

13　茅齋寂而晝永兮　茅茨를 이고 있는 서재는 조용하고 한낮은 길고,

　　任柴扉之常關　　찾는 이 없어 사립문은 언제나 닫혀있어라.

14　時矯首而悵望兮　때때로 머리를 들어 쓸쓸히 바라보면서,

　　恨未富乎奇觀　　특이한 경관이 넉넉하지 못함을 한으로 여기노라.

15　層城[2]邈以萬里兮　곤륜산 상상봉 아득한 만리,

　　仙駕飄而不還　　신선의 수레가 회오리를 일으키며 떠나 돌아오지 않

　　　　　　　　　　노라.

16　橫金柱而掩抑兮　황금 기둥을 빗겨 가리고 막아서,

②　撫明月而盤桓　　밝은 달빛을 어루며 서성이노라.

---

1)『詩經・小雅・十月之交』:「噂沓背憎 職競由人 (箋)噂噂沓沓 相對談語 背則相憎」

2)『孫綽・天台山賦』:「苟台嶺之可攀 亦何羨于層城 (注)崑崙之山三級 上曰 層城
　一名天庭」

17 歸去來兮!　　　　　　돌아가리라!
　　吾不復乎賦遠遊　　　내 다시는 「遠遊」篇을 짓지 않으리라.
18 時亹亹而向晏兮　　　시간은 빨리도 달려가 서산마루에 걸렸는데,
　　策余驥兮焉求　　　　내 준마를 채찍질하여 무엇을 구하리오.
19 悅藜藿之充腸兮　　　명아주국과 콩잎으로 배채움을 즐기며,
　　對墳典而忘憂　　　　三墳五典을 읽으면서 근심걱정을 잊으리라.
20 孺人告余以鳲鳴兮　　집사람이 나에게 뻐꾸기 우는 봄임을 알려주니,
　　兒子倣載於西疇　　　아이들이 西疇에서 일 차비가 있으리라.
21 老夫無用兮　　　　　　늙은 이 몸은 소용이 없나니,
　　譬一虛舟　　　　　　텅 빈 배 한 채에 비유할거나.
22 冠童環以六七兮　　　冠者 童子 육칠인에 둘려,
　　或撰杖3)而升丘　　　혹 지팡이 짚고 언덕에 오르리라.
23 望鶴岉之崔嵬兮　　　鶴駕山의 높고 우뚝 솟아오름을 바라보며,
　　俯洛派之㶁流　　　　洛東江이 돌아 흐름을 굽어보리라.
24 興有至而孤嘯兮　　　흥취가 일면 혼자 휘파람 불며,
③ 體覺疲而旋休　　　　몸이 피곤함을 느끼면 이내 쉬리라.

25 已矣虖!　　　　　　　끝났음이여!
　　隍鹿得失復幾時　　　垓字의 사슴을 얻고 잃음이 이제 얼마나 남았다고.
26 曷不安心好住留　　　어찌 마음 편하게 조히 머물러 있지 않고,
　　胡爲乎東征復西之　　무엇 때문에 동으로 갔다가 다시 西로 헤메는가?
27 修名匪我思兮　　　　명성 닦음은 나의 본심이 아니며,
　　喬松難可期　　　　　王子喬와 赤松子의 신선의 길도 기약하기 어려워
　　　　　　　　　　　　라.
28 懷邃古而作隣兮　　　까마득한 고대를 생각하며 이웃을 만들고,
　　拓心畦而勤耔　　　　마음의 밭을 열어 부지런히 북주리라.
29 前有溪而後山兮　　　앞에는 시내 뒤쪽은 산으로 둘린 이 곳,
　　左則圖而右詩　　　　거실 왼쪽에는 書畵 오른쪽에는 書冊.
30 聊頤神而靜處兮　　　애오라지 頤神養性하며 조용히 살아가려니,
④ 奚用龜策而決疑　　　어찌 거북점 시초점으로 疑念을 결단하리요.

────────────

3) 『禮記』:「撰杖履 (注)撰 持也」

下枝 李象辰(1710~1772)은 字는 若天으로 禮安이 본관이다. 上祖는 고려말 개국공신인 太師 李棹로 原貫은 全義였으나, 중세에 제학 李翊에 이르러 분파되어 예안으로 본을 삼았다. 京師에 세거하다가 생원 李薰·진사인 伯氏 李英·참봉인 중씨 李荃 3형제가 남하하여 안동의 풍산현에 卜築하게 되었으니 공의 7세조이시다. 廷發의 아들인 증조 李惟章(1624~1701)은 진사 급제(1660년) 後 遺逸로 累徵되어 익위사익찬이 되고, 安陰현감을 지낸 세칭 '孤山先生'이며, 후학을 양성하여 文科 급제자도 배출하였다. 조부는 李鳳朝로 無子하여 형 鳳周의 次子인 李載基로 代를 이었으니, 이 분이 공의 부친이시다.

葛菴 李玄逸에 연원되는 屛谷 權渠(1672~1749)와 淸臺 權相一(1679~1760)의 門人으로 중년 이후에「和陶辭」작자이기도 한 鹿門山人으로 알려진 訥隱 이광정(1674~1756)을 사사하였다. 문집에 눌옹에게 올린 서간문이 보이며, 권5에「題李訥翁所著林召史傳後」가 수재된 바 현전하고 있는『눌은집』의 7편의 傳중에는 과부의 傳記인「林召史傳」이 未載되어 있어, 새로운 傳 자료로 추가할 수 있으리라 여겨진다. 나이 47세에야 진사에 급제하고 연이은 대과 실패 후 1759년에「和陶辭」를 읊고 귀거래하였다.

귀향 후『주자서절요』를 비롯한 爲己之學에 전념하였으며「企勉錄」을 후진양성에 힘썼다. 1765년 虎院通讀會에 나아갔으니, 會中人들은 대부분 一時 勝流였다 하며, 大山 李象靖(1710~1781)을 丈席으로 추대하여『대학』과『心經』을 강하게 하였다. 1772년 63세를 일기로 향리에서 돌아가시니 士類들이 '文星晦矣'라 하며 슬퍼하였다. 先兆인 龍井에 묻히셨다. 古文家인 韓愈를 가장 숭앙하였으며, 자호인 下枝의 취의는 '我是下等人物 文又枝葉太多 居住下枝山下 故云然'이라 하였다.

知中樞를 지낸 夏雲 洪晟(1702~1778: 1723 文科. 忠州出身)이 찬한 만사에 보면, 선대이신 孤山先生 李惟章이 남기신 學業을 연이은 그대(孤山餘業繼看君) 넓은 이마에 큰 키로 빼어난 용모(廣額長身秀出群)로 오래 익

힌 경전의 가르침이 암송되어 말로 나온다(久溫經訓誦如言)고 하였으니,
그의 日常을 모른 듯 하다.

　다음으로 전형적인 관료문인으로, 실학에 대한 관심도 지대하였으며,
『保晩齋叢書』라는 방대한 백과전서식 저술을 남기고 있는 학자였던 保
晩齋 徐命膺(1716~1787)의 원제「次歸去來辭韻」을 살피려 한다. 50세가
되는 1765년(영조 41년)에 지었으며, 並序가 있어 작품 이해에 도움을 주
고 한다.

　　余少善病 無仕進意 及以洗馬入侍 感上以立揚勉之 力爲擧子業 釋褐
十二年 位亞九卿 遭逢亦盛矣 而余才識疎 不能及明時效尺寸 往往罹讒
説 顚躓者 數 周任有言曰 陳力就列 不能者止 余於是乎可以止之 乃俯
仰因循莫之勇決 乙酉秋家兒浩修以臺閣言事遠謫 余亦不安於朝 迸出郊
居 偶閱陶淵明歸去來辭 蓋其爲辭時差少余八九年矣 嗚呼 古人之知非
何早也 後人之知非 何晚也 余嘗鏡考前哲之行藏 時有先後 跡有微顯
其歸一而已 故蘇長公之未忘當世也 而亦欲以晚節自托於淵明 是豈苟於
爲文而然乎 遂和其辭云

　내 어려서 병치레가 잦아 仕宦으로 진출할 뜻이 없었다. 洗馬로 불려 입시함에
이르러, 상감께서 '立身揚名하여 以顯父母하라'함에 힘쓰라 하심에 감읍하여, 힘껏
擧子의 업을 닦아 출사의 길에 들어선 지 12년에 아경·구경의 고위 관직을 역임
하였으며, 聖上을 만난 것만도 성사라 하겠다. 그런데도 재식이 소루한 나로서는
태평성대를 만났으면서도 一尺一寸의 功效조차 올리지 못하고, 왕왕 참소하는 언
설을 입어 넘어지고 자빠진 경우가 여러 번이었다. 『논어』계씨편에 周任이 한 말
중에 '자기의 재능을 펴고 벼슬에 오르되 만약 제 힘으로 감당해 내지 못하면 물러
난다'고 하였으니, 내 이에 그만 물러나야 하면서도 이것저것 살펴보며 因循姑息하
면서 용기있게 결단하지를 못하고 있었다. 을유년(1765년, 영조 41년, 당 50세) 家兒
인 浩修(1736~1799: 자 養直 諡 文敏 1765 壯元)가 대간으로서 말이 사단이
되어 멀리 流謫되었다(謫南海). 나 또한 조정에서의 입지가 곤란하여 교외로 달려
나와 살면서 우연히 陶淵明의「귀거래사」를 읽게 되었으니, 대개 그가「귀거래사」
를 쓰신 시차가 나보다 8~9년이 젊었었다. 아아! 고인께서 今是昨非를 아셨음이
어찌 그리 빨랐으며, 후인인 이 몸이 잘못을 깨달은 것은 어쩌면 그리도 늦더란 말

인가? 내 어찌 글을 짓는데 구차하여 그랬겠는가? 드디어 「귀거래사」에 和韻하여
다음과 같이 쓰노라.

1	歸去來兮!	돌아가리라!
	靑山有約可以歸	靑山綠水에 약속이 있었나니 돌아가야겠노라.
2	夫旣知足而知止	이미 저 '知足不辱 知止不殆'란 뜻을 알고 있었나니.
	又奚戀而奚悲	또한 무엇에 연연하고 무엇을 슬퍼하랴?
3	緬神仙之不遠	신선의 세계가 멀지 않음을 생각하고,
	譬前修之欲追	전현들이 추구하던 것을 따라 미치리라 맹세하노라.
4	春秋回兮五十	봄, 가을이 돌고 돌아 이미 쉰 살인데,
	孰先我而知非	누가 나보다 먼저 今是昨非를 깨달았던가?
5	曾拓沼而種荷	일찍이 물을 끌어 연못을 만들고 연꽃을 심었나니,
	棄可裳而華衣	연잎으로 화려한 의상을 지어 입으리라.
6	朝吾馳其東出	아침에 말을 달려 興仁之門을 나서,
▢	望峀色之依微	山色의 依微함을 바라보노라.
7	川若迎入	시냇물은 반가이 맞이하는 듯하고,
	出谷競奔	골짜기를 나와 다투듯이 흘러가네.
8	垂柳陰垣	휘늘어진 버드나무가 담장에 그늘을 만들어주고,
	喬木窺門	치솟은 나무가 시비를 엿보고 서 있네.
9	入室俯仰	방에 들어가 여기저기 둘러보니,
	琴書偕存	가얏고와 서책이 모두 갖추어져 있노라.
10	載彈載詠	가얏고 튕기며 시도 읊조리니,
	何必觴樽	어찌 한 잔의 술이 꼭 필요하랴?
11	扶藜節以陟園	청려장에 의지하며 동산에 올라,
	攀桂枝以歡顔	계수나무 가지를 부여잡고 얼굴을 환히 펴노라.
12	知靜散之奧區	조용하고 한산하며 고즈넉한 名區를 아나니,
	所遲暮之便安	늙으막에 편안하게 지낼 곳이어라.
13	巖經雨而欲苔	굴 바위는 비 지난 후 이끼가 살아나고,
	戶隨風而自關	지게문은 바람결 따라 절로 닫히네.
14	何曾到以俗事	어찌 이 곳에 속된 일이 이를 것인가?

	曖近遠之多觀	애애한 원근의 여러 경관들만이.
15	憑軒窓而極目	마루 창에 기대어 저 끝까지 바라보며,
	杳雲帆1)其往還	까마득히 구름에 달가듯이 오가는 황포돛배.
16	岡如峙而澗抱	고개는 언덕 같은데 석간수를 싸 앉고,
②	利居貞2)之盤桓	마음을 곧고 바르게 가지면 이롭다는 생각으로 바장이노라.

17	歸去來兮!	돌아가리라!
	終吾生而遨遊	내 生을 맞도록 느긋하게 놀 것이니.
18	旣冥升3)之踰分	이미 升進은 어둠에 잠겨 내 분수를 넘었나니,
	復蹢躅4)兮何求	다시 옹송거리며 무엇을 얻으려는가?
19	人生期以百歲	生年不滿百이언만 常懷千年憂라더니,
	歎少樂而多憂	즐거운 일은 적고 슬픈 사연이 많음을 탄식하노라.
20	吾將脫略乎形役	내 장차 '以心爲形役'을 멀리 벗어나,
	任嘐嘐5)於田疇	밭두둑에서 새소리에 내맡기리라.
21	或野而屐	더러는 들녘을 거닐며,
	或水而舟	가끔은 뱃놀이 하리라.
22	招野老而携袂	늙은 농부를 불러 소매를 걸고,
	披草萊而登丘	무성한 잡초를 헤치고 언덕에 오르리라.
23	山蒼蒼而壁立	산은 푸르디 푸르고 바위는 벽채처럼 우뚝 서 있고,
	水決決而派流	물은 출렁거리며 나아가다가 갈라져 흐르네.
24	道若是其無隱	길은 이처럼 숨김이 없으며,
③	船上下焉不休	배는 오르락 내리락 쉬임이 없구나.!

25	已矣乎!	끝났음이여!
	今我不樂待何時	내 지금 즐기지 않으면 어느 때를 기다릴 것이냐?
26	曷不托此聊淹留	어찌 이런 곳에 自托하여 오래도록 머무르지 아니

---

1) 『後漢書·馬融傳』:「方餘皇 連軸舟 張雲帆 施蜺幬 靡颶風 陵迅流 發櫂歌 縱水謳」
2) 『易經·頤卦·象辭』:「居貞之吉 順以從上也 由頤厲吉 大有慶也」
3) 『易經·地風升』:「(上六) 冥升 利于不息之貞 (疏)冥猶暗也」
4) 『楚辭·離騷』:「蹢局顧而不行 (注)蹢局 詰屈不行貌」
5) 『元積·江邊 40韻詩』:「犬驚狂浩浩 鷄亂響嘐嘐」

하고,

	胡爲乎 倀倀迷所之	무엇 때문에 갈팡질팡하면서 갈 바를 모르는가?
27	守拙6)眞吾事	拙性 지킴이 진정한 내 일이며,
	善世安敢期	세상을 善治함을 어찌 감히 기대하랴?
28	悔初心於經濟	애초 經國濟世에 마음을 두었음을 후회하면서,
	留晩計於耘耔	밭갈고 김매는 것으로 만년의 계획을 삼으리라.
29	收匡時之昔藁	時弊를 바로잡고 나라를 가멸차게 한 옛 문헌들을 收攬하고,
	賦觀物之新詩	산수자연을 읊은 새로운 시편들을 지으리라.
30	曰吾思之爛熟	내 생각이 무르녹았음을 말할 수 있나니,
④	何待龜筴乃決疑	어찌 거북점이나 대쪽점을 기다려 의심나는 것을 결단 하리요.

徐命膺(1716~1787)의 자는 君受, 1781년(영조 5)에 직접 상감으로부터 保晩齋라 賜號되었다. 聚珍字本인 『보만재집』권2에 「賜號保晩齋歌」가 실려 있으며, 본 「和陶辭」 並序의 「以晩節自托於淵明」과 같이 '晩節을 지키라'는 의미를 지니고 있다. 달성이 본으로 이판 宗玉(1688~1745 ; 1725 文科)의 아들이며, 영의정 歸泉 徐命善(1728~1791 ; 1763 文科)의 형이다.

1754년(영조 30)에 증광문과에 급제(旅菴 申景濬과 同榜)하여 정언·부수찬·헌납·부응교를 지내고, 이듬해 江漢 黃景源(1709~1789)의 서장관으로 청나라에 다녀온 후, 1759년 동부승지, 이듬해 대사간·대사헌을 거쳐 1761년 우승지를 거쳐 예조참판, 이어 대사헌·홍문관제학을 역임하였다. 1765년(영조 41) 지평으로 있던 아들 徐浩修가 言事로 逆鱗을 얻어 南海로 유배되는 바람에, 待罪의 뜻으로 일시 郊居하면서 본 「和陶辭」를 지은 것이다.

1769년 충청도 수군절도사로 나갔다가 한성부판윤에 올랐으며 冬至使로 行淸, 다음해 형판·지경연사, 이·호·병조의 판서를 역임, 1777년

---

6) 『陶潛·歸田園居』:「開荒南野際 守拙歸園田」

(정조 1) 규장각제학·홍문관대제학을 거친 뒤, 이듬해 판중추부사, 1779
년 수어사가 되고, 1780년 奉朝賀에 들었다.

문집은 청조 학술에 주목하여 그것을 수용하여 독자적 학문 영역을 구
축한 徐瀅修와 『海東農書』의 저자인 徐浩修 두 아들과 손자인 『임원경
제지』를 저술한 실학자로 유명한 楓石 徐有榘(1764~1845) 등에 의해 편
집되었고, 1822년(순조 22) 내탕금을 하사받아 聚珍字로 발간되었다. 권7
의 「북학의서」는 실학자 楚亭 朴齊家(1750~1805)의 『北學議』에 쓴 서문
이다. 공은 序文에서 과학에 무지한 당시의 현실을 비판하였는데, 실학에
많은 관심과 조예가 있었던 것으로 알려져 있으며 아들과 손자들에 의하
여 실학은 가학으로 이어져 내려갔음도 알아볼 수 있다. 그 같은 마음가
짐이 本「和陶辭」 말미 부분에서도 드러난다(28句~30句).

卷16의 「蠡測篇」은 공의 나이 46세이던 신사년(1761년) 여름 병으로
인해 한가한 틈을 이용하여, 평소에 생각한 태극·음양오행 등의 易理와
사단칠정 등의 理氣說 및 천문·일기 등 자연현상에 대한 고찰을 비롯
하여 음률·陣法·시문작법 등 다방면에 걸친 소견을 피력한 것이다. 최
근 本「여측편」과 「詩樂妙契」를 중심으로 한 연구 성과7)도 나오고 있
다. 공의 학문의 세계는 다방면에 두루 밝아 역학에도 일가를 이루어
『易學啓蒙集箋』을 편집하였으며, 歌樂에도 조예가 깊어 왕명을 받들어
淡窩 洪啓禧(1703~1771) 등과 『國朝樂章』을 1765년(영조 41) 4월에 편간
하기도 하였다.

保晩齋는 陶詩를 최고의 경지로 여겼는데, '자수는 적으면서도 뜻을
다 이루고 기상이 곁에서 생겨 나오되 그 연유를 알 수 없는 것을 최고
로 친다(古今文章之妙 惟字數少而意致 氣象旁生側出 不知其所以然者 方爲上乘)'
라고 밝히면서 이 경지를 얻은 것은 시에서 淵明이고 문에서는 韓愈라
고 하였다.8) 권1에 도연명의 오언시 「形影神」에 화운한 '讀書和陶淵明

---

7) 任侑炅 : 「서명응의 문학관과 시경론」, 『한국한문학연구』 9·10합집, 한국한문학연구회,
　　1987, 243~280쪽.
8) 상게서 : 273쪽.

形影神 3首」가 실려 있으며, 권2에 「三大隱詩」라 하여 陶淵明을 읊은 시가 들어 있으니, '國以人爲國 無人國不國 吾觀晋爲國 淵明一士足'으로 시작되는 贊詩이다.

　　다음으로 '安山 15學士[1]'의 一人으로 불리워지나, 實職으로는 참봉·直長인 미관말직에 그친 小北人인 在澗 任希聖(1712~1783)의 원제「和陶淵明歸去來辭」를 살펴보려 한다. 본「和陶辭」는 1769년(영조 45)인 58세에 쓴 것으로 병서에 적혀있다. 귀거래 당시의 정황을 적은 並序를 먼저 살피려 한다.

　　余於庚辰哭殤以後　擧家入城　今兹十朞　中焉三遷次　來僦墨溪之西洞　自念身世畸子　齒髮衰暮　局促塵埃居恒有池魚籠鳥之想　間者洪君士儼(思默)與柳君大而(重臨) 和淵明歸去來辭見示余　因取讀陶作　心欣然若相契　其傳所稱　不戚戚汲汲　忘懷得失　著文章以自娛者　信非虛語! 顧余無家無田　迨今遲徊京輦之内　豈素志然哉　早晚　惟當大歸楸廬　以送餘年　以酬耕埋之計　遂援筆步韻　以識之　非敢曰　僭擬前人　蓋亦以道其壹鬱之思爾

時己丑首春之下澣 在澗病夫

　　내 경진년(1760년) 三男 紀常이 죽은 이후에 온 집안이 도성으로 들어와 이제 십 년째이다. 그 사이 3번이나 이사하여 墨溪의 서쪽 마을에 세들어 왔다. 스스로 신세가 기구하고 고단하며, 낙치백발로 노쇠 노경을 생각하면 티끌 세상에 옹송거리며 사노라니 항상 '연못에 갇힌 고기와 조롱 속의 새' 같은 부자유스러움을 느끼고 있었다. 요즈음 士儼 洪思默(1725~? : 1771년 文科. 持平)과 大而 柳重臨(1705~1771: 在澗의 祭文을 씀)이 「和陶辭」를 지어 나에게 보였다. 그리하여 陶辭를 가져다 읽어보니 마음이 흔연해져서 마치 서로 계합됨이 한 가지인듯하여, 自況이요 實錄이라고 알려진 그의 「오류선생전」에 '不戚戚於貧賤 不汲汲於富貴'하고, '마음속에서 시비득실을 망각한 채 문장을 지어 자오한 것'이 진실로 빈 말이 아니로다! 내게는 집도 없고 밭뙈기도 없는 것을 생각해보니, 지금까지 도성 안에

---

1) '安山 15學士'는 任希聖·李用休·柳慶種·申光洙·姜世晃·李樹鳳·柳重臨·許佖·安鼎福·蔡濟恭·申宅權 등을 말한다.

서 비비적거리고 있었음이 어찌 본디 마음에서 그랬던 것이랴? 조만간에 오직 마땅히 고향의 오두막집으로 귀거래하여 여년을 보내면서 밭갈이 생활에 맡겨 묻혀 매몰될 생각이다. 드디어 붓을 들어 운을 밟아가면서 다음과 같이 기록한다. 감히 참람한 생각에 고인을 본뜨는 것이 아니며, 대체로 답답하고 울적한 마음을 말해보았을 뿐이다.

1769년〔英 45 : 당 58세〕음1월 하순 재간 병부 씀

1	歸去來兮!	돌아가리라!
	今焉不歸何時歸	지금 돌아가지 않으면 언제 돌아갈 것인가?
2	生齡半百已爲多	반백의 나이도 훨씬 지난 지금,
	覽餘景而逾悲	낙조를 바라보노라니 더욱 슬퍼라.
3	悼盛年之易邁	'盛年不重來'라더니 너무도 쉽게 가버린 것을 애도하며,
	咋前愆之難追	과거의 허물을 追躡하기 어려움을 분하게 여기노라.
4	旣形拘而影縶	이미 形役에 구속되었고, 그림자에 굴레 씌었으니,
	判心是而跡非	마음만 옳았지 행적은 잘못됐음으로 판결 지었네.
5	緇塵忽其滿衢	속세의 더러운 때가 문득 네거리에 가득찼음이여,
	步躑躅以攬衣	망설여 걸으면서 옷을 거두어 잡노라.
6	歌陳詩於樂飢	'可以棲遲 可以樂飢'의 진풍 형문시를 노래하며,
①	詠衛風於式微	'式微式微 胡不歸' 위풍시를 읊으리라.
7	寒暑載罹2)	겨울과 여름이 갈마들어,
	日月其奔	세월은 살같이 달려갔네.
8	徘徊巷陌	도심의 거리를 배회하며,
	俯仰閭門	고향집 대문을 그리워 하였네.
9	彼高車者3)	저 높은 관직의 高車駟馬는,
	匪我思存	내가 평소에 그리워하던 것이 전혀 아니었네.
10	斯晨斯夕	이 아침 이 저녁에,
	有琴有樽	가얏고 있고 술잔이 있는 그런 곳,
11	閉環堵以却掃4)	소연한 環堵일망정 닫아걸고 來客을 사절하고,

---

2)『詩經·小雅·小明』:「二月初吉 載離寒暑 (箋)至今則更夏暑冬寒矣」
3)『歐陽脩·晝錦堂記』:「高車駟馬 旗旄導前 而騎卒擁後」
4)『江淹·恨賦』:「閉關却掃 塞門不仕 (注)濟曰 閉關塞門 欲掃家庭 不出求仕」

	身雖困而懽顔	몸은 비록 困憊하더라도 얼굴을 환하게 가지리라.
12	聞聖哲之嘉訓	聖哲들의 아름다운 가르침을 들으며,
	隨所遇而獲安	만나는 것을 따라 편안을 얻으리라.
13	達豈淫於鐘鼎	현달했다 하여 어찌 鐘鳴鼎食에 빠질 것이며,
	窮亦甘於檞關	곤궁하더라도 미동없이 감수하리라.
14	方橫流之大潰	바야흐로 멋대로 흐르던 물이 크게 범람하였나니,
	輪萬象於壹觀	모든 현상을 壹觀에 모으리라.
15	紛飾軌以競騖	어지럽게 장식한 車軌가 달림을 경쟁하더니,
	孰迷塗而中還	그 누가 길을 잃고 중도에서 돌아오는가?
16	欻! 主父之死武	아아! 主父가 약주 때문에 죽을 줄이야!
②	哂甯戚之顯桓	영척이 牛角을 두드리며 제환공에 나타났음을 비웃노라.

17	歸去來兮!	돌아가리라!
	聊且以乎遨遊	애오라지 잠시나마 오유하리라.
18	遵故原而相址	옛 동산을 따라 터를 보아둘 것이니,
	隱奚待於遠求	은서를 어찌 먼 곳에서 구하기를 기다리랴?
19	惟桑梓之必敬	오직 고향 땅에서 반드시 敬止하리니,
	伴鹿豕而忘憂	사슴과 돼지를 벗하며 근심을 사루리라.
20	先人遺余以弊廬	선인이 나에게 변변찮은 오막살이를 남겼으니,
	思返本於荒疇	황량한 밭두둑에서 報本返始를 생각하리라.
21	山可以屐	산은 나막신으로 오르고,
	水可以舟	물은 배로 건너리라.
22	新陽煦以協律	솟아오르는 태양이 따뜻하여 음률이 고르고,
	嘉木蔚其蔽丘	아름다운 수목들이 빽빽이 우거져 언덕을 가리웠네.
23	聆嚶禽憂止隅	새들이 이 구석 저 구석에서 정답게 우는 소리를 들으며,
	翫游儵5)於臨流	헤엄치는 피라미떼를 흐르는 물에 이르러 翫賞하리라.
24	請爾爾而卒歲	이처럼 그렇게 終生하기를 바라노니,
③	生若浮而死休	장자의 '生若浮死若休'라는 天理를 알았노라.

---

5) 『莊子·秋水』: 「莊子曰 儵魚出游從容 是魚樂也 (釋文)儵魚 卽 白儵也」

25 已矣乎!　　　　　　　끝났음이여!

　　千齡萬代卽瞬時　　　천년 만년도 일순간인 것을.

26 眼前哀樂苦牽留6)　　　눈앞의 슬픔과 괴로움에 서글피 매어지내다니,

　　胡爲乎 倀偟而失之　　어찌하여 갈팡질팡 방황하며 이 생각을 잊었던가?

27 天閽邈以阻　　　　　　궁궐의 문은 아득히 막혀 있고,

　　人事常難期　　　　　人事는 언제나 기약하기 어려운 것.

28 托餘蔭於親壟　　　　조상 공덕으로 받은 행복을 선영에 기탁하며,

　　願服力而勤耔　　　　힘을 다하고 부지런히 농사짓기를 바라노라.

29 師鹿門之往蠋　　　　옥문산에 은거한 龐德公의 옛 자취를 스승으로 삼
　　　　　　　　　　　　으며,

　　誦尋陽之舊詩　　　　심양 땅 도정절선생의 옛 시들을 암송하리라.

30 永矢心而弗諼7)　　　영원히 마음에 맹세하기를 결코 잊을 수 없다고 하
　　　　　　　　　　　　리니,

④ 安用前却而後疑　　어찌하여 進退維谷에 빠져 의심을 하리오.

　　在澗 任希聖(1712~1783)는 자는 子時요, 又號 澗翁, 본은 풍천이며,
응교 珖의 아들로, 1741년(영조 17) 생원시에 합격, 효릉참봉에 음서되고
直長에 이르렀다. 경사백가에 정통했으며 편서로 『經書箚錄』과 『國朝相
臣列傳』이 있다. 또한 80 長壽의 太醫 柳重臨이 편찬한 『增補山林經
濟』의 序文을 쓰기도 하였다.

　　귀향하기 전 도성의 墨溪(現 中區인 墨井洞·먹절[墨寺]이 있었기에 먹절골
또는 먹적골이라고 불림. 孝宗 때 隱士 許生이 살았다 함.) 西洞의 생활을 읊은
「묵계七述」이 문집 권2 雜著에 보이며, 권1에 도연명의 「詠貧士」에 화
운한 「화도영빈사 7수」가 수재되어 있다. 병서가 있어 공의 생활의 일단
을 살필 수가 있다. 시구에 '頹齡歷七旬'이라 하였으니 1782~1783년경
으로, 돌아가시기 바로 직전이다.

---

6) 『戰國策·齊策』: 「九人之屬相與語於王曰 夫一人之身而牽留 萬乘者 豈不以據
　　勢也哉」

7) 『詩經·衛風·淇奧』: 「瑟兮僩兮 赫兮咺兮 有匪君子 終不可諼也」

> 余家素貧 每歲靑黃未交之際 擧室常顧頷不繼 今年爲益甚 偶抽架上
> 淵明詠貧士詩 有所感 乃悉次其韻 賢如淵明 猶不免衣食之窘 矧余豈足
> 道乎哉? 淵明所採古今貧士爲七人 余則歷選 東方寠儒 羅麗得二人 本
> 朝得四人

내 집안이 평소 빈한하여 매년 봄 가을 사이의 보릿고개에는 온집안이 언제나 끼니를 잇지 못하여 부황에 떠 지냈는데, 금년은 더욱 심하였다. 우연히 서가에서 『연명집』을 꺼내어 「영빈사」시를 읊다가 느낀 바가 있어 이에 7수 모두 차운하였다. 연명같은 賢哲함으로도 오히려 의식의 군색함을 면치 못했는데 하물며 내 어찌 말할 값어치나 있으랴? 도연명이 고금의 빈사 7인을 가려 뽑았던 바, 나는 동방의 가난했던 儒生들을 역대에 가려냈으니, 신라와 고려에서 두 사람, 本朝에서 네 사람이다.

도연명 「詠貧士」의 7인은 榮生(榮子期)·原生(原憲)·黔婁·袁安·阮公(阮修)·張仲蔚·黃子廉 등임은 잘 알려진 것이며, 在澗이 읊은 이 나라의 貧士로는 碓樂으로 유명한 신라시대의 百結선생·무신정권 하 죽고칠현의 한 분이었던 고려시대의 西河 林椿과 조선조에 들어, 개성의 주기파 花潭 徐敬德·專精敬義를 학문의 태도로 삼았던 南冥 曺植의 문인 守愚堂 崔永慶(1529~1590)·科試에서 削科 문제로 유명한 疎庵 任叔英(1576~1623)·退溪 이황과 陶菴 이재의 학통을 이어받은 畏齋 李栻(1659~1729)으로 여섯 분이다. 일곱 명째는 아마도 자기자신을 지목했던 것으로 사료된다.

「詠貧士」 七首를 쓰기 十年前 「和陶翁飮酒」 二十首를 남겼는데, 그의 立地를 이해하는데 중요한 자료이다. 자세한 것은 필자가 쓴 論文[8]에 밝혔으며, 箴言과 至日十誡를 지어 指標로 삼았다.

다음으로 松湖居士로 자처하여, 당호를 知足堂이라고 했던 松湖 兪彦述(1703.11.18~1773)의 원제 「和陶淵明歸去來辭」를 살펴보려 한다. 내용 중 '七十翁之何所求'句로 보아 돌아가시기 직전인 1772년(영조 48)경에 쓰

---

8) 南潤秀 : 「在澗 任希聖論」『조선후기 작가론』(이회문화사, 1998.), 601~630쪽.

여진 듯하다. 귀거래한 곳은 서울 南山下로 공이 태어난 바로 그 집이다.

1	歸去來兮!	돌아가리라!
	松湖居士歸歟歸	松湖居士는 기어코 돌아가리라.
2	居士自檢其平生兮	居士가 스스로 평생을 점검해보니,
	一則悲而二則悲	하나도 슬픔이요 둘도 슬픔이어라.
3	悲夫! 馬得失之誰辨兮	슬플진저! 인생만사 새옹지마인 것을 누가 변별할 것이며,
	烏雌雄之相追[1]	모두가 서로 잘났다 하지만 누가 까마귀의 암수를 알아보랴?
4	如何不量而入兮	어쩌자고 능력을 헤아리지도 않고 仕宦의 길에 들어섰던가?
	心與事而皆非	마음도 일도 모두가 잘못이었노라.
5	棲皇外內之末官兮	내외의 微官末職으로 바쁘게 일해 왔음도,
	亦君食而君衣	또한 국록으로 먹고 입었으니 亦君恩이샷다.
6	欲報之而罔極兮	이를 갚으려 해도 한이 없어라,
□	才則拙而力微	재능은 졸렬하고 힘도 미약하도다.
7	鐘鳴漏盡[2]	종소리로 때를 알리는 물시계의 물도 다 빠진 老境에,
	馬走牛奔	마소처럼 바삐 달리는구나.
8	弊廬南山	木覓山에 있는 오두막집,
	荒畦東門	興仁之門 밖의 황폐한 田地.
9	長歌短詠	장가와 단영은,
	素志則存	평소의 뜻이니 계속하리라.
10	江湖日月	대자연 속의 나날들,
	濁醪匏樽	막걸리를 표주박으로 마시는 그 맛.
11	松篁奏其好音兮	솔숲과 대숲의 그 기막힌 和音의 연주,
	魚鳥送其歡顏	물고기와 새들이 기쁜 얼굴을 보내오네.
12	人生何必富貴兮	인생이 어찌 꼭 부귀만이랴?

---

1) 『詩經・小雅・正月』: 「具曰予聖 誰知烏之雌雄 (集傳)烏之雌雄相似而難辨者也」
2) 『魏志・田豫傳』: 「年過七十而居位 譬猶鐘鳴漏盡 而夜行不休 是罪人也」

	心所安而身安	마음이 편안한 곳이 몸도 편안한 것이니,
13	門常設於雀羅兮[3]	문은 항상 새그물 치듯이 쓸쓸할 것인데,
	又何事於牢關	또한 무슨 일로 굳게 닫으랴?
14	殘棋[4]散於敗局兮	남은 바둑돌은 패색 짙은 판국에 흩어버리고,
	倦睡餘而流觀	게으른 수면 끝에 느긋이 바라보리라.
15	蘆芽長而鱖魚肥兮	갈대 싹은 자라 오르고 쏘가리는 살쪘어라.
	漁子報其春還	어부가 봄이 돌아왔음을 알려오네.
16	芒鞋竹杖兮	대지팡이에 짚신을 신고,
2	老氣爲之桓桓	늙은이의 기력도 이런 경우엔 굳세어지누나.
17	歸去來兮!	돌아가리라!
	風埃不可以久遊	풍진 세상에 오래 놀 수는 없으리라.
18	八九事之不如意兮	不如意事가 十中八九였었나니,
	七十翁之何所求	七十 늙은이가 구하는 바가 무엇이랴?
19	下策白首之吏役兮	下之下策은 백발로 현직에 있는 것인데도,
	又無奈乎識字之憂	또한 識字憂患의 나라 걱정을 어쩔 수가 없구나!
20	滄浪之自在兮	창랑지수의 淸濁을 따라,
	纓足之者其疇	갓끈을 씻고 은거하거나 洗足하는 이가 그 누구랴?
21	不聞風浪	들리지도 않는 풍랑에,
	能覆虛舟	빈 배가 뒤집어 질 수도 있는 것을.
22	吾廬之吾臥兮	내 집에 내가 와서 누우니,
	孰吾爭此林丘	뉘 나를 이 산천에 누웠다고 싸움을 걸리요.
23	雖不得以長往兮[5]	비록 어쩔 수 없이 은거하여 돌아가지 않으려 하지만,
	亦何耐乎同流	또한 어찌 참고 함께 흐르리요.
24	百無能其可取兮	백 가지 모두가 무능한 것일뿐,
3	三不啻其宜休	세 가지 뿐만이 아니니 마땅히 쉬리라.
25	吁嗟乎!	끝났음이여!

3)『史記・汲鄭傳論贊』:「始翟公爲廷尉 賓客闐門 及廢 門外可設雀羅」
4)『溫庭筠・寄岳州李外郎遠詩』:「湖上殘棋人散後 岳陽微雨鳥來遲」
5)『潘岳・西征賦』:「悟山潛之逸士 卓長往而不反」

	雖千駟[6]猶弊屣兮	비록 사천필의 말을 준대도 헌 짚신짝 같은 것이며,
26	豈以五斗米而淹留	어찌 오두미 때문에 머물러 있으리요.
	於是乎身與世而兩忘之	이에 자신도 世事도 함께 잊으리라.
27	失之何所惜	지위를 잃었다 한들 무엇이 아까울 것이며,
	得之非所期	지위를 얻는 것도 기대하는 바 아니로다.
28	東風十畝之閑閑[7]兮	봄바람이는 十畝의 땅은 자유롭게 왕래할 만한 곳이니,
	夫可耕而婦可耔	지아비는 밭갈고 지어미는 김매리라.
29	兒獻盃而作歌兮	아이가 잔을 올리며 노래를 부르니,
	翁拍樽而吟詩	노인은 술통을 두드리며 시를 읊도다.
30	殘年萬事之無不足兮	남은 여생 만사에 부족함이 없으니,
④	歸去來兮莫遲疑	귀거래 할 것에 망설이거나 의심하지 말지라.

松湖 兪彦述은 자 繼之요, 又號 西皐・知足堂으로도 불리운다. 본은 기계로 言官이었던 命一(1639~? ; 市南 兪棨의 조카, 1681 文科)의 손자며, 성균진사 復基의 막내 아들로, 1729년(영조 5) 진사가 되고, 1736년에 알성문과 급제, 1744년 문신 정시에 합격 6품직에 올랐다. 성균관전적・예조좌랑・회양부사(「述懷」에서 吏隱三載라 함)・사헌부 지평 등을 거쳐 1749년 동지사의 서장관으로 청나라에 다녀 왔다. 1772년 대사헌이 되고 지중추부사에 이르러 귀거래하면서 본 「和陶辭」를 쓴 듯하다. 만년에 기로소에 들어갔다. 그의 曾孫으로 登文科 歷三司하고 入耆社한 菊圃 兪煥(1804~?)은 江原道 原州 출신이다.

문집에는 「辭持平疏」를 비롯한 여러 편의 사직소가 보이며, 「大司諫時陳戒所懷」를 비롯하여 사간시에 부제학 近菴 尹汲(1679~1770)・지평 閔百祥(1711~1761)・정언 安允行(1692~?)・수찬 江漢遺老 黃景源(1709~1787) 등과 연명으로 올린 「丙寅三司合啓」(1746년임)는 1721~1722년 양년에 일어난 왕위 계승권 문제를 에워싸고 노소론 사이에 일어난 신임사

---

6) 『漢書・梅福傳』 : 「雖有景公之位 伏櫪千駟 臣不貪也」
7) 『詩經・魏風・十畝之間』 : 「十畝之間兮 桑者閑閑兮 (傳)閑閑然 男女無別往來之貌」

화의 주역인 소론의 조태구·유봉휘·이광좌·「和陶辭」의 작자이기도
한 조태억·최석항 등 5인 각각에 대한 관작을 추탈하라는 내용이다. 卷
6의 「燕京雜識」는 1749년 연경에 갔을 때의 견문록이다. 山水를 좋아하
여 족숙인 兪拓基와 금강산을 유력하였다.

공의 생애를 알 수 있는 자료로는 卷3의 「述懷詩」이다. 서문에 의하
면 일생의 사적을 追記한 것으로, 千言으로 이루어진 장편이며 67세인
1769년작이다. 虛頭를 '癸未冬十一 月之十有八 吾以是日降 終南山下
室'로 시작되는 것을 보면, 癸未年인 1763년 겨울 11월 18일에 木覓山
下의 달팽이집으로 내려왔다고 하였으니, 여러 해를 두고 쓰신 것으로,
죽는 날까지 더 이상은 쓰지 않겠다고 絶筆을 선언하고 있다(自今至死日
留之待絶筆).

이 때는 이미 관직을 떠나 있은 지 오래 되었다고 기술하고 있으며,
자신의 평생 所經歷은 비탄과 고락(羅州事果發 三年錮以鐵)·영욕과 득실
(曾未適醎酸 安能無凹凸)의 연속이었기에 인생은 泡幻이며, 世故는 춘몽같
이 느껴진다고 쓰고 있다. 대체의 내용은 불우한 가정 형편과 도성 근교
유람·금강산 및 관동팔경 유람·중국 기행 풍물 등을 기술하고 있다.

1773년 弘文館提學을 거쳐 右參贊이었을 때 병으로 退官하고 三溪의
巢雲庵에 은거하면서 두 편의 「和陶辭」를 남기고 韋庵 李最中(1715~
1784)의 筆寫本과 芝村 李喜朝의 孫子인 豊墅 李敏輔(1720~1799)의 「和
陶辭」는 생략하기로 한다.

槪 觀

조선조 제3기의 광해군 초부터 영조말에 이르는 약 160년 간(1609~
1776년)을 편의상 5분하여 4.1.(광해군~인조) 9편, 4.2.(효종~현종) 8편, 4.3.

(숙종) 6편, 4.4.(경종) 5편, 4.5.(영조) 13편 총합 41편의 「和陶辭」를 살폈다.

제3기 「和陶辭」의 본류는 역시 당쟁과 유관하다고 하겠다. 특히 숙·경·영조대는 당화가 우심하여, 아예 은거하여 학문 연마와 閑日月을 보냈던 여러 인물들이 和韻했음을 볼 수 있다.

160여 년 간의 시대상을 살펴보면, 임진란의 전화가 채 아물기도 전에 만주에서는 명·청의 세력이 교체되고, 그 여파로 兩次의 胡亂(1627, 1636~7)이 밀어닥친 시대이니, 왜·호 양란을 겪는 동안 초기에 수립되었던 제반 제도가 현실의 요구로 말미암아 각 방면에서 크게 변모하기 시작하였고, 특히 재정·국방제도가 그러하였다. 또한 양란을 전후하여 이미 東漸하기 시작한 西勢의 영향이 북경을 통하여 어렴풋이나마 파급되기 시작했던 것이다.

그러나 국내에서는 당쟁의 고질이 갈수록 악화될 뿐이어서 차라리 혈투라고 부를 만한 상태에까지 이르게 된다. 제3기 후반기인 英祖代(1725~1776)에는 얼마간 중흥의 實이 올라 당쟁의 완화와 민생의 향상을 위한 노력이 현저해지고, 정부는 문화정책에 치중하였지만, 탕평책에도 불구하고 당색에 따른 암투는 가셔질 줄 몰랐다.

한편 당쟁이라는 정치 투쟁과 밀접하여 학문·사상의 자유를 거부하는 정주학의 독선적 태도에 대한 비판·반성이 일어나, 이른바 實學의 풍이 대두되던 시기였다.

제3기의 「和陶辭」중 같은 맥락으로 중복된 것이거나[東園 崔晛(1568 ~ 1639), 秋山 朴弘中(1582~1646)], 月課 제출용 같이 절박한 상황에서 쓰여진 것이 아닌 것[西河 李敏敍(1633~1688)], 확실하게 제작 연대를 모르는 것들[藥圃 鄭吾道(1647~1736), 樂庵 奇挺龍(1670~1738)]은 달리 別稿를 마련하였다.

제3기를 5분한 것에 따라, 논의된 것의 요점을 밝히면 다음과 같다. 광해군 시절에 향리인 김포에 放歸田里되었다가(1613년), 4년 후 다시 춘천으로 再逐(1617년)되었던 象村 申欽(1566~1628)의 2편의 「和陶辭」는 차라리 자연에의 복귀와 친화의 세계를 오히려 가다듬을 수 있었던 계기가 되지 않았나 싶다. 象村에게는 소동파의 「화도시」 102편과 같은 편제로 全體를 화운한 『玄軒和陶詩』가 현전되어 있기도 하다.

같은 광해 시절의 蛟山 許筠의 「和陶辭」는 남쪽으로 流貶된 중에 쓰여졌음을 병서에서 밝혔으나, 정확한 연대는 알 수 없다. 비록 육신의 자유는 박탈되었으나, 대장부로서의 떳떳한 일생이었으며 또한 지향할 목표임을 인과 의에 기초를 두면서 孟子의 이론을 새삼 밝히고 있다.

퇴계의 문인인 栢巖 金玏(1540~1616)도 광해군 4년(1612년) 誣獄이 일어나 榮州로 삭탈관직 방귀전리되면서 쓴 「和陶辭」를 남겼다. 이 때의 무옥인 壬子獄은 대북파가 소북파를 제거하려고 했던 것임도 주지의 사실인 것이다.

광해 10년(1618년)은 인목대비를 서궁에 유폐시키고 폐모론으로 전국이 술렁이던 때로, 이 판국에 뜻있는 사대부들이 많이 낙향은거하면서 남긴 「和陶辭」가 몇 편 보이고 있다. 인민의 愁苦와 나라의 전복상을 잘도 표현하였다고 尤庵의 극찬을 받은 「流民歎」(不傳)의 작자이기도 한 玄谷 趙緯韓(1567~1649)도 그 중의 한 사람이다.

1621년 광해의 계속되는 난정기에 遞職을 자청하여 성주현감 재직중 濫用民役의 누명을 쓰고, 去職歸鄕하여 쓴 苟全 金中淸(1566~1629)의 「和陶辭」를 탐토하였다. 苟全은 1623년 인조반정후에도 복직하지 않은 채 계양동 초당에서 와석종신하였다.

西人中 小西에 속했던 송강 정철의 만득자인 畸庵 鄭弘溟(1682~1650)은 「和陶辭」를 통하여 젊어서부터 有意學道하여 왔으나 늙어 一無所得함을 보며 개연히 反顧之歎을 드러낸 작품이다. 결국 자신의 불우했음을 —부침이 심한 당세를— 그렇게 나타냈다고 여겨진다.

다음으로 仕宦 30년에 下僚로 低回하고 있으며, 黨議가 날로 치열해짐을 보고, 田廬에 樂居하였다는 龍峰 黃益淸(1589~1659)의 「和陶辭」는 조선조 제4기 영조대의 여항문인이 浣巖 鄭來僑(1681~1757)의 「和陶辭」

와 不謀而同을 떠나, 어느 작품이 누군가에 의해서 표절되었다는 흠을
면할 수 없음을 보여주고 있으나, 浣巖의 作으로 보인다.

병자호란 후의 尋明排滿의 울분과 붕당지폐를 배면에 깔고 光州부사
로 나가는 길인 1645년, 마상에서 지었다는 象村 申欽의 아들인 東江
申翊全(1605~1660)의 2대에 걸친「和陶辭」를 살폈다. 이어 도연명의 시
세계에 개인적으로 몰입하였으며, 陶辭의 '樂夫天命'을 인생관으로 삼겠
다고 기술한 開谷 李爾松(1598~1665)의「和陶辭」를 살피면서 광해-인조
연간을 마무리해 보았다.

다음 孝宗~顯宗 연간으로는 먼저 1653년작인 市南 俞棨(1607~1664)
의「和陶辭」를 살펴보았다. 市南은 충남 山林五賢의 한 분인 서인 계열
로 대사헌·이판을 역임했지만 온성과 영월로 유배되었으며, 5년간 방귀
전리되기도 하였다. 存養齋 宋挺濂(1612~1684)은 명경과에 科選되어, 서
울에서 발령 대기 중에 있다가 시세 돌아가는 것과 난무하는 비리를 목
도하면서, 불현듯 귀거래의 사념이 일어 1655년(당 44세)에「和陶辭」를
남기고 拂衣歸田하고 있다.

存養齋의「和陶辭」와 같은 해에 쓰여진 작품(165년)으로 春沼子 申最
(1619~1658)의「和陶辭」가 있다. 春沼子는 象村 신흠의 손자로 東江에
이어 3대에 걸친「和陶辭」를 남긴 것이다. 다음으로 潛谷 金堉(1580~
1658)의 아들인 歸溪 金佐明(1616~1671)의 1661년작인「和陶辭」를 탐토
하였다.

一簣 任座(1624~1680)와 水村 任埅(1640~1724) 형제간의 판이한「和陶
辭」를 살펴 보았다. 一簣의 필사본 유고는 門戶不出의 엄명을 받아 상
재되지 않았던 것으로, 노론 영수 송시열 계열의 연원을 가졌으면서도
獨往邁進 자가의 학문을 형성하였으며, 당쟁의 외중에서 초연했던 인물
이 一簣이다.

사헌부 장령 재직시, 모든 것이 당의에 따라 橫決되고, 權奸들이 상감
을 擁蔽하고 있어 묘당지책이 已無可爲之勢로 전락되는 판세에, 무장현

감으로 밀려나면서 귀거래를 읊고 있는, 1667년에 쓴 三梅堂 金廈梃 (1621~1677)의 「和陶辭」를 살펴보았다. 主旨는 朱子의 '일신은 집이며, 마음이 그 집의 주인'이라는 것으로 以心爲形役이 될 수 없다는 것이다. 가위 行藏無貳致의 생활이었다.

1673년에 쓰여져 우암선생의 상찬을 받은 바 있는 霽月堂 宋奎濂(1630~1709)의 「和陶辭」를 현종 연간의 마지막 작품으로 살폈다. 아들인 玉吾齋 宋相琦에 의하여 우재의 발문이 있었음을 알게 되었으며, 과시 명편이었다. 玉吾齋도 경종 연간에 오우 연작 「和陶辭」를 남겨 부자 2대의 「和陶辭」를 탐토할 수 있었다.

제3기는 이어 숙종 연간을 한 단위로 묶었다. 19대 숙종 시대는 현종 말의 禮訟으로 서인들이 몰리면서 南人들이 득세하기 시작한다. 남인을 다시 송시열 극형론을 두고 청남과 탁남으로 양분되는 바 博泉 李沃 (1641~1698)은 당시 부제학으로 청남에 속하여 극형을 주장하다가 삭직, 북청에 유배되면서(1678년) 쓴 작품이 본 「和陶辭」이다. 博泉은 1689년 기사환국으로 해배되어 승지에 오르고, 1694년 甲戌獄事로 시국이 일변하자 벼슬을 버리고 尙州로 내려가 일생을 마치게 된다.

老少分黨을 가져온 것으로 알려진 懷尼之爭은 우암 송시열과 明齋 윤증에 의하여 비화되는 것이다. 당시로도 더욱 이제와서는 결정적 공안이 있을 수 없기에, '背師'라는 깊은 골은 메울 수 없는 것이라고 여겨진다. 우의정으로 特敍되었으나 일생동안 관계 진출을 마다하고 논산의 尼山 酉峰에 은거하며, 후진 교도에 심력을 기울였던 白衣정승 尹拯(1629~1714)의 1686년작 「和陶辭」는 저간의 당쟁의 폐해가 얼마나 극심하였었나를 실증하는 자료라 하겠다.

이에 一布衣로 儒業에 맹진하겠다는 뜻을 편 和菴 申聖夏(1665~1736)의 「和陶辭」와 지방관으로 계속 저회하면서, 1689년 기사환국 후 서인 계열의 몰락하는 면을 은연중 보여주는 景淵堂 李玄祚(1654~1725)의 「和陶辭」를 살펴보았다. 景淵堂의 「和陶辭」는 부득이 벼슬길에 있었으나,

본심은 은거에 뜻을 두고 있는 이른바 '吏隱'의 생활이었음을 명백히 하였다.

希菴 蔡彭胤(1669~1731)의 「和陶辭」는 당시 농촌 경제의 피폐상이 보이고 있으며, 남인인 그로서는 은거의 길이 상책이라고 역설하고 있다. 1715년작인 和菴 李時恒(1672~1736)의 「和陶辭」는 무고죄에 연좌되어 삭직되면서 歸田落鄕(平壤)하여 쓴 당쟁하의 명철보신을 드러낸 작품이다.

경종 연간의 「和陶辭」는 신축작인 1721년의 오우 연작 「和陶辭」로 압축된다. 오우 연작은 夢窩 김창집(1648~1722)이 수창하고, 이어 아우인 三淵 김창흡(1653~1722)이 화창하였으며, 疎齋 이이명(1658~1722)·芝村 이희조·玉吾齋 송상기(1657~1723)사 연이어 쓴 「和陶辭」를 말한다. 신축년은 경종 1년으로 세제 연잉군(후의 영조)의 建儲 이후 대리청정 문제로 노론과 소론의 쟁투가 첨예화되던 때였다.

소론이 득세하면서 노론 사대신중 夢窩와 疎齋는 참살되거나 사사되었으며, 삼연과 지촌, 옥오재는 연좌에 걸려 유배 중 또는 心惱 끝에 타계하는 비운의 시대였다.

1724년 노론이 옹립하던 世弟가 영조로 즉위하자, 사태는 역전되어 노론 천하(경종 연간)에서 대제학을 지내던 謙齋 조태억(1675~1728)은 오히려 1725년 放歸田里되어 「和陶辭」를 쓰게 된다. 그리고 '四凶'이라 지목되던 노론사대신은 '四忠'으로 명예회복 되었으니, 黨同伐異라는 당쟁이 얼마나 험악한 것이었는가를 말해주고 있다. 같은 해인 1725년에 쓰여진 悔窩 안중관(1683~1752)의 「和陶辭」는 소위 당쟁과는 무관한 작품으로, 다만 평소에 정절 선생을 사모하였기에 개인적 취향이 맞아 귀거래한 사실을 살펴보았다.

18세기 영남 안동지방의 대문장가였던 訥隱 이광정(1674~1756)의 「和陶辭」는 태백산하에, 나라에서 마련해준 鹿門一區에 녹문산인을 자처하여 평생 수신율행과 독서문장에 전념하는 한편, 후생 계도를 인생의 낙으로 삼았던 인물로, 1716년 작품이다.

공자·주자 후 韓子라 하여 孔朱韓으로 추앙받던 南塘 韓元震(1682~1751)의 「和陶辭」는 1728년작으로, 경연관 재직시 時政을 진언하다가 여의치 않자 사직소를 올리고 관계를 떠난 그는 후기 성리학의 이론적 투사요, 湖論의 대표로 지목되는 큰 학자였으며, 본 「和陶辭」를 통하여 자연에 귀의하려는 심정과 학문에 정진하려는 의도를 함께 토설하고 있다.

一布衣之士로 끝난 艮齋 蔡徵休(1684~1747)의 「和陶辭」는 陶辭의 安閑한 의취를 본받아 지은 것이며, 청백리로써 仕宦을 그저 '吏隱'으로 여기셨던 鳴皐 鄭幹(1692~1757)의 「和陶辭」와 대과 급제에 10여 차례 不中하자, 光州 林庄으로 돌아 終老한 晩村 李彦根(1697~1764)의 「和陶辭」와 같은 경우인, 下枝 李象辰(1710~1772)의 1759년작 「和陶辭」를 살펴보았다.

단양 땅으로 친구들과 어울려 田十二區를 買土하여 은거한 丹陵 李胤永, 전형적인 관료문인이었던 保晩齋 徐命膺(1716~1787), 평생 벼슬이 直長에 그쳤던 在澗 任希聖(1712~1783)의 만년의 생활을 읊은 「和陶辭」들을 연이어 살폈다.

제3기의 마지막 「和陶辭」는 松湖 兪彦述(1703~1773)의 「和陶辭」로 松湖는 서장관으로 入燕 후, 대사헌·지중추부사에 이르러 致仕後 기로소에 든 이후의 한정을 읊은 「和陶辭」인 것이다. 그는 市南의 후손이다.

광해군에서 영조에 이르는 약 160여 년 간의 「和陶辭」는 본 장에서 언급한 40여 작품 이외에도 많았다. 작품의 배경과 수사상의 功力이 인정되는 것만을 탐토의 대상으로 삼았다. 이 시기는 기술한 바와 같이 당쟁의 암울한 분위기에서 쓰여진 「和陶辭」가 주류를 이루고 있었으며, 개인적인 취향으로 귀거래한 분들도 많았다.

다음 장부터는 제4기인 정조 연간으로부터 일제 침략의 전초가 되는 고종 13년 병자수호조약(1777~1875) 직전까지의 약 100년 간의 「和陶辭」를 살펴보려 한다.

5. 朝鮮朝 第四期
(正祖~高宗 12年: 〔1875〕년까지)

正祖 연간의 첫 작품으로 湖南派 실학의 대가인 頤齋 黃胤錫(1729.4.
28~1791.4.17)의 原題「次韻歸去來辭」를 살펴보려 한다. 지을 당시의 정
황을 기술한 並序가 매우 길고 자세하다.

기해년인 1779년(正祖 3)에 쓰신 것으로 51세시 작품이다. 병서를 먼저
살피겠다.

余少也迂 猶志於古 不屑屑擧業 三十一幸登上庠 三十八偶被朝廷採
錄 自莊陵參奉 内遷義盈庫奉事 轉宗簿寺直長 以司圃署別提 陞六品
仍擬司憲府監察 不得點未久歸覲 侍先人湯藥七朔 而先人棄二孤 是辛
卯十二月也 先時己丑 以四六魁七夕製 旋因一字微眚 有文衡致疑者 則
命官不得不折名自白 而首相因宿憾不一言 竟失第 庚寅以殿策被選于九
日 而試官斥其勤功上闕又不第 一時譏以劉蕡 其欽崎極矣 獨惟我英宗
大王 自七夕入侍以後 拳拳淵衷 實非一再 既於宗簿別提 橫辱而伸之矣
又於輪對 詢文獻象緯 而褒及先臣矣 又於勤政殿 以仁安故事 特命召之
矣 又於益男疏可否 特以待金三淵後孫者 援例使勿言矣 又於謝恩之地
肆儀之日 重攀爵里 已惜其不遇 以有望於後日矣 先人嘗敎之曰 待汝四
十 終不得一第 然後 從汝所好 可也 及出仕則曰 汝在京日 雖逾四十
必赴大科 可矣 而小子不肖 既再若有爲而躓焉 然所受聖獎 炳丹靑 昭
日月 又安可以此而易彼哉 蓋區區於此 只冀一專城 庶君餘波及於父母
而嗚呼 有辛卯之慟 則自是所依而爲命者 惟老母在耳 服纏吉 而我聖上
受命代理 於是乎丙申正月 有翊贊之除 顧以榮養之 非路也 不欲起 既
被母命强赴而不免 有事徑遞 八月 又會葬元陵而歸 戊戌正月 復承司僕
主簿之命 二月 入城 念未有詞訟履歷不可以求縣 故自願遷東部都事 至
十二月 其過六朔之限 久矣 而忽不自意 橫鷔爲長陵令 夫以十三年積仕
之良勤 七十九慈侍之可惻 而一朝置之散地 悠悠蒼天 此何理哉 豈亦察
其欺世盜名 不足以當一邑民社之寄耶 余初翊贊前後在田間 七年 其以

副末被擬者　殆數十　凡近世所目蔭官者淸選　幾皆得與而俱非余所志也
及其志惟願一奉　母氏官廚之養　故名以外邑　將無論豊約　此所以耿耿不
能忘情爾　今猝慟如此　此必五十年間　誠孝不篤　無以孚及當世故歟　或曰
情已慽矣　勢已迫矣　入京之日　宜一見諸公　枉尺直尋　亦何大害　余不覺
一哂　因此歸去來辭遺韻　以自矢必歸云　辭曰

　내 어렸을 때에 우활하였으나 오히려 故人之風에 뜻을 두어 거자업을 달게 여기
지 않았다. 31세에 요행하게도 진사에 오르고, 38세 때에 우연히 조정에 채록됨을
입어 장릉참봉으로부터 내직으로 의영고봉사에 천직되고, 종부시직장 등으로 전임되
었다가 사포서별제로서 6품직에 올랐다. 이어서 사헌부 감찰에 추천되었으나 낙점을
얻지 못하였다. 미구에 歸觀하여 선인을 시봉하여 탕약한 지 7개월만에 선친께서 두
哀孤子(아우는 黃胄錫)를 버리셨다. 이 때가 신묘년(1771년, 영조 47, 당 43세) 12
월이었다. 이보다 먼저 사륙문 '七夕製'로 장원하였으나, 곧 글자 한 자의 조그만 잘
못(諱法에 忌한 것?)으로 문형에게 의심받는 일이 있어 관리를 명하여 부득불 이름
부분을 뜯어내서 스스로 변백하지 않을 수 없었으나, 영상(겸대제학)은 묵은 감정 때
문에 한 마디 말도 없으며 끝내 낙방되었다. (그리하여) 한 때의 기롱으로 당나라 때
대책문으로 내시를 헐뜯은 내용 때문에 낙방하게 된 劉蕡의 下第[1]로 놀림받이가 되
었으니, 그 험고한 불행이 蔑以加矣로다.
　혼자서 생각하기를 우리 선왕 영종(조)대왕 때 '칠석(사륙문)제'로 입시한 이후로
정성껏 깊이 헤아려주신 속마음을 느낄 때가 실로 한두 번이 아니었다. 이에 종부시
제조에서 간접적으로 욕을 해대며 이를 폈으며, 또 輪臺에서 『문헌비고』「상위고」를
하문하셨을 때에 칭찬하시면서 선친(黃壓)에게까지 말씀이 미치셨다. 또 근정전 집
무시에 태조의 계비 신덕왕후 강씨(?~1396)와 유관한 '仁安殿故事'로 특명으로 부
르신 일도 있었다. 또 1770년 영의정 김치인(1716~1790)의 죄상을 논하고 세손
(正祖)으로 하여금 사도세자의 사당에 참배하도록 청한 최익남(1724~1770)의 상소
가부 문제로 불려 들어가, 김삼연 창흡(1653~1722)의 후손을 기다리시라 하여, 例
를 원용하여 언급하지 못하도록 하였다.
　또 사은숙배하는 자리에서 거둥을 익히던 예행 연습을 하던 날 거듭 원하는 벼슬
과 살던 향리를 거론하시면서, 그 불우함에 애도해 하시며 후일 희망이 있으리라 하
셨다. 선인께서 일찍이 교훈 하시기를 '네가 마흔 살이 되도록 기다려 끝내 한 번이
라도 급제하지 못하면 네가 좋아하는 바를 따라도 좋다.' 하셨고, 출사함에 이르러
'네가 서울에 있으면서 비록 마흔 살이 넘더라도 반드시 대과에 나가는 것이 옳다.'

---

1) 『舊唐書·劉蕡傳』: 「蕡對策詆宦者　考官不敢留　李郃謂人曰　劉蕡下第　我輩登科
　實無厚顔矣」

고 말씀하셨으나, 소자가 변변치 못하여 거듭 될 것 같으면서도 넘어지기만 하였다. 그러나 성상의 장려를 받은 것이 단청처럼 빛나고 일월처럼 밝고, 또 어떻게 이 기쁨을 가지고서 저것을 바꿀 수 있을 것인가? 대체로 구구한 사정은 다만 한 고을 수령을 맡아보는 것이니, 상감의 여파가 부자에게까지 미치게 하는 것이다.

그러나 아아! 신묘년(1771년)에 선친께서 돌아가시는 통곡이 있었으니, 이로부터 의지할 바 목숨을 삼는 것은 오직 노모가 살아 계실 뿐이다. 3년 복상을 겨우 마침에 우리 성상께서 수명대리(正祖)하심에 병신년(1776년, 영 52, 당 48세) 정월에 세자 시강원 익위사 익찬에 제수되었다.

살피건대 이 익찬 벼슬은 부모를 봉양하는 데는 길이 아니었기에 가지 않으려 하였으나, 기왕에 어머님의 명을 받아 2월에 도성에 돌아와 생각해보니 일이 생겨 곧 체직됨을 면하지 못하였다. 또 8월에 원릉을 회장하고는 귀향하였다. 무술년(1778년, 정조 2, 50세) 정월에 다시 사복시 주부를 받들라는 명을 받아 2월에 도성에 들어와 생각해보니 지방관으로서의 경력인 '사송이력'이 아직 없어 고을살이를 구할 수 없는 까닭에 동부도사로 옮겨주시기를 자원하였다. 12월에 이르러 6달의 한계를 초과한 지 오래였다.

그러나 문득 자의가 아닌데 빗겨서 달려 장릉령이 되었으니, 저 13년 積仕의 良勤과 79세의 자친시봉이 측은함에도 불구하고 하루아침에 한산한 지위에 배치되었으니, 유유창천이여! 이것이 무슨 이치랴? 혹시 또한 세상을 속이고 이름을 도적질함을 살펴 一邑의 민사조차 담당할 수 없다고 여긴 것인가? 내 익찬에 있으면서 전후에 전원생활이 7년이었는데, 부망과 말망으로 추천받은 적이 거의 수십 번이었다. 무릇 요즈음 지목하는 바의 '음관자로서 청요직에 뽑히는 것'은 거의 모두 三望에는 참여할 수 있었으나, 그 전부가 내가 뜻하는 바대로 되지는 않았다. 그 뜻한 것은 오직 한번 모친을 관아의 주방에서 봉양하는 것인 까닭에 외읍으로 풍성한 곳이나 척박한 곳은 따지지 않을 것이다. 이러한 까닭에 경경불매하여 감정을 잊을 수 없는 것일 뿐이다.

이제 졸연히 곤비하기가 이와 같으니, 이것은 반드시 50년 간의 성효가 독실하지 못하여 당세에 孚信이 미칠 수 없었던 까닭이 아닌가? 혹자가 말하기를 '사정은 이미 위축되고 형세가 이미 궁박하게 되었다. 서울로 들어가는 날로 마땅히 여러 어른들을 찾아뵙고 『孟子』에 비유한 말로 여덟 자를 곧게 하기 위하여는 한 자를 굽히는 것2) 또한 어찌 크게 손해랴?'라 하였다.

내 부지불식간에 한번 쓰게 웃고, 이에 도연명의 「귀거래사」의 遺韻에 따라서 「和陶辭」를 쓰면서 내 자신 맹세코 반드시 歸去來할 것을 다짐한다. 辭에 曰

---

2) 『孟子·滕文公 下』:「陳代曰 不見諸侯 宜若小然 今一見之 大則以王 小則以霸 且志曰 枉尺而直尋 宜若可爲也」

1 歸去來兮!　　　　　　돌아가리라.
　吾母八耋吾其歸　　　나의 모친께서 팔순이시니 내 돌아가리라.
2 夫旣思養而不得　　　무릇 이미 봉양을 생각하면서 얻을 수 없었음이여,
　寔天命其奚悲　　　　이것은 진실로 천명이니 그 어찌 슬퍼하랴!
3 昔余齒之始壯　　　　예전 내 나이 한창일 때,
　謂前良之可追　　　　이전의 어진 이들을 추월할 수 있다고 큰 소리했지.
4 樂庭闈之具慶　　　　父母俱存을 一樂으로 여기며,
　懼霤潦之或非　　　　비 개인 후 바닥에 고인 물이 혹 잘못될까 두려워
　　　　　　　　　　　했네.
5 蒙先王之作新[3]　　　선왕(英祖)의 고무하심을 입어,
　遂濫簉乎襴衣[4]　　　외람되이 襴衫을 입고 벼슬살이에 끼게 되었네.
6 學未優而徑仕[5]　　　학문이 변변치 못하면서도 지름길로 출사하였으니,
□ 奈志大而才微　　　　뜻은 크되 재능이 미미함을 어찌할거나.

7 邈矣莊寢　　　　　　아득하여라! 初仕의 莊陵참봉 부임의 길,
　肇駿其奔　　　　　　처음으로 빨리 몰아 떠났었네.
8 乃供油燭　　　　　　이에 기름 등촉을 供奉하였네.
　興化之門　　　　　　興化門(西闕인 慶熙宮임)에서.
9 奎章玉牒　　　　　　군왕의 시문과 조칙과 선원계보를,
　亦有司存　　　　　　맡아보는 자리에 있었네.
10 維時衮褒　　　　　때로는 상감의 포장을 받았으니
　司銘彛樽　　　　　　彛樽에 새겨둘 일이었네.
11 汔四命而不第　　　거의 네 번에 걸친 大科에의 낙방,
　嗟奄訣於嚴顔　　　아아! 갑자기 닥친 엄친과의 사별.
12 惟諼樹[6]之願依　　모친의 希願이신 고을 수령 자리를 바랐건만,
　叨桂坊[7]而敢安　　계방(여기서는 翊贊) 근무는 외람스러운 일 어찌 편하

---

3) 『書經·康誥』:「亦惟助王 宅天命 作新民 (蔡傳)安定天命 而作新斯民也」
4) 『事物紀原·衣裳帶服部·襴衫』:「唐志曰 馬周以三代布深衣 因於其下着襴及裾
　名襴衫以爲上士之服 今擧子所衣者 襴衫之始也」
5) 『論語·子張』:「子夏曰 仕而優則學 學而優則仕」
6) 『詩經·衛風·伯兮』:「焉得諼草 言樹之背 (傳)諼草 令人忘憂」
7) 『唐書·百官志四上·注』:「龍朔二年 改司經國曰 桂坊 罷隸左春坊 領崇賢館 比
　御史臺」

　　　　　　　　　　　　랴.

13 哭元陵而經歲　　　　元陵을 會葬하고 그 해를 지났으니,
　　猶至情之相關　　　　지극한 정이 서로 유관한 듯하여라.
14 俄承召於囧寺[8]　　　이윽고 사복시 주부로 부름을 받아(1778년),
　　盍新休之是觀　　　　어찌 새로운 쉼을 보지 못했던가?
15 由東部而候縣　　　　동부도사를 거쳐 현감 자리를 기다려,
　　冀膝下之榮還　　　　母堂 슬하로 영광된 환향을 바랐노라.
16 忽爲令於長園　　　　갑자기 장원령이 내렸으니,
　②悵塊獨[9]而盤桓　　한 줌 외로운 넋이 슬퍼하며 바장이노라.

17 歸去來兮!　　　　　돌아가리라!
　　尙安用夫遠遊　　　　아직도 무엇을 위하여 遠遊하랴?
18 人無肯於曲憐　　　　사람은 曲憐을 수긍할 수 없으며,
　　吾有恥於冒求　　　　나는 무릅쓰고 구한다는 것은 수치로 여기노라.
19 服斑爛而弄鷇[10]　　알록달록한 채색옷 입고 새새끼를 가지고 놀던 노래
　　　　　　　　　　　　자처럼,

　　將侍側而忘憂　　　　장차 어머님을 모시고 근심걱정을 끄리라.
20 於焉獻歲[11]而發春　어언간 정초가 지나 봄철이 왔으니,
　　行且耕於先疇　　　　귀거래하여 선대가 끼쳐준 밭을 갈리라.
21 或樵于林　　　　　　더러는 숲속에서 나무하고,
　　或漁于舟　　　　　　때로는 배타고 고기잡이 하리라.
22 足甘旨於登盤　　　　맛있는 음식을 갖추어 상에 올리고,
　　多逸暇於遊丘　　　　자연을 완상하며 나머지 시간을 逸樂하리라.
23 及愛日[12]之餘景　　모친을 오래 모시고자 하는 마음(君子愛日)이건만 여
　　　　　　　　　　　　생이 얼마 없음에 미쳐,

　　歌聖澤之永流　　　　성상의 은택이 영원히 흐르기를 노래하리라.

---

8)『尙書·囧命序』:「穆王命伯囧 爲周太僕正 作囧命 (傳)以囧見命名篇」
9)『楚辭·宋玉·九辯』:「塊獨守此無澤兮 (注)塊獨 孤立也」
10)『孝子傳·老萊子』:「楚人 事二親孝 行年七十 作嬰兒戲 著五彩斑襴之衣 上堂
　　作跌爲兒戲 以樂其親」
11)『鮑照·春日行』:「獻歲發 吾將行 春山茂 春日明 (注)獻 進也 獻歲 歲首也」
12)『法言·孝至』:「事父母自不足者 其舜乎 不可得而久者 事親之謂也 君子愛日
　　(注)無須臾懈於心」

24 指百年而康娛　　　백년인생이 편안하고 즐겁기를 指意하리니,

③ 知我心之休休　　　내 마음 느긋해짐을 알겠노라.

25 已矣乎!　　　　　 끝났음이여!

　一盈一虛能幾時　　한 번 비고 한 번 차는 것이 그 얼마런가?

26 翩然去矣無我留　　훨쩍 떠나리라. 나를 만류하지 말라.!

　胡爲乎 離母欲何之　무엇을 위하여 어머님을 떠나 어디로 가려 했던가?

27 婢膝非其志　　　　종처럼 굽실거리는 奴顔婢膝은 나의 본 뜻이 아니고,

　子職乃所期　　　　자식의 직분인 효도만이 기약하는 바로세.

28 嘉舍飴於定省　　　엿을 입에 물고 손자들 재롱이나 보며 昏定晨省함을 기쁘게 여기며,

　劫帶經於耘耔　　　삼가 경서를 지니고 다니면서 밭갈고 김매리라.

29 追山雷之先訓13)　　山下有雷 頤에서 取意하여 '頤齋'라 작호해주신 선인의 가르침을 따르며,

　慕子車之遺詩14)　　子車氏의 三子가 穆公을 따라 從死한 것을 경모하리라.

30 斯忠養之亦極　　　이 같은 충직한 봉양도 지극한 것이거니,

④ 三公不換15)吾奚疑　三公을 준대도 바꾸지 않을 것이니 내 어찌 의심하랴.

　頤齋 黃胤錫(1729~1791)이 작성한 八高祖圖에 의하면 父壋(1704~1772: 호 晚隱)·母 강진 김씨·祖 載萬·外祖 金伯衡·曾祖 世基·高祖 宗爀이시다. 공은 興德縣 龜壽洞(현 고창군 홍덕면 槽洞)에서 晚隱의 장자로 태어났다. 자 永叟, 頤齋라는 호 이외에 西溟散人·雲浦主人·越松外史라고도 하였으며 箕城 황씨(기성은 平海의 별명)이다.

　공의 집안이 호남에 내려와 살기는 고조 종혁 처사로부터인데, 증조 醉隱(1628~1680)·조부 山邨(1659~1711)·叔祖 龜岩 載重·父 晚隱公에

---

13)『周易卦歌』:「山雷 頤 山下有雷 頤 君子以愼言語 節飮食」

14)『詩經·秦風·黃鳥』:「誰從穆公 子車奄息 維此奄息 百夫之特」

15)『戴復古·釣臺詩』:「萬事無心一釣竿 三公不換此江山 平生恨識劉文叔 惹起虛名滿世間」

이르기까지 四世 文行이 相傳한 명문이었고, 특히 숙조 龜岩公(1664~1718)은 農巖 김창협의 문인으로 당대의 高士였다 하며 科試에서 首相이 宿憾이 있어 도와주지 않았다 함은 바로 이 노소론의 색목 때문이었다 한다.

이러한 가계에서 태어난 頤齋는 일찍이 조모 김씨 夫人에게서 글자를 익히어 9세 때에는 이미 문사가 夙成하였다. 그 때에 邑倅가 고을의 선비를 모아 시험을 보였는데, 이 때 頤齋는 아버지를 따라가 古風으로 首選을 하니, 李師程은 '此中有王勃'이라고 칭찬하였었다. 이렇게 일찍이 문사를 익힌 頤齋는 10세 때부터 일기를 쓰기 시작하여 그가 세상을 떠나기 이틀 전까지 계속했으니, 그것만도 60여 책이나 되었다.

14세 때부터 벌써 理藪에 뜻을 두어, 家藏 만여 卷을 두루 섭렵하며 긴요한 것은 손수 謄하거나 초록하였고, 종일 침잠 독서하여 18세에는 「擬上朴黎湖書」(卷6 所收)를 썼었다. 거기에 보면 그는 '心欲求道而生於僻長於陋 未得與當世之大老'라고 탄식한 뒤 '自十許歲以後 始聞擧業之外 別有所謂性理之學 而竊自慨然 有委身從事之意'라 하였으니, 이로 보아 그의 학문의 지향점을 짐작할 수 있다. 이 黎湖 朴弼周(1665~1748)에 올리려던 편지는 끝내 발송하지는 않았으나, 擧業보다는 理學에 뜻을 두었음을 엿볼 수 있는 글이다.

21세 때에는 「湖洛學心性說」을 논하여 大儒의 경지에 이르렀다. 그러나 師門을 정하지 못하고 방황하던 그는 28세에 三淵 金昌翕 淵源인 渼湖 金元行(1702~1772)을 찾아뵙고, 또 30세에는 全州로 屏溪 尹鳳九(1681~1767)를 찾아뵈었다. 31세 되던 1759년 진사시에 합격한 후 湛軒 洪大容[그도 屢擧不中함]과 함께 미호 김원행으로 師門을 정하고, 선운산 도솔암과 백양산 백련암 등에서 『주역』과 경서를 읽으며, 더욱 이학의 연구에 정진하였다.

1766년 6월에 隱逸로 장릉참봉을 제수받고, 1776년 익위사 익찬에 임명되기까지 미미한 관로였으며, 고을 수령 한 자리 얻어 모당에게 官廚

之養하여 드림을 希願하였으나 여의치 못했음은, 본「和陶辭」와 아울러 병서를 통하여 이미 살펴본 바와 같다. 그 뒤 58세가 되던 1788년에 다시 전생서 주부를 거쳐 全義현감으로 제수되었으나, 이듬해 정월에 罷歸한 것이 그의 官路의 전부이다. 그동안 그는 벼슬에 있을 때에는 나아가고, 없을 때에는 향리에 돌아와 학문에 정진하여 진퇴가 분명하였다 한다.

그러나 이 기간 동안에 頤齋는 鄭景淳·金履安·申景濬·洪啓禧·洪大容·李家煥·徐命膺 등 당시 실학의 거성들과 교유하여 易象·천문·지도·경제·사회·算學·역사·聲音·문학·典故 등에 걸쳐 실로 博覽 精該한 업적을 남겼으니, 그가 평소 정력을 쏟은『理藪新編』이 이 시기의 소산이며「華音方言字義解·子母辨」은 國學硏究에 좋은 資料가 된다. 향리로 돌아온 이재는 후학(특히 引逸亭 金性澈[1765~1830])들을 가르치며 여생을 보내다가 1791년 향년 73세로 晚隱齋 西別室에서 易簀하였다. 최근 그에 관한 연구16)가 나타나고 있지만, 大儒이며, 시인·실학자·과학자(특히 천문학)이었던 頤齋 연구는 좀더 확산되어야 할 것이다.

17세기의 조선조 사회도 물론, 사대부들이 아직 지배적 힘과 전통성 문화를 유지시키고 있었지만, 그 일각에서 실학사상이 자기 비판적인 기풍을 조성했을 뿐만 아니라, 주로 중앙의 중인·서리층에 의해서 '여항의 문학 예술'이 형성되었으며, 뒤이어 사회의 저부 기층에서 '민중(서민) 문학'이 형성하였던 것은 한국한문학상의 최근 연구의 집적으로 널리 알려진 사실이다. 이 '여항문인' 중「和陶辭」를 쓴 작자는 현재 찾아본 바로는 浣巖 鄭來僑(1681~1759.2)과 晚翠亭 朴永錫(1734~1801) 두 분이다.

浣巖의 관향은 長鬐로 直講 鄭承周(文科)의 아들이며 禮安縣監 東燁

---

16) 河聲來 :「이재 황윤석의 서양과학 수용」『전통문화연구』 1(서울, 명지대 동연구소, 1983), 47~71쪽.

(1603~?: 1654 文科)의 손자로 栗谷의 門人인 參奉 晋生이 5代祖로 祖 碩孝는 충무위부사용이었고, 父 次徵(첨지의 품계를 받음)과 모 姜氏 사이 에서 태어났다. 기록에는 사마시에 합격한 것으로 되어 있으며, 吏文學 官에 보임되었다가 引儀·찰방·承文院·제술관을 역임하였다. 僉中樞 府事에 오르고, 79歲로 죽은 그해 4월에 楊州 漢尾山에 묻혔다.

그가 죽자 많은 士大夫들이 問喪와 '좋은 사람이 갔구나(好人今亡矣)' 라 하면서, 어떤이는 軍校를 보내어 喪事를 도왔고, 더러는 몸으로 執役 하기도 하며, 無一錢에 장성한 자손이 없이도 잘 치루었다고 한다.

本庵 金鍾厚(1721~1780)은 어린 시절에 洪樂命(1722~1784)과 함께 翁 에게서 배운 제자들인데, 本庵이 쓴 蓋誌에 보면 중년에 目疾(眼疾)이 있 어 그 능력을 제대로 발휘하지 못했다고 하면서 詩의 大手로 알려졌지 만 文章만은 못하다(不如文)면서, 司馬遷이 비견할 만 하다 하였다.

22세 되던 1702년에 柳下 洪世泰(1653~1725)를 처음 만나게 되어 그에 게 시를 배워, 柳下 사후 가장 이름있는 여항시인으로 부상하였다. 김창 협·김창흡·恕庵 申靖夏(1680~1715) 등 명사들과의 교제를 갖기도 하였 다. 1705年 通信使의 譯官으로 日本을 다녀온 것이 계기가 되어 청신하 고 낭만적인 시로 그곳에서도 유명했다 한다. 1722년 辛壬사화에 家世親 黨之累로 一朝盡室되어 계룡산의 완암곡으로 들어가게 되어, 이로 인해 浣巖이란 호를 쓰게 되었다. 만년에는 학동들을 모아 글을 가르쳤으며, 자손으로 2남2녀를 두었다. 완암의 二弟中 敏僑도 역시 시문으로 이름이 있었다 한다. 後孫인 進士 鄭奎漢(1750~1824)은 性潭 宋煥箕(1728~1807) 의 門人으로 벼슬길에 나아가지 않고 公州에서 학문에 정진하였다 한다.

浣巖의 「和陶辭」는 원제가 「次歸去來辭」로 문집인『완암집』卷1 辭 에 간지없이 수재되어 있다. 그런데 1935년 목판『용봉선생문집』卷1 賦 에 역시 간지없이 몇 군데 同義異字로 된 「和陶辭」가 있었다 함은 전술 (4.1. 참조)한 바와 같다. 龍峰은 黃益淸(1589~1695)으로 강원도사·울진현 령 등을 역임하고 苗浦에서 여생을 보낸 인물이다.

　　조선조 제 3기 「和陶辭」장에서 두 「和陶辭」의 출입관계는 소상히 밝혔기에 재론은 피하거니와, 완암의 입장에서 龍峰 黃益淸의 「和陶辭」를 표절하였다고는 믿기가 어렵다. 그러나 두 작품이 몇몇 句의 몇 字 이외의 차이가 없으므로 어느 한쪽이 다른 한 쪽의 「和陶辭」를 자기의 작품으로 한 것만은 틀림없으나, 아마도 후손들에 의하여 문집 간행시 잘못 들어간 것이 아닌가 추측할 뿐이다.

　　浣巖 鄭來僑의 「和陶辭」는 일단 龍峰 황익청이 선대의 인물이기에, 제 3기에서 기술(本文 159∼165쪽 참조)하였기에 再錄하지 않겠다. 이제 여항문인으로는 晚翠亭 朴永錫(1734∼1801)의 「和陶辭」만이 남게 된다. 원제는 「續次歸去來辭」로 자신의 신분상의 설움이 은연중에 배여 있다.

1	歸去來兮!	돌아가리라!
	尼皐之下可以歸	尼皐의 기슭으로 돌아가리라.
2	迄于五十而無聞	쉰 살에 이름이 나지 않으면 두려울 것이 없다던,
	擬古人而增悲	공자님 말씀을 생각하면 더욱 슬퍼지노라.
3	窮且病而早衰	固窮한 데다 병까지 들고 게다가 바짝 늙어 버려,
	旺年難以復追	왕성하던 시절은 다시 따라 미칠 수 없음이여.
4	唯此心之耿耿	오직 이같은 마음으로 耿耿不寐하면서,
	恐晚節之或非	혹시라도 만년의 절개가 잘못될까 봐 걱정이네.
5	資之近兮愛素	가까이 資賴할 수 있는 것은 소박함을 사랑하는 것이니,
	堪糲飯與惡衣	거친 밥과 베옷으로 참고 견디리라.
6	欲從人而謀生	남들을 따라 생을 도모하려 함이여!
□	奈才鈍而地微	재능은 우둔하고 신분의 미천함을 어쩔 것인가?
7	而況百年	하물며 백년 인생이,
	如驥之奔	준마가 달겨가는 것과 같이 흘러감이여!
8	羞將白髮	부끄럽게도 허여센 머리로,
	營求朱門	고관의 붉은 대문을 기웃거렸노라.

9 何處立命　　　　　어느 곳에서 천명을 지켜,
　全余素存　　　　　나의 타고난 본성을 보전할 것인가?
10 幽人之吉　　　　　幽人의 貞吉은,
　可以汚樽　　　　　汚樽而抔飮이니라.
11 撫素琴而娛志　　　장식없는 소박한 가얏고를 농현하며 뜻을 즐겁게
　　　　　　　　　　하고,

　對高旻而逞顔　　　높푸른 가을 하늘 바라보며 안색을 부드럽게 펴리
　　　　　　　　　　라.
12 縱處困而道亨　　　비록 어려움에 처하더라도 도에 형통하리니,
　尙余心之所安　　　오히려 나의 마음이 편안한 바로세.
13 如身安而意適　　　만약 몸이 편안하고 뜻에 適意하다면,
　有甚事之或關　　　어떤 일이 있더라도 무슨 상관이랴?
14 幸良知之未泯　　　다행히 양지양능이 아직 말라 없어지지 않았으니,
　近於理而闞觀　　　性理에 접근하면서 살펴보리라.
15 悔求心於三昧　　　佛家의 삼매경에서 마음을 구했음을 후회하며,
　耻養生於九還　　　仙丹에서 양생하려 했음도 부끄럽게 여기노라.
16 顧志業之不就　　　志行도 사업도 성취하지 못했음을 돌아보면서,
② 抱遺經而盤桓　　　끼쳐주신 경전을 가슴에 품고서 서성이노라.

17 歸去來兮!　　　　돌아가리라!
　薄田弊廬足優遊　　척박한 田地와 오죽찮은 오막살이면 우유도일에 족
　　　　　　　　　　하리니.
18 耕且讀而終老　　　주경야독으로 늙음을 마칠 것이요,
　人或於我乎求　　　남이 혹 나를 필요로 할 것인가?
19 與之談者邃古　　　나와 더불어 담화할 자는 태고의 세계이니,
　不我知兮何憂　　　나를 알아주지 않더라도 무엇이 근심이랴?
20 時時從漁樵者游　　때때로 어부 초동을 따라 노닐고,
　農務隙於我疇　　　틈틈이 내 묵정밭에서 농사에 힘쓰리라.
21 近騎羸牛　　　　　가까운 거리는 파리한 소를 타고,
　遠涉孤舟　　　　　먼 거리는 일엽편주로 가기라.
22 群鴝戱於淸漪　　　떼지은 구욕새들은 맑은 물가에서 놀고,
　閑雲棲於崇丘　　　하염없는 구름은 높은 언덕에 머물러 있구나.

23 行遇佳處則止　　　　걸음을 옮기다가 높은 구름을 만나면 멈추어 쉬며,
　　異乎虛樂之流觀　　　그저 즐기면서 흘려 보는 것과는 차원이 다르리라.
24 天地之氣象　　　　　천지의 기상은,
③ 人與物而同休　　　　사람과 만물이 함께 기뻐하는 것.

25 已矣乎!　　　　　　끝났음이여!
　　軒冕非分豈妄思　　　고위직은 분수가 아니니 어찌 망령되이 생각하리오?
26 溪山有綠聊淹留　　　산천에는 인연이 있으니 그런대로 오래 머물리니,
　　胡爲乎 寂寞或譏之　어찌하여 쓸쓸하다 하면서 이를 기롱하리오?
27 中有第一義　　　　　그 속에 가장 중요한 제일의가 있으니,
　　固非沮溺期　　　　　진실로 장저와 걸닉처럼 세상을 피하는 것이 아니
　　　　　　　　　　　　라는 것.
28 敎子孫而經傳　　　　자손들에게 경전을 가르치며,
　　勤生業於耘耔　　　　생업인 농사에 힘쓰리라.
29 蒸嘗暇而燕喜1)　　　가을 겨울 제사를 잔치 열어 기쁘게 놀며,
　　擊土鼓以豳詩2)　　　흙으로 빚은 북을 두드리는 빈풍 칠월편을 읊으리
　　　　　　　　　　　　라.
30 幸生休明之時　　　　다행히 아름답고 밝은 태평성대에 태어났으니,
④ 樂吾生兮復何疑　　　나의 생을 즐길 것이기에 다시 무엇을 의심하랴?

晩翠亭 朴永錫은 자가 爾極이며, 본관은 전주이다. 그의 전기가 『壺
山外記』・『異鄕見聞錄』・『逸士遺事』・『熙朝軼事』 등에 실려있는데,
자세한 것은 알 수 없으나 官歷은 전혀 없고, 順化坊 樓閣洞[지금의 종
로구 樓上洞]에 살면서 학생들을 가르치며, 邸報를 필사해주는 것으로
생업을 삼았으나, 가난에 개의치 않고 단정한 풍모를 잃지 않았기 때문
에 사람들이 모두 君子로 일컬었다 한다.
　　그와 가까이 지냈던 인물들로는 竹軒 張友璧(1735~1809)・菊山 嚴啓

---

1)『詩經・小雅・天保』:「吉蠲爲饎 是用孝亨 禴祠烝嘗 于公先王 君曰卜爾 萬壽無
　疆」
2)『周禮・春官・籥章』:「掌土鼓豳籥 (注)杜子春云 土鼓 以瓦爲匡 以革爲兩面 可
　擊也」

興·庾世貞·好古齋 金洛瑞·松石園 千壽慶(?~1818)·而已广 張混 (1759~1828) 등인데, 이들은 문집인 필사본 『만취정유고』에 전반적으로 등장하는 사람들이다. 그의 손자 朴膺模도 詩才가 있어 후에 '稷下社'를 결성하여 詩吟에 탐닉하였다.

그의 시는 대개 平淡한 것들인데, 본 「和陶辭」와 「示諸君」 등에서 볼 수 있는 것과 같이 세속에 물들지 않고, 자신의 신분을 지키며 평범하게 살아가고자 하는 의식을 이면에 깔고 있다. 이러한 의식은 시에서 뿐만 이 아니라 「陋室銘」·「難又難」·「만취정기」·「青蘿堂記」·「낙지론」 등에서도 잘 드러난다.3) 그에게는 「黃花居士歌」와 「역대가」의 歌 2수가 문집에 수재되어 있는데, 「황화거사가」의 '黃花居士'는 그의 별호인 듯 여겨지며, 四字句인 '東籬之菊·淵明之辭'로 은자의 세계를 그리고 있다.

다음은 象村 申欽(1566~1618)의 후손으로 대사간 재직 時 죄를 입어, 京外에 칩거중 和陶詩 102수를 남긴 愚軒 申應顯(1722~1798)의 「和陶辭」 2편 중 한 편을 살피고자 한다. 한 편은 1785년(정조 9, 당 64세)에 쓰 신 것으로, 문집인 『우헌유고』 卷8의 「和陶錄」 102편 중의 한 편으로 所收되어 있는 것이며, 또 한 편은 卷1 辭賦에 원제 「不爲居士服次歸 去來辭韻」으로 실려 있다. 「和陶辭」의 내용으로 볼 때 「和陶錄」 所收 의 「歸去來辭」가 먼저 쓰여진 것으로 판단된다. 우선 「和陶錄」 전체의 서문을 살피겠다.

余得罪來 深處奧室 屏棄筆硯 伯氏病中 忽送象村先祖 和陶詩一匣 凡三冊一百二篇 每篇先書靖節 次書東坡及子由 其下書玄翁和詩 玄翁 卽先祖一號也 皆手自繕寫 墨痕如昨 誠家傳鴻寶也 無聊中繙閱 至乙巳 三月詩 輒感歲時之同而攀和之 仍以曠世之感 追慕之懷 自停雲至歸來 辭 次第皆和之 效響之醜 見者必驚忝先之愧 何以自解 況靖節之拂衣歸

---

3) 姜明官 : 만취정유고 해제, 『여항문학총서 해제』(여강출판사, 1980), 10쪽.

田　東坡之放浪山水　以今視古　不啻壤蟲之於黃鵠　而先祖序文有 ‘九原
可作　吾其函丈于陶而麗澤于蘇’ 若余蕪拙之作　何敢望陶之門庭　而窺蘇
之藩籬也哉?

乙巳三月　下澣　書于鐘崖精舍

　　내 죄를 얻어 와서 깊이 幽奧한 곳에 묻혀 지내며 筆硯을 물리쳐 버렸다. 문득
병중에 계신 큰 형님께서 象村 흠의 「화도시」 한 匣을 보내주셨는데, 모두 3책으
로 102편이었다. 매편마다 먼저 도정절의 원시를 쓰고, 다음에 東坡 소옹과 아우
소철(자 子由)의 「화도시」를 쓰고, 그 아래에 玄翁의 「화도시」를 기록하였는데,
현옹은 선조이신 상촌 어른의 또 하나의 호이다. 전부 손수 직접 정서하신 것이다.
묵흔이 마치 어제런 듯 선명하니 진실로 대대로 가전된 크낙한 보물이다. 무료한
중에 떠들어 보다가 陶詩인 「乙巳歲三月爲建威參軍使都經錢溪」에 이르러, 문득
같은 을사년이라는 세시가 같음을 감득하고 달려들어 화운하게 되었다. 이에 광세의
감과 추모의 념을 갖고서 「停雲」으로부터 「귀거래사」에 이르기까지 102편을 차례
차례로 모두 이를 화운하여 흉내나 내보는 陋醜를 저질렀으니, 읽어보는 자가 반드
시 선조이신 상촌 어른을 더럽혔다는 안쓰러움에 놀랄 것이니, 어떻게 스스로 해명
할 수 있으리오! 더구나 靖節선생이 옷깃을 떨치고 귀거래한 것과 東坡거사가 산
수간에 방랑한 것을 오늘날에 와서 살피건대, 땅을 기는 벌레와 하늘을 나는 황곡
과 비교가 될 뿐만 아니라, 象村 어른이 「화도시」 서문에 쓰시기를 ‘돌아가신 분을
살릴 수 있다면 나는 도정절 선생을 스승으로 모시고, 동파거사 蘇軾을 벗으로 삼
아 절차탁마하고 싶다.’고 하셨는데, 나같은 거칠고 졸렬한 작품으로 어찌 감히 도
연명의 門庭을 바라보며, 소동파의 울타리를 엿볼 수나 있을 것인가?

을사년(1785년, 정조 9, 당 64세) 3월 하순 종애정사에서 씀.

1 歸去來兮!	돌아가리라!	
我如窮人靡所歸	궁지에 몰린 사람처럼 갈 바를 모르고 헤맸노라.	
2 罪丘山而恩河海	지은 죄는 丘山인양 높고, 王恩은 河海처럼 깊으니,	
雖壹鬱而奚悲	비록 억울하고 답답하다 한들 어찌 슬퍼하랴?	
3 自策名[1]而登朝	이름을 臣籍에 올리고 조정에 나아가면서부터,	
指正路而爲追	정로를 지표 삼아 달려 왔었네.	

----

1)『左氏·僖 23』:「策名委質　貳乃辟也 (注)名書於所臣之策 (疏)策　簡策也　書己名
　於策」

4 出欲體乎分憂[2]　　외직으로 나서면 상감의 근심을 나눌 것이라 했고,

　入必思乎格非　　내직으로 들어오면 임금의 잘못을 똑바로 잡으려 했네.

5 期隨處而盡職　　隨時隨處로 직분을 다하리라 기약하였지.

　匪直求乎食衣　　다만 의식주만을 구하였던 것은 아니었네.

6 抗尺疏而叫閽[3]　　한 자 길이의 상소를 올려 대궐을 시끄럽게 하였나니,

① 辭奈欠於婉微[4]　　언사가 곡진하고 숨은 뜻이 드러나지 못한 결점을 어쩌면 좋은가?

7 嚴旨遽下　　엄책하라는 御旨가 갑자기 내려,

　霆霹轟奔　　뇌성벽력의 굉음이 와르르 지끈하듯.

8 孼由自作　　自作之孼로 말미암은 것이기에,

　悚溢閹門　　송구함이 넘쳐 문을 닫아걸고 칩거하였네.

9 金木幸兌[5]　　금덕, 수덕, 목덕이 다행스럽게도 순조롭게 바뀌어서,

　性命苟存　　목숨만은 간신히 보전하였네.

10 漫閱書史　　부질없이 書史를 펴 읽기도 하고,

　頻傾酒樽　　자주 술잔을 기울이기도 하였네.

11 紛戴罪而頌恩　　죄를 머리에 이고 사는 이 몸이 亦君恩을 외우면서,

　長疚心而戚顏　　언제나 꺼림한 마음이요, 근심겨운 얼굴이어라.

12 況噂沓[6]之可怖　　하물며 면전에서는 추워 올리고 배후에서는 욕하는 무서운 세상에,

　豈寢食之暫安　　어찌 침식이 잠시인들 편안하리.

13 親朋過而不入　　가깝던 벗들도 문을 지나치면서 들르지 않는 판국이니,

　白日掩於荊關　　한낮에도 가시나무 빗장을 걸어 잠궜네.

---

2)『晋書·宣帝紀』:「吾於庶事 以夜繼晝 無須臾寧息 此非以爲榮 乃分憂耳」
3)『張衡·思玄賦』:「叫帝閽使闢扉兮 (注)叫 呼也」
4)『左傳』:「春秋之稱 微而顯 婉而辨」
5)『史記·三皇紀』:「金木輪環 周而復始」
6)『詩經·小雅·十月之交』:「噂沓背憎 職競由人 (箋)噂噂沓沓 相對談話 拜則相憎」

14 如老僧之面壁	마치 면벽 참선하는 老僧처럼,
寂反聽而內觀	고요히 반성 경청하면서 내면을 살펴보네.
15 寒暑焂其代序	겨울과 여름이 어언 절서를 바꾸어,
又小園之春還	또 조그만 뜨락에도 봄이 돌아왔네.
16 南山近於戶外	목멱산은 지게문 밖으로 가까이 보이고,
② 鬱松栢之桓桓	울창하게 자란 소나무와 측백나무 보기에도 힘차네.

17 歸去來兮!	돌아왔음이여!
憺一室而天遊	일실에서 편안하게 지내노라니 대자연에 놓여진 이 몸.
18 易何思而何慮	易經에는 '무엇을 생각하고 무엇을 걱정하랴' 했으며,
詩不忮而不求	시경에 '욕심내지 않으면 바라고 구할 것도 없다' 했느니.
19 佩經訓而服膺	경전의 가르침을 마음에 간직하여 잠시도 잊지 않으리니,
覺有術於處憂	우수 사려를 없애는 데에도 방법이 있음을 알겠노라.
20 思賣藥7)於梅市	梅市에 나아가 약초를 팔아 생계를 꾸리리라 생각하면서,
欲種瓜於邵疇	邵疇에다가 외를 심어 자급할 작정이네.
21 江水渙渙	한강수가 풀려 도도히 흐르니,
有泛其舟	배 띄울 일이 있으리라.
22 及余年之未耄	내 나이 아직 70에 이르지 않았음에 미쳐,
盍歸依乎先丘	어찌 선산에 귀거래하지 않을 수 있으랴?
23 孤山峙而作屛	고산이 우뚝 솟아 있어 병풍을 드리운 듯,
二水洋而合流	남한강 북한강이 합하여 양양하게 흐르는 양수리.
24 棲宜卜於一枝	은서는 마땅히 巢林一枝리니,
③ 扁欲揭於三休8)	편액은 '休休休 莫莫莫'으로 걸려고 하네.

---

7)『後漢書·張楷傳』:「家貧無以爲業 常乘驢車 至縣賣藥 足給食者 輒還鄕里」

8)『舊唐書·文苑 下·司空圖傳』:「晚年爲文 尤事放達 嘗擬白居易醉吟傳 爲休休
亭記 曰司空氏禎貽溪之休休亭 本名濯纓亭…更名曰 休休休 休也 美也 旣休而

25	已矣乎!	끝났음이여!
	一流一坎皆有時	한 번 흐르고 한 번 멈춤은 다 때가 있는 법,
26	百年瞬息不可留	인생 백년이라 해도 잠시 잠간을 머물게 할 수는 없나니,
	芒鞋藜杖任所之	짚신 신고 청려장 짚고 발길 닿는 대로 맡기리라.
27	鷗鷺尋舊約9)	백구와 백로와의 옛 약속을 찾아 은거할 것이며,
	煙霞10)托襟期	아지랑이와 놀의 산수경에 마음 속의 기약을 삼으리라.
28	兒不廢於誦讀	孫兒들이 글읽기를 멈추지 아니하고,
	奴可任於耘耔	머슴들은 농사일을 맡길만 하도다.
29	燒煩胸以濁醪	번열증 나는 가슴을 탁주로 사루고,
	寫閑愁於新詩	한가한 시름은 新作詩에 담으리라.
30	既無炸於俯仰	이미 우러러보나 굽어보나 부끄러움이 없나니,
④	安時處順更何疑	때에 편안하게 순리로 살 것이니 다시 무엇을 의심하랴?

본 「和陶辭」는 「和陶錄」에 所收된 102편 중 마지막 작품이다. 나머지 101편의 「화도시」를 통하여 당시의 정황을 얼마간 이해할 수 있다. 먼저 그가 京外로 隱棲한 지 3년 만에 이 「和陶錄」을 썼음을 알 수 있으니, '環堵常蕭然 家在鍾山下 三年杜門居 何以瀉幽懷'(丙辰八月詩)와 '灼灼園中桃 依依門前柳 三見此花柳 窮居亦云久'(擬古九首中 其一) 등의 구를 통해서 살필 수 있다.

다음 그가 은서한 鐘崖精舍가 어느 곳인가? 하는 것인데, 경기도 남양

具美存焉 蓋量其才一宜休 揣其分二宜休 耄且聵 三宜休 又少而惰 長而率 老而 迂 是三者 皆非濟時之用 又宜休也 云云 題於東北楹曰 呲呲 休休休 莫莫莫 伎 倆雖多性靈惡 賴是長敎閑處着 休休休 莫莫莫 一局棋 一爐藥 天意時情可料度 白日偏催快活人 黃金難買堪騎鶴」

9) 『列子・黃帝』:「海上之人有好漚鳥者 每旦之海上 從漚鳥遊 漚鳥之至者 百住而 不止 其父曰 吾聞漚鳥皆從汝游 汝取來 吾玩之 明日之海上 漚鳥舞而不下也 (口 義)漚 與鷗通」『黃庚・漁隱詩』「不羨魚蝦利 惟尋鷗鷺盟」

10) 『唐書・田遊巖傳』:「遊巖隱箕山 高宗幸嵩山 親至其門 遊巖野服出拜 帝曰 先 生比佳乎否 答曰 臣所謂泉石膏肓 煙霞痼疾者」

주군 능내리 馬峴[마재]근처로 남·북한강이 합수되는 지점에서 가까운 곳인 듯 하다. 「歸園田居」 6수 중 기1에 '悠悠月溪水 苕苕劍壇山 溝壑擅十里 松檟鬱百年 春醪沽馬峴 氷鯉鑿德淵 涓涓谷中泉 畇畇岸下田' 등의 구에서 고유명사인 月溪水·儉壇山·馬峴·德沼(淵)를 통해서 짐작이 된다. 馬峴은 茶山 정약용의 생가가 있는 곳으로도 유명한데, 이 근처에 그의 선산이 있는 듯하다. 「懷古田舍」 2수중 기2에 '妻兒不免飢 歸耕竊企欣 酒味稱馬峴 炊烟起龍津 可得松楸依 且與漁樵隣 但願年穀熟 永作畏壘民'에서 살펴볼 수가 있다.

愚軒은 平山 申門으로 자는 同甫이다. 弼善 燦(文科)의 아들이며 지중추 致遠의 손자이다. 1752년(영조 28) 정시문과에 급제(耳溪 洪良浩와 同榜)하여, 한림·東壁을 역임하고 直言으로 機張에 유배되기도 하였다. 北館의 監賑어사(1777년)로 나가 20餘萬名을 救恤하였고, 돌아와 예조참의가 되었다. 승지를 거쳐 대사간 시절인 1782년 아직 요령을 터득하지 못하고 時諱에 저촉되는 한 마디 상소가 그에게 厄境을 가져온 것이다. 「화도시」구로 보면 '妄言觸時諱 一言遭危境 所見只皮膜 未能得要領'이었던 것이다. 그는 분망한 30년 벼슬길에 4번 외직을 맡은 적이 있으며(前後典四邑 異績愧黃龔), 어려운 시절을 지나 1794년(정조 18)에 공조판서를 지냈고, 치사후 忠憲公의 시호를 받았다.

連三代 文科로 아들인 大諫 竹醉堂 申獻朝(1752~?)는 正祖 13년 알성시 壯元이며, 조카인 鳳朝(1745~?)도 6년 후에 壯元으로 뽑혀 大諫을 지냈고 親弟인 龜朝(1748~?)는 正祖 16年에 이미 登科하였다.

愚軒은 문집 卷1 辭賦에 또 한 편의 원제 「不爲居士服次歸去來辭韻」을 쓰고 있다. 먼저 살핀 「和陶辭」보다 후기작이라고 여겨지나, 두 작품이 크게 다르지 않으므로 생략하기로 한다.

18세기 「和陶辭」는 明隱 金壽民(1734.12.7~1811.5.29)의 원제 「敬步靖節先生歸去來」를 끝으로 살펴보려 한다. 明隱이란 자호의 明은 明나라로,

大明천지가 아닌 淸나라에서는 숨는다는 뜻에서 取意했다 하며, 문집인
『명은집』 卷9의 「明隱齋自狀」에서 도정절을 千年尙友로 여겼다고 쓰고
있다. 「和陶辭」부터 살펴 보겠다.

1	歸去來兮!	돌아가리라!
	擧世混濁吾安歸	온 세상이 혼탁한데 내 어디로 돌아갈 것인가?
2	旣不能昭洗宇宙	이미 환하게 우주를 씻을 수 없으며,
	覽神州而獨悲	淸나라가 지배하는 중국땅을 바라보며 홀로 슬퍼하노라.
3	緬上人之已沒兮	성현들이 이미 沒世하심을 멀리 생각하고,
	歎義皇之莫追	희황상인 靖節선생을 따를 수 없음을 한탄하노라.
4	唉陶邨之亦遠兮	아아! 시상촌도 까마득히 멀고,
	已親盡而事非	이미 친할 수도 없고 섬기기도 글렀구나.
5	嗟雲孫之藐孤兮	아아! 雲孫의 까마득하고 외로움이며,
	向何門而摳衣	어느 스승의 문하로 옷깃을 걷어 올릴 것인가?
6	趨冥途而墻埴	장님이 지팡이로 어두운 밤을 헤매듯이,
①	尋正路而熹微	正路를 찾으려니 희미하구나.
7	心常走作	마음은 항상 궤범을 벗어나,
	千里其奔	천리나 멀리 달리려 하네.
8	一片靈臺	한 조각의 마음,
	要入其門	요컨대 그 문을 들어서야지.
9	匪誠曷有	不誠이면 無物이며,
	匪散曷存	主一無適이 아니면 무엇이 있을런가?
10	不添外料	다른 飮料는 보태지 않고,
	玄酒其樽	냉수만을 쓰리라.
11	麾勿旗而克己	勿旗를 내쳐 버리고 克己復禮하여,
	得一善而希顔	擇其善者하여 굳게 지키며 희망찬 얼굴이 되리라.
12	止於止而有定	止於至善에 그쳐야 정신적인 정착이 있을 것이니,
	隨所處而能安	처하는 곳에 따라 편할 것이네.
13	曾半世之墮坑	일찍이 반생을 구덩이에 떨어졌다가,
	始洞開兮覺關	비로소 골이 열리고 관문을 깨쳤네.

14 民同胞而物與 　　　　백성은 한 핏줄이요 만물과 더불어 있는 것이니,
　　一原上而同觀 　　　　동일 원리 위에서 한 가지로 보리라.
15 認貞固1)而遂初 　　　　정도를 굳게 지킴을 體認하여야 初心을 이루니,
　　體一元之新還 　　　　一元이 새로 돌아옴을 체득하누나.
16 庭有梅而谷蘭 　　　　뜨락에는 매화가 있고 골짜기에는 난초가 있어,
② 攬厥美而盤桓 　　　　그 아름다움을 收攬하며 바장이노라.

17 歸去來兮! 　　　　　　돌아가리라!
　　又何必乎遠遊 　　　　또 하필이면 원유하리오.
18 遵大路而歸宿 　　　　대로를 따라 귀착하리니,
　　要在放心之知求 　　　요는 놓여난 마음을 찾아 구하는데 있는 것이라.
19 携琴書而自樂 　　　　가얏고와 서책을 가지고 스스로 즐기며,
　　供菽水2)而無憂 　　　　콩과 물로 공양하며 아무 근심 없으리라.
20 及新年之東作 　　　　올해의 농사 문제에 미쳐,
　　聽田奴於南疇 　　　　田奴를 통하여 南疇에 일이 있음을 듣노라.
21 傭我農人 　　　　　　　내 농인을 고용하고,
　　泛彼虛舟 　　　　　　저 빈 배를 띄우리라.
22 振余衣於高崗 　　　　내 옷을 높은 고개에 올라 떨치고,
　　植余杖乎中邱 　　　　내 지팡이를 中邱에 세우리라.
23 觀□水而瀰瀰3) 　　　　□水가 질펀하게 흘러감을 보면서,
　　始盈科而終流 　　　　비로소 구덩이를 채우고 끝내 바다로 흘러감을 깨닫
　　　　　　　　　　　　누나.
24 覽時物之含生 　　　　時物이 생명을 품고 있음을 보면서,
③ 渾氣化而同休 　　　　온통 氣化되어 同休함을 알겠구나.

25 樂有極而忽悵 　　　　즐거움이 극에 이르면 문득 슬퍼지나니,
　　問河淸兮何時 　　　　황하수가 언제쯤이나 맑아질 가를 묻노라.
26 傍人謂我無憂 　　　　옆 사람이 나에게 근심말라고 말하는 데도,

---

1)『易經・幹』:「貞固足以幹事 (傳)貞固者 知正之所在而固守之 所謂知而弗去者也」
2)『禮記・檀弓 下』:「子路曰傷哉 貧也 生無以爲養 死無以爲禮也 孔子曰 啜菽飮
　水 盡其歡 斯之謂孝」
3)『詩經・邶風・新臺』:「新臺有泚 河水瀰瀰」

盡日徘徨而迷所之	하루 진종일 방황하면서 갈 바를 헤매는가?
27 方天心之悔禍[4]	천심이 재앙을 뉘우침에 이르러야만,
復故壃其有期	옛 강토를 회복함에 기약이 있으리라.
28 宜經訓之蓄畜	마땅히 경전의 가르침에 실다움이 있나니,
樂畎畝之耘耔	밭도랑과 이랑을 김매고 북돋음에 즐거워하리라.
29 浩歌兮拾柳絮	호탕하게 노래부르며 버들개지 날리는 길따라,
聊和兮詠荊詩	애오라지 진시황을 죽이려고 易水를 건너던 형가의 시에 화운하리라.
30 茲乃順事而沒寧	이에 順事하다가 생을 마칠 것이니,
④ 聽天命兮復奚疑	천명을 듣고서야 다시 무엇을 의심하리오.

　明隱 金壽民의 본관은 扶安이며, 자를 濟翁이라 하며, 전라도 남원부 眞田坊 다리실(月谷·梯谷 ; 현 전북 장수군 산서면 하월리)에서 社桂公 金啓亨과 興德 張氏 사이에서 4남 중 2남으로 태어났다. 공은 딸 하나를 남기고 후사없이 일찍 작고한 仲父 金鍊章에게 양자로 갔는데, 양모는 烈行을 보여 뒷날 정조로부터 ‘忠烈之閭’에 포창되었다.

　공의 시조는 신라 경순왕의 첫째 왕자인 太子公 즉 마의태자 金鎰이고, 고려 중기의 문호이신 평장사 文貞公 止浦 金坵(1211~1278 ; 高宗 19년 登科)가 19대조이다. 임란 시 의병장으로 정유재란 때 영광 군수로 성을 지키고, 나주 成橋 싸움에서 三子三孫과 함께 순국한 이 忠景公 金陵 金益福(1551~1599 ; 玉溪門人. 漢陰 李德馨과 同榜)은 공의 7대조이며, 또 『澹虛齋集』을 남긴 巨儒(心統性情說) 金之白(1623~1671: 愼獨齋 金集門人)의 5대손이기도 하다.

　특기해 둘 것은 『명은집』 卷22 잡저 마지막에 「先世遺事」가 수재되어 있는데, 선조이신 金光敏(一諱 光敍)이 고부군 出輔中에 圃隱 선생이 돌아가시고 공양왕이 선위했다는 사실을 알고, 즉일로 解印하고 관향인 부안현 瓮泉으로 大歸하면서 「和陶辭」를 짓고 두문하고 지내시다 종신하였으니, ‘옹천은 즉 松京의 두문동이라 하겠다’ 라고 적혀 있다. 지금

---

4)『左氏·隱·11』:「天其以禮悔禍於許 無寧茲」

에 와서 麗末의 「和陶辭」를 찾지 못한 본인으로서는 놓치기 어려운 기록이었다.

문집 卷4는 「箕東樂府」라 하여 단군으로부터 역대의 인물 중심의 詠史詩 387편을 남기고 있어 탐토의 대상이 되고 있는데, 그 중의 「扶風歌」는 바로 공의 선조이신 金光敍를 읊은 것(扶風家世事麗朝 連代僕射尙書 門下侍郎 先祖郡事公 時治古阜盡忠良 聞太祖登寶位 卽日解印歸貫鄉 日誦和靖節 歸去來辭 想像野鶴任風揚)이다.

공이 태어난 때는 明이 망하고 淸의 간섭이 심한 세상이었다. 이런 세상을 불의의 세상이라고 본 공은 과거를 포기하고, 벼슬길의 뜻을 버리고 '明나라에 숨는다'는 뜻에서 자호를 明隱이라 하고, 초야에 묻혀 문학과 학문 연구에만 몰두하였다. 공은 숙종·영조 때의 학자인 문경공 渼湖 金元行(1702~1772)의 門人으로 湛軒 洪大容·頤齋 黃胤錫과 『我我錄』을 지은 南紀濟와도 同門이다. 뒷날 청의 연호를 내린 선조들의 증직 교지를 崇禎 연호로 바꿔 내리도록 물리쳐 왕과 대신들을 놀라게 하였다.

오늘의 가치 기준으로 무심히 생각하면 事大主義라고 몰밀어 붙일 수도 있으나, 이는 대의를 지킨 강직한 선비 정신을 나타낸 것으로, 일제 치하의 조국 광복을 위한 독립운동이나 독재 체제 아래서의 양심선언에 의한 민주화 투쟁 정신과 일맥상통하는 것이라고 『명은집』 간행사에 적혀 있다. 金海府使 金漢益(1787~?: 1827 文科)은 그의 孫子이다.

공의 별세후 조정에서는 철종 을묘년(1855년) 贈承政院左承旨 兼 經筵參贊官 벼슬을 내렸다. 공의 묘지명은 惕齋 李書九(1754~1825)가 짓고, 행장은 홍문관 부제학 十靑 金近淳(1772~?)이 썼다. 「明隱序」를 쓴 成大中과 洪允升의 글을 보면, 下邑 一布衣로 早謝科場 絶意進取하고 屛居 頭流山下月谷하니 氣節이 있는 自守介特士였던 것이다.

공은 1814수의 방대한 시를 남겼는데, 다수의 「화도시」가 있으며, 「愛菊說」·「書靖節集序後」·「書정절도선생도화원기後」·「도선생화상贊」·「讀도화원기」 등의 시문도 收載되어 있다.

19세기의 첫 「和陶辭」로 전남 光山의 黃坡 기슭에 살면서 황파거사로 불리우며, 道儒로 推奬되던 慶州人 崔愼之(1748.1.8～1822.1.25)의 원제 「續歸去來辭」를 살펴보려 한다.

黃坡는 一布衣로 지내면서 많은 제자를 양성한 인물로 純實한 호남의 유생이었다.

1	歸去來兮!	돌아가리라!
	日暮道遠將安歸	날은 저물고 갈 길은 머니 어디로 갈 것인가?
2	經千險而奄老	천만 가지 험난함 넘기며 어언간에 늙어버렸나니,
	撫一身而潛悲	일신을 어루만지며 남몰래 슬픔에 잠기노라.
3	學書劍而無成	문무를 익혔으되 성취됨도 없고,
	業箕裘1)而莫追	父祖의 업에 힘썼건만 따라 미칠 수 없도다.
4	唉弊廬之獨守兮	아아! 대대로 살던 폐옥을 혼자 지키며,
	覽家模又日非	가정의 규모를 돌아보니 나날이 틀어져만 가누나!
5	倚竹窓而太息兮	죽창에 기대어 장태식하니,
	掩余涕之沾衣	갑자기 눈물이 흘러 옷깃을 적시네.
6	感歲月之迅邁	살같이 닫는 세월을 감득하며,
	☐恨趣味之漸微	취미가 점점 사그라져감을 한하노라.
7	情車亂動	감정의 수레는 함부로 날뛰고,
	意馬橫奔	번민 고뇌는 옆으로만 치닫네.
8	兒無侍傍	옆에서 시중들 아이도 없고,
	客稀到門	찾아오는 손님도 드물어라.
9	田園就蕪	전원은 황무지가 되어가고,
	圖書獨存	서책들만이 덩그러니 남아 있어라.
10	飢飯蔬食	배고프면 一簞食요,
	渴飮匏樽	목마르면 一瓢飮하리라.
11	顧才器之脆薄	재능과 기량이 미약하고 얄팍함을 돌아보고,

---

1)『書言故事・父母類』:「承祖父所業 謂箕裘之業 (注)良冶之子 必學爲裘 良弓之子 必學爲箕」

	又何敢乎希顔2)	또한 어찌 감히 顔淵을 바라랴?
12	知素計之盡違	평소의 계획이 깡그리 어그러졌음을 깨닫고,
	獲吾心之所安	내 마음이 오히려 편안해짐을 얻겠노라.
13	閱古今之興替	예와 이제의 흥기와 교체를 보면서,
	玩造化之機關	조화옹의 요체를 완미하노라.
14	齊得喪而渾忘	한결같이 득실을 온통 망각하고,
	一死生之達觀	사생을 하나로 보는 달관이여.
15	方儒敎之已衰	바야흐로 유교는 이미 쇠미해졌나니,
	恨聖世之不還	성인의 세상이 돌아올 수 없음을 한하노라.
16	爭蹈危而利災	다투어 위험함을 밟으며 재앙을 탐내면서,
②	尙志氣之桓桓	오히려 志氣들이 굳세네.
17	歸去來兮!	돌아가리라!
	保吾拙而優遊	나의 拙性을 보전하며 우유도일하리라.
18	喜眞樂之斯在	참된 즐거움이 이곳에 있음을 기뻐하며,
	悼少日之妄求	젊은 날 함부로 찾아 다녔음을 애도하노라.
19	託知音於麯生	지기지우를 술에 기탁하며,
	間嘯詠而忘憂	간간이 소리내어 읊으면서 근심을 잊으리라.
20	想燕趙3)於酣歌	주흥에 겨워 비분강개한 悲歌를 부르던 燕趙之人을 생각하며,
	樂堯舜於田疇	밭두둑에서 요순시대의 격양가를 노래하리라.
21	江海渺渺	아득한 강과 바다,
	無路乘舟	길이 없으면 배를 타리라.
22	喚村童而從遊	촌동을 불러 종유하며,
	或于園而于邱	더러는 동산으로 때로는 언덕으로,
23	共品物而娛生	만물을 하나로 여기면서 생을 즐기며,
	悟上下之同流	상하가 함께 흘러감을 깨닫도다.
24	貧且賤兮何傷	빈천하다고 어찌 상심하랴?
③	以閒曠爲日休	한가함과 광달함으로 매일매일이 편하리라.

---

2)『晉書・虞溥傳』:「希驥之馬 亦驥之乘 希顔之徒 亦顔之倫也」
3)『韓愈・送董邵南序』:「燕趙古稱多感慨悲歌之士」

25	已矣乎!	끝났음이여!
	萬事擾攘付太空	시끄러운 모든 일을 저 허공에 붙여버리리라.
26	一心恬淡無滯留	한 마음 염담하니 응체하여 머물음이 없거니와,
	胡爲乎 慽慽自少之	어찌하여 근심 걱정하면서 이 같음을 적게 여겼던가?
27	樹竹爲我蔭	나무들과 대숲이 나를 위하여 그늘을 만들어주고,
	風月與之期	청풍과 명월은 더불어 기약할 수 있노라.
28	嗟身窮而運否	아아! 신수가 궁박하고 운수가 否塞함이여!
	甘沒世於耘耔	죽는 날까지 농경 생활을 감수하리라.
29	豈敢望於傳業	어찌 감히 家傳之業을 바라랴?
	時自見於敍詩	때때로 詩를 써 나 자신을 드러내리라.
30	旣吾道之自信	이미 내 갈 길을 스스로 믿나니,
④	多少傍人且莫疑	하많은 주변 사람들이여 다시는 의심하지 말지어다.

　黃坡 崔愼之의 행장에 따르면 慶州之崔門으로 고려조에서 첨의정승 계림부원군을 지낸 光位로부터 나타난다. 그가 忠烈公派의 派祖이며 포은선생의 제자로 세상이 바뀌자 光州로 이거한 詠歸亭 仲濟가 진사 南歸子 永源을 낳으니, 이 분이 南州의 三孝之一로 불렸다. 1503년 영암군수로 나갔다가 이듬해인 갑자사화 때 궁궐 앞에서 대죄하다가 굶어 죽은 永思亭 崔亨漢(?~1504: 1483年 文科)이 공의 10대조가 되는데, 형한은 점필재의 문인으로 金濯纓과 慵齋 成俔 등과 도의지교를 맺었던 인물이다. 縣監을 지낸 林泉齋 崔松年(1549년 文科)이 亨漢의 孫子이며 대대로 조그만 벼슬을 해오다가 祖父代부터 隱德不仕하였다 한다.

　공은 光山 柳等谷面 黃山里第에서 태어나 渼湖 金元行에게서 배우고 '主一無適' 네 자를 行身之律로 삼았다. 미호선생 사후 아들이신 三山齋 金履安(1722~1791)을 스승으로 섬겼다. 과거에는 끝내 연이 없었으며, 광주목 尙書 徐瀅修(1749~1824)·어사인 繡衣 石崖 趙萬永(1776~1846)·光山守 芹窩 金熹(1729~1800 ; 1773 文科. 副提學) 등에 의하여 '學識高明 藻詞警發'·'元禮之模範'으로 천거되었으나 收用되지 못하고 포의로 끝났다. 공의 외우인 진사 李昌炘의 만사는 '靑年文學士 白首林泉翁'으로

요약되며, 사후 靈床에 바쳐진 水村 高廷鳳(1743~1822 ; 1800년 文科)의
만사는 공의 생평을 확연히 드러내주니, 繡衣께서 천거한 것도 부질없는
일이었고(編校未霑祿 繡衣空薦才), 聖朝에도 棄才가 있었다고 아쉬워 하였
다(草野無公議 聖朝有棄才).

다음으로 密庵 李栽에 연원을 둔 大山 李象靖(1710~1781)의 門生으로
문과 합격후 落鄕하고, 다시는 벼슬길에 오르지 않은 英陽人으로 자는
仲殷 호 癡庵 南景羲(1748~1812)의 「和陶辭」를 살펴보려 한다. 원제는
특이하게 「山中詞」이며 다음과 같은 짧은 병서가 붙어 있다.

嘗愛淵明歸去來辭 時時誦詠 想見其爲人 偶於山居無聊中 戱步其韻
以道云

일찍이 도연명의 「귀거래사」를 좋아하여, 시시 때때로 외워 읊으며 그의 사람됨
을 상상해 보았다. 우연히 산중에 살게 되어 무료한 가운데, 장난삼아 그 운을 밟
아 다음과 같이 말해 본다.

1	山之中兮!	山 속이여!
	世莫我與可以歸	世與我 相違하니 돌아가리라.
2	自古窮困者非一	예로부터 곤궁했던 자가 한 둘이 아니었나니,
	曾不足以爲悲	슬프게 여길 것이 전혀 아니네.
3	懼操守之易渝	절조 지킴이 쉽사리 변함을 두려워하며,
	愧安樂之難追	안락을 쫓기 어려움을 부끄럽게 여기노라.
4	歲忽忽其將暮	세월은 얼핏 흘러 장차 저물려하는데,
	念素抱而皆非	평소의 회포가 온통 어긋났음을 생각하게 되네,
5	托經綸於花竹	경륜을 꽃심기와 대가꾸기에 기탁하려네,
	製薜蘿而爲衣	벽려와 여라를 마름질하여 의상을 만들려네.
6	甘寂寞而獨處	적막강산에 홀로 거처하는 것을 달게 여기며,
①	雖復顧此寒微	누가 다시 이 한미한 사람을 돌아볼 것인가?

7　林鹿下上　　　　숲속의 사슴은 오르락 내리락,
　　谷鳥飛奔　　　　골짜기의 새는 나르고 달리네.
8　時有村翁　　　　때때로 마을 늙은이가 있어,
　　來叩柴門　　　　사립문을 찾아와 두드리네.
9　知音蓋寡　　　　지기지우는 대체로 적은 법,
　　晚契斯存　　　　만년의 契分이 여기에 있네.
10　携手巖臺　　　　손을 잡고 바위와 高臺에 올라,
　　相屬匏樽　　　　서로 탁배기 잔을 권하네.
11　甕牖靜而閒坐　　깨진 옹기로 낸 들창문은 고요한데 그 곳에 한가히
　　　　　　　　　　앉아, 만
　　揖瑺瑚之屛顔　　만호의 높고 험한 山을 바라보노라.
12　景全體之厚重　　그림자는 전체 부피와 무게이니,
　　勉隨遇而心安　　만나는 모든 경우에 마음이 편안하도록 힘쓰리라.
13　浮雲屬以世事　　세상사는 뜬 구름에 속하는 것이니,
　　彼於我而何關　　부귀가 나에게 무슨 상관이랴!
14　相隙地於誅茅[1]　빈 터를 살펴보아 띠풀 뿌리를 베어버리고,
　　矢巖居而川觀[2]　암굴에 살면서 흐르는 물을 바라보리라.
15　披幽草而默翫　　유현한 풀을 헤치고 묵묵히 완상하며,
　　窮日夕而忘還　　아침이고 저녁이고 싸돌다가 돌아가기조차 잊으리
　　　　　　　　　　라.
16　淸陰爲之掩映　　맑은 그늘이 나를 위하여 막아가려 주나니,
②　愛孤幹之桓桓　　孤松의 줄기가 씩씩하고 굳건함을 사랑하노라.

17　山之中兮!　　　山 속이여!
　　聊卒歲而優遊　　그런대로 종신토록 우유도일하리라.
18　究至象於幽貞[3]　지극한 모습을 ‘幽人貞吉’에서 궁구하고
　　服懿訓於隱求　　아름다운 교훈을 ‘隱居以求其志’에서 복응하리라.
19　經三旬以九食　　三旬에 九食을 겪으며,
　　對水石而無憂　　水石을 상대하며 아무 근심없으리라.

---

1)『楚辭・卜居』:「寧誅鉏草茅 以力耕乎 將游大人 以成名乎」
2)『史記・蔡澤傳』:「君何不以此時歸相印 讓賢者以授之 退而巖居川觀」
3)『易經・履』:「履道坦坦 幽人貞吉」

20 天旣借余以殊勝4)　　하늘이 이미 나에게 특별한 勝地를 빌려주셨으니,
　　爭此所者其疇　　　이 곳을 다툴 자 그 누구랴?
21 磯可以釣　　　　　낚시터에서 一竿 드리우고,
　　潭可以舟　　　　　연못에선 배를 띄우리라.
22 學水仙5)而徜徉　　屈原을 흉내내어 行吟澤畔하니,
　　又何羨夫三丘　　　또한 어찌 三神山인들 부러우랴?
23 夕濯足於溪口　　　저녁엔 시내 입구에서 발을 씻고,
　　朝嗽齒於澄流　　　아침엔 맑은 물에 양치질 하리.
24 囂塵絶而事罕　　　시끄러운 세속에서 벗어났으니 할 일은 드물어지고,
③ 得眞趣於日休　　　진정한 취미를 매일의 휴식에서 얻으리라.

25 奈何乎!　　　　　어쩔 수 있는가?
　　富貴功名彼一時　　부귀와 공명도 차일시 피일시인 것.
26 我自樂此聊淹留　　나는 스스로 이것을 즐기면서 애오라지 머물러 있
　　　　　　　　　　을 것이니,
　　茫茫乎 四顧靡所之　아득하여라! 사방을 둘러보아도 갈 곳이 없구나.
27 烟霞若相待　　　　아지랑이와 놀은 서로 어울릴 것 같고,
　　溪山如有期　　　　산천과는 기약이 있는 듯하네.
28 遣幽興於漁樵　　　幽深한 흥을 고기잡고 나무하는 것으로 소견하고,
　　課本業於耕耔　　　본래의 사업인 농사짓는 것으로 日課를 삼으리라.
29 遵澗阿而永矢　　　석간수 흐르는 언덕을 따라 영원히 맹세하리니,
　　實先獲於衛詩　　　실로 위풍 考槃시는 내가 바라는 바를 먼저 말했구
　　　　　　　　　　나!
30 旣我所之爰得　　　이미 내가 머물 곳을 얻었으니,
④ 一生棲息無狐疑　　일생을 서식하더라도 이럴까 저럴까 의심 없어라.

癡庵 南景羲는 正祖 1年인 1777年에 文科 급제(錦帶 李家煥과 同榜)하
여, 승문원박사·전적·감찰·兵佐·正言에 승차되었으나 사직한 후 낙
향하였다. 9代 玉堂 家門인 丁範祖·李益運 등의 권유도 뿌리친 채 다

---

4)『朱熹·梅花詞』:「天然殊勝 不關風露氷雪」
5)『拾遺記』:「屈原隱於沅湘 被逐乃赴淸泠之水 楚人思慕 謂之水仙」

시 벼슬길에 나가지 않았다. 不起하고, 慶州 보문리에 止淵隱堂을 세워 후학양성에 힘을 다하고 春秋로 士友와 강회하는 것으로 自適하였다. 癡庵 南景羲는 영남의 南人系 文人으로, 青泉 申維翰(1681~1752 ; 1731 文科)에게 사사하고, 그 후 여행가 풍산가로도 알려진 친구였던 滄海翁 鄭瀾(1735~1791)의 傳記인「鄭滄海傳」6)을 남겼다.

어느날 독서를 하고 있을 때 부인이 곁에 와서 양식이 떨어졌다(本文 18句에도 三旬九食이 나옴)고 하였으나 묵묵부답하였고, 또 집안의 사정을 말해도 응답하지 않았다. 그러자 이를 보고 있던 다섯 살난 어린 딸이 어머니에게 '왜 못난 사람과 사느라고 고생하느냐'고 하였으므로, 자기도 모르게 失笑하고는 그 뒤 자신도 돌아보지 못하면서 民生이니 勢道를 걱정하는 어리석은 사람이라는 뜻의 癡庵으로 自號했던 사람이다.

晩翠軒 南老明(1642~1721)은 文科後 老年에 落鄉하였고, 寓庵 南九明 (1661~1719)도 文科後 형인 老明의 강권으로 출사하여 善政을 베풀고 그만두었다. 두 분이 癡庵의 從曾祖가 되니, 曾祖는 宇明이다.

그는 형님인 桐崖 景采(1736~1751)와 함께 부친이신 活山 南龍萬(1709 ~1784)의 문집을 1790년(정조 17)에 간행하였는데, 先君께서는 학문에 밝았으며 경제에 뛰어난 인물이었으나, 과거에 나아가지 않고 학문에 전심하여『大學章句難疑』를 저술했다 한다. 그리고 明活山의 남쪽, 德溪 위에 집을 짓고 후생을 양성했다 하니 父子가 같은 길을 걸어갔다고 하겠다. 癡庵의 문집인『치암집』卷1에 도연명이 술을 마시는 그림에 붙인 五古「淵明飮酒圖」가 수재되어 있다.

다음은 正祖 때의 閣臣인 屐翁 李晩秀(1752.12.28~1820.7.27)의「和陶辭」를 살펴보려 한다. 원제는「鹿車亭賦」로「次歸去來辭韻」을 밟아 쓴 것이다.

---

6) 姜景勳:「滄海翁 鄭瀾 小考」(東萊鄭氏花樹會報, 2001.9. 제6호), 89~119쪽.

1 歸去來兮!　　　　돌아가리라!
　與子同車可以歸　　그대와 더불어 수레를 나란히 하여 돌아가리라.
2 固瓢飮之可樂兮　　진실로 一簞食一瓢飮이 즐거울 수 있으며,
　雖牛衣亦曷悲　　　비록 덕석같은 남루한 옷일망정 어찌 슬프랴.
3 嗟聞道之晼晚兮[1]　아아! 진리를 알았음이 너무 뒤늦음이여,
　悵前脩之莫追　　　전현들을 追躡할 수 없음이 처창하여라.
4 撫余髮之滄浪兮　　내 모발에 二毛가 섞여 있음을 쓰다듬으며,
　曾蘧瑗之知非　　　일찍이 거백옥이 五十 知四十九年之非라 함을 알
　　　　　　　　　　겠네.
5 朝委蛇而自公兮　　아침에 그대를 따라 구절양장 길을 걷다보니,
　汗翻瀾而透衣　　　땀이 범벅이 되어 옷에 베노라.
6 榮觀盛而智昏兮　　영예로운 觀察民風의 자리는 성대하나 지혜가 어
　　　　　　　　　　둡고,
　① 主恩重而力微　　주상의 은혜는 무거우나 힘이 미약하여라.

7 朱輪[2]鳴於九衢兮　귀현을 실은 붉은 색의 車輪이 大路上을 울림이여,
　神日蕩而外奔　　　신선의 태양이 움직여 밖으로 내달리네.
8 寔性情之難任兮　　진실로 性情을 그냥 내맡기기가 어려움이여,
　矧倚伏[3]之無門　　하물며 禍福의 인연은 일정한 문이 없는 것이니,
9 渠渠乎彼廈屋兮　　깊숙하고 넓은 저 큰 집은,
　緊匪我之思存　　　아아! 내 평생의 바람이 아니요,
10 何所獨無友生兮　어느 곳인들 유독 친구가 없을까만,
　疇可共此匏樽　　　누가 이 같은 표주박 잔을 함께 할 수 있으랴?
11 縞衣而綦巾兮[4]　흰 옷에 파란 수건 쓴 여인만이 나를 즐겁게 해 주
　　　　　　　　　　듯이,
　與子老而朱顔　　　그대와 함께 늙으며 술도 마시리라.
12 冀賓饁而申敬兮[5]　冀땅에서 들밥을 내온 아내와 相敬如賓하였다는

---

1) 『楚辭·嚴忌·哀時命』:「白日晼晚其將入兮 哀余壽之弗將 (注)晼晚 日暮也」
2) 『史記·陳餘傳』:「令范陽令乘朱輪華轂 使馳驅燕趙郊」
3) 『老子·58』:「禍兮福之所倚 福兮禍之所伏」
4) 『詩經·鄭風·出其東門』:「出其東門 有女如雲 雖則如雲 匪我思存 縞衣綦巾 聊
　樂我員」
5) (郤缺):「春秋晋 芮子 縟於冀 其妻饁之 相敬如賓 臼季使過冀見之 與之歸 言之

　　　　　　　　　　　邰缺과,

龐儷耘而貽安6)　　　방덕공이 농사지을 때 부인이 앞에서 김매었다지.

13　鷄鳴興而徹戒7)兮　닭이 울면 새벽같이 일어나 경계하고 삼가리니,

　　閔夜行之間關　　험한 밤길에 감을 민망히 여기노라.

14　山之阿有白雲兮　산정에는 흰구름이 흐르나니,

　　盍携手而往觀　　어찌 손잡고 함께 가서 구경하지 않으랴?

15　褥吾田而服力兮　내 밭 김매기에 힘을 다하고,

　　讀吾書而言還　　내 책을 읽으며 돌아가리라.

16　巾其車而鹿驂兮　수레에 차일 씌우고 사슴을 驂馬로 삼으리니,

②　蓋嘗聞諸鮑桓　일찍이 포숙아와 제환공의 고사에서 이런 사실을
　　　　　　　　　　　들었었네.

17　曰卿言之洵佳兮　그대의 말이 진실로 아름답다 한다면,

　　願卒歲焉優遊　　바라건대 종생토록 우유도일하리라.

18　旣云宜其室家8)兮　이미 한 집안을 화락케 하라 하였으니,

　　復何事乎遐求　　다시 무슨 사연으로 멀리 구하랴?

19　犁星見而兩足兮　새벽달 보고 두 발을 움직이니,

　　喜百草之無憂　　모든 초목들이 걱정없음을 기뻐하노라.

20　吾寧學夫老圃9)兮　내 차라리 저 경험 많은 농부에게 배워,

　　薄言採彼春疇　　저 봄밭에서 채소를 소꾸리라.

21　庋盆花而疊屛兮　화분을 시렁에 올리고는 병풍으로 가려 놓고,

　　泛沼荷而爲舟　　연못의 연꽃을 띄워 배로 삼으리라.

22　循庭陰而散纓兮　뜨락의 그늘을 따라 갓끈을 끊어버리고,

　　宛一壑而一邱　　완연한 한 골짜기요 한 언덕이로다.

23　前峰靄以翠微兮　앞 산 봉우리 중턱에는 아지랑이 피어오르고,

　　又松際之飛流　　또한 소나무 사이로 날아 흐르네.

文公 用爲下軍大夫 復與之冀爲采邑 因以爲氏 稱冀缺 成公時代趙盾爲政 卒諡
成子」

6) (龐德公)：「後漢人 居峴山居　未嘗入城市…德公耕隴上 妻耘於前 相敬如賓」

7)『書經・大禹謨』：「吁 戒哉 儆戒無虞 (蔡傳)儆與警同」

8)『詩經・周南・桃夭』：「桃之夭夭 灼灼其華 之子于歸 宜其室家」

9)『論語・子路』：「樊遲請學稼 子曰吾不如老農 請學爲圃 曰吾不如老圃」(集注)種蔬
　荣)

24 亭於斯乎得所[10]兮　　이곳에 정자를 세워 살 곳을 얻었나니,

③ 遂偃蹇而日休　　드디어 매일매일이 느긋한 휴식이로다.

25 何少日之孟晉[11]兮　　어찌하여 젊은 날 힘껏 뛰었던가?

　若農夫之趨時　　마치 농부가 農時에 몰려 달려들듯이.

26 信樗櫟之不材兮　　진실로 樗櫟이 재목감이 못되는 散材임을 믿어,

　迨歲暮而卷之　　늙마에 이르러 뛰던 것을 멈추리라.

27 簾櫳闃其燕坐兮　　발을 친 살창은 고요하니 그 곳에서 편안히 쉴 것
이요,

　林月來而如期　　숲 사이로 달이 떠오르기를 기다리리라.

28 永爲好於百年兮　　영원히 인생 백년을 좋게 지내며,

　子則爨而我耔　　그대는 밥짓고 나는 농사지으리라.

29 忻長公之對床[12]兮　　蘇東坡가 바람불고 눈오는 날 밤새도록 상을 마주
하고 이야기함을 기뻐하듯이,

　詔阿符使誦詩　　韓愈처럼 자식을 가르치며 시를 읊으리라(符讀書城
南詩).

30 歸去來兮!　　돌아가리라!

④ 翁有一雙賜屐兮翁何疑　하사받은 한 켤레 나막신이 있으니 屐翁이 무엇을
의심하랴.

　屐翁 李晩秀는 延安 李門으로, 좌의정 雙溪 李福源(1719~1792)의 아
들로 자는 成仲, 一號는 屐園이다. 1783년(정조 7) 사마시에 합격, 음보로
副司果를 지내고, 1789년 식년문과에 병과로 급제(壯元은 竹石 徐榮輔, 放
眼은 茶山 丁若鏞으로 同榜), 여러 벼슬을 거쳐 1795년 대사성 겸 규장각제
학이 되었다. 이듬해 整理字 만드는 일을 감독하고, 1800년 예조판서로
승진, 이어 工判·수원유수·판의금부사, 1801年 홍문관대제학에 오른
父子文衡이요 四代 連捷이며, 兄인 領相 李時秀(1745~1821)는 祖父에
이어 三代入耆社 한 가문이 되었으며, 장인은 保晩齋의 아우인 頌相 徐

10)『詩經·衛風·碩鼠』:「樂土樂土 爰得我所」
11)『班固·幽通賦』:「盍孟晉以迨群兮 辰儵忽其不再 (注)孟 勉也 晉 進也」
12)『韋應物·示全眞元常詩』:「寧知風雪夜 復此對床眠」

命善(1728～1791: 1763 文科)이다. 戶判을 거쳐 평안도 관찰사가 되었다.

1811년 홍경래의 난이 일어나자 지방의 치안 유지를 잘못했다는 죄로 이듬해 파직, 慶州로 유배되었다가 곧 용서되어 水原유수로 나가 임지에서 죽었다. 문학에 뛰어났고 특히 변려문에 특출하여 외교문서를 많이 담당하여 『文苑大方』에 공의 글이 다수 실려 있다. 명필로도 알려졌으며 시호는 文獻이다.

문집인 필사본 『극원유고』 15권이 전하는데, 권13은 도연명의 시를 화운한 100여 편의 「화도집」이다. 서문에는 '1812년 首春에 경주로 南遷되었다가 여름 5월 하순에 蒙恩하여 北還하였다. 소동파가 惠州 유배시에 「화도시」를 쓴 고사를 생각하며 회포를 기술하여 화도집을 이루었다'라고 쓰여 있어, 경주 유배시의 소작임을 알 수 있다. 陶詩에 和韻은 했으면서도 別行으로 달리 소제목을 붙인 특이한 「和陶詩」이다.

다음으로 부부가 함께 각각 한 편의 「和陶辭」를 남긴 足睡堂 洪仁謨 (1755.3.28～1812.10.15)와 貞敬夫人인 令壽閣 徐氏(1753～1823)의 작품을 살피려 한다. 이들은 淵泉 洪奭周(1795 甲科 兩館大提學)·沆瀣 洪吉周·海居子 洪顯周(正祖의 사위. 知敦寧) 3형제를 두었는데, 연천과 해거자도 「和陶辭」를 남기고 있어, 부부와 형제간에 동일 주제의 패러다임이라는 점에서 중요시된다. 먼저 足睡堂 洪仁模의 원제 「和歸去來辭」를 살피겠다. 황해도 瑞興도호부사를 5년간 지내다가 돌아갈 때에 임하여 지었다 (瑞興臨歸時作). 아들인 연천 홍석주가 쓴 행장을 보아도 확실한 연대는 보이지 않으나, 대체로 1810년대로 보여진다.

1	歸去來兮!	돌아가리라!
	五載淹留胡不歸	다섯 해나 머물렀으니 어찌 돌아가지 않으랴?
2	徒縻厚祿以溫飽	다만 두터운 봉록으로 溫衣飽食에 잡아 묶였다가,
	瞻蔀屋而心悲	빈지문으로 둘러친 오막살이를 바라보니 마음 슬퍼라.

3 聆武絃而已邈　　周武王의 음악을 들으려해도 이미 까마득한 일이니,
　 拊單琴而莫追　　단금이나 어루며 따를 수 없음을 한하노라.

4 庭有訟而撻人　　동헌에는 쟁송이 있어 楚撻하는 소리 있으니,
　 恨初心之日非　　출사전에 먹었던 마음이 날로 틀어짐이 한스럽네.

5 鑑鬢星而忽驚　　쌀쩍머리가 희어짐을 보고 놀라고,
　 夙言駕而拂衣　　어서 바삐 멍에하고 옷자락을 떨치려하네.

6 辭隴水之瀺瀺　　갈라져 흐르는 瑞興 땅 농수를 하직하고,
①望南山之翠微　　목멱산의 푸른 기운을 바라보리라.

7 一鞭東指　　　　한결같이 채찍은 동쪽을 가리키고,
　 車輕馬奔　　　　수레가 가볍기에 말은 치달리네.

8 家住鳳城　　　　本家는 陜川 땅인 三嘉에 있어,
　 身隱鹿門　　　　一身을 녹문산(實은 가야산)에 숨기려네.

9 地僻事罕　　　　외진 곳이라 할 일도 적으려니와,
　 我樂所存　　　　나의 본래적 자아를 즐기려네.

10 晝永琴窓　　　　긴긴 낮 시간은 가얏고를 튕기며,
　 宵靜茶樽　　　　조용한 밤엔 차를 끓이려네.

11 兒孫趨而群笑　　兒孫들이 달려와 안기니 여러 식구들과 함께 웃고,
　 翁媼對而歡顔　　노부부는 서로 바라보며 환하게 웃노라.

12 酌石泉而神淸　　돌 샘물을 마시니 정신이 맑고,
　 枕江流而夢安　　흐르는 강을 베개로 삼으니 꿈조차 편안하여라.

13 秋鶴唳而寥亮　　가을엔 고고한 학이 요량하게 울고,
　 春鶯啼而間關　　봄날엔 꾀꼬리가 꾀꼴꾀꼴 노래하네.

14 欣松桂之幽賞　　소나무와 계수나무를 유현하게 감상함에 낙을 부치
　　　　　　　　　　고,
　 悅圖書之游觀　　서책을 느긋하게 읽어내림을 기쁘게 여기노라.

15 況淸風與明月　　하물며 무진장한 청풍과 명월이 있으니,
　 朝復夕而往還　　아침저녁으로 놀러 나갔다가 귀가하리라.

16 望靑天而長嘯　　푸른 하늘 바라보며 길게 휘파람 불며,
②共雲影而盤桓　　예는 구름 그림자와 함께 바장이리라.

17 歸去來兮!　　　돌아가리라!

	侶漁樵而邀遊	어부 초동을 짝하며 즐겁게 노닐리라.
18	旣知足而知止	이미 도덕경의 知足不殆 知止不辱임을 알았고,
	且不忮而不求	또한 탐심이 없으면 구할 것이 없음도 깨달았노라.
19	願與世而相忘	세사와는 서로 잊기를 바라노니,
	樂莫樂乎何憂	이 이상의 즐거움이 없나니 무엇을 근심하랴.
20	託此晚契以永好	이 같은 만년의 契分이 영원하기를 기탁하노니,
	捨魚鳥而其疇	물고기와 새들을 버리고 그 누구와 벗하리.
21	潭上有盧	못 주변에는 갈대가 우거졌고,
	漢濱有舟	한수 가에는 배가 매어 있네.
22	謝浮名於城市	城市에서의 浮虛한 명성을 하직하고,
	寄浪跡於林邱	산림 우거진 언덕에 살면서 자취를 감추리라.
23	日如年於靜裏	조용한 속에 하루를 한 해처럼 보내려니,
	駐光陰之迅流	빛과 그리고 그림자가 살같이 달려감을 머무르게 하리라.
24	山蒼蒼而不改	산은 푸르디 푸르러 변하지 않으며,
③	川混混而莫休	강물은 치렁치렁 쉬임 없이 흐르네.

25	已矣乎!	끝났음이여!
	神農虞夏曾幾時	신농씨 도당 유우 그 시절이 얼마간의 시간이었던가?
26	古來萬事皆如此	자고이래로 만사는 모두 이와 같은데.
	胡爲乎 獨立歎息之	어찌하여 遺世獨立하여 탄식만 하는가?
27	往者不可追	과거는 어쩔 수 없는 것이며,
	來者不可期	미래도 기약할 수 없는 것.
28	不敢度乎轍環	감히 공자님처럼 철환천하를 생각할 수도 없으니,
	甘沮溺之躬耔	장저와 걸닉처럼 몸소 밭가는 것을 달게 여기리라.
29	被薜蘿之舊服	은자의 옷인 벽라로 만든 옛 옷을 입고,
	詠蒹葭之遺詩[1]	시경의 蒹葭章을 읊으리라.
30	信自知之昭昭	스스로 감지한 것이 昭昭明明함을 믿나니,
④	焉用龜蓍以決疑	어찌 거북점, 시초점을 보아 의심 많은 여우같은 마음을 결정할 것인가?

---

1) 『詩經·秦風·蒹葭』:「蒹葭蒼蒼 白露爲霜 所謂伊人 在水一方 遡回從之 道阻且長 遡游從之 宛在水中央」

足睡居士라 자호했던 洪仁謨는 초명은 大榮이며, 자를 而壽라 하였다. 洪門은 鼻祖인 국학직강 洪之慶(1242年 壯元) 이래로 안동의 豊山 땅에 살았다. 4대는 高陽에서 5대는 王京으로 옮겼으며, 공의 9세조이신 직학공에 이르러 문학으로 고려조에 드러나는 顯祖가 된다. 그 이후 계속 館閣에 출입하는 인물이 이어졌다 한다.

대사헌을 지낸 문경공 慕堂 洪履祥(1549~1615)의 손자로 선조의 부마가 된 문의공 無何翁 洪柱元(1606~1672)이 공의 6세조가 된다. 증조 洪錫輔(1672~1729)는 吏判, 조부 洪象漢(1701~1769)은 예판으로 시호는 靖惠이다. 정혜공이 네 아들을 두었으니, 장자가 영의정인 孝安公 洪樂性(1718~1789)으로, 공은 효안공의 제2자로 季父이신 찬성공 洪樂最가 早卒無育이었으므로 出爲後하였다.

29세가 되던 1783년(정조 7) 사마시에 합격, 음보로 출사하여 사릉참봉·사옹원주부·익위사익찬·호조좌랑·과천현감·수원부판관·연안도호부사·평양부서윤·서흥도호부사를 역임하였으며, 마지막 벼슬인 서흥부사 직을 떠나면서 본 「和陶辭」를 쓴 것이다. 돌아가시던 1812년 4월에 특별히 통정대부 승문원 동부승지를 받고, 이어 돈녕부도정·호조참의우부승지로 계시다가 향년 58세로 별세하셨다고 행장에 적혀 있다. 사후에 영의정이 추증되었다.

가문의 문집인 『豊山世稿』 卷6은 足睡公과 영수각 徐氏 부인의 문집인데, 홍인모의 集句詩가 수재되어 있다. 「閑居集陶 7수 選4」로 도연명의 五言詩句만으로 한 편의 시를 짜 맞추는 것이다. 한 수만을 轉載해 보이겠다.

吾亦愛吾廬	讀山海經	守拙歸園田	歸園田居
春秋多佳日	移居 第二	虛室有餘閒	歸園田居
窮巷寡輪鞅	歸園田居 第二	飛鳥相與還	飲酒 第五
登高賦新詩	移居 第二	悠然見南山	飲酒 第五

이 같은 한 詩人에 대한 集句詩는 그 시인의 시구를 전부 암송할 정
도가 아니면 불가능한 것이니, 足睡公이 陶詩 이해에 깊었음을 말해주
고 있다. 더욱이 공은 「귀거래사도」에 붙이는 畵題文 한 편을 남기고
있어, 그가 도연명의 「귀거래사」에 경도되었음을 보여주고 있다. 계속하
여 貞敬夫人의 「和陶辭」를 보겠다.

　　歸去來兮 昔何以爲出也 今何以爲歸也 思田園之將蕪 是區區也 恥折
腰於隣兒 是悖悖也 元亮豈眞爲此者 元亮之志 吾知之也 雖然苟能不出
於前 復豈有賦歸於後也哉

　　「귀거래사」는 전날 무엇 때문에 彭澤令으로 出仕하였다가, 이제 와서 무엇 때
문에 돌아간 것일까? '田園이 將蕪'하기 때문이라는 것은 한낱 區區한 핑계였을 것
이고, 鄕里小兒에게 折腰하게 된 것에 화증이 났을 것이다. 元亮의 속뜻을 내가
알만하다. 비록 구차스러워 앞에 내세우지는 않았지만, 짓고 난 다음에 어찌 돌아갈
수 있었겠는가?

1	歸去來兮!	돌아가리라!
	雪滿雙鬢胡不歸	양쪽 살쩍 눈서리 가득한데 아니 돌아가고 어쩌리.
2	平生解笑不解嚬	평생을 웃을 줄은 알았지만 찡그릴 줄을 몰랐으며,
	常欣欣兮奚悲	언제나 기뻐하고 즐거워했나니 어찌 슬퍼하랴.
3	思忙於隴水	사념 속에 瑞興 땅의 농수가 바삐 오가는데,
	復有何者來追	다시 어느 곳을 來追하려는가?
4	行藏付於彼蒼	用捨行藏은 저 푸른 하늘에 맡기고,
	元無是兮無非	태초에는 是도 非도 없었던 것이니.
5	臨滄浪兮濯纓	창랑에 임하여 갓끈을 씻고,
	陟高岡兮振衣	높은 언덕에 올라 옷자락을 털리라.
6	履直道而無陂	바른 길을 밟아가니 한 쪽으로 쏠림이 없고,
□	庶可期乎寡微	허물이 적을 것을 기약하기 바라노라.
7	平陵廣陌	평지와 언덕길을,

	馬度如奔	말이 넘어가기를 마치 달리듯 하누나.
8	我屋南湖	내 집은 남쪽 호수,
	淸流對門	맑은 흐름이 문 앞에 있네.
9	烟波不盡	끝없는 烟波에,
	風月長存	淸風明月은 언제나 갖춰 있네.
10	壁上古桐	담벽에는 묵은 오동나무,
	床頭淸樽	밥상머리에는 맑은 술.
11	柏森森兮長年	잣나무는 삼삼하게 오랜 세월 그냥 서 있고,
	松蒼蒼兮駐顔	소나무는 푸릇푸릇 옛 모습을 그대로 지녔네.
12	心無機而夢靜	마음 속에 기미가 없으니 꿈조차 고요하고,
	道有充而身安	도가 충만하니 一身이 평안하네.
13	花徑深而不掃	꽃길은 깊어 쓸지도 않으며,
	柳門闢而亦關	버들 문은 열려 있으나 또한 닫힌 것과도 같어라.
14	識機變而勇退	기미가 바뀜을 알아차리고 용감하게 退隱하였고,
	窮物體而靜觀	사물의 본체를 궁구하여 조용히 살피네.
15	念在昔之遠遊	예전의 遠遊를 생각하며,
	樂今夕之始還	이 저녁에 비로소 돌아감을 즐겁게 여기네.
16	瞻遠近而嘯詠	원근의 경치를 바라보며 큰 소리로 읊조리며,
②	與鷗鷺而盤桓	갈매기와 백로로 더불어 바장이노라.

17	歸去來兮!	돌아가리라!
	秣吾馬而焉游	나의 말에 먹이를 주고 어디로 유람할 것인가?
18	嵩岱高而莫擧	嵩山과 泰山은 높아 오를 수조차 없고,
	蓬壺遠而難求	蓬壺와 弱水는 멀어 찾아보기 어려워라.
19	爭點點於華山	화산을 다투듯이 일일이 가리켜 보이며,
	來往熟而無憂	가고 옴이 익숙하니 아무 근심없어라.
20	有時徜徉於石室	때로는 石室을 오가고,
	或躊躇乎平疇	더러는 平疇에 머뭇거리네.
21	子陵一竿	嚴君平은 낚시터에 한 칸 대 드리우고,
	季鷹扁舟	張翰은 일엽편주 타고 고향으로 떠났다네.
22	魚潑潑於某水	물고기는 某水에서 팔팔 뛰어 오르고,
	鹿呦呦於玆邱	사슴의 무리는 이 언덕에서 요요하게 울어라.

23 枕雲根而少憩　　　구름자락을 베개하고 잠시 쉬다가,
　　漱百川之長流　　　끝없이 흐르는 百川에 양치질하리라.
24 嘆四時之迭代　　　춘하추동 사계절이 교대로 바뀜을 탄식하며,
③ 從玆役而將休　　　이 같은 잡역으로부터 장차 쉬리라.

25 已矣乎!　　　　　　끝났음이여!
　　歸來不及少壯時　　돌아가더라도 젊은 시절을 미칠 수 없음이여.
26 朱顔半凋形神枯　　　붉던 얼굴은 반쯤 시들었고, 모습도 정신도 말라 버
　　　　　　　　　　　렸나니,
　　胡爲乎 不自任所之　어찌하여 스스로 갈 곳을 내맡기지 않는고?
27 弄月而看雲　　　　　달빛을 희롱하며 구름을 쳐다보면서,
　　朝暮豈有期　　　　朝朝暮暮에 어찌 기약이 없었으랴?
28 携兒孫而採藥　　　　兒孫들을 데리고 약초를 캐며,
　　敎僮僕而耘籽　　　동복들을 가르켜 농사를 지으리라.
29 瀉萬斛之幽懷　　　　萬斛만큼이나 서린 회포를 씻어내며,
　　掃苔壁而題詩　　　이끼 어린 靑壁을 쓸고 시를 쓰리라.
30 與夫子而偕隱　　　　남편과 함께 은거하리니,
④ 雙垂白髮莫相疑　　鷄皮鶴髮의 두 늙은이를 아무 의심 말지라.

　본 「和陶辭」는 지금까지 본인의 搜探에 의하면 유일한 女性의 작품
이다. 貞敬부인인 令壽閣 徐氏는 「六美堂記」의 저자인 徐有英의 從叔
이 되는 陶庵 門人인 강원도 관찰사 徐逈修(1725~1779)의 여식으로 渼湖
金元行이 外祖父이다. 14세에 출가하여 47년 간 足睡堂 홍인모와 해로
하였는데, 서씨가 머물던 서실을 영수각이라 하였다.
　淑德을 갖추었던 부인은 당시 영의정 鄭元容 부인과 함께 사대부가의
사표가 되었다 하며, 淵泉 홍석주 등 3형제(용마 세 마리가 婚夜에 방에 들어
오는 꿈을 꾸었기에, 3형제의 아명이 龍甲·次龍·三龍이라 하였다)를 두었고, 규
수시인인 幽閑堂 原周를 길러 낸 현모양처였으며, 여류시인 작품이 영성
한 이 땅에 본 「和陶辭」 한 편과 191首의 漢詩를 남겼다.
　남편인 足睡公 시문 뒤에 부록으로 들어 있는데, 장남인 淵泉이 중국

연행 사행시 서장관이 되어갈 때(1803년) 붙인 「寄長兒赴燕行中」과 「小重陽次杜」·「和杜初月」·「次王維城南別業」·「次李白」 등 시를 보면 唐詩에 깊은 조예가 있었음을 보여주고 있다.

다음으로 영수각 서씨와 足睡堂 홍인모 부부의 장자인 淵泉의 「和歸去來辭」를 살피려 한다. 일찍이 滄江 金澤榮(1850~1927)이 중국 망명중에 한문 대가 아홉 분을 뽑아 『麗韓九家文』을 편찬함에, 그 九家中에 당당히 합석하신 분이 淵泉 洪奭周(1774~1842)이다.

淵泉 洪奭周는 字 成伯 殿講首席으로 直赴殿試하여 1795年 甲科 3等으로 뽑혀, 대제학·이판을 거쳐 순조 34년(1834년)에 좌의정이 되었던 성리학에 밝았으며, 文衡을 잡았던 문장 대가로 관료적 문인이라 할 수 있다. 시호는 文簡이며, 『풍산세고』와 『象藝薈粹』 등의 저서와 『연천집』이 전해온다. 다섯 편의 賦작를 지었는데 그 중에는 東坡의 「赤壁賦」에 和韻한 「續赤壁賦」가 이채롭다. 작품부터 살펴 나가겠다.

1	歸去來兮!	돌아가리라!
	投簪解綬可以歸	簪笏을 던져버리고 인수를 풀어버리고 돌아가리라.
2	吾不知得之爲樂	나는 簪纓 얻는 것이 즐거움이 된다 함을 모르겠고,
	又奚失之足悲	또 어찌하여 벼슬 잃는 것이 슬픈 것임도 모르겠노라.
3	紛馳騖以徇名	어지러이 명예 구함을 뒤쫓다가는,
	恐後悔而莫及	후회막급이 될까 두렵도다.
4	靖潛處而養恬	편안히 거처에 침잠하여 염정의 세계를 기르면,
	又衆人之所非	또한 뭇사람들의 비난의 대상일 수도 있노라.
5	閔蒼蠅之玷玉	(그러나) 쉬파리가 옥에 티를 남기게 함을 민망히 여기며,
	怵緇塵之染衣	더러운 티끌 먼지가 옷을 더럽힘을 두려워하노라.
6	晨余夢乎碧山	새벽에 나는 짙푸른 청산을 꿈꾸었고,
①	夕余辭乎紫微	나조에 궁성을 하직하고 떠나가노라.

7 悠悠雲行　　　하염없이 구름은 흘러가고,
　活活泉奔　　　콸콸콸 샘물은 힘차게 흘러라.
8 願言懷人　　　내심 바라노라 은거의 생활을,
　白駒衡門　　　흰 망아지가 빈 골짜기 누추한 곳에 한가히 살듯이.
9 幽幽衆　　　　그윽하고 조용한 삶의 터전은,
　美所存　　　　美學이 존재하는 곳.
10 有花有木　　　화초와 수목이 있고,
　有琴有樽　　　가얏고와 술도 있어라.
11 繙床書而覽古　경상 위에 펼쳐놓은 책속에서 博古通今을 살피며,
　獲所樂於孔顏　공자와 안자의 정신세계를 다잡아 보리라.
12 懿陋巷之居廣　누항 속에서 仁에 살면서 불개기락한 것을 아름답
　　　　　　　　게 여기고,
　悟曲肱之寢安　曲肱而枕之라도 잠자리가 편함을 깨달았노라.
13 味道德之精腴　도와 덕의 순수를 음미하며,
　抽妙鍵於玄關　현묘한 문에 들어가는 관건을 추출하리라.
14 深何綆而不汲[1]　짧은 두레박 줄로는 깊은 우물물을 길을 수 없으며,
　幽何鏡而不關　거울인들 어찌 幽懷를 비쳐줄 것인가?
15 超神遊於邃古　상고시대로 정신적 유람을 떠나,
　遷義農而忘還　복희 신농씨를 만나 돌아가기를 잊으리라.
16 亮至貴之在茲　진정코 지극한 귀함이 여기에 있나니,
② 豈軒駟與躬桓　어찌하여 제환공에 머리를 숙여 軒冕과 四頭馬車
　　　　　　　　를 탈까 보냐?

17 歸去來兮!　　　돌아가리라!
　逍遙乎吾將遊　소요자적하며 내 장차 유람하리라.
18 思八荒之博大　세계는 넓고 큼을 생각하나니,
　尙局促兮何求　오히려 웅숭거리며 무엇을 구하려하는가?
19 不量己而冒進　헤아림 없이 무턱대고 나아감을 그만두리라.
　憩居寵之多憂　여러 가지 근심의 원천인 寵榮의 자리에서 물러나
　　　　　　　　쉬리라.
20 退又不能與沮溺　은퇴하더라도 장저 걸닉과 함께일 수는 없더라도,

---

1)『莊子・至樂』:「褚小者不可以懷大 綆短者不可以汲深」

服筋力乎田疇	밭갈이에 온 힘을 쏟으리라.
21 若隨波鳧	물결을 따르는 물오리처럼,
若不繫舟	매어 있지 않은 배처럼.
22 遄吾乘夫五湖	내 수레를 저 五湖지역으로 몰아,
忽聘眺於崑邱	이윽고 곤륜산 언덕을 찾아보리라.
23 寄方寸於太虛	마음을 태허에 부치고,
與天地而同流	천지와 더불어 한 가지로 흘러가리라.
24 欽巍巍之可仰	높고 크고 웅장함을 欽仰하면서,
③ 感混混之不休	맹자의 源泉混混 不舍晝夜함을 느껴 보리라.
25 行矣哉!	떠날지어다!
乞食須及强健時	벼슬길 사양함은 모름지기 강건한 때이어야지.
26 靑春尙能爲我留	청춘이 아직도 나를 감싸고 있으니,
愼莫待霜雪紛被之	모쪼록 눈서리가 휘몰아쳐 덮임(白髮)을 기다리지 말자.
27 玄芝徒自秀	현묘한 芝蘭은 그냥 절로 빼어남을 자랑하고,
蓬瀛杳難期	봉래와 영주는 아득하여 기약하기 어렵네.
28 播靈苗於丹田	단전에 신령스러운 묘목을 파종하고,
漑眞液而耕耔	진액을 관개시켜 갈고 김매리라.
29 韜壽民2)之夙志	백성을 잘 다스려 천수를 누리게 하려는 평소의 뜻을 감추고,
嘅篔簹3)之遺詩	운당의 남긴 시를 개탄하리라.
30 聊優遊以永年願	애오라지 優遊度日하면서 餘年의 원을 이루리니,
④ 循前修而無疑	前賢의 생각을 따름에 아무 의심 없어라.

淵泉의 집안은 公卿大家로, 조부는 영의정을 지내고 궤장을 하사받고 기로소에 들어갔던 孝安公 洪樂性이고, 부친은 전술한 바와 같이 호조참의와 우부승지를 지낸 足睡堂 洪仁模이다. 그 자신도 젊어서 사은사

---

2) 『管子·輕重己』:「敎民樵室鑽鐩 墐竈泄井 所以壽民也」
3) 『蘇軾·文與可畵篔簹谷偃竹記』:「篔簹谷在洋州 與可嘗令與作洋州三十詠 篔簹谷 其一也」

인 屐翁 李晩秀의 서장관이 되어 청나라에 들어가 견문을 넓히기도 했
으며(1803년, 당 30세), 좌의정에 영중추부사까지 지냈으며, 그의 族戚·姻
戚들도 모두 薰門巨族들이다.

淵泉의 문장론은 스스로의 독창에서 나와 모방이나 일삼은 것이 아니
며, 문장은 반드시 사실에 징험하여 空然한 수식의 습벽이 없는 '辭必己
出', '文必徵實' 정신이었다. 그리고 그의 문학론은 어디까지나 載道的
문학관이었다. 따라서 관료 문인들 사이에 조선 후기까지 뿌리깊게 심어
진 재도적 문학관의 흐름을 보여준다 하겠다.

그러한 그에게도 귀거래의 의지가 내심의 은밀한 곳에 자리잡고 있었
으니, 인위적 자아가 아닌 본래적 자아가 인간 내면에 얼마나 중요한 것
인가를 다시 한번 생각하게 한다.

그가 부제학이 되었을 때, 학문을 강론하여 마음을 바르게 할 것, 욕심
을 막아 덕을 기를 것, 아첨하는 무리를 멀리하여 어진 선비를 가까이
할 것, 명령을 신중히 하여 임금의 말씀을 무겁게 할 것, 묻고 찾고 하여
서 다스리는 도리를 강조할 것, 인재를 모아 일에 따라 채용할 것, 기강
을 바로잡아 조정을 엄숙하게 할 것 등 여덟 가지 조목을 들어 상소하였
으며, 여러 번 사직소를 올렸으나 윤허되지 않았다.

1815년(순조 15)에는 총감이 되고, 이어 전감, 1830년 병판으로 승진, 이
듬해 사은정사로 연경에 다녀온 후 1832년 兩館大提學이 되었다.

순조 최종년인 1834년 이판이 되어, 지금가지 묻혀 있던 인물을 많이
등용시킴으로써 일반의 칭송이 자자하였으며, 이어 左相이 되었다. 이 해
에 순조가 승하하심에 摠護使를 겸임, 이어 실록청 총재관이 되어『순조
실록』편찬에 참여하였고, 헌종 초에는 풍양조씨 집권의 모반사건에 연
루되어 면직되고, 이듬해 안동 김씨파의 대사헌 金鏴(1783~?)의 탄핵으로
삭출되었다가, 1839년 조대비의 특지로 복직, 판중추부사가 되고, 이어
영중추부사에 이르러 헌종 8년(1842년) 69세를 일기로 瑪莊里 막사에서
棄世하니 諡 文簡이다. 이 기록은 대체로 다음「和陶辭」의 작자로 언급

할 梅山 洪直弼이 지은 신도비에 근거한 것이다. 특기할 것은 연천이 26세 되던 해 왕명을 받들어 『雅頌』과 『杜陸千選』을 印進한 것으로 한국한문학사상 기념비적 사실이 된다.

본 「和陶辭」는 40대의 작품으로 보여지며, 여러 번의 乞骸骨이 받아들여지지 않던 그 시절에 자기 심회의 일단을 「귀거래사」에 화운한 것이라 여겨진다. 그러나 그는 현실적이고 사회적 자아에 寧日이 없이 宦海의 일선에서 떠나지 못하고, 壯洞 金氏의 외척 정치에 고군분투하면서 일생을 마치게 된다.

다음은 1835년작인 梅山 洪直弼(1776~1852)의 「和陶辭」를 살펴보려 한다. 먼저 並序를 살피겠다.

余自勝冠 常懷藏密之願 視城闉如逆旅 而形格勢禁 罔克自 遂乙未五月 始定居于玄石江上 而距京都十里而近 氣象終是淺促 意思不能深遠 然比諸厠身闤闠 蒙世俗之塵埃 不翅脫樊籠而登槐嶺也 步陶柴桑歸去來辭 寄懷於言

나는 관례를 치루면서부터 항상 조용하고 은밀한 곳에 묻혀사는 것을 원으로 삼아왔다. 도성의 문을 보면서도 여관으로 여겼고, 형세가 抑止되어 행동을 자유롭게 할 수 없는 것이, 나 자신의 본래적 자아를 어쩔 수 없었다. 결국 을미년(1835년, 헌종 1, 당 60세) 5월에 비로소 玄石江(현 노량진) 부근에 거처를 정하였으니 도성과의 거리가 10리 안팎이었다. 氣象은 종시 淺促해지고 의사는 심원할 수가 없었다. 그러나 마치 一身이 측간이나 저자거리에 나앉듯 세속의 먼지를 뒤집어쓰고도, 새초롱에 갇힌 새처럼 벼슬길을 벗어나지 못할 뿐 아니라 槐職인 三公에 오를 수도 없었다. 도연명의 「和陶辭」운을 한 걸음 두 걸음 내딛어 밟아 소회를 기탁하여 본다.

1	歸去來兮!	돌아가리라!
	黃唐世遠吾何歸	황제와 요순의 세상이 멀거니 내 어디로 돌아갈거나?
2	緬虛雲與亭日兮	허공을 떠가는 구름과 한낮의 태양을 바라보면서,
	撫身世而自悲	신세를 곱씹으며 스스로 슬퍼하노라.

3 夫何我生之不遘兮　　어찌하여 마뜩하지 못한 세상에 태어났는가?
　仰先哲而焉追　　　　先哲을 우러러 사모해도 따를 길없네.
4 惟遵時而養晦兮[1]　　오직 뜻을 기르고 때가 오지 않으면 숨을 것이니,
　不關人之是非　　　　타인의 시비가림을 상관하지 않으리라.
5 繄塗轍之已窮兮　　　아아! 사물의 조리는 이미 글렀음이여.
　臨玄滋而振衣　　　　中土의 滋水인 漢水에 임하여 옷의 먼지를 털리라.
6 曰於止而知止兮　　　머무를 때에 멈출 것을 知悉함이여,
　① 詠詩人之式微[2]　　시인들의 式微歌를 읊으리라.

7 鶴向雲而孤飛兮　　　학이 높이 떠서 고고하게 비상함이여,
　鹿望山而斯奔　　　　사슴이 산을 바라 힘껏 내달음이로다.
8 載得返于自然兮　　　이에 자연으로 돌아올 수 있었음이여,
　泌洋洋於衡門　　　　시골집에 은거하며 泌水樂飢하리라.
9 心隨地而俱遠兮　　　마음이 대지를 따라 함께 심원해짐이여,
　仍守身而身存　　　　이대로 몸을 지키면 一身은 안존한 것,
10 施經濟於花鳥兮　　　꽃과 새를 잘 다스리고 기르며,
　 存燮理於杯樽　　　　숲 속에서 섭리음양을 찾으리라.
11 居殷愁而隱約[3]兮　　깊은 근심에 쌓여 있으면서 숨어삶이여,
　 靜觀物而解顏　　　　고요히 사물을 바라보며 얼굴을 펴리로다.
12 欻百齡之過半兮　　　인생 백년이라는데 하마 반절을 지나 예순이라,
　 要一枝之可安　　　　뱁새는 한 가지에 둥지를 틀어도 편안한 것을.
13 爰影響之俱息兮　　　이에 그림자도 울림도 모두 한 가지로 휴지 상태로
　　　　　　　　　　　　들고,
　 常晝掩乎荊關　　　　언제고 낮이라도 사립문을 걸어 잠그리라.
14 望芝岊之孤雲兮　　　先山(시흥 東梅山)[4]쪽 외로운 구름을 바라봄이여,
　　　　(始興黔芝山 卽我考妣墓 主山而羅列眼前)
　시흥의 검지산은 내 父母의 묘가 있는 곳이다. 그 主山이 눈앞에 펼쳐진다.

---

1) 『詩經·頌·酌』:「於鑠王師 遵養時晦 時純熙矣 是用大介」
2) 『王維·渭川田家』:「卽此羨閒逸 悵然歌式微」
3) 『莊子·山木』:「夫豊狐文豹 雖飢渴隱約 猶且胥疏 于江湖之上而求食」
4) 『南陽洪氏大觀』: 合窆于始興縣東梅山 亦己座也 夫人陰城朴氏 處士亮欽女 淑
　哲有女士行 生與公(南軒公 : 필자) 同年 卒先 公 三十五年 … 老洲 吳熙常撰 南
　軒公墓碣銘 並序(남양홍씨 대종회 중앙종회刊, 1980) 166쪽

長在目而遐觀　　　언제나 눈에 선하여 끝없이 바라보노라.
15 靖潛處而自得兮　　은거처에서 편안하게 자아를 터득하고,
絶求羊5)之往還　　절대로 求仲과 羊仲처럼 되돌아감이 없으리라.
16 慕志行之居貞兮　　의지와 행동이 올곧아 한결같음을 숭모함이여.
② 終吾生以盤桓　　느긋한 걸음새로 내 생애를 맞추리로다.

17 歸去來兮!　　　돌아가리라!
謇誰與而翶遊　　아아! 누구와 더불어 노닐 것인가?
18 攀孤松以爲友兮　　孤高한 소나무를 어루만지면서 벗으로 삼고,
聞鳴鳥而相求　　새소리를 음악으로 여기리라.
19 時杖策而登皐兮　　때로는 지팡이 짚고 언덕배기에 오르고,
聊相羊而寫憂　　애오라지 바장이며 우수 사려를 쏟으리라.
20 種杞菊而峻茂兮　　구기자와 국화 심으니 무성하게 자라고,
覽華實於園疇　　정원과 밭두둑의 꽃나무와 유실수를 바라보노라.
21 槐庭起樓　　　槐木 정원에 누정을 일으켜 세우고,
柳汀橫舟　　　버드나무 늘어진 물가에 배를 띄우리.
22 羌不易乎其樂兮　　아아! 그같은 즐거움에 변함 없음이여.
古與今如一邱　　언덕의 품인 大地는 고금이 如一이로다.
與上下而同流　　오르락내리락하면서 함께 흘러가리라.
24 付萬緣於禪忘兮　　모든 인연을 참선 坐忘에 부침이여.
③ 定平生之行林　　평생의 종착점인 죽음에의 연습으로 삼으리라.

25 已矣乎!　　　끝났음이여!
吾生有涯歸何時　　유한한 나의 인생 언제 끝나려는가?
26 木食澗飮聊淹留　　木實 따먹으며 석간수 마시면서 애오라지 오래 머
　　　　　　물리라.
縱不厭乎高深兮　　고고하고 심원함을 염증내지 않으며,
復棲棲而焉之　　다시 안달하면서 어디로 가려는가?
27 繽飄飆而袖擧兮　　어지럽게 바람에 펄럭이며 소매가 들림이여,
尋高契而難期　　고상한 契分을 찾았으나 기약하기 어려워라.

---

5)『謝靈運・田南樹園激流植援詩』:「唯開蔣生經　永懷求羊蹤　(注)善曰　三輔決錄曰
云云唯羊仲・求仲從之遊」

28 慕前望之遺風兮　　　전대 성현들이 남기신 풍모를 기리면서,
　　詎役知於耘耔　　　　어찌 밭갈고 김매는 것이 노역일 수 있으랴?
29 循聞道之初志兮　　　도를 듣던 어릴 때의 의지를 쫓음이여,
　　勉說禮與敦詩　　　　예를 설하고 시로 도타워짐에 부지런하리라.
30 曲修身以俟命兮　　　적으나마 몸을 닦으면서 천명을 기다림이여,
④ 信蒼天而不疑　　　　유유창천을 믿어 의심하지 않으리라.

梅山 洪直弼(1776~1852)은 자가 伯應으로 남양 홍씨이다. 兵判 仁恕 (1535~?)의 8대손이며, 동지돈녕부사 南軒 洪履簡(1753~1827)의 아들로, 渼湖에 연원을 둔 近齋 朴胤源(1734~1799)에게서 수업하였고, 老洲 吳熙 常(1763~1833)과 더불어 과천의 노량진 근처에서 도를 講하였다. 유일로 천거되어 祭酒・대사헌(1851년, 철종 2)이 되고, 그 뒤에 지돈녕부사・형판 에 임명되었으나 모두 사퇴하였다.

아들인 果川縣監 鰲谷 洪一純(1804~1856)은 吳熙常과 藝文館提學 李 始源의 아들인 大隱 李鳳秀(1778~1852)의 門人이었다. 시호는 文敬公이 다. 결국 그는 벼슬길보다는 학업에 정진한 유학자요, 문장가라 하겠다. 그의 門下에서는 衛正斥邪疏로 謫孤島 되었던 重菴 金平默(1819~1891) 과 國末의 左相이었던 桂田 申應朝(1804~1899) 등의 인물이 배출되었다.

槪　觀

正祖 초부터 고종 12년 병자수호조약 이전(1777~1875)의 약 100년 간 을 조선조 제4기로 묶었다. 제4기의 최대의 특징은 서양이라는 세계가 조선 왕조에 가하는 작용과 그에 대한 반작용이라 하겠다.

英祖代에 이어 문화의 현란을 보인 정조대에 들어서면서, 그 8년(1784 년)에 李承薰이 북경에서 入敎하고 돌아와 포교를 전개한 이후로 西學 (천주교)은 단시일에 전국에 전파되고, 급기야 정치적인 문제로 화하여 여

러 차례의 탄압이 '邪獄'이라는 이름으로 단행된다. 그러나 信者들에게는 '敎難'이라 불리운다.

또한 正祖 초부터 권력의 투쟁은 당쟁 대신에 '勢道'라는 새로운 형태를 취하게 되었으나, 정치의 침체를 가중할 뿐이었다. 이미 말기적 증상을 보이기 시작한 조선왕조는 경제의 피폐와 사회의 불안이 결국 천주교로, 홍경래의 난(1811년)으로, 東學(1860년 창설)으로, 晉州 등 三南의 民亂(1862년)으로 나타났고, 고종 원년(1864년) 홍선대원군의 집권으로 근 5백년의 적폐를 개혁하려는 기운이 없지는 않았으나, 또한 내외의 정세가 이미 그 여유를 주지 않고 개항을 하게 된 것이다.

제4기의「和陶辭」는 근 30여 편을 찾았다. 그 중에서 12편만을 본 논문에서 다루기로 하였다. 먼저 호남 실학의 대가로 특히 서양 천문학에 깊은 이해가 있었던 頤齋 黃胤錫(1729~1791)의 1779년(영조 3)에 쓰여진「和陶辭」를 살폈다. 이 작품은 장문의 병서가 있어「和陶辭」제작 경위를 밝혔는데, '한 고을의 수령이 되어 母堂을 모시고 싶은 평소의 희망'이 이루어지지 않자, 내직(사복시 주부)를 그만두고 귀향(고창군 조동)하여 80 노모를 봉양하면서 학문에 연찬을 거듭했던 것이다. 그러면서 병서를 통하여 청요직에 뽑힐 수 있었던 여러 기회에 번번이 낙점받지 못한 사연은 결국 色目 때문이었음을 은연중 밝히고 있다.

柳下 洪世泰(1653~1725)에게 시를 배워 여항시인으로 부상했던 중인 浣巖 鄭來僑(1681~1759)의「和陶辭」는, 조선조 제3기(4.1.) 인물인 龍峰 黃益淸(1589~1659)의「和陶辭」를 살피면서 언급한 바와 같이 너무도 같은 내용의 것이다. 12군데에 걸친 어조사만의 차이·서술어만의 異同이 있을 뿐이기에, 의심은 龍峰의 후손에게 돌아가게 된다.

龍峰의 행장을 통하여 보면 낙향의 사실은 인정되나, 그 때의 작품이 본「和陶辭」라고 하기는 어렵다. 혹시 문집을 300년 후에 상재하면서 중인 계층인 완암의 작품을 약간 변조시켜 슬쩍 편입시키지 않았나 한다. 또한 당시의 사회 구조상 중인이 班家의 작품을 표절하지는 못했을 것이다.

같은 중인이었던 晚翠亭 朴永錫(1734~1801)의 「和陶辭」는 자신의 신분상의 설움을 은연중에 드러내고 있다. 이어 象村 신흠의 후손인 愚軒 申應顯(1722~1797)의 1785년(정조 9년)작 「和陶辭」를 살펴보았다. 우헌의 은거지는 남양주 馬峴으로 여겨지며, 『玄軒和陶詩』 102편에 모두 화운작을 남긴 陶詩 애호가의 한 분이었다. 또 한 편의 「和陶辭」도 내용상 대동소이함으로 2편중 한 편만을 살폈다.

明隱 金壽民(1734~1871)은 大明천지가 아닌 淸나라가 지배하는 세상에서는, 科業도 벼슬도 필요없다고 생각하면서 '明隱'이라 자호하고, 초야에 묻혀(扶安) 문학과 학문 연구에만 몰두했던 호남 유림이다. 明隱은 「和陶辭」 이외에도 다수의 「화도시」를 남겼다. 계속하여 호남의 道儒로 추장되던 光山의 黃坡 崔愼之(1748~1822)가 쓴 「和陶辭」를 살폈다. 황파는 一布衣였으며, '主一無適' 네 자를 行身之律로 삼았던 인물이다.

산중에 살면서 도연명의 작품과 사람됨을 애모하여 「山中詞」라 제한 癡菴 南景羲(1748~1812)의 「和陶辭」를 살폈다. 치암은 父代부터 은자의 생활을 해온 세사에 초연했던 그의 입장을 본 「和陶辭」를 통하여 형상화시키고 있다.

正祖의 閣臣이었던 屐翁 李晚秀(1752~1820)는 평안도 관찰사로 있던 1811년 홍경래의 난이 일어나면서, 지방의 치안 유지를 잘못했다는 죄로 경주로 유배되어, 100여 편의 「和陶詩」와 본 「和陶辭」를 남겼다.

足睡堂 洪仁謨(1755~1812)는 황해도 서흥도호부사를 5년간 지내다가 돌아가면서(陝川) 「和陶辭」를 남겼으며, 부인(貞敬)이신 令壽閤 徐氏는 아마도 유일한 여성 「和陶辭」 작가일 것이다. 족수당은 陶詩만으로 「집구시」를 남기기도 하였으며, 장남인 淵泉 洪奭周(1774~1842)도 「和陶辭」를 남겼으니, 부부·부자·모자로 이어지는 아름다운 和音이었다.

제4기의 「和陶辭」는 도성을 떠나 현석강(현 노량진) 부근에 은거하면서 집필한 梅山 洪直弼(1776~1842)의 1835년(헌종 1)작을 끝으로 살펴보았다.

이 시기의 「和陶辭」로는 매산의 제자이며 艮齋 田愚의 스승이었던, 全齋 任憲晦(1811~1876)의 1845년작 「和陶辭」와 벼슬길이 艱難함을 보고 개연히 향리로 떠나면서 읊은 1861년(철종 12)작인 沙厓 閔胄顯(1808~1882)의 「和陶辭」도 달리 살펴볼 기회가 있을 것이다.

魯園 金喆銖(1822~1887)는 1871년(고종 8) 3월 사액서원 47처만 남기고 전국의 서원을 철폐함을 보고 낙향하면서 「和陶辭」를 썼으며, 차츰 儒業이 어려움에 봉착되고 있음을 은연중 보이고 있는 작품들이, 고종 연간 「和陶辭」의 주조를 이루고 있다. 다음 장에서는 개항 이후 1910년 國亡까지의 작품들을 살펴 보겠다.

6. 朝鮮朝 第五期
(高宗 13年: 丙子修好條約~庚戌國恥)

본 장에서는 개항으로부터 1910년 庚戌國恥까지의 약 35년 간의 「和陶辭」를 살펴보려 한다. 일제 강점에 앞서 고종(1864~1906 재위: 建陽·光武 연간 포함)과 순종(1907~1910 재위: 隆熙 연간)치하의 농민의 난·개항·수호조약·임오군란·갑신정변·을사보호조약·을사오적·海牙밀사사건 등등 각종의 변란들은 은자의 나라로 불리워오던 한반도에서는 감당하기 어려운 무서운 격동기였다.

이 소용돌이 속에서의 35년 간은 國是였던 주자학의 가치성 상실과 보존을 중심으로 하는 사상 체계의 흔들림에 따른, 정치·경제·사회·문화 등의 제분야가 일종의 아노미 현상을 가져왔다. 이 어간에 쓰여진 「和陶辭」는 많지만 다음 3편만을 논의의 대상으로 삼겠다.

그 하나는 說齋 蘇學奎(1859.1.2~1948.5.9)의 원제는 「次歸去來辭 勸新進士友」이다. 제1단은 다음과 같다.

1	歸去來兮!	돌아가리라!
	聖學將廢胡不歸	斯學(儒學)이 없어지려 하는데 어찌 돌아가지 않으랴?
2	夫何世俗之好新	무릇 어찌하여 세속은 신기함을 좋아하는가?
	覽宇宙而深悲	우주를 종람하면서 깊이 슬퍼하노라.
3	懷其來而不拒	그 도래함을 막을 수 없다는 것을 알면서도,
	絕其去而莫追	그 떠나감을 따를 수 없다는 것에 절망하노라.
4	卬須友[1]而招招	내 친구들을 손을 들어 불러모아,
	慨時事之日非	時事가 날로 그릇됨을 통탄하노라.
5	棄絃誦之好音	絃誦의 그 좋은 소리를 버리고,

---

[1] 『詩經·邶風·匏有苦葉』:「人涉卬否 卬須我友」

<table>
<tr><td>裂茭荷之舊衣</td><td>마름과 연잎으로 만든 구래의 옷을 찢으며,</td></tr>
<tr><td>6 駸駸入於昏衢</td><td>어둠의 길로 너무도 빨리 들어가는 것은,</td></tr>
<tr><td>⑪ 寔由道之依微</td><td>이것은 진실로 도가 희미해졌기 때문이거니.</td></tr>
</table>

說齋는 상기한 「和陶辭」의 제1단과 같이 斯學이 침체해지고, 빠른 속도로 진행되어 가는 신시대의 흐름이 도의 쇠미에 있다고 하면서, 새로운 奮起로 정도를 잡아 勢利는 탐할 것이 못되고 성현군자를 期必하여야 하며(27구: 勢利不可貪 聖賢必自期), 心田이 황폐될 것이 두려우니 舊學은 아직 강성한 젊은 나이에 배워, 가치관을 확립하도록(28구: 恐心田之荒穢 講舊學而耘耔. 29구: 及年歲之强壯 春以禮而冬詩) 신진사우들에게 권하고 있다. 그리고 그 마음으로 斃而後已하여야 할 것이니, 이 점은 朱夫子께 여쭈어 보아도 아무 의심이 없을 것(30구: 惟日孜而斃已 質諸晦翁必無疑)을 강조하고 있다.

說齋 蘇學奎(1859~1948)의 자는 正習이며, 본관은 진주이다. 兩館대체학으로 晩年 益山에 은거한 陽谷 蘇世讓(1486~1562)의 형인 困菴 蘇世良(1476~1528)이 그의 12대조가 된다. 부친은 진사 장원(1879年)으로 문장과 학식이 著一世한 晩齋 蘇輝植이며, 전북 완산북 상운리에서 출생하여 16세 때인 1874년(고종 11년) 봄 왕세자 탄생을 기념하는 慶科 향시를 거쳐, 1891년 봄 增廣에 진사가 되었으나, 갑오경장(1894년)·을미사변(1895년)으로 국정이 大亂하자 명리의 뜻을 버리고 丘園으로 돌아가 詩酒로 自晦하면서 憫時憂國의 뜻을 작품으로 남기셨다.

1901년 겨울 艮齋 田愚(1841~1922)선생을 鳳棲山寺로 찾아뵙고 정식 문하생이 되었으며, 田艮齋 사후 心喪 3년을 보냈다 한다. 70세 이후로는 익산에 사시다가 조국 광복을 보시고 타계하셨다. 現代의 人物로는 蘇完奎·宣奎(艮齋 門人) 형제가 그의 집안이다.

韓末에 쓰여진 또 한 편의 「和陶辭」는 心堂 申應善(1834.12.19~?)의 원제 「和歸去來辭」이다. 이 「和陶辭」도 제1단만 보겠다.

1	歸去來兮!	돌아가리라!
	世亂年老盍言歸	세상은 어지럽고 몸은 늙어가니 어찌 돌아가지 않으리오.
2	萬事於人分已定	만사는 타고난 분수에 이미 정해진 것,
	奚以喜又奚悲	어찌하여 기뻐하며 또 슬퍼하랴?
3	嗟吾生之遲暮	아아! 내 인생도 늙마에 접어들어,
	悔往事而莫追	지난 날 후회하나 따라 미칠 수 없네.
4	達人貴其知止	달인은 그 멈출 것을 귀하게 여길 줄 아나니,
	況時事之日非	하물며 時事가 나날이 어그러지는 것을.
5	謝紳笏之朝班	冠帶와 執笏의 조회반열(2품관 이었음)을 사양하고,
	攬薛蘿之舊衣	은자의 옷인 벽려와 여라로 지은 옷을 입으리라.
6	問前路於湖西	충청도(충남 보령 청라)로 가는 앞길을 물어 보나니,
①	我家在於翠微	내 집은 산 중턱에 있노라.

心堂은 이어서 몸은 벼슬이 없어야 한가하고, 마음은 매이지 않아야 한가하다(身無官而乃閒 心不役而自安)고 다시금 다짐하면서, 자신을 春秋에 通曉하였던 知機의 인물인 漢代의 疏廣과, 이태백에게 적선인이란 별호를 부여한 唐代의 비서감 賀知章이 四明山에 퇴휴한 것에 견주고 있다(效疏廣之知足 緬賀監之退休), 그리고 바로 자기의 고향이 무릉도원이라고 반어법으로(桃源在何處 蓬瀛赴誰期) 읊고 있다.

心堂 申應善은 字가 聲元이며 平山人으로 忠南 保寧出身이다. 高宗 30년(1893)에 文科 급제하여 玉堂修撰·承旨를 역임하였으며, 都承旨·漢城判尹을 지낸 芬厓 申晸(1628~1687) 7代孫이다. 따라서 芬厓가 東江 申翊全(1605~1660)의 아들이 되니, 象村 申欽의 9代孫이 된다.

문집인 『心堂集』의 서문은 雲養 金允植(1835~1922)과 霞山 南廷哲(1840~1916: 1882 文科. 漢城判尹)의 우의에 가득찬 글을 통하여 그가 큰 文士였음을 짐작케 한다. 남정철의 서문에 '一日喟然 將棄官 歸其鄕'이라 하였다 하니, 이미 귀거래 할 생각을 가지고 있었음을 알 수 있다.

또한 젊어서는 後坡라는 호를 썼는데, 그의 생일이 소동파와 같은 까닭(心堂少號 以其生日 與東坡同故也)이라고 「後坡稿序」라는 별도의 서문에서 李光軒(?)이 밝히고 있다. 문집은 大正 8년(1919년)에 발간되었으며, 卷 5에 여러 편의 사직소가 수재되어 있어 그가 역임했던 관직을 알 수 있다.

낙향한 후 그는 다시 서울로 올라와 중학교육 發祥之地인 花洞 언덕의 4년제 관립중학교(경기중고등학교 전신)에서 독서와 작문을 담당하였으며, 그가 어려서 사사한 분은 『주역』의 세계로 귀거래하겠다는 내용의 「和陶辭」를 남긴 薌隱 李章贊(1794~1860)으로 『심당집』에 선생에 대한 만시를 통하여 알 수 있다.

한말의 어려운 시기에 쓰여진 두 편의 「和陶辭」에 같이 들어 있는 문구는 '慨(況)時事之日非'이다. 이 구절은 저간의 사정을 간략하게 압축시킨 것으로, 시국 사정이 날로 어긋나고 틀어지더니 결국 국치의 아픔까지 맞게 되었던 것이 우리의 근세 역사인 것이다.

다음으로 1910년 경술국치를 당하여 回天을 기약할 수도 없었던 암울한 시대에 쓰여진 一侍從인 樗田 李鍾林(1857.5.3～1925.6.5)의 「和陶辭」를 살펴 보겠다. 병서부터 살펴 작품 제작의 동기를 보면 다음과 같다.

歸去來辭 陶靖節所賦也 余於是常歆艶 乃以原韻效其體而成篇 則不過自述所懷者 而先生之文 出於解官時 余之作在於國廢後 文義大概 雖然不同 以余而觀先生出處之所經也 時代之所遭也 較若一人一身而少無差爽 噫! 其異矣 千載之下 每切興感是爲辭曰

「귀거래사」는 도정절선생이 지은 작품이다. 내 이 작품을 항상 欽羨하여 왔기에, 이에 원운을 가지고 그 체를 효빈하여 한 편을 이루었는 즉, 내 자신의 회포를 적은 것에 지나지 않는다. 그런데 선생의 글은 벼슬을 그만둘 때 나온 것이고, 나의 「和陶辭」는 대한제국이 멸망한 후에 나온 것이니, 문의가 대체로 비록 동일하지는 않으나, 나로서는 선생 出處進退의 겪은 바나 시대의 만난 바를 살펴 비교해보면, 한 사람 한 몸이나 진배없이 조금도 차이가 없다. 슬프다! 그 기이함이여! 천년 뒤의 나에게도 매양 절실하게 느낌이 일어 다음과 같은 「和陶辭」를 짓노라. 그 글에 …

1	歸去來兮!	돌아가리라!
	先生已沒吾誰歸	陶선생께서 이미 돌아가셨으니 내 뉘와 더불어 귀거래할까?
2	夫旣時移而事往	무릇 이미 시대는 바뀌고 사정도 틀어졌으니,
	身獨遺兮心悲	이 몸 홀로 남아 속으로 슬퍼하노라.
3	惜昔日之侍從	옛날 敕任官 시절을 생각하노라면,
	吁昇平之莫追	아아! 승평 세상은 따라잡을 수 없는 것.
4	畏首尾以時諱	계속 이어지는 시대적 금기사항을 두려워하노니,
	口不敢於是非	입으로 감히 시시비비를 논할 수도 없어라.
5	絺兮綌兮凄風	서늘 바람이 부는데 칡베로 만든 홑옷을 입음이여,
	一窮巷之布衣	한 궁벽한 마을 벼슬없는 사람이 되리로다.
6	動跋蹇而受侮	걸핏하면 進退維谷에 빠져 수모를 당하니,
①	去益甚焉寒微	갈수록 한미해짐이 깊어지도다.
7	及顧一世	온 세상을 둘러보니,
	滔滔橫奔	목적만을 위하여 모로 달리는 꼬락서니.
8	因恨成痼	恨으로 인하여 고질병을 얻었나니,
	死生無門	생과 사를 초월했노라.
9	萬念如灰	모든 사념은 사윈 재와 같으나,
	衷赤猶存	衷情과 赤心만은 아직 있노라.
10	忘形忘骸	육신을 잊어버리고,
	淫詩沈樽	시에 빠지고 술에 잠기네.
11	經百劫而不滅	백겁을 지난 들 없어질 수 없는 일,
	奄白髮而蒼顔	어언간에 허여센 머리에 야윈 얼굴.
12	紛顚倒而狼狽	넘어지고 자빠지고 앞뒤가 막혔으니,
	顧安所而得安	어느 곳에서 편안을 얻을 것인가?
13	知蹈晦之爲美	숨어 지조를 지킴이 아름다운 줄 아나,
	悔違時而情關	시국을 저버리고 감정이 막힘을 후회하노라.
14	曩暫寓於楓岳	이전에 잠시 금강산에 머물렀을 때,
	恐淪性於佛觀	불교의 교리에 심성을 빼앗길까 저어하였네.
15	思古人兮願從	고인을 생각하며 따르기로 다짐함이여,
	邈千載而不還	아득한 천년 세월은 돌아올 수 없나니,

16　乾坤窄而莫適　　　하늘도 땅도 협착하여 갈 수 없음이여,
②　空四望而盤桓　　　부질없이 사방을 둘러보며 바장이노라.

17　歸去來兮!　　　　돌아가리라!
　　眄西原兮可遊　　　서쪽 언덕의 노닐만한 곳을 둘러봄이여.
18　卜一山而甘隱　　　한 山에 卜居하여 즐겁게 여기리,
　　復何往而何求　　　다시 어디로 가서 무엇을 구할 것인가?
19　園梅發而索笑　　　정원에 매화가 피면 웃음을 찾고,
　　庭草長而忘憂　　　뜨락에 화초가 자라면 근심을 잊으리라.
20　惟日獨居而獨樂　　날이면 날마다 혼자 살고 홀로 즐기니,
　　繄知我者其疇　　　아아! 나를 알아주는 자 그 누구랴?
21　形若槁木　　　　　모습은 枯木死灰 같고,
　　心焉虛舟　　　　　마음은 텅빈 배.
22　守先壟而寓慕　　　선산을 지켜 崇慕之念을 부치고,
　　誓將首於正邱　　　맹세코 오른쪽으로 물이 흐르는 고향땅에서 살리라.
23　松爲琴兮鳥歌　　　솔소리는 가얏고, 새소리는 노래,
　　寔閒中之風流　　　이것이 참된 閑中의 풍류,
24　觀時物之運化　　　時物의 운화를 살피노라면,
③　感生寄而死休　　　生은 잠시요 死는 영원한 휴식임을 느끼네.

25　已矣乎!　　　　　끝났음이여!
　　盛衰榮辱各一時　　성쇠와 영욕은 제각기 한 때.
26　曷不應變以自寬　　어찌하여 변화에 순응하며 스스로 관대하지 못하며,
　　胡爲乎 心勞病隨之　어찌하여 마음은 피곤하고 병은 따라 다니는고?
27　得志旣所難　　　　뜻을 얻음은 이미 어려운 일,
　　回天況何期　　　　국권회복은 하물며 어찌 기대하랴?
28　爲忘懷而謀酒　　　생각을 잊기 위하여 술을 찾게 되고,
　　手種秫而耘籽　　　몸소 차조를 심어 김매고 북주리라.
29　囑子孫以家國　　　자손에게 나라도 집안도 부탁하노니,
　　勉學禮而學詩　　　예를 익히고 시를 배움에 근면할지라.
30　恨雖餘而事勘　　　한은 비록 풀지 못하고 남아 있나니,
④　一朝溘然復奚疑　　어느 날 아침 갑자기 어찌 다시 의심하리요.

樗田 李鐘林(1857~1925)의 자는 聖律이며 본관은 全義이다. 집안의 비조는 고려 太祖를 도와 錦江을 넘는 큰공을 세워 大匡太師를 지낸 李棹(初名은 齒)이고, 7세조이신 북청판관 李基豊에 이르러 전주로부터 익산으로 옮겨 살기 시작했다. 부친 李奭夏는 贈내부협판에 증직되었고, 모친은 困菴 蘇世良의 후손으로 공은 익산군 原村에서 태어났다. 1880년 (고종 27) 선공감가감역, 1904년 한성재판소 판사, 1905년 통정·법무참서관, 1906년 가선·시종원 副卿에 재직 중, 국사가 日非하여 忼慨悲憤하다가 1907년(순종 융희 1) 봄에 본 「和陶辭」를 짓고 낙향하셨다.

선산 밑에 小軒을 축조하고는 못을 파고, 品石과 각종 화훼를 심어 耆舊들과 음주부시 嘯傲其間하시며 不問當世事하였다. 그러나 가끔 나오는 탄식은 憂時傷世에 연유하심을 보였다. 도연명의 「귀거래사」를 손수 障屛에 써 걸으시고 자주 읊었다고 아들 謙泰가 쓴 家狀에 적혀 있다.

공의 문집인 『저전유고』 권7 疏에 임금의 일상생활 전반을 맡고 있는 侍從院의 副卿(勅任官)을 사직하는 내용인 「辭侍從院副卿疏」(1906년)가 실려 있으며, 「百濟論」이라 題한 한 편의 論이 있으니 '백제는 왜 망했는가? 혹자는 운이라 하나, 나는 이것을 믿지 않는다. 의자왕이 內修外攘하고 勵精圖治하였더라면 멸망하지 않았을 것이다.'라 결론 짓고 있다. 「何不逐辨」이 卷10에 수재되어 있는 바, 공의 은거생활이 자세히 기록되었기에 적출해보면 다음과 같다.

　　… 余自丙午 無意世事 辭職還山 息交絶俗 乃於先塋之下 結廬數間 以知還齋揭楣 謂其臺曰悠見臺 謂其池曰 停雲時雨 乃夫門號園列 亦倣靖節 以至於柱聯壁書屛嶂之類 皆用靖節詩句 於是乎 林間小屋 便一尋陽故宅

　　나는 병오년인 1906년부터 세사에 뜻이 없어 시종원 부경직을 사양하고, 고향으로 돌아와 교제를 끊고 세상과 절연하여, 이에 선영 아래에 두어간 초옥을 엮어 '知還齋'[1]라고 써서 문미에 걸고, 그 대를 '悠見臺'[2]라 일컫고, 그 연못을 '停雲時

雨'3)라 불렀다. 또한 저 문호와 정원의 배열 또한 도정절을 본뜨고, 주련과 벽에 거는 書物, 병풍과 장지 등류도 모두 정절선생의 시구에 있는 것이다. 이렇게 되고 보니 수림 사이의 소옥이 영락없이 심양 땅 도연명의 옛 집에 되고 말았다.

　翌年春 雙燕來賀 定新巢於知還齋前楄 待其成 下懸一板以待汚穢 因題何不逐三字 是自責之意也 …嗚呼 時運一變 桑海飜覆…且今擧世好新 十歸八九 終年門巷 故舊稀疎 惟燕也不變舊顔 不負舊主 簷雲庭花 旋去旋來 呴呴然 喃喃然 如有訴於舊情 此不類空谷跫音耶 吾之所以不逐者如是也 余於陶靖節 義無不欽仰 事無不倣則 …

　다음해인 1907년 봄, 한 쌍의 제비가 강남에서 돌아와 하례하며 '지환재'의 앞 서까래에 새 보금자리를 정했다. 제비 둥지가 낙성됨을 기다려 그 밑에 널빤지 한 장을 달아매어, 녀석의 더러운 물건에 대비하게 하고, '何不逐' 석자로 이름을 붙였으니 이는 자책의 뜻이다. …아아! 시대의 운명이 일변하고 상전벽해로 번복되니… 또 現下 온 세상은 새로운 것을 좋아하여, 열이면 여덟이나 아홉은 그리로 돌아간다. 인생 말년에 門巷을 찾아오는 옛 친구들은 드물고 성겨지는데, 제비 너만은 옛 안색을 변치 않고, 옛 주인을 저바리지 아니하고, 구름 흐르는 처마 꽃핀 뜨락을 들락날락하면서, 지지배배 우는 것이 마치 옛 정을 하소연하는 것 같으니, 이것이 빈 골짜기를 찾아드는 발자국 소리와 무에 다르랴? 내가 제비를 쫓아보내지 아니한 까닭이 바로 이것이다. 나는 도정절의 뜻에 欽仰하지 않는 것이 없고, 선생의 일이라면 따르지 않음이 없다. ……

그가 도연명의 인품과 시세계에 얼마나 심취 경도되었는가를 새삼 느낄 수 있게 하는 글이다. 또한 樗田이란 자호를 辨白한 글인「自號樗田辨」의 一節을 보면 靖節선생에의 흠모심을 또한 읽을 수 있다.

　… 余曰 君言 過矣 謬矣 余賦生庸愚 學蔑識淺 常不得齒於凡人 每患跋疐 動輒得咎 況何彷佛於古之名流哉 不材如此 見棄於世 乃退歸躬耕 是固本分之當然 自念木之不材者 樗也 耕之所本者 田也 而所居村

---

1)『陶淵明·歸去來辭』:「雲無心以出岫 鳥倦飛而知還」
2)『陶淵明·飮酒 第5』:「採菊東籬下 悠然見南山」
3)『陶淵明·停雲』:「靄靄停雲 濛濛時雨」

名　適又合音　所以自號如是　豈有他哉　余之還山後　仰慕惟陶靖節先生
誠若君言　改號五柳　亦無傷也否 ……

　그대의 말은 잘못된 것이고 오류이다. 나는 천부적으로 용렬우둔하게 태어나 배
움이 없고 학식이 천박하여 항상 범인의 대열에도 끼지 못한다. 매양 앞뒤로 치여
걸핏하면 허물을 만나 걱정하는 판에, 황차 어찌 만에 하나 옛 명류(사는 곳에 따르
거나 혹은 자기의 취지에 맞아 호로 삼은 程伊川·朱晦庵·蘇東坡·陸放翁과 아국지
인으로는 樗軒 李石亨·桂田 申應朝라고 밝힘)에 방불할 수 있겠는가? 재목이 못됨
이 이와 같으니 세상에서 버림을 받아 물러나 귀거래하고 몸소 밭을 가는 것, 이것
이 진실로 내 본분의 당연한 귀결이다. 스스로 생각하기를 나무 중에 재목감이 못
되는 것이 저력이요, 경작의 근본은 밭이다. 또 살고 있는 村名이 마침 楮田(닥나
무 밭 : 所居村名 楮田 : 앞 부분의 글)으로, 楮田과 합음이 되기에 자호로 삼은
것이지 다른 뜻이 어찌 있겠는가? 내가 還山한 이후 오직 도강절선생만을 앙모해
왔으니, 진실로 그대의 말 같으면 '오류선생'이라고 호를 바꾼다 해도 傷歎할 것이
없으리라. ……

　1876년 丙子 修好條約 이후의 「和陶辭」는 景齋 禹成奎(1830～1905)·自謙
窩 柳大源(1834～1903)·昌厓 李秀榮(1845～1916)의 作品들도 찾아졌으나,
그 중 스님인 彭尺木·渭隱 鄭寅尚(1889～1952)·念齋 金嶒(1888～1978)의
「和陶辭」는 別稿[4]에서 탐토한 바 있으니 참고하기 바란다.

概　觀

　성리학적 유학 가치 체계만을 고집하고, 淸에 대한 사대 외교 이외의
외국과의 관계를 봉쇄하고 있던 쇄국 조선왕국의 문호가 개방되는 것은
1876년(고종 13)에 체결된 강화조약에 의해서이다. 이 병자수호조약에 의
하여 쇄국에서 개항으로 급선회하게 되었고, 이에 韓민족사는 새로운 전
기를 맞게 된다.
　그러나 근대화의 세계사 조류에 뛰어들 자체 준비없이 열강이 각축하

---

4) 南潤秀: 「韓國의 '和陶辭' 硏究(기육)」, 『衝擊과 調和』(東方文學比較硏究論叢,
　1992), 643～680쪽.

는 가열한 渦流 속에서 시련과 고난을 겪게 됨은 必至의 역사적 흐름일 수밖에 없었다. 대내적으로는 개화사상과 위정척사사상이라는 두 흐름이 격돌하는 가운데 혼돈과 시행착오가 교차되면서, 진취와 보수가 엇갈렸고 전환에 따르는 고민이 심대하였다.

조선조 제5기의 「和陶辭」는 근 10편이 모아졌으나 다음 3편만을 논의의 대상으로 삼았다. 說齋 蘇學奎(1859~1948)의 「和陶辭」는 斯學(儒學)이 침체하지고, 道가 쇠미해짐을 걱정하면서 젊은 나이에 舊學을 열심히 배워 가치관을 확립하기를 바라는 마음으로 新進 士友에게 교훈을 주고자 집필된 작품이었다.

心堂 申應善(1834~?)의 「和陶辭」는 '날로 어긋나는 시사(時事之日非)'를 한탄하면서, 흘러가는 대세가 예측될 수 없는 정황에서 낙향을 서두르고 있으며, 한말의 一侍從이었던 樗田 李鍾林(1857~1925)는 1905년 을사보호조약으로 대한제국이 멸망하는 비운을 맞자, 여러 차례의 사직소 끝에 1907년 봄에 「和陶辭」를 읊고 낙향한다. 그 후 陶辭를 손수 병풍에 써 걸으시고는 항상 바라보셨다고 하며, 樗田의 다른 글도 憂時傷世가 주류를 이루며, 특히 도연명에 심취되었음을 읽을 수 있었다.

李鍾林은 시문에 능하며 800여 수의 시를 남겼으며, 1917~18년에 전국의 명승고적을 두루 유람하고, 「金剛錄」 등 기행문을 여러 편 썼다. 1919년 고종이 죽자 상경하여 궐문 밖에서 통곡한 뒤 귀향하여 집 뒷산에 단을 설치하고 초하루와 보름에 望哭하였다.

다음으로는 일제강점기와 光復 이후의 「和陶辭」를 살펴나가면서 본 저술을 마무리지으려고 한다.

7. 日帝强占期

　　이 시기의 첫 작품으로 만주땅에서 쓰여진 「和陶辭」를 살피려 한다. 독립운동에 몸바쳐오신 石洲 李相龍(1858~1932)의 원제 「和陶淵明歸去來辭」로 병인년인 1926년, 그의 나이 69세 작으로 칠순을 앞두고 그리운 조국땅의 고향을 그리며 쓰여졌다. 그러나 그는 돌아와 보지도 못한 채 이역 땅에서 사망하였다. 그는 亡命前 民間 義兵將인 申乭錫에게 의거 자금을 제공한 사실로 고난을 치룬 분이다. 먼저 작품부터 살피겠다.

1	歸去來兮!	돌아가리라!
	我有田廬胡不歸	나에게는 전답과 집이 있거니 어찌 돌아가지 않으랴?
2	萬事都由天意定	만사는 모두 天意로 말미암아 정해지는 법,
	何失敗之足悲	어찌 실패했다 한들 슬퍼할 것인가?
3	初旣不思而出脚	애초에 깊은 생각 없이 出脚했던 것이,
	雖噬臍而莫追	배꼽을 물어뜯으려 한들 입이 닿지 않음이여!
4	俱迷夢之未覺	모두가 미몽을 헤매며 깨닫지 못함이니,
	曾孰是而孰非	무엇을 따지고 누구를 원망하리.
5	恥虛名之自累	虛名을 스스로 얽어 왔음을 부끄럽게 여김이여!
	遂決計而拂衣	드디어 拂衣歸鄕하기로 계획을 정하였네.
6	人或議其輕遽	남들은 더러 경솔함과 급한 결정임을 논란하지만,
①	我審察夫幾微	나는 일의 기미 돌아감을 충분히 살펴왔었네.
7	載洋艦而過海	西洋 함선을 타고 바다를 건너,
	望前路而駿奔	앞길을 바라보니 마음이 급하구나.
8	歷萬里之險阻	만리 험조의 풍상을 겪고,
	倏已抵於衡門	어느덧 하마 형문 누옥에 도달하였네.
9	妻孥喜歡而迎拜	처자는 기쁘게 맞이하고 반갑다 절하네,
	隣比樂業而溫存	이웃들은 자기 일을 즐기며 건재하시네.

10 遂乃右手携孫稚　　드디어 오른손에 어린 손자를 안고,
　　左手揭香樽　　　　왼손으로 향기로운 술을 잡노라.
11 素酒戶1)之不寬　　평소 주량이 크지 못하여,
　　纔一喝而上顔　　　겨우 마신 한 잔 술이 얼굴에 오르네.
12 頹枕席而齁齁　　　털석 자리에 누워 드르렁 드르렁,
　　覺體舒而心安　　　몸이 펴지고 마음이 안온해짐을 느끼네.
13 胡昔日之做錯　　　어찌하여 전날 잘못을 저질렀던가?
　　被囚縛於機關　　　독립 운동 기관에 잡아 묶임을 당했음이여,
14 環各界之情態　　　각계의 정태를 둘러보니,
　　滿目皆是悲觀　　　눈 가득히 어리는 것은 온통 비관뿐이네.
15 寧退修吾初服　　　차라리 물러나 나의 애초 마음을 닦고,
　　竢天道之好還　　　천도가 정상을 찾아 돌 때를 기다리리라.
16 林泉饒於雅趣　　　자연에 대한 고상한 정취를 충분히 즐겼고,
2 伴漁樵而盤桓　　　어부 초동을 벗하여 바장이노라.

17 歸去來兮!　　　　　돌아가리라!
　　請謝絶於交遊　　　교유를 사절하리라.
18 顧紛糾之未定　　　돌아보니 내분은 끊이지 않고,
　　知統合之難求　　　통합이 쉽지 않을 줄 감지되누나.
19 旣國事之蹉跎　　　이미 國事는 글러버린 일,
　　保家族亦已憂　　　가족을 지키기조차 이미 걱정이로다.
20 伊耕學之兩事　　　저 농사와 학문 두 가지 일 중,
　　先着手於田疇　　　우선 밭두둑에서부터 손을 대리라.
21 拾荳種於南山　　　남산에서 콩을 줍고,
　　貸麥子於歸舟　　　돌아오는 뱃길에 보리를 꾸어오리라.
22 同婦子而供饁2)　　처자들과 함께 들밥을 내고,
　　送酒醬於林邱　　　들녘으로 酒漿을 파송하리라.
23 勞動暇而取適　　　힘든 농사철에 틈을 내어 한적함을 얻으리니,
　　把竿釣而臨流　　　낚시대를 둘러매고 물가로 가리라(取適非取魚).
24 夜則明燈燭而課兒　　밤이면 등촉을 밝혀 아이들을 가르치고,

---

1)『元稹・春遊詩』:「酒戶年年減 山行漸漸難 (注)酒戶 酒量也」
2)『詩經・豳風・七月』:「三之日于耜 四之日擧趾 同我婦子 饁彼南畝 田畯至喜」

3 徹曉誦讀而無休　　　　새벽녘까지 서책을 읽으며 쉬임 없으리라.

25 彼閑客之過訪　　　　　저 한객이 찾아온다면,
　　來不揮而去不留　　　찾아옴을 뿌리치지 않을 것이며 떠남을 마다하지
　　　　　　　　　　　　않으리라.
26 惟光復之大事　　　　　오직 조국 光復이란 중대한 일을,
　　我豈敢乎忘之　　　　내 어찌 민족의 해방을 잊으리.
27 然民衆之自覺　　　　　그러나 민중들이 자각하고,
　　迺運到之時期　　　　국운이 도래하는 시기에 이르러야만 하리라.
28 湔羞志以灌漑　　　　　물꼬 관리에 마음두어 부끄러움을 씻으며,
　　鋤惡思以耘耔　　　　김매고 북줌에 一心하여 증오심을 삭히리라.
29 男兒蓋棺事乃定3)　　　 사내 대장부는 관뚜껑을 닫고서야 일이 끝나는 법
　　　　　　　　　　　　이라고,
　　獨不聞諸古詩　　　　옛 시에 써 있었음을 새삼스레 느끼겠구나.
30 於戲! 檀聖以來　　　　아아! 단군 성조 이래의
　　五千年之歷史　　　　5천 년 역사여!
4 其不永絶也無疑　　　　그것은 영원히 끊어질 수 없음을 응당 의심하지 않
　　　　　　　　　　　　노라.

　　石洲 李相龍(1858.11.24~1932)는 애국 계몽 사상가로 유교 지식인이며
독립운동가로 평가되고 있다. 공은 철종 19년인 1858년 경상도 안동군
법흥동 臨淸閣(1519년인 중종 14년에 17대조인 이명이 낙향하여 지은 99칸 전통
가옥으로, 이중 T字형 건물에 팔작지붕을 얹은 君子亭은 보물 182호임)에서 李承
穆(權夏鎭의 女婿·의병장 權世淵의 매부)의 3남 3녀 중 장남으로 태어났다.
본관은 고성이며, 초명은 象羲, 1911년 중국 망명 이후 相龍으로 개명하
였다.
　　그의 가문은 조선 중기이래 顯官을 거의 배출하지 못했고, 증조는 동
중추, 조부 李鍾泰는 생원, 그 자신은 1886년(고종 23) 京試에 응했으나
不第하여 중앙의 관계와는 먼 편이었다. 그러나 그는 고성 이씨 종손으

---

3)『晋書·劉毅傳』:「劉毅曰 丈夫蓋棺事方定」

로서 조부 이래 4대에 걸쳐, 의성 김씨 종손·안동 권씨·진성 이씨 등과 혼인관계를 맺음으로써 婚班을 형성하고 있던 가문에 속하였다.

그리하여 공은 대토지를 소유하면서 독자적인 사회·경제적 기반을 갖고 있었다. 그의 토지 소유 규모는 명확하지 않으나, 안동은 물론 예천에도 있었고, 1905년 義兵時 15,000금(20두락을 처분했다는 기록도 있음)을 출연했고, 동생과 친족을 위해 토지를 남기고 間島로 망명한 뒤에도 연평균 400석을 거두어 들였다는 기록을 볼 때 在地士族이라 하겠다.

공은 일찍이 族曾祖 平潭에게서 수학했으나, 1876년 조부의 명에 따라 西山 金興洛(1827~1898)을 사사하였다. 서산은 副提學 金誠一의 22代孫이며 퇴계학파의 정맥을 이은 학자로 평가되는 定齋 柳致明(1777~1861)의 제자로서 滄江 金澤榮(1850~1927)이 重庵 金平默(1819~1888)과 함께 조선조 마지막 山林으로 평가한 대학자였다. 西山은 石洲의 조부인 생원 이종태(1820~1894)의 처남이 된다.

을미 의병시에는 유치명의 제자였던 拓庵 金道和(1825~1912)와 함께 擧義했는데, 김도화 역시 김흥락과 쌍벽을 이루는 학자로 이종태의 매부이기도 하였다. 또 김도화의 제자인 東山 柳寅植(1865~1928)은 이상룡과 함께 대한협회 安東지회에서 활동하였다. 말하자면 이상룡은 사승관계가 뚜렷한 퇴계학파의 정맥으로 同門的 결속과 同志的 결속이 강한 분이었다. 이 집안은 독립유공자만도 9분을 배출하였으며, 증손인 李恒曾도 광복회 회원이다.

공의 사상 형성에 지대한 영향을 준 퇴계학파 정맥의 학통은 다음과 같다고 김문기·박찬승은 논문4)을 통하여 발표하였다.

---

4) 金基承·朴贊勝 : 「한말 유교지성인의 사상과 행동―애국계몽운동가를 중심으로―」
  (油印物, 1988. 6.26 발표) 부록 1 참조

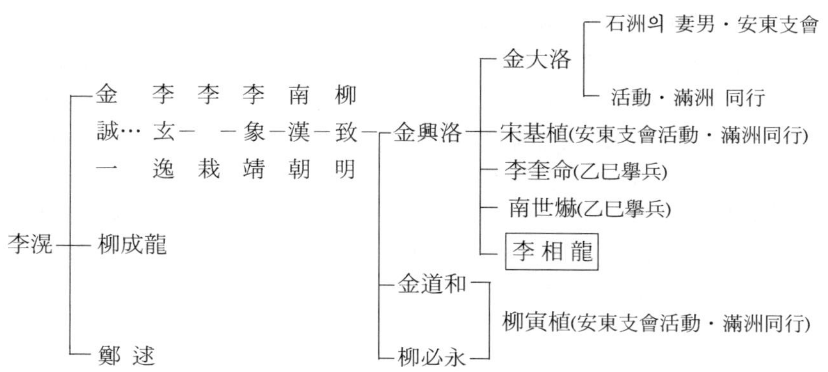

　　石洲 이상룡의 「和陶辭」를 탐토하는 본고에서 그의 일생을 일일이 살펴볼 수는 없다. 대체로 김승기·박찬승이 작성한 유인물에서 그의 생애의 대략을 추려 보겠다. 1910년 一進會의 합방 건의문을 성토하고, 梁起鐸·李東寧이 망명 의사를 전해오자 굳게 다짐하고, 이듬해 중국으로 망명하였다. 압록강을 건너면서 쓴 五律의 끝 聯은 「此頭寧可斫 此膝不可奴(차라리 이 머리는 잘릴지언정, 어찌 무릎은 꿇어 종이될까 보냐?)」고 읊었다. 新民會 계열 인사와 李會榮·李始榮·李東寧 등과 耕學社를 柳河縣 三源堡 기지에 설립하고, 民族史에 몰두하였다.

　　1919년 軍政府를 西路軍政署라 개칭하고 督判이 되었고, 1925년 상해 임정의 國務領에 선임되었다. 1926년 「和陶辭」를 짓고, 1932년 만주 舒蘭에서 75세로 타계하였다. 본 「和陶辭」는 上海에서 집필하신 듯하며, 고향산천을 그리는 정과, 臨政의 어려움, 조국광복은 必至할 것임을 믿고 있다.

　　다음으로 肯堂 李圭憲(1896.2.14.~1976.9.29)의 원제 「和歸去來辭」를 살피려한다. 본 「和陶辭」는 1934년(당 39세)작이며, 작품을 쓰게 된 동기와 배경이 되는 並小序를 먼저 살피겠다.

余自在襁褓 移他鄕 甫九歲 失恃於上黨地 遂入系我大宗 而未及弱冠
遭我先妣喪於扶風 旣又見叔父醒菴先生南冠之厄 至是産業已剝盡無餘
家大人棲屑於江景 弱弟與眷 分離於百里 前後數十年之間 閱盡多少風
霜 而曾未幾何 叔父奄忽棄背 萬事瓦裂 卒業無期矣 乃捲家歸故土 服
力田疇 作産稍定 幸得奉率之安穩 且悅親戚之情話 撫今感舊 頓覺一生
之如夢 偶閱舊帙 得童土尹公寫陶歸去來辭一篇 玩而讀之 不覺千古曠
感 試步其韻以寓我懷 雖所遇不同 人與文 又不啻天壤 而若其歸來田園
之趣 則吾亦一般 其緖云爾

나는 강보에 싸인 어릴 때부터 타향으로 옮겨 다녔다. 겨우 아홉 살에 上黨(淸州)에서 생모 맹씨를 잃고(1904년), 드디어 큰집으로 入系되었는데(1908년), 아직 관례도 치루기 전에 후모 김씨를 扶風(扶安)에서 여의었다.(1912년) 또한 숙부님 醒菴 李喆榮〔1867〜1919〕선생께서는 江景으로 오가시며, 어린 동생과 권솔들은 흩어져 백리 안에서 소식만 전할 뿐으로 비참하였다. 이러기를 전후 십 수년 간 갖은 풍상을 다 겪었다. 그러던 어느 날 숙부께서 갑자기 세상을 버리시니(1919년), 만사는 기왓장처럼 산산이 깨지고, 나는 학업을 마치기에는 종내 기약할 수가 없었다. 마침내 가족을 거두어 옛 고향으로 돌아와 힘껏 전답을 일궈 산업을 시작하자 차츰 안정을 되찾아, 다행히 上奉下率의 안온을 얻을 수 있었다. 또한 친척들과 정겨운 대화를 기꺼워하면서, 현재를 어루만지며 옛날을 생각하니, 문득 사람의 일생이란 한바탕의 꿈인양 여겨진다. 어쩌다가 해묵은 상자 속에서 童土 尹舜擧(1596〜1668)가 쓴 「귀거래사」 한 편을 찾아내어 완상해 가면서 읽자니, 油然히 이는 천고의 曠感을 나도 모르게 느껴 시험삼아 그 운을 밟아 나의 회포를 부친다. 비록 처지가 다르고, 사람됨됨이도 글의 격조도 천양지차로 다르지만, 그 전원으로 귀거래하는 意趣만은 같은지라 내 또한 다음과 같이 心緖를 펴노라.

1	歸去來兮!	돌아가리라!
	鄕園依舊待我歸	고향산천은 하마도 내가 돌아오기를 기다리나니.
2	旣自棲屑於客土	지겹도록 객지를 떠돌며,
	閱風霜而獨悲	갖은 풍상을 겪으면서 홀로 서러워했노라.
3	忽世運之沈降	문득 세상 운수는 침강해 버렸으니,
	邈唐虞之莫追	도당 유우씨의 덕화는 아득한 판국.
4	俄樑木之摧折	갑자기 동량 재목은 꺾여 버리고,
	噫萬事之日非	아아! 만사는 날로 어그러져 가네.

5 顧吾生而莫恤　　　나의 생애 돌아보니 살아갈 길 없어,
　覓歸路而振衣　　　고향 길 찾아 옷자락을 떨쳤노라.
6 策藜杖以跋涉　　　청려장 짚고서 산을 넘고 물을 건너,
① 入山逕之翠微　　　산길의 중턱바지로 접어드노라.

7 乃瞻松楸　　　　　이윽고 고향 산천이 바라보이니,
　欣然來奔　　　　　기쁜 마음에 발걸음이 빨라지네.
8 雲山無恙　　　　　흰 구름 뜬 계룡산은 그냥 그대로,
　昔日龍門　　　　　옛날 程伊川이 은거한 龍門 그 곳이로세.
9 居然泉石　　　　　변함 없는 샘물과 암석들,
　遺跡尙存　　　　　옛 자취가 상기도 남아 있네.
10 爰有族屬　　　　　이곳(公州 中洞)에 우리 족속들이 살아 남아,
　迎我以樽　　　　　나를 술로써 맞이하네.
11 惜去年之別離　　　지난날의 헤어짐을 안타까워하면서
　喜今日之怡顔　　　오늘의 얼굴 펴짐을 기꺼워하노라.
12 量飮啄而自適　　　새가 마시는 물과 먹이를 헤아리면서 분수에 자적하
　　　　　　　　　　며,

　幸一身之始安　　　一身의 안식을 이제사 찾았음을 다행으로 여기노라.
13 止所止而自靖　　　멈출 데 알맞게 그치고 自靖함이며,
　世紛紛而無關　　　세상이 분분하더라도 무슨 상관이랴?
14 時出門而大笑　　　때때로 들녘을 거닐며 거침없이 웃고,
　倚斜陽以退觀　　　저녁놀에 기대어 멀리 바라보노라.
15 乾坤闊而無窮　　　천지는 넓고 넓어 끝이 없고,
　水萬折而東還　　　물은 수만 번 꺾여도 東으로 흐르는 법.
16 不戚戚而寬廣　　　근심 걱정 하나없이 탁 트인 마음으로,
② 考槃澗以盤桓　　　산수 사이를 돌아다니며 一休一息하리라.

17 歸去來兮!　　　　돌아왔음이여!
　聊卒歲以優遊　　　애오라지 죽는 날까지 우유도일하리라.
18 我自樂此樂土　　　나는 이 즐거운 터전에서 자락하리니,
　更何去兮何求　　　다시 어디로 가서 무엇을 구하겠는가?
19 取魚鳥之幽趣　　　고기잡이와 새후리기의 幽深한 취미,

對案書以消憂	안상에서 서책을 대하며 근심을 사루리라.
20 菽水足以供子	콩밥과 냉수로 자식들을 먹여 살리고,
職務稼穡於田疇	밭두둑에서 파종하고 추수하는 것에 힘쓰리라.
21 或伴樵笛	더러는 초동의 풀피리 소리도 듣고,
或放漁舟	간혹 가다가 고기배를 띄우리라.
22 旣朝出而暮歸	아침에 떠나 저녁에 돌아오나니,
亦臨流而經丘	물가로 나가기도 하고 언덕을 넘기도 하네.
23 足平生之趣味	한평생의 취미로는 더없는 것,
保閒中之風流	閒居중의 풍류로 보존하리라.
24 守吾拙而安分	나의 拙性을 지켜 분수에 편안함이여,
③ 庶無災而臻休	아무 재앙없이 끝없는 휴식을 바라노라.
25 已矣乎!	끝났음이여!
人生少壯能幾時	인간의 삶에서 한창 시절이 그 얼마런가?
26 歲月無情不暫留	무정한 세월은 잠시도 쉬지 않나니,
胡爲乎 魘魘聘何之	어찌하여 갈팡질팡하며 어디로 가려하는가?
27 世路險如戟	세상은 험하기가 창끝과 같으니,
名利非所期	명리는 기대하지 않노라.
28 羌外馳而何補	아아! 외방으로 달리며 무엇을 얻으려는가?
莫若退而耘耔	물러나 밭갈고 김매는 것만 못하여라.
29 尋桃源之別界	무릉도원의 별세계로 찾아가,
歌伐檀之古詩	일하지 않으면 먹지도 말라는 위풍 벌단장을 노래하리라.
30 尚先民以依歸	先民을 높이 받들어 돌아가 따르려니와,
④ 綽乎有餘復奚疑	여유가 綽綽함이여! 다시 무엇을 의심하리?

상기 「和陶辭」 本文 다음에 克齋 宋炳瓘(1875~1945)의 跋語가 附記되어 있다.

吾固知李君學問淵源之出於其叔父醒菴公　而未知其庸玉汝成之由於貧賤憂戚也　今讀其所和歸去來辭一篇　則其離鄉棲屑　遭故零丁　安放之痛　不辰之歎　皆非人理之所可堪而能盡心勉力　未見其愯異無立之象也

若夫歸來鷦棲　瞻依龍門　大笑遐觀　何去何求之類　又可見其隨遇自靖　綽
乎無疑之操也　若君者雖謂之今世靖節　未爲過語　豈可以所遇之　或不同
而二視之哉　手寫一通　置之座隅　一以解知不深知之愧　一以爲餘生思齊
之資云爾

閼逢閹茂　剝月之上浣　　　　友人 德殷 宋炳瓘 識

　　나는 진실로 이군 학문의 연원이 그의 숙부이신 醒菴公에게서 나온 것을 안다.
그러나 그가 玉成되어 훌륭한 인격을 갖추게 된 것이 꼭 가난하고 천하고, 근심과
슬픔[1]에서 유래된 것인지는 모르겠다. 이제 그가 화운한 「귀거래사」 한 편을 읽어
보니 그가 고향을 떠나 이향을 떠돌며, 부모의 상을 당하고 외롭고 落魄해져서, 열
심히 일하더라도 경제적 여건은 펴지 않는 고통과, 때를 못 만난 탄식들을 그 모두
가 인간의 이성으로서는 감내할 수 없는 것이로되, 능히 盡心竭力하여 나약해지거
나 퇴영적이 되어 독립심이 없는 꼴을 나타내 보이지 않았다. 저 굴뚝새가 一枝의
편안한 서식처로 돌아간다든가, 程伊川이 만년 은거한 龍門之遊를 앙모하여 의지
한다든가, 크게 웃어 멀리 바라본다든가, 어디로 가서 무엇을 구할 것인가? 등등의
類는 또한 그가 隨時隨處로 自靖하고 여유작작하게 樂夫天命復奚疑의 절조를 볼
수 있는 것이다. 당신같은 사람을 일러 '금세의 靖節선생'이라 한들 지나친 말은 아
닐 것이다. 어찌 遭遇한 것과 똑같지 않다 하여 二分法으로 볼 수 있는 것인가?
몸소 이군의 「和陶辭」 한 통을 베껴 한쪽 켠에 모셔둔 것은, 첫째 내가 그를 깊이
있게 이해하지 못한 부끄러움이고, 둘째는 여생을 그와 같이 훌륭하게 되기를 생각
하는 好資[2]로 삼기 위함이라고 이르노라.
갑술년(1934년) 음력 8월[3] 상순　　　　우인 덕은 송병관은 씀.

　　肯堂 李圭憲의 조카인 鍾宣이 『궁당집』 권14 부록에 실린 家狀에 의
거하여 그의 일생의 중요 사항만을 간추리면 다음과 같다.

　　자는 聖斌이며, 初諱는 圭稷, 자는 舜五였다. 본관은 경주로 효종 때
송시열·송준길과 함께 북벌 계획에 참여하였던 草廬 李惟泰(1607~1684)
의 10세 胄孫이다. 龍湖 晦榮의 아들로 태어났으나 큰집이 절손됨에 昭
穆을 이어 攝宗을 받게 되었다. 1896년 충남 公州 中洞에서 태어났으니,

---

1) 『張載·西銘』 : 「富貴福澤 將以厚吾之生也 貧賤憂戚 庸玉汝於成也」
2) 『論語·里仁』 : 「子曰 見賢思齊焉 見不賢而內自省也」
3) 『詩經·豳風·七月』 : 「六月食鬱及薁 七月亨葵及菽 八月剝棗 十月穫稻」

그가 을해년(1935년)에 쓴 卷6의 「긍당기」에 의하면 중동이란 곳은 금강 상류의 一隅之地요, 계룡산의 一麓으로 공의 10대조 문헌공 이유태께서 만년의 卜居之地로 삼으신 곳이다. 바로 이곳이 긍당 자신도 은거하신 곳으로, 1934년, 「和陶辭」를 쓰고, 이듬해에 「긍당기」를 집필하여 記文의 一節처럼 '산수지간에서 陶陶永歲할 것'을 새삼 다짐하였던 것이다.

대체적인 所經事는 「和陶辭」 병서에서 이미 기술한 바와 같으며, 긍당의 집안은 일제 치하에서 抗倭로 계속 곤욕을 당하였는데, 특히 叔父인 醒菴 李喆榮(1867~1919)은 奇正鎭에 연원을 둔 「和陶辭」 작가이기도 한 自慊窩 柳大源(1824~1903: 扶餘出身으로 松沙 奇宇萬과 同門)의 門人으로 구한말 民籍法을 반대하다가 苦楚를 당하였고, 경술 국치후 日本 政令에 항거하여 유교사상 수호에 진력한 분으로 알려져 있다. 그의 제자로는 『東國綱鑑』을 편찬한 春溪 宋毅燮(1865~?)이 있다. 광복후 亡命豪俊들이 해외로부터 돌아오고 건국의 열도가 높아지자 많은 동지 제공들이 결사대동의 뜻을 비쳤으나, 그는 한 逸民으로 남기를 소원하였다.

庚寅의 난(6·25 동란)을 겪은 후 을미년(1955년) 문중의 일인 譜事에 힘을 쓰고, 정유년(1957년)에 선조인 草廬 이유태의 遺墟碑를 세우고, 초려 선생이 지은 『四禮笏記』를 출간하기도 하였다. 1974년 고 李淑鍾 여사가 주동이 된 여성단체에서 부르짖고 나선 '革廢戶主 功緦通昏(동성동본 혼인)'의 민법 개정을 국회에 청원하자, 전국의 유림들과 그 부당함을 누누이 강조하다가, 1976년 봄에 숙환이 차츰 도지시자 6월에 서쪽으로 命駕하여 친지들을 역방하고, 8월부터 漸至澟綴하다가 9월 29일 考終于寢하니 춘추 81세였다. 원근 인사들이 한 斯文이 돌아간 것으로 여겨 크게 슬퍼하였다. 9일장을 지냄에 知舊와 문인 加麻者가 80여 인이었다.

그의 문집을 통하여 글을 주고받은 교우 관계를 살펴보면, 충남대학교 문리대 학장을 역임한 蒼厓 金舜東(1898~1972)선생·같은 안동 金門인 重德 金潤東·서예가인 剛庵 宋成鏞·당시 국회도서관장이었던 姜周鎭·古文硏究會 회장인 敬中 邊時淵(2000年 現 生存)·李雨燮 등의 인물들이다.

결국 공은 대한제국에 태어나 일제 치하의 신산을 겪고 귀거래하며 공주 중동에서 隱居躬耕하시다가, 8·15, 6·25, 4·19, 5·16 등 역사의 소용돌이를 사시다가 간 유학자인 斯文으로서, 그 지역인 공주 넓게는 충남에 많은 제자를 남기고 81세를 일기로 영면하였다.

다음은 龍田 金喆熙(1915~현재 생존)선생의 원제 「效陶靖節歸去來辭」를 살피려 한다. 「和陶辭」 작자 중 유일하게 2000年 현재 살아계신 분이다. 자는 光甫, 호는 龍田居士로 본관은 순천이며 경북 안동 태생이다. 조선조 7대 세조인 수양대군이 정권을 찬탈하던 계유정난(1453년) 때 격살된 節齋 金宗瑞(1390~1453)의 후손으로, 그 이후 禍難을 피해 안동으로 내려와 세거하였다 한다. 나중 용전선생은 충남 佳水院에 우거하며 晝耕夜讀하면서 篤學하였다. 지금은 서울 서대문 밖에 사시면서 후학을 양성하고 계신다.

그의 제자들이 1983년 발간 봉정한 『天海亭文稿』 卷1 辭賦에 收載된 본 「和陶辭」의 제작 연대는 병자년(1936년)이다.

1	歸去來兮!	돌아가리라!
	俯仰乾坤我何歸	하늘을 바라보고 땅을 굽어본들 내 어디로 갈거나?
2	年行迫於立志	나이가 이미 스물을 넘어 서른 줄에 들어섰는데도,
	曷徊徨而嗟悲	어찌하여 방황배회하면서 슬퍼만 하는가?
3	寧與俗而相違	차라리 속세의 속인과는 다른 길을 걸어,
	非聖轍則不追	성인의 자취가 아니면 따르지 않으리라.
4	惜達觀於蒙叟	蒙땅의 늙은 莊周의 달관을 안타까워하면서,
	泣孤憤於韓非	한비자의 알아주지 않는 서러움을 쓴 孤憤篇을 울어주노라.
5	躬不耕而誰食	몸소 경작하지 않으니 누가 먹여주며,
	妻不織則誰衣	內子가 織造하지 않으니 누가 입혀주랴?
6	托性命於陋巷	한 목숨을 陋巷에 의탁하고,

① 慨王風之式微   패풍의 式微장을 개탄하노라.

7 彼哉群趨   彼哉 彼哉! 저들 무리의 꼴,
  趨勢波奔   세력에 쫓아 파도인양 몰려듦이여.
8 黃金爲屋   황금으로 집을 짓고,
  明珠作門   明珠로 문을 내리라.
9 何有何無   무엇이 있고 무엇이 없으랴만,
  惟意之存   오직 생각 나름일 뿐.
10 飢進白玉   배고프면 쌀밥 먹고,
  渴呼淸樽   목마르면 청주 마시리라.
11 衆粥粥而雜處   뭇사람들은 연약하여 두려움에 떨며 섞여 살면서,
  守錢奴與歡顔   돈의 노예가 되어 기뻐 날뛰네.
12 朝期枕於遊仙   아침엔 유선의 꿈에 기대를 걸고,
  夕聯轡乎長安   저녁엔 장안으로 고삐를 나란히 하네.
13 肩相拍而相謂   어깨를 서로 치면서 이르기를,
  故人無於陽關[1]   '西出陽關이면 지기지우가 없느니라'고.
14 忽反眼於細利   갑자기 조그만 이익에 반목을 일삼나니,
  蓋小人之童觀   온통 소인잡배들의 애들 장난이여.
15 噫! 友道兮掃地   아아! 씻은 듯이 사라진 友道여,
  管鮑去而不還   관중과 포숙아가 한번 가자 돌아오지 않는구나.
16 我乏才又無資   나는 淺學菲才에다 資賴할 곳도 없어,
② 將誰與而盤桓   장차 뉘와 더불어 바장일거나.

17 歸去來兮!   돌아가리라!
  請逍遙而遠遊   소요 자적하면서 遠遊하리라.
18 孰同聲而相應   그 누가 같은 소리로 서로 응하며,
  孰同氣而相求[2]   뉘 있어 같은 氣로 서로 구하리오.

---

1) 『王維·送元二使安西詩』 : 「渭城朝雨浥輕塵 客舍靑靑柳色新 勸君更盡一杯酒
   西出陽關無故人」
2) 『易經十翼』 : 「(九五)飛龍在天 利見大人 何謂也 子曰 同聲相應 同氣相求 水流濕
   火就燥 雲從龍 風從虎 聖人作而萬物覩 本乎天者 親上 本乎地者 親下 則各從其
   類也」

19	杞天久已傾頹	杞人憂天은 오래 전에 이미 말끔히 해결 되었나니,
	匪漆室之所憂[3]	깜깜한 방 속에서 나랏일 걱정함은 내 일이 아니로세.
20	唉同人之四散	오호라! 동문수학하던 친구들 뿔뿔이 흩어지고,
	奴草荒於良疇	좋은 밭이 잡초에 묻혀 황폐해지려 하네.
21	孰市而卜	누구는 저자거리에서 卜쟁이 되고,
	孰海而舟	누구는 바다 건너 외지로 가고.
22	隱而誰爲沮溺	은거하여 그 누가 장저와 걸닉이 되며,
	出而誰爲軻丘	출사하여 그 누가 공구와 맹가가 되리.
23	道不可以兩立	韓愈의 原道처럼 도는 양립할 수 없는 것,
	此而塞則彼流	이것이 막혀야 저것이 흐르는 법.
24	矧今日之道術	하물며 오늘날의 도술이란,
	[3] 百喙俱曰余休	백 사람의 입을 한결같이 ‘나는 그만두겠다’라고.
25	已矣乎!	끝났음이며!
	吾道之天曙何時	우리 도의 밝아올 새벽 아침은 언제런가?
26	多少世間英銳者	세간의 영민하고 銳氣찬 대부분의 인물들은,
	誤落塵網[4]迷所之	잘못 塵網에 떨어져 갈 바를 모르고 헤매나니.
27	富貴如可求	부귀를 만약 구할 수 있다면,
	執鞭聖所期	말부리라도 할 것이라고 공자님은 말씀하셨지.
28	膏繼晷而誦讀	기름불로 어둠을 밝혀 책을 읽고,
	起趁鷄而耘耔	새벽 닭소리에 일어나 밭갈이 하리라.
29	曷隕穫乎貧賤	어찌 빈천하다고 뜻을 잃을 것인가?
	當勉勵夫禮詩	마땅히 예와 시에 힘쓰리로다.
30	歸去來兮!	돌아가리라!
	[4] 從吾所好復奚疑	내 좋아함을 따랐으니 무얼 다시 의심하리오?

---

3) 『後漢書·盧植傳』:「漆室有倚楹之戚 (註)琴操曰 魯漆室女 倚柱悲吟而嘯 隣人見其心之不樂也 進而問之曰 ‘有淫心 欲嫁之念耶 何吟之悲’ 漆室女曰 嗟乎嗟乎 子無志 不知人之甚也 昔者 楚人得罪於其君 走逃吾東家 馬逸蹈吾園葵 使君終年不饜荣 吾西隣人 失羊不還 請吾兄追之 霧濁水出 使吾兄溺死 終身無兄 政之所致也 吾憂國傷人心痛嘯 豈欲嫁哉 自傷懷結 而爲人所疑 於是褰裳入山林之中 見女貞之木 喟然歎息 援琴而弦歌 以女貞之辭 自縊而死」

4) 『陶淵明·歸園田居 제1수』;「少無適俗韻 性本愛丘山 誤落塵網中 一去十三年」

淵民 李家源은 『천해정문고』 서문에서 龍田 金喆熙와의 교우관계와 생활상 및 문학세계를 다음과 같이 기술해 놓은 것이 한 참고가 된다.

… 余與金光甫 生長同鄕 靑陽爲好 今兩皆白紛矣 光甫少裒奇才 熹爲古文辭 而間更兵亂 遊離困頓 固不能大肆力於其間 然…簡取而細吟之 有時響如哀玉 臭若芳蘭 …

나와 龍田은 동향인 安東에서 태어나 자라 청년시절을 좋게 지냈다. 이제 두 사람 모두 백발이 성성해졌다. 龍田은 젊어서 기재를 지녀 고문사 짓기를 기꺼워하였다. 그러나 그 사이 병란을 겪어 떠돌아다니며 어려움을 당하여, 진실로 그 간에 크게 능력을 펼 수 없었으나… 주제를 가려 뽑아 섬세하게 이를 음영하여 때로는 울림이 애절한 玉 같고, 방향 질은 난초의 냄새 같으니 …

龍田은 여러 편의 賦를 지었는데 「五五賦」(自一至十 各賦其數 共五十五韻 故云五五: 1934년)·「閔旱賦」·「白雪賦」·「七夕賦次山康韻」(山康齋는 卞榮晚(1889~1954)의 호임: 1940년)·「別故盧賦」(1950년)·「次李習之幽懷賦」(習之는 果齋 李仲說(1518~1547)의 字임) 등이다.

그는 또한 和陶詩도 다수 남겼으니, 卷2는 嶠南錄으로 안동 시절의 작품인데, 「飮酒 20首 和陶五柳韻」이 들어 있으며, 卷3은 湖西錄으로 대전 시절의 작품인데, 「次陶五柳移居 二首」·「和陶五柳擬古 九首」·「又和雜詩 十二首」·「又和九日閑居」 등 도합 44수나 된다.

龍田은 본 「和陶辭」를 통하여 당시(1930년대)의 세태를 극명하게 표현하고 있다고 하겠다. 그리고 그의 학문과 사상은 '非聖哲則不追'로 窺知할 수 있으며, 더욱이 '道不可以兩存 此而塞則彼流'에 보이듯이 소동파가 '文起八代之衰 道濟天下之溺'이라고 평가한 고문가 韓愈의 「原道」의 내용을 부연하고 있는 점에서 명백해진다.

당시에 友道는 땅을 쓸 듯이 깨끗이 사라지고, 보이느니 小人들의 어린아이 짓거리뿐, 細利에도 반목하는 꼴, 세력에 붙쫓는 무리들의 광분만이 목도되는 현실에서 同聲으로 相應하고 同氣로 相求할 수 없는 世路

少知音의 안타까움을 느끼며,『논어』술이편의 '富貴可求也 雖執鞭之士 吾亦爲之 如不可求 從吾所好'를 좌우명처럼 외우면서 자기가 좋아하는 바인 안빈낙도의 길을 걷겠다고 끝맺고 있다.

概 觀

1910년 8월부터 1945년 8월 15일까지 36년 간을 흔히 '일제시대'라 한다. 일제에 의한 식민지 생활을 강요당한 시대요, 우리 민족의 주권 국가 활동이 단절된 비극의 시대였다.

軍國主義 日帝의 침략 지배에 대한 민족의 항거는 항일 독립 투쟁으로 줄기차게 이어졌다. 국내에서는 물론 만주와 연해주에서 나아가 중국 대륙을 무대로 전개되었다. 하와이(布哇)·美洲 등 한민족이 거주하던 모든 지역에서도 예외는 아니었다. 그 전개에 있어서 3·1 운동이나 광주 학생 운동과 같이 거족적인 투쟁도 있었고, 정치 단체나 사회조직 등의 조직체에 의한 것도 있었으며, 때로는 義士들의 의거와 같은 개인적인 투쟁의 방도도 있었다.

이처럼 국내에서 해외에서 모든 계층이 갖은 방법을 다하여 줄기차게 항일 독립 투쟁을 전개했음으로, 2차 세계대전의 終戰과 더불어 광복의 감격을 맞이할 수 있었던 것이다.

일제 강점기의 「和陶辭」는 근 10편 찾았으나, 3편만을 탐토의 대상으로 삼았다.

먼저 이역 만주 땅에서 독립 운동에 진력하시다가, 칠순을 앞둔 나이에 고국을 그리는 정과 조국 광복이 쉽지 않음을 아파하면서, 1926년에 쓰신 石洲 李相龍(1858~1932)의 「和陶辭」를 살폈다. 石洲는 본 「和陶辭」의 끝 연을 통하여 단군 성조 이래의 오천년 역사가 永絶할 수 없음에 아무 의심도 없다고 읊으면서, 광복은 必至할 것이라는 신념을 가지고 계셨던 애국지사였다.

충남 유림이었던 肯堂 李圭憲의 「和陶辭」는 1934년에 집필되었다. 肯堂의 작품은 竝序에서 확인되듯이 國亡後 亂家가 되었던 어려움을 딛고, 옛 고향인 公州에 다시 돌아와 전답을 일궈 상봉하솔의 안정을 찾으면서 집필된 것이다. 병서를 통하여 서예에 뛰어났던 童土 尹舜擧(1596~1668)가 직접 쓰신 陶辭가 전해지고 있었다고 밝히셨으며, 克齋 송병관(1875~1945)이 肯堂의 「和陶辭」를 깊이 느끼면서 쓴 跋語가 부기되어 있다.

이 시기의 「和陶辭」는 끝으로 현재까지도 살아 계셔 후진들을 계도하고 계신 龍田 金喆熙(1915~현재)옹의 1936년 작품을 살폈다. 龍田은 본 「和陶辭」를 통하여, 당시 友道는 사라지고, 보이느니 小人들의 짓거리뿐으로 세리에 반목하며 附勢하는 무리들의 광분을 안타까워하고 있다.

본 저술에서 논의하지 않은 2편의 「和陶辭」에 잠깐 언급하면서 일제 강점기를 마치려 한다. 일제 치하에서 기독교도 믿어보았고, 불교의 자비심에 젖어보기도 했으며, 상업과 광산업에도 손을 대어 치부도 했으나, 『大學』의 본령인 格物致知 誠意正心을 정신적 지표로 삼으며, 報恩 속리산 도장리에서 여생을 보내신 渭隱 鄭寅尙(1889~1952)의 「和陶辭」가 있었으며, 1942년에 쓰여진 念齋 金簹(김순 1888~1978)의 「和陶辭」는 외침을 당한 海左의 이 땅에서는 은거할 수밖에 없음을 담담하게 읊고 있다. 念齋는 艮齋 田愚의 제자였다.

8. 光復以後

이제 「和陶辭」 가운데 가장 최근인 1956년 10월에 쓰여진 心山 金昌淑(1867.7.10~1962.5.10)옹의 원제 「反歸去來辭」를 살펴 볼 차례가 되었다.

김창숙옹은 심산 이외에 躄翁(절름발이 늙은이)·疎翁(오활한 늙은이)라는 별호를 가지고 사셨다. 선생은 경북 성주군 沙月里에서 출생하여 84세를 일기로 서울 중앙의료원에서 棄世하시기까지 민족과 국가의 불행한 운명 속에 투쟁과 희생으로 일생을 마치신 애국자시다.

心山은 원래 영남의 문벌 士族인 義城 김씨, 그 중에서도 조선조 중엽의 名賢이었던 東岡 金宇顒(1540~1603)의 13대 종손으로 남다른 지위와 명망을 지니고 있었다. 당시에 이러한 가문의 출신으로 일제의 온존 속에 안일한 삶을 누리고 있던 양반 지주들이 많았건만, 心山은 젊은 시절부터 모든 것을 뿌리치고 구국활동에 투신하여 스스로 기구한 행로를 택하게 되었다. 그 같은 어려운 길을 걸은 家門으로는 友堂 李會榮(1867~1932)과 省齋 李始榮(1869~1953: 1891 文科. 광복후 初代副統領 辭退함) 등 6兄弟들의 抗日 精神에 투철했던 慶州 李氏 尙書公派도 있다.

한 때 일제 감시 하에 칩거하면서 본명인 昌淑을 愚라고 개칭한 것이나, 日警의 혹독한 고문으로 지체의 자유를 잃어 절름발이가 되었기에 躄翁이란 별호를 사용했던 사실만으로도 우선 그의 생애를 짐작할 수 있다.

碧史 李佑成은 그의 생애를 5기[1]로 나누어 기술하였는데, 본 「和陶辭」는 제5기(1945~1962)에 쓰여진 작품이다. 정확히는 병신년인 1956년 10월작으로 翁壽 78세 때이다. 이 때는 제1공화국의 말기 현상이 차츰 노정되던 시기로, 5월에 민주당이 한강 백사장에서 정견 발표, 민주당 대통령 후보였던 海公 申翼熙(1894~1956)선생의 유세 도중 이리에서 급서,

---

1) 李佑成 : 「심산 김창숙선생 약전」, 『삼산 김창숙 -시와 자서전-』(범학사, 1980), 5~7쪽.

그 가운데 정·부통령 선거를 치러, 대통령에 이승만·부통령에 장면 박
사가 당선되었으며, 9월에는 장 부통령의 피습사건이 있었던 암울한 때
였다.

　이 시절 심산은 이승만 정권의 부패와 독재에 대하여 정면 투쟁을 선
언하게 되는데, 따라서 귀거래를 반대한다는 뜻으로 「反歸去來辭」라고
한 것이다. 심산을 이해하는 데 귀중한 자료가 되는 작품이다. 우선 작품
을 보기로 하자.

1	歸去來兮!	돌아가리라!
	田園已蕪將安歸	전원이 이미 황폐했으니 어디로 돌아갈꺼나?
2	余旣獻身兮光復役	내 이미 조국 광복에 몸을 바쳤으니,
	縱粉骨而奚悲	비록 뼈가 가루되고 몸이 으셔져도 어찌 슬플까마는,
3	有母喪而不知	모친상을 당하고도 모르고 지낸 囹圄의 몸이었기에,
	痛不孝之莫追	되돌릴 수 없는 불효에 애통할 뿐.
4	飽風霜於異域	이역만리에서 갖은 풍상 다 겪으며,
	嗟志業之日非	나날이 잘못되어 가는 大業 탄식하노라.
5	身旋陷於大僇	一身이 문득 크나큰 모욕을 받아(절름발이가 된 사연),
	穿虜犴之赤衣	囚人의 붉은 옷 몸에 걸쳤네.
6	忍苦辣而不悔	고초와 신산 달게 받았어도 후회는 없고,
□	懼道心之或微	혹시라도 道心이 쇠미할까 저어하였네.
7	鄕山在望	고향 산천을 눈앞에 두고서도
	繫械莫奔	쇠사슬에 묶이여 갈 수가 없었네.
8	廢疾而躄	병들어 폐인되고 절름발이 되어서야,
	始出牢門	비로소 獄門을 벗어났나니.
9	家廬蕩殘	집안은 쑥밭이 되었고,
	舊物無存	옛날 물건 하나도 없어라.
10	不農奚餐	농사짓지 못했으니 무엇으로 끼니를 때우며,
	不釀奚樽	양조하지 않았으니 무슨 술을 마시리.
11	親戚亦其窮餓	친척들도 모두들 궁색하고 주리는 꼴,

	釀危涕而被顔	솟구치는 눈물에 얼굴을 가렸네.
12	旣靡室而靡家	이미 아내도 없고 집도 없어진 지금,
	寧遑謀於尊安	어느 겨를에 一身의 안정을 꾀하리.
13	紛鬼蜮之怪物	음험하기 짝이 없는 괴물 같은 사람 있어,
	任跳梁於鄕關	고향 땅에서 함부로 날뛰는 꼴 봐야 했어라.
14	哀三八之斷腰	애통할 손, 해방 조선 삼팔선으로 허리 끊이고,
	最傷心於京觀	가장 가슴 아픈 일은 同族을 죽인 무덤(6·25를 말함).
15	歎明夷2)之入地	모략으로 뜻 못 펴고 죽은 이들 안타까워라!
	仰皓天而不還	蒼天에 외쳐댄들 돌아올 리 만무하네.
16	噫垂死之病夫	아아! 거의 죽어가는 이 병든 몸,
②	顧無所於盤桓	사방을 둘러본들 어청거릴 한 치의 땅도 없어라.
17	歸去來兮!	돌아가리라!
	從此息交而絶遊	이로부터 교분도 교유도 끊어 버리리라.
18	非傲世而長往	傲氣로 세상을 보며 영생의 땅 찾음이 아니요,
	寔榮貴之無求	진실로 영광과 부귀는 바라지 않노라.
19	髮雖短而心長	머리터럭은 비록 모지라졌으나 마음은 유장한 것을,
	惟天下之是憂	오직 세상 돌아감이 근심이어라.
20	呼長鬚而不見	머슴놈 불러대도 나타나지 않으니,
	孰問耕於西疇	서쪽 밭 매는 일 누구와 상의하랴.
21	湖海颷急	물결에 몰아치는 중국 남방의 颶風 바람 사나워,
	棹折孤舟	외로운 배 노마져 꺾이었노라.
22	直峻何山	치솟은 저 산은 무슨 산인가?
	是吾首邱	머리 두고 내가 죽을 고향 땅 언덕.
23	望岡臺而逃遭	고향 땅 바라보며 차마 못 가던 중,
	歲華忽其如流	세월은 물같이 빨리도 흘렀네.
24	挹晴川而延竚	맑은 냇물 손으로 움키며 서성이노라니,
③	庶嚮晦而宴休	늙마에 편히 좀 쉬었으면 싶건만.
25	奈揶揄之惡倀	비웃고 조롱하는 惡小輩들,

---

2) 『易經·十翼·明夷卦 象辭』: 「明入地中 明夷 君子以莅衆 用晦而明」

不俾我而淹留	나로 하여금 고향에 오래 머물게도 하지 않노라.
26 胡爲乎	어쩔 것인가?
踽踽迷所之	몸을 옹송거리며 갈 곳에 미혹된 이 몸.
27 南北黑風惡	남북을 몰아치는 黑風 사나워라.
和平未易期	和平은 쉽사리 기약할 수 없노라.
28 復叢莠之亂苗	저 사이비 正人君子들,
矢竭蹶而耘籽	맹세코 힘을 다해 갈아(쓸어) 버리리라.
29 死道路兮亦何恨	길에서 죽더라도 무슨 한이 있으랴!
誦衛侯之抑詩	가만히 외워보는 衛侯의 抑 12장.
30 皦白日之此心	해처럼 밝은 이 내 마음을,
④ 質諸鬼神可無疑	귀신에게 물어보아도 조금도 의심없노라.

心山의 「반귀거래사」에 대하여 碧史 李佑成은 도연명의 「귀거래사」 원문과 대비시키면서 자세하게 설명한 글[3]이 있다.

그 내용은 불의와 반동에 대한 일관된 투지로 '길에서 죽기로서니 무슨 한이랴?(死道路兮亦何恨)'이라 하고, 이어서 '귀신에게 물어봐도 떳떳하도다.(質諸鬼神可無疑)'라 하여 신념에 찬 자기 생애의 증언으로 끝을 맺었다고 했으며, 전체적인 면에서는 도연명의 '樂夫天命復奚疑'라는 超然主義에 비해서, 현실과 대결하는 心山의 적극적인 인간형이 얼마나 인간 역사에 보탬이 될 것인가를 있는 그대로 표백함으로써 독자를 감동시킬 뿐만 아니라, 한 편의 辭로서도 훌륭히 성공한 작품이라 하였다.

心山의 시도 대부분 「반귀거래사」와 같은 취지의 것이다. 따라서 종래 일반 시문집에서 보는 음풍농월식 시구는 心山의 그 많은 시에서 거의 한 수도 볼 수 없다. 모두 시국을 분개하고 민족 장래에 대한 우려로 가득한 것들이며, 그것도 추상적인 것이 아니고 하나하나 구체적인 문제를 다룬 것이다. 心山시의 한 首, 한 首는 곧 우리나라 현대사의 단편들인 것이다.

---

3) 李佑成 :「심산 김창숙의 유교사상과 행동주의」, 『한국의 역사상』(창비신서 41, 1982) 304~305쪽.

陶詩와 陶辭가 수용된 이래 이 땅의 수많은 사대부들은 습작을 위하여, 또는 어려운 사회적 현실에서 참된 나를 찾기 위하여, 또는 다른 각도의 지향을 찾아 「귀거래사」의 운을 밟아 「和陶辭」를 지었을 것이다. 그러나 문헌상으로는 李仁老의 「和歸去來辭」가 처음이며, 心山 金昌淑의 「反歸去來辭」가 마지막으로 잡히고 있다. 近 800年의 시간 속에서 꾸준히 쓰여진 것이다. 일단 여기에서 이 글을 끝내겠지만 더욱 큰 연찬은 이후의 일이라 여기고 있다.

槪 觀

유구한 역사와 문화 창조의 귀중한 역사적 체험을 가진 우리 민족은 일제시대 그들의 포학한 식민지 통치에서 벗어나고자, 평화적으로・무력적으로・개인적으로・정치적으로・문화적으로 해방 독립의 투쟁을 쉬지 않고 전개했다. 이러한 독립투쟁을 통해 발휘된 민족 정기가 원동력이 되어 2차대전의 종전과 더불어 광복을 맞을 수 있었다.

그러나 광복이 곧 민족의 자주적인 주권국가 활동으로 이어지지 못하고, 美蘇 양군의 진주와 군정으로 이어졌음은 세계사의 과오였다. 그것은 6・25의 동족 상잔을 불러 왔고 현 휴전선 7백 리를 고착화시키고 있게 하였으며, 정치・경제의 민주화는 아직도 먼 채 21世紀에 들어와 있다. 남북문제는 언제나 서로 정권적 차원에서만 거론되고 있어, 햇볕 정책 속에서도 분단 조국은 통일될 가망이 당장 보이지 않는 것이 현실이다.

光復 이후 지금까지 어두운 터널은 계속 이어지고 있다고 하겠다. 1956년 10월 제1공화국 말기에 心山 김창숙(1867~1962)옹의 「和陶辭」를 만난다. 이 작품이 본인이 찾은 마지막 「和陶辭」이다. 심산의 본 「和陶辭」에는 일제시대의 옥살이・고문・조국 광복・6・25의 동족 상잔(14句 ; 哀三八之斷腰 最傷心於京觀)・당시 바람직하지 못한 남북 상황(27句 ; 南北

黑風惡 和平未易期)등 근대사의 편린들이 제재로 쓰여지고 있다.

心山은 본 「和陶辭」를 통하여 적극적인 인간형을 보여주고 있으니, 구 자유당 정권에 정면으로 대결하여 싸울 것이요, 향리로 은거하는 것은 차라리 의롭지 못할 것이라 역설하면서, 귀거래를 반대하는 입장에서 原題도 「反歸去來辭」로 바꾼 것이다.

앞으로의 세대는 한문 세대가 아니다. 따라서 한문으로 쓰여지는 「和陶辭」의 제작은 無望하리라 여겨진다. 그러나 陶辭는 그 가치가 사라지지는 않을 것이며, 앞으로도 다른 패러다임으로 「和陶辭」는 계속 쓰여질 것이다.

Ⅲ. 결론

-한국 『和陶辭』의 특징을 겸하여-

Ⅲ. 결 론
-한국『和陶辭』의 특징을 겸하여-

  東方의 一士로 別鶴孤鸞같은 일생을 보낸 중국 東晉시대의 陶淵明 (365~427)은 전원시인·산수시인으로 분류되며, 鍾嶸이『詩品』에서 언급한 '宋徵士陶潛은 古今隱逸詩人之宗也'라는 평어를 근거하여 은일시인의 祖宗으로도 일컬어지고 있다. 陶詩라고 약칭되는 도연명의 시는 모두 합하여 124수에 지나지 않으나, 陶詩가 지니고 있는 마력은 대단하여 그 가치는 영속될 것이다. 조탁하여 꾸민 것이 아니고, 자기의 진실한 생활의 모습을 淡泊眞率하게 표현한 것이 바로 陶詩의 세계이다.

  그러나 도연명의 인품과 문학을 가장 두드러지게 드러내고 있는 작품이 바로 그의 유일한 辭인「歸去來辭」이다. 줄여서 陶辭라고도 하는데, 일명 晉辭라고도 하여 晉 전체를 대표하는 辭 작품으로 불리우기도 한다. 바로 이 240자로 짜여진「歸去來辭」가 우리 선인들의 심금을 울려놓아 많은 화운작들을 써오게 하였다. 陶辭에 화운한 것이기에「和陶辭」라 명명하였다. 이 용어는 어디까지나 본인의 創見이 아니고, 본 저술의 앞장인 1의 5 '「和陶辭」의 개념'에서 충분히 선행 자료를 제시하였기에 납득할 수 있으리라고 생각한다. 이 기회에 하나의 學術用語로 또는 文

學用語로 활용되어지기를 희망한다.

그 이유는 본인이 찾은 「和陶辭」가 150여 편이며, 이것 이외에 10편 정도는 각각 그 분의 文集에 所收되어 있다는 것을『嶺南文集解題』·『한국문집기사색인』 등을 통하여 확인하고 있기 때문이다. 더욱 발간되지 않은 필사본에서도 찾아질 가능성은 매우 높은 것이다. 이만한 작품 수라면 하나의 표제어로 삼는 데 크게 잘못된 것은 아닐 것이다.

도연명은 두 가지 토포스(TOPOS)를 漢字 문화권에 남겼다. 문학에서의 토포스란 'A configuration of motifs'로 '주제상 또는 수사상 하나의 틀(鑄型)'을 말한다. 그 두 가지는 '歸去來'와 '桃花源(武陵桃源)'으로, 이 땅의 시조나 가사에 자주 등장하는 주제요, 수사임은 구태여 예를 들 필요가 없을 것이다.

귀거래라는 토포스는 물론 「歸去來辭」의 허두인 '歸去來兮 田園將蕪胡不歸'에서 유래된 것이다. 도연명이 이 작품을 통하여 말하고자 한 것은 '以心爲形役'과 '將有事於西疇'와 '樂夫天命復奚疑'라고 생각된다. '以心爲形役'은 마음이 육신의 부림이 되어서는 안 된다는 것이니, 사회적·인위적 자아를 떠나 본래적 자아인 참된 나를 찾는 것이며, '將有事於西疇'는 손수 직접 농사를 지어 생활하겠다는 것이고, '樂夫天命復奚疑'는 부여받은 천명에 순응하겠다는 현실 수용의 자세인 것이다. 이 내용을 정감있고 설득성이 충분하며, 매우 시적으로 표현하여 승화시킨 것이 바로 「귀거래사」 原辭인 것이다.

이 땅에서 쓰여진 「和陶辭」는 문헌 자료로 나타난 것에 따르면,『東文選』 권1 辭賦篇의 바로 첫 작품으로 收載된 李仁老(1152~1220)의 「和歸去來辭」로 제작 연대를 알 수 없으나, 만년의 소작임은 분명하다. 바로 이 李仁老의 「화귀거래사」가 국내 최초의 「和陶辭」인 것이다. 본 「和陶辭」는 많은 전고와 문맥의 흐름으로 보아 莊子 齊物觀이 작품의 사상적 배경이 되고 있는 명편이다.

본인이 찾아본 자료상 가장 최근에 쓰여진 「和陶辭」는 心山 金昌淑

옹이 1956년에 쓴 「反歸去來辭」이다. 이 작품은 陶辭의 원운을 밟아 쓴 작품이지만 낙향하여 은서생활로 들어가겠다는 일반적인 귀거래의 생활에 반대(Anti)하겠다는 의미로 「반귀거래사」라고 한 것이다.

본 「和陶辭」의 시대적 배경은 이승만 자유당 정권의 부패와 독재가 말기 현상을 노정시키던 1956년 10월로, 이러한 시국에 귀거래하여 獨善其身할 것이 아니라 독재 정권의 불의와 반동에 정면으로 대결 투쟁하여야 할 것임을, 자기 생애 중 빛나는 부분들인 일제시대의 옥살이·고문 끝에 절름발이가 된 사실·조국 광복에 헌신해온 것, 6·25 동족상잔의 비극·저간의 남북 상황이 여의치 않은 것들을 제재로 하여 길에서 죽더라도 한이 없으니, 저 사이비 인간군들을 쓸어버리겠다고 신념에 찬 적극적인 인간형을 보여주는 성공적 작품이다.

李仁老의 「和陶辭」와 心山 金昌淑의 「和陶辭」 사이의 시차는 거의 800년이나 된다. 똑같은 陶辭의 원운을 밟아 화운작을 쓰는 데도, 시대적 상황과 개인의 의식과 성향에 따라 얼마든지 다른 각도의 내용을 담을 수 있다는 사실을 보여주고 있는 것이다. 이것이 본 「和陶辭」 연구의 한 가지 결론이다.

본 연구에서 다룬 「和陶辭」는 100편이 넘는다. 이 100여 편의 「和陶辭」는 매편마다 고유의 철학과 미학이 들어 있어, 단 한 편이라도 버리고 싶지가 않다. 어떤 「和陶辭」는 江湖自然과의 친화를 감동적으로 묘파하였으며, 또 다른 「和陶辭」는 능력과 국량이 상당한데도 미관말직이나 외직으로만 저회하고 있는 처지를 비관하면서도, 亦君恩을 외오쳐 마치 상감이나 고위직에게 읽혀져서, 자기를 인정받아 내직이나 상위직으로 승차되기를 바라는 듯한 충분히 자(尺)를 가지고 쓴 느낌이 드는 작품들도 보인다. 따라서 몇 가지 특징을 추출하여 그루우핑(Grouping)지을 수 있었던 것도 본 연구의 한 결과이다.

또한 귀거래의 지향처가 단순히 자연에의 회귀나 歸故鄕만이 아니고, 퇴계 이황의 『朱子書節要』만이 학문이 요체이니, 지금까지의 詞章之學

을 버리고 爲己之學에 힘쓰겠다는 방향 전환이기도 하며, 우주와 인생의 오묘한 철리는 『周易』에 있으니, 一心으로 위편삼절 하겠다는 귀거래, 主一無適의 敬工夫에 전념하겠다는 귀거래, 어머님 공양에 여생을 바치겠다는 귀거래 등등 다양한 내용을 담고 있어, 이 같은 變易作들은 각 개인의 정신형상학에 따라 큰 偏差인 절정 체험(Peak experience)이 다르기 때문이라 여겨진다.

「和陶辭」 작자들은, 漢詩의 세계가 아닌 辭賦라는 장르를 이해하고 터득하여야만 비로소 가능한 분야라는 어려운 조건에도 불구하고 彭尺木(?)이라는 上人(僧侶)도 있었으며, 令壽閣 徐氏(「和陶辭」 작자인 洪仁謨의 부인이며, 역시 「和陶辭」 작자인 연천 洪奭周의 母堂이심)이라는 貞敬부인도 있었으며, 中人 계급인 浣巖 鄭來僑와 晩翠亭 朴永錫 두 사람의 여항문인도 있었다.

「和陶辭」는 시대적 분위기와도 매우 밀접한 함수관계를 가지고 있었으니, 연산・광해의 난정과 昏政, 붕당정치의 전성기, 韓末의 소용돌이 속에서 쓰여진 작품들이 群集을 이루고 있다는 점에서 확실해진다. 그렇다면 麗末鮮初에도 「和陶辭」를 읊은 분네들이 많이 계셨을 것으로 사료되지만, 문헌과 전적의 인멸로 찾을 수 있음이 아쉽기만 하다.

이제까지 시대별로 한국 「和陶辭」의 역사적 전개를 진행해온 요점을 간추려 결론으로 삼으려 한다. 아울러 한국 「和陶辭」의 특질도 자연 밝혀질 것이다.

첫 「和陶辭」인 고려조 후기 무신정권하에 쓰여진 李仁老의 「화귀거래사」는 한국 「和陶辭」의 先河였다. 『東文選』 첫 권 첫 작품으로 실려 읽혀진 본 「和陶辭」는, 李仁老의 그 많은 시문의 원고본들이 몽골란(1235년경)의 피난길에서 烏有로 돌아간 이후, 『동문선』이 편찬된(1478년) 조선조 성종 연간까지, 누군가에 의하여 이 작품만은 전해진 사실을 보더라도 李仁老의 대표작이라 할 수 있다. 莊子의 제물관을 근저에 깔고 쓴 이 「和陶辭」는, 백년간 이어지는 고려 무인집정기의 尙古主義的 문신들의 정신세계를 대변한 것이라 감히 말할 수 있다.

조선조 500년 간은 편의상 진단학회의 『한국사』 근대조선편의 분류에 따라 五分하여 살폈다. 제 1기는 조선 왕조 창업에서 守成까지의 약 백 년간(태조 1392~성종말 1494)으로, 이 기간에는 勿齋 孫舜孝의 「화귀거래사」만이 찾아졌다. 勿齋는 成宗의 寵臣으로, 태평성대인 守成의 시기에 拂衣歸田할 수 없으며, 동경하는 귀거래지만 致仕後에 돌아가겠다고 읊은 「和陶辭」였다. 이 작품은 1478년에 쓰여진 것으로 추정했으며, '出仕'와 '隱求'라는 조선 사대부들의 생각을 드러내고 있다. '출사'와 '은구'라는 상반된 思念은 계속 한국 「和陶辭」의 특징으로 나타나는 데, 이 점은 이미 최진원 교수의 『國文學과 自然』에서 언급되어진 것이다.

제2기는 연산군에서 宣祖말에 이르는 약 110년 간(1494~1608)으로 士禍와 黨爭과 전란으로 점철된 시기이다. 이 기간의 11편의 「和陶辭」를 통하여 살펴본 바에 따르더라도, 시대의 분위기는 바로 들어맞고 있다. 忘軒 李胄는 요순이 못 되는 상감이라고 燕山을 桀紂에 비하고 있었으며, 企齋 申光漢은 기묘사화에 연좌되어 삭직되고 쓴 작품임을 알 수 있다. 한편 安村 裵應褧은 임란의 참상을 낱낱이 겪고 나서, 그 사연을 「和陶辭」를 빌려 쓰고 있는 것이다.

임란후의 경제적 피폐가 내용 중에 보이는 것으로 東岳 李安訥의 「和陶辭」가 있으며, 愚伏 鄭經世와 蒼石 李埈은 자연 귀의의 극치를 아름답게 펴 보인 「和陶辭」를 남겼다.

제3기는 광해군에서 영조 말에 이르는 약 160년 간(1609~1776)으로 光仁孝顯肅景英의 당쟁 시대이다. 象村 申欽과 蛟山 許筠·栢巖 金玏·玄谷 趙緯韓·苟全 金中淸들의 「和陶辭」는 한결같이 광해 시절에 쓰여진 「和陶辭」들이다. 폐모론에 연관되었거나, 대북·소북파의 당쟁이 깔려 있는 것이다.

시대의 아픔은 이 시기의 모든 「和陶辭」에 보이고 있으며, 朋黨之弊니 黨議橫決·權奸 등의 용어가 頻出되고 있다. 따라서 귀거래하여 조용히 학문의 세계에 침잠하려는 경향이 하나의 主潮를 이루고 있다.

경종 1년인 1721년의 夢窩・三淵・疎齋・芝村・玉吾齋 五友의 연작 「和陶辭」는 차라리 연대기라고도 할 수 있으며, 노・소론의 알력을 드러내고 있다. 英祖 연간으로 들어서면서는 반대당인 謙齋도 밀려나 「和陶辭」를 집필하고 있으니, 黨同伐異라는 당쟁의 아이러니를 실감할 수 있다.

明齋 尹拯의 「和陶辭」는 老少분당의 뿌리를 보여주며, 淸南・濁南의 色目, 己巳換局으로 정국의 개편 때문에 귀거래를 읊은 경우도 있다. 景淵堂 李玄祚와 鳴皐 鄭榦은 관직에 있으면서도 본심은 언제나 귀거래로 가득차 있는 '吏隱'으로 불리워져 어두운 시대를 사는 삶의 지혜를 엿보이기도 한다.

一布衣로 終老하면서 개인적인 취향이 「和陶辭」를 쓰게 한 경우도 여러 편이 있으며, 70 치사후의 한정을 읊은 松湖 兪彦述의 「和陶辭」도 살펴보았다.

제4기는 정조에서 고종 12년 병자수호조약 직전까지 약 100년 간(1777~1875)으로 자료중의 12편만을 살펴보았다. 중인층인 浣巖 鄭來僑와 晚翠亭 朴永錫의 작품은 신분상의 서글픔을 은연중 내비치고 있는 「和陶辭」라 할 수 있으며, 明나라가 망한 후 淸나라가 지배하는 천지에서는 벼슬할 수 없어 은거한다는 明隱 金壽民의 「和陶辭」도 있었다.

正祖의 閣臣이었던 屐翁 李晚秀는 순조 연간 평안도 관찰사 재임중 1811년 홍경래난이 일자 치안 유지 책임으로 유배를 당하고 「和陶辭」를 쓰고 있으며, 부부・부자・모자인 足睡堂 홍인모・영수각 徐氏・淵泉 홍석주 형제의 「和陶辭」는 차라리 아름다운 화음이었다.

제5기는 고종 13년 개항으로부터 대한제국이 국권을 상실하는 약 35년 간(1876~1910)의 기간으로 斯學이라고 불리운 儒學이 빛을 잃어가고 있음을 안타까워하고 있는 說齋 蘇學奎의 「和陶辭」를 볼 수 있으며, 이어 1905년 을사보호조약 이후 시종관의 직책을 떠나면서(1907년) 집필된 樗

田 李鍾林의「和陶辭」를 살폈다.

제6기는 일제강점 36년 간(1910～1945)의「和陶辭」를 살폈다. 그 중 만주에서 독립운동에 진력하다가 연로한 나이로 조국 광복을 굳게 믿으면서, 고향땅을 보고 싶다는 내용을 적은 독립지사인 石洲 李相龍의「和陶辭」가 돋보인다.

제7기는 光復 이후로 心山 金昌淑翁의「반귀거래사」한 편 뿐이었으며, 구자유당 제1공화국 말기의 독재 정권에 반기를 들어 싸울 것을 다짐하는「和陶辭」였다.

21세기를 이미 넘어버린 현재는 漢文 시대가 아니다. 앞으로「귀거래사」에 和韻하는 일은 아마도 없을 것 같은 연구자로서의 서글픔이 가슴을 억색하게 만들고 있다.「和陶辭」의 주제고와 押韻考 등은 미처 못다룬 아쉬움이 또한 남아 있다. 이 아쉬움은 별고가 있을 것이며, 한국의「和陶辭」연구는 이제부터 새롭게 시작되어질 것이다. 그런 의미에서 本人이 찾아 모은「和陶辭」중 重要한 것만을「資料集」인 附錄으로 붙였으며, 그 作家들을「一覽表」로 만들어 두었으니, 後來할 學人들이 쉽사리 접근할 수 있을 것이다.

本書에 수록하지 않고 탐토된 韓國의「和陶辭」硏究는 다음과 같다.

一連의 作業이었던 其六(東方文學 比較硏究論叢인『術擊과 調和』643～680쪽. 1992)에서는 樗田 宋廷植(1857～?)・彭尺木(스님)・渭隱 鄭寅尙(1889～1952)・念齋 金엽(김순 : 1888～1978)의「和陶辭」를 살폈다.

其七(우리 文學硏究會의『우리文學 硏究』제9집 1～38쪽, 1992)에서는 遜齋 朴光一(1655～1723)의「和陶辭」의 영향을 받아 쓴 藥圃 鄭吾道(1647～1736)와 樂庵 奇挺龍(1670～1738)의 두 편・靜墨堂 李聖肇(1663～1740)의「和陶辭」를 살폈다.

補 其一(石牛 朴敏一 博士華甲紀念『國語國文學論叢』江原大學校 師範大學

國語敎育科. 157~178쪽, 1997)에서는 秋山 朴弘中(1582~1646)·東園 崔琠(1568~1639)·西河 李敏敍(1633~1688)·化堂 申敏一(1576~1650)의 「和陶辭」를 살펴 보았다.

참고 문헌

■ 資 料

奇挺龍 樂庵遺稿　　　　　申翊全 東江遺集
金玏 栢巖文集　　　　　　申最 春沼子集
金中淸 苟全文集　　　　　申欽 象村集
金昌淑 心山遺稿　　　　　安重觀 悔窩集
金昌集 夢窩集　　　　　　安昌烈 東旅文集
金昌協 農巖集　　　　　　梁進永 晩義集
金昌翕 三淵集　　　　　　呂姫弼 道巖集
金喆銖 魯園文集　　　　　吳光運 藥山漫稿
南景羲 癡庵文集　　　　　兪棨 市南集
閔冑顯 沙厓集　　　　　　尹拯 明齋遺稿
朴光一 遜齋集　　　　　　李光庭 訥隱集
朴胤源 近齋集　　　　　　李喬年 艮谷遺稿
朴弘中 秋山文集　　　　　李晩秀 屐園文集
裵應褧 安村集　　　　　　李象辰 下枝遺集
徐命膺 保晩齋集　　　　　李秀榮 昌厓集
徐榮輔 竹石館遺集　　　　李時桓 和隱集
成近默 果齋集　　　　　　李胄 忘軒文集
成俔 虛白堂集　　　　　　李野淳 廣瀨集
蘇學奎 說齋集　　　　　　李汝馪 炊沙文集
宋奎濂 霽月堂集　　　　　李沃 博泉集
申光漢 企齋集　　　　　　李源祚 凝窩集
申敏一 化堂集　　　　　　李胤永 丹陵山人遺集
申應善 心堂集　　　　　　李爾松 開谷遺稿

李頤命 疎齋集
李最中 韋菴集
李喜朝 芝村集
任埅 水村集
任座 一簣集
任憲晦 鼓山文集
任希聖 在澗集
鄭經世 愚伏文集
鄭幹 鳴皐文集
鄭來僑 浣巖集
鄭吾道 藥圃集
鄭弘溟 畸庵集
趙泰億 謙齋集
蔡徵休 艮齋文集
蔡彭胤 希庵集
崔奎瑞 艮齋集
韓元震 南塘文集
許筠 惺所覆瓿藁
洪奭周 永嘉三怡集
洪奭周 豊山世稿
洪奭周 淵泉集
洪仁模 足睡公遺稿
洪直弼 梅山文集
洪顯周 海居子文選
黃胤錫 頤齋全書
韓國文集叢刊(民推)

■ 辭(事)典類

anon, 國史百科事典
anon, 國朝人物考
anon, 嶺南人物考
anon, 李朝名人列傳
anon, 韓鮮名人典
anon, 韓國人名大事典
anon, 李朝相臣史
anon, 韓國人物資料叢書
anon, 한국인물대사전(精文硏)
大漢和辭典(전13권)(平凡社)
中國人名大辭典(臺灣商務印書館)

■ 著 書

金台俊 朝鮮漢文學史
李家源 韓國漢文學史
趙東一 한국문학통사
李炳漢 漢詩批評의 體例硏究
丁奎福 韓中文學比較의 硏究
李東歡 韓國文敎風俗史
崔珍源 國文學과 自然
小尾郊一著 尹壽榮 譯 中國文學
　　　속의 自然觀

■ 論 文

車柱環 陶淵明의 生涯(1955)
車柱環 陶淵明의 散文考(1957)
車柱環 陶潛五言詩疏證(1966)
車柱環 淵明의 怨詩와 東坡의
　　　和作(1971)
崔完植 陶淵明詩의 淵源考(1966)

崔完植 陶淵明의 思想과 文藝
　　　　(1970)

■ 中　書

丁仲祜撰 陶淵明詩箋注(藝文印書館)
黃仲崙 陶淵明作品硏究(帕米爾書店)
緒方 惟精原 著, 丁策 譯, 日本漢文
　　學史(正中書局, 民國 65年, 二版)

■ 日　書

大矢根文次郎 陶淵明硏究(早大)
松枝茂夫・和田武司著 陶淵明
　　　　(集英社)
松枝茂夫・和田武司 譯注 陶淵明 全
　　集(岩波文庫 赤 8-1, 8-2)
牟田哲二 陶淵明傳(勁草出版)
吉川幸次郎 陶淵明傳(筑摩書房)
小尾郊一著 中國の隱逸思想
　　陶淵明の心の軌跡 中公新書
　　902(中央公論社, 1988, 12)
猪口篤志 日本漢文學史(角川書店, 昭和
　　59年 初版)
戶田浩曉 日本漢文學通史(武藏野書院.
　　昭和 57年, 十版)

■ 英　書

William Acker : Tao the Hermit.
　　　　(London and New York, 1952)
James Robert Hightower : The Poetry
　　of Tao Chien(Clarendon Press.
　　Oxford, 1970)

부 록
韓國 「和陶辭」 一覽表

그 間에 高大所藏 漢籍과 奎章閣本(서울大)·延大·國立圖書館·藏書閣本(精文研) 그리고 최근 계속 출간되고 있는『韓國文集 叢刊(現 12次 320)』들을 搜探한 결과 다음 150餘의 「和(次·擬·步·敬·倣·反)歸來辭」를 찾아내었다.

이를 時代別로 가려 「和陶辭」 目錄으로 삼는다.

1. 高麗朝

李仁老(1152~1220)	

2. 朝鮮朝(壬亂前)

勿齋 孫舜孝(1427~1497)	虛白堂 成俔(1439~1504)
忘軒 李胄(1468~1504)	企齋 申光漢(1484~1555)
東皐 李浚慶(1499~1572)	艮齋 崔演(1503~1549)
土亭 李之菡(1517~1578)	善養亭 丁希孟(1536~1596)

3. 朝鮮朝(壬亂後)

栢巖 金玏(1540~1616)	安村 襄應褧(1544~1602)
仙石 辛啓榮(1557~1669)	炊沙 李汝馪(1556~1631) 1595年作
蒼石 李埈(1560~1635) 1601年作	愚伏 鄭經世(1563~1631) 1601年作
楓潭 權克中(1560~1614)	蛟山 許筠(1569~1618) 二篇
敬亭 李民宬(1570~1629)	東岳 李安訥(1571~1637) 1604年作
象村 申欽(1566~1628) 1613年作	苟全 金中淸(1567~1629) 1621年作
歸來亭 蔣八國(1562~1633) 1623年頃	東園 崔珽(1568~1639) 1618年作
玄谷 趙緯韓(1567~1649) 1618年作	秋山 朴弘中(1582~1646) 1628年作
化堂 申敏一(1576~1650) 1631年作	畸庵 鄭弘溟(1592~1650)
龍峰 黃益淸(1589~1659)	開谷 李爾松(1598~1665)
東江 申翊全(1605~1660) 1645年作?	九元亭 李亨天(1650~1709)
存養齋 宋挺濂(1612~1684) 1655年作	市南 兪棨(1607~1663)
西河 李敏敍(1633~1688)	春沼子 申最(1619~1658) 1655年作
歸溪 金佐明(1616~1671) 1661年作	一簣 任座(1624~1686)
壺谷 南龍翼(1628~1692)	三梅堂 金廈梃(1621~1677) 1667年作
霽月堂 宋奎濂(1630~1709) 1673年作	明齋 尹拯(1629~1711) 1686年作
恬軒 任相元(1638~1697) 1665 壯元	水村 任堕(1640~1724)
博泉 李沃(1641~1698)	藥圃 鄭吾道(1647~1736)
和菴 申聖夏(1665~1736) 1686年作	希菴 蔡彭胤(1669~1731) 1721年作
和隱 李時恒(1672~1736) 1715年作	夢窩 金昌集(1648~1722) 1721年作
三淵 金昌翕(1653~1722) 1721年作	芝村 李喜朝(1655~1724) 1721年作
玉吾齋 宋相琦(1657~1723) 1721年作	疎齋 李頤命(1658~1722) 1721年作
景淵堂 李玄祚(1654~1710)	樂菴 奇挺龍(1670~1738)
悔窩 安重觀(1683~1752) 1725年作	謙齋 趙泰億(1675~1728) 1725年作
靜墨堂 李聖肇(1663~1740)	訥隱 李光庭(1674~1765)
浣巖 鄭來僑(1681~1757)	南塘 韓元震(1682~1751) 1728年作
艮齋 蔡徵休(1684~1747)	歸鹿 趙顯命(1690~1752)
困學齋 申萬夏(1692~1774)	困學齋 申萬夏(1692~1774)
鳴皐 鄭幹(1692~1757)	晩村 李彦根(1697~1764)
保晚齋 徐命膺(1716~1787) 1765年作	松湖 兪彦述(1703~1773)
拙隱 李漢輔(1705~1748)	下枝 李象辰(1710~1772)
丹陵 李胤永(1714~1759)	素谷 尹光紹(1708~1786) 1766年作
在澗 任希聖(1712~1783) 1770年作	韋菴 李最中(1715~1784) 二篇
艮谷 李喬年(1717~1770)	豊墅 李敏輔(1720~1799)

太乙菴 申國寶(1724~1799)	頤齋 黃胤錫(1729~1791) 1779年作
愚軒 申應顯(1722~1798) 1785年作	晚翠亭 朴永錫(1734~1801)
明隱 金壽民(1734~1811)	玄沙 金應煥(1742~1789)
水村 高廷鳳(1743~1822) 1800年 文科	癡菴 南景義(1748~1812)
黃坡 崔愼之(1748~1822)	疎翁 成德雨(1732~1827) 1783年 文科
屐翁 李晚秀(1752~1820)	廣瀬 李野淳(1755~1831)
足睡堂 洪仁謨(1755~1812) 및 貞敬夫人 令壽閣 徐氏	竹石館 徐榮輔(1759~1816)
斗室 李煥模(1795~?) 1813年作	近菴 崔蓥(1762~1840) 1816年作
葛川 金熙周(1760~1830)	淵泉 洪奭周(1774~1842)
梅山 洪直弼(1776~1852) 1835年作	剛齋 金鼎鉉(1778~1839) 1835年作
山泉 金命喜(1788~1857) 秋史의 弟	醉竹 金炳球(1782~?)
全齋(鼓山) 任憲晦(1811~1876) 1845年作	素窩 金鎭宇(1786~1855)
果齋 成近墨(1784~1852)	晴沼 趙容和(1793~?) 大司憲
晚義 梁進永(1788~1860)	凝窩 李源祚(1792~1871) 1851年作
蕙隱 李章贊(1794~1860)	山泉 朴周鍾(1803~1877)
晦亭 閔在南(1802~1873)	沙厓 閔胄顯(1808~1882) 1861年作
二安亭 朴公鎭(1806~?)	思穎 金炳冀(1818~1875) 1847년 文科
肯播齋 權翰成(1811~1879) 1850년 文科	景齋 禹成圭(1830~1905) 聞慶에 은거함
魯園 金喆銖(1822~1887) 1871年作	昌厓 李秀榮(1845~1916)
自慊窩 柳大源(1834~1903)	欛田 李鍾林(1857~1925) 1907年作
心堂 申應善(1834~?) 1907年作	

4. 日帝强占期

東旅 安昌烈(1845~1925)	古巖 金世洛(1854~1929)
石洲 李相龍(1858~1932) 1926年作	說齋 蘇學奎(1859~1949)
四可 柳浩根(1861~?)	後滄 金澤述(1884~1954) 田愚의 首弟
肯堂 李圭憲(1896~1976) 1934年作	龍田 金喆熙(1915~生存) 1936年作
渭隱 鄭寅尙(1889~1952)	念齋 金甯(김순:1888~1978) 1942年作
忍菴 朴現(1852~1912)	

5. 光復以後

心山 金昌淑(1879~1962) 1956年作	

6. 迄今 生沒年未詳

海居子 洪顯周	宜齋 金文學
耻齋 金相直(英祖朝)	小隱 鄭守赫
笑庵 李顯穆	默菴 張?
素心 申瀷	荷塘 權錫魯
鐵城 李嵒	明湖 韓後遂
秋山 安全鎭	彭尺木(스님)